Dear Korean readers —

If you are a victim or a survivor, there are a few other things I'd like to tell you:

First, you are not alone. One of the most difficult things in the aftermath of my rape was the incredible loneliness, feeling no one else knew what I was going through. In reality, there are many victims and survivors out there.

Also, it's not your fault. It was only ever the perpetrator's fault. And the fault of the society we live in.

And finally, recovery IS possible. It's never instantaneous, but at some point in the future, life gets better. I've done it, and so have many others.

I'm thrilled that you — Korean readers — will be the first people in Asia to read a translated edition of Dark chapter. Even though different cultures may have different attitudes about gender, one thing remains clear: in ALL cultures, in ALL countries of the world, sexual assault is a problem. There is no country that is free of this crime.

This is my story, but in other ways, a story which is just one of many.

From Winnie M Li

Feb 21,st 2018

다크 챕터

Dark Chapter
by Winnie M Li

다크 챕터

위니 리 장편소설
송섬별 옮김

한길사

모든 피해자와 생존자
그 사이에 존재하는
우리를 위해

한국 독자들에게 보내는 편지

2013년에 쓰기 시작한 『다크 챕터』*Dark Chapter*를 통해 저는 저에게 일어난 심각한 범죄, 제 삶의 방향을 바꿔버린 사건에 대해 이야기하고 싶었습니다. 어떻게 보면 아주 개인적이기도 하지만 저는 많은 사람들이 저의 이야기를 읽어주길 바라면서 썼습니다.

제가 겪은 너무나 끔찍한 성폭행과 그 이후의 제 삶을 온 세상이 볼 수 있도록 낱낱이 드러내는 건 믿기 어려울 정도로 낯선 일이었습니다. 어쩌면 사람들은 이 사건으로 제가 얼마나 큰 상처를 받았는지 세상에 드러내는 것이 수치스럽다고, 지나친 노출이라고, 더 불명예스러운 일이라고 생각할지 모르겠습니다.

사건 이후 저는 정말 많은 사람들이 성범죄로 고통받고 있다는 것을 알게 되었습니다. 피해자뿐 아니라 가해자에게도 지워지지 않는 상처를 남긴다는 사실도 알게 되었습니다. 이런 사건이 무수하게 일어나도 방조해버리는 사회가 엄존한다는 사실도 알게 되었습니다.

이제는 이 잘못된 사회를 바꿔야 합니다.

"성폭행당한 사실을 공공연하게 말하고 글로 쓰는 게 부끄럽지 않으세요?"라는 질문을 가끔 받습니다. 그러면 저는 이렇게 대답합니다.

"애초에 제 잘못이 아닌 일을 제가 왜 부끄러워해야 하죠?"

성폭행은 당사자의 의사와 관계없이 일어나는 일입니다. 제 잘못이 아닙니다. 부끄러워할 사람이 있다면 그것은 제 신체를 함부로 다루어도 된다고 생각했던 가해자일 것입니다. 같은 인간을 존중하지 않은 가해자입니다.

만약 여러분이 성폭행 피해자라면, 이렇게 생각하면 좋겠습니다. 여러분이 느끼는 수치심은 여러분을 침묵하게 만들기 위해 인위적으로 만들어진 것이라고요. 성폭행이 무엇인지, 그것이 피해자에게 어떤 상처를 주는지, 죄책감과 수치심을 느껴야 하는 쪽이 누구인지 모르는 잘못된 사회가 만든 것이라고요.

저는 『다크 챕터』에서 피해자의 경험과 가해자의 경험을 교직시키면서 범죄의 뿌리를 이해하고자 했습니다. 가해자가 범죄를 저지르게 만드는 사회적 요인들을 인식하지 못하면 미래에도 이런 범죄를 막을 수 없습니다. 가해자의 행동을 설명할 수 없다면, 더 많은 피해자가 생겨나고 더 많은 사람들의 삶이 범죄의 영향을 받을 것입니다.

만약 여러분이 피해자라면, 제가 해주고 싶은 말이 있습니다.

여러분은 혼자가 아닙니다. 제가 사건 이후 가장 힘들었던 것은 누구도 내가 겪은 일을 모른다는 어마어마한 외로움이었습니다. 수많은 피해자들이 우리 현실에 존재합니다. 우리가 함께 성폭력에 대해 더 많이 이야기하면 우리는 서로에게 힘이 되어줄 수 있는 공동체를 구축할 수 있습니다.

성폭행은 여러분의 잘못이 아닙니다. 모든 것은 가해자의 잘못입니다. 우리가 살아가는 이 사회의 잘못입니다. 우리가 함께 살아가는 사회는 성폭행이라는 이슈에 대해 무지합니다. 우리가 신뢰하는 사람들조차 피해자의 잘못이라고 책임을 떠넘깁니다.

여러분은 사건의 진실을 알고 있습니다. 다른 사람들이 여러분의 말을 믿지 않거나 여러분을 탓한다고 해도 여러분은 진실을 압니다.

여러분은 회복할 수 있습니다. 금방 회복하기는 어렵지만, 훗날 언젠가 여러분의 삶은 더 나아집니다. 저는 이 소설을 통해 피해자의 경험을 제대로 다루는 소설을 쓰려 했습니다. 과거가 존재했고, 반드시 미래가 존재하는 우리 이웃의 삶을 그려내려 했습니다. 성폭행으로 상처를 받았다 하더라도 우리는 우리의 삶을 다시 일으켜 세울 수 있습니다. 저도 해냈고 수많은 다른 피해자들도 해냈습니다.

한국의 독자 여러분이 아시아에서 처음으로 『다크 챕터』를 읽게 되어서 저의 가슴은 무척 설렙니다. 문화권마다 성에 대한 인식은 다르지만 한 가지 분명한 사실은 모든 나라와 문화권에서 성폭행이 존재한다는 사실입니다. 성폭력이 일어나지 않는 나라와 사회는 없습니다.

최근 우리는 미디어를 통해 성범죄가 전 세계적으로 다양한 맥락에서 횡행한다는 사실을 알게 됩니다. 직장에서뿐 아니라 가정과 학교에서, 교회와 공공장소에서 말입니다. 물론 성폭행은 성희롱과 다릅니다. 그렇지만 두 행위 다 여성이 오랫동안 참아왔고 여성의 삶과 자존감을 위축시키는 성차별적 행동입니다.

우리는 성폭행이라는 이 문제의 심각성을 인지하는 한편으로 사회가 변할 수 있다는 희망을 가져야 합니다. 성범죄는 개인의 삶에 큰 충격을 주지만 피해자들이 함께 모여 이야기를 나누고 치유하는 운동을 펼쳐야 합니다. 더 많은 사람들에게 성폭행으로부터 초래되는 상처를 극복하는 지혜를 제공해야 합니다. 사회적 대책과 공공시스템을 마련해야 합니다.

이제 더 많은 사람들이 우리의 이야기를 들어야 합니다.

저의 이야기 『다크 챕터』를 읽고 생각하는 것으로 시작할 수도 있습니다. 『다크 챕터』는 제 이야기이지만 제 이야기를 넘어 우리 모두의 이야기입니다.

2018년 2월 21일

From Winnie M Li

프롤로그

이런 사건은 우리의 삶을 영원히 바꾸어버린다고들 한다. 그 사건이 일어난 순간부터 삶은 전날과 절대로 같을 수 없다는 것이다. 사건이 일어나기 단 두 시간 전과도 같아질 수 없을 거라고. 내가 벨파스트에서 출발해 폴스 로드를 따라 웨스트 벨파스트 외곽을 향하는 버스를 기다리던 때와도.

삶을 이렇게 생각한다면 지나치게 멜로드라마 같을까. 내 존재가 반으로 나뉘어져서 지난 29년간의 삶과 그 이후의 삶이 완전히 분리된 것만 같다고 한다면 말이다. 나는 지금 내 삶의 등고선에 예기치 못한 균열을 낸 그 틈새 저편을 건너다본다. 앞으로 무슨 일이 일어날지 까맣게 모른 채 저편 삶의 끄트머리에 서 있는 예전의 나 자신에게 소리 질러 경고할 수 있다면 얼마나 좋을까.

예전의 나는 너무 먼 곳에 있어서 작은 얼룩처럼 보인다. 길을 잃은 것 같은데, 그녀는 길을 안다고 생각한다. 그녀는 손에 하이킹 가이드북을 들고 길을 찾고 있다. 비탈을 올라 고원 가장자리를 빙 돌아 벨파스트 시내가 내려다보이는 언덕을 향하는 오르막길이다. 누군가 자신을 따라오고 있다는 사실을 그녀는 모른다. 오로지 눈앞에 펼쳐진 길만 생각할 뿐이다. 하지만 그녀가 조금도 예상치 못한 일이 벌어질 것이다.

지금 골짜기 너머 이편에 서 있는 나는 누군가 그녀의 뒤를 밟으며 수풀에서 나무로 살금살금 따라가고 있다는 사실을 알려주고 싶은 마음이 간절하다. 그만둬! 나는 그녀에게 외치고 싶다.

그만한 가치는 없는 일이야! 하이킹을 그만두고 집으로 돌아가!

하지만 그녀는 어차피 그 말을 무시했을 것이다. 고집이 센데다가 이렇게 맑고 화창한 날 하이킹을 포기할 생각은 전혀 없었을 테니까. 이제는 너무 늦었다. 그녀가 있는 곳은 외딴 시골이다. 만에 하나 돌아가기로 결심하더라도 결국은 그와 마주치고 말 것이다. 그가 그녀에게서 눈을 떼지 않은 채로 뒤를 밟고 있으니까.

이제 그녀는 비탈을 지나 해 드는 목초지와 가파른 경사면 사이로 난 길을 찾아낸다. 잠깐 걸음을 멈추고 초록으로 물든 길과 그 위로 굽은 나뭇가지, 왼편으로 펼쳐진 환한 들판의 아름다움을 한껏 감상한다.

마침내 도시를 벗어난 것이다. 진정한 시골 풍경은 여기서부터다. 천국의 한 조각처럼 느껴지는 평화로운 마지막 순간이다. 그러나 그녀가 모퉁이에 잠시 걸터앉자 오른편으로는 골짜기로 이어지는 가파른 경사가 보인다.

골짜기 아래 강물이 포효하는 소리가 멀찍이 들린다. 언덕 위의 공기에서는 두엄과 햇살과 따뜻하게 달궈진 풀 냄새가 난다. 나무 사이로 들어오는 햇살 속에서 벌레들이 여유롭게 떠다닌다. 그때 오른쪽으로 나무가 우거진 골짜기를 내려다보던 그녀의 눈에 수풀에 몸을 애써 숨기며 언덕을 올라오는 사람의 형체가 들어온다. 그 순간 이상하게 심장이 쿵 내려앉는 기분이 든다. 누군가 자신을 뒤쫓고 있음을 그제야 알아차린 것이다.

몇 년이 지난 지금, 나는 마치 과거의 나를 뒤쫓던 그 사람이 된 것 같다. 나는 너무 늦게 도착한 수호천사처럼 그녀의 발자취를 따라 맴돈다. 그녀가 수풀을 헤치고 앞으로 나아가면 나도 남몰래 그렇게 한다. 그녀가 뒤따라오는 사람과 거리를 벌리려 걸음을 재촉하자 나도 그녀와 보조를 맞춘다. 그에게 따라잡히기 전에 사방이 뚫린 공간으로 나가야 한다는 사실을 본능적으로 깨달은 그녀는 산마루를 가로지르는 마지막 몇 킬로미터를 황급히 달려간다. 나는 보이지 않는 손으로 그녀를 뒤쫓는 녀석을 붙잡아 럭비 선수처럼 제압하면서 그녀에게 계속 도망치라고, 목초지로 가서 등산로를 벗어나라고, 하이킹은 그만두고 곧장 사람들이 많은 길을 찾아가 집으로 돌아가라고 외치고 싶다. 그러나 나는 막을 힘이 없다. 사건은 이미 일어났던 그대로의 모습으로 눈앞에 펼쳐질 것이다.

과거란 우리에게 일어난 사건이다. 나는 골짜기 이쪽에 발이 묶인 채 그가 그녀를 붙잡는 모습을 본다. 나는 그다음까지는 보고 싶지 않다. 이미 충분히 되풀이해 보았기 때문이다. 만약 그 마지막 순간, 태양이 내리쬐는 목초지와 깊은 심연 사이에 걸터앉아 있다 그대로 시간을 멈출 수만 있었다면, 모든 것이 괜찮았을 것이다. 그럴 수만 있었다면, 그 순간은 내 삶이 아니라 봄날 오후 아일랜드의 시골길을 걷는 여느 사람들의 산책과 같았을 것이다.
내 여정은 그와는 사뭇 달라져버렸다.

제1장

그녀는 진료실에 앉아 정신과 의사가 비디오카메라 세팅을 끝내기를 기다린다. 진료실은 정부의 학술 지원금으로 꾸려진 티가 역력한 좁아터진 방이다. 트라우마 회복, 환자 모니터링, 인지행동 치료법 등에 관한 학술서적으로 가득한 높은 책장들이 머리 위에서 그녀를 내려다보고 있다. 오른쪽에 걸려 있는 코르크보드에는 그린 박사가 예전 환자들에게서 받은 손으로 쓴 감사 편지들이며 하얀 모래해변 위에 홀로 서 있는 종려나무 사진 엽서가 핀으로 꽂혀 있다.

창밖 회색 하늘로 시선을 돌린다. 11월의 사우스 런던. 덴마크 힐에서부터 엘리펀트 앤 캐슬을 지나 템스강까지 몇 킬로미터나 끊이지 않고 이어지는 콘크리트 건물 숲속 너머로 저 멀리 버티고 서 있는 런던 아이의 곡선이 눈에 들어온다.

비디오카메라에 빨간 불이 깜박이자 그린 박사는 만족한 듯 자리에 앉아 옥수수 빛 금발을 가다듬으며 그녀를 마주본다.

"자, 처음부터 끝까지 다시 한번 이야기해볼까요? 최대한 자세히 이야기해봅시다."

이미 예상했던 일이라 한숨을 쉬지 않으려 애쓰지만 결국 지친 기색을 숨길 수 없다.

"또요? 한 번 더 하라고요?"

"힘드시겠지만 치료에 꼭 필요한 부분입니다. 천천히 하셔도 좋습니다."

"감정은 배제하고 이야기해야 하나요?"

"사실 관계와 세부 사항에 초점을 두세요. 감정이 섞이더라도 괜찮습니다."

그린 박사는 침착하다. 상대를 일방적으로 판단하지 않는다. 바로 그 때문에 그녀는 그린 박사가 마음에 든다. 금발에 날씬한 삼십대의 외모와는 어울리지 않게 도서관 사서처럼 옷을 입는 것과 촌스러울 정도로 고양이에게 집착하는 것도 마음에 든다. 정신과 의사와 얼굴을 마주하는 것만으로도 위축되는 기분이 들 수 있을 테지만 그린 박사에게서는 암묵적인 연대감, 일종의 모범생 같은 태도, 환자를 이해하려는 신중함이 느껴진다.

그녀는 지친 얼굴로 비디오카메라를 바라본다. 이 모든 이야기를 또다시 처음부터 이야기해야 한다니 하나도 달갑지 않다. 이미 몇 달 동안 몇 번이나 이야기했다. 경찰에게, 의사들에게, 위기 대응 센터에서, 그녀에게 치료가 필요한지를 평가하는 정신건강 위원회에서, 이제는 정신과 의사 앞에서, 그것도 몇 번째 이야기하고 있다.

이야기는 할 때마다 조금씩 달라진다. 어떤 때는 그녀가 어디를 맞았는지, 강제로 어떤 행위를 하게 되었는지 등 의학적 세부 사항에 초점을 둔다. 또 어떤 때는 어떻게 생겼는지, 말투가 어땠는지 등 범인에게 초점을 맞출 때도 있다. 하지만 결국 기억의 수면 위로 드러나는 것은 똑같은 장면이다. 볕 좋은 봄날 아침, 나무 사이로 내리쬐는 햇볕 속에서 비탈을 올라오는 흰 점퍼를 입은 사람의 형체.

이제는 자면서도 이 이야기를 읊을 수 있을 것만 같다. 실제로 요즘 매일 밤 꿈에서 그날의 사건이 수많은 버전으로 되풀이된다. 어떤 때는 중학교 시절 알았던 잊어버린 얼굴들이 나오기도 하고,

어떤 때는 언젠가 본 영화 속에 나왔을 법한 SF적인 상상의 공간에서 이야기가 펼쳐지기도 한다. 그러나 사건이 일어난 장소는 언제나 숲과 들판이 만나는 곳, 나무들 너머로 마치 안전한 은신처가 되어줄 것처럼 환하게 빛나던 그 경계다.

문제는 그곳이 안전하지 않았다는 것이다. 그 환한 들판은 그녀를 숨겨주지 않았고 꿈속에서조차도 자꾸만 의식 언저리에 모습을 드러내며 그녀를 괴롭힌다.

비디오카메라에서 빨간 불이 깜박인다. 직사각형 모양의 엽서에 그려진 종려나무가 그녀에게 유혹의 손짓을 건넨다. 그녀는 목청을 가다듬은 뒤 다시 이야기를 시작한다.

한 시간 뒤, 그녀는 저물기 전 마지막 석양을 받으며 덴마크 힐을 내려와 캠버웰 그린*을 향한다. 이제는 익숙해진 일과다. 화요일 오후면 캠버웰행 버스를 타고, 그린 박사와 상담을 한 뒤, 집으로 가는 버스를 타러 가는 길에 중국 식품점에 들른다.

요즘 그녀는 늘 기운이 없다. 세 시간만 밖에 있어도 체력이 동난다. 그 사건 직후에 찾아와 온몸의 기운을 앗아가던 광장공포증 증상이 자꾸만 재발할 것 같다. 태양이 너무 밝을지도 몰라. 바람이 너무 차가울지도 몰라. 길거리의 사람들은 너무 시끄러울 거야. 이해할 수도 없는 존재들일 거야. 왜 굳이 위험을 감수하고 집 밖으로 나가야 하지?

집 안, 침실 속, 침대 위에 누워 있으면 그녀는 언제나 안전하다는

* 캠버웰 그린(Camberwell Green): 잉글랜드 캠버웰의 공원.

25

느낌이 든다.

모즐리 병원을 나와 언덕 아래 진짜 세계로 들어온 오늘 오후에는 침대에 누워야겠다는 생각이 평소보다 더 간절하다.

사실 관계에 초점을 맞추세요. 감정이 섞이더라도 괜찮습니다.

사실은 감정이 전혀 섞이지 않는다는 게 문제다. 지난 몇 달간 그녀는 모든 감정을 다 잃어버린 것만 같다. 파티에 몇 번 참석하고, 친구들을 만나고, 어머니가 전화로 잔소리를 해대는 일상에서 그녀는 아무것도 느낄 수가 없다. 느낄 수 있는 것은 세상으로부터의 이상한 고립감뿐이다. 진짜 사람들의 세계를 떠돌며 살아 있는 사람들의 삶을 주시하다가 슬쩍 사라져버리는 유령이 된 것만 같다. 감정을 잃어버린 슬픔이나 분노조차 느낄 수가 없다. 감각이라는 것이 사라진 텅 빈 공백만이 있을 뿐이다. 이 환자에게서는 어떤 감정도, 반응도 찾을 수가 없음. 확인 완료.

그녀는 중국 식품점 '왕 슈퍼마켓'으로 발길을 옮긴다. 제품에 적힌 글씨를 읽을 줄도 모르고 직원들에게 만다린어나 광둥어로 말을 걸 수도 없지만, 중국 식품점 선반 사이에 서 있으면 어린 시절이 떠올라 마음이 편하다. 커리 새우 맛, 매운 소고기 맛, 임페리얼 치킨 맛이라고 적힌, 번들거리는 비닐 포장지의 30펜스짜리 라면 무더기, 묵직한 캔에 든 마름열매, 초고버섯, 연근. 일 년 전이라면 사지 않았을, 어린 시절 엄마가 중국식 팬에 볶아주거나 겨울철에 국을 끓여주었던 식재료들.

이제 와서 이런 재료들을 왜 사고 싶은 건지 그녀 스스로도 알 수 없다. 테스코에서 파는 즉석 식품이 더 조리하기 쉬울 것이다. 하지만 모즐리 병원에서 상담받기 위해 캠버웰에 왔던 첫날 그녀는 시내 중심가에서 왕 슈퍼마켓을 발견했었다. 가게에서는 어린 시절에 들락거렸던 중국 식품점과 똑같은 냄새가 났다.

선반 사이를 돌아다니는 내내 가게 안 스피커에서는 중국어 노래가 흘러나온다. 여자가 우울증이라도 걸린 것 같은 반쯤 흐느끼는 목소리로 사랑과 상실을 노래한다. 엄마라면 이런 노래를 좋아했을지 모르지. 그러나 그녀에게 이 노래는 성인이 된 이후 마주친 중국을 연상시키는 다른 모든 것과 마찬가지로 불편한 익숙함 이외에 다른 의미는 없다.

라면 네 봉지, 베이비 콘 통조림과 큰 병에 담긴 간장을 고른다. 5파운드짜리 지폐로 값을 치르고 퀴퀴한 냄새가 나는 가게를 나와 거리로 나올 때까지 중국어 노래가 여전히 귓가를 맴돈다.

무리 지어 하교하는 교복 차림의 청소년들이 그녀를 제치고 지나간다. 다섯 명 모두 십대 초반의 흑인 아이들로 뭐라고 시끄럽게 소리를 지르고 있지만 그녀는 그들에게 아무런 주의도 기울이지 않는다. 그들을 조금도 의식하지 않고 지나쳐갈 뿐이다.

버스정류장에도 십대들이 모여 있다. 백인 소년 셋이 보도에 서 있는 두 여자아이를 쳐다보면서 그녀는 알아들을 수 없는 무슨 말인가를 늘어놓으면서 킬킬거린다.

버스에 오르려는데 그중 한 명이 그녀의 어깨를 스친다. 소년이 고개를 돌려 그녀를 잠시 쳐다본다. 십대 청소년 특유의 욕망인지, 분노인지 아니면 단순한 짜증인지, 그녀는 소년의 표정을 읽을 수 없다. 그러나 소년의 차가운 푸른 눈이 움츠러드는 기색도 없이 그녀를 훑자 속이 울렁거린다. 이마에 땀이 솟아난다. 그녀는 비틀거리며 계단을 오른 뒤 자리에 앉아 욕지기를 가라앉히려 애쓴다. 소년들이 가던 길을 계속 가는 모습을 바라보는 그녀는 방금 부딪친 소년이 '그 아이'가 아니라는걸, 약간 닮았을 뿐 평범한 십대 소년일 뿐이라는 사실을 알고 있다.

가장 수치스러운 것이 바로 그 점이다. 평범한 남자아이와 잠깐 마주치는 것만으로도 감정이 순식간에 무너져버린다는 것이다.

욕지기가 솟구쳐 오르지만 그녀는 애써 속을 다스린다. 토하고 싶은 게 아니야. 그냥 불안한 것뿐이야. 버스가 모퉁이를 돌자 그녀는 무릎을 구부려 끌어안는다. 공처럼 둥글게 몸을 웅크리고 창밖을 내다본다.

*

그는 한동안 자신이 어떻게 집까지 왔는지 기억나지가 않는다. 옷차림은 여전히 간밤에 입고 나섰던 그대로다. 머리가 지끈거린다. 소파에서 잠들었나 보다. 오전 느지막한 시간, 창으로 햇빛이 쏟아져 들어와 너무 밝다. 어디선가 새 우는 소리가 들린다.

아빠는 집에 없고, 형도 없다.

그제야 몇 시간 전만 해도 게리와 도널과 어울려 싸구려 위스키를 벌컥벌컥 들이키면서 깜깜한 거리를 돌아다녔던 게 기억난다. 약에 취해 있었다. 함께 술집에 들어갔다 주인한테 쫓겨난 것도 기억난다. 그다음엔 게리네 집으로 몰려가 쭈그리고 앉아 포르노를 봤다.

예전에도 본 포르노였다. 여자가 남자의 물건을 빨아주려고 몸을 숙이자 여자의 몸이 훤히 드러났다.

전부 다.

여자의 다리 사이에 입을 벌리고 있는 분홍색 구멍은 이상하고 기괴했다. 꼭 SF영화에 나오는 외계인 입처럼 생겼다. 다른 점이라면 생각만 해도 발기할 것만 같은 커다란 가슴도 달려 있다는 거다.

포르노에 나온 여자의 가슴을 다시 떠올렸을 뿐인데 쏟아지는 햇볕과 새 소리 속에서 또다시 온몸이 짜릿해지는 느낌이다.

아무리 그래도 너무 이른 시간이다. 아무리 집에 혼자라 해도.

집 안을 둘러보니 아빠도 마이클 형도 없는 건 확실하다. 그래도 나중으로 미뤄두자. 머리가 박살날 것처럼 아파오는데다가 배도 고프다. 허기로 미칠 것 같다.

그는 여전히 숙취에 비틀거리면서 캐러밴에 달린 좁다란 부엌으로 들어간다. 냉장고며 찬장을 이리저리 뒤지자 4분의 1 정도 남은 비스킷 봉지가 나온다.

비스킷이라니, 아침식사 거리라고는 빌어먹을 비스킷 따위가 전부다.

그는 조리대에 기대서서 비스킷을 씹어 먹으며 조리대에 놓여 있는 누군가 마시다 만 물 한 잔으로 목을 축인다. 찬장을 좀 더 뒤져보지만 유통기한이 엿새나 지나 곰팡이가 핀 빵 한 덩이밖에 없다.

비스킷을 먹기 전보다 더 허기진 듯 배가 꼬르륵댄다.

젠장, 아빠가 언제 돌아온다고 했더라? 나흘 뒤였나?

다시 소파에 주저앉아 머리를 감싸 쥔다. 아직 약기운이 완전히 가시지 않았다. 어쩌면 몇 시간쯤 더 굶으면서도 약기운으로 버틸 수도 있을 것 같다. 기분 째지는 일이다.

그러고 보면 어젯밤은 참 재미있었다. 두 친구와 함께 감자칩 봉지를 한 아름 안고 뒷문으로 달아날 때 술집 주인이 지었던 표정. 목으로 넘어가던 위스키의 알싸한 기운과 술기운에 빙그르르 도는 것만 같던 밤하늘도.

그런 생각을 하면서 그는 킬킬 웃는다. 지금 친구들이 같이 있으면 좋을 텐데. 친구들이 어디로 갔는지, 게리네 집에서는 어떻게 돌아왔는지 기억이 안 난다.

정적 속에서 햇볕만 내리쬐는 한 순간이 지나가자 누가 집어던지는지 캐러밴 외벽에 작은 돌이 부딪치는 소리가 난다.

옆집에 사는 멍청한 꼬마 녀석이 틀림없다.

그의 말을 확인해주기라도 하듯 바깥에서 꼬마 녀석이 조용한 아침 공기를 뚫고 고함치는 소리가 들린다. 녀석의 엄마가 자기네 캐러밴 안에서 욕지거리를 쏟아내는 소리도 들린다. 또다시 돌이 날아와 캐러밴에 부딪친다.

이를 꽉 물었더니 어젯밤의 소동 때문인지 턱이 아프다.

또다시 땅 하고 돌이 부딪치는 소리가 들린다.

그는 짜증이 나서 캐러밴의 문을 열어젖힌다. 햇빛은 그의 눈을 찌르듯 내리쏜다. 그는 꼬마 녀석을 향해 버럭 화를 낸다.

"그만 좀 하지?"

꼬마는 킥킥 웃으며 몇 발짝 더 다가온다. 갈색 곱슬머리에 멍청해 보이는 연푸른 색의 커다란 눈. 그 눈이 마치 재미난 놀이라도 한다는 듯 그를 보며 웃고 있다.

그가 고함을 지르면서 한 대 후려칠 것처럼 손을 번쩍 들어올리자 꼬마는 꺅 비명을 지르며 자기 집 안으로 달려 들어간다.

그는 코웃음을 친 뒤 너무 눈부신 햇빛 때문에 눈을 찌푸린다. 오늘은 어제보다 따뜻하다. 4월의 아침, 초록색과 갈색이 어우러진 들판 위에 새하얀 캐러밴 열 대가 웅크리고 있다. 봄날의 맑고 깨끗한 하늘이 지평선을 따라 펼쳐져 있다.

잠깐이지만 숙취가 누그러지고 갓 깎은 잔디 냄새와 갓 깨어난 흙 냄새가 코끝을 맴돈다. 하지만 이 향긋한 냄새는 다른 들판에서 실려온 경유 냄새에 지워져 버린다. 눈을 감고 눈꺼풀을 어루만지는 햇빛을 느끼면서 들판 위에 온전히 혼자가 된 느낌으로 좀 더 오래 서 있고 싶다.

여름이 오고 있다. 해가 길어지는 여름이 오면 티셔츠 바람으로 나돌아 다닐 수도 있고 만만한 여행객들에게 눈독을 들일 수도 있겠지. 따뜻한 저녁나절이 되면 얇은 원피스 바람으로 다니는 여자들, 남자의 손길을 거부하지 않는 여자들 말이다.

꼬마 녀석의 목소리가 들려와 그의 생각은 거기서 멎는다.

"형네 아빠는 아마*에 갔어."

그는 눈을 뜬다.

"알고 있거든."

꼬마는 몇 미터 떨어진 곳에서 캐러밴에 몸을 기대고 그를 쳐다본다. 빌어먹을, 이 동네에서는 남들 눈을 피해 오줌도 못 싼다.

그러고 보니 마침 오줌이 마려워서 그는 몸을 돌려 들판 가장자리를 향한다.

"어디 가?"

뒤에서 꼬마가 빤히 쳐다보는 걸 느끼면서도 대답 없이 계속 걷는다. 20미터쯤 걸어가 고원 가장자리에 선 그는 오줌을 갈기려고 바지 단추를 푼다.

지평선 저편에서 바람이 불어와 구름을 밀어내자 눈앞에 벨파스트 시내가 펼쳐진다. 바다를 끼고 있는 도시 한가운데 회색과 갈색의 고층건물들이 보기 싫게 엉켜 있다.

그가 서 있는 곳과 도시 사이에는 주거 지역과 텃밭 아래로 협곡

* 아마(Armagh): 북아일랜드 아마주의 주도.

이 구불구불 나 있다. 봄비에 불어난 강물이 우르릉거리는 소리가 그가 마지막 오줌 한 방울을 털어내며 몸을 부르르 떨고 서 있는 발치를 얼씬거린다.

아침 공기를 한껏 들이마신다. 오줌을 갈기면서 보기에 온 세상에서 이보다 근사한 풍경도 없을 거다.

*

"웨스트 하일랜드 등산로, 여기가 마지막이야."

그녀는 지도 위 글래스고 북쪽 산맥 어딘가에 압정을 하나 꽂고는 만족해하며 자리에 앉는다.

"그래, 그럼 장거리 등산로 딱 다섯 곳만 정복하면 끝나겠네."

멜리사가 비아냥거린다.

"다섯 곳이지."

그녀는 고개를 끄덕인다.

"할 수 있어. 죽기 전까지 언젠가는 정복할 거야."

"그럼… 쉰 살에도 이런 델 돌아다닐 생각이야?"

그녀는 그 말에 웃음을 터뜨린다. 세상에, 쉰 살이라니.

"아마 스물다섯 살이 되기 전에는 다 끝낼 수 있지 않을까? 아니면, 서른 살?"

열여덟 살, 그녀는 기숙사의 자기 침대에 앉아 있다. 멜리사가 그녀 옆 진녹색 이불 위로 머리카락을 온통 흩트리며 드러눕는다. 잠시 동안 두 사람은 벽에 붙은, 갖가지 색 압정으로 여기저기 표시한 유럽 지도를 말없이 바라본다.

"비브, 진짜 미친 짓이야. 저 많은 곳을 혼자서 다 가겠다고?"

그녀는 어깨만 으쓱한다.

"거기까진 생각 안 해봤는데, 혼자라고 못 갈 건 뭐야?"

하긴, 중요한 건 혼자 간다는 점이 아닐까. 헨리 소로는 월든 호숫가 통나무집에서 고독한 삶을 살았고, 월트 휘트먼은 세월이 흐르면서 수염을 점점 더 길고 텁수룩하게 기른 채로 나무 아래 앉아 풀잎에 대한 시를 썼다. 에드워드 애비는 미국 남서부 대협곡 아래의 절벽 틈에서 홀로 지냈다.

"넌 정말 미쳤어."

멜리사가 고개를 절레절레 젓는다.

"그건 그렇고 나는 대니 브룩스랑 커피 한 잔만 마실 수 있으면 좋겠다."

"진짜? 너 아직도 걔 좋아해?"

"뭐, 더 괜찮은 남자가 나타난다면 또 모르지."

그녀는 혼자 웃는다. 대학에서 아직까지 이상형인 남자를 만나지 못했다. 사람들을 보다 보면, 그중에 이따금 남들과 다른, 생각이 깊어 보이는 남자애들이 한둘은 있는 것 같기도 했지만, 남자들이란 기본적으로 시시한 농담이나 지껄이고 수업 시간엔 눈에 띄어 보겠다고 허세를 부리는 존재들이다. 아직까지 그녀는 남자에게 딱히 관심이 없다.

멜리사는 계속 떠들어댄다.

"지난번에 경제학 수업에서 찰리 킴이 날 빤히 쳐다보는 거 있지."

"그럼 이제 걔로 갈아탈 생각이야?"

"관심은 좀 생기네. 아시아 남자애랑 키스해본 적이 한 번도 없어서 말이야."

"나도."

둘은 웃음을 터뜨린다.

"네 부모님은 그런 거 바라시지 않아?"

멜리사가 묻는다.

"뭐, 아시아 남자애랑 키스하는 거? 글쎄, 우리 부모님이라면 내가 남자랑 키스하는 거 자체를 썩 달가워하시진 않을 것 같은데."

"좋겠다."

멜리사가 손을 뻗어 그녀의 머리카락을 쓰다듬는다.

"우리 엄만 진짜 짜증나 죽겠다니까. '너, 대학에서 괜찮은 남자는 만났니? 인생을 함께할 특별한 남자는 찾았어?'라는 거야. 우리 이제 대학생 된 지 고작 넉 달밖에 안 됐는데!"

"우리 엄만 그런 거 안 물어봐서 다행이다."

다시 잠깐 침묵. 오늘은 금요일 밤, 복도에서 다른 학생들이 술을 가장 많이 마실 수 있는 요란한 파티를 찾아 떠나려고 분주하다. 복도 끝에 서 있는 남학생들이 소리를 지르면 옆방 여학생은 조용히 좀 하라고 마주 소리를 지른다. 같은 층에 사는 누군가가 오디오를 틀었는지 오아시스 노래가 온 벽을 쿵쿵 울린다.

"너 머릿결 정말 좋다."

멜리사가 그녀의 풍성한 검은 머리카락을 어루만지며 소곤거린다.

"그냥 머리에서 자라나는 털일 뿐인걸."

"하지만 내 머리에서 자라나는 털이랑은 다르잖아."

멜리사는 자신의 부스스한 갈색 머리카락을 가리킨다.

"내 머리카락이 네 머리 같기만 했어도…"

멜리사는 말끝을 흐리면서도 길고 검은 그녀의 머리카락을 쓰다듬던 손을 쉬지 않는다.

"왜?"

궁금해진 그녀가 묻는다.

"만약 네 머리카락이 내 머리카락 같았으면 넌 어떡할 건데?"

"난… 난… 모르겠어. 일단 엄청 근사한 헤어스타일로 바꿀 거야. 매일 다른 머리를 하는 거지."

"귀찮을 것 같은데."

그녀가 핀잔을 준다.

멜리사는 문득 신이 난다는 듯 벌떡 일어선다.

"아냐, 말 나온 김에 해보자. 너 머리핀이랑 스프레이 있지?"

멜리사가 방을 한참 뒤지지만 그녀의 화장대에는 헤어제품이나 액세서리라고는 하나도 없다.

"뭐, 상관없어. 없으면 없는 대로 해보는 거지 뭐. 정말 예쁘게 될 거 같은데."

멜리사는 무릎을 꿇고 몸을 반만 일으킨 채로 그녀의 머리카락을 빗어 내리기 시작한다.

"머리 손질해줄 테니까 이따 시그마 카이* 파티 때 하고 가봐."

잠깐 동안 그녀도 그래 볼까, 하는 생각이 든다. 이젠 콘택트렌즈를 낀 지 고작 2년밖에 안 된 소심한 십대 소녀 시절과는 작별하고 싶다. 게다가 어쩌면 거기서 허세 같은 건 모르는 괜찮은 남자애를 만날지도 모른다. 내 심장을 뛰게 만들 그런 남자를.

멜리사가 빗질을 너무 아프게 하는 바람에 그녀는 얼굴을 찡그렸지만, 친구가 열심히 손가락을 놀려 땋고 말아 올린 머리를 고무줄

---

* 시그마 카이(ΣΧ): 북미 대학교의 남학생 사교클럽 중 하나.

로 묶어주는 손길이 곧 편안하게 느껴진다. 그녀는 얌전히 앉아서 맞은편 벽에 붙여놓은 지도를 바라본다. 웨스트 하일랜드 등산로, 산티아고 순례길, GR15.* 지구 반대편, 언덕과 협곡을 지나 구불거리며 이어지는 길들.

*

"어디서 만났는데?"
게리가 칼스버그 맥주 캔을 하나 더 따면서 묻는다.
"공원."
"공원에서 뭘 하고 있었기에?"
"몰라. 그냥 걷고 있던데."
"누가 봤어?"
"아니."
아무도 없었다. 그건 제대로 확인했다.
"그럼 뭐가 겁나? 그 여자가 어디 가서 말할까봐?"
그는 어깨를 으쓱한다. 그렇다는 의미다.
"나이가 좀 있었어."
결국 그가 용기를 내서 말한다.
"얼마나?"
기억이 안 난다. 전부 다 흐릿하다. 여자가 나이가 많았고, 그게 마음에 들었던 건 기억난다. 분명 몇 살이냐고 물어보았고, 여자가 바

---

* GR15: 피레네산맥을 가로지르는 장거리 등산로.

로 대답을 했다. 다른 여자들처럼 낄낄 웃으면서 대답하진 않았다. 그런데 대답이 뭐였는지 기억이 안 난다.

"모르겠어. 스물 몇 살?"

"스물한 살이랑 스물여덟 살은 완전히 다르잖아."

"씨발, 그걸 내가 어떻게 기억해? 그때까지도 약기운에 절어 있었다고. 보기보다 나이가 많았어."

"여자는 고분고분했어?"

"어, 음. 그랬어. 좀 이상한 방식이긴 했지만."

몇 대 때리고 목을 조른 다음에야 내 말을 듣기는 했지만 말이다.

*

반스앤노블 서점에서 처음 그 책을 보았을 때, 그녀는 여덟 살이었다. 뉴저지에 있는 에지우드 힐즈 쇼핑몰이었다. 『아일랜드 전설과 민화』 표지에는 보름달 뜬 밤 초록빛 산등성이에 선돌들이 둥글게 늘어서 있고 안개 속에 오솔길이 하나 나 있다. 달빛 속에서 한 여행자가 오솔길을 따라 선돌 옆을 거닐고 있다.

"엄마, 이 책 사주시면 안 돼요? 2달러밖에 안 하잖아요."

책인데다 값이 싸기까지 하니 엄마로서는 거절할 이유가 없다. 책 읽는 건 좋은 거니까. 책을 읽으면 똑똑해지니까.

그녀는 책장을 넘기면서 그림부터 훑어보며 미소를 짓는다. 표지에 그려진 오솔길을 걷는 사람이 되었다고 상상해본다. 혼자 아일랜드를 걷는 나. 선돌 위에 은빛으로 쏟아지는 달빛. 상상만으로도 멋져.

"네 형 마이클 때문에 정말 못살겠다."

엄마가 또 운다. 그만 좀 울라고 한 대 치고 싶다. 아빠가 그러는 것처럼.

"아직 어린데 감옥에나 들락거리다니, 생각만 해도 속이 푹푹 썩는다."

그는 엄마에게 아무 말도 하지 않는다. 엄마는 늘 마이클 형 때문에 징징거린다. 어찌나 자꾸 우는지 창피해 죽겠다.

그는 창밖, 캐러밴 여러 대가 모여 있는 곳 너머에 펼쳐진 들판을 바라본다. 이곳 코크로 왔을 땐 좋은 자리를 골랐다. 근처에 집도 별로 없고 불편한 기색으로 힐끔거리는 버퍼*도 별로 없다. 그를 비롯한 유랑민 아이들이 뛰어놀 만한 빈터도 많다.

"잠시 나갔다 올게요. 얼마 안 걸려요. 깜깜해지기 전에 돌아올게요."

"조니, 넌 착하게 살아야 한다."

그러면서 엄마는 손을 뻗어 그의 뺨을 어루만진다.

그는 엄마의 손에서 몸을 휙 돌려 빠져나온다. 난 어린애가 아니다. 이젠 엄마 품을 벗어날 때도 됐다고. 친구들이 보면 뭐라고 하겠냔 말이다.

---

* 버퍼(buffer): 아일랜드 유랑민이 정착민을 멸시하는 의미로 부르는 말.

그녀가 여섯 살인 2학년. 언어치료사가 와서 발음이 서툰 아이들과 상담을 한다. 그중엔 그녀도 있다. 아이들은 차례차례 다른 교실로 들어가 언어치료사와 이야기한다. 언어치료사는 머리가 짧고 이름은 제이슨이다. 여자인데 남자 이름을 가진데다가 외모도 남자처럼 꾸민 게 신기하다.

"이름이 뭐니?"

"비비안이오."

"이름이 정말 예쁘구나."

언어치료사는 문장을 몇 개 읽어보라고 시킨다. 그림을 여러 장 보여주면서 이름을 말해보게 시킨다. 래빗(토끼), 레드(빨강), 레몬, 휠(바퀴), 지라프(기린), 스네이크(뱀).

그녀는 다시 한번 아주 천천히 읽는다.

래-빗, 레-드, 레-몬.

언어치료사는 고개를 끄덕인다.

"정말 잘했어. 참 잘 읽는구나."

다음 번 면담엔 엄마도 함께 간다. 언어치료사는 엄마에게도 같은 단어를 읽으라고 한다.

래빗, 레드, 레몬.

"아하."

언어치료사가 말한다.

"엄마를 닮아 그렇구나."

엄마가 웃는다.

"그런가요?"

언어치료사는 그녀에게 'R'과 'L' 발음을 교정해야 한다고 한다. 'S' 발음도 약간 고쳐야 한다고 한다.

지금은 그녀가 'R'을 제대로 발음하지 못한다고 한다.

"엄마가 외국에서 오셨기 때문에 영어 단어를 다른 사람들과 달리 발음하시는 거야."

그녀는 여태까지 자기의 발음에 문제가 있는 줄 몰랐다. 엄마의 발음이 남들과 다른 줄도 몰랐다.

"자, 그럼 우린 매주 목요일에 만나서 'R'과 'L' 발음을 연습하는 게임을 하자꾸나. 그러면 너도 혀를 굴리면서 R을 발음할 수 있게 될 거야. 어때?"

그녀는 고개를 끄덕인다. 재미있을 것 같다. 하지만 그러고 보니 언어치료사를 만나는 다른 아이들은 하나같이 읽기 능력이 제일 떨어지는 학습 부진아 아니면 인도에서 온 프리야나 누나가 머리를 스카프로 감싸고 다닌다고 놀림받는 모뿐이었다.

그런 아이들과 같이 공부를 한다니 좀 창피하다. 그래도 언어치료사는 마음에 들었다.

매주 발음 연습을 할 수 있는 과제가 나온다. 혀끝에 라이프세이버* 를 올려놓고 목구멍 안쪽으로 다섯 번 굴려 넣는 것 같은 재미난 과제다. 'R' 발음이 밋밋해지지 않기 위한 숙제다.

또 이 뒤쪽에 혀를 대고 르-르-르- 하고 'L' 발음을 연습하는 숙제도 있다.

---

* 라이프세이버(Life Saver): 링 모양으로 가운데 구멍이 뚫린 조그만 캔디.

그녀는 다섯 달 동안 매주 화요일마다 르-르-르를 연습한다.

혀가 얼얼해질 때까지 그녀는 열심히 노력한다. 르-르-르 하고 혀를 말면서 혀끝으로 입천장을 건드리는 연습이다.

그러다 봄이 되자 어느 날 언어치료사는 이제 발음 교정이 끝났다고 한다.

"R 발음이 너무 예쁘구나! 네가 해냈어!"

언어치료사는 1등이라는 뜻의 파란 리본이 달린 수료증, 빨간색으로 칠할 수 있는 커다란 'R'이 달린 토끼 인형을 준다.

"우리 마지막으로 한 번만 더 해볼까? '토끼 레이첼은 빨간색이다 Rachel the Rabbit is Red.'"

"토끼 레이첼은 빨간색이다."

언어치료사가 손뼉을 친다.

"참 잘했어!"

그다음에는 그녀를 꼭 껴안아 준다.

그 뒤로 그녀는 언어치료사를 한 번도 만난 적이 없다. 화요일 오후 학습 부진아와 프리야, 모와 함께하는 발음 교정 수업도 끝이 났다. 그녀는 다시 원래의 반으로 돌아갔고 'R' 발음도 달라졌다. 'R'을 발음할 때 다른 사람들과 마찬가지로 혀가 자연스레 안쪽으로 말린다. 입 안에 혀를 납작하게 눕히고 'R'을 발음하는 방법을 잊어버린 그녀의 혀는 이제 안쪽으로 둥글게 말린다.

르-르-르. 그 뒤로 'R' 발음을 할 때마다 언제나 정해진 대로 듣기 좋게 굴러가는 '르' 소리가 난다.

그는 세 살이고, 이것이 그의 가장 오래된 기억이다. 음악, 웃음소리, 모닥불에서 전해져오는 온기. 밤의 들판 위에서 별을 바라보던 기억, 추위에 몸을 부르르 떨던 기억, 찬 공기 속 입김. 캐러밴과 캐러밴 사이로 흙투성이가 되어서 뛰어다니며 숨바꼭질하던 기억. 어린 여동생 클레어와 함께 키득키득 웃던 기억, 마이클 형이 그를 때려눕힌 다음 주먹 쓰는 법을 알려주던 기억. 그를 하늘로 번쩍 들며 헹가래를 치는 할아버지 손에서 반지가 모닥불 빛을 받아 반짝 빛나던 기억. 밤공기가 너무 차 엄마 품을 파고들던 기억.

어른들이 주거니 받거니 마시고 있던 위스키 냄새. 어른들의 웃음소리. 꺼져가던 모닥불.

잠시 후, 캐러밴 안에서 고함을 지르는 아빠와 되받아 고함을 치는 엄마. 그때 그는 식탁 밑에 숨어 있었다. 엄마를 때리고 또 때리던 아빠. 잠들어버린 아빠. 몸을 동그마니 웅크린 채 자꾸만 울던 엄마.

엄마가 눈물에 젖은 어두운 얼굴을 든다. 그가 엄마에게 살그머니 다가간다.

"이리 오려무나, 조니. 엄마랑 같이 자러 가자꾸나."

일요일 아침이면 그녀는 언제나 부엌 바닥에 엎드려 신문을 본다. 바닥 타일이 몸에 쩍쩍 달라붙는다. 특히나 엄마가 돈을 아낀다며 에어컨을 틀지 않는 여름철에는 더 그렇다.

그래도 상관없다. 일요일 신문은 다양한 섹션이 차곡차곡 접혀 있는 두툼한 벽돌 같다. 그녀는 열두 살, 곧 열세 살이 된다. 세레나 언니가 피아노 연습을 하는 동안 그녀는 몇 시간이고 신문을 읽는다. 팔꿈치를 바닥에 괴고 배를 바닥에 댄 채 다리를 위로 달랑대면서 커다란 신문을 한 장 한 장 넘겨본다.

엄마가 그녀 옆을 지나쳐 가 아침 먹은 설거지를 한다. 아빠는 늘 지루한 비즈니스 섹션을 읽는다. 월요일의 시사 수업 시간마다 신문 1면에 난 기사를 하나 골라 발표하는 과제가 있다. 한번은 그녀가 퍼세이크강에서 한 여성의 사체를 인양했다는 기사를 잘라 가져간 적이 있다.

"한 여성이 폭행 흔적이 있는 벌거벗은 사체로 발견되었습니다."

남학생들은 낄낄 웃고 선생님은 기사가 너무 잔인하다면서 고함을 질렀다. 그러니까 평화회담이나 대법원 재판 같은 지루한 기사를 가져와야 했던 모양이다.

그러나 그녀가 처음부터 끝까지 샅샅이 읽는 건 여행 섹션이다. 휴가철 여행지를 소개하는 기사부터 카리브해 크루즈 여행 상품 특가판매 광고, 노르웨이 산맥을 가로지르는 열차 경로에 이르기까지 모든 기사가 재미있다.

그녀의 머릿속에는 수많은 질문이 떠오른다. 터키까지 비행기로 어떻게 갈 수 있지? 카리브해에는 섬이 그렇게 많은데 각 섬의 특징은 뭘까? 애팔래치안 트레일*을 완주하는 덴 얼마나 걸릴까?

노스 저지 지역을 다루는 이 신문에는 전시회나 상연 중인 연극을 소개하는 기사가 실릴 때도 있다. 그럴 때면 그녀는 바닥에 뉴저지

---

* 애팔래치안 트레일(Appalachian Trail): 미국의 3대 최장 등산로로 꼽히는, 총 14개 주에 걸쳐 연결된 애팔래치안 산맥을 따라가는 3,500킬로미터가량의 등산로.

지도를 펼쳐놓고 그 미술관과 극장이 있는 동네를 찾아본다.

지도는 그녀의 정신을 온통 빨아들여서 오전 내내 들여다보아도 질리지가 않는다. 지도가 직사각형으로 접힌 선이 온통 닳고 해져서 찢어지지 않게 조심해서 펼쳐야 한다. 마을들은 서로 다닥다닥 붙어 있고 때로 강이나 고속도로가 그 사이를 가로지르기도 한다. 에지우드에서 미술관이나 극장이 있는 데로 가는 길을 익숙한 고속도로를 따라 쭉 살펴보기도 한다. 사실 그녀는 연극이나 전시회를 보러 갈 날이 오지 않을 것임을 안다. 세탁소를 운영하는 부모님은 너무 바쁘고 이런 외출을 할 만큼 집안 형편이 넉넉하지도 않다. 하지만 그녀가 그런 곳에 가자고 부탁한다면, 그래서 부모님이 그러자고 한다면, 그녀는 곧바로 목적지까지 가는 길을 말할 수 있을 것이다. 어딘가로 가는 길을 안다는 건 실제로 그곳에 가는 것과 크게 다를 바 없다. 그런 생각을 하면 작은 만족감이 느껴진다.

그녀는 지도에서 공원이 있는 곳을 살펴볼 것이다. 국립공원은 지도 위에 거대한 녹색의 띠처럼 펼쳐져 있다. 또 지역공원, 호수, 강. 엄마 아빠와 차를 타고 가며 기억해놓았던 장소들을 지도 위의 장소들과 짝지어 본다.

지도 위의 길은 언제나 그녀가 아는 길보다 더 멀리까지 이어진다. 지도를 보면 볼수록 뉴저지에 마을이 얼마나 많은지, 호수가 얼마나 많은지가 보인다. 또 주간고속도로가 뉴저지주 경계를 넘어 펜실베이니아로, 델라웨어로, 뉴욕으로 뻗어나가는 것도 보인다. 그녀는 미국 전역으로 뻗어나가면서 모든 주를, 모든 공원과 호수와 마을을 연결하는 고속도로를 생각한다. 세상에 있는 이렇게 많은 장소, 평생 살아도 다 알 수는 없겠지.

밤이면 그녀는 지도와 경계 너머의 장소들을 생각하느라 잠을 이루지 못한다. 발견되길 기다리는 수많은 가능성, 마을과 언덕과 계곡을 상상한다. 미국을 가로질러 끝까지 가면 존 스타인벡이 쓴 글에 나오는 장소들에 다다를 수 있다. 절반만 가로질러 가면 도로시가 태풍에 휩쓸려 오즈로 갔던 캔자스주가 나올 것이다. 그보다 더 가까운 곳 뉴욕은 홀든 콜필드가 밤늦게 마흔한 블록을 걸어 집에 도착했던 곳이다.

어른이 되면 갈 수 있는 곳이 이렇게나 많아. 그녀는 피아노와 방 구석 사이에 간신히 자리한 좁은 침대에 누워 혼자 지도 속 고속도로를 달리는 상상을 한다. 길은 그녀를 어디로든, 저 먼 곳까지 데려다줄 것이다. 잠은 나중에 자면 돼. 지금은 상상을 하느라 너무 바쁘다. 상상 속에서 주간고속도로를 달리면 차창 밖 마을들이 뒤로 휙휙 지나쳐간다. 개척자들을 다룬 TV 프로그램에 나왔던 것과 똑같은 절벽 꼭대기에 선다. 그녀의 발밑에 드넓은 골짜기가 한가득 펼쳐진다.

*

그는 엄마와 킬케니에 있는 경찰서에 가는 중이다. 경찰서에 가려면 성당이 있는 곳에서 언덕을 올라가야 한다. 할아버지 몇이 벤치에 앉아 노닐고 있다. 엄마는 곧장 경찰서를 향해 간다. 엄마가 그의 손을 잡으려 하지만 그는 사람 구경하기 좋게 엄마 뒤에 몸을 숨긴다. 경찰서의 파란 문을 열어젖힌 엄마는 그가 쫓아올 때까지 초조한 기색으로 기다린다. 경찰서 안은 환하고 따뜻하고 보기 좋지만 아무도 그들을 반기지 않는다. 책상 뒤에 경찰관 몇이 있다. 마이클 형은 경찰들을 돼지라고 불렀는데, 경찰들이 그와 어두운 낯빛의 엄마를 쳐다본다. 제복 차림의 경찰들은 뻣뻣하고 비열하게 생겼다.

"무슨 일로 오셨습니까?"

한 경찰관이 묻는다. 나이가 아빠뻘로 보이는 그의 검은 머리는 군데군데 허옇게 세어 있다.

엄마는 머뭇거리다 겨우 입을 연다.

"저… 음… 아들을 찾으러 왔는데요. 여기 있다고 해서요."

빨간 손수건을 움켜쥔 엄마의 손이 바들바들 떨린다.

'돼지'의 표정이 바뀐다. 좋은 쪽으로는 아니다. 다른 두 돼지를 쳐다보면서 실실 웃더니 다시 묻는다.

"아드님이 어쩌다 우리 서에 왔을까요?"

"그게… 우리 아들을 오먼드 스트리트의 운동용품점에서 찾으셨다고 들어서요. 이름은 마이클 스위니예요. 열네 살, 키가 이만한데."

엄마가 손으로 자기 머리 위 어디쯤을 짚어 키를 표시한다.

"마이-클 스위-니."

경찰관이 형의 이름을 길게 늘이며 되뇌더니 옆에 있는 다른 경찰관에게 묻는다.

"경사님, 이런 인상착의를 가진 소년이 여기 있을까요?"

"마이클 스위니라."

경사가 대꾸한다.

"어디 보자…"

엄마를 놀리는 게 분명하다. 약을 올리려는 수작이다. 엄마가 손가락으로 손수건을 비틀어 짜대고 있는 걸 보면 그 수작이 먹힌 게 틀림없다.

"제발 우리 애가 여기 있는 게 맞는지만이라도 알려주세요."

"그럼 스위니 부인 되십니까?"

"네, 네, 맞아요."

"이쪽이 마이클 스위니의 동생이겠고."

돼지가 고개를 돌려 그를 빤히 쳐다본다. 그는 그 눈길이 마음에 들지 않는다.

"네, 맞아요. 우리 조니는 이제 겨우 여덟 살이에요."

그는 애써 차갑고 비열한 눈빛을 유지하며 돼지를 마주 쏘아본다.

"아직 여덟 살?"

경찰관이 동료들을 향해 고개를 까닥한다.

"스위니 부인, 킬케니 주민이십니까?"

"저는, 우리는…"

엄마가 불안한 듯 말을 멈춘다.

"지금은 킬케니에서 지내고 있어요."

"지금이라… 무슨 뜻입니까?"

"몇 주 전에 왔어요."

"그럼 조만간 킬케니를 떠나시겠군요?"

"아뇨, 꼭 그런 건 아니에요. 아직은 몰라요. 정해진 건 없어요."

"그럼 여기저기 떠돌면서 지내시나 보지요?"

"아, 맞아요. 그래요. 그게 – 저희가 선호하는 생활방식이라서요."

"선호하는 – 생활 – 방식이라."

돼지가 느릿느릿 엄마의 말을 따라한다.

"그럼 질문 하나 드리지요, 스위니 부인. 당신네들의 그 생활방식 이라는 것에는 아들이 근면성실한 사람들, 당신네들 표현으론 '정착 민'의 물건이나 훔치라고 내버려두는 것도 포함됩니까?"

돼지의 질문은 아주 노골적이다.

엄마는 대답할 말이 없다. 여기 경찰서에서 엄마가 울음이라도 터뜨린다면 그는 창피해서 죽어버릴 것이다.

"대답을 하란 말이오, 내커* 같으니. 학교도 안 나오고 본데없이 자란 유랑민 아이들이 몰려다니며 그저 심심풀이로 우리들의 가게나 털고 다니는데, 우리가 당신네 쓰레기 같은 팅커**들한테 매번 시달리며 사는 게 옳은 일입니까?"

엄마가 달달 떤다.

"스위니 부인."

돼지가 고함을 친다.

"그게 옳은 일입니까?"

엄마가 드디어 힘겹게 숨을 고르며 간신히 목소리를 낸다.

"아니요, 당연히 아니지요. 아뇨, 절대 옳지 않아요. 저도 제 아들이 그러면 안 된다고 생각해요. 착하게 살라고 가르쳤는데, 왜 이런 짓을 하는지 모르겠어요. 죄송합니다. 진심으로 사과드립니다."

엄마가 싹싹 비는 꼴을 보고 있으니 토할 것 같다. 엄마를 모른 척하고 경찰서 밖으로 나가버리고 싶다. 다른 사람들은 돼지들 앞에서 이러지 않는데. 돼지는 코웃음을 친다.

"그렇게 사과해 봤자 소용없어요. 당신 아들놈 같은 범죄자를 감당해야 하는 건 우리란 말이오. 당신네가 온 뒤로 당신 아들 때문에 우리 동네 상인들이 어찌나 벌벌 떠는지! 상점에서 물건을 훔치고 길에서 핸드백 날치기까지 했는데 드디어 붙잡아서 얼마나 다행인지 모릅니다."

엄마는 그 말을 듣고 충격을 받은 눈치지만, 그는 이미 마이클 형

---

* 내커(knacker): 폐마 도축업자라는 뜻으로 유랑민을 비하하는 단어.
** 팅커(tinker): 땜장이라는 뜻으로 역시 유랑민을 비하하는 단어.

에 대해 속속들이 안다. 밤이면 형은 훔친 물건이 그득한 검은 쓰레기 봉지를 낑낑거리며 들고 집에 돌아왔다. 돈이 꽉 찬 지갑, 핸드폰, 비싸 보이는 화장품이며 스카프 등 여자들이 갖고 다니는 물건들이었다.

"요령만 알면 완전 쉽다고."

형이 그랬다.

"유모차 끌고 다니는 여자들을 노려야 돼. 절대 못 쫓아오거든. 아니면 할머니를 노리거나. 그런데 남자랑 같이 다니는 여자는 위험해서 안 돼."

마이클 형은 장물 중에 사탕이나 동전이 있으면 그에게 주었다.

"네 몫을 해낼 수 있을 때까지."

형은 찡긋 윙크했다.

형은 돈은 자기 주머니에 집어넣고, 핸드폰은 분해한 뒤 안에서 작은 카드를 꺼내 신용카드와 함께 버렸다. 하지만 나머지는 핸드폰이든, 지갑이든, 열쇠고리든, 스카프든, 심지어 화장품까지도 다 쓸모가 있었다. 마이클 형은 이런 물건들을 깨끗이 닦아서 다시 검은 쓰레기 봉지에 집어넣고 입구를 단단히 여몄다.

"이런 건 어디다 써?"

그렇게 물으면 형은 또 윙크를 하면서 말했다.

"더 크면 알려주지."

이런 일들을 그는 전부 알고 있었지만 당연히 엄마나 아빠에겐 이야기하지 않았고 그 결과 엄마는 경찰서에서 충격과 수치심에 휩싸여 어쩔 줄 몰라 한다.

"우리 마이클이오?"

엄마는 여전히 울 것 같은 표정이다.

"우리 아이가 활달하기는 하지만 범죄자라뇨."

"현실을 직시하시지요, 스위니 부인. 당신 아들은 그저 활달한 게 아니라 도둑놈입니다. 외투 속에 비싼 운동화를 두 켤레 숨겨 나오는 걸 우리가 붙잡았죠. 그런 짓을 어디서 배웠겠습니까?"

"전 아니에요! 전 아이들을 교회에도 데리고 가고 올바르게 살라고 교육시켰다고요."

"뭐, 그럼 그 교육이 소용이 없었나 봅니다. 어쨌든 지금 우리가 그 녀석에게 해줄 수 있는 일은 소년원에 잠시 넣어두는 것뿐입니다."

엄마는 숨조차 제대로 쉬지 못한다. 그는 엄마를 뚫어지게 바라보다가 결국 시선을 돌려버린다.

"우리 마이클이 감옥에 간다고요? 안 돼요, 형사님. 제발…"

엄마가 싹싹 빌기 시작한다.

그러나 돼지는 엄마를 내려다보기만 한다.

"스위니 부인, 당신 아들이 갈 곳은 소년원뿐이에요."

"아니에요. 우리 애는 그런 데 가면 죽을지도 몰라요. 너무 끔찍한 곳이라고요."

"말도 안 되는 소리, 당신 아들 같은 인간쓰레기는 소년원에서 구르면서 교훈을 얻어야 합니다."

"제발 한 번만 더 기회를 주세요. 이번 한 번만 봐주세요. 제가 올바로 살게 잘 가르칠게요."

"가르친다니! 기회는 이미 충분하지 않았습니까, 스위니 부인? 떠돌이 생활을 청산하고 제대로 된 일자리라도 구해서 애들을 학교에 보낸다면 모를까."

그 순간부터 그는 경찰이 밉다. 처음부터 마음에 안 들었지만 경찰이 그 말을 내뱉은 순간부터는 증오심이 인다. 그는 마이클 형이 하던 것처럼 주먹을 꽉 쥔다.

"얼마나… 얼마나 오래 있게 되나요?"

"그건 재판 결과에 달렸지요. 물론 증인도 있고요. 이런 경우엔 몇 달은 썩어야 할 겁니다. 더 큰 사고를 치기 전 초장에 잡아야지요."

"제발 믿어주세요. 앞으론 절대 그런 짓 못 하게 하겠습니다. 맹세할게요."

돼지가 웃는다. 책상 뒤에 있던 다른 두 경찰도 함께 웃음을 터뜨린다.

"스위니 부인, 정말 아무것도 모르시는군요."

엄마가 입을 다문다.

"소년원은 더블린 북부에 있고 면회는 일주일에 한 번입니다. 그럼 떠돌아다니는 생활에도 영향이 좀 있겠지요. 이렇게 생각하는 건 어떨까요? 최소한 교도소에선 하루 세 끼는 꼬박꼬박 주니까 집보다 낫지 않겠습니까?"

그 말에 그가 엄마를 날카롭게 쏘아본다. 엄마는 순식간에 냉정해진다. 돼지들은 실실 웃고 고개를 주억거리면서 책상 위의 서류를 넘겨본다.

"따라오시지요, 스위니 부인. 잠시 아들 얼굴 보여드리겠습니다. 울어봤자 소용없어요. 녀석은 이미 길을 잘못 들었단 말입니다. 이제 그 짓에서 손 뗄 수 있도록 노력해보는 수밖에요."

경찰은 왼쪽에 있는 문으로 가더니 열쇠꾸러미로 문을 따고 참을성 없는 표정으로 두 사람을 쳐다본다. 엄마가 그에게 따라오라고 손짓하기에 그는 따라간다. 그러나 발길을 옮기기 전 그는 경찰을 향해 한 번 더 눈길을 던진다. 차갑고, 날카롭고, 분노를 담은 눈길이다. 그는 돼지가 당장 그 자리에 거꾸러져 죽길 속으로 빈다.

*

그 소식을 들을 때 그녀는 부모님이 운영하는 세탁소에서 드라이 클리닝이 끝난 옷에 씌운 투명한 비닐 커버에 스테이플러로 꼬리표를 붙이고 있다.

4월, 그녀는 열세 살이다.

그녀는 세탁소 일을 두 시간 도운 뒤에야 한 시간 동안 피아노 연습을 하고 학교 숙제를 할 수 있다. 아빠는 뒤에서 돈 계산을 하는 중이고 엄마는 이번 주 내내 안절부절못하고 있다. 아이비리그 대학교의 합격통지서는 우편으로 오기 때문에 매일 우편배달부가 올 때마다 그녀가 받으러 나간다. 세레나 언니는 벌써 예일, 프린스턴, 조지타운, 코넬, 펜실베이니아 대학교, 그리고 (소신 지원한) 럿거스 대학교까지 합격했다. 언니는 열 곳의 대학교에 지원했는데 아직까지 발표가 나지 않은 한 군데가 바로 하버드 대학교다.

엄마는 아주 옛날부터 입이 닳도록 하버드 타령을 했다. 지난여름, 일주일 동안 차를 타고 뉴잉글랜드를 돌아다니면서 아이비리그의 주요 대학을 찾아가는 캠퍼스 투어를 한 적이 있다. 몇 년 만의 가족 휴가였다. 그녀는 대학 캠퍼스의 널찍한 녹색 잔디밭도, 고딕양식의 아치도, 벽에 담쟁이덩굴이 우거진 고풍스러운 대학 건물도 마음에 들었다. 모든 것이 조용하고 평화로워 보였다. 아주 오래된 듯한 느낌을 주었다. 투어 가이드가 각 건물에 얽힌 역사를 이야기해주는 중에도 그녀는 내심 사람들에게서 벗어나 혼자 돌기둥과 돌계단 사이를 돌아다니고 싶었다.

아무튼 세레나 언니가 왜 하버드에 입학하고 싶어 하는지는 알 것 같았다. 하버드 대학교 캠퍼스에는 강을 끼고 아주 오래된 건물이 몇 채 있었다. 투어가 끝난 뒤에는 샌드위치를 사서 강가 잔디 위에 앉았다. 강둑을 따라 대학 건물의 돔 지붕이며 시계탑들을 보니 딴 세상에 온 것 같았다. 아주 오래된 마법의 세계, 여기 뉴저지와는 완전히 다른 세상.

문이 열리는 소리에 고개를 들자 엄마와 세레나 언니가 함박웃음을 띤 채 달려 들어온다.

"세레나가 해냈어! 합격이야!"

엄마가 소리를 지른다. 가게 안쪽에 있던 아빠도 뛰쳐나오고 언니는 기뻐서 방방 뛴다.

"나 하버드 붙었어요!"

"네가 해낼 줄 알고 있었어!"

엄마가 고함을 친다.

아빠가 언니를 꽉 끌어안아 준다.

"그러게 내가 걱정 말랬잖아."

그녀의 마음속에서도 기쁨이 몽글몽글 피어올라 언니를 꼭 안는다. 이게 현실일까? 언니가 하버드에 들어간다고?

"정말 근사해."

그녀가 말한다.

언니는 어깨를 으쓱한다.

"뭐, 이제 어느 대학에 갈지 결정해야지."

"당연히 하버드지."

엄마가 못을 박는다.

"합격까지 했는데."

그때 가게 문이 열리더니 단골손님 와이즈먼 부인이 들어온다. 와이즈먼 부인은 예순이 넘어 보이는 할머니로 짧은 머리를 오렌지색으로 물들였고 손은 쭈글쭈글한 주름투성이다. 엄마는 이 기쁜 소식을 손님과도 나눈다.

"세상에, 우리 큰딸이 하버드에 간답니다. 방금 합격통지를 받았어요."

와이즈먼 부인은 신이 나서 손뼉을 친다.

"옛날부터 그렇게 똑똑하더니, 아이고, 딸이 아주 자랑스럽겠어."

"그래요, 맞아요. 정말 자랑스러워요."

엄마가 말한다. 언니가 지금까지 늘 올 A학점만 받았고 피아노 콩쿠르에서 트로피를 여러 번 타왔고 시험점수가 언제나 좋았는데도 엄마는 칭찬을 한 적이 거의 없었다. 그런 것들은 당연하다는 듯 넘어갔다. 엄마는 세레나 언니와 와이즈먼 부인에게서 시선을 돌리더니 웃는 얼굴로 그녀를 바라본다.

"이제는 작은애만 잘하면 되죠."

*

그는 아홉 살이고 앞으로 몇 주간 더블린에 있는 학교에 다닐 것이다. 학교에서는 유랑민 아이들이 정착민 아이들과 섞여 지내지만 사실 정말로 섞인 것은 아니다. 운동장에 길고 굵은 선이 하나 그어져 있다. 유랑민 아이들은 선 이쪽, 버퍼들은 저쪽에서 논다.

당연한 일이지만 그는 첫날부터 싸움을 한바탕 벌인 다음 선생들이 굳이 가르칠 필요를 못 느끼는 불량학생들이 있는 반으로 가게 됐다. 이 반에 있는 아이들은 아무리 버퍼라도 배울 만한 게 잔뜩 있는 녀석들이다.

조라는 아이는 입은 옷과 반짝이는 구두만 봐도 부자가 틀림없었다. 선생들의 머리 위에서 노는 영악한 녀석으로 말은 조금도 듣지 않는다. 선생들을 먼지만큼 하찮게 취급하는 그 녀석을 선생들도 질색했다.

그는 속으로 그게 부러워서 조의 말투를 따라하고 싶다.

하지만 엄마가 했던 말이 떠오른다.

"학교 가거든 우리 유랑민들 욕 먹이는 짓은 하면 안 된다. 예의바르게 굴고 선생님 말씀 잘 들어야 한다."

그런데 뭐 땜에 선생들 말을 들어야 하지? 따분하기만 한데다가 어차피 선생들도 날 싫어하는걸.

조는 그에게 여러 가지를 물어본다. 어디서 왔느냐, 더블린에 온지는 얼마나 됐느냐, 유랑민들은 뭘 먹고 사느냐 등등. 유랑민들은 교회도 안 가고 동네 사람들과 친하게 지내지 않아도 되니까 부럽다고 한다. 버퍼에게서 부럽다는 말을 들은 건 처음이다.

"너흰 좋겠다. 떠나고 싶을 때 아무 때나 떠나도 되잖아."

아무튼 조가 제일 멋있어 보이는 순간은 여자 이야기를 할 때다. 조한테는 이런 이야깃거리가 끝도 없이 있다.

"너희 집에 여자애는 없어?"

방과 후에 거리를 어슬렁거리다가 조가 묻는다.

"둘이나 있어. 클레어랑 브리짓."

그는 보건선생이 주는 쓴 약을 탁 뱉어낼 때처럼 여동생 이름을 뱉는다.

"몇 살인데?"

"클레어는 일곱 살이라서 성가셔 죽겠어. 브리짓은 아기야. 이제 겨우 걸음마를 해."

"에, 동생이구나. 그럼 아직 가슴이 없으니 보지도 못했겠네."

그는 웃음을 참는다.

"내가 걔들 가슴을 왜 봐? 미친 거 아니야?"

"모르는 소리."

조가 힘주어 말한다.

"여자 가슴은 완전 끝내줘. 소젖 짜는 거랑 비슷한데 만지면 무진 장 부드럽고 몰캉몰캉해. 물침대 같은 거야."

물침대가 대체 뭐람? 하지만 그가 궁금한 건 물침대가 아닌 다른 문제다.

"소젖도 짜본 적 있어?"

조 같은 도시 아이가?

"한 번 해봤어. 웩스포드에 있는 삼촌네 농장에 갔을 때였어."

조가 고개를 끄덕인다.

"어쨌든 중요한 건 소가 아니라 가슴이라고. 완전 끝내준다니까?"

가슴, 끝내준다고. 마이클 형이 집에 가져와 침대 밑에 숨겨 놨던 잡지들이 생각난다. 한 번은 잡지가 제풀에 펼쳐지더니 거대하게 부 푼 금발 여자의 가슴이 실린 페이지가 눈앞에 드러났다. 목 아래에 저렇게 큰 게 달렸는데 여자들은 어떻게 고꾸라지지도 않고 잘 걷 는담?

"여자 가슴 생각하다가 발기한 적 있어?"

조가 묻는다.

그는 대답 대신 코웃음을 친다. 있다고 대답하고 싶지만, 솔직히 잡지에 나온 금발 여자 사진을 봤을 때 좀 무서웠다. 여자의 눈빛이 엄마나 여동생, 이모의 눈빛과는 사뭇 달랐던 것이다.

"여자 가슴을 생각하고도 발기가 안 되면 고자야."

조가 말한다.

"난 고자 아니거든."

"그럼 이제부터는 좀 더 많이 생각해봐. 완전 장난 아니거든."

그는 알겠다는 듯 고개를 끄덕인다.

"만져본 적은 있는 거지?"

그는 여자의 가슴을 만지는 상상을 해보다가 부르르 떤다.

조가 코웃음을 치더니 웃어댄다.

"만져보면 안다니까? 여자 가슴을 만지면 백 퍼센트 발기한다고. 확실해."

두 사람은 이제 모퉁이를 돌아 학교에서 멀찍이 떨어진 곳에 와 있다. 차들이 빠른 속도로 옆을 지나쳐가자 조가 그를 골목 안으로 끌고 들어간다.

"여자 가슴을 무슨 수로 만져?"

그가 묻는다. 클레어의 가슴이 널빤지처럼 납작한 건 둘째치고 클레어에게 손이라도 댈라치면 아빠한테 산 채로 껍질이 벗겨질지도 모른다.

조가 웃는다.

"그러니까 누나가 있어야지."

조가 담뱃갑을 꺼내 손으로 만지작거린다. 담뱃갑을 싸고 있는 번쩍거리는 비닐이 그의 눈에 빛을 쏘아댄다.

"우리 헬렌 누나는 열여섯 살이거든. 가슴이 이따만 해. 다음에 우리 집에 오면 내가 한 번 보여줄게."

뭐? 무슨 수로? 그는 조의 멋진 집을 상상해본다. 반들거리는 나무 바닥에다 코카콜라와 아이스크림이 그득한 냉장고. 내가 거기 들어간다고? 또 여자 가슴까지 본다고? 말도 안 돼.

"안 될걸."

그가 말한다. 조네 가족이 파비* 아이를 집에 들일 리가 없다.

"내가 들여보내줄게."

조가 말한다.

믿으면 안 돼.

"약속할게. 우리 엄마 보지를 걸고 맹세한다니깐."

조는 계속 우겨댄다.

"대신 네가 해줘야 할 일이 하나 있어."

없는 게 없는 조 같은 애한테 내가 해줄 일이 뭐가 있을까?

"무슨 소리야?"

"내가 너한테 무슨 부탁을 하나 할 건데 네가 들어주면 학교 끝나고 우리 집에 데려가줄게. 우리 누나 가슴도 볼 수 있다고 내가 보장할게."

조는 '보장'이라는 말을 교양 있고 분명한 발음으로 말한다. 언젠가 들어본 적 있는 단어다. 라디오에서 어느 신사 양반이 했던 말 같다.

"무슨 부탁인데?"

조가 어깨를 으쓱하더니 미소를 짓는다.

"글쎄, 생각 좀 해보고."

"뭐라고?"

이렇게 엉큼한 버퍼 아이는 또 처음이다.

조는 손을 들어 과장된 손짓을 해 보인다.

"이봐, 스위니, 기다려 보라니까. 내가 생각 좀 해볼 테니까 기

---

* 파비(pavee): 아일랜드 유랑민 연합체 파비 유니언에서 유래한 말로 유랑민을 부르는 속어.

다려."

그러더니 그의 어깨를 툭 친다.

"너 파비치고는 좀 괜찮은 녀석이야."

버퍼에게 파비라고 불리는 건 기분 나쁜 일이지만 그는 아무 말도 하지 않는다.

"있지, 나 이제 가봐야 하는데 이거 너 먹어. 엄마가 하도 많이 줘서 어차피 혼자 다 못 먹어."

조가 그에게 초콜릿 바를 하나 건넨다. 주머니에 오래 둬서 좀 뜨끈해졌지만 뜯지 않은 새 거다. 밝은 오렌지색 포장지에 든 '라이언 바.' 한 번도 먹어본 적 없는 것이다.

그는 초콜릿 바를 받아서 주머니에 넣는다.

"차 마시는 시간까지는 집에 돌아가야 해서 말이야."

조가 말한다.

"우리 집 식구들은 맨날 차 마시면서 무슨 이야기를 그렇게 하자는 거야. 내일 보자. 내가 한 말 잊어버리지 말고."

그다음엔 조는 코웃음을 한 번 치더니 가버린다.

그는 조가 차 사이를 요리조리 피해가는 뒷모습을 본다. 라이언 바의 구깃구깃한 포장지를 쳐다보다 손가락으로 만지작거린다. 그러다 포장지를 찢어 초콜릿 바 절반을 한 입에 쑤셔넣고 왔던 길을 돌아가기 시작한다.

여자가 나오는 잡지를 오늘 밤에 한 번 더 봐야겠다.

어쩌면 전엔 못 느꼈던 새로운 게 느껴질지도 몰라.

펄럭펄럭 페이지를 따라 펼쳐지는 여자들, 가슴들.

*

그녀는 사실 남자들을 잘 이해할 수 없었다. 특히 성적인 면에서 그렇다. 어떤 남자들과는 영화나 정치 이야기가 잘 통하고 같이 맥주를 마시고 농담도 주고받는 좋은 친구가 될 수 있었지만 밤이 깊어지면 그들은 그녀가 전혀 기대하지 않았던 어떤 것을 원하는 것 같았다.

그런 남자들의 행동을 기만적이라고 표현하긴 좀 그렇다. 어쨌든 그들은 친구니까.

하지만 때로 그녀가 단단한 바닥을 딛고 서 있다고 생각할 때조차도 그 아래로 이상한 기류가 흐르기 시작하면서 표면에 금이 생길 것만 같다.

하버드 1학년이 공식적으로 끝난 6월의 늦은 밤이다. 그녀는 이제막 1학년을 끝내고 여름방학 동안 공동체 봉사나 여름학기 행정 업무 같은 교내 일자리를 구한 친구들과 어울려 노는 중이다. 한때 파티며 뒷소문, 어색한 유혹으로 떠들썩하던 기숙사는 텅텅 비고 뉴잉글랜드 여름의 끈끈한 습기만 남았다. 기숙사에 남은 몇 안 되는 1학년생들은 모여서 찰스 강가로 소풍을 가고 전자레인지에 돌려먹는 즉석식품과 불법으로 구해온 술을 마시며 지낸다.

어느 날 그녀는 기숙사 공동휴게실 타일 바닥에 앉아 저녁식사를 끝내고 있다. 함께 있는 다섯 친구는 그저 얼굴만 아는 사이에 가깝다. 활기 넘치는 대학 신입생들은 금세 친구가 된다. 서로 대화가 잘 통하며 배울 점도 많다.

다섯 명 중 일리노이 출신 빨간 머리 여자애와 브롱크스 출신 라틴계 남자애는 사귀는 사이로, 4층 높이 창틀에 나란히 걸터앉아 발

장난을 치면서 창문 아래로 펼쳐진 적막하고 널찍한 하버드 야드*를 내려다보는 중이다.

그 밖에 그녀, 텍사스 출신 흑인 남자애, 캘리포니아 출신 한국계 미국인 여자애, 지난 학기 『인류학 입문』 수업을 함께 들은 코네티컷 출신 백인 여자애가 있다. 그들은 바닥에 앉아서 사과주에 알딸딸하게 취해 몸을 흔들거리고 있다.

"헤렐에 가자!"

한국계 여자애가 제안한다.

"새로 나온 맛 먹어보고 싶어."

헤렐은 아이스크림 가게 이름이다. 썩 끌리는 제안은 아니다. 케임브리지의 수요일 밤에는 나이를 위조한 신분증이 없으면 깜짝 놀랄 정도로 할 일이 없다.

어쨌든 굳이 무슨 계획이 꼭 있어야 하는 것도 아니다. 커플은 손잡고 어딘가로 가버렸다. 발장난으론 모자라서 더 바짝 붙어 있을 만한 데를 찾으러 갔나보다. 남은 네 명은 모여 앉아 지난 학기에 들은 수업, 가을학기에 듣고 싶은 수업, 참여하고 있는 과외 활동 등에 대해 이야기를 나눈다. 그녀는 톰이라는 흑인 남자애한테 텍사스에 대해 물어보고 텍사스는 넓어서 항상 차를 몰고 다녀야 하는 것 아니냐는 얘기 따위를 주고받고 있다.

창을 통해 여름의 은근한 바람이 불어오고 바깥에서 귀뚜라미 우는 소리가 난다.

"우린 설거지 할게."

---

* 하버드 야드(Harvard Yard): 매사추세츠주 케임브리지의 공원.

나머지 두 여자애가 그렇게 말하더니 근처 화장실로 가버린다.

그 아이들이 한참이 지나도록 돌아오지 않기에 어째서 안 오는지 궁금하지만 이제 톰과의 대화는 피츠제럴드와 헤밍웨이에 대한 심도 깊은 토론에 접어들고 있다. 톰은 이야기가 잘 통하는 괜찮은 친구지만 그녀가 싫어하는 헤밍웨이를 좋아한다.

방 안에 둘만 남아 있었고 잠시 후 톰은 그녀에게 안마를 해주겠다고 한다.

"정말?"

그녀로서는 상상도 못 한 제안이다.

"그래, 안마 해주고 싶어."

그래서 그녀는 톰의 다리 사이에 너무 딱 붙지는 않으려고 주의하면서 그를 등지고 앉는다. 톰이 손으로 어깨를 주물러준다. 짜릿한 두근거림 같은 게 찾아오진 않는다. 톰은 친구로밖에는 느껴지지 않는다. 지금 하는 건 그저 플라토닉한 안마 그 이상은 아무것도 아니다.

"침대에 엎드려 볼래?"

톰이 묻는다.

이상한 제안 아닌가? 그녀는 침대에 엎드리면서 그러고 보니 남자에게 안마를 받아보는 건 처음이라고 생각한다. 하지만 무슨 일이건 처음은 있는 법이잖아. 이성끼리 안마를 해줄 수도 있지, 그게 무슨 특별한 의미는 아닌 거겠지.

"셔츠 벗을래?"

톰이 묻는다.

"아니, 괜찮아. 입고 있을래."

"알았어."

톰의 단단하고 남성적인 손이 슬며시 그녀가 입은 티셔츠 안쪽으로 들어가더니 브라 끈을 잡아당긴다. 그러면서도 브라 밑의 등을 주물러준다. 지금 이 순간 그녀는 로맨틱한 감정은 하나도 느껴지지 않는다. 평소와 약간 다르다고 생각할 뿐이다.

"브라 예쁘다."

그가 말한다.

"내 브라가 왜?"

티셔츠 아래 있는 브라가 톰의 눈에 보일 리가 없잖아.

"귀여워."

톰의 대답은 그것으로 끝이다.

그가 안마를 계속하지만 기분이 딱히 좋지는 않다. 다만 모르는 사람에게서 안마를 받는다는 게 색다르게 느껴질 뿐이다. 드디어 안마가 끝난다. 그의 손이 그녀의 등 위에 얹혀 있다.

"고마워."

그녀가 말한다. 잠깐의 침묵이 흐른 뒤 그녀가 일어나 앉는다.

두 사람은 침대에 나란히 앉은 자세다. 어째서 대화가 멈춘 건지 모르겠다. 낯선 땅에 온 것만 같은 기분이다. 아까만 해도 평범한 대화였던 것이 그녀가 영 이해할 수 없는 의식이 되어버린 것 같다. 입밖으로 내지 않은 암호, 의미심장한 침묵, 내가 무슨 말이나 행동을 해야 하나.

그 순간 톰이 그녀에게 키스하려는 듯 몸을 가까이 해온다.

키스?

그녀는 깜짝 놀라 몸을 피해버린다.

톰은 그녀의 표정을 보더니 웃음을 터뜨린다. 당황스럽다는 듯 고개를 절레절레 젓는 그의 얼굴이 미소로 일그러진다.

"미안해."

그녀는 갑자기 창피해진다.

"난 우리가 친구라고 생각했어."

톰이 정말 그 순간 우리가 키스할 거라고 생각한 걸까. 그녀는 충격적이기만 했다. 사람들은 이런 식으로 서로를 유혹하는 거구나…

두 사람은 어색하게 함께 웃는다.

"가자."

톰이 일어선다.

"다른 애들 찾으러 가야지."

톰이 일으켜 세우는 손길을 따라 일어선 두 사람은 방을 나가 텅 빈 계단을 내려간 뒤 하버드 야드의 어둑어둑한 초록색 오솔길을 걷는다.

그 일 이후로 그녀는 그때 자기가 얼마나 순진해 보였을까 생각해본다. 그러나 그 일을 아무리 되돌아보고 열심히 공부하듯 분석해보아도 그녀는 분명 성적 흥분은 조금도 느끼지 않았던 게 맞다. 다만 잘 모르는 남자애와 대화를 나눈 게 전부다. 알지도 못하는 사람과 키스하다니 그녀로서는 상상도 안 되는 일이다.

그날 밤 톰과 키스하지 않은 게 다행이라는 생각이 든다. 원치 않는 상대에게 뭐 하러 첫 키스를 낭비하겠어?

그러나 그녀는 서서히, 거의 들리지 않지만 분명히 존재하는 암묵적 언어가 있다는 걸 이해하게 된다. 개가 인간의 가청 범위를 벗어난 소리를 알아듣는 것처럼 말이다. 나는 어째서 이 언어를 알아듣지 못하는 걸까, 그 언어를 듣지 못하는 내게 무슨 문제라도 있는 걸까? 다음번엔 좀 더 열심히 귀를 기울여봐야겠다.

부모님이 이혼했을 때 그는 열한 살이었다. 마이클 형은 부모님의 이혼에 조금도 놀라지 않았을뿐더러 그쪽이 더 낫다고 생각하는 것 같았지만, 다시금 집에서 형을 보기가 어려워진다. 일 년의 절반은 소년원을 들락거리기 때문이다.

형이 없으니 외롭다. 집에 말이 통하는 사람이 없어서다. 동생들은 계집애 흉내를 내기 시작했고 아빠는 일을 나갔다가 술에 취해 돌아와서는 엄마한테 행패를 부린다. 엄마를 다 때리고 나면 다음 차례는 결국 자식들이다.

요즘 그는 유랑민 체류지의 다른 아이들과 어울려 지내기 시작했다. 그는 얼굴과 이름을 잘 기억하지 못하는 편이지만 남들은 다들 그를 안다.

"너 믹 스위니네 집 싸움 잘하는 둘째지?"

그런 말을 들으면 좀 우쭐해진다. 마이클 형도 다들 안다. 형의 근황을 궁금해 한다.

"너희 형은 감방에서 언제 나온대?"

어느 날 그는 저녁식사 시간에 집에 돌아온다. 조용하고 초라한 저녁식사다. 베이크드 빈을 얹은 토스트를 먹고 레몬주스를 꿀꺽꿀꺽 마시니 목구멍이 아리다. 마이클 형은 한 달 전에 소년원에 들어갔다. 클레어는 설거지를 하는 중인데, 그러다 물을 다 써서 다시 펌프질을 하러 가야 하는 사태가 없길 바랄 뿐이다.

아빠는 평소처럼 밥을 다 먹자마자 자리를 뜨는 대신 미적거리고 있다. 긴장이 감돌고, 아빠와 엄마가 자꾸 은근슬쩍 눈길을 주고받는 게 보인다. 최소한 싸우는 것보단 낫다.

클레어가 설거지를 마치려는데 엄마가 그쪽으로 손을 뻗는다.

"클레어, 그만하고 이리 와보려무나. 엄마 아빠가 할 말이 있어."

처음에 그는 좋은 소식일지도 모른다고 생각한다. 지금처럼 좁아 터진데다 문이 반쯤 박살난 캐러밴은 버리고 새 캐러밴을 산다는 소식 같은 것. 하지만 엄마 아빠의 표정을 보니 좋은 소식일 리가 없는 것 같다. 엄마가 행복한 표정을 짓는 걸 본 지 굉장히 오래됐다.

"무슨 일이에요?"

클레어가 엄마 옆에 앉자 엄마는 그 애의 머리를 쓰다듬는다.

엄마가 뭔가 말을 하려다 아빠 눈치를 본다.

"믹, 당신이 먼저 얘기할래?"

아빠는 뭐라고 구시렁거리다가 몸을 앞으로 숙이며 헛기침을 한다.

"얘들아… 그러니까 이제 네 엄마랑 나는 말이다…"

아빠가 우물거리자 엄마가 아빠를 쏘아보고, 아빠가 다시 말을 잇는다.

"앞으로 따로 살 거란다."

클레어는 그 말에 충격을 받고, 그도 충격을 받은 건 마찬가지지만 내색하지 않는다. 클레어가 덜덜 떨며 흐느끼는 모습을 보고 그는 눈을 굴린다. 여자들은 항상 질질 짠다.

"무슨 뜻이에요?"

클레어가 묻는다.

"그러니까, 어…"

아빠가 다시 입을 연다.

"그게 무슨 뜻이냐면…"

"이제 엄마랑 아빠는 각자 알아서 살아갈 거라는 뜻이야."

엄마가 아빠의 말을 자르며 끼어든다.

엄마의 무미건조한 말투에 다들 충격을 받는다. 그에게는 그렇다 치고 평소 클레어한테만큼은 그토록 부드럽고 다정하던 엄마가 딱딱한 빵을 자르는 것처럼 단호한 말투로 끼어들다니.

"하지만 왜요?"

눈에 눈물이 그렁그렁한 클레어가 묻는다.

엄마와 아빠가 서로 쳐다본다. 엄마는 화가 나 있고 아빠는 좀 미안해 보인다.

"너희 엄마가…"

아빠가 말을 시작하려 하자 엄마가 또 끼어든다.

"너희 아빠는 술을 끊어야 해. 안 그러면 여긴 너희들이 살 만한 데가 못 된다."

아빠 표정이 이상하다. 마이클 형을 소년원에 데리러 갔던 날 보았던 표정이다.

"그럼… 아빠가 나가는 거예요?"

클레어가 묻는다. 클레어의 눈 속에 자그마한 희망의 빛이 감도는 것 같다. 그게 사실이라면 정말 싫다. 울고 짜는 클레어. 그 애가 더 어렸을 때는 아빠가 잔뜩 취해서 들어올 때마다 겁을 먹고 구석에 웅크려선 엉엉 울어댔다. 그래서 이렇게 되어버린 것 같다. 클레어가 겁을 내니까 엄마가 아빠를 쫓아내는 게 분명하다.

"음, 그런 건 아니란다, 클레어."

엄마가 말을 잇는다.

"아빠가 오빠들을 데리고 떠날 거야. 너랑 브리짓, 션은 엄마랑 살고."

그러고는 침묵이 이어진다. 나, 아빠, 형, 이렇게 셋이 함께 산다고? 그럼 요리는 누가 해? 빨래는? 그는 그 역할을 자신이 도맡게 되지 않길 바라지만 역시 자신이 가장 어린데다가 아빠나 마이클 형이 집안일을 하는 건 상상도 안 된다고 생각한다.

클레어는 또 운다. 게다가 무슨 일인지 이해하지도 못했을 브리짓마저도 클레어가 우는 걸 보고 따라 운다. 엄마는 바람이 다 빠진 풍선처럼 텅 비고 납작해 보인다. 아빠가 그를 본다.

"그럼, 조니. 이 새로운… 조치에 대해 어떻게 생각하니?"

그가 아빠를 올려다본다. 오늘은 아빠의 숨결에서 위스키 냄새가 나지 않는다.

"끝내주는데요."

그는 이렇게 대답한다. 엄마랑 클레어가 우는 모습을 보면서 짜증낼 일이 다신 없을 테니까.

엄마가 꼭 울 것 같은 표정으로 쳐다보는 바람에 그는 불편해서 자리를 박차고 나가고 싶다.

"우리 아가야."

엄마가 손을 뻗어 그를 끌어당기려 한다.

그는 몸을 비틀어 엄마의 손길에서 빠져나온다.

"난 이제 아기가 아니에요, 엄마."

그는 차갑게 말한다.

"아기라면 브리짓과 션이 있잖아요. 게다가 클레어도 우는 건 아기 못지않고요."

엄마가 멍한 눈으로 그를 쳐다보더니 고개를 돌려버린다.

아빠가 그의 어깨에 팔을 두른다. 처음으로 아빠의 손길이 부드럽게 느껴진다.

"엄마는 널 위로하려는 거다."

그는 아빠의 팔을 더 세게 움켜쥔다.

"위로는 필요 없어요. 전 아무렇지도 않거든요."

아빠는 그를 이상한 눈으로 쳐다본 뒤 다시 울고 있는 클레어와 엄마를 쳐다본다. 몸서리쳐지게 싫은 광경이다. 여자들은 빼고 아빠와 마이클 형만 함께 사는 게 훨씬 기쁠 것 같다.

"언제부터 따로 살아요?"

"음, 일단 네 사촌 결혼식까지는 기다려야지. 마이클도 그 전엔 나올 거다. 떠나기 전에 송별회도 크게 해야지."

"우린 어디로 가는데요?"

엄마가 다시 아빠를 쳐다본다. 눈이 새빨갛다.

아빠가 손가락으로 허벅지를 톡톡 두드린다.

"벨파스트로 갈까 한다."

"벨파스트요?"

그가 묻는다. 벨파스트라면 한두 번 가본 적은 있지만 기억이 잘 나지 않는다. 벨파스트 사람들은 이상한 말투를 썼고 파운드화를 사용해서 아빠가 불평했던 게 기억난다. 텅 빈 거리를 어슬렁거리던 것도. 온 벽에 색색깔 벽화*가 그려져 있던 것도.

"거기 우리 친척이 좀 산다."

아빠가 설명한다.

"거기 가면 일자리도 좀 있을 거야."

새로운 곳으로 간다니 좋다. 거기엔 나를 내커라고 부르며 돌을 던지고 형 이야길 주워섬기며 고함을 지르는 버퍼 놈들은 없겠지.

---

* 북아일랜드 전역에서 볼 수 있는 2,000개 이상의 거리 벽화는 북아일랜드의 정치사를 드러내는 상징물이다.

어쩌면 마이클 형이 앞으론 감옥에 그렇게 자주 들락거리지 않을지도 몰라. 거기 가면 물건을 슬쩍할 만한 잘사는 사람이 더 많을지도 몰라.

엄마가 자리에서 일어난다. 이제는 아까만큼 눈물범벅은 아니다. 엄마가 그의 옆에 앉더니 두 손을 그의 어깨에 올리고 눈을 바라본다. 눈물 때문에 눈가가 지저분하게 얼룩져 있다.

"언제든지 만나러 와도 된단다."

"그럼 엄마는 벨파스트로 우리 만나러 안 와요?"

의도한 것보다 더 성난 목소리가 나와버린다.

엄마가 머뭇거린다.

"브리짓이랑 션은 아직 어리잖니, 쉽지 않을 거란다."

그는 엄마를 쳐다본다. 다시 한번 고개를 끄덕인다.

엄마가 그의 오른뺨을 어루만진다.

"착하게 살아야 한다. 형을 닮으면 안 돼. 자랑스러운 아들이 되어주렴."

그가 채 마다하기도 전에 엄마가 그를 와락 껴안는다. 엄마의 팔이 그의 등을 아프게 파고든다.

"엄마랑 약속해줄 거지?"

엄마가 그의 목 언저리에 얼굴을 묻고 그렇게 말하는데 뭐라 대답해야 할지 난감하다.

"약속하는 거지?"

그는 고개를 끄덕이며 이쯤에서 끝나주길 바란다. 하지만 엄마는 여전히 그를 끌어안은 팔을 풀지 않는다.

"약속할게요."

마침내 그가 대답한다.

"착하게 살게요."

엄마가 그를 안았던 팔을 풀지만 여전히 그의 팔을 꼭 잡은 채 눈물이 가득한 눈으로 그를 쳐다본다. 희망이 담긴 것만 같은 눈으로 그를 보고 또 본다. 코가 빨개진 엄마가 서서히 미소를 짓는다.

그 모습을 보니 기분이 이상해져서 그는 엄마의 품을 빠져나온다. 신선한 공기를 좀 마셔야겠다.

다음 순간 그는 캐러밴 밖으로 뛰쳐나와 들판을 달린다. 비가 온다. 하지만 무슨 상관이야. 진흙탕을 지나 계속 달린다. 빗방울이 얼굴에 뚝뚝 떨어져 아무에게도 보여주고 싶지 않았던 눈물과 뒤섞인다.

*

그녀는 독일 바이에른주 서쪽 끝, 오베르스트도르프 기차역에 서 있다. 그녀는 열아홉 살, 미국인을 위한 여행 가이드북을 집필하는 일자리를 얻게 됐다. 대학교에서 독일어를 배운 지 고작 다섯 달밖에 되지 않았기에 처음에는 긴장해 어쩔 줄 몰랐지만 여행 4주차인 지금은 문제없이 잘 해나가고 있다.

그녀가 집필할 책은 알뜰 여행 가이드북이기에 출판사에서는 하루 경비로 45달러밖에 주지 않았다. 그래서 숙박은 유겐트헤르베르게, 즉 유스호스텔에서 해결하는 수밖에 없었다. 이제는 가는 곳마다 그 지역 유겐트헤르베르게를 찾는 데 도가 텄다. 마을 지도를 펼치고, 방향을 파악하고, 걸어간다. 날마다 새로운 마을에서 8킬로미터씩 걷는다.

뒷주머니에 나침반을 넣고 다니는 요령도 생겼다. 나침반에 달린 거울에는 방향을 표시하는 세로선이 그어져 있는데 이 거울은 얼굴을 보는 데도 쓸 만했다. 허영을 부리려는 건 아니지만 겉모습이 괜찮은지 확인할 필요는 있다.

독일에 온 뒤 그녀는 예전보다 더 많은 관심을 받았다. 심각한 희롱은 아니다. 한번은 케밥 가게 주인인 터키 남자가 공짜 케밥을 건네며 윙크를 했다. 또 한 번은 기차 안에서 검표원이 기차를 환승하는 방법을 지나치게 오래 설명했다. 설명은 전부 영어로 했지만 마지막에 그는 독일어 억양이 잔뜩 섞인 영어로 '또 만나면 좋겠네요'라고 덧붙였다.

물론 또 만날 일은 없겠지. 하지만 남자들이 혼자 여행하는, 검고 긴 머리에 검은 눈동자를 가진 젊은 외국인 여성에게 보이는 반응은 놀랄 만큼 흥미롭다.

이 일은 고독한 작업이다. 끊임없이 길을 떠나고, 끊임없이 정보를 업데이트한다. 누군가와 즐겁게 대화를 나누고 친구가 된다 한들 별수가 없다. 일정상 다음 날이면 떠나야 하니까. 일요일 밤이면 그녀는 공중전화를 찾아 편집자와 엄마에게 전화를 건다. 그게 그녀가 정기적으로 하고 있는 사회적 접촉의 전부다.

그러면서도 이 직업이 주는 스릴 때문에 모든 게 견딜 만했다. 날마다 새로운 장소를 보고, 오래된 성당을 어슬렁거리고, 바로크풍 광장을 묘사하고, 하이킹 경로를 탐색하는 것. 미국 교외에서 어린 시절을 보낸 내내 꿈꿔왔던 일이다.

어느 날 저녁, 어쩌다 보니 시골길에 서 있는 독일인 세 명과 즐겁게 대화를 나누게 됐다. 눈앞에는 정상이 눈에 덮인 알가우 알프스가 사진 속에서 보던 모습 그대로 거대하게 솟아 있었다. 이 독일인들은 매년 오베르스도르프로 여름 휴가를 온다며 가장 좋은 하이킹 코스도 알려주었다. 20분이나 독일어로 대화를 주고받다니! 속으로 은근히 독일어 실력에 자부심이 느껴졌다.

하지만 오베르스트도르프역에 서 있는 지금에서야 그 독일인들과 지나치게 오랜 시간 대화를 나누었다는 생각이 든다. 유스호스텔로 가는 마지막 버스는 13분 전에 떠났고, 유스호스텔까지는 걸어갈 수 있는 거리가 아니다. 유스호스텔은 코르나우라는 다른 마을의 산기슭에 있다.

아까의 좋은 기분이 사그라지고 걱정이 되기 시작한다. 어떻게든 숙소에 도착해야 하는데. 기차역을 나와 산기슭에 있는 코르나우 마을이 보이는지 목을 쭉 빼보지만 이미 날이 어둑해지고 있다. 산이 골짜기에 기다란 그림자를 드리우고 오후 내내 모여들던 먹구름이 비를 뿌리기 시작한다.

기차역 앞에 택시가 한 대 서기에 그녀는 코르나우까지 가는 택시비를 독일어로 물어본다.

"14마르크."

7달러다. 이만한 돈을 택시비로 쓸 수는 없다.

택시 앞에서 발길을 돌린 그녀는 당혹감에 어쩔 줄 모른다. 날은 어두워지고 비까지 오는데 유스호스텔까지 갈 방법이 없다. 이 마을에도 숙소야 있겠지만 이렇게 늦은 시간에 방을 구하기도 힘들 것이고 당연히 예산을 훌쩍 웃돌 것이다. 막차를 놓친 자신이 너무나도 한심하다.

그때 다른 누군가가 택시를 타고 떠나는 모습이 보인다. 그녀는 어쩔 줄 몰라 보도 위에서 머뭇거린다. 울음이 터져 나오려는 걸 참고 있자니 온종일 걸은 탓에 온몸이 피로하다는 자각이 이제야 찾아온다.

그때 눈앞에 서 있던 차의 차창이 내려간다. 안에서 남자가 창밖으로 몸을 내민다.

"브라우슈트 두 힐페?"

도움이 필요하냐는 뜻이다.

그녀는 남자를 훑어보지만 그렇다고 이 사람에 대해 얼마나 더 알 수 있을지는 모르겠다. 상당히 젊고 깨끗하게 면도를 한 남자다. 여기 사람들이 으레 그렇듯 금발에 푸른 눈이다. 어쨌든 지금은 누가 괜찮은지 물어주는 것만으로도 고마운 심정이다.

"어, 제가 유스호스텔까지 가는 막차를 놓쳐서요."

그녀가 독일어로 대답한다.

"택시가 있을 텐데요."

남자가 텅 빈 택시정거장을 가리킨다.

"돈이 모자라요."

그녀는 솔직히 말한다. 이런 말까지 했으니 내 지갑을 털 생각은 안 하겠지.

남자가 잠시 침묵했다가 제안한다.

"혹시 괜찮으시다면 제가 태워드릴 수도 있는데."

갑자기 찾아온 행운이 믿기지 않는다. 아니, 행운이 아닐지도. 이 사람을 무슨 수로 믿나?

"정말요? 꽤 먼 곳인데요."

그녀는 유스호스텔이 다른 마을에 있다고 설명해준다.

그는 고개를 끄덕인다. 거기까지 태워주는 건 문제가 아니라는 뜻이다.

"음… 아인 모멘트, 비테(잠시만요)."

모르는 사람 차에 함부로 타서는 안 된다는 말은 어릴 때부터 귀에 못이 박이도록 들어왔다. 하지만 여기는 외국이고, 돈은 별로 없고, 숙소까지 갈 방법도 없다면야 어쩔 수 없는 것 아닐까.

주위를 둘러보자 아무도 없다. 창문으로 뒷좌석을 들여다보니 딸랑이와 동물인형 따위 아이들 장난감이 보인다. 유아용 카시트도 있다. 아이를 키우는 사람이구나. 그럼 안전할 거야.

그녀는 고개를 끄덕이며 그럼 태워다 달라고 부탁한다. 남자가 차에서 내리더니 그녀의 백팩을 트렁크에 싣는다. 이게 현명한 일인가 하는 생각이 들지만 무례해 보일까봐 아무 말 못 한다.

그녀가 조수석에 타자 차가 어두워지는 길을 따라 달리기 시작한다. 앞 유리창에 빗방울이 똑똑 떨어지고 남자는 와이퍼를 켠다.

"비스트 두 치네지쉬(중국인입니까)?"

그가 묻는다.

"이히 빈 아메리카네린(미국인이에요)."

그렇게 설명한 뒤 그녀는 독일어로 덧붙인다.

"부모님은 중국인이고요."

형식적인 대화가 이어진다. 남자는 더 심도 있는 이야기를 주고받고 싶은 기색이 역력하지만 그녀의 독일어 실력에 어쩔 수 없는 한계가 있다. 아까 알프스를 바라보며 독일 여행객들과 대화할 때 느꼈던 자신감은 온데간데없이 사라져버렸다. 이제 그녀는 안전벨트를 한 채, 김이 서린 앞 유리를 와이퍼가 닦아낸 작은 틈새로 완연한 저녁이 된 바깥을 바라본다.

차는 10여 분간 어둠 속을 달려 산기슭을 오르는 인적 드문 길로 접어든다.

골짜기 아래로 불빛이 다닥다닥 모여 있는 오베르스트도르프의 풍경이 내려다보인다.

남자에게 직업이 뭐냐고 묻자 그가 설명을 해주지만 독일어가 너무 어려워서 알아들을 수가 없다. 언뜻 듣기엔 기계나 과학 쪽 일인 것 같다.

"혼자 여행 중입니까?"

그가 묻는다.

"아뇨, 유스호스텔에서 친구를 만나기로 했어요."

가이드북 편집자는 여자 혼자 여행하려면 꼭 이렇게 대답하라고 했던 것이다. 조심해야 한다고 했다. 실제로는 없는 친구를 있는 척하고, 배낭은 맞은편 빈자리에 두고, 절대 히치하이킹은 하지 말라고 했다.

그녀는 지도를 펼쳐 눈앞에 나타나는 표지판과 비교해보면서 길을 몇 번 알려준다. 남자는 군말 없이 그녀가 알려주는 대로 차를 몬다. 그 순간 차가 표지판을 지나친다. 분명 코르나우로 빠지는 분기점을 알리는 표지판이었다. 바깥은 이미 아무것도 보이지 않을 정도로 깜깜해져 있고, 그녀는 눈앞의 어둠에 바짝 신경을 집중하고 다음 분기점을 기다린다.

차는 계속 전진한다. 또 한 번 표지판이 헤드라이트 불빛에 드러났다가 뒤로 사라지지만, 코르나우라는 글씨는 아무 데도 없다.

이제야 사태를 이해한 그녀는 목이 턱 막히는 기분이다. 뭐라고 해야 하지? 이 사람은 자기가 어디로 가고 있는지 알까? 다음 표지판이 나올 때까지는 기다려야 하나…

"저기요."

그녀는 마침내 입을 연다.

"분기점을 지나버린 것 같은데요."

남자가 그녀를 쳐다본다.

"아, 정말입니까?"

"네."

그녀가 힘주어 대답한다. 저 앞에 보이는 갈림길에 좀 더 자세해 보이는 표지판이 있다.

"저기 차 세우고 표지판 한 번 확인해볼 수 있을까요?"

그녀를 바라보는 남자의 얼굴에 재미있다는 기색이 감돈다.

"그럼 그러죠."

남자가 표지판 앞에 차를 세우자 그녀는 차에서 내려 표지판에 적힌 글자를 확인하고 지도와 비교해본다. 역시나다. 온 길을 되돌아가야 한다.

다시 차에 타서 남자에게 지도상의 현 위치를 보여주고 목적지도 알려준다. 그동안 내내 남자가 그녀를 쳐다보는 시선이 느껴진다. 남자는 지도를 보고 있지 않다.

시선이 불편하지만 그녀는 불안을 애써 숨기고 단호한 태도로 밀고 나가기로 한다.

"그러니까 괜찮죠? 되돌아가서 아까 분기점에서 꺾으면 돼요."

남자가 씩 웃으며 고개를 끄덕인다. 왜 출발하지 않는 거지?

그가 시동 장치에 꽂힌 키를 오른손으로 만지작거린다. 다음 순간 남자가 그녀를 향해 돌아앉으며 묻는다.

"볼렌 지 하이트 아벤트 밋 미어 슐라펜?"

머릿속에서 그 말이 동시통역에 가깝게 해석된다.

'오늘 밤 나랑 잘래요?'

심장이 멎는 것 같다. 침착해야 해. 정말 이렇게 말한 게 확실해? 뭐라고 대답해야 하지? 어쩌다 제 발로 이런 상황에 걸어 들어오게 됐담?

"나인(싫어요)."

그녀는 단호하게 대답한다. 독일어 실력이 좀 더 나았으면 얼마나 좋았을까.

"이히 하베 카이네 프라이짜이트(시간이 없어요)."

그녀의 독일어 구사는 여기까지가 한계다.

그가 고개를 끄덕인다.

"아버 미히 베르드 디르 겔트 게벤…"

돈을 주겠다는 뜻이다.

노여움과 두려움이 밀려오지만 어떤 반응이 최선일지 잘 생각해야 한다.

"안 돼요."

그녀는 독일어로 한 번 더 말한다.

"말했잖아요, 시간이 없어요. 어서 유스호스텔에 가야 해요. 친구가 기다리고 있다니까요."

남자는 여전히 그녀에게서 눈을 떼지 않은 채다.

그녀는 단호하게 힘을 주어 입을 다물고 시선을 앞 유리창 밖으로 옮긴다. 당당하게 굴자. 마치 내가 무슨 일을 해야 하는지 다 아는 것처럼. 그러면서도 속으로는 미친 듯이 지금 선택할 수 있는 행동들을 견주어 보고 있다. 지금 차에서 내려버릴까? 그러기엔 배낭이 트렁크 속에 있잖아.

이제 비가 폭우가 되어 앞 유리창을 흠뻑 적신다.

마침내 그가 고개를 돌리면서 말한다.

"알았습니다."

그는 시동을 걸더니 차를 돌려 온 길을 돌아간다.

차가 비와 어둠을 뚫고 달리는 내내 신경이 바짝 곤두선다. 언제 남자가 돌변해 난폭한 행동을 할지 모른다. 그럼 앉은 자리에서 반격한 다음 운전대를 빼앗아 차를 돌려야지. 하지만 그다음엔 어쩌지? 달리는 차 문을 열고 뛰어내리는 게 나을까…

안 된다. 선한 것인지 악한 것인지 알 수 없는 남자의 의도가 드러날 때까지 꼼짝없이 안전벨트에 묶인 채 기다리는 수밖에 없다.

그러나 남자는 제대로 된 방향으로 차를 몰고 있다. 여름 스콜의 빗방울이 차를 온통 두드리고, 잠시 후 차가 지도대로 코르나우 로드로 접어든다. 다음 순간, 어둠 속에서 기적처럼 흠 하나 없이 새하얀 유스호스텔 건물이 모습을 드러낸다.

유스호스텔을 보고 이토록 마음이 놓이는 건 처음이다.

곧 남자가 트렁크를 열어 배낭을 꺼내준다. 그녀는 빗속에서 배낭을 받아 멘 뒤 고개를 끄덕여 고맙다고 인사한다. 그런데 뭐가 고마운 거지? 성폭행을 하지 않고 여기까지 데려다줘서? 죽이지 않아줘서?

다른 가능성은 깊이 생각하지 않기로 한다. 그냥 뒤도 돌아보지 말고 유스호스텔 안으로 들어가 버리는 게 좋겠다. 수작을 놓으려다 퇴짜 맞은 남자는 좀 어색해하는 것 같다. 남자가 손을 내민다.

"즐겁게 여행하세요."

그녀는 그 손을 붙잡고 악수한다.

그가 차에 올라 떠나는 모습을 굳이 지켜보지는 않는다. 유스호스텔 문을 밀고 들어가자 안은 밝고 따뜻하다. 안내데스크가 아직 열려 있어야 하는데. 데스크에 기댄 그녀의 머리카락은 비에 흠뻑 젖었고 배낭 끈이 어깨를 파고든다. 벨을 울린 뒤 누군가 나타나주길 초조하게 기다린다. 아직 그 차에서 내렸다는 것도, 이제 안전하다는 것도, 그 남자를 다시는 볼 일이 없다는 것도 실감이 나지 않는다.

심장 박동이 서서히 누그러진다.

누군가 데스크 뒤로 걸어 들어온다.

"빗속에 발이 묶이셨나 봐요?"

고개를 들어 그 말을 한 사람을 본다. 금발에 푸른 눈의 젊은 남자가 그녀를 보며 웃고 있다. 독일인 버전의 레오나르도 디카프리오같이 생겼다. 여기서 일하는 사람일까? 아까 그 남자의 차 안에서 공포에 떨다가 이런 사람을 보니…

"그러게요."

그녀는 어깨를 으쓱하고 마주 웃어 보인 뒤 독일어로 말한다.

"조금 늦긴 했는데 숙박 예약을 했어요."

"알아요."

그가 말한다.

"기다리고 있었거든요."

눈이 웃고 있다.

"그럼 지금 체크인할 수 있을까요?"

"당연하죠."

그녀는 로비를 둘러보다가 갑자기 머릿속에서 떠오른 평소답지 않은 무모한 생각을 곱씹는다.

"혹시 맥주 팔아요? 지금 맥주 한 잔이 간절하네요."

데스크의 남자가 함께 음모라도 꾸미듯 그녀 쪽으로 몸을 기울인다.

"사실 팔면 안 되는데, 제가 따로 챙겨놓은 게 좀 있긴 해요."

"그래요?"

그 순간 조금 전의 상황이 분출시킨 아드레날린 때문인지, 결국은 탈출했다는 스릴 때문인지, 아까 느꼈던 두려움이 모습을 바꾸어 그녀는 어쩐지 평소보다 대담해진다. 그녀가 그의 푸른 눈을 똑바로 들여다본다.

남자는 눈길을 피하지 않는다. 그리고 그녀는 생각한다. 손해 볼 게 뭐 있어? 내일이면 어차피 떠날 텐데.

"고마워요."

그녀가 말한다.

"그런데 혼자 마시는 건 좀 안 내키네요."

*

벨파스트에 간 뒤로 그는 비싸게 구는 여자들에게 접근할 수 있는 마이클 형이나 다른 형들을 부러워하기 시작한다. 비싸게 구는 여자들이란 쨍한 색깔의 립스틱에 달라붙는 옷을 입고서 한참 쳐다보기만 해도 발기할 정도로 가슴을 쑥 내밀고 서 있는 여자들을 말한다. 하지만 그가 수작이라도 걸라치면 여자들은 면전에 대고 비웃어버릴 것이다. 예전에 플래내건 술집 뒷방에서 여자에게 몇 마디 걸었다가 그런 일이 실제로 있었다.

"뭐야, 지금 네 꼬맹이 남동생이 나한테 수작 부리는 거야?"

여자가 마이클 형에게 물었다. 커다란 링 귀걸이가 가슴 위에서 달랑거렸다.

게리도 도널도 다들 그를 보고 웃기에 그는 마이클 형이 마시는 파인트 맥주잔을 빼앗아서 유리잔이 부서져라 녀석들의 얼굴을 갈기고 싶었다.

"너 몇 살인데?"

여자가 물었다. 눈가에 시커먼 화장을 하고 가슴이 푹 파인 상의를 입고 있었다. 여자의 가슴을 빤히 쳐다보지 않으려고 애를 쓴다.

"몇 살로 보이는데?"

그 말에 마이클 형도 다른 사람도 웃기만 한다. 여자도 마찬가지다.

"몰라. 한 열여섯 살?"

사실 그때 그는 열세 살이었다. 마이클 형은 그에게 파인트 한 잔을 더 사주면서 조만간에 여자 꼬시는 법을 알려주겠다고 했다. 그럼 누구나 유혹할 수 있을 거라고 했다.

일단 나이가 많은 척해야 한다. 그럼 다들 속을 것이다. 유랑민으로 사는 장점의 하나는 우리가 어디서 왔는지 아무도 모른다는 거다. 출신을 알 수도, 얼굴을 보고 이름을 맞힐 수도, 이름을 듣고 나이를 맞힐 수도 없다. 원한다면 누구라도 될 수 있는 투명인간인 셈이다.

그다음에는 농담을 주고받고 매력을 발산하며 대화를 나눈다. 그러다가 지갑이나 핸드폰을 들고 도망치면 된다.

그는 형이 알려준 요령을 써먹는 법을 배운다. 정착민들이 하는 이야기를 들으면서 그들이 좋아하는 자동차나 보석 이름 같은 걸 귀담아 들어둔다. 그다음에는 다른 데서 입을 놀릴 때 자연스럽게 그 이름을 끼워 넣으면 된다. 많이 알아둘수록 좋다.

"마요르카섬이라… 근사한 곳이지. 해변도 있고, 음식도 맛있고, 산도 있고 말이야. 여름 내내 거기서 지내도 좋겠다."

"내 말이. 나는 이비자보다 마요르카가 좋아."

6월의 어느 날 저녁, 돈깨나 있어 보이는 20대 젊은이들이 빅토리아 스퀘어 근처 와인 바 테라스에 앉아 이런 이야기를 주고받고 있다. 남자들은 파란 셔츠에 고급스러운 가죽 재킷에 재수 없게 생긴 구두를 신었다. 여자들은 가슴과 엉덩이를 감싸는 랩 드레스 차림이다. 여자들이 움직일 때마다 귀걸이와 반지가 반짝거리고 다들 고급스러운 로고가 박힌 명품 핸드백을 하나씩 들고 있다.

그는 주변을 어슬렁대며 어느 핸드백을 들고튈까 생각 중이다. 빨간 가방은 안 된다. 가방 주인이 한시도 몸에서 가방을 떼어놓지 않고 있으니까. 갈색 큰 가방도 너무 무거워 보인다. 그래도 한 명이 더 있다. 만취한 금발 여자다. 술에 떡이 되어 벽에 기대 비틀거리고 있다. 여자의 흰색 가방이 바닥에 놓인 채 마치 유혹하듯 입을 벌리고 있다.

제일 많이 취한 사람을 노려라. 마이클 형과 그 친구들의 경험이 빚어낸 또 다른 법칙이다. 여자는 술기운이 오를수록 남자들 쪽으로 슬슬 몸을 기대고 핸드백은 그녀에게서 한 발짝 떨어진 길바닥에 놓여 있다. 한 발짝, 아니 이제는 한 발짝하고도 반.

핸드백 안에 들어 있음직한 물건들을 상상해본다. 백 파운드, 아니 이백 파운드가 든 지갑, 핸드폰, 감성적인 음악으로 꽉 찬 아이팟, 어차피 쓰지도 못할 신용카드 몇 장, 나중에 어떤 여자의 비위를 맞출 때 유용하게 쓰일 립스틱.

상상하지 말자. 그냥 행동하자.

그는 입을 꾹 다물고 목표물을 마지막으로 한 번 더 훑어본다. 여자는 여전히 이쪽을 등지고 있고, 일행은 또 한 번 빌어먹을 건배를 한다면서 잔을 집어들고 있다. 피가 몰려오는 걸 느끼며 숨을 들이쉬자 익숙한 흥분이 온몸을 감싼다.

지금이다.

달린다. 큰 걸음으로 다섯 발짝 뛰어가 핸드백을 움켜쥔 뒤 숨을 몰아쉬며 어둠을 향해 돌아선다.

좀 느렸다.

어떤 손이 그의 어깨를 움켜쥐더니 홱 돌려세운다.

"뭐야, 무슨 일이야?"

한 남자가 고함을 친다.

술 취한 여자는 소리를 빽 지른다.

"내 가방!"

내뺄 준비를 하며 다리에 힘을 주지만 무리 속에 있던 사각턱에 검은 머리를 한, 무슨 슈퍼히어로처럼 생긴 남자가 그를 돌려세우더니 주먹을 치켜든다. 주먹을 피한 뒤 팔꿈치로 남자의 사각턱을 밀어내고 다시 도망칠 준비를 한다. 그 순간 그가 꽉 움켜쥐고 있던 핸드백 안에서 전화벨이 울리는 바람에 그는 잠시 당황하고 만다. 벨소리는 언젠가 클럽에서 들은 적 있는 끔찍한 댄스음악이다.

남자들이 여전히 그를 둘러싸고 있다. 이번에는 모래빛 머리카락에 주근깨투성이의 키 작은 남자가 그를 붙들고 사각턱 남자는 자신의 슈퍼히어로 주먹을 그에게 날릴 준비를 한다.

이번 건 좀 아프겠는걸.

고개가 뒤로 홱 꺾일 정도로 강한 주먹이다. 오른쪽 눈알이 눈구멍 안으로 쑥 들어가고 광대뼈가 욱신거린다. 핸드백을 놓친다. 핸드폰에서 울려 퍼지던 망할 댄스음악도 멈춘다.

너무 아파서 눈앞에 별이 번쩍거린다.

하지만 그는 맞는 데는 이골이 났다. 아빠 주먹만큼 아프지도 않다. 주먹의 반동으로 주근깨 남자가 그를 놓치자 그는 비틀거리며 다시 핸드백을 향해 손을 뻗는다.

"누가 경찰에 신고 좀 해봐요!"

금발 여자가 째지는 목소리로 비명을 지른다.

사각턱이 다시 그를 붙잡으려 하자 그는 이마로 그의 머리에 박치기를 해버린다.

꽤 아프군.

"저기예요!"

한 여자가 소리친다.

도망치자.

돌아보지 말자. 얼굴을 들켜선 안 돼.

주먹을 맞은 충격으로 아직까지 머리가 빙빙 도는 채로 그는 어둠 속을 달려 오른쪽으로 방향을 튼 뒤 잽싸게 길모퉁이를 돈다. 귓가에 맥박이 울리고 심장은 목구멍으로 튀어나올 것 같다.

"저 내커 새끼가!"

남자의 고함소리가 들린다.

놈들이 이제는 쫓아오지 못할 걸 알면서도 그는 온 힘을 다해 달린다. 옛날부터 발 하나는 빨라서 한 번도 붙잡힌 적이 없다. 언제 도망쳐야 하는지, 언제 숨어야 하는지도 잘 안다.

그는 계속 달린다. 잠시 후 속도를 늦추어 숨을 고르고 그늘 속으로 녹아들 준비를 한다. 선창가의 어둠 속으로 숨는다.

다리 아래 몸을 감추고 드디어 쉰다. 호흡도 정상으로 돌아온다. 손을 무릎으로 받치고 몸을 앞으로 기울인다. 강가는 고요하고 큰길의 소음은 전혀 들리지 않는다.

몸속을 휘돌던 피도 잠잠해진다. 이제야 진짜 아픔이 머리로, 얼굴로 쏟아지기 시작한다. 눈가에 멍이 들 게 뻔하다.

제기랄, 다 헛짓거리였다. 자랑할 만한 수확도 없다.

아빠한테 잔소리를 무진장 듣겠군. 친구들 패거리도 한마디씩 할 거다.

강가를 따라 걷기 시작한다. 드문드문 설치된 가로등이 강렬한 노란빛을 뿜기는 하지만 길은 어둠으로 덮여 있다. 어느 벽 안쪽에서 여자의 웃음소리와 무슨 말인지 알아들을 수 없는 남자의 낮은 목소리가 새어나온다. 남자가 무슨 남자답고 낭만적인 말이라도 하면 여자는 킥킥 웃으며 남자의 가슴에 손을 올리겠지. 그러면 남자가 여자의 가슴을 더듬어대도 가만히 있겠지. 세상에는 운 좋은 새끼도 많다. 나만 빼고.

"다섯 명이었다고? 다섯 명은 건드리면 안 되지."

뜨거운 물에 젖은 천으로 얼굴의 상처를 닦아주던 마이클 형이 말한다. 그는 아파서 얼굴을 찌푸린다.

"가방이 없어져도 모를 만큼 술에 떡이 되어 있었다고."

"그래, 근데 남자가 눈치 챘잖아. 그러니까 네 얼굴이 이렇게 피떡이 됐지."

형이 천을 한 번 더 짜서 얼굴에 들이댄다.

그는 물러난다.

"됐어. 아프다고."

형은 코웃음을 친다.

"계집애 같은 소리 하지 마. 다음에는 아예 보지라도 만들어 와서 더블린 엄마 집에 가서 살겠다고 하겠네."

그는 대답하지 않는다.

형이 행주를 싱크대에 던져 넣고 칼스버그 맥주 캔을 건네준다.

"자, 좀 마셔. 토마스네 가서 치료하면 아픈 건 낫겠지만 온 동네에 소문이 다 날걸."

그는 맥주를 벌컥벌컥 마신다. 맥주가 미지근해서 아무 맛도 없지

만 그래도 아예 안 마시는 것보다는 낫다. 술기운이 올라와서 아픔
이 누그러지면 좋겠다.

"아빠가 집에 오면 분명 어떻게 된 일이냐고 야단일 텐데."

형이 멍든 눈을 가리킨다.

"또 싸웠다고 하지 뭐."

"누구랑?"

그는 어깨만 으쓱한다.

"글쎄."

형은 또 설교하는 말투가 된다.

"버퍼랑 싸웠다고 하면 안 돼. 정착민들이랑 안 좋게 엮이면 안 된
단 말이야. 그런데 우리끼리는 안 싸우잖아."

빌어먹을, 무슨 교황이라도 되는 것 같네.

"알았어. 관광객이랑 시비가 붙었다고 할게."

"그게 낫지. 그래도 아빠는 분명 이럴걸. '싸움을 했으면 멍을 들
게 하고 와야지 네가 멍이 들어서 오면 어쩌자는 거냐?'"

형이 술 취한 아빠의 혀 꼬인 발음과 볼썽사나운 손짓을 썩 잘 따
라하는 바람에 그는 웃을 수밖에 없었고 덕분에 왼쪽 눈이 다시금
불붙은 듯 아파온다.

그는 얼굴을 찡그리며 칼스버그 캔을 식탁에 내려놓는다.

"그래도 발전이 있는 것 같아."

형은 씩 웃는다.

"그래, 그래야지."

그는 자리에서 일어나 캐러밴 창가로 가서는 조그만 네모 모양 유
리창으로 깜깜한 바깥을 내다본다. 바람 소리 말고는 아무것도 없
다. 차 한 대 지나다니지 않는다.

"형, 경찰이 나 잡으러 올까?"

마이클 형이 잠깐 골똘히 생각하는 듯하더니 어깨를 으쓱한다.

"짭새가? 아닐걸."

"정말?"

"훔친 것도 없잖아? 게다가 그놈들은 술 마시러 나왔는데 분위기 깨지게 신고를 했겠어?"

그는 웃음을 터뜨린다.

"왜 웃어?"

형이 묻는다.

"부자 놈들이 인생을 너무 쉽게 사는 것 같아서. 내 덕에 얼마나 신나는 밤을 보내고 있겠어? 오늘밤 슈퍼히어로로라도 되는 것처럼 날 물리쳤으니 여자들 따먹기도 쉬울걸. 전희의 대가로 나한테 돈을 줘도 모자랄 판이야."

둘 다 신나게 웃는다.

"놈들이 도둑질해줘 고맙다고 유랑민한테 돈 주는 날이 어서 오면 좋겠다."

형이 말한다.

"그날을 위해 건배."

그가 칼스버그 캔을 집어 입가로 가져가지만 캔은 이미 비어 있다. 쇠맛이 나는 거품만 느릿느릿 입안으로 흘러들어온다.

그는 눈을 감은 채 캔을 입가에 대고 거품을 삼키며 생각한다.

마요르카섬이라… 근사한 곳이지.

바깥에서 바람이 불어 캐러밴 외벽을 쌩쌩 후려치고 있다.

*

일 년 뒤, 그는 더블린에 있다.

그와 처음으로 섹스한 여자는 생일 파티에 갔다가 혼자 집에 가고 있던 깡마른 갈색머리 여자애다. 그는 열네 살, 여자와 키스해본 경력은 2년차다. 여자애도 나이는 비슷해 보인다. 정착민 여자애. 웨스트 더블린 주거지역 인근이다. 그리 늦지 않은 시각, 여름의 초저녁이고, 여자애는 혼자 걷고 있다.

그는 그 애의 긴 머리와 날씬한 다리와 재킷 주머니에 쑤셔 넣은 두 팔을 본다. 거리가 꽤 멀어서 얼굴이 예쁜지는 모르지만 사실 상관은 없다. 친구 패거리가 알려준 기술들을 연습해볼 만한 상대면 된다.

그는 그 애에게 다가간다. 우연히 만난 것처럼, 딱히 목적이 없는 무심한 태도를 가장한다.

"안녕?"

여자애와 어느 정도 가까워지자 그가 말을 건다.

여자애가 발걸음을 멈추고 돌아본다. 지루해하는 것 같은 얼굴에 약간 슬픈 기색마저 감돈다. 머리카락은 갈색에 볼품없이 쭉 뻗은 생머리지만 눈은 참 예쁘다.

"안녕?"

여자애가 인사를 받는다. 그리 살가운 말투는 아니다. 상관없다. 내가 바꿔놓을 테니까.

"어디 갔다 오는 길이야?"

여자애는 미심쩍어하는 듯 대답을 망설인다.

"친구 생일 파티."

"친구 이름은 누군데?"

"니암."

"그럼 네 이름은?"

"새라."

"새라…"

그는 고급 향수라도 음미하듯 그 이름을 발음한다. 마이클 형이 여자를 꼬실 때 쓰던 수법이다. 그러자 여자애의 얼굴에 희미한 미소가 떠오른다.

"새라, 난 도널이야."

"안녕, 도널."

두 사람은 저녁 해를 받으며 두 개의 긴 그림자를 드리우고 선다.

"새라, 왜 파티에서 일찍 나왔어?"

새라는 어깨를 으쓱하더니 발치로 고개를 떨어뜨리며 운동화를 신은 발 바깥쪽에 체중을 지탱하고 선다.

"걔네들이 날 따돌려서. 이야기에 날 끼워주지 않았는걸. 니암은 자꾸 남자친구 얘기만 하고 다른 애들도 그랬어."

"그럼, 넌 남자친구 없어?"

새라가 고개를 젓더니 창피하다는 듯 눈을 내리깐다.

빙고, 여기서부터는 어려울 게 없다.

"있잖아, 새라. 난 사실 파티 진짜 좋아해. 그런데 네가 파티에서 일찍 나온 게 정말 다행이야. 이렇게 너랑 둘만 있게 됐잖아."

새라가 고개를 든다. 그의 말을 믿는 것 같지는 않지만 기분은 좋은 눈치다.

새라가 얼굴을 붉히더니 다시 눈을 내리깔고 걸음을 옮긴다.

"어디 가?"

"집에 가야 해."

하지만 이번에는 꼭 쫓아와주길 바라는 듯 내숭이 섞인 말투다.

물론 쫓아갈 생각이다.

"아, 왜 그래. 벌써 가지 마. 우리 이제 막 만났잖아."

마이클 형이 수많은 여자에게 마르고 닳도록 써먹은 대사다. 웬만한 여자들은 이 대사에 넘어갔다.

새라 역시 넘어간 모양이다. 걸음을 멈추더니 호기심 어린 눈으로 그를 바라본다.

그가 웃는다.

"이리 와, 새라. 나랑 같이 가자. 보여줄 게 있어."

새라는 자신에게 보이는 관심이 반가운 것 같다.

"안 돼, 나 가야 돼."

그는 그녀의 손을 잡는다. 어딘가로 데려가줄 것만 같은 쾌활한 태도로.

"바로 저쪽인걸."

사실 그는 이 동네를 잘 몰라서 입에서 나오는 대로 지껄이고 있을 뿐이다. 그래도 건물들 뒤에 나무가 우거진 장소가 있다는 것쯤은 기억하고 있다.

조용하면서 그럴싸한 장소만 있으면 된다. 근처에 아무도 없어야 한다는 것도 주의해야 한다. 마이클 형과 도널이 이야기해준 것이다. 그 정도면 여자랑 즐기는 데 아무 문제가 없다고 했다.

주변을 둘러본다. 동네는 텅 비어 있다. 가족들이 집 안에 모여 텔레비전을 보거나 저녁을 먹을 시간이다. 길에는 아무도 없다. 안전하다는 뜻이다.

그가 손을 잡자 새라는 잠깐 흠칫 놀라지만 그의 손길에 고분고분

따라온다. 심지어 얼굴에는 웃음까지 띠고 있다.

"어디 가는 거야?"

키득거리면서 묻는다.

"가보면 알아."

그는 나무가 우거진 곳으로 가는 내내 입을 놀린다. 거의 다 거짓 말이지만 새라는 그 말을 믿는다. 얼마 전에 이 동네로 이사 왔어. 고 향은 티론주야. 아빠는 의사고, 여동생이 셋 있어. 넌 이 동네 맘에 들어?

"괜찮아. 사실 다른 동네엔 살아본 적이 없어."

"방학 땐 어디 가는데?"

"런던에 한 번 가봤고, 스페인에도 한 번 가봤어. 하지만 늘 가족 이랑 같이 가서 별로 재미없었어."

나는 런던에 세 번 가봤어. 프랑스에 사는 삼촌도 있고, 뉴욕에 사 는 삼촌도 있어.

"우와, 뉴욕이라니."

뉴욕은 정말 근사하지. 고층빌딩도 많고, 사람도 많고, 자유의 여 신상도 있지.

"자유의 여신상에 올라가봤어?"

새라가 눈을 크게 뜨고 묻는다.

"당연하지, 정말 멋져. 수면에 햇살이 반짝이고 뉴욕 전체가 다 내 려다보여."

뉴욕 중심부를 뭐라고 부르더라? 맨해튼이다.

"맨해튼, 살기 좋은 곳이지."

"우와."

새라는 그에게 깊은 인상을 받은 것 같다. 이제는 그를 무서워하지도 않는다.

그는 아직도 새라의 손을 잡고 있다. 이제는 조금만 더 가면 나무가 우거진 곳이 나온다. 가서 뭘 해야 할지는 모르겠는데, 일단 가면 알겠지.

"바로 저기야."

그는 다리를 크게 뻗어 쓰러진 나무 위를 넘어간 뒤 무너진 철조망 아래로 걸어간다.

새라가 걸음을 멈춘다.

"거기 뭐가 있는데?"

"걱정하지 마, 안전하니까."

그가 새라의 손을 끌어당기자 새라는 철조망 아래로 지나가려고 몸을 구부린다. 철조망을 위로 들어올려 주면서 새라의 가슴을 눈여겨본다. 대단치 않다. 판지처럼 납작하다.

그래도 혈관을 타고 피가 끓어오른다. 새라는 이제 철조망 사이에 갇힌 꼴이고 주변엔 아무도 없다.

새라가 재킷에 묻은 흙을 털어낸 뒤 고개를 든다. 그가 그녀를 빤히 바라본다.

"새라."

"왜?"

새라는 약간 어색한 듯 웃으며 대답한다.

그는 아무 말 없이 울타리에 기대 새라가 도망칠 길을 막는다.

"보여주려던 게 뭐야?"

새라가 나무들과 파헤쳐진 땅바닥을 보며 묻는다.

"거짓말이었어."

그 말에 새라가 다시 불안해하는 게 느껴지지만 그는 내심 즐겁다.

"여긴 왜 데려왔어?"

새라의 목소리에 두려움이 묻어 있다.

"이러려고."

그가 몸을 내밀어 그녀에게 키스한다.

새라는 잠깐 몸을 뒤로 빼더니 그를 쳐다본다. 다시 한번 키스하자 새라가 이번에는 얌전히 키스를 받아들인다.

잊지 마, 여자라면 누구나 남자의 키스를 받고 싶어 해. 네가 그 남자라는 확신만 주면 되는 거야. 마이클 형과 도널이 항상 하던 말이다. 키스를 충분히 오래 하고 나면 그 여자랑 더한 것도 할 수 있어.

새라의 입에서 탱고*와 도리토스 맛이 난다. 한참 키스한 뒤에 놓아주자 그녀는 약간 충격받은 얼굴을 하면서도 뺨을 붉힌다.

"좋았어, 새라?"

새라는 대답이 없지만 화난 것 같지는 않다.

"키스해본 적 있어?"

새라는 조금 창피해하며 고개를 젓는다.

"나도 처음이야."

그러면서 그는 몸을 숙여 새라한테 또 한 번 키스한다.

그것도 거짓말이다. 유랑민 여자애들 몇 명과 키스해봤는데, 정착민을 노리는 게 낫다. 여자애 부모에게 들켜서 도망 다닐 일이 없으니까.

어쨌거나 연상의 여자들이 키스를 잘한다. 연상의 여자들은 섹시

---

* 탱고(tango): 영국과 아일랜드에서 흔히 구입할 수 있는 과일 맛 음료수.

하게, 때로는 힘 있게 그의 혀를 가지고 놀고 그때마다 그는 발기한다. 어리고 수줍음을 타는 여자애들은 얼어붙어서 혀를 아예 움직이지도 못한다. 여기 있는 이 애처럼 말이다.

그는 새라의 어깨를 붙들고 있었고, 도리토스 맛이 나는 입술도 슬슬 만족되지 않는 터라, 이번에는 새라의 재킷 안으로 손을 집어넣는다. 새라가 흠칫 놀라며 뒤로 물러서지만 그는 왼손으로 붙든 새라의 어깨를 놓지 않는다.

"싫어?"

"잘… 모르겠어."

새라는 캐러밴 앞 잔디밭을 돌아다니는 토끼 같다. 겁에 잔뜩 질려서 돌을 던질 때까지 가만히 있는 토끼 말이다.

"한 번 더 할게."

그는 대답을 기다리지 않고 한 손으로 새라의 머리를 뒤에서 받치고 그녀의 입술에 입을 가져간다. 그는 힘을 주어 그녀의 가슴에 몸을 눌러보지만 마치 판지처럼 납작하기만 해서 어떻게 해야 할지 모르겠다.

새라가 그에게서 억지로 입술을 떼어낸다.

"나 집에 갈래. 그만할래."

하지만 너무 늦었다.

그는 급히 그녀의 재킷 지퍼를 내리고 손을 넣어 가슴을 더듬는다. 그녀는 손을 뿌리치려 하지만 이미 돌에 맞아 뇌가 날아가 버린 토끼처럼 공황 상태고, 그의 성기는 이미 슬슬 일어서서 그를 더 자극하고 있다.

재킷이 벗겨지자 셔츠 속 새라의 가슴이 만져진다. 가슴이 아주 작고 젖꼭지도 아주 작지만 그래도 가슴을 만지니 성기가 더 단단해진다.

이제 이대로 손을 아래로 가져가면…

"제발 그만해."

새라는 울고 있다. 하지만 울음기로 일그러진 목소리가 더 자극적이다. 여자들은 어쩌면 이렇게 뻔할까. 키스는 받고 싶어 하면서 다음 단계로 넘어가기는 싫다는 것이다.

"제발."

새라가 흐느끼기 시작한다. 울음소리를 누가 듣기라도 하면 큰일이니까 뺨을 한 대 세게 갈긴다.

"닥치라고, 쌍년아."

새라가 조용해진다.

이제 됐다. 선을 넘어왔다. 이번에는 끝까지 갈 수 있겠지.

*

스물세 살, 그녀는 아일랜드 남서부에 있는 비애라 반도에서 홀로 하이킹을 한다. 이곳 풍경에 그녀는 무궁무진한 흥미를 느낀다. 바위투성이 산등성이 여기저기에 작은 관목 덤불들이 나 있고, 절벽과 골짜기와 개울로 주름져 거대하고 울퉁불퉁한 짐승의 가죽 같은 지형 속에 작은 반점처럼 점점이 자리한 조그만 집들과 마을들.

그녀가 유명 장학금에 선발되어 아일랜드 문학 석사과정을 밟느라 코크에 살게 된 지도 1년이 되었다. 몇 달 전 하우스메이트를 구한다는 광고를 보고 찾아간, 시내 중심가 인기 있는 술집 옥상에 증축한 엉성한 가건물에서 열여덟 살 남자애와 한 집에 살고 있다. 밤 문화의 중심지로 주말이면 술집이 문을 닫는 새벽 2시마다 거리로 쏟아져 나오는 취객으로 떠들썩해지는 거리다.

여름 내내 그녀는 옥상 모서리에 걸터앉아 바로 아래 골목을 내려다보곤 한다. 늦은 밤이면 꼭 벽에 대고 소변을 보는 남자들이 있었는데, 비틀대며 어두운 그늘에 몸을 숨기고는 있었지만 그녀에겐 훤히 보였다. 취한 남자들이 누가 위에서 자기를 내려다보는 줄도 모르고 소변을 보는 꼴이 우습기는 했다. 때로는 어둠 속에서 몸을 더듬는 커플도 본다. 진한 키스를 하고 서로를 더듬으며 신음을 뱉는다. 여자는 벽에 등을 대고 남자는 그 위로 몸으로 밀착한 채 여자의 셔츠나 스커트 속으로 미친 듯이 손을 쑤셔 넣는다. 그럴 때면 이런 모습을 구경하는 스스로에게 죄책감이 일기도 하지만 한편으론 공공장소에서 이런 짓을 한다는 게 역겹기도 하다. 어쨌든 흥미롭긴 하다. 그녀는 1, 2분간 그 모습을 지켜보다가 불편한 마음으로 자리를 떠난다.

주말 아침에 그 골목을 지나가면 지린내가 난다. 때로는 나름대로 눈에 띄지 않게 하려고 벽 쪽으로 밀어놓은 다 쓴 콘돔이 눈에 띄기도 한다.

한 집에 사는 제이미라는 남자애는 그녀를 귀찮게 하지 않는다. 그에겐 자기 생활이 있고, 자기 친구들이 있고, 수집하는 투팍 포스터가 있고, 4년째 사귀는 여자친구 에머가 있다.

"에머가 임신했어."

두 사람이 어쩌다 함께 집에 있던 어느 날 제이미가 말했다.

"뭐라고?"

그녀는 충격받은 기색이 역력한 목소리로 물었다. 이 열여덟 살짜리 남자애가 아빠가 된다고?

"아빠가 되는 기분은 어때?"

"뭐, 끝내주지."

제이미의 다른 친구들은 벌써 열일곱, 열여덟의 나이에 부모가 되었다. 그 친구들에게 아기 옷을 물려받겠지. 싱글 맘이 된 에머는 국가에서 상당한 지원금을 받게 될 것이다. 두 사람은 잘살 것이다.

도대체 어쩌면 이렇게 단순하고 행복하게 미래를 받아들일 수 있는 건지 그녀는 도무지 이해할 수가 없다. 열여덟에 부모가 되는 것도, 그러기를 손꼽아 기다리는 것도.

그녀는 도시에서, 그러니까 지린내가 나는 골목, 맥주에 푹 젖은 저녁, 십대에 부모가 된 아이들에게서 벗어나 시골에서 홀로 하룻밤을 보낼 때가 됐다고 느꼈다.

론리플래닛 가이드북에서 흥미로운 하이킹 코스를 보고 비애라 반도를 선택했다. 글렌가리프라는 작은 마을에서 출발해 자연보호구역을 지나 아무도 모르는 이 지역의 상부에 위치한 쿠마칸 계곡을 지나가는 코스였다. 이 텅 빈 계곡 끝에 말도 안 되게 멋진 이름을 가진 호수가 두 개 있다. 테레나다보디아 호수와 에케노홀리키건 호수.

이렇게 환상적인 이름의 호수를 향하는 코스라니, 얼마나 멋질까.

그렇게 그녀는 9월 말 어느 날 혼자 버스를 탔다. 지도와 가이드북에 표시된 길을 따라 걷기로 마음먹고, 뱀처럼 산등성이를 따라 난 돌과 흙투성이의 길을 하이킹화를 신은 발로 날렵하게 타넘는다. 왼쪽 아래로 지붕이 푹 내려앉고 아이들이 놀던 구석에는 나무가 자라버린, 폐허가 된 오두막이 한두 채 보인다. 이렇게 외진 곳까지 와보니 이제 아일랜드의 시골은 폐허가 된 오두막 천지라는 걸 알겠다.

200년 전 아일랜드 인구는 800만 명 이상으로 지금보다 훨씬 많았다고 들었다. 그러나 그 뒤 아일랜드 대기근이 일어나서 사람들이 미국, 캐나다, 오스트레일리아, 뉴질랜드로 대거 이주했다. 물론 영국으로도.

그녀도 석사과정이 끝나면 런던으로 이주할까 생각 중이다. 지난해 그녀는 말도 안 되게 값싼 라이언에어 비행기를 타고 런던을 여러 번 찾았다. 런던에서 보낸 날들은 짧지만 짜릿했다. 수많은 극장, 쇼핑 장소, 미술관, 트라팔가 광장, 코번트가든, 템스강 주변에 모인 인파. 옥스퍼드 스트리트에 있는 맥도널드에 앉아 있기만 해도 즐거웠다. 감자튀김을 먹으면서 흑인, 백인, 아시아인, 중동인 등의 인파가 지나가는 것을 구경했다. 관광객, 출퇴근하는 직장인, 학생, 노숙인, 그리고 그녀, 그 모두를 지켜보는 익명의 얼굴.

코크에 살게 된 뒤로는 런던이라는 모든 인종이 섞인 런던이 마음의 평화를 가져다주었다. 그녀를 쳐다보는 사람도, 영어를 잘한다고 칭찬하는 사람도, '이국적으로 생겼다'며 그게 무슨 작업 멘트라도 되는 듯 전화번호를 묻는 사람도 없었으니까. 사람들이 외모만으로 자신을 판단한다는 생각이 그녀를 못 견디게 했다.

아일랜드 남자를 몇 명 만나보긴 했지만 그리 잘 되지 않았다. 몇 주면 끝이었다. 대학을 졸업할 때까지 2년을 사귀었던 헨드릭과의 안정적인 관계에 비하면 놀라울 정도다. 아일랜드 론리플래닛 가이드북을 선물한 당사자이자 믿음직하고 그녀의 말에 귀를 열심히 기울이던 헨드릭. 헨드릭과 헤어진 지 1년이 되었다. 장거리 연애를 유지하면서 아일랜드에서의 생활을 즐기기 힘들 것 같아서였다. 처음에는 싱글로 지내면서 아일랜드 남자들의 관심을 끄는 것도, 술집에서 남자들이 작업을 거는 것도 기분 좋은 놀라움으로 다가왔다. 하지만 결국 그 남자들을 만나보면 하나같이 실망스러웠고 그녀에게 마음의 상처만 남겼다. 두 번째 데이트에서 잠자리를 갖지 않으면 남자들은 연락을 끊었다. 어쩌면 그녀의 '동양적인' 외모 때문에 좀 더 성적인 관계를 기대했던 건지도 모른다.

연애는 탄광 같은 것이다. 다칠 가능성도, 예기치 못한 일도 너무 많다.

이 모든 것에서 하루 이틀이라도 자유로워진 지금이 무척 기껍다. 오늘 아침 호스텔을 나선 뒤로 사람이라고는 아무도 보지 못했으니까. 온 인류를 등 뒤에 두고 떠나와서는 아직 가지 않은 길만 눈앞에 두고 있는 셈이다.

이제는 길이 산등성이를 타고 내려와 골짜기의 파릇파릇하고 옴폭 파인 부분으로 이어진다. 다시 한번 지도를 본다. 쿠마칸 계곡이 끝나는 지점에 이름이 근사한 데레나다보니아 호수와 에케노훌리키건 호수가 있다. 야생적이다. 인적이 드물다. 그 이름만큼이나 숨막히게 아름다운 곳이라고 한다.

골짜기가 합쳐지더니 두 호수를 품고, 풀과 히스로 뒤덮인 바위로 된 절벽이 솟아올라 옆면이 녹색인 우묵한 그릇 모양을 이루고 있다. 은빛이 도는 새파란 호수 언저리에 풀이 나 있다. 바람이 불자 풀이 가볍게 흔들리면서 뭐라 말할 수 없는 어떤 존재가 잔물결을 일으키며 수면을 지나가 재빠르게 사라진다.

그녀는 구름 그림자와 잇따르는 한 줄기 햇살이 풀 위를, 물 위를, 절벽 위를 차례로 지나가는 모습을 바라보며 한동안 매료되어 있었다.

주변에는 아무도 없다. 풀을 뜯으며 어슬렁대는 양 떼조차도 없다.

이 행운이 믿기지 않아 그녀는 자기도 모르게 웃고 있다. 아무도 없는 아름다운 장소를 온전히 홀로 즐기고 있다는 생각에 기쁨의 웃음을 터뜨린다.

초록 들판으로 당장이라도 달려 들어가고 싶지만, 길은 여기서 끊겨 있고, 풀을 헤치고 나아가기엔 풀이 너무 억세다. 그녀는 동물이 내놓은 희미한 흔적을 따라 조심스레 호수 쪽으로 발걸음을 옮긴다. 이 골짜기에 마지막으로 다녀간 사람은 누굴까.

길은 호수 아래쪽 부분에서 흘러나가는 작은 개울을 향해 이어진다. 물이 이리저리 흩어진 돌 사이로 갈라지며 쏟아져 나가고 그녀는 돌을 징검다리삼아 개울을 건너간다.

너무 빨리 걸으려다 물살을 따라 흘러내려가는 돌을 밟고 다른 돌에 미처 다다르지 못한다. 넘어진다면 발목을 삐겠지만, 몸에 힘을 주어 간신히 넘어지지 않고 버틴다.

여기서 다치기라도 하면 곤란하다.

마지막으로 한 번 폴짝 뛰어 시내 건너편에 도착한다.

방금 건넌 개울을 돌아본다. 겁낼 필요가 하나도 없는 얕은 물인데, 혼자라는 사실 때문에 작고 사소한 것에도 겁을 먹게 되어 조금은 우습다.

풀 위에 누워 있는 한 마리 양의 사체를 지나쳐 첫 번째 호수 둘레를 돌기 시작한다. 이번에는 한층 더 조심스럽다. 수많은 작은 개울이 절벽을 타고 흘러 호수로 쏟아져 들어간다. 처음에는 쉽지만 갈수록 절벽은 가팔라지고 물살도 수직으로 일어서는 바람에 결국 그녀는 호수를 향해 내리꽂히는 폭포를 건너뛰는 셈이 된다.

호수가 얼마나 깊은지는 알 도리가 없지만, 그녀는 수영을 거의 못 한다. 어린 시절 배울 기회가 없었다. 그러니까 혼자 미끄러운 돌 위를 폴짝 뛰어 건너는 건 좋은 생각이 아니다.

폭포를 헤치고 가다 보니 아래쪽 호수의 반대쪽 끝에 다다랐고 이쯤에서 가던 길을 멈춰야겠다는 생각이 든다. 여기서부터는 지대가 너무 험한데다가 간신히 더 멀리 가본다 한들 볼 게 그렇게 많아 보이진 않는다. 그럼에도 그녀는 두 호수 사이에 펼쳐진 무성한 풀밭을 간절한 눈으로 바라본다. 바람이 불자 초록의 풀이 누우며 은빛으로 변했다가 일어서는 모습, 위쪽 호수의 저쪽 끝에 버티고 선 파릇파릇한 절벽의 사면.

세상에는 언제나 더 먼 곳이 있다. 탐험을 할 또 다른 곳이 있다.

하지만 안 돼. 그녀는 여기서 간식을 먹으며 경치를 감상한 뒤 돌아갈 것이다. 시계를 본다. 4시 15분. 글렌가리프에서 코크로 가는 6시 버스를 탈 것이다. 돌아가는 데만 해도 시간이 상당히 걸릴 것이다.

5시 30분. 그녀는 폐허가 된 오두막들을 지나 마을로 가는 길을 잰걸음으로 되돌아가는 중이다. 걸으면서 그녀는 이 골짜기에 오는 일은 앞으로 평생 없을 것이라고 생각한다. 아일랜드 남서쪽 끝 외딴 이곳까지 올 일이 있을 리 없다. 그녀는 몇 달 뒤면 이곳을 떠날 것이다. 이미 결정했다. 코크의 집세가 주당 60유로로 저렴하기는 하지만 여기는 런던이 가진 활기와 열정이 없다. 코크 영화제 자원봉사를 하면서 런던의 영화사 몇 곳과 연락을 주고받았는데, 그때 만난 한 감독이 런던에 오거든 연락하라며 명함을 주었던 것이다.

몇 달 뒤 그녀는 소호 하우스에서 그 감독을 만나 점심식사를 했다. 그녀가 용기를 내서 말했다.

"석사과정이 끝나면 런던으로 가서 영화나 방송 쪽 일을 하고 싶어요."

감독은 아는 프로듀서들에게 어시스턴트가 필요한지 알아보겠다고 했다.

그 말을 듣자 또다시 새로운 곳으로 이어지는 길을 발견한 것 같아 마냥 설렜다.

하지만 런던이라는 설레는 대도시에 살려면 일단 코크까지 돌아가야 한다. 시계를 보니 막차 시간까지 20분밖에 남지 않았다. 그런데 정류장까지는 2킬로미터를 더 가야 한다. 그러니까 누군가의 차를 얻어 타지 않는 한 제시간에 도착할 수가 없다.

이렇게 외진 골짜기에서 히치하이킹을 할 수 있을 가능성은 거의 없다.

걸음을 빨리한다. 지나가는 차 한 대 없을 테니 이 작고 외딴 마을에서 홀로 하룻밤을 더 보내야 할 지경이다.

아드레날린이 솟아오르고, 좀 더 서둘러 출발하지 않은 자신이 원망스럽다. 아냐, 두 호수를 본 것만으로도 그럴 가치는 충분했어.

그때, 차 한 대가 마을을 빠져나와 다시 문명세계로 돌아가려는 듯 길 위를 달려오는 소리가 들린다.

제발 보통 사람이어라, 제발 평범한 사람이어라.

가까워지는 차는 금색 승용차다.

여행 가이드북을 위해 취재하는 동안 독일에서 겪었던 일을 그녀는 결코 잊지 못할 것이다. 히치하이킹은 절대 하고 싶지 않았지만 시간과 장소, 대중교통 스케줄이 교묘하게 꼬여 사람을 절박하게 만들 때가 있다.

차가 가까워지더니 모여 있는 오두막 옆으로 방향을 튼다.

지금이 아니면 기회는 없어, 생각하며 그녀가 한 팔을 내민다.

차가 속도를 늦추더니 멈춰 선다.

차창이 내려가면서 젊은 아이 엄마 얼굴이 나타난다. 그녀는 안심한다. 조수석에는 딸로 보이는 아이가 앉아 있고 뒷좌석에는 더 어린 딸 둘이 앉아 있다.

"무슨 일이시죠?"

아이 엄마가 묻는다.

"네, 글렌가리프에서 6시 버스를 타야 하는데 혹시 거기까지 태워다주실 수 있을까요?"

아이 엄마는 잠시 머뭇거리다 뒷좌석에 탄 아이들에게 눈길을 준다.

"그럼요, 타세요."

목소리가 좀 더 날카로워진다.

"애니, 디어드레, 이 언니 타게 조금 비켜주렴."

"와, 정말 고맙습니다. 덕분에 살았어요."

뒷자리의 두 아이가 자리를 비켜주자 그녀는 차에 타 배낭을 무릎에 올려놓는다.

내 미국식 억양이 이들에게는 강하고 이국적으로 들리겠지. 게다가 하이킹을 하느라 온몸이 흙투성이라는 사실에 생각이 미치자 그녀는 미안하다고 한다. 아이 엄마는 그런 건 걱정 말라고 한다.

"안녕?"

그녀가 옆에 탄 두 아이에게 인사를 건넨다.

아이들은 신기하다는 듯 눈만 휘둥그레 뜨고 쳐다보기만 한다.

이 애들한텐 내가 갑자기 늪에서 기어 나온 괴물 같겠어.

아일랜드의 외진 시골에 사는 이 아이들은 아시아 여자를 본 적 있을까.

아이 엄마는 친절하다.

"어디서 오셨어요?"

"미국이오. 뉴욕 근처, 뉴저지 출신이에요."

그녀는 아이 엄마에게 미국에 가본 적이 있는지 묻는다. 없다고 한다. 가장 멀리 가본 게 영국이라고 한다.

"여행 중이신가요?"

"음, 그런 셈이죠."

그녀는 코크에서 유학 중인데 이 하이킹 코스에 대한 이야기를 듣고 골짜기의 두 호수를 보러 왔다고 말한다.

"가보셨어요?"

"아뇨."

아이 엄마가 대답한다.

"거기까지 가는 사람들은 잘 없어요."

자신이 사는 동네에 이런 장관이 있는데 가보지 않는 건 무슨 심리일까. 그들의 눈에는 먼 미국에서 여기까지 와서, 자신들의 뒷마당에서 하이킹을 하겠다고 아무도 모르는 골짜기까지 온 사람이 얼마나 이상해 보일까.

두 아이가 여전히 눈을 크게 뜨고 쳐다보는 동안 차는 큰길로 접어들어 글렌가리프 중심가에 닿는다. 중심가라 해봤자 술집 몇 군데, 우체국, 교회, 학교, 비수기라 파리가 날리는 호텔과 가게 하나가 있을 뿐이다. 그리고 버스정류장 하나.

"여기서 내려드릴게요."

'에이레 버스'라는 간판 근처에 차를 세우며 아이 엄마가 말한다.

"정말 고맙습니다. 진심으로 감사드려요."

"뭘요."

아이 엄마는 입술을 꼭 다문 채 고개를 까닥한다.

"행운을 빌어요. 안전하게 여행하시고요."

"여러분도요."

그녀는 뒷좌석에 탄 아이들에게 씩 웃어 보인다.

"잘 가."

아이들은 여전히 그녀를 빤히 보며 고개를 끄덕인다. 막내로 보이는 꼬마가 말없이 수줍게 손을 흔든다. 그녀도 마주 손을 흔들어주자 차는 다시 떠난다.

글렌가리프의 거리는 조용하다. 그녀는 아무도 없는 정류장으로 걸어간다. 버스 시간표를 확인한다. 시계를 본다.

5시 58분. 넉넉하게 도착했네.

*

핼러윈, 그녀는 스물다섯 살이다. 새벽 3시 5분, 런던에서 열린 할로윈 코스튬 파티에서 그녀는 취해 있다. 영국식 표현으로 근사한 (fancy) 옷을 입는 파티다.

그녀가 입은 의상은 그렇게 근사하진 않다.

지난번 타이완 여행을 갔을 때 사온 청삼*을 입고 머리는 위로 틀어올려 비녀를 꽂은 뒤 평소보다 더 빨간 립스틱을 칠했다. 그러면 전형적인 중국인 여자 분장이 완성된다.

참 쉽다. 어울리기만 한다면야 그 전형성에 안주한들 뭐 어때.

이 핼러윈 파티는 늘 즐겁다. 런던에 사는 미국인 부부가 매년 여는 파티로 누구나 초대받고 싶어 하는 행사다. 부엌 식탁에는 술이

---

* 청삼(cheongsam): 옷깃이 높고 옆부분에 트임이 있으며 몸에 딱 붙는 드레스.

잔뜩 쌓여 있고 카나페, DJ의 라이브 공연, 전 세계에서 온 활기 넘치고 매력적인 20대들이 뒤섞여 있는 곳이다.

그녀는 아까부터 귀여운 영국 남자와 이야기를 나누고 있었다. 모건스탠리에서 일하는 알렉스는 오늘 뱀파이어 분장을 하고 있다. 두 사람은 치즈보드 옆에 서서 마지막으로 남은 안주 카나페를 허겁지겁 집어먹는 중이다. 술도 많이 마셨고 누군가 건네준 싸구려 마리화나도 피웠다. 머리에 꽂은 비녀가 빠져나오기에 핸드백 안에 집어넣었고 검은 머리가 풀려서 어깨까지 내려와 있다.

파티에 있던 사람들은 대부분 택시에 올라 웨스트햄프셔 어딘가에서 있다는 애프터파티를 향해 간다. 하지만 그곳은 그녀의 집에서는 북쪽으로 너무 멀리 떨어져 있는데다 어차피 파티는 다 비슷할 것이다. 밤이 깊어갈수록 더욱 더 많은 마약이 등장하리라는 것만 빼고. 아니, 난 집에 갈래.

그녀는 비틀거리며 코트를 보관해놓은 방으로 간 뒤 코트 무더기 속에서 자신이 입고 온 중고 트렌치코트를 찾아 입는다.

밖으로 나가려는데 누가 그녀의 팔을 잡는다. 알렉스다.

"저기, 우리 택시 타고 우리 집으로 가려는데 너 남쪽에 살지? 같이 타자."

알렉스는 친구인지 하우스메이트인지 하는 팀이라는 사람과 같이 있다. 안대는 어디로 갔는지 모르겠지만 어쨌거나 해적 분장을 하고 있다. 분장을 하느라 칠한 아이라이너는 마구 번져 있다.

"어디로 가는데?"

그녀가 묻는다. 택시라니, 끌리는 제안이다. 추운 바깥에서 심야버스를 기다릴 필요도, 술에 취한 모르는 사람과 나란히 앉아 갈 필요도 없을 것이다.

"클래팜, 가는 길에 내려줄게. 아니면 우리 집에 와서 한 잔 더 해
도 좋고."

그녀는 그 말에 담긴 의미가 무엇인지 안다. 고려해보겠다. 알렉
스는 귀엽다. 런던에 사는 사람들이 다 그렇듯 금융계에 종사하기는
하지만. 이유는 모르지만 사람들은 대체로 그녀가 방송업계에서 일
하는 걸 '쿨하다'고 생각한다. 아마 그녀가 받는 월급을 알면 쿨하다
는 생각을 접겠지.

"우리 집에 가면 괜찮은 찰리*도 좀 있거든."

그는 그게 마치 또 하나의 장점이라는 듯 덧붙인다.

그건 별로 끌리지 않는걸.

그들은 택시를 잡는다. 암묵적인 약속이라도 한 것처럼 팀이 앞자
리에 타고 그녀와 알렉스가 뒤에 탄다. 택시가 트라팔가 광장을 지
나치는 동안 알렉스는 그녀의 등허리 오목한 부분에 손을 올리고 손
가락으로 부드럽게 그녀의 허리를 쓸어댄다.

전혀 놀라운 일이 아니다. 그녀는 상황을 재어본다. 그녀는 취했
다. 그는 귀엽고, 그녀에게 관심을 보이고 있다.

알렉스가 그녀에게 더 바짝 몸을 붙여온다.

"참, 복스홀 브리지로 넘어가는 거 맞죠?"

그녀가 운전사를 향해 외친다.

"거기서 전 내려주세요."

"정말 같이 안 갈 거야?"

알렉스가 그녀에게 얼굴을 바짝 가져다 댄다. 다른 손으로는 그녀

---

* 찰리(charlie): 코카인을 가리키는 속어.

108

의 얼굴에 드리운 머리카락을 어루만진다.

그녀는 가만히 있는다.

"같이 가자, 재밌을 거야. 술도 마시고, 약도 좀 하고."

코카인에는 전혀 관심이 없었지만 그녀가 뭐라고 대답하기도 전에 그가 그녀에게 키스한다.

그녀도 그에게 키스한다. 항상 일은 이런 식으로 진행된다. 눈을 감고 그의 혀가 입속을 헤매게 내버려둔다. 알렉스의 키스 실력은 나쁘지 않지만 파티에서 먹은 치즈큐브 맛이 입안에서 나는 게 자꾸만 의식된다. 그가 몸을 더 바짝 붙여오더니 잘게 신음한다. 한 손이 그녀의 어깨를 타고 내려오더니 가슴을 쓸어내리고 자수가 놓인 청삼 앞섶으로 가슴을 부드럽게 움켜쥔다.

그녀는 눈을 뜨고 택시가 가는 길을 확인한다. 택시는 밀뱅크를 따라 내려가고 있다. 잘 가고 있네.

그가 몸을 붙여오자 옆구리에 발기한 그의 성기가 느껴진다.

이 남자한테서는 치즈 맛이 난다. 그러고 보니 배가 고프네. 알렉스의 집이 어떤 모습일지는 안 봐도 뻔하다. 냉장고는 텅텅 비었을 테고, 가서는 코카인이나 들이마시고 어떻게든 그녀의 팬티 안으로 들어가 보겠다고 기를 쓰겠지.

그녀는 처음 만난 사람과 만난 당일에는 섹스하지 않는다. 이 점을 합의하기가 항상 그렇게 힘들다.

테이트 브리튼 근처에 다다라서야 알렉스가 키스를 멈추더니 숨을 고른다. 손은 여전히 그녀의 허리를 두르고 있다.

"그럼, 같이 가는 거지?"

그의 입술이 다시 그녀의 입술을 훑는다. 혀가 또다시 키스를 하려 다가온다.

복스홀 브리지를 절반쯤 건넌 곳에서 그녀가 몸을 빼낸다. 아니, 이쯤이면 됐다.

"다리 끝에서 세워주시겠어요?"

그녀가 택시 운전사에게 말한다.

"같이 안 가?"

알렉스는 놀란 목소리다.

"아니, 난 별로… 코카인에 관심 없어서."

택시가 모퉁이를 돌며 속도를 늦추고, 그녀는 차 문을 연다.

"아, 그럼, 만나서 반가웠어."

그녀의 한 손은 문 손잡이를 잡고 있고 다른 손은 알렉스의 팔 위에 놓여 있다.

택시 안으로 10월 말의 찬바람이 몰아쳐 들어온다.

"정말 안 가?"

알렉스는 한 번 더 보챈다.

"응, 진짜 안 가."

그렇게 대답한 그녀는 알렉스의 놀란 얼굴 앞에서 차문을 쾅 닫는다. 차가운 밤공기 때문에 소름이 돋지만 다리만 건너면 집이다.

얼굴에 미소가 번진다. 이런 식으로 택시에서 내려버리면 묘한 해방감이 느껴진다. 그는 뭘 기대했을까. 집까지 따라가 코카인을 들이마시고 그 보답으로 섹스하는 것? 전혀 끌리지 않는 일이다.

그는 얼마나 많은 여자에게 똑같은 수작을 걸었을까. 혹시 나한테 거절당하고 자존심에 상처를 입었을까.

그럼 상처 받으라지. 그녀는 오늘 밤 자기 침대에서 잘 수 있다는 사실이 좋다. 하지만 아무도 없는 다리 위를 걷고 있자니 승리감에 문득 슬픔이 끼어든다. 모든 것이 결국은 이런 식으로 끝나는 걸까. 술에 취해서 건네는 유혹, 코카인을 주겠다는 너절한 약속, 가슴을 움켜쥐는 손, 알지도 못하는 사람과 술에 취해 하는 키스. 런던에는 이런 식의 유혹이 널리고 널렸다.

그녀는 이런 식의 만남을 좋아하지도 않고, 딱히 의미가 있다고 생각하지도 않지만, 런던이란 도시에선 다른 방식으로 관계맺기가 전혀 불가능한 것 같다. 새벽 3시 30분, 길에는 차가 한 대도 없다. 템스강의 물결이 시티뱅크 옆을 흐르고 휑한 보도 위로 그녀의 하이힐 소리가 또각또각 울려 퍼진다.

*

그와 마이클 형, 아빠가 벨파스트에서 고른 장소는 도시 변두리, 거의 시골에 가까운 언덕 위에 있는 체류지다. 솔직히 말하면 그냥 시골이다. 평범한 열다섯 살짜리가 할 만한 일은 하나도 없는 곳이다. 바깥에는 소며 양이며 그것들이 싸지른 똥이 온통 널려 있어서 바람이라도 한 번 불면 똥 냄새가 진동한다. 주변에는 온통 풀밭뿐이지만 한 방향을 똑바로 바라보면 벨파스트 전체와 바다가 내려다보인다. 왕당파도, 공화파도, 빌어먹을 벽화들이며 파키* 놈들, 중국 놈들, 관광객 등 이 도시를 이루는 모든 것이 말이다.

벨파스트는 물론 남쪽과는 사뭇 다른 곳이다.

하지만 이곳에는 숨을 곳이 있다. 그것도 바로 발밑에 말이다. 도

---

* 파키(Paki): 특히 아일랜드에 거주하는 파키스탄인들을 멸시해 부르는 속어.

시가 내려다보이는 들판 가장자리, 말 그대로 발밑. 아래로 떨어지는 가파른 절벽 아래 움푹 파인 곳이 있고, 그 주변에 조그만 강이며 한 무더기 나무가 있어 몸을 숨길 수 있다. 사람들은 이곳을 '글렌'이라고 부른다. 그는 글렌에서도 사람들이 거의 없이 야생 그대로인, 나무와 개울만 있는 곳을 좋아한다. 이곳에 있으면 굳게 닫힌 곳 안에 들어가 있는 기분이다. 아무도 귀찮게 쫓아오지 않는 나만의 공간.

그러나 강을 따라 조금만 내려가면 골짜기가 널찍해지고 나무들이 적어지면서 사람들이 산책을 다니는 사방이 뚫린 공간이 나온다. 심심하면 여기 와서 뭔가 사고 칠 거리나 놀 거리를 찾으면 된다. 사람들이 경치를 구경하며 돌아다니는 동안 나무 사이에 꼼짝 않고 누워서 누군가 가까이 올 때까지 기다리고 또 기다리는 것이다.

*

수요일 밤 9시 30분이 넘은 시각, 그녀는 여전히 사무실에 있다.

그녀는 스물아홉 살, 삶은 빗발치는 업무의 연속이다. 진행 중인 TV 프로그램 제작, 새로운 아이디어 기획과 개발, 시사회, 포스트 프로덕션 업체나 업계 회식 자리에서 보내는 저녁 시간 등 전부 흥미로운 일들이기는 하지만 업무에 에너지를 있는 대로 끌어 쓰고 나면 자신을 위한 시간은 남지 않는다. 주말에도 일을 하고 대본을 읽고 다른 프로덕션의 소식을 따라잡으며 보내야 할 때가 많다.

당장 어제저녁만 해도 상사와 미팅이 있었는데, 그녀는 그 자리에서 일이 너무 많아 스트레스를 받는다고 털어놓았다.

"할 일이 너무 많아요. 어떻게 다 처리해야 할지 엄두가 안 나요."

상사 에리카는 이해심이 많았다. 비비안의 할 일 목록을 보더니 이 중 몇 가지 일은 자신이 도맡고 또 몇 가지는 다른 어시스턴트에게 할당해주겠다고 했다.

"딱 이만큼만 처리하고 휴가 잘 다녀와. 몇 주 안에 정리가 좀 되길 빌어봐야지."

일이 끝나기를 몇 달째 기다리고 있는데 일은 끝날 기미가 없다. 방송업계에선 바쁠수록 좋은 것이다. 바쁘지 않다는 건 손이 놀고 있다는 거니까. 일을 하면 할수록 일이 생겨서 점점 더 많은 일을 할 수 있게 된다. 결국 그게 이 업계의 목표인 셈이다.

창밖을 보니 벌써 어둡다. 다들 이미 몇 시간 전에 퇴근했지만 그녀는 휴가 전에 마쳐야 할 일처리에 바쁘다. 이메일 보내기, 예산 업데이트, 투자자 대상 프레젠테이션 최종 수정, 이 모든 것을 잘 정리한 기나긴 이메일을 상사에게 보내는 것까지.

사무실 전화벨이 울린다.

그녀는 시계를 보고 얼굴을 찌푸린다. 이 시간에 전화할 사람이라니, 엄마가 분명하다.

신나 죽겠다. 한 시간은 더 지나야 겨우 집에 가겠네.

그녀는 한숨을 쉬며 전화기를 집어 들고 프로다운 목소리로 대답한다.

"이글 엔터테인먼트입니다."

"이글 엔터테인먼트인가요?"

엄마는 일부러 발랄한 목소리를 낸다.

"목소리를 들으니 바쁜가보구나."

"네, 엄마. 지금… 오늘 밤까지 끝내야 할 일이 많아서요. 내일부터 어디 잠시 다녀와야 하거든요."

"그래, 잘 됐다. 일을 열심히 한다는 건 좋은 거지. 그냥 어찌 지내나 궁금해서 전화했단다. 통화한 지 한참 됐잖니."

사실 그리 오래되지도 않았다. 아마 2주 만일 것이다.

"네, 죄송해요. 일이 많아 전화할 짬을 못 냈어요."

"그럼, 회사 일은 열심히 해야지."

엄마는 늘 하는 소리를 한다.

또 그 소리람, 한숨이 나온다. 귀에 못이 박이도록 들은 소리다. 보통 부모라면 이 시간에 자식이 회사 일을 하고 있는 걸 알면 어서 집에 가라고 했을 거다.

"그런데 어딜 가니?"

"북아일랜드 평화협정 10주년 기념행사가 있어서요."

그녀는 마치 아무 대단한 일도 아니라는 투로 대답한다. 사실 수년 전 아일랜드 유학을 한 경험이 있다는 사실만으로 그렇게 큰 행사에 초청받다니 좀 의아하다.

"미첼 스콜라 장학생들은 다 초청받았거든요."

그녀는 어머니에게 설명한다.

"왜, 워싱턴 DC에서 미국-아일랜드 연대를 조직하던 바바라라는 친구 기억하세요? 그 친구가 기획한 행사예요."

"어머나, 그럼 더블린에 가니?"

"아뇨, 벨파스트로 가요. 북아일랜드요. 평화협정은 북아일랜드에서 기념하는 일이거든요."

"그렇구나… 그럼 출장이니?"

"일과도 관련은 있어요. 벨파스트에 있는 동안 앞으로의 계약과 관련한 미팅을 몇 건 잡았거든요."

행사는 목요일과 금요일 종일 열린다. 토요일은 일정이 빈다. 일요일 밤에는 그녀가 시나리오 개발에 참여했던 영화의 프리미어 시사회 레드카펫에 초청되었다.

그녀는 일요일 낮에 런던으로 돌아오는 항공편을 예약해두었다. 돌아와 휴식을 취한 뒤 시사회에 갈 준비를 마치려고 말이다.

사실 그녀는 사교행사며 칵테일파티, 저녁 만찬으로 이루어진 북아일랜드 평화협정 기념식에 가고 싶은 생각이 별로 없었다. 어차피 늘 하는 일 아닌가. 그러나 토요일까지만 버티면 계획대로 하이킹을 할 수 있을 테지.

책상 저쪽 구석에는 그녀가 직장에서 받는 업무에 대한 보상심리로 갖다놓은 론리플래닛 가이드북이 놓여 있다. 가이드북에는 벨파스트 외곽에 있는 18킬로미터 길이의 하이킹 코스가 소개되어 있었다. 글렌 포레스트 파크라는 곳에서 시작해 도시 전망이 환히 내려다보이는 언덕을 올라 케이브 힐에서 끝나는 코스였다. 그녀는 언덕 꼭대기에 홀로 서서 발아래로 펼쳐진 도시를 바라보는 자신을 그려본다. 그만한 가치가 있는 일 같다.

토요일까지만 버티자. 그럼 괜찮을 거야.

"일요일에 돌아올 거예요. 그날 시사회 레드카펫이 있어서요."

"어머나, 대단하구나."

엄마가 대답한다.

"그래, 그 밖에 별일은 없니?"

"일이 바쁘지 그 밖엔 별일 없어요."

물론 그녀의 사회생활은 바쁘기 그지없다. 런던에서 6년째 살면서 친구가 늘었기 때문에 생일 파티며 집들이, 송별회는 물론 최근엔 약혼 파티가 많았다. 그녀의 삶을 설명할 수 있는 건 일보다는 결국 친구가 누구인지, 자유 시간을 어떻게 보내는지, 시간이 더 많았다면 무슨 일을 했을지 같은 것들이라는 걸 엄마가 알까 궁금하다.

"아, 사실 난 네가 바쁠 줄 알았지, 왜냐하면…"

그 순간 그녀는 엄마가 무슨 말을 하려는지 알아차리고 목소리에 얕은 짜증을 섞는다.

"왜요?"

엄마의 목소리는 짓궂으면서도 호기심이 어려 있다.

"만나는 사람이 생겨서?"

"아닌데요."

그녀는 단호하게 대답한다.

"만나는 사람 없어요. 말씀드렸잖아요. 제발 그런 질문은 이제 그만하세요. 혹시 누구라도 생기면 바로 알려드릴 테니까요."

그렇다. 런던에서 6년을 보낸 지금 누군가를 사귄다는 건 예전보다 훨씬 까다로운 일이 됐다. 런던에는 수많은 남자가 있지만 관계를 정립해야 할 시점이 오면 온갖 변명을 쏟아내기 일쑤다.

아직 전 여자친구랑 정리를 못 했어, 지금은 때가 아닌 것 같아, 얼마 전에 내가 다른 사람을 사랑한단 걸 알게 됐어.

누군가와 보낸 하룻밤은 결국 잘못 해석된 신호, 답이 없는 문자 메시지, 실연의 아픔으로 귀결된다. 퇴행, 회복, 새로운 시작, 다시금 바깥으로 나서기. 광산을 채굴하는 거랑 다를 바가 없다.

그녀가 아무 말을 하지 않았는데도 엄마는 같은 주제로 말을 잇는다.

"이해가 안 되는구나. 네 언니는 스물일곱에 결혼을 했는데."

시선이 다시 론리플래닛 가이드북에 머물고, 표지 사진을 보자 익숙한 갈망이 찌릿하게 밀려온다. 곶 위에 하이킹 하는 사람이 혼자 서 있고 녹색과 회색의 절벽이 서서히 낮아지며 그 뒤에 포말이 이는 바다가 드러난다.

토요일까지만 참자.

컴퓨터 시계가 9시 56분을 표시하고 있다.

"엄마, 이제 일 좀 해야겠어요."

*

이런 데를 숲이라고 할 수 있나?

웨스트 벨파스트에서는 이런 게 숲인지도 모르겠다. 바닥에 플라스틱 음료수 병과 피시 앤 칩스 포장지, 찢어진 골판지 상자며 찌그러진 맥주 캔 같은 쓰레기가 나뒹굴고 있다.

흠, 태초의 자연이라 보긴 힘들군.

그녀는 애써 무시하기로 한다.

공원 깊숙이 들어가면 좀 나아지겠지.

'글렌 포레스트 파크.' 벨파스트 힐즈는 18킬로미터의 등산로. 가이드북에는 그렇게 씌어 있었다. 아무 감흥도 느껴지지 않는 이 등산로의 도시에 가까운 부분을 어서 지나가 버리고 싶어 초조할 지경이다. 하지만 아무리 볼썽사나운 자연이라 해도 약간 상쾌하기는 하다. 나무 냄새를 들이마신다. 한 점 햇살 아래를 지나는 그녀의 얼굴에 미소가 번진다.

손목시계는 이제 오후 1시를 가리키고 있으니 아직 오후가 통째로 남은 셈이다. 4월의 날씨는 향기롭다. 올해 하이킹을 할 만한 여유가 생긴 건 이번이 처음이다. 런던에서 느끼던 중압감과 정신없이 보낸 지난 이틀, 행사에서 오간 잡담이나 평화협정에서 무언가 주요 역할을 했던 벨파스트 정치인들과 나눈 모든 것이 기억 속에서 슬며시 미끄러져 사라진다. 이제는 그녀, 숲, 등산로만 남아 있다.

책장 모서리를 접어 표시해둔 가이드북의 벨파스트 힐즈 페이지를 펼친다.

안내 센터에서 시작되는 잘 닦인 길은 어린 잡목림으로 이어집니다.

등산로에 사람이 없는 편은 아니다. 따뜻한 토요일 오후라서 지역 주민들이 날씨를 즐기며 산책하고 있다. 그녀는 아이 둘을 데리고 걷는 아버지를 스쳐 지나간다. 세 가족은 그녀를 향해 미소를 지으며 고개를 까닥이고 그녀도 마주 웃어준다. 도시를 벗어난다는 건 특별한 경험이다. 다들 자연을 즐기고 있다는 공통점 때문인지 낯선 사람에게도 친절하게 대한다.

작은 현수교를 건너지 마시고 강을 오른쪽에 끼고 1킬로미터를 걸어간 뒤 다리를 건너세요.

가이드북이 시키는 대로 길을 따라가자 갈림길이 나타난다. 그녀는 왼쪽 길을 고른다. 사람이 적어 보여서다. 잠시 동안 그녀는 이 길을 오롯이 혼자 걷고 있다는 기쁨에 사로잡힌다. 그러다 테넌츠 맥주 캔을 마시며 걷는 두 남자가 그녀 쪽으로 다가온다. 두 사람은 이야기를 주고받으며 그녀를 그대로 지나쳐 간다.

왼쪽에서 개울물 흐르는 소리가 들린다. 그녀는 잠시 포장된 길에서 물러나 강둑에 선 채 햇빛을 받은 물살이 조약돌 위를 흐르는 모습을 바라본다. 때 이른 하루살이 떼가 물 위에서 춤을 추고 반대쪽 둑 위 풀숲에는 작고 하얀 꽃송이들이 얼굴을 내밀고 있다.

이 모습이 보기 좋아 한 번 더 미소를 짓고 다시 가던 길로 돌아간다.

양치류 식물이 가득한 삼림지대를 향해 쭉 올라가다가 A501 등산

로라고 적힌 다리를 건너세요.

좋아. 아직까지 다리는 보이지 않지만 삼림지대로 점점 접어들고 있다는 건 분명히 알겠다. 나무 발치에서 양치식물들의 고개를 흔들 어댄다.

녹색 줄무늬 셀틱 축구팀 셔츠를 입은 남자가 아들 둘에 딸 하나를 이끌고 이쪽으로 오고 있다. 모두 붉은 머리에 아이들은 어리고 얼굴이 발그레하다. 아들 중 하나는 줄에 묶은 잭 러셀 테리어를 데리고 있다. 그녀와 가까워지자 남자가 미소를 짓는다.

"안녕하세요."

그녀가 그들에게 인사를 건넨다.

"안녕하세요."

그들도 마주 인사를 해준다.

네 사람은 그녀를 지나쳐 간다.

*

그는 정착민들 속으로 내려온다. 아직도 어젯밤의 약기운이 여전하다. 하지만 달리 할 일이 없다. 글렌으로 내려와 봤다.

슬금슬금 돌아다니면서 지나가는 사람들을 관찰해 본다.

별거 없다.

다들 늙고 못생겼다. 아니면 비명을 꽥꽥 지르는 꼬맹이를 데리고 다니거나.

여자가 많지도 않다. 산책을 하는 커플이 있기는 했는데 여자가 늙은 걸 보니 보모인 것 같다. 어쨌거나 역겹다.

개를 데리고 다니는 남자. 아내와 개를 데리고 다니는 남자. 아이들과 개를 데리고 다니는 남자.

시시하군.

저쪽에 여자가 하나 있긴 하지만 남자를 둘이나 끼고 있다. 그를 흠씬 두들겨 팰 만큼 덩치가 큰 남자들이다. 웃으면서 맥주 궤짝을 옮기고 있다. 하하. 버퍼들은 팔자 늘어졌구먼. 그는 그들을 전부 증오했다.

자세히 보니 여자가 입은 꽉 끼는 분홍색 티셔츠 위로 젖꼭지가 볼록 튀어나와 있다. 그걸 보니 그의 성기도 불쑥 움직였는데… 그들은 가던 길로 사라져버린다.

할 일이 없다.

풀밭 가장자리, 풀숲이 나무들과 만나는 지점에 서 있으면 아무도 이쪽을 안 본다. 봐, 정착민들은 자기들의 완벽한 인생을 챙기기 바쁘다. 개를 산책시키고, 애랑 놀아주고, 신선한 공기를 들이마시느라 바로 여기에 서 있는 파비 아이 하나는 싹 무시해버린다. 어쨌든 그들을 귀찮게 할 생각은 없다.

저기 봐라?

길을 걸어 이쪽으로 누가 다가온다. 아이들을 데리고 다니는 남자, 개를 데리고 걷는 커플, 그리고… 저건 뭐지?

길을 걸어오는 여자가 보인다. 혼자다.

몇 발짝 가까이 다가서서 눈을 찌푸린다.

보통 여자들이랑 조금 다르다. 옷차림이. 파란 셔츠, 긴 소매 셔츠다. 온몸을 꽁꽁 싸맸군. 별로다. 하지만 가슴의 윤곽선과 날씬한 몸매가 보인다. 체구는 작고 허리가 날씬하다. 머리는 길고 검은색이다. 보기 좋은 긴 머리다.

중국인이군.

얼굴도 봐줄 만하다.

여기서 혼자 돌아다니는 중국 여자를 볼 줄은 상상도 못 했다. 저
검은 머리카락을 손아귀에 움켜쥐는 생각을 하니까…

일행이 있을까? 없다. 여자가 더 가까이 다가온다. 보통보다 걸음
이 빠르다. 목적지가 있는 것 같다.

손에 책을 들고 있네?

하하, 말도 안 돼. 여자가 걸음을 멈추더니 허리를 굽혀 책을 배낭
안에 집어넣는다. 배낭엔 뭐가 있으려나? 돈은 얼마쯤 가지고 있을
까? 어디서 온 여자일까?

이 동네 출신은 아니다.

지금부터 알아봐야겠다.

*

그녀는 하늘을 뒤덮은 나무 그늘을 빠져나와 사방이 뚫린 공간으
로 이어지는 아스팔트길을 걷는다. 여기서부터는 공원이 좀 더 넓게
펼쳐지며 햇살 속 초록 들판이 드러난다. 얼굴에 따스한 햇볕이 느
껴져 잠시 발걸음을 멈추고 온기를 만끽하고 싶지만 지나가는 사람
들의 시선이 좀 신경 쓰인다.

사람이 아까보다 더 많다. 한 부부가 아기를 태운 유모차를 끌고
걷고 그 발치에 어린아이 하나가 아장아장 걷는다. 개 두 마리를 데
리고 다니는 여자도 있다. 한 마리는 커다란 알사스 종이고 한 마리
는 래브라도다. 어떤 남자가 코커스패니얼 한 마리를 데리고 지나가
자 두 마리 다 줄에 묶여서 몸을 그쪽으로 뻗어낸다.

드넓은 초록 들판을 둘러싼 아스팔트길 중간쯤에 누가 서 있는 게

보인다.

젊은 남자, 아니 더 어린 소년 같기도 하다. 이곳과는 전혀 어울리지 않는다는 느낌이 든다. 왜일까? 입고 있는 옷 때문이다. 새하얀 집업 점퍼에 통이 좁은 청바지 차림이다. 공원 산책보다는 밤 외출에 어울릴 만한 복장이다. 다른 사람들은 다들 티셔츠에 트레이닝복 바지 차림인데 그 소년만 옷차림이 튄다.

소년은 꼼짝도 않고 그 자리에 서 있다. 손을 주머니에 찔러 넣고 서 있는 그는 푸른 들판 위의 흰색 작은 얼룩 같다.

이상하네, 그녀는 그렇게 생각하며 발걸음을 옮긴다.

길이 어서 오라고 손짓하는 듯하다. 가이드북에 나온 다리를 건너면 글렌 위쪽으로 나아갈 수 있을 것이다.

그런데 그때 흰옷 입은 소년이 움직이기 시작한다. 몇 발짝, 분명 그녀를 향해 다가오는 것 같다.

왜 나한테?

지금은 전혀 내키지가 않는 일이다. 어서 등산로로 접어들고 싶을 뿐이다.

*

여자에게 가까이 다가가면서 그녀를 좀 더 자세히 본다. 좋아, 예쁜 여자다. 검은 머리, 그을린 피부, 대부분 중국인들이 그렇듯 옆으로 약간 찢어진 눈. 몇 살일까?

무슨 상관인가? 날씬하면 됐지. 글렌고랜드를 뒤뚱뒤뚱 돌아다니는 살찐 여자들이랑은 다르다.

이 여자한테는 "안녕" 하고 인사해선 안 통할 것 같다. 어디로 가는지는 모르지만 목적지를 향해 가는 데 집중하고 있다.

뭔가 좀 다른 게 필요하다. 여자의 바로 앞까지 다가왔다. 나의 매력을 발산해볼까?

뭐라고 말을 걸지? 여자는 책을 들고 있다, 그러니까, 책을 보는 중인 것 같다.

지금이다.

순진하고 멍청하게 굴어야지.

"저기, 길을 잃은 것 같은데요. 여기서 어떻게 가야 하는지 모르겠어요."

됐다, 이제 시작이다.

무슨 대답을 하는지 들어보자.

*

뭐라는 거야?

그녀는 잠깐 말문이 막혀 가만히 있다. 나한테 하는 말인가?

하긴, 다른 사람한테 한 말은 아닐 거다. 내 옆에도, 내 뒤에도 아무도 없으니까.

그녀는 곧 침착함을 되찾고, 비록 조금 묘한 상황이기는 하지만 경험이 풍부한 여행자답게 도움을 주기로 한다.

"음, 어디로 갈 건데?"

소년—가까이에서 보니 짐작보다 더 어린 소년이었다—은 망설이며 발을 꼼찔거린다. 깡마른데다 적갈색 머리에 얼굴은 주근깨투성이인 그냥 어린애다. 좀 정신이 없어 보인다. 술에 취한 건 아니겠지?

"길을 잃었거든요… 여기가 어딘지 잘 모르겠어요."

간밤에 요란하게 놀았나 싶다. 벌써 오후 1시가 넘었는데 어쩌다 여기까지 온 걸까?

"자,"

목소리에 묻은 짜증을 애써 숨기며 입을 연다. 하이킹을 막 시작하려는 순간엔 절대로 만나고 싶지 않은 상대다.

"어디로 가려고?"

소년은 혼란스럽다는 듯이 한 손을 머리까지 들어올린다.

"그러니까… 앤더슨스타운으로 가려는데요."

어물거리는 소년의 푸른 눈에는 초점이 없다.

"앤더슨스타운이 어느 쪽인지 아세요?"

앤더슨스타운이라. 지도에서 본 기억이 난다. 여기 오는 길에 버스로 지나쳐온 길이다. 그녀도 여기까지는 답해줄 수 있지만 그게 전부다.

사실 여기 있는 어느 누구보다도 외지인으로 보였을 텐데, 왜 하필 나한테 묻지?

"앤더슨스타운으로 가려면 글렌을 따라 저쪽으로 가야 할 것 같네."

그녀는 친절하게 손짓으로 방향을 짚어준다.

"가다 보면 사람이 많이 다니는 길이 나올 거야. 거기서 버스를 타렴."

그녀는 태연하게 그를 바라본다.

단호한 태도로 필요한 정보를 주었으니 이제 끝난 거겠지? 자, 이제 평온하게 내 갈 길을 가게 내버려둬 줬으면 좋겠다.

미국인인가? 목소리가 남자처럼 낮다.

저 여자한테서 나오리라곤 예상치 못한 목소리인걸.

아, 물론 그렇다고 이 여자가 보통 여자들이랑 다르다는 뜻은 아니다. 그저 좀 특이한 정도다.

가까이 다가서며 여자의 얼굴을 자세히 뜯어본다. 예쁜 얼굴이다. 입술도 예쁘다. 그리고 아니다. 가슴은 보지 말자. 얼굴에만 집중하자.

하지만 여자, 여자, 여자, 여자… 여자와 가까이 붙어 서 있다는 생각만 해도 꼴린다.

지금 손을 뻗기만 하면…

안 된다. 사람들이 지나다니잖아. 개와 애를 데리고 다니는 정착민 나부랭이들이 이쪽을 쳐다보고 있다. 저기 봐, 저기 파비가 중국인한테 말 거는 거 보여?

미국인일 거야. 아일랜드인은 아니다. 이 동네 여자는 아니다.

여자는 혼자 있다.

그리고 그와 대화를 하고 있다. 사실은 그가 한 질문에 대답하는 게 다지만, 그가 아예 존재하지도 않는다는 듯 무시하는 다른 버퍼들과는 다르다.

어쩌면 이번엔 좀 새롭겠는데.

*

왜 안 가지? 방향도, 가는 길도 알려줬는데.

그녀는 돌아서서 다시 길을 바라본다. 대화는 이제 끝이라는 분명한 신호를 보낸 것이다.

이 아이는 어쩐지 기묘한 구석이 있다.

그는 마치 친구라도 된다는 듯 그녀 옆에 붙어 나란히 걷기 시작한다. 수작이라도 걸려는 건가. 착각할 만한 태도다. 말도 안 돼. 아직 어린애인걸.

"몇 살이에요?"

그녀는 얼굴을 찌푸렸지만 애써 가벼운 마음으로 대화를 이어가기로 하는 한편으로 주도권을 잃지 않으려 노력한다.

"몇 살 같은데?"

"*몇 살 같은데?*"

그가 곧바로 그녀의 말을 따라한다.

장난해?

"넌 몇 살인데?"

그녀가 쏘아붙이듯 묻는다.

"서른한 살이오."

웃기고 있네.

"아니잖아."

그녀가 짜증 섞인 목소리로 말한다.

"그래요, 전 서른한 살이 아니에요."

"그럼 몇 살인데?"

"스무 살."

그녀가 그를 냉소적인 표정으로 쳐다본다.

"알았어요. 그래요. 전 스물세 살이에요."

그가 씩 웃자 짜증이 더 솟구친다.

그녀는 그대로 발걸음을 옮기기 시작한다.

"어디 출신이에요?"

"뉴저지."

그녀는 걸음을 멈추지 않고 짧게 대답한다.

"너는?"

틈을 보이면 안 되겠다. 나에게 무슨 질문을 하건 그대로 되받아 쳐줘야겠다.

하지만 솔직히 말하면 이 아이와 말을 섞는 것 자체가 싫다.

"아, 뉴저지 알죠. 저도 가봤어요."

그 말을 듣고 그녀는 걸음을 멈출 뻔했다.

"정말? 그럴 리가."

"진짠데."

"뉴저지 어디?"

아까보다 더 냉소적인 말투로 묻는다.

"모리스타운이오."

의외의 대답이다. 모리스타운은 뉴저지를 이루는 다른 모든 교외 동네와 마찬가지로 볼 것이라고는 없는, 좀 뜬금없는 장소니까.

"하."

그녀는 자기도 모르게 놀랍다는 듯 내뱉는다.

"그래서 넌 어디 출신인데."

그는 어깨를 으쓱한다.

"여기저기요. 사실 온갖 곳을 돌아다니거든요. 아마에서도 오래 살았고 더블린에서도 살았고."

그건 사실 같다. 말투에 벨파스트 억양이 없다. 그러니까 더블린 출신일 수도 있겠네, 그러면 길을 잃을 수도 있지.

어쨌거나 이 아이와 더 말을 섞을 생각은 없다.

*

봤지? 제대로 먹히잖아.

베니 삼촌이 사는 모리스타운 이야길 했더니 여자는 '그래, 이 아이 그렇게 질 나쁜 녀석은 아닌걸' 하고 생각하는 것 같다.

스스로 내 등이라도 두드려주고 싶다.

그런데 쉽지 않은 여자다. 미국인이라서 그런지 직설적이다. 보통 여자들은 낄낄 웃어대는 게 전부인데 이 여자는 곧바로 말을 받아친다.

그럼 더 재밌겠는걸. 이 호두를 어떻게 깨먹어 볼까나.

주변을 둘러보자 여전히 버퍼들이 돌아다니고 있다. 남자 그리고 애를 배서 뚱뚱해진 아내. 두 사람은 그와 여자를 스쳐가면서도 딱히 아무 눈치도 못 챈 모양이다.

사람이 너무 많다. 여자가 어디로 가는지 보면서 때를 기다려야겠다.

"그런데 여기서 뭐해요?"

여자에게 묻는다.

"그냥 산책."

"어디로 가시는데요?"

"벨파스트 힐즈를 올라서 그 근처로."

그녀는 글렌 쪽을 가리켜 보인다.

딱 좋네, 내 구역이다.

계속 말을 붙여보자. 친근감을 주자.

"왜 가요?"

그녀는 어깨를 으쓱한다.

"그냥 둘러보려고."

이건 또 무슨 개소리지? 그냥 경치를 둘러보려고 혼자 걸어 다니는 여자가 어디 있담? 다른 목적이 있는 거 아냐?

좀 더 빤히 뜯어보아도 여자의 얼굴 표정은 잘 읽히지 않는다. 어쩌면. 혼자 돌아다니는 여자. 숲속. 어쩌면.

"있잖아요, 저 다른 데도 가봤어요. 모리슨타운 말고요."

"어디?"

눈앞에 글렌 로드를 이고 있는 다리가 보인다. 건너편에는 사람이 별로 없다. 건너편까지만 가면 되겠군.

*

이 아이와 단 10분간 말을 섞은 것만으로도 벌써 질린다.

온통 말도 안 되는 소리인데다가 재미도 없다. 그저 내 산책을 망치고 있을 뿐이다.

둘은 가이드북에 나와 있는 다리 아래로 지나간다. 머리 위로 차가 우르릉거리면서 지나가는 소리를 들으며 다리 아래 그늘로 걷고 있자니 으스스한 기분이 든다. 둘의 목소리가 철교 아랫면에 부딪치며 메아리를 울린다.

"어, 그냥…, 농담한 건데."

하나도 재미없다. 무슨 수로 이 아이를 떼어놓지?

다리 밑을 빠져나오니 공원 이쪽 편은 놀랄 만큼 황량하다. 길은 아까보다 더 험하고 관목 덤불 사이로 빈터가 듬성듬성 보인다. 오른쪽으로 가파른 언덕이 방금 지나온 다리 높이까지 솟아 있다. 깡마른 회색 머리 노인 하나가 깡마른 회색 털 개를 데리고 이쪽으로 다가오고 있다.

"저기 말이야."

그녀가 소년에게 말한다.

"대화 즐거웠어. 그런데 이제 친구랑 전화통화를 해야 해서 말이야."

소년은 말뜻을 이해하지 못한 듯 자리를 떠나주지 않는다.

"그러니깐, 음, 이제 난 가서 통화를 해야 한다고."

그녀가 길가에 있는 바위를 가리킨다. 저기 앉아 통화를 할 작정이다.

"아, 그럼 전 이제 가라고요?"

소년이 묻는다.

"어, 가줄래?"

이제 내 말 좀 알아듣고 좀 가라.

그때 개를 데리고 있는 노인이 두 사람을 지나쳐가기에 그녀는 노인에게 까딱하고 눈인사를 해 보인다. 노인도 고개를 까딱한다.

"아, 그럼 알겠어요."

소년이 대답한다. 그러더니 어깨를 으쓱하고는 길을 걸어 글렌 위쪽 어딘가로 가버렸고, 그녀는 드디어 아이를 떨쳐내 버렸다는 생각에 속이 시원하다.

그가 어디로 가는지는 지켜보지 않는다. 최대한 바쁜 사람처럼 보일 작정이다. 그래서 그녀는 바위에 걸터앉아 핸드폰으로 줄리아에게 전화를 건다.

그런데 전화 연결이 되지 않는다. 나무가 많은 글렌의 양쪽 사면에 둘러싸인 외딴 지형이라 신호가 충분히 잡히지 않는다. 그녀는 얼굴을 찌푸리며 혹시 이게 큰 문제가 되지 않을까 생각해본다.

아냐, 과민반응이다.

하지만 그녀는 자기도 모르게 다시 한번 통화버튼을 누른 뒤 연결되지 않은 전화기에 대고 통화하는 시늉을 한다.

"안녕, 줄리아. 나야, 비비안. 그냥 안부 겸 전화했어. 여긴 1시 30분이 좀 넘은 시간인데 벨파스트에서 하이킹을 하고 있어. 그래도 내일은 런던으로 돌아가려고. 그러니까, 음, 이따 또 통화하자."

그렇게 그녀는 가짜 통화를 끝낸다.

차 한 대가 지나가고, 그녀는 잠시 그 자리에 앉아 생각에 잠긴다.

아까 그 아이는 이제 보이지 않는다. 다른 사람들도 마찬가지다. 길은 이제 고요하고, 그녀 그리고 숲속으로 이어지는 등산로뿐이다.

드디어 온전히 혼자가 되었다.

*

그래, 이럴 줄 알았다. 여자들은 착하고 친절하게 굴다가도 결국 어느 순간 콧대가 높아져서 꺼지라고 한단 말이지.

"아, 이제 좀 사라져줄래?"

엿이나 먹으라지. 어떻게 되는지 기다려보라고.

감히 나한테 꺼져버리라 했겠다.

어쨌든 일단은 몸을 숨겨야 한다. 나무 사이에 쪼그리고 앉아 기다리자. 어차피 목적지는 알고 있다. 언덕을 오른다고 했지. 계속 쫓아갈 생각이다.

그는 바위 위에 앉아 있는 날씬한 체구와 그을린 피부의 그녀를 나무 뒤에서 훔쳐본다. 귀에 핸드폰을 대고 있다.

최신형 아이폰은 아니지만 좋은 제품이다.

하지만 내가 노리는 게 어차피 핸드폰은 아니잖아?

*

주변에 아무도 없으니 드디어 숲속에 오롯이 혼자다. 이제 본격적인 하이킹을 시작해볼까.

그녀는 다시 가이드북을 들여다본다.

벨파스트 서부 교외에서 몇 킬로미터나 떨어져 있는 듯한 이 길은 놀라우리만큼 아름다운 삼림지대 사이에 숨겨져 있습니다.

사실 길이라고 하기도 어렵다. 걸을수록 글렌이 좁아졌고 나무가 울창해졌으며 글렌 양옆을 둘러싼 언덕이 깎아지른 듯 높아진다. 그러나 그 사이를 흐르는 개울은 더욱 얕고 넓게 이어지며 모래톱과 잡풀이 무성한 강둑을 느릿느릿 감싸며 돈다. 가이드북에는 나무로 된 징검다리가 있다고 적혀 있지만 눈앞에 보이는 건 개울 한가운데 폐허처럼 남은 말뚝 한두 개가 전부다. 강둑을 이리저리 돌아다니며 열심히 찾아봤지만 개울을 건너는 길은 없어 보인다.

개울물이 얕아서 그냥 물에 발을 담그고 첨벙첨벙 건너가도 되겠지만 앞으로 다섯 시간쯤을 더 젖은 발로 돌아다녀야 한다는 걸 생각해야 한다. 예비용 양말이 한 켤레 있기는 하지만 신발이 젖으면⋯ 신발은 적시지 않는 게 좋겠다.

그럼 맨발로 건너는 수밖에 없지.

그녀는 이런 일로 시간을 너무 낭비하게 된 데 짜증이 난 채로 가파른 강둑을 내려가 개울가 자갈 위에 선다. 신발과 양말을 벗으려 몸을 숙인다.

"저기요."

강둑 위에서 누군가 말을 걸어온다.

"개울물 건너는 길을 제가 알아요. 엄청 쉬운데."

또 아까 그 건방진 꼬마잖아. 대체 여기서 뭐 하는 거람? 나무 뒤에서 불쑥 나타난 듯한 소년의 하얀색 점퍼가 강둑 위에서 나부끼고 있다.

짜증 그리고 약간의 불편한 기분이 함께 밀려온다. 뱃속에서 뭔가 당기는 듯한 기분이 든다. 하지만 그녀는 애써 그 느낌을 물리친다. 등산로에 집중하자.

"아, 그래?"

그녀는 아까처럼 가볍게 쏘아붙이는 말투로 되묻는다.

"네, 저쪽으로 갔다가, 저쪽으로, 또 저쪽으로 가면 돼요."

소년이 설명하면서 낮은 징검돌 몇 개를 가리킨다. 뛰어서 건널수야 있겠지만 쉽진 않아 보인다. 그 아이의 말을 듣다 보니 'th' 발음을 못 하는 것 같다. 'th'를 'd'처럼 발음한다.

"뭐, 어차피 신발도 양말도 벗었으니 그냥 물속으로 가려고."

그 아이가 강둑에서 어기적거리며 내려오더니 그녀와 같은 높이에 선다.

그리고 씩 웃더니 그녀 앞에서 지그 댄스라도 추는 것처럼 움찔거린다.

애 왜 이래?

그 아이는 아까 손가락으로 가리켜 보였던 징검돌을 차례차례 밟으며 개울을 뛰어 건넌다. 발은 하나도 젖지 않는다.

"잘하네."

그녀가 떨떠름하게 반응해준다.

"난 시간이 걸리는 길을 택할게."

잠깐만, 아까는 길을 잃었다더니? 이 아이는 이 근방 지형을 상당히 잘 아는 것 같아 보인다.

개울을 걸어서 건너자 발목에 찰랑이는 시원한 물이 상쾌하다. 이쪽을 바라보는 저 녀석만 없다면 더 상쾌할 텐데.

그녀는 소년이 기다리고 서 있는 개울 맞은편에 도착해 바위 위에 걸터앉아 젖은 발을 닦고 양말과 신발을 차례차례 신는다.

그녀의 맨다리를 쳐다보는 시선이 느껴진다. 어린애니까 괜찮겠지…

그러나 마음 깊은 곳에서 작은 불안감이 슬슬 부풀어 오르기 시작한다.

*

하, 방금 저 표정 봤냐?

내가 또 나타날 줄은 꿈에도 몰랐겠지? 이 동네라면 빠삭한 파비 친구가 길을 알려주러 오셨단 말이야.

저 여자… 고작 저런 얕은 물을 건너려고 신발까지 벗는다. 뭐, 물 공포증이라도 있는 건가?

그러나 내가 하려는 일은 개울물 같은 것보다 더 무서울걸.

자, 이제 여기서 누가 대장일까? 개울 건너는 법을 아는 쪽이 누구냔 말이다.

그건 그렇고 다리가 꽤 괜찮다. 예쁘고 매끈하다. 저 다리를 어루만지다가 양쪽으로 벌리고 그 안으로 들어가면 어떤 느낌일까?

눈요기를 좀 하고 싶지만 너무 대놓고 보면 안 되겠지. 봐, 벌써 내 눈길을 알아차린 것 같다.

까다로운 상대다. 쉽게 정복하긴 힘들 것 같다.

무슨 말이라도 해야겠다. 여자가 신발을 도로 신고 다시 떠날 기세로 일어선다.

"제가 알려준 길이 더 쉽죠?"

"잘됐네."

여자가 되받아친다.

"난 발 적시기 싫어서 말이야."

계속하자. 좀 더 까불어봐야겠다. 개울가에는 우리 둘뿐이다. 주위에 아무도 없다.

"같이 걸을까요?"

*

이건 또 무슨 소리야? 내가 원한 건 혼자만의 일요일 오후 하이킹이었다. 짜증나는 꼬마 녀석이랑 같이 걷고 싶은 생각은 추호도 없다.

"음, 말은 고마운데, 난 혼자서 하이킹을 하고 싶어."

잠시 그 아이는 아무 말도 하지 않는다. 그러더니 고개를 끄덕이고는 옅은 푸른 눈으로 그녀를 빤히 쳐다본다.

"정말요? 제가 길 잘 아는데요?"

10분 전만 해도 길을 잃었다더니 이제는 길을 알려주시겠다? 사기꾼 같은 놈.

"됐어. 혼자 있고 싶어."

소년이 어깨를 으쓱한다. 두 사람은 개울가 모래투성이 강둑에 서 있다. 그러다 그녀가 자리를 떠나려 돌아선다.

문제는 여기서 나가는 길이 딱 정해져 있는 게 아니란 거다. 일단 언덕을 올라가야겠지. 가이드북에 그렇게 적혀 있었다.

저 아이가 뒤따라오는 건 싫다. 돌아서서, 가이드처럼 따라붙지 말고 먼저 앞장서 가라는 신호를 분명히 보낸다.

"레이디 퍼스트잖아요."

아이가 그렇게 우기며 앞서 가라는 몸짓을 한다.

눈이라도 데굴데굴 굴리고 싶었지만 그러는 대신 짜증 섞인 눈길로 한 번 그를 쏘아본다.

"알았어."

정말 이상한 애다. 어서 얘한테서 벗어나야지.

눈앞의 수풀을 손으로 헤치며 언덕을 오르기 시작한다. 그 순간 그녀가 왼쪽 손목에 차고 있는 은색 시계가 빛을 받아 반짝 빛났고, 이 시계를 쳐다보는 소년의 눈빛이 언뜻 눈에 들어온다.

또 불안감이 꿈틀거리기 시작한다.

그래도 그녀는 언덕을 오른다. 달리 피할 곳이 없어서다. 길다운 길이 없으니 덤불을 바삐 헤치고 걸어가서 가능한 한 빨리 저 아이에게서 멀어지고 싶다.

*

이제야 본색이 드러나는군. 빌어먹을 중국 년. 이제 본심을 숨기지도 않는다.

하지만 쌍년아, 선택은 네 몫이 아니야.

내가 한 수 가르쳐줄 것이다.

손목에 찬 시계를 보니 가져갈 만한 비싼 물건도 많겠다. 시계, 핸드폰, 근사한 다리, 보지.

전부 내 손에 넣는 건 시간문제다. 글렌을 따라 이렇게 멀리까지 오는 사람은 없을 테니까 저 여자는 모조리 내 거다.

일단 가던 길을 계속 가게 두자. 지금 여자는 내가 뒤를 쫓아가는 줄도 모른다.

그러니 몸을 낮추고 따라붙자.

저 여자는 지금이 아니면 영영 손에 넣지 못할 것 같다.

심장이 점점 더 거세게 고동친다.

고지가 눈앞인 지금이 최고로 기분 좋은 순간이다. 덮치기 직전, 최고로 고조된 상태. 더는 참을 수 없을 것 같은 느낌이 드는 이때.

슬슬 따라가 볼까.

지금이다.

*

어쩐지 평소보다 빠른 걸음으로 걷게 된다. 지금 걷는 길은 편안하게 어슬렁거릴 만한 지대는 아니다. 덤불을 헤치며 언덕을 올라가는 발에 고사리가 마구 짓밟히고 머리카락 사이에 블랙베리가 걸린다. 그래도 어서 여길 떠나고 싶다. 최대한 멀리, 최대한 빨리.

사방이 뚫린 언덕 위에 빨리 가닿고 싶다.

그러니까 위로, 위로 올라가자. 다른 길은 없으니까. 등산로가 있긴 있는 건지 모르지만 확실한 건 내가 지금 그 길을 벗어났다는 것이다.

가이드북에 뭐라고 적혀 있었더라? 개울 위로 이어지는 등산로를 따라가면 골짜기가 내려다보인다고 했지.

오르막을 오르느라 허벅지 앞쪽 근육이 사정없이 땅기고 심장이 더 빠르게 뛴다. 숨이 턱턱 막혀오지만, 이제 거의 다 왔다. 몇 발짝만 더, 그래, 드디어… 언덕 꼭대기다. 걸음을 멈추고 숨을 고른다. 주변을 둘러본다.

그 아이는 이제 없는 거지?

없다. 침묵뿐이다. 언덕 꼭대기의 차분하고 고요한 공기. 평원의 끝. 이렇게 아름다울 줄은 몰랐다.

숨을 쉰다. 안도감이 깃든 심호흡이다.

바로 이런 광경을 보기 위해 하이킹을 온 것이다. 도시의 스트레스에서 벗어난 외딴 곳. 머리 위를 빽빽이 뒤덮은 나뭇잎 사이로 새어드는 녹색 빛줄기. 눈앞의 들판에서 소가 풀을 뜯고 있다. 벌레 우는 소리, 거름 냄새, 멀찍이 아래에서 개울물이 졸졸 흐르는 소리.

그녀는 미소를 짓는다. 웃음을 터뜨릴 지경이다. 마침내 그 아이에게서도, 도시에서도 벗어났다.

다시 등산로가 이어진다. 그녀는 새로 생긴 에너지로 가득 차 씩씩하게 걷기 시작한다. 왼쪽에는 들판, 오른쪽으로는 깎아지른 듯한 글렌의 경사면이다. 저쪽 무성한 나무 사이 빈터가 보인다. 숲에서 등산로가 시작되어 뻥 뚫린 공간으로 뻗어나가는 지점이 바로 거기 같다. 벨파스트 힐즈. 거의 다 왔다.

그녀는 기대감과 새로운 풍경에 대한 기쁨을 가득 안고 주위를 둘러본다. 등산로, 숲, 골짜기 그리고…

비탈 아래 언뜻 보이는 저 새하얀 건 뭐지?

그녀는 소스라치듯 놀라 걸음을 멈추고 자세히 본다.

그 아이다. 새하얀 점퍼 차림의 그 아이. 덤불 속으로, 나무 뒤로 몸을 애써 숨기며 비탈을 올라오고 있다.

숨으려고 애쓰는 것 같은데 다 보인다.

그 아이가 보인다.

날 따라오고 있다. 우연일 리 없어.

심장이 멈출 것만 같다.

다음 순간 어김없이 심장이 뛴다.

그녀의 머릿속에 단 하나의 생각이 떠오르는 순간 다른 생각은 전부 지워진다.

뛰어야 해.

*

저년이 뛰기 시작한다.

나를 본 게 틀림없다. 그러면 나도 저 여자를 쫓아 뛰는 수밖에. 뒤따라 달린다. 산토끼 몰이를 하는 사냥개처럼, 일전에 친구들과 매과이어 녀석들을 쫓아 달리던 것처럼. 그다음은 뻔하다. 짜릿한 느낌. 피가 몰려드는 익숙한 기분.

어차피 아무리 달린들 내 손안에 있다. 여긴 누구 도와줄 사람도 없거든.

비탈을 올라 오솔길에 접어들자 여자를 쫓아 달리는 내 발소리가 쿵쿵 울려 퍼진다.

여자가 달리는 모습이 보인다. 보기 좋은 검고 긴 머리가 뒤로 휘날리고 등에 멘 배낭이 털썩거린다. 뛰어가서 붙잡으면 된다. 곧 잡히겠다.

제기랄, 여자가 벌써 숲이 끝나는 곳에 다다랐다. 잡아야 한다. 여자가 숲을 빠져나가기 전에, 더 멀어지기 전에.

숨이 가쁘지만, 여자가 손에 잡히기 직전이다. 약기운에 머리가 지끈지끈 아프다.

숲에서 나온다. 숲을 빠져나온다. 그리고 햇볕, 눈부신 햇빛. 숨을 고르고, 들판으로 나오자, 여자가 거기 있다. 찾았다.

여자가 나를 향해 돌아선다. 여자가 돌아선다…

*

숲을 빠져나온 뒤 숨을 고른다.

그런데 여긴 어디지?

여기는 황무지 같다. 아무도 없다. 울퉁불퉁한 흙무더기, 아스팔트로 포장된 한 뙈기 땅. 쓰레기 무더기. 나머지는 그저 황폐한 공터다.

왜 아무도 없지?

들판 저쪽에서 사람들이 오가는 소리가 들린다. 그러나 보이지는 않는다. 그래도 저 아이를 떼어내려면 저쪽으로 달려가야 할까.

하지만 마음을 결정하기까지 충분한 시간이 없다.

풀숲에서 버석거리는 소리가 나더니 그 아이가 나타난다. 숨을 몰아쉬고 있다. 눈빛이 달라졌다.

그녀는 돌아서서 그 아이를 마주본다. 이제는 정면으로 맞서는 수밖에 없다. 아까 예의를 차리던 태도는 온데간데없다. 짜증은 분노가 되고 애매하던 기분은 공포로 바뀌었다. 그녀를 사로잡는 토할 것 같은 분노를 숨기기 위해 강철처럼 차갑고 단단한 목소리로 묻는다.

"원하는 게 뭐야?"

*

내가 뭘 원하느냐고? 알면서.

하지만 아직은 말하지 말자. 더 가까이 다가갈 수 있는지 시험해보자.

"그냥… 앤더슨스타운으로 돌아가는 길을 찾고 있었는데요."

여자는 화가 나 있다. 아마 이 대사를 너무 많이 써먹었나보다. 그래도 한 발짝 더 다가가야지. 팔을 휘두르면 닿을 만한 거리까지.

"아까 알려줬잖아. 저 길로 돌아가서 글렌 아래로 내려간 다음에 버스를 타라니까."

상황을 장악하고자 하는 스타일이군. 하지만 분명 겁에 질려 있다. 여자를 사로잡은 공포의 냄새를 맡을 수 있을 정도다.

물어보자, 바로 지금.

"밖에서 하는 섹스 좋아해?"

*

그 말이 소리 없는 일격처럼 내리꽂히는 순간 뱃속이 쑥 가라앉는 기분이 든다. 큰일에 휘말리고 말았다.

밖에서 하는 섹스 좋아해?

하지만 아직 어린애인걸. 이해가 안 된다.

"아니."

그녀는 얼른 쏘아붙인다.

"특히 너랑은 절대 안 해."

그녀는 두려움과 역겨움 그리고 생존본능으로 그 아이에게서 돌아선 뒤 사람이 많은 길 쪽으로 향한다. 어서 여길 빠져나가야 해.

하지만 다음 순간 예상치 못한 일이 벌어진다.

"꼼짝도 하지 마, 쌍년아!"

그가 고함을 지른다.

친근하게 굴던 태도는 간 데 없고 순식간에 사납고 험악해진 그의 옅은 푸른 눈 속에 노여운 불길이 확 붙는 것 같다. 그가 팔을 위협적으로 뻗는다.

"움직이지 마. 그냥 보지만 한 번 빨고 갈 테니까."

이게 대체 무슨… 이 상황이 현실일까?

근육이 바짝 긴장해 본능적으로 자리를 박차고 달린다. 그것만으로 끝나지 않을 게 분명해.

어떡하지?

큰길로 나가야 한다.

"움직이지 마! 나 칼 있다고!"

그는 왼손을 뒤로 숨기고 있다. 칼을 갖고 있다는 말이 진짜인지 확인하려고 슬쩍 넘겨다 본다.

"칼이 있단 말이야. 목을 따버리고 칼로 쑤셔버리겠어!"

진짜일까? 진심으로 하는 말일까?

마치 스위치를 탁 켜기라도 한 것처럼 그의 말투가 연극조로 바뀌었다.

그런데도 심장이 마치 목이 부러질 것 같은 기세로 날뛴다. 공포와 아드레날린이 핏속으로 밀려든다.

저 아이와 내가 상대가 될까? 내가 제압할 수 있을까? 아니면 지금 당장 큰길 쪽으로 도망쳐야 하나?

그녀는 온 힘을 모아 달릴 자세를 취하면서도 배낭의 무게 때문에 속도가 나지 않을 거라는 걸 안다. 내가 더 빨리 뛸 수 있을까?

그가 거친 숨을 몰아쉬며 더 가까이 다가오는 순간에도 그녀는 생각 중이다. 달아나야 할지, 싸워야 할지… 어떡하지?

그때 그리 멀지 않은 어디선가, 큰길보다 더 가까운 어디선가 자동차 소리가 들린다.

소년의 눈이 소리 나는 쪽으로 불안한 듯 움직였고 그 순간 그녀도 상황을 파악한다.

근처에 사람이 있나봐.

"살려주세요!"

그녀는 비명을 지른다.

"살려주세요!"

더 크게.

다음 순간 소년이 번개처럼 그녀를 덮친다.

씨발년, 닥치라고, 소리 지를 생각 따위 꿈도 꾸지 마. 만약 체류지 사람에게 들키기라도 한다면… 다 망친단 말이다. 더러운 년. 이쪽으로 오라고.

그가 경악할 만한 힘으로 그녀의 팔을 잡아끌어 나무 아래로 밀친다.

"살려주세요!"

발버둥을 쳐 빠져나왔지만 다시 한번 붙잡힌다. 그녀는 팔을 붙든 그의 손을 떼어내려 기를 쓴다.

"살려주세요!"

"입 닥쳐, 한마디만 더 하면 목을 칼로 쑤셔버릴 줄 알아."

여자의 입에서 또다시 비명이 터져 나오지 못하게 손으로 여자의 입을 단단히 막는다. 남의 눈에 띄지 않게 여자를 덤불 속으로 질질 끌고 간다.

빠져나가야 해, 이 아이에게서 빠져나가야 해. 입을 막은 손을 떼 내야 해.

그녀는 굴러다니는 자갈에 발을 미끄러뜨리면서도 그의 손아귀에서 빠져나오려 애를 쓰지만 그는 다시 그녀를 나무 쪽으로 세차게 당긴다. 발밑의 자갈이 달가닥거린다.

그 순간 그녀가
미끄러지면서
바닥에 자빠진다.

여자 몸에 올라탄다. 목을 두 손으로 감는다. 여자를 꼼짝도 못하게 내리누른다. 몸을 찍어 누르면서 외친다.

"소리 지르면 죽여 버릴 거야."

이런 젠장, 바닥에 넘어졌다. 바로 옆은 깎아지른 듯한 골짜기다.

배낭이 바닥과 몸 사이에 끼어서 등을 파고든다. 배낭에서 물병이 빠져나와 비탈 아래로 굴러간다. 하지만 그가 나를 붙들고 있어서…

그 아이를 막으려고 한 손을 내밀자 그가 손가락 두 개를 붙잡아

뒤로 꺾어버린다. 아파. 이 아이는 대체 뭐지? 파란 눈이 이글이글 불타며 내 눈을 똑바로 쏘아보고 있다.

여자의 머리를 주먹으로 한 대 갈겨야겠다. 제대로 한 방 맞으면 고분고분해지겠지. 우리 아빠, 믹 스위니가 물려준 악명 높은 주먹으로 말이다. 아빠가 엄마를 때리던 것처럼, 아빠가 날 때리던 것처럼, 똑같이 여자를 때리면 된다. 여자에게 한 수 가르쳐줄 것이다. 내 말을 똑바로 들으란 말이다.
"다시는 소리 지르지 마!"

그가 나를 주먹으로 때렸다… 너무 아파, 주먹으로 맞는 건 평생 처음이다.

그래, 이거지. 찌푸리는 저 얼굴 보라지. 이제 곧, 머지않아 여자의 부드러운 보지를 맛보게 될 것이다. 한 대 더, 또 한 대 더 때린다. 두 손으로 여자의 목을 조른다. 손아귀에 힘을 꽉, 한 번 더 꽉 준다. 쌍년.
"칼로 찌를 거야!"

그가 내 위에 올라타서… 목을 조른다… 숨을 쉴 수가 없다… 눈동자를 움직여 주변을 둘러본다… 칼은 어딨지?
여전히 숨이 쉬어지지 않는다… 공기가 필요해.

목을 조른 손에 힘을 준다. 이제는 소리를 못 지를 거다.
자, 이제 돌을 집어 들자…

"머리를 박살내는 수가 있어!"

손가락이 목을 파고든다… 숨을 쉴 수가 없다.

필요하다면 돌을 집어 들어 얼굴을 찍어버릴 수도 있어.

캑캑거리지만 숨이 쉬어지지 않아… 목이 꽉 졸려서… 숨을 쉬어
야 해.

얌전히 내 말 들으라고, 씨발년아.

돌은 안 돼… 머리는 안 돼…

물건이 쇠꼬챙이처럼 단단하게 일어선다. 박고 싶어 미칠 것
같다.

숨을 쉴 수가 없어… 날 죽일 거야…

이렇게까지 딱딱해진 건 처음인걸.

숨을 쉬어야 해…

이렇게 거세게 반항하는 여자는 처음이다.
"그러니까 보지만 빨겠다고 했잖아."

그래… 하고 싶은 대로 해. 죽이지만 말아줘… 포기해야겠다… 목숨을 버릴 만한 일은 아니야… 숨을 쉬어야 해.

"한 번만 빨겠다고."

하고 싶은 대로 해.

"한 번만…"

그러니까 제발… 아, 너무 아프다. 진흙, 멍, 어떻게 살아서 빠져나가지? 제발 숨만 쉴 수 있게 해줘.

*

허파에 산소가 다시금 세차게 밀려들어온다… 그런데 이젠 어떻게 되는 걸까. 살아서 나가려면 어떡해야 하는 걸까… 이 애가 누군지, 무슨 짓까지 할 수 있는지 나는 모르니까―오, 이년이 드디어 내 손아귀에 들어왔다… 이제부터가 최고의 순간이다. 피가 확 몰리면서 물건이 곧 일어날 일을 준비하려는 듯 꺼떡거린다―내 속옷을 벗기려 든다면… 안 돼… 협상을 해보자. 뭐라도 다른 걸 해주겠다고 하면… 생각… 생각을 해야 해… "내가 입으로 해줄게."… 이걸로 끝을 볼 수 있을까?―좋아, 드디어 여자가 말귀를 알아들은 모양이다. 여자가 입술을 동그랗게 오므리더니 내 것을 빨기 시작한다―역겨워… 빨리 사정하게 해버리면 좋을 텐데 그 정도로 잘하지는 못한다―여자가 혀를 놀리며 내 좆을 핥는다… 좋아… 바로 이거야,

아—여기서 멈추면 안 돼—"보지를 빨고 싶어. 보지를 빨고 싶다고."—만약에 속옷을 벗겨버리면, 그다음은… 안 돼, 하지 마—"쌍년!"—악, 그가 나를 또 때렸다… 밀어내야 해. 못하게 해야 해. 아니면 차라리 아무 일도 아니라고 생각하는 척해야 해… 아 역겨워, 정말로 내 아래를 핥고 있다… 이게 무슨 일이지, 숲 한가운데에서—좋아, 좋아, 중국 년의 보지는 이런 맛이군. 축축하게 적셔버리면 여자도 원하게 될 거다. 내 물건을 집어넣길 간절히 바라게 될 거다… 더는 못 참겠다. "지금부터 너한테 박을 거야. 지금 너한테 박고 싶어."—이런 일을 당하고 있다는 게 믿기지가 않는다… 역겨워… 속옷이 내려간다. 속옷이 완전히 벗겨져 진흙탕에 처박히고, 그가 내 몸 안으로 들어온다. 역겨워. 저 아이의 성기가 내 몸 안에 들어오는데도 아무 느낌이 들지 않는다. 그래, 시키는 대로 해버리자. 그럼 다 끝날 거야—아, 바로 이거야. 여자의 몸속으로 미끄러져 들어간다. "아시아 년 보지가 탱탱하게 조이는데."—방금 저 아이가 이 말을 한 게 현실일까… 절대 현실일 리가 없어—거칠게 허리짓을 해대며 탱탱한 보지를 마음껏 즐긴다. 아, 좋다. 바로 이거야—바닥에 드러누운 채 잔돌이 등을 파고드는 걸 느끼며 나무들을 올려다보고 있다… 정신이 없는 것 같은 틈을 타서 돌을 집어 머리를 찍어 누를 수도 있을 것 같다… 그런데 이제 와서 무슨 소용일까. 어차피 그가 내 몸 안에 들어와 있으니 너무 늦은데다가 더 난폭해질 것이다… 그냥 빨리 다 끝나기만을 빈다. 끝날 때까지만 참자—이제 체위를 바꿔보자고, 쌍년아. "위로 올라와."—그래, 나는 그의 위로 올라타 그의 눈을 똑바로 바라본다. 안 무서워. 무섭지 않아. 그와 싸울 마음은 들지 않는다. 끝나기만을 바랄 뿐이다—봐라, 엄청나게 밝히는 여자다. 여자도 원하잖아. 그럴 줄 알았어. 알고 있었다고. 몸을 거세게 밀어붙이며 여자의 가슴을 움켜쥔다—지금 내 브라를 찢은 거야? 씨발, 이건 내가 제일 아끼는 브라인데… 사정할 때까지만 참자. 그럼 다 끝날 거야… 뭐라도 음란한 말을 해야겠다. 그러면 나도 좋아하는 줄 알겠지. 그리고 다 끝나겠지… "밤새도록 해도 모자라겠는걸."… 방금 이 말이 내 입에서 나온 말이 맞을까—그렇다니깐. 여자도 원하는 게 맞잖아. 애초에 밝히는 여자였다고…—"이제는 후배위로 하자고."—대체 뭐 하는 미친놈이지… 손바닥과 무릎으로 몸을 지탱하고 움직이자 자갈이 살갗을 아프게 찔러댄다—더 세게 몸을 부딪친다. 뒤에서부터 거칠게 박는다. 젠장, 빠졌다. 다시 집어넣어야겠다. "똑바로 누워봐." 자세가 이상한지 물건이 제대로 집어넣어지지가 않는다. 이년은 뭐가 문젠 거지… 포르노에서 본 게 또 뭐가 있더라… 생각만 해도 좆이 바짝 일어선다… "항문으로 하자고."—안 돼 안 돼 안 돼 안 돼 애널 섹스는 안 돼. 한 번도 해본 적 없어. 너무 아플 거야—좋아, 좋아, 근데 구멍이 어디지? 모르겠다. 일단 박자—그는 여러 번 시도하지만 제대로 넣지도 못한다—여기군. 허리에 힘을 주어 박으려고 하는데… 자꾸만 빠진다—끝나기는 할까?—다시 여자의 몸 위로 올라오지만 이젠 좀 지루해진다… 왜 쌀 수가 없지—거의 끝난 것 같다… 지루해 보인다. 이제 위험하게 느껴지지도 않는다… 그냥 사정만 해. 사정만 하면—"집에 갈래?"

이게 무슨 뜻이지? 집이라니 어딜 얘기하는 거야? 이제 헤어져서 나는 호텔로 돌아가라는 소린가? 그게 무슨 소리지? 이제 그만하자는 소리다… 그만둔다고… 그만둔다.

"그래, 그러자."

드디어 그가 내 몸에서 빠져나오고 우리는 그 자리에 일어나 앉는다. 진흙탕 속에.

저년이 나한테 무슨 짓을 한 거지? 왜 쌀 수가 없지? 끝났다. 끝났다. 끝났어. 무슨 일이 일어난 거지? 진짜 일어난 일이 맞나? 왜 싸지 못했지? 어째서 사정할 수가 없었던 걸까? 어째서… 뭐, 무슨 상관이야. 여자의 몸에 내 걸 집어넣었고 그거면 됐다.

*

그녀는 옷을 도로 걸친 뒤 등산로를 비껴난 곳에 앉아 있다. 찢겨진 브라는 다시 푸른 하이킹 셔츠 속에 숨겨졌다. 진흙투성이 하이킹 바지는 멍든 자국과 긁힌 상처를 숨긴다. 그녀는 껍질 속에 틀어박힌 달팽이처럼 경계를 늦추지 않고 자신을 단단히 감싼다.

그가 아직 여기 있다.

그 아이도 옷을 도로 챙겨 입은 뒤 뭐라고 자꾸 떠들어댄다. 하나도 말이 안 되는 소리 같다.

"전 여기랑 아마를 왔다 갔다 하면서 지내는데 말이죠…"

그녀는 아무런 관심도 기울이지 않는다. 저 따위 얘길 왜 자꾸 하는 걸까? 이를 악문 채 그가 어서 자리를 떠나기만을 빈다.

"어디 출신이라고 했죠?"

"뉴저지."

그녀는 감정이 깃들지 않은 말투로 대답한다. 감정이란 감정은 다 빠져나간 목소리다.

"아, 그랬죠. 근데 이름이 뭐였죠?"

그녀는 머뭇거린다. 가짜 이름을 대야 해. 아까 공원에서도 이름을 물었는지 기억이 안 난다. 고작 한 시간쯤 지났을 텐데 전생처럼 멀게 느껴진다.

적당히 추측하자.

"제니."

그가 고개를 끄덕인다. 아까도 내가 같은 이름을 댄 건지 아니면 그도 잊어버린 건지는 모르겠다.

어쩐지 울고 싶은 기분과 웃음을 터뜨리고 싶은 기분이 한 번에 든다. 이 모든 상황이 원나잇 스탠드를 변변치 못하게 패러디해놓은 것만 같다.

아, 좋았어요, 근데 이름이 뭐라고요?

"네 이름은 뭔데?"

그녀가 묻는다.

"프랭키."

믿지는 않는다. 어차피 상관없다. 그저 그가 어서 떠나주길 바랄 뿐이다.

그때 그가 문득 수다 떨기를 멈춘다. 아까 그녀와 정면으로 대치할 때 풍겼던 사나운 분위기를 풍기기 시작한다.

그가 얼음같이 푸른 눈을 매섭게 빛내며 몸을 가까이 붙여오더니 그녀가 걸어왔던 등산로를 손가락으로 가리킨다.

"저 길로 가세요."

그러나 그녀는 이제 그가 겁나지 않는다. 이제 와서 무슨 짓을 더 당하겠는가? 강간?

안 됐네, 꼬마야. 그 패는 이미 써버렸잖아.

그녀는 어깨를 으쓱한다. 이 자리를 떠날 때 저 길로 돌아가는 일은 없을 것이다. 하이킹을 즐기는 사람들은 온 길을 돌아가는 법이 없다. 그에게 등을 보일 일도 결코 없을 것이다. 무슨 짓을 할 줄 알고? 절벽에서 밀어 떨어뜨릴 수도 있고 돌로 머리를 짓찧을 수도 있다. 더는 틈을 보이지 않을 생각이다.

"싫은데."

그녀가 고분고분 따르지 않자 그는 다소 놀라 어쩔 줄 모르는 것 같다.

그는 한 번 더 시도해본다. 매서운 푸른 눈으로 그녀를 노려보며 등산로를 가리킨다.

"저 길로 돌아가라고."

그의 얼굴에 대고 웃어버리고 싶지만 현명한 생각이 아닌 것 같다. 그녀는 물러서지 않고 그를 마주 본다.

"좀 있다가. 지금은 좀 쉴게."

위험한 건 끝났다는 생각이 든다. 이제 그는 어른 흉내를 내긴 하지만 혼란에 빠진 어린애일 뿐이라 오히려 애잔해 보일 정도다.

그가 먼저 떠났으면 싶다. 그녀는 미적거리며 시간을 끌기 위해 배낭에서 물병을 꺼낸다. 나머지 한 병은 몸싸움을 하는 동안 배낭 옆 주머니에서 굴러 나왔지. 가파른 비탈로 굴러 떨어진 그 물병이 고사리 덤불 어딘가에 걸려 있는 모습이 상상된다. 뒤엉킨 초목 사이에서 반짝 빛을 내는 투명한 플라스틱, 다시는 찾을 수 없겠지.

그녀는 물을 몇 모금 홀짝인 뒤 물병을 그에게도 권한다.

"물 좀 줄까?"

그는 필요 없다며 손을 젓는다.

좀 더 시간을 때울 것이다. 그녀는 배낭에서 사과를 하나 꺼내 먹기 시작한다.

그는 아직도 주변을 얼쩡거리고 있다. 왜 안 가지? 얼마나 걸리건 간에 그가 자리를 뜰 때까지 버틸 생각이다. 아직도 심장이 세차게 뛰고 있다. 가슴속 깊은 곳에 호수 밑바닥에 놓인 돌처럼 단단하고 조밀하게 꽉 묶인 분노의 매듭이 생겨나고 있다. 그러나 호수 위는 차분한 안개로 가득하다.

"몇 살이라고?"

애써 아무렇지도 않은 목소리로 말을 붙여 본다.

"열여덟 살."

아까 공원에서 한 말과는 확실히 다르다.

"에이, 아니잖아."

그녀는 애써 농담이라도 건네듯 웃어 보인다. 냉소적이면서도 딱히 신경 쓰이진 않는다는 듯한 웃음.

"몇 살 같아 보이는데요?"

"열일곱 살."

솔직히 전혀 짐작이 가지 않지만 그를 좀 띄워주기로 한다.

"열여섯 살인데요."

토할 것 같다. 그럼 방금 열여섯 살짜리와 섹스를 했다는 것이다. 전혀 원치 않았던, 진흙투성이 불편한 섹스를 말이다.

"저기요."

그가 입을 연다.

"미안해요. 전 항상 이러거든요."

뭘? 공원에서 모르는 사람 아무나 덮치는 거? 연상의 여자랑 섹스하는 거? 방금 미안하다고 한 거야?

그녀는 대답하지 않는다. 그냥 횡설수설하도록 놔두자. 그러다 보면 나중에 그를 찾아낼 단서를 제 입으로 뱉을 것 같다.

"이 숲에서 여자를 서너 번 강간했어요. 더블린에서는 창녀를 강간했고요."

진심이야?

"그랬니?"

그녀는 그렇게 대답했지만, 더 듣고 싶다는 듯한 말투는 아니다. 오히려 대놓고 믿기지 않는다는 식으로 약간 자극해보기로 한다.

"그래요."

그가 웅얼웅얼 대답한다.

"난 항상 그 짓을 해요."

"걱정 마, 아무한테도 말 안 할게."

진심같이 들렸을까? 그를 안심시키고, 이 일이 관용구에 나오듯 건초 더미에서 한바탕 즐기는 것같이 별거 아닌 섹스라고 생각하게 하고 싶다. 다시 그가 난폭해져서 더 나쁜 짓을 하면 안 되니까.

그는 말을 멈추지 않는다.

"나는 이 숲을 잘 아는데…"

제발, 좀. 가라고.

"맨날 와요. 맨날 여자들이랑 그 짓 하고."

좋겠네. 그러니까 이제 좀 꺼져줘.

그러나 그녀는 아까 한 말을 되풀이하는 게 고작이다.

"아무한테도 말 안 한다니까."

그가 여전히 얼쩡거리기에 그녀는 사과를 먹는 데 집중한다.

그는 진흙투성이가 된 흰 운동화를 신은 발로 돌 하나를 차서 뒤집는다. 아이팟을 꺼내더니 둘둘 감겨 있는 이어폰 줄을 풀었다 다시 감는다.

그녀는 사과만 계속 썹어 삼킨다.

"저기…, 이제 갈게요."

그가 말한다.

그녀는 그에게 잠시 눈길을 줄 뿐 대답하지 않는다.

그 역시 그녀를 쳐다보지 않는다.

"미안해요."

그가 웅얼웅얼 말한다.

"미안해요."

그러더니 고개를 푹 숙이고 어깨를 구부정하게 한 자세로 아까 그녀더러 내려가라고 했던 그 길을 따라 내려가기 시작한다.

흙과 나뭇잎이 스치는 소리, 초록빛 속 언뜻 비치는 흰색 점퍼, 그리고 그는 사라진다.

그가 돌아올지도 모른다는 생각에 잠시 기다린다.

시계를 본다. 2시 35분. 시간이 얼마나 흐른 거지?

조금 더 기다리며 등산로를 슬쩍 보지만 그는 보이지 않는다. 다시 돌아온 건 아닌가 보다.

그리고 이제… 숨을 들이쉰다.

드디어 자신에게 울음을 허락한다. 눈물이 줄줄 흐르자 따뜻하고, 혼란스럽고, 방금 무슨 일이 일어난 건지 알 수 없다. 방금 공원에서 모르는 꼬마 애랑 섹스를 했다고? 어떻게 이런 일이 일어날 수가 있지?

하이킹은 어쩌지? 그냥 가던 길을 계속 갈까? 그녀는 울면서도 그 가능성을 생각해본다. 아직 시간은 충분하니까 남은… 14킬로미터를 더 걸을 수 있다. 14킬로미터. 그래, 14킬로미터다. 절벽을 따라, 도시가 내려다보이는 언덕 위, 벨파스트 북쪽 케이브 힐까지 이어지는 길. 맑은 공기, 뻥 뚫린 시야 그리고 봄날의 오후. 여기, 길은 끊기고 돌은 뒤집히고 가지가 뚝뚝 꺾인 이곳에서 일어난 초현실적인 악몽은 다 잊어버리는 거야. 그녀는 눈을 감고 지평선까지 뻗은 등산로를 상상한다. 늘 바라왔던 대로 일상에서 탈출하는 거다. 오늘 아침 드디어 그 길에 올랐다.

그러나 호수 밑바닥의 돌이 아직도 그 자리에 있다. 발견되지 않은 종양 덩어리처럼 조용히 자라나는 분노는 사라지지 않는다.

이성적으로 생각하면 의료적 조치를 받아야 한다.

아무리 간절히 바란들 방금 일어난 일에서 달아날 수는 없다. 그것이 오늘 오후 그녀에게 강제로 벌어진 현실이다. 잔혹하고, 원치 않았던 일.

여기 그녀가 지금부터 해결해야 할 일이 있다.

그래서 그녀는 자리에서 일어선다.

곧바로 걸음을 옮기지는 않는다. 비탈 가장자리에서 아래를 내려다보며 절벽이 얼마나 가파른지를 가늠해본다. 슬픔에 젖어 절벽 아래로 몸을 던지고 싶어서가 아니라 궁금해서다. 몸싸움을 하는 동안 절벽 가장자리에 얼마나 가까이 다가갔던 걸까? 만약 이 밑으로 떨어졌다면 어떻게 되었을까? 어쩌면 덤불 사이에 뜬금없이 플라스틱 곡선을 내밀고 있는 물병을 찾으려는 마음도 있었는지 모르겠다. 그러나 아무것도 보이지 않는다. 뒤엉킨 잡초와 초목에 뒤덮인 바위투성이 비탈 말고는. 조금 전 그녀가 지금 서 있는 장소에서 일어난 볼썽사나운 몸싸움을 상기시키는 것은 아무것도 없다.

사과를 다 먹고 남은 심이 손에 들려 있다. 낯선 덩어리는 씨앗과 갈변해가는 과육으로 이루어진 해골이 되어버렸다.

그녀는 뒤로 한 걸음 물러선 다음 외야수처럼 오른팔을 뒤로 뻗었다가 온 힘을 다해, 절벽 가장자리 너머, 비탈 아래, 골짜기 속으로 사과 심을 던져버린다.

그것은 어딘가 보이지 않는 자리에 떨어지면서 덤불을 들쑤시는 작은 소리를 내더니 그대로 거대한 숲속에 삼켜진 또 하나의 불청객이 되어버린다.

다음 순간 그녀는 머뭇거리지 않고 배낭을 둘러멘 뒤 방금 일어난 사건의 현장을 떠난다.

사람들의 소리가 들리는 곳을 향해 발걸음을 옮긴다.

제2장

등산로를 걸어 내려오는 그의 심장은 약기운과 방금 한 섹스 때문에 여전히 쿵쾅쿵쾅 뛰고 있다. 진짜로 일어난 일이 맞는 거지?

어쨌거나 원하는 걸 얻었으니 웃고 싶었다. 그런데 왜 웃음이 나오지 않지? 뭔가 마음에 걸린다.

나무와 태양이 한데 모여 빙빙 돌고 땅바닥이 자꾸만 발을 건다. 걸음을 멈춘다. 한 손으로 나무를 잡고 몸을 지탱한 뒤 입고 있는 점퍼 소매를 본다. 진흙으로 얼룩져 있다. 씨발, 클럽에 입고 가려고 아껴놓은 최고 좋은 옷인데.

운동화도 마찬가지로 가장자리를 따라 진흙이 덕지덕지 묻어 있다.

벗어버리자. 수상한 눈초리를 받기는 싫으니까.

언덕 아래 강물 속으로 들어가자 운동화에 묻은 진흙이 물에 씻겨나간다.

씨발, 발이 젖었잖아.

멍청한 놈.

정신 똑바로 차리고 생각해보자. 어떻게 하지?

바닥에 앉는다. 청바지 안으로 습기가 스며들어 엉덩이가 축축해지지만 상관없다. 숨을 고르자. 생각. 생각. 생각.

그 여자도 원했잖아, 그렇지? 당연히 원했을 것이다. 여자들은 다 그렇잖아.

그때 또다시 그의 머릿속을 스치고 지나가는 장면이 있다.

여자는 살려달라고 비명을 질렀고 햇빛이 그의 눈을 온통 가렸다. 붙잡고 있던 목덜미는 너무나 부드러웠다. 꽉 졸라서 숨을 다 짜낼 수 있을 것 같았다.

어쩌면 여자는 별로 원치 않았던 건지도 모르겠다.

아직도 그의 물건은 채 가라앉지 않았다. 여자가 뭐라고 했더라?

'걱정 마, 아무한테도 말 안 할게.'

그런데 그는 어쩐지 어둠이 그의 마음속 어딘가를 할퀴고 있는 것 같은 느낌이다. 진드기가 살갗을 파고들어 속살을 먹어치우는 것 같다. 그는 몸을 긁기 시작한다. 갑자기 온몸이 근질거린다. 팔, 다리, 목, 성기까지도. 빌어먹을, 어서 여길 떠나야겠다.

벌떡 일어나 절벽을 따라 난 길을 바라보는데 사이렌 소리가 들리는 것 같기도 하다. 아냐, 그냥 망상이다.

나무 사이로 부는 바람 소리일 거야, 아니면 물 흐르는 소리거나.

가야겠다. 숨어야겠다.

마음속의 어둠이 그를 할퀴고, 성기는 여전히 성이 난 채 꺼떡거린다. 머리도, 심장도 쿵쿵 울려댄다.

캐러밴으로 갈 수는 없다. 여자가 그쪽으로 갔으니까. 다른 방향으로 가자.

길이 굽어지는 곳에서 그는 트레이닝복 차림으로 산책을 하는 뚱뚱한 여자와 그 남편에게 하마터면 부딪칠 뻔한다. 두 사람이 그를 쳐다보자 당장이라도 도망치고 싶은 마음이 들어 급히 발걸음을 옮긴다.

뛰면 안 돼. 수상해보일 거야.

고개를 숙이고 길을 따라 시내로 나가자.

하늘을 날 수 있다면, 두 다리로 하늘로 훌쩍 뛰어올라 날개를 펄럭이며 벨파스트, 숲과 마을과 언덕이 뒤섞인 이 망할 놈의 도시가 저 아래 펼쳐진 드넓은 땅 위 작고 작은 점으로 보일 때까지 날아갈 텐데.

*

그녀는 뒤엉킨 덤불과 위로 뒤집힌 돌이 깔린 길을 걸어 숲을 빠져나온 뒤 들판을 가로질러 간다. 처음에 왔을 때는 결국 가로지르지 못했던 들판이다.

등산로를 따라간다면 글렌을 따라 오른쪽으로 가게 되지만 그녀는 단호하게 왼쪽으로 꺾는다. 사람이 많은 큰길을 향해 똑바로 걸어간다.

나무 그늘 밖으로 나오니 환한 햇살이 쏟아져 앞이 보이지 않아 눈을 가린다. 지난 30분 동안 하루를 다 산 것 같은데 아직도 오후가 많이 남았다. 눈앞에서 들판의 초록 풀잎이 살랑살랑 흔들린다. 기진맥진해 몸이 떨릴 지경이라 자리에 앉고 싶은 유혹이 든다. 그래도 안 된다. 일단 큰길로 나가는 게 먼저다. 사건이 일어난 장소에서 멀어져야 한다.

어쩐지 사람이 많은 길은 곧 안전과 동의어처럼 느껴진다. 익명성. 꽉 닫힌 차 안에서 먼 곳으로 가는 운전사와 승객들.

그녀와 큰길 사이에 한 무리의 트레일러 밴이 초록 들판을 메우고 있다. 밖에 나와 있는 사람도 있다. 한 여자가 빨랫줄에 빨래를 널고 있다. 검은 머리 남자는 삽으로 양동이에 무언가를 퍼 담는 중이다.

예기치 못한 광경이다. 이렇게 금방 사람들을 마주칠 줄이야. 다시 등산로로 돌아가고 싶다는 충동이 든다. 이런 트레일러에 사는 사람들은 어떤 사람일까? 다가가서 도움을 부탁해도 안전할까? 믿을 수 있을까?

트레일러의 사람들이 하던 일을 멈추고 그녀를 바라보지만 그녀는 시선을 빠짐없이 느끼면서도 비틀비틀 걸음을 옮긴다. 그들과 적당한 거리를 유지하고 빙 둘러간다. 자신이 눈에 띈다는 것도, 저 사람들에게 자신의 존재가 달갑게 보이지 않는다는 것도 안다. 내가지금 이 사람들의 뒷마당을 가로질러 가고 있는 걸까? 그러나 사실은 그쪽으로 달려가 여자를 붙들고 도움을 청하고 싶다. 방금 일어난 일을 이야기하고 싶다. 말해. 그 단어를 소리 내서 말해야 한다.

도와주세요, 도움이 필요해요.

방금…

방금 강간을 당했어요.

이 단어가 맞나? 방금 나에게 일어난 일이 그 일이 맞나? 그는 고작 어린애였는데.

그녀는 걸음을 멈추지 않는다. 이 구역에서 자신이 환영받지 못하는 존재라는 게 본능적으로 느껴져서다. 외국인 여자가 흐느끼며 자기 문제를 불쑥 들이미는 걸 반길 리가 없어 보인다.

눈에 눈물이 차오르지만 고개를 푹 숙이고 큰길을 향해 계속 걷는다.

햇빛에 온 사방이 환하다. 어디론가 가서 휴식을 취해야 할 것 같은데, 이곳 지리뿐 아니라 길 이름조차도 모른다. 웨스트 벨파스트, 글렌 포레스트 파크 근처라는 것만 안다. 호흡이 불규칙하다. 머릿속은 쏜살같이 날아들었다가 금방 아래로 처박힌다. 하다 만 생각으로 빙빙 돈다. 어쩌면 좋지? 이제는 뭘 해야 하지?

계획을 세워야 한다.

나는 프로듀서잖아. 배낭 여행자잖아. 충분히 할 수 있어. 행동 계획을 짜자. 진정하고, 흐느낌을 멈추자. 그냥 걸어. 사람이 있는 곳까지 가기. 바바라에게 전화 걸기. 일단 사람이 있는 큰길로 나가기.

그녀는 오른쪽에 있는 트레일러 밴과 사람들을 지나쳐 계속 걷는다. 5미터, 10미터만 더 걸으면 된다.

하지만 너무 먼 것 같다. 지금 당장 누군가에게 전화하지 않으면 영영 아무한테도 못 할 것 같다. 방금 일어난 일을 확인하기 위해, 스스로 자신에게 확인시켜주기 위해서라도 이 사건을 언어로 만들어야 한다.

그녀는 걸음을 멈추고 배낭에서 핸드폰을 꺼낸다. 핸드폰을 빼앗기지 않은 게, 그가 아이팟도, 지갑도 훔치려 하지 않은 게 다행이다. 화면 위쪽에 막대기 세 개가 뜨는 걸 보고 그녀는 안심한다.

바바라, 벨파스트에 있는 바바라에게 전화를 걸자.

바바라는 전화를 받고 깜짝 놀란다.

"어머, 무슨 일이야?"

그녀는 밝은 목소리를 내려고 애를 써본다. 바바라가 전화를 받는 순간부터 충격을 주고 싶진 않다.

"바바라, 잘 있었어? …뭐 하고 있었어?"

"어젯밤 행사 보도자료 최종 검토 중이었어. 홍보담당자가 잘 하고 있는지 체크하고, 뭐 그러고 있었네."

침묵이 흐른다. 그 침묵을 감히 깰 수가 없다.

"그럼… 잘 있었어?"

바바라가 묻는다.

그녀는 망설인다.

"나… 좀 안 좋아. 사실은… 네 도움이 필요해."

말해야 해.

"나… 강간을 당한 것 같아."

했다. 드디어 말했다. 얼굴이 일그러지며 울음이 쏟아지지만 이제 이 무거운 짐을 나누어 들 사람이 생긴 것이다. 이제는 혼자서 다 감당하지 않아도 된다.

잠깐 침묵이 흐르더니 바바라는 곧장 행동에 들어간다. 빠르고, 단호하고, 효율적인 태도다.

"세상에, 너 지금 어디야? 그 사람이 옆에 있어? 누구야? 지금은 안전해?"

논리적이면서도 실제적인 질문들이 홍수처럼 쏟아진다. 이 구렁텅이에서 빠져나오기 위해 그녀에게 필요했던 질문들. 구명줄이 드리워졌으니 이제 줄을 꼭 잡고 지시에 따르기만 하면 된다. 그녀는 바바라의 질문을 부여잡고 흐느낌에 일그러지는 목소리로 애써 대답한다.

"응, 응, 나 안전해. 여기가 어딘지는 모르겠어."

그러자 또다시, 아까보다 더 심한 울음이 터져 나온다. 그래도 현실적으로 대처해야 한다. 흐느낌을 멈추고 숨을 고른다. 알고 있는 사실을 전부 말해야 한다.

"하이킹을 하는 중이었어. 하이킹을 하는데 그 아이가 갑자기 나타났어. 여기는 글렌 포레스트 파크, 어쩌면 그 근처인지도 몰라. 일단 공원 안은 아니고 큰길로 나왔어. 길 이름은 모르겠어. 주변이 온통 풀밭이라서 다른 길은 없는 것 같아."

166

바바라의 목소리는 단호하다.

"경찰에 신고할게, 비브. 전화 끊지 말고, 아무 데도 가지 말고 가만히 있어. 먼저 경찰에 신고부터 할게."

그녀는 바바라가 경찰에 성폭행 신고를 하는 소리를 듣고 싶지 않아 수화기에서 귀를 뗐다. 세부적인 이야기를 들으면 감당이 안 될 것 같다.

두 걸음, 세 걸음, 네 걸음… 드디어, 마침내 큰길에 다다랐다. 사람이 많지는 않았다. 들판을 가로질러 지평선까지 뻗은 널따란 회색 띠 같은 쇄석도로 위는 텅 비어 있다. 그럼에도 이곳은 조용하고 안전하다. 지나가는 차의 시야에서 몸을 숨길 수 없는 이곳에선 아무 일도 일어나지 않을 것이다.

그녀는 마치 보이지 않는 경계선처럼 그녀가 지나온 장소와 그녀를 분리하는 쇄석도로를 건너간다. 허리까지 오는 풀 무더기가 있어 그 위에 풀썩 주저앉는다.

기다리자, 이제 할 수 있는 일은 기다리는 것뿐이다.

바바라의 목소리가 다시 돌아온다.

"끊지 말고 그 자리에 가만히 있어. 경찰이 위치 추적을 할 거고 나도 갈게. 그런데 상황을 자세히 알아야 해서 자기가 경찰과 통화를 해야 할 것 같아."

신호음이 울린다. 수신 대기 신호다. 경찰인 것 같다.

어떻게 받는 거더라? 어느 버튼을 눌러야 하지?

다음 순간 경찰과 전화가 연결된다. 남자 목소리. 진한 벨파스트 억양은 알아듣기 힘들지만 친절한 투다. 어디십니까?

그녀는 다시 한번 설명한다. 글렌 포레스트 파크. 앤더슨스타운을 지나 폴스로드를 따라 서쪽을 향하는 버스를 탔었다. 그리고 글렌을 걸어 올랐고…

"최대한 빨리 가겠습니다."

경찰관이 말했다.

"시간이 조금 걸릴 수도 있지만 경찰이 출동합니다. 힘드시겠지만 침착하게 기다려 주십시오."

필요하다면 하루 종일도 기다릴 수 있다. 어디론가 갈 힘은커녕 일어설 힘도 없다.

물을 한 모금 더 마시고 시선을 내리간다. 땅을 바라본다. 해가 너무 쨍쨍해서 고개를 들 수가 없다. 그래서 땅을 보며 기다리고 또 기다린다.

자동차들이 그녀를 스쳐 큰길을 달린다. 저 사람들한테 길 한쪽에 앉아 고개를 떨구고 있는 여자가 보일까? 뭘 하는 중이라고 생각할까? 아무도 차를 세우지 않았으면, 도움이 필요하냐고, 괜찮으냐고 묻지 않았으면 좋겠다.

괜찮지 않으니까, 방금 강간을 당했으니까.

그래, 이제는 이 단어를 말할 수가 있다. 이 단어를 이미 말했고, 다음에도 이 단어를 말하게 될 것이다.

강간 강간 강간 강간 강간. 나는 조금 전에 강간을 당했다.

이 단어를 사용할 날이 올 줄 몰랐다. 평생 이 단어가 내 삶과 관련될 거라곤 생각지도 않았다.

물론 전에도 강간이란 단어를 들으며 살았다. 여성이라면 누구나 그렇듯 이 단어에 실린 공포감을 어느 정도 느끼며 살아왔다.

강간을 당한 여자들이 있다. 뉴스에 나오는 여자들, 친구의 친구의 친구 같은, 이름 없는 존재들. 하지만 그녀는 아니었다. 그녀는 아니다. 이런 일은 그녀에게 일어날 수 있는 일이 아니다.

그런데 이 일이 일어나버렸다.

그러니까 나는…

강간을 당한 사람이다.

강간이라는 단어 자체가 주는 느낌이 가장 싫었다. 이 딱지는 떨어지지도 않는 저속한 싸구려 전단지처럼 그녀에게 철썩 붙어버린다. 활활 타오르는 쇠로 된 뜨거운 낙인이 그녀의 살갗에 지워지지 않는 화인火印을 남긴다.

강간을 당했다.

오늘 오후에, 여기서. 해가 이렇게 환하게 떠 있는 동안에.

해는 여전히 밝아서 그녀는 자꾸만 시선을 내리깐다.

경찰차의 사이렌 소리가 울린다. 그녀가 고개를 든다.

경찰차가 도착했다. 한 대, 두 대. 옆면에 푸른 격자무늬가 있는 노란색과 흰색의 경찰차가 사건 현장으로 몰려든다. 차 위에 달린 푸른 경고등이 햇살 속에서 깜박거린다.

경찰들이 내린다. 여자 두 명, 남자 두 명. 경찰이 도착했다. 서부영화 속 보안관이 등장하는 장면처럼 땅에 기다란 그림자가 드리운다.

비비안 씨 맞으십니까?

그녀는 고개를 끄덕인다.

여성 경찰관이 그녀 옆에 자세를 낮추어 앉더니 눈을 마주 본다.

괜찮으세요? 일어나실 수 있으시겠어요?

햇빛 때문에 그녀는 눈을 찌푸린다. 고개를 끄덕인다.

그러자 경찰관 한 명이 몸을 숙이며 한 손을 내밀었고 그녀는 그 손을 붙들고 몸을 일으킨다.

여성 경찰관의 말투는 벨파스트 억양이 심해서 알아들을 수가 없다.

권위적인 질문이 모음이 온통 일그러진 단어들에 실려 쏟아진다.

"인상착의는 어땠습니까? 키는요? 눈 색깔은요?"

그의 눈동자는 푸른색이었다. 얼음 같은 푸른색. 그것만은 잊을 수가 없다.

그 밖의 것들, 키, 체격, 나이… 이런 것들을 떠올리려 해도 질척거리는 수렁 속을 헤매는 것마냥 감이 잡히지가 않는다. 거리나 키를 가늠하는 소질이 없는 그녀로서는 다만 어렴풋이 짐작할 뿐이다.

주근깨가 있었어요. 머리는 적갈색이었고요.

체구가 크진 않았어요. 보통에서 마른 체격.

나이요? 나이는.

그가 몇 살인지 도무지 짐작할 수가 없다. 나이를 말할 때마다 말이 바뀌어서다. 현실적으로 생각해보자. 진짜 몇 살이었을까?

열여섯? 열일곱?

그 아이는 자기가 열여섯 살이라고 했고 그 생각을 하니 다시금 토할 것 같다. 방금 열여섯 살짜리 어린애랑 진흙투성이가 되어 원치 않는 섹스를 했다는 사실 때문이다.

그녀는 경찰차에 탄 채로 이런 질문들에 대답하고 있다. 경찰관은 클립보드에 끼운 서류에 대답을 적어 넣고 있다. 바깥은 여전히 눈이 떠지지 않을 정도로 밝지만 바바라가 도착해 어두운 경찰차 안 그녀의 옆에 앉아 손을 붙잡아주고 있다.

그녀는 최선을 다해 대답한다. 마치 누구나 꺼내볼 수 있는 정보 카탈로그라도 된 것처럼, 경찰이 넘겨볼 수 있을 정도로 활짝 열어둔다. 자, 여기 필요한 건 다 있어요. 생김새, 어림잡은 키와 체격. 감정은 없다. 인간적인 감정은 느껴지지 않는다.

어디 출신이라고 하던가요?

그 아이가 온갖 말을 늘어놓긴 했지만 죄다 거짓말이었을 것이다.

더블린과 여기를 오가며 지낸다고 했어요. 그런데 아마에도 자주 간대요. 전에도 이 숲에서 강간을 여러 번 했다고 했어요.

말투에 더블린 억양이 있었습니까?

아니요, 딱히 더블린 말씨 같진 않았어요.

그럼 벨파스트 억양에 더 가까웠습니까?

음, 아니요, 그렇진 않았어요. 이 지역 말씨도 아니었어요.

벨파스트 말씨는 아니군요?

아닌 것 같아요. 아니었어요.

그러면 아마 억양이 있었습니까? 아니면 오마* 억양에 더 가까웠나요?

네? 어… 그건 잘 모르겠어요.

그때 바바라가 큰 소리를 낸다.

"맙소사! 어디 억양인지 무슨 수로 알겠어요?"

바바라에게 고마운 심정이었다.

저기요, 제가 아는 건 그 사람 말투에 북부 억양이 없었단 게 전부예요. 경찰관님처럼 자음과 모음을 비틀지는 않았어요.

경찰관이 고개를 끄덕이더니 서류에 뭐라고 끄적인다.

좋아요. 함께 사건 현장에 가보실 수 있겠습니까? 가서 어디서 무슨 일이 일어났는지 설명하실 수 있을까요?

---

* 오마(Omagh): 북아일랜드 티론주의 도시.

사건 현장. 숲속. 등산로를 따라, 들판에 다다르기 직전에 있는 장소.

네, 갈 수 있어요. 어차피 다른 선택지는 없다.

숲속의 그 장소. 필요하다면 그곳으로 돌아갈 것이다.

그래서 그녀는 고개를 수그리고 경찰차에서 내리면서 손으로 눈앞을 가린다. 또다시 눈부신 햇살 속으로 돌아왔다.

경찰을 대동하고 숲을 도로 가로질러 가는데 트레일러 밴 바깥에 서 있는 사람들이 다시금 눈에 들어온다. 아까보다 수가 많다. 여자, 아기, 검은 머리 남자 외에도 여자 몇 명과 남자 노인이 더 있다. 전부 바깥에 서서 이쪽을 빤히 쳐다보는 중이다.

그들은 경찰 일행을 노려본다. 자기들 집 뒷마당을 범죄수사대가 휘젓고 다녀서 그런 것 같다.

그 앞을 지나쳐 숲 쪽으로 간다.

여기서 우리가 정면으로 마주쳤어요.

그녀는 경찰들에게 그 장소를 가리킨다. 무슨 일이 일어났는지 애써 설명한다. 걷고 있었는데, 숲속에서 그가 나타났다.

여기서, 그 아이가, 뭐라고 해야 하나… 저를 위협하기 시작했어요.

여기서 그 아이가 저를 붙잡아서 숲속으로 끌고 갔어요.

바로 여기 이 자리에서.

돌이 뒤집히고 진흙에 패인 자국이 난 거 보이시죠.

경찰은 '경찰 수사 중'이라고 적힌, 드라마에서 자주 보아 눈에 익은 라인를 가느다란 나무줄기들에 둘러 감는다.

이제 등산로로 들어가는 길은 막혔다.

여기, 여기서 그 아이가 제 목을 졸랐고, 저는 바닥에 등을 대고 누웠어요. 그건 옷이 벗겨지기 전이었어요.

여기서, 그 아이가 저를 이런 자세로 강간했어요.

또 여기서, 이런 자세로.

그리고 또, 계속해서.

여기서 그 아이는… 뒤에서 하자고 했어요.

또 여기에서… 애널을 원한다고 했어요.

경찰들은 알아듣고 고개를 끄덕인다. 바바라는 차에서 기다리라는 지시를 받았기에 이 자리에 없다. 다행이다.

"경찰견을 풀 겁니다."

경찰관이 말해준다.

"체취를 맡아낼 수 있는지 살펴볼 겁니다."

경찰견이라고. 그녀는 한 떼의 경찰견이 코를 킁킁대며 등산로를 걷는 모습을 상상한다. 컹컹 짖고, 코를 킁킁대며, 줄에 묶인 몸을 앞으로 당기는 모습. 개들의 앞에 한 사람이 도망치고 있다. 코너에 몰려 넋이 나간 채 숨을 몰아쉬는 사람. 개 떼와 경찰에 쫓기는, 한심하고 비참한 더러운 자식.

아직도 체취가 남아 있을까?

그녀는 손목시계에 눈길을 준다.

아직 오후 4시도 되지 않은 시각이다. 영원할 것만 같았던 한 시간이 더 지나간 셈이다. 시간이 너무나도 느리게 흘러간다.

갑자기 그녀는 피곤해진다. 가도 될까요?

그래요. 라다크 스트리트에 있는 성폭행 위기 전담센터로 모셔다드리겠습니다.

라다크. 인도에 있는 지명 아니었나? 티베트였나? 그녀는 고개를 끄덕인다. 티베트든 어디든 자리에 앉을 수만 있다면 상관없다.

그녀가 걸음을 옮기려 몸을 돌린다.

"아."

빼먹은 게 하나 있다.

"몸싸움을 하는 동안 배낭에서 물병이 하나 빠져서 비탈 아래로 굴러갔어요. 저 아래에 있을 거예요."

그녀는 글렌의 가파른 사면을 카펫처럼 뒤덮은 잡초와 덤불을 향해 손짓한다.

경찰들이 뭔가 통상적인 대답을 웅얼거린다. 살펴보겠다, 찾아보겠다, 그런 말이다.

경찰한테는 중요한 정보가 아닌가 보다.

그녀는 다시 돌아서지만, 입도 대지 못하고 잃어버린 물병이 마음속 덤불 위에 떨어져 있는 것만 같다.

다시 자신이 걸어가야 할 길을 바라본다. 들판을 건너, 트레일러 밴 바깥에 나와 이쪽을 빤히 바라보며 서 있는 사람들을 지나쳐서. 그 사람들이 무슨 생각을 하고 있는지가 궁금하다.

*

그는 줄곧 걸어서 시내까지 왔다. 버스도 없었지만 어차피 버스비도 없었다. 앤더슨스타운을 지나, 폴스를 지나, 몇 킬로미터나 힘들게 걸어서 시내 중심가로 나왔고 지금은 사람들이 주말을 맞아 쇼핑을 나와 있는 캐슬 스트리트다. 부모에게 매달려 "엄마, 이거 사줘, 저거 사줘⋯" 징징대는 꼬마들. 씨발, 좀 닥쳐.

낮에는 시내에 나오지 않지만 오늘은 다르다. 멀리서 시청 건물이

모습을 드러낸다. 처음 봤을 때는 이렇게 거대한 건물은 난생처음이
라고 생각했다.

여기 있으면 안 된다. 특히 방금 그런 짓을 저지르고 하필이면 시
청 앞에 있다니.

근데, 내가 한 짓이 뭐가 어때서? 나쁜 짓이 아니다. 보통 사람들
도 다 하는 일 아닌가. 난 잘못한 게 없다.

별일 아니야, 괜찮다. 사람들의 얼굴을 보자. 날 수상하게 보는 사
람이 있나? 없다. 그들의 눈에 비친 나는 그냥 모르는 어린애일 뿐
이다.

그냥 사람들 틈에 섞여들자. 나는 그 누구도 아니다.

*

성폭행 위기 전담센터로 가는 경찰차 안에서 분노에 불이 붙기 시
작한다.

"씨발 새끼, 목을 분질러버리고 싶어."

그녀가 바바라 앞에서 노여움을 토해낸다.

그 얼굴이 눈앞에 생생하다. 얼음같이 푸른 눈, 건방진 표정, 히죽
거리는 주근깨투성이 얼굴에 그대로 온 힘을 실어 주먹을 날리고 싶
다. 그 면상을 반으로 쪼개버리고 싶다.

사람을 때려본 적도 그런 충동을 느낀 적도 없었는데 말이다.

사람을 때리고 싶은 마음을 비로소 알게 됐다. 치명적이면서도 끈
질긴, 무자비한 충동이다.

어떻게 이런 일이 일어날 수 있나? 이제 토요일 저녁이 되어 가는
데, 그녀는 진흙과 긁힌 상처투성이가 되어서 혼란스럽고 기진맥진

해 있다. 그저 하이킹을 하고 싶었을 뿐인데 어떤 쓰레기 같은 새끼가 내 몸 속에 성기를 쑤셔넣었다.

도대체 어떻게 그럴 수가 있지?

지금 그녀는 경찰차에 실려 어딘지 모르는 곳으로 가는 중이다. 그녀가 세운 모든 계획은 수포로 돌아갔고 갈기갈기 찢기면서 새로운 세상이 열렸다. 예상하지도, 원하지도 않았던 세상이다.

그런데 어쩐지 이건 시작일 뿐이라는 불길한 예감이 든다.

라다크 스트리트에 있는 성폭행 위기 전담센터 안.

조명은 어둡고 가구는 우중충한 흙빛이다. 그녀는 부드러운 갈색 소파에 앉아 있다. 마치 스파 센터의 로비에 앉아 있는 느낌이다. 여성잡지가 꽂힌 잡지꽂이, 꽃병에 예술적으로 장식해놓은 마른 풀. 금방이라도 누군가가 오이를 얇게 썰어 띄운 물을 갖다 줄 것 같은 분위기다.

하지만 그런 일은 일어나지 않는다. 먹을 것도, 마실 것도 주지 않는다. 증거 채취를 위한 신체검사가 끝날 때까지는 아무것도 먹지 말라고 한다.

아, 그런데 벌써 사과 한 개랑 물을 조금 먹었는데요.

그건 괜찮습니다. 하지만 법의학 검사가 끝날 때까지는 아무것도 섭취하시지 않는 게 좋습니다.

검사라니 어떤 것인지 궁금하지만 물어볼 시간이 없다. 질문이 자꾸만 쏟아진다. 어떤 일이 일어났는지 다시 한번 말씀해주십시오. 기억나는 모든 것을 알려주십시오. 아주 사소한 것이라도 가해자를 찾는 단서가 됩니다.

그래서 그녀는 질문에 답변한다. 처음부터. 그날 아침 근처에 있는 베드 앤 브랙퍼스트를 나서던 순간부터, 하이킹에 필요한 준비물을 사서 버스를 탄 것, 버스 안에서 몇몇 지인에게 문자 메시지를 보내 벨파스트에서 그날 저녁 약속을 잡은 것.

그녀는 버스에서 내려 공원을 걷기 시작했었다. 몇 사람을 지나쳤고, 그러다가 초록색 배경 속에 새하얀 점퍼를 걸치고 서 있던 그를 보았다. 그때 그가 그녀에게 접근해왔다.

그녀의 대답이 끝나자 조애나 피터스라는 이름의 여성 경찰관이 고맙다는 인사의 말을 했다.

"정말 잘해주셨습니다. 경찰 수사에 도움이 될 만한 정보를 많이 주셨어요."

그렇구나. 정보란 말이지. 그녀는 정보 그 자체, 다운로드할 수 있는 항목들로 이루어진 데이터베이스다.

경찰이 지도를 펼친다. 사건이 일어난 지점을 짚어보실 수 있겠습니까? 그자가 처음으로 접근한 지점, 두 번째, 마지막으로 덤불 속으로 끌고 간 지점 말입니다.

글렌 포레스트 파크 인접 지역을 확대한 지도다. 그녀는 지도 읽기에는 능숙했지만 공원은 초록색과 나무를 나타내는 부호로 범벅되어 있었고 등산로는 나와 있지 않았다. 등고선 표시도 없었다. 강은 가느다란 푸른 선 하나로 그려져 있을 뿐이었다.

그녀는 초조해진다. 지도가 잘 읽히지 않아서인지, 지도 자체가 애매모호해서인지, 어쩌면 둘 다인지 모르겠다.

"지도가 자세하지가 않네요."

실망한 그녀가 말한다.

"혹시 등고선이 표시된 지도는 없나요?"

사실 질문이 아니라 요구였다. 지도를 주세요! 등고선이 표시된 지도! 그게 뭐 그리 어려운 일이라고?

경찰은 머뭇거린다. 찾아보겠다고는 하지만, 그녀가 돌았다고 생각하는 게 분명하다.

지대의 고저를 알아야 사건이 일어난 장소를 짚어낼 수 있다는 걸 경찰은 이해하지 못하는 듯하다. 움푹 파인 글렌, 평탄한 고원에 이르는 언덕을 따라 가파르게 솟아오른 땅.

등고선 없이는 그 사건이 어디에서 일어났는지 찾을 수가 없다.

이 지도에서 글렌 포레스트 파크는 마치 평평한 땅에 만들어놓은 놀이터 같다. 납작하고 기복이 없으며 단조롭다. 그러나 실제로 그곳은 구부러지고 움푹 파이고 절벽이며 골짜기가 있는 땅이다. 사람들이 숨어드는 장소, 사람들이 길을 잃고 영영 사라져버리는 장소.

*

곧게 뻗은 거리, 반들거리는 유리창이 달린 가게, 시끄러운 가족들, 크고 오래된 시청이 있는 시내 중심가를 떠나왔다. 이제 그는 강을 따라 걷고 있다. 회색 창고들, 차가 지나다니는 다리들, 졸졸 흐르는 회색 강물.

걷고 또 걷는다. 그러면서 무엇에서 도망치고 있는지를 잊는다.

그러다가 문득 생각나기도 한다. 여자와 여자의 길고 검은 머리, 진흙 속을 뒹굴던 것, 손에 감기던 여자의 부드러운 목덜미, 나무 사이로 스며들던 햇살.

상관없잖아. 여자는 아무렇지도 않다는 듯 행동했다. 그 여자가 원했던 일이다. 여자들이라면 다 그렇듯이.

아니, 그냥 걷기나 하자. 그 생각이 자꾸만 따라붙지 못하게, 계속 걷자.

*

법의학 검사. 살면서 하게 될 줄 꿈에도 생각지 못한 일.

TV에서나 보던 장면들이 눈앞에 펼쳐진다. 음산한 스칸디나비아 지방을 배경으로 한, 위압감이 느껴지는 조명을 사용하는 그런 영화 말이다. 그녀가 겪을 일이 없는 일이다.

그런데 지금 그녀는 밝은 형광등과 회녹색 벽에 둘러싸인 여기 법의학 검사실에 있다.

검사를 담당한 의사는 버나데트 필런이라고 하는, 어머니를 생각나게 하는 온화한 태도를 지닌 여성이다. 50대 후반 아니면 60대 초반 같다. 도톰한 손은 부드럽고 말투는 정중하다.

"자, 지금부터 이 빗으로 아주 천천히 머리를 빗어주세요."

필런 박사는 그녀에게 학교에서 나누어주는 것 같은 무늬 없는 플라스틱 빗을 건네준다. 빳빳한 회색 종이에 대고 머리를 빗어 내려서 흙과 머리카락에 남아 있을지 모르는 증거를 채취하는 것이다.

그녀는 빗을 빤히 쳐다본다. 초등학교 3학년 이후로 저런 빗으로 머리를 빗어본 적이 없다. 그녀는 천천히, 고통을 참아가면서 억지로 바닥을 구르느라 떡이 지고 엉켜버린 숱 많은 머리를 빗어 내린다. 가느다란 빗살에 머리카락이 물리면서 몇 가닥 빠지기도 하고 먼지와 진흙이 떨어져 나온다. 그녀는 진흙을 종이 위에 우수수 떨어뜨리며 머리를 여러 번 빗는다.

필런 박사가 종이를 오므린 다음 증거물을 라벨이 붙은 비닐봉지에 집어넣는다.

"그다음에는 면봉으로 증거를 채취할 거예요. 몸에 범인이 남긴 유전자를 채취하는 거예요."

아까 경찰들이 그가 그녀의 몸 어디 어디를 만졌는지를 물어보고 적어 두었다. 그래서 이번에는 의사가 면봉으로 목(그가 목을 졸랐으니까), 손과 손목(그가 손을 붙잡고 숲으로 끌어당겼으니까), 입술, 손톱, 입안을 훑는다. 면봉이 안팎을 드나들며 입안을 샅샅이 훑는다.

이제야 물을 한 모금 마셔도 좋다는 허락이 떨어진다.

나중에 한 번 더 한다고 한다.

"그런데 지금은 사진을 찍어야 해요. 지금 몸에 남은 상처들을 기록하기 위해 증거로 남길 겁니다."

사진사가 남성이라며 의사가 사과를 한다. 지금은 여성 사진사가 없어서요. 괜찮으시겠어요?

그녀는 고개를 끄덕인다. 어차피 선택의 여지가 없으니까.

그녀는 종이 위에 선다. 뒤에는 아무 무늬 없는, 병원을 떠오르게 하는 흰색 배경막이 있다.

눈앞에서 새하얗게 플래시가 터져서 잠시 앞이 보이지 않는다. 펑 펑. 정면을 몇 장 찍은 다음, 돌아주세요. 이번엔 옆으로 서주세요. 반대쪽으로 서주세요.

자, 이제 조심해서 옷을 벗어주세요. 천천히 벗어주세요. 옷에 남아 있는 증거들이 발로 밟고 계시는 종이 위에 모일 수 있게요.

그녀는 푸른색 긴소매 하이킹 셔츠를 벗는다. 채찍질손상*이라도

---

* 채찍질손상(whiplash): 외부 충격 때문에 목이 과도하게 앞뒤로 흔들리며 통상 움직일 수 있는 범위 이상으로 극심하게 움직였을 때 발생하는 경부 손상.

당한 듯 목과 등이 아파와 온몸이 뻣뻣해 머리 위로 옷을 벗기가 힘들다. 그래도 스스로 벗어야 한다. 누가 도와주다가는 실수로 유전자 증거를 남길지 모른다. 그녀는 힘겹게 셔츠를 벗어 또 다른 두꺼운 회색 종이 위에 놓는다.

셔츠를 벗은 채 찢어진 브라 차림으로 사진을 찍힌다. 표정 없는 피곤한 얼굴로, 여기서 사라지고 싶은 마음으로 앞만 바라본다.

사진을 찍을 때 미소를 짓지 않는 건 평소에는 잘 없는 일이다. 사진을 찍으려면 웃어야 하지 않나? '치즈'라고 말해야 하지 않나? 다섯 살, 유치원에서 처음 사진을 찍을 때부터 늘 사진을 찍을 때면 '치즈'하면서 웃었는데.

하지만 지금 그녀는 웃지 않는다.

텅 빈 멍한 눈으로 눈앞의 벽만 바라본다. 긴 번호가 적힌 표지라도 들고 사진을 찍어야 할 것만 같다. 홀로코스트 희생자처럼. 체포된 범죄자처럼. 앞으로 무슨 일이 다가올지를 기다리면서.

*

"게리."

그가 문간에 서서 몸을 덜덜 떤다.

"게리, 내가 사고를 하나 친 것 같아."

그날 저녁이다. 드디어 해가 졌다. 건설노동자로 일하는 게리가 퇴근했을까 생각하면서 게리네 동네를 찾아오고, 게리가 사는 거리, 게리의 집까지 어떻게 찾아오긴 했다. 창문으로 들여다보니 게리가 소파에 드러누워 텔레비전을 보고 있다. 게리의 식구들은 보이지 않는다. 안전한 것 같아 창문을 톡톡 두드린다.

"맙소사, 꼴이 이게 뭐야?"

게리가 문을 열어준다.

안을 둘러보니 아무도 없다. 따뜻하고 밝고, 싸구려 방향제와 담배 냄새, 찌든 기름 냄새가 나는 집 안으로 들어선다.

"무슨 일인데?"

게리는 칼스버그 맥주 캔에다 소금과 식초 맛이 나는 감자칩을 먹고 있었다. 그도 그걸 게걸스레 먹었다. 드디어 약기운이 가신다. 온종일 벨파스트 전역을 돌아다닌 이후라 춥고 허기지고 발은 아직도 축축하다.

그는 아무 말도 하지 않지만 게리가 점퍼에 묻은 진흙을 손가락으로 가리킨다.

"네 꼴 좀 봐."

"나 무슨 사고를 친 거 같은데 뭔지 정확히 모르겠어."

그는 감자칩을 씹으면서 아까 했던 말을 되풀이한다.

게리가 묘한 표정으로 그를 본다.

"그럼 처음부터 얘기해봐."

소파에 주저앉자 삐걱 소리가 난다.

"여자를 하나 만났는데…"

게리가 웃음을 터뜨린다.

"그럼 그렇지."

"아니, 들어봐. 평소랑은 달랐어."

말로 표현이 안 된다. 이 여자에 대해 느끼는 이상한 기분은 뭐람?

"그 여자는 좀 달랐어."

게리가 코웃음을 친다.

"무슨 소리야?"

그와 그 친구들은 여자를 항상 세 부류로 나누었다. 우리 여자들, 정착민 여자들, 관광객 여자들.

우리 여자들이란 나란히 서 있는 캐러밴에서 어릴 때부터 같이 자라온 애들, 무서운 엄마와 잔잔한 표정의 성모 마리아가 그 애들이 처녀성을 잃지 않을까 감시하는 그런 애들이다. 그런 애들은 배꼽을 드러내고 꽉 끼는 반바지를 입고 두꺼운 화장을 해도 건드리면 안 된다. 결혼하기 전까지는 말이다. 어쨌든 그게 마이클 형의 지론이었다.

정착민 여자들은 만만한 상대다. 그래도 똑똑하게 굴어야 한다. 그 동네에 며칠만 머물 작정이거나, 곧 떠날 예정일 때만 말이다. 그 다음에는 잽싸게 꺼져야 한다. 그 자리를 벗어나야 한다. 정착민 여자애들이 팅커 남자애랑 그 짓을 한 걸 후회하며 누구한테 얘기하거나 아빠한테 울며불며 도움을 요청하게 되면 짭새들이 잡으러 온다. 짭새들은 우리를 증오하니까.

관광객 여자들이야말로 골든 티켓이라고 할 수 있다. 그 사람들은 휴가를 맞아 놀러 와서 바보처럼 돈을 쓴다. 마치 돈이 너무 많아서 어디다 써야 할지 모르는 것처럼. 놀러 나온 그들이 술에 취했는지 확인한 다음에 아일랜드 남자의 매력을 보여주는 거다. 윙크만 한두 번 해줘도 금세 넘어온다.

"관광객 여자들은 쐐기풀에 누우라고 해도 누울걸."

도널이 자주 하던 말이다.

그 말은 정말이었다. 지난 몇 년간 여름마다 우리는 얼마나 운이 좋았나? 마이클 형은 영국에서 신부 파티를 하러 놀러온 여자들이랑 재미를 봤다. 얼굴에 화장을 진하게 하고 바보처럼 몰려다니며 수다를 떨던 그들은 바카디 브리저 한두 잔만 사줘도 금방 넘어왔다.

나중에 반항하거나 빠져나가려 해도 상관없다. 너무 늦었으니까. 원하는 대로 다 할 수 있다. 그 여자들은 경찰에 신고하지 않아. 마이클 형의 말이었다. 휴가를 망치고 싶어 하지 않거든. 어차피 며칠 지나면 여기를 떠나서 맨체스터든 리버풀이든 집으로 돌아가 다시 고상하게 살 거고 영영 눈앞에 나타나지 않을걸. 그러면 끝. 식은 죽 먹기다.

"관광객이라고?"

게리가 묻는 바람에 그는 다시 현실로 돌아온다.

"응, 맞아."

그런데 그 여자가 뭐가 그렇게 남들과 달라 보였는지 잘 기억이 안 난다. 모든 게 뒤죽박죽이었다. 약기운이 여전했고 여자에게 고함을 지르면서 셔츠 속에 손을 넣을 때 머리가 지끈거렸다.

"중국 여자였어."

"중국인이었다고?"

"응, 머리가 길고 검은색이던데."

"섹시하네."

게리가 인정한다는 듯 고개를 끄덕인다.

"포르노에 나오는 여자랑 비슷하든?"

그는 고개를 끄덕이며 맥주를 한 모금 꿀꺽 삼킨다. 맞긴 맞는데, 또 아주 그렇지도 않았다.

*

사진을 찍으려고 옷을 한 점씩 벗는다. 찰칵찰칵찰칵. 이제 바지를 벗고 찢어진 브라와 팬티 차림으로 선다. 옆으로 돌아서고, 또 반대편으로 돌아선다. 멍과 상처가 사진에 잘 보이게 하기 위해서다. 찰칵찰칵찰칵.

"오른쪽 발을 클로즈업할게요."

발을 내려다본다. 오른발이 말라붙은 진흙투성이고 상처와 긁힌 자국으로 엉망이다.

팬티를 벗으라는 말은 하지 않는다. 남자 사진사 앞에서는 말이다.

사진사가 떠나자 경찰들이 속옷을 벗으라고 한다.

그녀는 바닥으로 팬티를 끌어내린다. 추운 검사실에서 그녀는 발가벗은 채 종이를 밟고 선다.

몸을 내려다보자 그제야 멍과 긁힌 자국과 베인 상처가 눈에 들어온다. 오른쪽 허벅지에 커다란 멍이 들어 있다. 오른쪽 종아리는 온통 얼룩덜룩하다. 배에도 크게 긁힌 자국이 있다. 양팔은 멍투성이다. 양 무릎도 희미하게 갈색과 푸른색 멍이 들어 있다.

남의 몸을 보는 것 같다. 이 상처들은 내 것이 아닌 것 같다. 상처가 내 몸에 있다고 느껴지지가 않는다.

속옷과 다른 옷가지는 증거로 쓴다며 가져갔다. 그녀가 밟고 서 있던 종이도 마찬가지다. 게다가 면봉으로 증거를 또 채취해야 한다고 한다. 필런 박사가 그녀의 가슴과 팔다리를, 그가 붙잡았을 때 생긴 손가락 모양의 멍을 면봉으로 훑는다. 이 모든 게 증거를 채취하기 위한 일이다.

얇은 종이로 된 가운을 입으라고 준다. 방 안의 한기를 막는 데는 도움이 안 된다.

이제는 검사대에 앉는다.

자궁암 검사를 할 때마다 얼마나 힘들었는지 기억이 난다. 차가운 금속으로 된 지지대도, 질 안으로 밀어 넣는 검경도. 검사 일정이 잡힐 때마다 며칠 전부터 겁을 먹었고 검경을 집어넣으려 다리를 벌릴 때면 울었다.

차가운 금속 기구가 몸속에 들어간다는 생각을 하니 아무리 그런 일을 겪은 뒤라도… 본능적으로 움츠러든다.

필런 박사가 검사대 구석에서 금속으로 된 지지대를 꺼내 온다.

욕지기가 일어나 금방이라도 토할 것 같다.

"잠깐만요."

그녀가 말한다.

여기서 빠져나갈 방법은 없다. 꼭 필요한 절차이자, 몇 시간 전 도움을 요청하는 전화를 건 순간부터 피할 수 없는 예정된 과정이라는 것도 안다. 하지만 내 몸의 가장 연약한 부분 안으로 금속으로 된 검경이 파고들어가 긁어낼 생각을 하니…

그녀는 애써 마음을 진정시킨다.

"혹시… 혹시 친구를 불러서 손을 잡고 있어도 괜찮은가요?"

지금 바랄 수 있는 건 그게 전부다.

"당연하죠, 그렇게 하세요."

필런 박사가 대답한다.

결국 바바라가 들어와 옆에 앉는다.

"온 힘을 다해 꽉 잡아도 좋아."

바바라가 안심시키는 말투로 말한다.

그래서 그녀는 바바라의 손을 꽉 잡는다. 태어나서 이렇게 무언가를 꽉 붙잡아본 것은 처음이다.

숲속 그 장소에서 그 아이와 함께 있었을 때, 그녀는 아무 감각도 느끼지 않았다. 아드레날린이 솟구치고, 너무 혼란스럽고, 지금 일어나는 일에 대한 공포가 밀려오는 바람에 감정도, 느낌도 없었다.

하지만 이 춥고 조용한 검사실 안에서는 모든 게 다 느껴진다.

검경이 몸 안으로 들어오면서 다리가 억지로 벌어지자 그녀는 눈을 감고 조용히 운다.

*

"난 중국 여자랑 한 번도 해본 적 없는데, 어땠어?"

그가 감자칩을 씹어 먹고 있는 동안 게리가 물었지만 지금은 농담할 기분이 아니다. 작고 부드러운 가슴, 더 부드러운 보지가 언뜻 떠오르긴 하지만 이제는 즐겁지가 않다. 그 대신 무언가가 마음속을 발톱으로 긁어대며 기억을 찔러대고 날개를 펄럭여 빛을 가려버리는 것만 같은 느낌이다.

"닥쳐, 게리. 여자는 괜찮았어. 그런데 뭔가 불안해."

게리가 어깨를 으쓱한다.

"중국인이라며. 걱정 마. 입 다물고 있을걸. 중국인이 신고 같은 거 하는 거 봤어?"

"아니, 근데 그냥 중국인이 아니라 미국인이래."

게리가 맥주잔을 내려놓는다. 마치 중국인인 동시에 미국인인 게 어떤 모습인지 상상이라도 하는 듯 표정이 묘해진다.

"미국인이라고?"

"미국인이었어. 그러니까… 자기가 뭘 원하는지 잘 아는 것 같더라고. 목소리가 굵고, 말도 직설적으로 하더라. 울지도 않고 빌지도 않았어. 낄낄거리며 웃지도 않았어. 그런 건 아예 안 하더라고."

"어디서 만났는데?"

"공원."

"공원에서 뭘 하고 있었는데?"

"몰라. 그냥 걷고 있던데."

"누가 봤어?"

"아니."

아무도 없었다. 그건 제대로 확인했다.

"그럼 뭐가 겁나? 그 여자가 어디 가서 말할까봐?"

"나이가 좀 있었어."

그가 덧붙인다.

"얼마나?"

기억이 안 난다. 전부 다 흐릿하다. 여자가 나이가 많았고, 그게 마음에 들었던 건 기억난다. 분명 몇 살이냐고 물어보았고, 여자가 바로 대답했다. 다른 여자들처럼 낄낄 웃으며 대답하진 않았다. 그런데 대답이 기억나지가 않는다.

"모르겠어. 스물 몇 살?"

"스물한 살이랑 스물여덟 살은 완전히 다르잖아."

"씨발, 그걸 내가 어떻게 기억해? 그때까지도 약기운에 절어 있었다고. 보기보다 나이가 많았어."

"여자는 고분고분했어?"

"어, 음. 그랬어. 좀 이상한 방식이긴 했지만."

몇 대 때리고 목을 조른 다음에야 고분고분해지기는 했지만 말이다.

게리는 아무 말도 하지 않는다. 맥주 캔이 비었다. 그는 맥주를 더 꺼내러 냉장고를 향한다. 한 캔밖에 없어서 게리와 나눠 마시려고 테이블 가운데 놓는다. 뚜껑을 따자 거품이 피시식 솟아올라 캔을 타고 흘러내린다.

"뭐 좀 훔쳤어?"

"아니."

이건 좀 부끄럽다. 바닥에 눕혀 놓고 하고 싶은 걸 다 했는데 깜박하고 지갑에는 손도 대지 않았다니. 여자가 수풀을 헤치고 나갈 때 왼손 손목에 찬 은색 시계가 손만 뻗으면 잡을 수 있는 물고기처럼 반짝 빛나던 게 기억난다. 왜 그걸 안 뺏어왔지?

"시도도 안 해봤단 말이야?"

게리가 미친놈을 보듯이 그를 쳐다본다.

"깜박했어."

모든 게 다 혼란스러웠으니까.

게리는 고개를 절레절레 젓는다.

"뭐, 더 안전한 거 아니야? 그럼 누구한테 말 안 할걸. 지갑을 훔쳤으면 미국인들은 바로 신고를 해버리거든. 그래서 끝난 뒤엔 어떻게 됐어?"

"이상했어. 갑자기 여자가 가방에서 사과를 꺼내더니 자리에 앉아서 먹던데."

게리가 웃음을 터뜨린다.

"내가 저쪽 길로 내려가라고 했는데 내 말을 듣지 않더라고. 그냥 앉아서 사과만 먹었어."

"안 울었다고?"

"안 울었어. 화도 안 냈어. 그냥 앉아 있던데."

"무슨 말은 했어?"

"말도 별로 안 했어."

그러고 보니 기억이 난다.

"말은 하긴 했어. '걱정 마, 아무한테도 말 안 할게.' 그러던데."

이상하다. 그런 말은 왜 했지?

게리도 그 말은 곰곰이 생각해보는 눈치다.

"그런데 그 말이 안 믿긴단 거지?"

그는 잠시 망설이다 고개를 젓는다.

"모르겠어."

어떻게 그 여자를 믿나? 세상에 믿을 사람이 어디 있다고?

게리가 숨을 흡 들이마신 뒤 맥주 받침을 뚫어지게 바라본다.

"야, 잘 모르겠다. 아무 일 없을 수도 있어. 내일이면 비행기를 타고 떠나버리고, 그럼 너한테 아무 일 없을지도."

그는 좀 미심쩍었지만 고개를 끄덕인다.

"그래도 지금은 몸 사리고 있어. 며칠 동안 여자가 신고를 했는지 안 했는지 지켜보자고."

"만약 했으면?"

"도망가야지."

도망이라니 어디로? 더블린으로 돌아가야 하나? 하루 종일 돌아다닌 탓에 갑자기 피로가 몰려온다. 어젯밤부터 너무 무리했다. 대체 아빠랑 마이클 형은 어딜 간 거지? 돈이 한 푼도 없는데 더블린에 어떻게 가나.

게리가 그의 어깨에 손을 올린다.

"와, 너 울겠다. 불안하라고 한 소리가 아니야. 그래봤자 여자잖아. 아마 꼰지를 일 없을걸. 그러니까 아무 일 없을 거야."

게리가 주변을 둘러보더니 그를 문 쪽으로 데리고 간다.

"있잖아, 우리 엄마랑 동생들이 자고 있거든. 그러니까 집에 가. 가서 좀 쉬면 내일은 괜찮을 거야."

"너무 피곤해."

"그래, 당연하지. 공원에서 잘사는 중국인 여자랑 떡을 쳤잖아. 그
럼 피곤하고도 남지. 여자도 솔직히 좋았을걸."

게리는 씩 웃더니 형처럼 그를 안아준다.

"야, 걱정 마. 솔직히 그만한 가치가 있었던 거 아냐? 파인트 잔에
그득할 만큼 쌌겠다."

게리가 그를 문밖으로 내보낸 뒤 손을 흔들자 그는 아무 말 없이
어둠 속으로 걸어간다.

왜냐하면 게리에게 솔직히 털어놓지 못한 말이 있어서다. 그는 사
정하지 못했다. 온갖 체위를 시도했는데, 가슴이 그렇게 부드럽고
보지가 그렇게 탱탱하고 검은 머리카락이 실크처럼 부드러웠는데
도, 여자의 흙투성이 손가락이 내 좆을 붙잡고 있었는데도, 쌀 수가
없었다. 못했다.

*

아래를 훑어내는 아픔에 온몸이 세게 비틀리는 것 같다. 떨쳐내고
싶지만 떨쳐낼 수가 없다. 몸을 함부로 긁고 쑤시게 놔두는 수밖에
없다.

몸 안쪽을 긁어내는 영원과도 같은 시간이 지난 뒤 드디어, 마침
내, 검경이 몸 밖으로 빠져나온다.

그녀는 말없이 눈물을 터뜨린다. 드디어 끝났다는 안도감이 밀려
와서다.

"잘 참았어요, 정말 잘했어요."

필런 박사가 말한다.

"정말 힘든 일이었을 텐데 말이에요."

그녀는 안도의 한숨을 쉰다.

"그리고 정말 죄송한 말씀이지만."

필런 박사가 다시 입을 연다.

"폭행 도중 일어났던 행위 때문에, 항문에 탐침을 삽입해서 증거를 채취해야 해요."

항문이라니, 안 돼, 이건 싫어.

공포와 욕지기가 다시금 밀려온다. 눈물이 끝없이 쏟아진다. 이일은 끝나지 않을 것만 같다.

그건 못 하겠어.

지난 여섯 시간 동안 일어난 일을 싹 지우고 새로 시작하고 싶다. 토요일 아침 벨파스트에서 깨어난 다음에 하이킹을 가지 않기로 결심했어야 한다.

시내 구경을 할 수도 있었다. 쇼핑을 하거나 박물관에 갔겠지. 꼭하이킹을 해야 하는 건 아니었다. 하이킹을 할 이유가 없었다. 애초그 공원 안에 발도 들이지 말았어야 한다.

법의학 검사가 드디어 끝났고, 의사는 다시 한번 검사에 대해 그녀에게 천천히 설명해준다.

법의학 검사는 경찰에 제출할 증거를 채취하기 위한 것이다. 이제 병원의 의사에게 가서 의료적 조치를 받아야 한다. 그녀의 상황을 설명하는 메모를 받았다. 다음번 병원에서 의사에게 제출하라고 한다.

병원에서는 성병 검사를 할 수 있다. 또 HIV 예방에 효과가 있는

PEP*라는 조치를 받을 수 있는데, 노출 후 72시간 안에 투약을 시작해야 효과가 있다고 한다. 사후피임약이 필요할까요? 사정을 하지 않았다고 하셨으니, 괜찮을 것 같습니다.

그래도 일단 조그만 라벤더 색 상자에 담긴 여성스러운 이름의 레보넬** 한 상자를 받는다.

바바라가 그녀 대신 이것저것 물어댄다. 다른 상처는요? 멍은 어떡하죠? 채찍질손상은요? 머리를 주먹으로 맞았는데 그건 어떡하나요?

병원에 가면 모든 조치를 받을 수 있을 거라고 한다.

바바라가 여기저기 전화로 알아본 결과 벨파스트에서 가장 좋은 병원은 로열 빅토리아 병원이라고 한다. 경찰이 응급실로 데려가줄 것이다. 도착하자마자 경찰이 설명을 해주면 최우선으로 진료를 받을 수 있다고 한다.

병원으로 나서기 전에 드디어 샤워를 할 수가 있다.

입고 있던 옷을 증거물로 제출했으니 갈아입을 옷이 있어야 한다. 경찰관이 그녀가 묵고 있는 베드 앤 브랙퍼스트에 가서 매니저와 이야기해 그녀의 소지품을 전부 챙겨서 갖다놓았다. 그러고 보니 이불 위로 햇살이 비스듬히 떨어지던 그 숙소의 침대에서 다시는 잠들 수 없겠다는 생각이 문득 든다.

오늘밤에 혼자 잘 수는 없을 것이다. 그것만은 확실히 알겠다. 바바라는 당연히 자신이 묵는 호텔 방에서 함께 자자고 한다.

---

* PEP(post-exposure prophylaxis): HIV 감염원에 노출된 후 권장하는 일련의 사후예방적 약제 투여 조치.
** 레보넬(Levonelle): 사후피임약 상표명.

그녀는 경찰서에 갖다놓은 수트케이스를 들쑤시며 갈아입을 옷을 찾는다. 이젠 남의 인생에서 가져온 것만 같은 비즈니스 복장이 나온다. 자수가 놓인 세련된 블레이저, 검은색 펜슬 스커트, 하이힐 한 켤레, 며칠 전 파티에서 입었던 검은 칵테일 드레스도 있다. 이런 옷은 안 되겠다.

청바지와 긴소매 셔츠를 찾는다. 깨끗한 브라와 팬티도. 양말, 캐주얼화.

비누 한 개, 1회용 샴푸, 수건 한 장을 받는다.

필런 박사가 잘 가라는 인사를 하지만, 박사를 아직 떠나보낼 수가 없다. 물어볼 게 하나 남았다. 너무 창피한 질문이지만, 아까부터 머릿속을 떠나지 않는 질문이다.

"만약… 만약에 사건 도중에 제 몸 안에 흙이 들어갔으면 어떡하죠? 물로 씻어낼 수 있나요?"

진흙이 많았다. 그 사건은 진흙탕 속에서 일어났으니까.

의사가 고개를 끄덕이더니 부드러운 두 손으로 그녀의 팔을 쥔다.

"그런 건 신체가 자연스럽게 바깥으로 내보내게 돼요."

신체가 그런 작용도 할 수 있는지는 몰랐다. 하지만 일단은 흙이 자연스레 씻겨 나간다고 하니까 안심이 된다.

"정말 용감했어요."

필런 박사가 말한다.

"앞으로도 용감하게 견뎌내실 수 있을 겁니다. 죄송하지만 저는 이만 가봐야 해요."

그녀는 엄마 다리에 매달리는 갓난아기처럼 필런 박사에게 매달리고 있다. 따뜻하고, 엄마 같고, 이해심 많은 필런 박사 덕분에 지옥 같은 시간들을 가까스로 견딜 만했는데.

"또 다른 피해자를 검사해야 해서요."

피해자가 많나요? 선생님은 무척 바쁘신가요?

"비비안 씨는 오늘 제가 진찰한 세 번째 성폭행 피해자랍니다. 아직 밤이 되기도 전인데 말이죠."

그녀가 고개를 끄덕이자 박사는 자리를 떠난다.

샤워를 하는 내내 필런 박사의 마지막 말이 머릿속을 떠돈다. 오늘 이 순간까지 세 건의 성폭행이 일어났다. 그리고 앞으로 더 일어날 것이다.

그녀는 샤워기의 물 온도를 높인다. 온몸을 적시는 뜨거운 물에 씻겨나온 흙과 진흙과 구정물이 배수구 속으로 휘돌며 사라지는 모습을 본다.

*

시내 중심가 어디쯤에서 그는 가게 하나를 찾아 들어간다. 게리네 집을 떠난 뒤다. 아직 집에 가고 싶지 않아서 또 걸어서 마을 반대편에 왔다. 신교도들이 사는 동네가 분명하지만 상관없다. 중요한 건 이 동네 사람들은 그의 얼굴을 모른다는 것이다.

해가 진 지 한참 되었는데도 발이 아직 마르지 않아서 차갑다. 운동화 속이 물바다가 됐다. 가게까지 걸어오는 내내 젖은 발자국을 길게 냈을 것이다.

이제는 머리가 도통 돌아가지 않고 아프기만 하다. 게리네 집에서 뭘 조금 먹었는데 배가 차지 않는다. 미친 듯이 배가 고프다.

가게 안은 환하고 천장 근처에 달린 텔레비전이 시끄럽게 떠들어 댄다. 반짝이는 포장지로 싼 상품들이 줄지어 늘어서 있다. 감자칩,

초콜릿 바, 유리병에 담긴 파스타와 커리 소스. 유리문 너머에는 탄산음료와 라거 맥주가 산처럼 쌓여 있다. 하지만 주머니에 돈이 없으니 평소에 쓰던 수법을 쓰는 수밖에 없다.

빠른 손놀림, 나의 매력.

초콜릿 바가 놓여 있는 선반 쪽으로 바짝 다가간다. 뭘로 하지, 스니커즈? 마스?

계산대 쪽을 바라보자 점원은 지루한 듯 앉아 머리 위 텔레비전을 보고 있다. 머리가 벗어져 가는 중년의 파키다. 만만한 것도, 아닌 것도 같다. 북쪽으로 올라오면 계산원은 모조리 파키 놈들이다. 남쪽에선 없는 일이다.

저녁 뉴스가 나오자 파키가 자세를 고친다.

"지난 며칠간 정치인들은 북아일랜드 평화협정 10주년 기념행사를 벌였고 더블린, 런던, 데리와 벨파스트 등 여러 지역의 국회의원들이 참석해 10년 전의 협정에 이르는 길고 고단한 과정을 기념했습니다…"

가게 문이 열리며 딸랑 하는 종소리가 들린다. 한 남자와 한 여자가 들어온다. 남자의 지갑이 청바지 뒷주머니에서 불룩 튀어나와 보인다. 여자는 웃으면서 무슨 얘기를 하고 있다.

오래 있진 않겠지. 두 사람은 냉장고에 있는 즉석 조리식품을 고른 뒤 선반에서 레드와인 한 병을 집는다.

"수 개월간 토론과 논쟁이 이어졌던, 고통스럽지만 반드시 필요한 투쟁이었습니다. 하지만 10년 전 우리가 이룬 자랑스러운 성취 덕분에 이렇게 여러 정당의 대표자가 북아일랜드의 미래라는 단 하나의 목표를 위해 한자리에 모이게 되었습니다."

텔레비전에 머리가 회색으로 센 정치인이 나온다. 양복 차림에 안경을 쓰고 고상한 억양을 쓴다.

두 사람이 계산대로 다가가자 점원이 물건을 계산하기 시작한다.

라이온 바 몇 개를 주머니에 쑤셔 넣으려던 순간, 그는 다음 뉴스를 듣고 제자리에 딱 굳어버린다.

"북아일랜드 경찰은 오늘 오후 웨스트 벨파스트의 글렌 포레스트 파크에서 일어난 외국인 여성에 대한 폭행 및 성폭행 목격자를 찾고 있습니다…"

이런 쌍년.

믿기지가 않는다. 아드레날린이 혈관으로 솟구친다. 진땀이 난다. 꼼짝도 할 수 없다. 그 여자는 분명히 아무한테도 말하지 않겠다고 했다.

점원이 계산을 끝낸다. 남자가 주머니에서 지갑을 꺼낸다.

정신 차리자. 왜 이러지? 지금까지 살면서 수도 없이 초콜릿 바를 슬쩍했다. 이건 세상에서 제일 쉬운 일이나 다름없다. 빨리 초콜릿 바를 주머니에 쑤셔 넣기만 하면 된다.

"이 여성은 홀로 공원을 걷던 중 한 십대 소년에게 풀숲으로 끌려가 성폭행을 당했습니다…"

어떻게 이렇게 빨리 소식이 퍼질 수가 있지? 그년이 무슨 짓을 한 거야. 내가 등을 돌리자마자 경찰에 신고한 걸까?

그 순간 그는 얼어붙는다… 얼어붙는다. 살면서 단 한 번도 이렇게 제자리에 얼어붙은 적이 없었다. 늘 발이 빨랐다. 도망가야 될 순간을 기가 막히게 알아차렸다.

지금 뛰어가면 시선을 끌 테지. 가만 있자. 이 자리에 가만히.

두 사람은 점원에게 돈을 지불한다.

"용의자는 15세에서 18세 사이의 소년으로 중간키에 날씬한 편이며 푸른 눈에 적갈색 머리카락을 가지고 있으며…"

라이온 바를 집자. 주머니에 집어넣기만 하면 된다.

계산대에 있던 두 사람이 돌아서기 직전에 그는 얼어붙었던 그 자리에서 그들의 눈을 피해 재빨리 주머니에 라이온 바 두 개를 쑤셔 넣는다.

"마지막으로 목격되었을 때 흰색 점퍼와 청바지 차림에…"

두 사람이 그를 스쳐 지나간다. 남자가 기분 좋게 휘파람을 불면서 방금 산 물건이 담긴 비닐봉지를 흔든다. 그러다가 실수로 비닐봉지가 그에게 부딪치면서 와인 병이 그의 다리를 때리는 바람에 그는 움찔하며 선반에 기대고 그 바람에 감자칩 봉지가 우수수 쏟아져 내린다.

"어, 미안."

남자가 말한다.

"내 잘못이야."

남자가 무릎을 꿇고 감자칩 봉지를 집어 올리다가 언뜻 그의 흰색 점퍼에 눈길을 준다.

아무렇지도 않다는 표정을 지어야 한다. 침착해야 한다.

나의 매력을 발휘할 때다.

"괜찮아요, 아무렇지도 않은걸요."

그가 씩 웃으며 잘사는 사람들처럼 가슴을 쑥 내민다.

"맛있는 거 사셨네요?"

그는 남자가 들고 있던 비닐봉지를 가리킨다.

"아, 그래, 그렇지."

남자는 마지막 남은 감자칩 봉지를 제자리에 놓으며 대답한다.

"피곤한 하루를 보내서 이렇게 지칠 수가 없구나."

"딱 보니까 알겠네요."

그는 남자를 따라 고개를 끄덕인다.

그때 경찰이 그린 성폭행 용의자의 몽타주가 화면에 나온다.

"이 용의자에 대해 아시는 분은 아래의 번호로 북아일랜드 경찰에 연락을…"

"이봐."

남자가 씩 웃더니 TV 화면을 가리킨다.

"너라고 해도 믿겠는걸?"

그가 돌아서서 화면을 잠시 본다. 그다음에는 활짝 웃는다.

"와, 진짜네요! 저랑 완전 닮았는걸요. 사실 저예요."

그러면서 눈썹을 찌푸리며 험악한 표정을 지어보이자 남자가 웃음을 터뜨린다.

"저 몽타주의 주인공이 바로 저란 말이죠!"

"야, 그럼 경찰을 잘 피해 다녀야겠는걸."

남자도 농담을 던진다.

"당연하죠. 지금도 도망가는 중이에요."

한 번 더 웃는다. 웃기지 않나? 신교도들이랑 농담을 주고받고 있다는 거 말이다.

"그럼, 여성분과 즐거운 저녁 보내시길."

그가 남자의 어깨를 툭 친다.

남자가 웃더니 고개를 한 번 끄덕이고 그에게 눈길을 준 뒤 가게 밖으로 나간다.

출입문에 달린 종이 땡그랑 울린 뒤에는 조용해진다. 그는 여전히 통로 한가운데 서 있다. 청바지 주머니에는 초콜릿 바가 두 개 들어 있다. 바보처럼 그 자리에 얼어붙어 있다.

"뭐 필요한 거 있어?"

계산대의 파키가 묻는다. 파키 놈들이 늘 그렇듯 노랫소리같이 웃기는 말투다.

"괜찮아요."

그는 살짝 돌아서서 대답한다.

"제가 알아서 할게요."

텔레비전을 등지고 있지만 그는 여전히 뉴스에 귀를 기울이는 중이다.

"피해자는 20대 중후반의 체구가 날씬한 검은 머리 중국인 여성으로 사건 당시에 푸른 셔츠에 회색 바지를 입고 있었습니다. 현재 피해자는 경찰의 보호를 받고 있습니다."

씨발, 여자가 경찰에 갔다.

그는 계산대에 있는 파키에게 큰 소리로 말한다.

"죄송해요, 찾는 게 없네요. 다음에 봬요."

파키가 고개를 아주 살짝 끄덕이더니 다시 텔레비전 화면을 본다. 너무 멀어서 갈색 얼굴에 떠오른 표정을 읽을 수는 없지만, 일단 도망쳐야 한다는 건 알겠다.

그는 종이 땡그랑거리도록 가게 문을 열어젖히고 뛰쳐나온다. 별안간 차가운 밤공기가 얼굴을 때린다.

젖은 발이 얼어붙을 것 같은데 그러기에는 최악의 상황이다. 지금 해야 하는 일은 단 하나, 도망치는 것뿐이니까.

로열 빅토리아 병원 응급실. 그녀는 바바라와 함께 대기실에서 기다리는 중이다. 처음에는 동행이 있으면 안 된다고 했지만 그녀에게는 바바라의 효율적인 의사소통과 밀어붙이는 태도가 꼭 필요하다. 왜냐하면 그녀는 지금 생각을 제대로 할 수가 없는 상태이기 때문이다. 그녀는 지금 텅 비고 얄팍하고 아무 감정도 없는, 지난날 자신의 껍데기에 불과하다.

접수원이 그녀와 바바라를 훑어보았다.

"아, 통역 필요하신가요?"

"제 영어에는 문제없어요."

그녀가 짤막하게 대답했다. 접수원은 곧바로 실수를 깨닫고 두 사람을 별도의 대기실로 안내했다.

두 사람이 대동한 경찰이 접수원에게 상황을 설명했기에 일반 접수대에서 기다릴 필요가 없었다. 토요일 밤 응급실을 찾아온 모르는 환자들에게 둘러싸여 대기하는 상상만 해도… 절대 버틸 수 없을 것 같았다. 그녀는 지금 취약하고 발가벗겨져 노출된 듯한 기분이다. 제 기능을 할 수 없는 신경과 근육과 뼈로 이루어진 덩어리 같다.

기다리는 동안 바바라는 로열 빅토리아 병원은 북아일랜드 분쟁 동안 신교도와 구교도를 가리지 않고 편견 없이 모든 환자를 받아들인 병원으로 알려진 곳이라고 설명해준다.

그 시절 이 병원은 어떤 모습이었을까. 두들겨 맞은 남자와 여자들, 무차별적인 폭탄 테러의 희생자들, 바닥에 길게 이어진 핏자국. 그런 생각을 하다가 그녀는 움칠한다. 지금 이 순간은 어떠한 폭력에 대해서도 생각하고 싶지가 않다.

드디어 간호사가 들어온다. 삐쭉하게 세운 금발에 날카롭고 질질 끄는 듯한 벨파스트 억양을 쓴다. 간호사가 그녀의 체온과 혈압, 키와 몸무게를 측정한다.

간호사도 그녀가 어떤 상황인지를 들었을지 궁금하다. 접수원이 전달했겠지.

저기 저 외국인 여자한테 잘해주세요. 힘든 일을 당한 사람이니까.

간호사는 사건을 안다는 티는 전혀 내지 않는다. 그냥 응당 해야 할 일을 한다.

"죄송하지만 주말이어서 성건강 클리닉은 닫았답니다."

간호사가 말한다.

"성병 검사는 월요일 런던에 돌아가셔서 하시면 됩니다."

바바라가 말도 안 된다는 듯 받아친다.

"지금 월요일까지 기다리란 말씀이세요? 지금 장난해요?"

간호사는 꿋꿋이 버틴다. 성건강 클리닉은 닫았으니 어쩔 수 없다, 성병 검사를 할 수 있는 인력이 병원에 아무도 없다는 것이다.

"그럼 금요일 저녁에 성폭행을 당한 환자가 성병 검사를 받으려면 월요일까지 기다려야 하는 거예요?"

간호사는 고개를 끄덕인다. 네, 그렇습니다.

그녀와 바바라가 눈빛을 교환한다. 그렇다면 더 따져봤자 얻을 게 없다.

"그럼 곧 의사 선생님이 오실 거예요."

5분을 더 기다리자 의사가 나타난다.

생각보다 젊은, 모래빛 머리에 안경을 쓴 진지해 보이는 남자 의사다. 그녀가 조금 전 성폭행당한 것을 아는지는 모르지만 이 일을 전혀 언급하지 않는다.

"멍이 심하게 들었네요."

의사가 그녀의 목과 어깨를 살펴보며 말한다.

그의 손이 어깨 위에서 잠시 머무른다.

"멍은 며칠 지나면 빠질 겁니다."

그다음에는 두 눈과 목구멍에 밝은 빛을 확인하고 반사 신경을 확인한다.

"끝났습니다."

의사가 권위적인 목소리로 말한다.

"멍은 일주일 안에 나을 겁니다. 무엇보다도 충분히 휴식을 취하며 쉬십시오."

그러나 바바라는 순순히 물러나지 않는다.

"채찍질손상은요? 주먹으로 머리를 맞은 거 아시잖아요. 뇌진탕 가능성은 없나요?"

"간호사가 처치할 겁니다."

그러더니 의사는 나가버린다.

그녀와 바바라는 잠시 혼란에 빠진다.

"끝이야?"

그녀가 묻는다.

"설마 진료가 이게 다야?"

"설마."

바바라도 믿을 수 없다는 듯 그렇게 대답한다.

5분. 의사는 딱 5분 진료를 보고 가버렸다. 마치 여기에 오래 있고 싶지 않다는 듯, 마치 성폭행 피해자가 불편해서 다른 환자, 그러니까 술에 취한 사람이나 교통사고 환자나 싸움에 휘말린 불량배들을 보러가는 게 낫겠다는 듯 말이다. 성폭행 피해자, 충격에 빠져 있는 여성들의 존재가 발산하는 취약함은 그저 무시해버리고 싶다는 듯이.

곧 간호사가 다시 들어오자 그들은 질문을 쏟아낸다.

"의사 선생님은 바쁘세요. 벨파스트의 토요일 밤이잖아요."

머리는? 폭행 과정에서 뇌진탕을 입었을 수도 있는데?

"의사 선생님이 별도의 조치가 필요 없다고 판단하셨다면 괜찮으실 거예요."

목과 등의 고통을 누그러뜨릴 만한 처치를 해주실 수는 없나요?

간호사가 잠시 밖으로 나가더니 약봉지를 가지고 들어온다. 흰색 비닐에 싸인 크고 둥근 분홍색 알약이다.

이부프로펜이다. 지금 병원에서 그녀에게 이부프로펜을 줬다. 아무 구멍가게에 들어가도 살 수 있는 그것.

더 효과가 좋은 건 없을까요?

"내일 비행기를 타셔야 하니까 더 강한 약은 쓸 수 없습니다."

지금 불안 증세가 심한 거 보이시죠, 진정제 같은 건 없나요?

간호사가 그 말에 조금 더 동정적인 태도를 보이려고 노력한다.

"힘든 하루를 보내신 건 압니다. 정말 힘드셨을 거예요. 피곤하시겠죠. 귀가하셔서 푹 쉬시고, 뜨거운 물에 샤워를 하면서 따뜻한 물속에서 목 스트레칭을 좀 해보세요. 그다음엔 마음을 편하게 가지세요. 차를 많이 드시고요. 친구들과 시간을 보내세요. 와인을 한두 잔 드시는 것도 좋고요."

간호사가 그녀의 팔에 어색하게 손을 올리자 핫핑크색으로 칠한 손톱이 그녀의 멍 자국 위에 도드라져 보이는 모습이 터무니없다.

"몸조심하시고요."

간호사가 떠나버린다. 검사실의 푸른 벽 위로 형광등이 내리쬐고, 두 사람은 할 말을 잃은 채 가만히 있다.

*

집에 왔다. 일단 집 근처까지는. 자정이 지난 시각이고 피곤해서 죽을 것 같다. 파키가 운영하는 가게가 있던 이스트 벨파스트에서부터 폴스로드를 지나 공동묘지를 지나 앤더슨스타운을 지나 여기까지 내내 걸어왔으니까. 공원을 가로지르기엔 너무 어둡기도 하거니와 왠지 거기 얼쩡거리면 안 될 것 같은 생각도 든다.

벌써 경찰에 신고했다면 거기 누가 기다리고 있을 줄 알고?

아니, 집과 수없이 많은 들판을 지나 먼 길을 돌아가겠다. 이 시간엔 차 한 대 지나다니지 않는 곳을 말이다.

아빠나 마이클 형이 돌아왔을지도 모르지만, 왠지 아닐 것 같다. 친구들은 나한테 별로 관심이 없다.

게리 빼고는 오늘 누구와도 대화다운 대화를 나누지 않았다. 그냥 지나가는 버퍼들이랑 몇 마디 한 거, 가게를 지키던 파키, 그 남자.

아, 그리고 그 여자.

그 쌍년.

입 닥치고 있는 게 그렇게 어려웠나?

어떻게 하면 좋을지는 내일 아침에 생각해야겠다. 지금은 너무 피곤하고 허기지다.

오늘 밤엔 반달이 떠서 온 사방에 은빛을 드리운다. 길 위에도, 도로 표지판 위에도. 손을 들어 올리자 달빛이 손가락 사이에 잡힐 것만 같다.

여기 도시 외곽은 쥐죽은 듯 고요하다. 시내로 들어가면 시끄러운 음악과 이야기소리가 쏟아진다. 버퍼들이 자신들의 빌어먹게 완벽하고 행복한 인생을 즐기며 돌아다닌다.

토요일 밤, 그는 달빛에 의지해 집으로 혼자 걸어가고 있다.

루저가 따로 없다.

운동화 속 발이 얼음처럼 꽝꽝 언다. 물집도 생겼다. 상관없다.

체류지로 올라가는 오르막길이 가팔라질수록 숨이 가빠온다. 여기가 최고다. 도시의 불빛이 내려다보이고, 눈앞에는 들판이 끝없이 펼쳐져 있는 곳.

소와 양이 싸지른 똥 냄새가 나지만 상관없다.

그는 잠시 걸음을 멈추고 한껏 들이마신다. 들판을, 달을, 깜깜한 언덕을.

하지만 어서 집에 가서 누워 잠들고 싶은 생각이 간절하다.

얼마 안 남았다. 곧 있으면 캐러밴에 도착한다.

*

바바라의 호텔 방. 유로파 호텔이 있는 관광 중심지에서 떨어진 편안한 부티크 호텔이다. 그것 또한 감사한 일이다.

목욕을 하고, 별 맛이 없는 저녁식사를 룸서비스로 시켜 깨작깨작 먹고, 침대에 누워서 신문을 뒤적이며 딴생각을 해보려 애쓴다.

북아일랜드 평화협정 10주년 맞이 정당 대표 회담

타이타닉 스튜디오, 새로운 할리우드 영화 제작

목과 어깨가 결리는 곳이 점점 아파오고 딱딱해져서 움직이지가 않는다.

바바라가 프론트에 전화를 걸어 뜨거운 물병을 요청하지만 고급 생수가 담긴 커다란 유리병밖에는 없다고 한다.

그녀는 그 물병에 뜨거운 물을 채운다. 얼얼한 목과 어깨에 단단한 유리병을 대면서 조금이라도 편해지려고 기를 쓰는 꼴이 스스로도 우스꽝스러울 지경이다. 벨파스트라는 곳과 딱 어울린다는 생각도 든다. 하지만 아픔이 아주 미세하게 가라앉기는 한다.

그녀가 목욕을 하는 동안 바바라가 대신 여기저기 전화를 걸어주었다.

"부모님한테 전화할까?"

바바라가 물었다.

아니, 그건 절대 안 돼.

"언니랑 상사한테 전화 좀 해줘. 내 핸드폰으로 걸면 돼."

상사는 런던에, 언니는 캘리포니아에 있다.

"언니한테 부모님께는 말하지 말라고 전해줘."

변호사인 세레나 언니는 이해하겠지만, 부모님은 이 소식을 감당하지 못할 것이다. 그녀도 부모님의 반응을 감당할 자신이 없다.

상사는? 에리카는 내일 그녀가 레드카펫에 나타나기를 기다리고 있을 것이다. 평소처럼 실용적이고 외향적이며 사교적인 태도로, 드레스를 근사하게 빼입고 말이다. 바바라라면 분명 차분한 목소리로 사실만을 전달하고 최선의 행동이 무엇인지 알려줄 거라는 믿음이 간다.

"에리카한테 내가 내일 시사회에 참석한다고 전해줘. 난…"

나는 이제 수요일에 사무실을 떠났을 때와는 다른 사람이라고.

나는 그 사람이 아니라고.

나는 예전의 나와는 다른 사람이라고.

나는 이제 강간을 당한 피해자라고.

그녀는 아직도 그 말을 익숙하게 사용할 수가 없다. 나는 강간당했다. 나는 강간을 당했었다.

불을 끄고 어색하게 이불 안으로 스며들자 온몸이 쑤셔온다. 머릿속에서 그 단어가 자꾸 메아리친다. 강간당했다. 강간을 당했었다. 강간을 당한다.

수많은 시제를 악몽처럼 관통해 활용하는 '강간하다'라는 이 동사가 나를 어디로 데려가게 될까? 미래 시제라면 어떻게 될까?

나는 강간당할 것이다. 나는 강간을 당할지도 모른다.

그날 아침 등산로로 나서는 순간 그런 예감이 들었다면. 하지만 이런 생각은 애초에 그녀에게 떠오르지도 않았다.

그때조차도 너무 늦은 시점이었을까?

왜 더 빨리 달리지 않았을까?

왜 더 열심히 반항하지 않았을까?

내가 어떤 일로 끌려들어가고 있는지 왜 조금이라도 빨리 알아차리지 못했을까?

"넌 선택의 여지가 없었잖아."

바바라는 계속 그 말을 되풀이했다. 조애너 피터스 경사도 그렇게 말했다. 당신은 어쩔 수 없이 그렇게 한 겁니다.

그렇다면 어째서 달리 행동해야 했다는, 할 수 있었다는 생각이 드는 걸까? 그 순간 그녀가 걸음을 멈추고 배낭을 바닥에 던져버리고 미친 듯이 들판을 가로질러 안전한 큰길을 향해 달려갔더라면. 그때는 어떤 일이 벌어졌을까?

수많은 다른 시나리오가 펼쳐질 수 있었을 것이다.

어딘가의 평행우주에서는 그녀는 강간당한 적이 없다. 그녀는 그 아이를 만나지 않았다. 하이킹을 마치고 의기양양해진 늦은 오후에 버스를 타고 베드 앤 브랙퍼스트로 돌아온 뒤 저녁에는 친구들과 만나 술집에 갔다.

평행우주에서의 그녀는 백팩을 집어던졌고 성공적으로 큰길에 도착했다. 지갑도 핸드폰도 가이드북도 없지만 걸어서 길을 찾아 베드 앤 브랙퍼스트로 돌아왔고, 신용카드 사용을 정지시키고 새 핸드폰을 샀다. 안전했다. 베드 앤 브랙퍼스트에서 편히 쉬면서 이상한 아이를 만난 기억을 떨쳐내려고 맥주를 파인트로 한두 잔 마셨다. 어쨌든 강간을 당하지 않았다.

평행우주들이 셀 수 없는 가능성으로, 일어날 수도 있었을 일들로 쪼개지는 가운데 그녀는 잠을 잔다. 땅기는 근육이 점점 더 아파오면서 피로가 순식간에 그녀의 의식을 빼앗아간다.

그날 밤 그녀는 도망치는 꿈을 꾼다.

환한 들판을 가로질러 달린다. 온 힘을 다해 큰길을 향해 달린다. 다리의 힘줄이 솟아오르고 심장은 빨리 뛰고 허파로 공기가 열심히 들락거린다.

그녀는 무언가에서 도망치고 있지만 꿈에서는 그 무언가가 무엇인지 보이지 않는다. 눈앞에서는 또 다른 괴물들이 그녀를 붙잡으려고 손을 뻗친다.

괴물들은 유령 같은 얼굴을 하고 있다.

얼음 같은 푸른 눈이 그녀의 눈을 파고든다.

해골의 손가락이 그녀의 목을 조른다. 숨을 쉴 수 없다. 머릿속이 흐릿해진다.

목이 마르다. 심한 갈증이 난다.

물을 마셔야 한다. 바로 근처 덤불 속에 뚜껑을 열지 않은 물 한 병이 떨어져 있다는 걸 안다. 그런데 찾을 수가 없다.

움직여지지가 않는다. 목을 조른 손에서 벗어나려고 아무리 발버둥을 쳐도 안 된다. 꿈에서 그녀는 아직 강간을 당하지 않았다. 아직까지 큰길로 도망칠 시간이 있다.

하지만 그럴 수가 없다. 그녀는 바닥에 꽉 짓눌린 채 숨이 막혀가고, 해골의 손가락에 힘이 들어가더니 거침없이 그녀의 기도를 영영 막아버린다.

그녀는 잠에서 깬다. 온몸이 식은땀 범벅이고 등과 어깨가 너무 아프다. 움직일 수가 없다. 심장이 쿵쿵 뛴다.

목이 탄다.

낯선 곳, 어둠에 둘러싸여 그녀는 한참 동안 여기가 어딘지 알 수 없다.

그 순간 기억이 돌아온다.

등산로, 숲, 들판, 그 아이.

호텔은 벨파스트의 조용한 지역에 있고, 바로 옆 침대에서 바바라가 곤히 잠들어 있다.

물을 마셔야 한다는 생각에 살짝 왼쪽으로 돌아눕는다. 근육통 때문에 마비된 몸이 처음에는 움직여지지 않았지만 협탁 위 시계 겸용 라디오 옆에 놓인 물병이 보인다.

디지털시계의 푸른 숫자가 2:04를 표시하며 빛나고 있다.

그녀는 물병 집을 힘을 모으려고 잠시 더 기다린다. 몸이 이렇게까지 말을 듣지 않은 적은 없었다. 근육을 움직이는 것만으로도 굳어가는 당밀 덩어리 위에 몸이 짓눌리는 것 같은 기분이 든다.

그녀는 이를 악물고 왼쪽으로 몸을 일으킨 다음 짧은 고통을 느끼며 손으로 물병을 집는다.

물을 삼키는 것조차 아프다. 목둘레를 만져본다. 분명 멍이 남았을 거야.

머리 위에 버티고 있는 어두운 천장을 바라본다. 다시 잠을 청해야 하는데, 악몽 속으로 다시 돌아가고 싶지가 않다.

눈 가장자리로 눈물 한 방울이 굴러 떨어져 왼쪽 관자놀이까지 주르륵 흐른다. 어깨가 결리니까 애써 눈물을 닦지도 않는다.

어쩌다 이렇게 됐지? 어떻게 이렇게 될 수가 있지?

*

일요일 아침.

그는 캐러밴 문을 두들기는 소리에 잠을 깬다. 살면서 꾼 꿈 중 가장 소름 끼치는 악몽—얼굴 없는 여자가 비명을 지르며 그를 손톱으로 할퀴어 대는 꿈—을 꾸고 있는데 문 두들기는 소리가 들린다.

똑똑똑.

맨 처음 떠오른 사람은 옆집 꼬맹이다. 그러기엔 두들기는 소리가 묵직하다.

가만히 좀 내버려둬. 꿈이나 계속 꾸고 싶다.

똑똑똑.

방문객은 떠나갈 낌새가 없다. 그가 몸을 일으킨다.

씨발, 벌써부터 짭새들이 찾아왔나 보다. 설마 이렇게 빨리 잡으러 온 걸까?

서늘한 기운이 온몸을 관통한다. 그는 제자리에서 옴짝달싹도 하지 못하고, 속이 온통 뒤틀려 금방이라도 터질 것 같다. 이게 공포라는 걸까.

투명인간이 되고 싶은 기분으로 몸을 더 꽁꽁 웅크린다. 저리 가, 난 여기 없어.

정체불명의 방문객은 아무 말도 하지 않는다. 잠시 후 문 두드리는 소리가 멈추더니 발소리가 캐러밴에서 멀어진다.

그는 잠깐 기다리다가 소리 없이 몸을 낮추고 창가로 다가가 바깥을 내다본다. 이쪽을 등지고 서서 다른 캐러밴들이 서 있는 벌판을 바라보고 있는 사람은 게리다. 어제만큼 맑지는 않고 여기저기 구름과 그늘이 진 환한 낮이다.

게리를 소리쳐 부르려는데 옆집 캘러핸 부인이 지나간다. 절대로 만나고 싶지 않은 사람이다.

"안녕, 게리. 잘 지냈니?"

"그럼요. 노라 아줌마는요?"

노라 아줌마는 대답 대신 고개만 끄덕인다.

"웬일로 왔니?"

"아, 지나가다가 혹시 녀석들이 집에 있나 싶어 들러봤어요."

게리가 엄지손가락을 까닥하며 캐러밴 쪽을 손짓한다.

"조니는 어제 봤는데, 걔 형은 한동안 보이질 않더라. 그 집 아버지도 마찬가지고."

"아, 그래요?"

게리가 얼굴을 찌푸린다.

"다들 나갔나보네요."

노라 아줌마가 어깨를 으쓱한다.

"스위니 집안사람들이 원래 그렇잖니. 잠깐 들렀다가 금방 사

212

라져버린다니까. 그런데 그 어린아이한텐 밥 챙겨주는 사람도 없으니."

"뭐, 조니는 다 큰 어른이나 다름없는걸요. 지금쯤이면 자기가 알아서 잘 하겠죠."

잘한다, 게리. 똑똑히 알려주라고.

"아무튼 내가 잘 돌봐줘야 하는 것 아니겠니? 아비라는 자가 집에 붙어 있는 일이 없으니 나라도 신경 써줘야 하지 않겠어?"

게리가 기침을 한다.

"근데 아줌마 남편 브라이언 아저씨는요? 요즘 통 안 보이시던데…"

아줌마의 얼굴에서 웃음기가 걷힌다.

"그건 아예 다른 얘기지. 우리 남편은 정직하게 돈벌이를 해서 집으로 갖고 온다고. 물건이나 슬쩍하는 스위니 집안 남자들과는 다르단 말이야."

게리가 한 손을 내민다.

"노라 아줌마, 그냥 농담이었어요."

노라 아줌마는 이미 화가 나 있다.

"그래, 웃으라고 한 소리겠지. 네 친구들이 어디 있는지 궁금하면 어제 다녀간 경찰한테나 물어보려무나."

아줌마가 험악한 말투로 그렇게 내뱉고 가던 길을 가려는데 게리가 굶주린 고양이가 들쥐를 쫓듯 뒤따라 붙는다.

"경찰이오? 경찰이 여기 왔었다고요?"

노라 아줌마는 여전히 분이 풀리지 않은 얼굴로 돌아본다.

"뭐라고 꼬치꼬치 묻고 다니던가요?"

"우리한테는 아무 말도 안 했어. 하지만 경찰들이 들판 저쪽에서부터 척척 가로질러오더니 숲으로 들어가던걸. 그러다가 오후 내내 저쪽을 들쑤시고 있더라. 보이지? 저기 라인으로 못 들어가게 둘러쳐 놨잖아."

노라 아줌마가 들판 저쪽 끝을 가리켰다.

그는 눈을 찌푸리고 그쪽을 본다.

어쩌자고 이제야 저걸 보는 거지.

밝은 노란색 폴리스 라인이 이제야 보인다. 그는 노라 아줌마의 이야기를 더 들으려고 문 뒤에 가만히 서 있는다.

게리는 아무렇지 않다는 듯 아줌마의 말을 받아친다.

"아이쿠야, 대체 무슨 일일까요?"

아줌마는 어깨를 으쓱한다.

"모르지. 이쪽으론 오질 않았거든. 우리한텐 언제나처럼 말도 안 붙였어. 그런데 경찰들이 오기 한 삼십 분 전인가, 여자애 하나가 숲에서 나오더라고? 자세히 본 건 아닌데 배낭을 메고 머리는 길고 새까맣던데, 아마 그 여자애랑 관련된 문제지 싶다."

게리가 고개를 주억거린다.

"그러고요?"

"나중에 여자애가 경찰이랑 같이 다시 오더니 경찰이 저쪽에다가 라인도 둘러놓고 개도 풀어놓더라고."

"개라니요?"

그는 급작스레 찾아온 불안감에 몸을 벌떡 일으킨다.

"그래, 왜 경찰견 있잖아. 그런데 개까지 데리고 와서 뭘 하는지는 제대로 못 봤단다."

"그 개가 이쪽으로도 왔나요?"

"아니, 이리로는 안 왔어."

"그럼 그 여자는 어떻게 됐어요?"

"다시 나와선 경찰차에 타고 같이 가던데."

"아이구, 맙소사."

게리가 말한다.

"아줌마 생각엔 무슨 일이 있었던 거 같아요?"

"거야 알 수 없지. 여자애가 참 불쌍하더라. 누구한테 두들겨 맞은 게 아닐까? 큰일은 아니어야 할 텐데 말이다."

"그럼요. 진짜 별일 아니면 좋겠네요."

게리도 장단을 맞춘다. 두 사람은 아침 햇볕이 얼굴을 흠뻑 적시도록 저쪽을 바라보며 서 있다.

"그러면요… 만약 경찰이 와서 물어보면 아줌마는 뭐가 기억난다고 대답하실 거예요?"

"방금 한 얘기 그대로지 뭐."

노라 아줌마가 대답한다.

"그 밖에는 더 할 말도 없어."

게리가 씩 웃더니 노라 아줌마의 어깨를 힘차게 끌어안는다.

"아줌마가 최고예요. 그것도 모르는 아줌마 남편은 순 바보네요."

"뭐, 세상살이가 그런 것 아니겠니?"

아줌마가 잠깐 말을 멈춘다.

"차라도 한 잔 하고 갈래?"

"에이, 아니에요. 전 이만 가볼게요. 아, 그래도 혹시 조니나 마이클 보시거든 제가 찾는다고 전해주세요."

노라 아줌마는 고개를 끄덕이더니 자리를 뜬다. 게리는 잠시 그 자리에 머무르며 아줌마가 집 안으로 들어가는 걸 확인한다.

"게리!"

그가 문을 빼꼼 열고 목소리를 낮추어 이름을 부른다.

게리가 캐러밴 안으로 스르륵 들어온다. 문을 닫고 머리를 바짝 숙인 채 그에게 빠른 말투로 속삭인다.

"이 바보 자식아, 캐러밴으로 돌아오면 어떡해?"

"집에 가서 잠이나 자라며."

"어쨌든 너 빨리 튀어. 들판 저쪽에 짭새들이 와 있어. 경찰차가 와서 불이 번쩍번쩍한다고."

"씨발! 씨발, 씨발, 씨발, 씨발, 씨발! 그 씨발년 때문에!"

"그년한테 당한 거야. 네가 자리를 떠나자마자 바로 신고했나 본데."

그는 이해할 수가 없다. 분명 여자는 사과를 먹으면서 등산로 옆에 앉아 있었는데.

걱정 마, 아무한테도 말 안 할게.

그는 일어나서 집 안을 서성거린다. 부엌 찬장을 발로 걷어찬다. 심장이 쿵쿵 뛰고 머릿속에서 화가 이글거린다. 개를 풀어서 내 뒤를 쫓고 있단 말이야. 망할 개새끼들.

"자, 후아, 후아, 후아, 심호흡 좀 해."

게리가 진정하라는 의미로 양팔을 들어올린다.

"여자가 너한테 뭐라고 말했든 간에, 그 말대로 안 한 건 맞잖아. 이제 이 상황을 어떻게 빠져나갈지를 생각하라고."

그는 심호흡을 하며 마음을 다스리려고 애쓴다.

게리는 말을 잇는다.

"만약 짭새들이 네 정체를 파악한다면 파비 남자애들을 쫓는 사냥철이 시작된단 말이지."

사냥철이라니, 어감이 기분 나쁘다.

그는 자리에 앉아 두 손으로 머리를 감싸 쥔다. 또다시 지끈거리는 두통과 함께 마치 잊고 싶은 기억을 떠올리라고 채근하듯이 마음 한구석을 그 새까만 발톱이 할퀴어댄다.

게리가 일어선다.

"일단 그 흰색 점퍼부터 벗어버리자."

말투가 급하다.

"들고 나가서 버리자. 지금 빨리 옷 갈아입고 여기서 나가야 돼."

"어디로 가는데?"

"우리 집으로 가서 일단 몸부터 숨기고 그다음에 생각해보자. 엄마가 한동안 아무것도 눈치 채지 못해야 할 텐데."

"대체 마이클 형은 어디 있는 거야!"

그가 고함을 지른다. 이런 상황에 마이클 형도, 아빠도 없다는 게 화가 난다. 가족인데 가장 필요한 순간에 곁에 없다니.

"그래, 대체 마이클은 어디 갔을까. 걱정 마, 내가 찾아올게. 어디로 갔는지 알아볼 테니까."

그는 흰 점퍼를 벗고 다른 셔츠와 다른 점퍼, 깨끗한 양말과 바지를 찾아 집 안을 뒤진다.

"바지도 갈아입어."

게리가 말한다.

"이 바지는 온통 진흙투성이니까."

게리가 부엌 찬장에서 비닐봉지를 찾아와서 흙 묻은 옷가지를 집어넣는다.

"다른 친척들은 어디 살아? 아마랑 더블린 말고?"

"어… 모르겠어. 다들 여기저기 돌아다니니까. 코크? 킬케니? 위클로? 전화번호는 아빠랑 형이 알아."

"어떻게든 알아보자."

그는 티셔츠를 입고 회색 후드를 걸친 다음 다른 청바지로 갈아입는다. 게리가 몸을 구부리고 앉아 그의 운동화에 묻은 진흙을 긁어낸 뒤 다시 일어서서 그를 쳐다본다.

"모자 써."

게리가 말한다.

그는 예전에 삼촌에게 받은 뉴욕양키즈 야구 모자를 찾아낸다.

"마이클이 쓰던 애프터셰이브 있어? 개가 네 흔적을 추적하고 있다면 그걸로 체취를 덮는 게 좋을걸."

그는 마이클 형의 물건을 뒤지다가 휴고 보스라고 적힌 세련된 병 하나를 찾아낸다. 형이 어디선가 슬쩍 해온 것이 틀림없다. 칙 뿌리고 냄새를 맡아본다. 성숙하고 남성적인 향기다. 마치 어린애가 어른 흉내를 낸 것처럼 어울리지 않는 느낌이 든다. 이 향수를 뿌린 나를 개들이 못 알아차린다 한들 사람들은 다 알 것 같다.

"잘했어. 완벽해."

게리가 확인해준다.

"이제 완전히 딴사람 같아. 그럼 어서 여길 떠나자."

그가 문간에 낮게 웅크리자 게리가 멀찍이 있는 창문 밖을 내다본다.

"뭐 좀 보여?"

그가 묻는다.

"경찰차가 세 대, 네 대 있네. 길가에 대놨어. 짭새들이 개를 데리고 숲을 왔다 갔다 하는 중이야."

새까만 발톱이 속을 할퀴어오지만 그는 애써 그 느낌을 밀쳐낸다. 지금은 안 돼.

"안 들키고 나갈 수 있을까?"

"응, 지금 숲 쪽에 다들 몰려 있어. 일단 빠른 속도로 지나가자고. 너무 빠르지는 않게. 관심을 끌어선 안 돼."

다행히 앞문은 경찰들이 몰려 있는 쪽을 등진 캐러밴 반대쪽에 나 있다. 그는 다시 한번 캐러밴 안을 둘러본다.

"잠깐만 기다려."

그는 다시 마이클 형과 같이 쓰던 방으로 달려가 무언가를 갖고 나온다. 작년에 할아버지가 돌아가셨을 때 엄마가 전해준 할아버지 반지다. 그는 반지를 주머니에 쑤셔 넣는다.

"놓고 온 거 있어?"

게리가 묻는다.

"아, 별거 아냐. 일단 가자."

또 한 번 심호흡을 하자 게리가 캐러밴 문을 연다.

바깥은 생각보다 추워서 해가 드는데도 한기가 뼛속까지 스민다. 눈을 찌르는 햇빛을 가리려고 야구 모자를 푹 눌러쓴다. 경찰 무전기에서 삑삑거리는 신호음이며 저들끼리 통신을 주고받는 목소리가 들린다.

그가 머뭇거리자 게리가 그의 어깨를 붙잡고 앞으로 가라고 재촉한다.

"돌아보지 말고 계속 걸어."

두 사람은 잰걸음으로 들판을 가로질러 경찰들에게서, 숲이 끝나고 들판이 나오는 지점에서 멀어진다. 오른쪽 아래로 글렌과 잔잔하게 출렁이는 강이 펼쳐진 산등성이를 따라 북쪽으로 걸음을 옮긴다.

언덕을 넘어가기 직전 그는 마지막으로 걸음을 멈추고 뒤를 돌아본다. 환한 초록색 들판 위에 옹기종기 모여 있는 하얀 캐러밴들을 본다. 눈부신 햇빛 속에서 눈을 찡그리고 보니 아빠의 캐러밴 근처에 서 있는 두 사람의 형체가 보인다. 노라 아줌마는 경찰 쪽을 보느라 그들을 보지 못하지만 아줌마 아들이 이쪽으로 몇 발짝 달려오며 그와 게리에게 손을 흔든다.

하마터면 마주 손을 흔들어줄 뻔했지만 그는 그러지 않는다.

*

일요일 아침, 그녀는 공식적인 피해사실을 진술하러 또 성폭력 전담센터에 간다. 어젯밤에는 법의학 검사만 받고 왔다.

"세 시간 정도 걸릴 겁니다. 그래도 최대한 상세하게 진술해주세요."

피터스 경사가 손목시계를 확인하며 말을 잇는다.

"정오에 진술을 끝내면 1시 20분 비행기를 탈 수 있을 겁니다. 시티 공항이 바로 근처예요."

애초에 지원한 적도 없는 새로운 일자리를 갖게 된 것만 같은 기분이다. 완전히 새로운 일들과 책임이 주어져서 시키는 대로 따르고 있는 것 같다.

"어제 일어난 일에 대해서 이야기해주세요. 그날 아침에 있었던 일부터 시작해보세요."

"컨퍼런스 때문에 며칠간 유로파 호텔에 묵다가, 베드 앤 브랙퍼스트에 체크인했어요. 그날 하이킹을 가려고 전부터 계획하고 있었는데…"

베네치아식 블라인드의 나무 널 사이로 아침 햇살이 비스듬히 스며든다. 그녀는 자신에게 있었던 일을 이야기한다. 또다시. 그날의 세세한 일들이 마치 나의 일이 아닌 것처럼. 햇살 속에서 춤추는 티끌만 한 먼지들을 바라보면서.

*

그는 일요일 하루 종일 게리의 방에 숨어 있다시피 한다. 게리네 식구들은 이제 캐러밴에 살지 않는다. 멀쩡한 집으로 이사했는데, 묘한 기분이 드는 곳이다. 직선이 너무 많고, 가구도 너무 많다. 심지어 계단까지 있는 집이다.

복도에서 게리가 자기 엄마를 살살 꼬드기는 소리가 들린다.

"엄마, 스위니네 막내 아시죠? 사정이 생겨서 우리 집에서 잠시 지내야겠어요. 얘네 아빠랑 형이 집엘 안 들어온다잖아요."

게리의 엄마가 뭐라고 중얼거린다.

"에이, 토마스 아저씨는 안 불러도 된다니까요. 아무도 없으니 누가 같이 있어주면 좋잖아요."

또 중얼중얼.

게리가 방 안으로 고개를 들이민다.

"아침은 먹었어? 엄마가 아침식사를 잔뜩 만들고 있는데, 동생들이랑 다 같이 먹어야 하긴 해."

다 같이는 아니고, 게리의 동생 중 다섯 명과 식탁에 나란히 앉았다. 게리, 여동생 그레이스와 피오나, 남동생 이몬과 다라, 세 살배기 막내 여동생 우나. 도너휴 부인은 스토브와 식탁 사이를 바쁘게 오가면서 달걀과 베이컨을 부치고 접시에 옮겨 담는다.

식구가 많은 게 어떤 기분인지 잊고 있었다. 게리의 식구들은 동시에 저마다의 얘기를 하고 있다. 마지막으로 가족이 모두 모였던 게… 4년 전? 더블린에 살 때였나?

"너도 누나나 여동생 있어?"

피오나인지 그레이스인지 하는 여자애가 묻는다.

"응, 있어."

베이컨을 최대한 빠른 속도로 입에 쑤셔 넣는 중이었지만 말하는
데는 문제없다.

"클레어는… 이제 열두 살일걸? 그리고 그 밑에 여덟 살짜리 브리
짓도 있고."

"왜 한 번도 못 봤지?"

"아, 동생들은 엄마랑 더블린에 살거든. 여기엔 안 와봤어."

"조니, 엄마 마지막으로 본 게 언제니?"

스토브 앞에서 부산스런 소음을 내던 도너휴 부인이 묻는다. 남의
엄마들은 다들 똑같은 걸 묻는다.

"좀 됐어요. 정확히 말하면 좀은 아니고 한참 됐죠."

"왜 형네 엄마랑 아빠는 같이 안 사는데?"

이몬인지 다라인지 하는 남동생이 묻는다.

제기랄, 학교에서 이것저것 캐물어대던 상담사보다 더하군.

"형도 있지? 마이클 말이야."

피오나 아니면 그레이스일 수도 있는 애가 묻는다. 마이클이라는
이름을 말하는 목소리만 들어도 형한테 관심이 있다는 걸 알 수 있
다. 마이클 형도 얘랑 떡을 쳤을까? 생김새가 나쁘지 않다. 좀 깡마
르긴 했지만 얼굴이 예쁘장하다.

"맞아, 우리 형이 마이클이야."

문간에서 소리가 나더니 게리의 남동생 리암이 들어온다. 아홉
살, 열 살쯤 되어 보인다.

"리암 도너휴, 어디 갔다 이제 오니?"

도너휴 부인이 묻는다.

리암은 숨차하며 이먼이 마시던 오렌지 주스 잔을 집어 절반이나 한 모금에 꿀꺽 삼켜버린다.

"죄송해요, 엄마."

리암이 그렇게 말하며 베이컨 쪽으로 손을 뻗는다.

"밖이 완전 난리예요. 글렌 옆 채석장 근처에서 무슨 일 있었는지 들으셨어요?"

"무슨 일인데?"

식탁에 앉은 모두가 떠들어대기 시작한다. 그만 빼고. 그는 멋진 타일이 깔린 바닥 밑으로 쑥 꺼져서 사라지고 싶은 심정이다. 또다시 새까만 발톱이 머릿속을 온통 할퀴어대는 것 같은 더러운 기분이 든다.

"외국인 여자가 거기서 강간을 당했나 봐요."

리암은 '강간'이라는 단어를 말할 때 엄마를 슬쩍 쳐다본다. 그 단어를 입에 올릴 때 능글맞은 웃음이 새어나온다.

식탁에 앉은 사람들이 깩깩거린다.

"너무 끔찍해!"

그레이스인지 피오나인지가 말한다.

"누가 그랬대?"

리암은 베이컨을 씹어대며 고개를 젓는다.

"몰라, 아무것도 모른대. 그런데 경찰들이 유랑민 거주지를 들쑤시고 돌아다니고 있어."

게리가 그를 쳐다보더니 곧 시선을 돌린다.

"유랑민들한테 뭘 물어보고 다니더라고."

"경찰들은 무슨 일만 있으면 유랑민들 타령이야."

게리가 투덜거린다.

"범죄가 일어나면 마치 무조건 우리 소행이라는 듯이 바로 우리를 못살게 군다니깐."

"어, 근데 너희 가족이 그쪽에 살지 않아?"

그레이스인지 피오나인지, 마이클 형을 좋아하는 쪽이 그렇게 묻는다.

목줄기에서 식은땀이 솟아난다. 정신 똑바로 차리자. 그는 씹고 있던 토스트를 꿀꺽 삼키지만 목이 바짝 말라 넘어가지 않는다.

"맞아, 우리도 글렌 바로 위 체류지에 살아."

"넌 경찰들이 돌아다니는 거 못 봤어?"

"오늘 아침에 집에서 나오면서 보긴 했는데 무슨 일인지 몰랐어."

"정말 너무나 끔찍한 일이야."

도너휴 부인이 고개를 절레절레 젓는다. 식탁으로 다가와 마지막 달걀 프라이를 접시에 담는 중이다. 달걀 프라이는 접시에 놓자마자 빛의 속도로 사라진다.

"여자애한테 그런 일을 하다니 정말 나쁜 놈이다."

"맞아, 그 여자애는 어떻게 됐을까?"

그레이스인지 피오나인지, 아까와는 다른 애가 묻는다.

리암은 어깨를 으쓱한다.

"모르지. 사람들이 그러는데 중국인이래."

그러자 또 식탁에 앉은 사람들이 웅성대기 시작한다.

"대체 뭐 하러 거기까지 갔을까?"

게리의 여동생 하나가 말한다.

"누구 소행이건 간에 꼭 잡혔으면 좋겠구나."

도너휴 부인이 말한다.

"정말 못된 짓이야."

부인이 빈 접시를 치우기 시작한다. 그레이스인지 피오나인지가 일어나 수도꼭지를 틀고 주전자에 물을 채운다.

그는 수도꼭지를 본다. 저런 게 있으니 바깥에 나가 힘들게 펌프질할 필요가 없겠다.

"조니."

도너휴 부인이 그를 본다.

"차 한 잔 마실래?"

그가 부인을 바라본다. 당연히 차를 마시고 싶다. 하지만 지금 당장 부엌을 떠나고 싶기도 하다.

"속이 좀 안 좋아서요."

그가 웅얼거리듯 대답한다.

"오, 그래, 얘야. 그럼 게리 방에 가서 좀 쉬어라."

문 닫힌 방 안에서 게리가 그를 바라본다.

"그냥 이 방에 꼼짝 말고 있어. 내 동생들한텐 아무 말도 하지 말고. 너한테 말도 못 붙이게 해둘 테니까."

게리가 재킷을 걸친다.

"어디 가?"

"가게나 술집 돌아다니면서 상황을 알아보게. 마이클도 찾아볼 거야. 대체 어디에 있을지 감도 못 잡겠다. 지금 우리한텐 마이클이 꼭 필요해."

체크인 시간은 1시 20분, 그들은 조지 베스트 시티 공항에 있다.

피해 진술이 생각보다 오래 걸려서 12시 45분에야 도착한 참이었다. 체크인 카운터에 도착한 것은 12시 52분이었다.

카운터에 서 있는 직원은 늦어서 비행기에 탈 수 없다고 한다.

직원이 단호하게 고개를 흔든다.

"여기 보시면 체크인 카운터는 비행기 이륙 30분 전에 마감한다고 적혀 있잖아요."

바바라가 그녀와 말다툼을 하는 중이다.

"지금 이분한테 무슨 일이 있었는지 알면 그런 말 못 할 거예요. 비행기를 꼭 타야 해요."

"무슨 일이 있었건 제 알 바 아니죠. 너무 늦으셨고요, 제때 못 온 승객 한 명 때문에 보안 규정을 위반할 수는 없어요."

보안 규정.

그녀는 아무 말도 하지 않는다. 목소리를 빼앗긴 것만 같다. 방금까지 서너 시간 동안 경찰 진술이 있었던 터라 저 기분 나쁜 직원과 말다툼할 기력이 없다.

하지만 어서 이곳을 떠나야 한다. 런던 시사회를 놓쳐서는 안 된다. 항공사 직원은 요지부동이다.

"도와드릴 수가 없네요. 규정을 지키지 않은 승객에겐 해드릴 수 있는 일이 없어요."

"규정이 문제가 아니라고요."

바바라가 목소리를 높인다.

"공감 능력도 없어요?"

그녀가 바바라의 팔을 붙든다.

"비행기를 꼭 타야 해. 오후에는 런던에 도착해야 해."

"죄송하지만 저희 비행기를 타고 런던에 가실 수는 없습니다. 이미 탑승 절차가 마감되었으니까요."

직원의 어조는 단호하다.

"세 시간 후에 다음 비행편이 있어요."

그리고 그때… 바로 그 순간… 그녀는 무너진다. 낯선 불안감이 밀려와서 그녀의 얼굴이 온통 찌그러지면서 울음이 터져나오고 콧물 범벅이 된다. 시사회를 놓쳐선 안 된다. 이 영화를 위해 몇 년이나 일했는데. 레스터 스퀘어에서 열리는 첫 번째 시사회의 레드카펫 행사라는 중요한 일인데. 그 개자식만 아니었어도…

제발 이 빌어먹을 도시를 떠나게 해줘.

"벨파스트를 떠나야 해요."

그녀가 흐느낀다. 항공사 직원은 그녀를 쳐다보며 말을 잇지 못한다.

상관없다.

직원은 더듬거리면서도 태도를 바꾸지 않는다.

"어쨌든 너무 늦었다고요."

그러면서 시계를 가리킨다. 1시가 넘었다. 비행기에는 탈 수 없을 것이다.

"괜찮아, 괜찮아."

바바라가 그녀를 꼭 안아준다.

"내가 다른 비행기 잡아줄 테니까."

직원이 체크인 카운터를 정리하기 시작한다. 고개를 숙인다. 다음 비행편을 알리는 표지판도 치운다.

"마음 좀 곱게 쓰면서 사세요."

바바라가 직원에게 쏘아붙인다.

직원은 대답하지 않는다. 그러다가 뒤늦게 덧붙인다.

"십 분 전에만 오셨어도."

10분 전, 그녀는 여전히 성폭력 전담센터에서 진술을 하고 있었다. 10분만 일찍 하이킹을 나섰더라도 그 남자애를 만나지 않았을지 모른다. 만약에 모든 일을 10분만 일찍 시작했어도 사람의 인생은 얼마나 달라졌을까. 목숨을 잃을 뻔한 교통사고도, 일생을 바쳐 사랑할 사람을 만나는 순간도, 강간범을 마주치는 순간도, 그 10분이 좌우한다.

어쩌면 인생이란 이렇게 임의의 사건들로 이루어져 있는 걸까. 그녀에게 일어난 일을 받아들일 수 있는 유일한 방법은 이 일이 무작위로 일어난 거라고 생각하는 것뿐이다. 10분 전이었다면 성폭행을 당하지 않았을 것이다. 10분 전이었다면 비행기에 탔겠지.

바바라가 그녀를 의자에 앉혀 놓고 런던으로 가는 다음 비행기 티켓을 사러 간다.

그녀는 어지러운 머리로 자리에 앉아 체크인을 마치고 게이트를 향해 발걸음을 재촉하는 사람들을 바라본다. 서로 작별 인사를 하는 가족들, 런던으로 돌아가는 다 큰 자식을 배웅하는 부모들. 출장 왔다 일요일 조금 이른 시간에 떠나는 회사원은 런던에서 푹 쉬고 상쾌하게 월요일 아침을 시작할 수 있겠지.

그리고 그녀. 그녀. 공들인 영화의 레드카펫 시사회에 참석하러 돌아가는, 사건을 겪은 직후의 성폭행 피해자.

바바라가 돌아온다. 얼굴이 벌겋지만 긍정적인 기색이다.

"2시 30분에 출발하는 런던행 티켓을 구했어. 개트윅 공항에 도착하면 3시 45분이야. 괜찮겠어?"

그녀는 간신히 고맙다는 듯 웃어 보인다.

"응, 다행이야."

바바라가 티켓을 건네준다.

"자, 이번 비행기도 놓치지 않으려면 체크인부터 하자. 조금 더 편하게 가라고 비즈니스 클래스로 샀어."

"그럼 티켓 값은…"

"아냐, 내가 알아서 할게. 너한테 어떻게 돈을 받니."

그렇게 그녀는 바바라와 작별 인사를 나눈다. 앞으로 바바라 없이 어떻게 남은 일—그게 무엇인지는 알 수 없지만—을 헤치고 나갈지 모르겠다. 아직 닥치지 않은 일에 대해선 생각할 수조차 없다. 예전에는 앞으로 다가올 인생이 어떤 모습일지 상상할 수 있었지만 이제는 모든 미래가 불투명하다. 마치 길이 보이지 않는 깜깜한 숲속 같다.

그녀는 보안 검색대를 통과해 비즈니스 클래스 승객용 라운지로 들어간다. 스프라이트를 마시고 샌드위치를 깨작깨작 먹는다. 여전히 아무 맛이 느껴지지 않는다.

창가 자리에 앉는다. 잠시 동안 그녀는 창밖 아스팔트로 포장한 활주로 위로 비행기들이 움직여 회청색 항구를 배경으로 줄지어 서는 모습을 바라본다.

라운지에는 사람이 별로 없다. 회사원으로 보이는 두 중년이 그녀 뒤 왼쪽 자리에 앉아 있고, 팔걸이의자에 또 한 명이 앉아 있다. 서비스 데스크에 있는 여직원을 제외하면 라운지에 여자라고는 그녀 혼자다.

다시 그녀의 이성이 움직이기 시작한다. 무엇을 해야 할지 생각해야 한다. 다음 단계를. 일단 런던에 있는 친구들에게 무슨 일이 일어났는지 알려야 한다는 생각이 들어 문자 메시지를 써본다.

안녕, 나한테 아주 나쁜 일이 일어나서 알려주려고 연락해. 어제 성폭행을 당했어. 지금 런던으로 돌아가니까 곧 집에 도착할 거야. 그러니까 벨파스트에서 보낸 주말이 어땠느냐고 묻지 말아줘.

그녀는 하우스메이트 호세와 나탈리아에게 이 문자 메시지를 보낸다.

메시지를 약간 고친 다음 가장 친한 게이 친구 제이콥에게 개트윅 공항으로 데리러 와달라고 부탁한다.

오늘밤 시사회에 파트너로 함께 갈 또 다른 게이 친구 스테판에게 전화를 건다. 사건을 설명하려 했지만 전화 연결 상태가 좋지 않아 스테판은 잘 알아듣지 못한다. 저녁 6시 45분, 레스터 스퀘어에서 만날 약속을 잡는다. 요청한 대로 그는 검은 넥타이를 매고 오기로 한다.

상사인 에리카에게서 괜찮으냐는 메시지가 온다. 어시스턴트인 베카가 택시를 보내 그녀를 픽업하고 레스터 스퀘어에 내려주기로 했다고 한다.

문자 메시지가 또 하나 온다. 세레나 언니에게서 온 메시지다.

사건 얘기 들었고 너무나 안타깝다. 내가 해줄 일이 있니? 오늘 밤에 얘기할 수 있을까?

그녀는 한숨을 쉰다. 핸드폰을 꺼버리고 싶다. 망각에 몸을 내맡겨버리고 언제까지나 그대로 현실로 돌아오고 싶지 않다.

내가 공항에서 울음을 터뜨린 게 정말 있었던 일인가? 제대로 된 어른이 비행기를 놓쳤다고 그런 일을 하나?

하지만 내가 제대로 된 어른이 아닌 건 분명히 알겠다. 어제 그녀는 허물만 남은 무력한 어른으로 탈바꿈했다. 이제는 자신이 무슨 일을 하는지 알고 있는 척 행동해야 한다. 사실은 아무것도 알 수가 없는데.

그녀는 스스로에게 수치심과 역겨움을 느낀다. 지금의 자기 자신에 대해.

서비스 카운터에 서 있던 직원이 안내 멘트를 한다.

런던 개트윅 공항으로 가는 5230편에 탑승하실 승객들은 지금 탑승 게이트로 가주십시오.

그녀는 비즈니스 클래스 탑승줄에 서서 창밖을 바라본다. 누구와도 눈이 마주치고 싶지 않아서다.

빨간 머리를 포니테일로 높게 묶은 승무원이 그녀에게 다가온다.

"비비안 탠 씨 되십니까?"

"네, 저예요."

"불편을 드려 죄송합니다만, 경찰에서 탠 씨를 찾는 전화가 걸려 왔어요."

또 무슨 일이지? 어쩌면 경찰 때문에 이 비행기를 탈 수 없게 되는 걸까?

그녀는 순순히 승무원을 따라 데스크 뒤에 놓인 베이지색 전화기 쪽으로 간다.

전화를 건 사람은 남자다. 모든 경찰이 그랬듯 억센 벨파스트 억양을 쓴다.

"안녕하세요, 토마스 모리슨 경위입니다. 아직 뵙진 못했지만 제가 탠 씨 사건을 담당해 가해자를 찾고 있습니다."

"안녕하세요."

그녀가 망설이며 말한다.

"잘 지내세요?"

"네. 탠 씨도 그러길 바랍니다. 가능한 한 말이죠."

적어도 목소리만은 친절하네.

"여쭤볼 게 한 가지 더 있어서 전화를 드렸습니다. 혹시 손목시계를 제출하셨는지 미처 여쭤보지 못했네요. 수사에 필요할 것 같습니다."

"손목시계요?"

그녀는 차고 있는 손목시계를 쳐다본다. 왼쪽 손목을 감고 있는 가느다란 은빛 시곗줄, 그러고 보니 그 아이가 손목시계에 눈길을 주던 게 기억난다. 숲에서 두 번째로 그녀에게 접근했던 때였다.

"네, 그자가 탠 씨를 공격하기 전에 시계를 쳐다봤다고 하셔서요. 그 시계에 유전자 증거가 남아 있을 가능성이 있는 것 같습니다."

"하지만 시계를 가져가지 않았는걸요. 시계는 제가 차고 있어요."

"뭐, 최대한 모든 가능성을 동원해야 하니까요. 혹시 시계에서 지문이라도 나오면 수사에 큰 도움이 될 겁니다."

그 아이가 시계를 건드린 적이 없다는 게 분명히 기억난다. 하지만 어떻게든 수사에 도움이 된다면 뭐든지 따를 생각이다. 이제 시간 따위 알아서 뭐 하겠는가.

"종이에 싸서 승무원에게 맡기시면 금방 찾으러 가겠습니다."

그녀는 베이지색 수화기를 내려놓는다. 범죄 증거를 찾는 것 치고는 좀 허술하단 생각이 들지만 그녀는 시키는 대로 따른다. 종이에 싼 시계를 승무원에게 건넨다.

다른 승객은 이미 탑승을 마친 뒤였고, 빨간 머리 승무원이 친절한 미소로 그녀를 비행기가 기다리는 바깥으로 안내한다.

그녀는 계단을 오른다. 재킷 안으로 바람이 숭숭 스며든다. 따뜻한 비행기 안으로 들어가기 직전 그녀는 잠깐 넓은 활주로, 환한 하늘, 차가운 항구와 회색빛 바다를 둘러본다.

벨파스트. 한시라도 빨리 이곳을 벗어나고 싶다.

승무원들이 이상하리만치 친절한 걸 보니 경찰, 어쩌면 바바라가 항공사 측에 그녀의 상황을 알린 게 분명하다.

"혹시 필요한 게 있으시면 무엇이든지 바로 알려주세요."

빨간 포니테일 머리의 승무원이 미소를 지으며 말한다.

"제가 바로 도와드릴게요."

좌석은 맨 앞줄이었고, 이 줄에는 그녀 혼자만 앉아 있다. 누군가를 지나치지 않아도 되고 누군가와 접촉하지 않아도 되어 다행이다. 비행기가 속도를 올리더니 경사를 이루며 이륙한 뒤 오른쪽으로 선회해 항구 위로 날아오른다.

그녀는 자신도 모르게 벨파스트를 내려다보며 아는 장소를 찾아본다. 시청과 빅토리아 스퀘어가 보이고 유로파 호텔도 얼추 어딘지 알 것 같다. 북쪽으로 파란 들판에 자리한 회색의 커다란 스토몬트 의사당은 위에서 내려다보니 그렇게 위압감이 들지 않는다.

벨파스트 캐슬이 있는 케이브 힐이 보이자 그녀는 눈으로 산등성이의 보이지 않는 길을 따라간다. 남쪽, 숲이 무성한 글렌이 초지와 채석장이 있는 고원으로 이어지는 길을 쫓는다. 숲이 들판과 만나는 자리를 찾는다.

그때 비행기가 하강하더니 북쪽으로 방향을 틀면서 별안간 시야가 바뀐다. 그녀는 인공조명이 켜진 단조로운 비행기 내부로 눈을 돌린다.

왜 그곳을 내려다봤을까. 허공에서 그 자리를 찾아낸다 한들 무슨 좋은 게 있다고.

그 순간 지난 24시간의 몸서리쳐지는 무게가 그녀에게 쏟아져 내린다. 다시 울음이 터져 나와 그녀는 흐느낌을 억누르며 재킷에 달린 모자에 얼굴을 묻고 운다.

눈물이 얼굴을 타고 흐른다. 비행기 안의 사람들이 불쌍하게 생각하겠지만 막을 도리가 없다. 티슈를 다 써버리는 바람에 여분의 티슈를 찾아 손을 뻗는다.

아까 그녀를 자리로 안내해주었던 승무원이 말없이 티슈를 건네주며 미소를 띠고 고개를 끄덕인다.

그녀도 마주 웃어 보인 뒤 창밖으로 시선을 돌린다. 비행기는 북부 아일랜드를 떠난 뒤다. 아래 펼쳐진 회청색 바다가 햇살을 받아 순간 빛나더니 구름에 가려진다.

*

그날 오후, 그는 침대에 누워 아무것도 하지 않는다. 게리에게 포르노 잡지가 몇 권 있었지만 그는 눈길도 주지 않는다. 어젯밤 꾼 더러운 악몽을 다시 떠올리고 싶지 않다.

아래층에서 텔레비전 소리와 함께 게리의 형제자매들이 웃는 소리가 들린다. 이것저것 물어댈 게 뻔하니까 아래층으로 내려갈 생각은 없다.

시간이 지나면서 햇빛의 세기가 변화하고 저녁 무렵에야 게리가 돌아온다. 아직도 따끈한 감자튀김 한 무더기와 라거 맥주도 한 캔 가져왔다.

"자, 먹을 것 좀 가져왔어."

포장지를 벗기는데 따뜻하고 느끼한 감자튀김 냄새가 피어올라 군침이 돈다.

"뭐 알아본 것 좀 있어?"

게리가 방 안을 서성거린다. 그 모습을 보니 초조해져서 그냥 대놓고 대답을 했으면 싶다.

"너 지금 곤란하게 됐어. 내가 생각했던 것보다 더 곤란한 상황이야."

"무슨 소리야?"

"벌써 소문이 쫙 났어. 내가 만난 유랑민들은 다들 짭새들이 너희 집을 들쑤시고 다니는 걸 알더라. 글렌에서 이러쿵저러쿵."

"어디까지 알고들 있었어?"

"중국 여자가 글렌 근처에서 강간당했다는 거, 범인이 십대 남자애라는 거 정도야."

"누군지도 알고 있어?"

"야, 다들 내가 네 친군 걸 알잖아. 아무도 너나 마이클 이름은 얘기 안 했어. 그런데 만약 널 의심하더라도 나한텐 얘기 안 하겠지."

"유랑민들이 무슨 말을 하진 않겠지?"

게리가 어깨를 으쓱하더니 그가 먹던 감자튀김을 하나 집어먹는다.

"안 할 것 같지만 요즘 같은 때는 아무도 믿어선 안 돼."

"버퍼들은?"

게리가 잠시 침묵한다.

"알고 지내는 정착민 몇 명이랑 이야기 해봤어. 여자애들 몇이랑 가게 주인들 말이야."

"그 사람들은 어떻게 생각한대?"

"여자애들은 완전히 겁에 질려서 아예 그 이야기는 꺼리더라. 나한텐 이야기를 안 하더라고. 그냥 끔찍하다는 소리만 자꾸 하더라. 그런데 가게 주인들은 딴 얘기들도 하더라고. 대충 범인이 누구일 거라거나 하는 얘기 말이야."

"그게 무슨 소리야?"

게리가 고개를 젓는다.

"그러니까 인상착의에 들어맞는 녀석들을 몇 명 안다나봐. 한두 명을 염두에 두고 있대."

"내 이름을 일러바칠 사람이 있을까?"

게리는 멍청이를 보듯 그를 쳐다본다.

"나야 모르지. 네가 물건 슬쩍한 가게 주인이라든지, 너랑 싸움박질 했던 버퍼 애들 정도? 사람들이 네가 어떤 녀석인지 알 정도로는 너도 벨파스트 생활을 오래 했잖아."

할 말이 없다. 그는 무릎 위에 놓인 기름투성이 감자튀김 무더기 위로 시선을 떨어뜨린다.

게리는 여전히 서성거리는 중이다.

"혹시 글렌에서 다른 여자들도 건드렸나?"

"한두 명."

"최근이야? 벨파스트로 여행 온 사람들?"

"젠장, 그걸 어떻게 기억해. 아마 이 동네 애들일걸. 근데 그게 무슨 상관이야? 어차피 입 다물고 있을 텐데."

"그 중국 여자가 짭새들한테 신고했으니 이제는 입을 열지도 모르지."

"씨발, 좆같은 상황이네."

게리가 그의 옆에 앉더니 감자튀김을 몇 개 더 집는다.

"마이클은 아직 못 찾았어."

"뭐? 그걸 말이라고 해?"

"전화도 안 받고, 마이클이 어디 있는지 아무도 모른대."

"기분 째지네. 친형이라는 게 내가 이렇게 곤란한 상황인데 옆에 없다니."

"여자 하나 잡아서 같이 튀었는지, 아니면 어디서 일이라도 하는 건지 전혀 모르겠어. 그래서…"

게리가 잠시 말을 멈추고 목을 큼큼 고른다.

"하는 수 없이 네 아빠한테 전화를 했지."

화가 끓어오른 그가 주먹으로 게리의 어깨를 때린다.

"거짓말, 어떻게 그런 짓을!"

게리가 두 손을 들어올린다.

"어쩔 수 없었다니까. 지금 도와줄 사람이 없잖아."

"무슨 소리야? 게리 네가 있잖아?"

"잘 들어, 나도 노력하는 중이야. 할 수 있는 일은 다 하고 있어. 일단 이 상황을 벗어나야지. 벨파스트를 떠나서 어디 안전한 친척집이라도 가서 숨어 있어야 한다고. 하지만 나도 네 아빠나 형의 도움이 필요해. 우리 둘이선 해결할 수가 없어."

"아빠만은 절대로 안 된다고! 우리 아빠가 나를 가만 놔둘 리가 없잖아."

그는 기름이 묻은 감자튀김 봉투를 구겨서 벽에 세게 던져버린다. 구겨진 종이가 벽에 맞아 튕겨 나오더니 방구석으로 굴러가다가 멈춘다.

아빠한테 죽도록 맞을 것이다. 다시금 아빠를 향한 오래된 증오심이 이글거린다.

"짭새보단 낫잖아."

게리가 말한다.

"아빠가 안 오면 너 감옥 가야 해."

아냐, 분명 다른 길도 있을 거야. 아빠 아니면 감옥이라니. 내 인생이 어쩌다 이것 아니면 저것을 선택할 수밖에 없을 정도로 쪼그라들었나?

이틀 전만 해도 멀쩡한 인생이었다. 그런데 이제 나한테 남은 건 그 두 가지뿐이다.

그는 자리에서 일어선다.

"말도 안 돼!"

이를 갈며 내뱉는다. 벽이라도 치려고 꽉 쥔 주먹을 뻗지만 게리가 그를 붙잡고 몸으로 침대에 내리누른다.

"쉿… 조용히 해야 해. 밖에 우리 집 식구들이 있다고. 네가 고함 지르는 소리를 들으면 의심할 거야. 안 그래?"

그는 목줄로 바투 조인 개처럼 분노로 낮게 으르렁거린다. 이 분노를 분출할 길이 없어서 침대를 주먹으로 치고 동그랗게 뭉쳐놓은 감자튀김 봉지를 아빠라고 생각하고 발로 찬다. 아빠의 이빨을 으스러뜨려 놓고 싶다. 아빠, 짭새들. 얼굴에 한 방 갈기고 싶다.

마침내 그가 분풀이를 멈추고 숨을 고른다.

"아빠한테 어디까지 말했는데?"

"조금만. 아마 너희 아빠가 충분히 알아들은 것 같더라. 내일 돌아오겠대."

게리가 신발을 벗어던지더니 침대에 등을 기댄다.

"일단 네 아빠한테 마이클이 어디 있는지 아냐고 물었어. 마이클

이 안 보여서 조니가 형을 찾으러 돌아다니고 있다고 했고."

그가 신음 소리를 낸다. 아빠가 그 말을 믿을 리가 없다.

"그러니까 네 아빠가 무슨 문제가 있다는 걸 알아차린 것 같더라. '그러니까 조니가 이번엔 무슨 사고를 친 거야?' 하시기에 '사고를 친 건 아닌 것 같은데요. 경찰이 체류지를 들쑤시고 다니면서 유랑민들한테 온갖 걸 물어보는 바람에 조니는 잠시 우리 집에 있게 됐어요.'라고 했어."

그는 고개를 끄덕인다. 그렇게 나쁘지는 않을지도 모른다.

"그런데 있잖아."

게리가 목소리를 낮춘다.

"내일 밤 네 아빠가 돌아오면 그때부턴 아빠랑 같이 지내도록 해."

씨발, 지금 날 쫓아내는 거야?

"널 도와주기 싫어서 그러는 게 아니야. 나도 최선을 다하고 있어. 하지만 식구들이 의심하기 시작할 거야. 당연히 그렇겠지. 무슨 소문이 돌지도 모르잖아."

"게리, 네 동생들이 내 얘길 할까?"

"당연히 아니지. 걔들은 아직 아무 의심도 안 해. 하지만 솔직히 말해서 경찰이 우리 집까지 찾아오는 건 싫거든. 지금 우리 가족한테 절대 그런 일은 없었으면 좋겠어."

그는 게리를 노려본다. 그러니까 나는 지금 쫓겨나는 게 맞는 거다. 파비의 의리는 어디다 팔아먹었지? 망할 자식.

게리는 미안하고 부끄러운지 사족을 붙여댄다.

"우리 식구들은 이 집을 얻으려고 정말 고생했어. 안 좋은 평판 때문에 위원회에 찍히고 싶지 않아."

"아, 그러니까 위원회 비위를 맞추시겠다?"

"그런 말이 아니잖아, 조니. 위원회한테 이 집을 빼앗아갈 빌미를 주고 싶지 않다니까."

"세상에, 게리, 위원회가 유랑민한테서 집을 뺏을 리가 없잖아? 너희들을 버퍼로 개조하려고 온갖 애를 쓰는데 여기서 멈출 리가 없지."

게리의 눈빛이 매서워진다.

"주택에 산다고 해서 버퍼가 되는 건 아니야."

"하지만 지금 전혀 유랑민처럼 안 굴고 있잖아. 짭새가 쫓고 있다고 곧장 날 버리려는 거 아니야?"

"지랄 같은 소리 마, 조니. 내가 도와줬잖아? 식사도 챙겨주고 차도 주고, 증거 없애는 것도 도와줬잖아."

"그래, 그래. 그런데 그 옷은 어쨌는데? 짭새들한테 넘긴 거 아니야?"

"무슨 그런 헛소리를 해! 동네 반대쪽 쓰레기 수거함에 버렸어. 절대 못 찾을 거야. 그런데 고맙다는 말은 못할망정 이러기야?"

머리에 피가 몰리는 바람에 그는 거기서 멈춘다. 게리에게 못 할 말을 한 건 알지만, 달리 화낼 사람이 없는 걸 어떡하나? 모든 것이 이틀 전으로 돌아가면 좋겠다. 그럼 밖에 나가지도, 그 중국 여자를 건드리지도 않았을 것이다. 그냥 집에 가서 자위나 했을 것이다.

"게리, 미안해. 내가 제정신이 아닌가봐."

게리가 그를 어깨로 툭 친다.

"그래, 그래 보인다."

두 사람은 잠시 웃는다.

"젠장, 이제부터 어떻게 해야 하지?"

게리가 한숨을 쉬며 감자튀김 봉투를 줍는다.

"오늘 밤에 우리 엄마가 식구를 전부 데리고 교회에 갈 거야. 그런데 넌 여기 숨어 있는 게 좋겠어. 사람들이 네가 돌아다니는 걸 안 보는 게 나을 것 같아."

교회라니, 맙소사. 마지막으로 교회 간 게 언제더라?

"그러니까 난 엄마한테 네가 불쌍한 애라고 전해줄게. 그럼 엄마가, 어… 기도라도 해주겠지."

게리가 그에게 찡긋 윙크한다.

"이제 내려가 봐야겠다. 여기 잘 있어야 해. 알겠지?"

"알았어, 잘 있을게."

그는 고개를 끄덕인 뒤 문을 닫고 떠나는 게리를 지켜본다.

하지만 잘 있을 수가 없다. 그것만은 분명히 알겠다. 해가 진 시각, 어둠 속에서 다시 새까만 발톱이 속을 할퀴어대기 시작한다. 등산로 가장자리에 앉아 사과를 먹던 여자를 생각한다.

걱정 마, 아무한테도 말 안 할게.

그래놓고선 했잖아. 더러운 거짓말쟁이 같으니. 곧바로 짭새한테 가서 다 일러바쳤어. 그 여자가 다시 눈앞에 나타나면 좋겠다. 그러면 다시 한번 그녀를 거칠게, 아주 거칠게 강간할 것이다. 사정할 수 있을 때까지, 그 검은 머리채를 잡아당기고 목을 물어뜯고 가슴을 움켜쥘 것이다. 그다음에는 여자의 숨이 멈출 때까지 목을 조른 다음 골짜기 아래로 집어던질 것이다. 그랬어야 한다. 그럴 걸 그랬다.

하지만 그러지 않은 대가로 지금 이딴 일을 당하고 있다.

*

세 시간 뒤, 그녀는 런던의 아파트에 도착해서 시사회에 갈 준비를 해보려 애쓰는 중이다. 제이콥이 함께 있다. 부탁한 대로 공항에 나와준 제이콥은 아무것도 묻지 않고 그녀를 꼭 안아준 뒤 집으로 오는 열차 안에서 쭉 쾌활하게 말을 붙이면서도 그녀에게 굳이 대답을 바라지 않았다.

두 사람은 지금 그녀의 방에서 시사회에서 그녀가 입으려고 빌린 드레스를 살펴보고 있다. 닷새 전 디자이너에게 빌린 드레스가 비닐 커버에 싸인 채 걸려 있다. 그리스풍의 고상한 흰색 드레스다.

그녀는 또다시 울고 싶어진다. 이번에는 드레스가 너무 아름다워서, 그런데 그 아름다움을 하나도 즐길 수 없어서다. 이틀 전이었다면 스스럼없이 커버를 벗겼으리라. 하지만 이제는 아무것도 즐길 수가 없다. 아름다움도, 호화로움도, 그녀에게는 전부 사치 같다.

"자, 이제 시작해볼까."

제이콥이 손뼉을 짝 친다.

택시는 20분 뒤에 도착한다. 성폭행 피해자에서 레드카펫 게스트로 변신하기까지 20분이 남은 셈이다.

이렇게까지 스트레스를 받아가며 가야 하는 곳이 아니라는 걸 안다. 하지만 그녀는 물러서지 않을 것이다. 그 꼬마 녀석이 그녀에게서 이 일을 앗아가게 두지 않을 것이다.

샤워할 시간이 부족해서 그녀는 조용히 자포자기하는 심정으로 끈 없는 흰색 브라로 갈아입고 드레스 속으로 들어간다. 제이콥이 지퍼를 올려준다. 그리고 이제… 머리가 문제다. 빌어먹을 머리카락.

"머리는 그냥 풀어 늘어뜨리는 게 어때?"

제이콥이 말한다.

안 된다. 그리스풍 드레스니까 머리를 틀어 올려야 한다. 문제는 채찍질손상 때문에 팔을 들어 머리를 틀어 올릴 수가 없다는 점이다. 결국 그녀는 제이콥에게 부탁한다.

"머리카락을 뒤에서 잡고 둥글게 말아서 고무줄로 고정해줘."

"이렇게 잡아당기면 아프지 않아?"

"걱정하지 말고 고무줄만 잘 끼워줘."

그녀는 요 며칠간 예전만큼 고통이 느껴지지가 않는다.

머리를 대충 틀어 올렸다. 그녀는 제이콥에게 실핀 몇 개로 머리를 고정해달라고 부탁한다. 거울을 본다. 이 정도면 됐다.

이제 화장을 할 차례다. 아이라이너와 아이섀도, 마스카라로 대충 눈 화장을 하고 난 뒤 목에 든 멍을 살펴본다. 눈에 띌 정도로 시커멓기에 목에 컨실러를 톡톡 찍어 바른다. 멍이 다 가려졌나? 그렇진 않다.

다행히 드레스가 길어 다리에 든 멍까지는 걱정할 필요가 없다. 그런데 팔이 문제다. 그녀와 제이콥은 잠시 침대에 걸터앉아 컨실러를 멍든 자국마다 찍어 바른다.

절반쯤 성공했다. 하지만 이제는 시간이 없다. 바깥에서 택시가 이미 대기하고 있다.

그녀는 디자이너한테서 빌린 하얀 핸드백을 찾은 뒤 제이콥에게 현금 조금, 신용카드와 챕스틱을 챙겨 넣어달라고 부탁한다. 카메라도. 아니, 카메라를 꼭 가져가야 하나?

당연히 가져가야지. 거의 2년 가까이 공들인 영화의 레드카펫 시사회잖아. 이날을 사진으로 남겨야 한다.

그런데 상황이 완전히 바뀌었다. 이제는 어떻게 되든 상관없다는 기분이다. 시사회는 이제 그녀의 삶에서 부차적인 사건, 그녀를 쉬지 못하게 방해하는 장애물에 불과하다. 하지만 예전의 삶—어제 이전의 삶—에서는 이 시사회는 축하의 시간이었다. 그러니까 앞으로 여섯 시간 동안 예전의 나인 양 행세하자. 웃어, 멋진 모습으로. 사람들과 활기차게 대화를 주고받자. 여기 온 게 자랑스럽다는 듯이 행동해.

그녀가 은빛 하이힐에 발을 꿰어 넣자 제이콥이 큐빅이 박혀 하얗게 빛나는 클러치 백을 쥐어준다.

그가 마음에 든다는 듯 고개를 끄덕인다.

"야, 이렇게 빨리 변신을 마치다니 정말 감동이다."

그녀가 미소를 짓는다.

"닥치면 다 한다니까."

그 말속에는 기쁨도, 흥분도 없다. 오로지 불안감뿐이다.

제이콥이 그녀를 택시에 태워준다. 차에 타자 기사가 이미 행선지를 알고 있어 그녀는 말없이 템스강, 의사당, 런던 아이가 차창 밖을 스쳐가는 풍경을 바라본다.

택시에서 내려 레스터 스퀘어로 들어서자 엄선된 작품들을 상영하는 시사회를 보겠다는 사람들이 잔뜩 몰려 있다.

웅성거리는 군중 한가운데 기다란 흰 드레스와 은빛 하이힐 차림으로 서 있자니 기분이 이상하다. 사람들이 그녀를 흘깃거리기 시작한다. 난 아무도 아니야. 그만 쳐다봐.

그녀는 눈을 내리깔고 핸드폰을 꺼내 스테판에게 전화를 건다.

곧 키가 훤칠하고 가무잡잡한 잘생긴 얼굴에 야회복까지 갖춰 입은, 누가 봐도 근사한 스테판이 성큼성큼 걸어온다. 그가 그녀를 에스코트해 레드카펫 입구로 이끈다.

스테판이 좀 괜찮으냐고 묻기에 대답으로 몇 마디 중얼거리긴 했지만 군중들이 잔뜩 모여 몸을 앞으로 뻗고 소리를 지르고 있다. 바리케이드를 지키는 경호요원에게 초대장을 보여주자 그가 들어가라고 손짓한다. 두 사람은 이제 레드카펫 위에 서 있다.

불안감과 욕지기가 솟아오른다. 그녀가 원하는 건 조용하고 안전하며 평화로운 곳인데, 지금 그녀가 서 있는 레드카펫 위는 정확히 그 반대다. 기자들이 레드카펫 끝 쪽에 서 있는 스타를 찍고 있어 정체되는 바람에 움직일 수가 없다.

두 사람은 레드카펫을 양편으로 둘러싼 관중들이 전부 보이는 자리에 서 있다.

스테판이 그녀를 쳐다보며 묻는다.

"괜찮아?"

그녀는 고개를 끄덕이지만 전혀 사실이 아니다. 아직 벨파스트에서 있었던 일을 스테판에게 말하지 못했는데, 지금은 말하기에 좋은 타이밍이 아니다. 레드카펫 위에서 할 이야기가 아니다. 레드카펫 위를 바라보는 군중들은 이렇게 생각할 것이다. 근사하게 차려입고 시사회에 참석한 저 사람은 누군데 웃지도 않지?

웃어야 하는 자리다. 웃어야 한다. 입꼬리를 억지로 위로 올렸다. 그게 최선이다. 그런데 누군가와 눈이 마주치면 울어버릴 것만 같아서 앞만 똑바로 바라본다.

똑바로 서 있기 위해 스테판의 팔짱을 꼈다. 고함을 지르는 군중들과 혼란과 욕지기 속에서 이 하이힐을 신고 오래 버티지 못할 것 같다.

두 사람은 천천히 아주 조금씩 레드카펫 위를 이동한다. 누군가가 무슨 말을 할 때마다 카메라를 든 기자들이 플래시를 번쩍번쩍 터뜨려댄다.

제발 이쪽으로 카메라를 돌리지 마세요, 제발요. 우린 아무것도 아니에요. 여러분이 사진으로 남길 만한 대단한 사람들이 아니라고요. 우린 여기 없는 사람들이에요.

두 사람은 레드카펫 끝에 거의 다다른다. 조금만 더 가면 레드카펫 위를 탈출해 극장 안으로 들어갈 수 있다.

홍보담당자 니샤가 앞에 서 있다.

"오늘 너무 근사하네요. 드레스는 어디서 났어요?"

그녀는 억지웃음을 지어 보인다. 디자이너의 이름을 떠올리려고 머리를 쥐어짜내다 겨우 망각 속에서 그 이름을 끄집어낸다.

"정말 끝내줘요. 레드카펫 위의 두 분을 몇 장 찍어야겠어요."

정말요? 그럴 필요까지야… 우리는 유명한 사람이 아니잖아요.

"에이, 그런 소리 하지 마세요. 정말 꼭 사진으로 남기고 싶어요. 사진 찍는 게 뭐 별건가요."

두 사람은 스폰서 로고로 도배된 포토 월 앞에 서고, 사진기자가 쭈그리고 앉아 카메라를 들이댄다.

"아주 좋아요. 자, 웃으세요!"

그 순간 그녀의 머릿속에 떠오른 것은 멍이다… 그녀의 몸에 난 멍 자국… 남들 눈에 띄려나? 그녀는 애써 이를 드러내고 웃음을 짓는다. 행복해 보이는 미소, 자랑스러워 보이는 미소. 찰칵찰칵찰칵. 이 사람들은 다 누굴까? 찰칵찰칵찰칵. 그녀를 둘러싼 세상이 온통 새하얗고 뜨겁게 밝아지는 바람에 앞이 잘 보이지 않는다.

오늘 밤을 어떻게 버틸 수 있을지 모르겠다.

*

그날 밤 그는 게리의 침대에서 잔다. 게리는 옆에서 코를 골며 잠들었지만 그 뒤로도 그가 잠들기까지는 오랜 시간이 걸린다. 자신이 처한 좆같은 상황이 머릿속을 떠나지 않는다.

아빠한테 전부 다 이야기하면 어떻게 될까?

전부 다. 약이랑 도둑질 얘기 말고, 더블린에서, 글렌에서, 지금까지 따먹은 여자들 얘기를 전부 다 한다면?

그럼 아빠는 더 화를 내고, 날 더 세게 때리겠지.

아니다. 그냥 진실의 일부만 이야기하는 거야. 어느 정도만 말해도 아빤 날 도와줄 수 있을 거다. 하지만 솔직히 아빠가 신경이나 쓸까?

마이클 형이 포르노 잡지를 집에 가져올 때마다 아빠가 얼굴을 찌푸리던 것이 기억난다. 하지만 엄마랑 결혼해서 애도 낳았고, 엄마는 더블린에 가버렸잖아. 그러니까 아빠도 때때로 쌓인 욕구를 분출할 곳이 필요할 테다.

아빠도 분명 이해할 거야.

옆에서 게리가 잠에 취해서 잠꼬대를 중얼거리며 돌아눕는다.

운도 좋은 자식. 수돗물이 나오고 번쩍거리는 새 텔레비전이 있는 집에 살면서 아침식사를 만들어주는 엄마도 있고 제대로 된 일자리도 있다. 나랑 마이클 형, 악명 높은 스위니 형제에게 일자리를 줄 곳은 아무데도 없는데.

지금 이 집을 뛰쳐나가는 건 어떨까? 게리의 지갑이 바닥에 벗어놓은 청바지 주머니 안에 있는 걸 봤다. 또 부엌 어딘가에 현금이 더 있겠지. 도너휴 부인, 현금은 어디다 보관하시나요? 그 돈을 제가 좀 써야겠는데요. 아침식사랑 기도는 고마워요, 도너휴 부인.

남쪽으로 내려가려면 얼마나 필요할까? 버스비는 10파운드 정도 하려나?

이 집에서 그 정도 돈은 긁어낼 수 있을 것 같다. 한밤을 틈타 버스

정류장까지 걸어간 뒤 더블린행 첫차를 타자. 생각하면 할수록 흥분된다. 법망을 피해서 슬그머니 몸을 감추고 나만의 길을 가는 것. 그게 유랑민 정신 아닌가. 위원회가 제공하는 주택에 산다든지 공과금을 내고 규칙을 따르는 건 유랑민답지 않은 짓이다.

"아, 씨. 조니, 다리 좀 그만 떨어."

그가 쉴 새 없이 다리를 떨고 있었던 것이다. 그는 웃음이 나오려는 걸 꾹 참는다. 다리를 떨고 있는 줄도 몰랐다.

"아침까지는 기다리라고."

게리가 그렇게 말하더니 다시 잠 속으로 굴러 떨어진다.

맞다, 맞는 말이다. 아침까지는 기다리자.

그는 한숨을 쉬면서 게리를 등지며 돌아눕는다. 이제 깜깜한 어둠 속에서 벽을 쳐다보며 버티는 수밖에 없다.

*

월요일 아침, 그녀는 전화벨 소리에 잠을 깬다.

그녀는 전날 밤 시사회가 끝나자마자 파자마로 갈아입고 소파에 쓰러져서 잠들었다. 커피 테이블 위에 켜둔 티 라이트 캔들 주변으로 하얀 밀랍이 녹아 넓적하고 둥글게 퍼져서 굳어 있다.

그 옆에서 핸드폰이 진동하고 있었지만 전화를 받으려 팔을 뻗으니 참을 수 없는 통증이 밀려온다. 그녀는 고통으로 얼굴을 찌푸리며 핸드폰을 끌어온다.

모르는 번호다.

머릿속에 몇 가지 미친 상상들이 떠오른다. 기자면 어떡하지? 그 아이면 어떡하지? 하지만 중요한 전화면 또 어떡하지?

전화벨이 줄기차게 울린다. 그녀는 이를 악문다.

"여보세요?"

"아, 안녕하세요. 저는 런던 경시청 사파이어 유닛* 소속 닉 소머즈 경사입니다. 이른 아침 연락 드려서 죄송합니다만, 북아일랜드 경찰에게서 선생님의 연락처를 전해 받았습니다."

당연한 일이지만 경찰이 런던까지 쫓아왔군.

상처 사진을 더 찍어야 한다고 한다. 며칠이 지났으니 멍 자국이 더 진해져서 사진에 잘 나올 거라고 한다. 소머즈 경사가 자택을 방문해서 월워스의 경찰서까지 데려다준단다. 정오는 어떠세요?

그녀는 잠시 생각한다. 오전에 성건강 클리닉에 가야 한다.

결국 1시로 약속시간을 잡는다. 친구를 데려가도 될까요?

그녀는 전화를 끊고 다시 이불 속으로 들어간다. 집에서 조금도 나가고 싶지가 않다. 그래도 할 수 있다. 사진 몇 장 더 찍는 거, 그뿐이야. 사진 몇 장만 찍으면 돼.

하우스메이트 호세가 어정어정 부엌으로 들어간다. 벨파스트에서 돌아온 뒤 처음 호세를 본다. 호세가 그녀를 보는 눈길만 봐도 지금 무슨 말을 해야 할지 몰라 한다는 걸 알겠다. 어쨌거나 호세는 최선을 다한다.

"좀 어때?"

"괜찮아."

그녀가 대답한다.

"어, 당연히 아주 좋진 않지. 하지만 어쨌든 돌아왔으니까, 집

---

* 사파이어 유닛(Sapphire Unit): 2001년부터 런던 경시청이 타 기관과 협력체계를 구축해 특별 훈련된 경찰관 배치 등으로 설계한 성폭력 수사 프로그램.

으로."

두 사람은 사건에 대한 직접적 언급 없이 잠시 더 이야기를 나눈다. 그녀가 어제 런던으로 돌아온 여정, 시사회, 호세가 주말 동안 무엇을 했는지 따위의 이야기다.

"혹시… 내가 도와줄 일은 없어?"

호세가 묻는다.

"사실은 있어. 혹시 오늘 오후에 나랑 같이 경찰서에 가줄 수 있을까?"

"당연하지."

호세가 고개를 끄덕인다. 하지만 분명 망설이는 기색을 읽었다.

망설임. 어젯밤 그녀가 결국 사건을 설명했을 때 스테판이 보였던 태도처럼. 이제 모든 사람이 그녀를 대할 때 망설이는 것만 같다. 경찰만 빼고. 최소한 경찰들은 자기가 무슨 일을 하고 있는지는 아는 것 같다. 그들은 망설이지 않는다.

월워스 경찰서에 들어서자 소머즈 경사가 그녀를 사진 촬영실로 안내한다.

사진 촬영실은 커다랗게 휘어져 있는 새하얀 색 배경막만 빼면 깜깜한, 생기 없는 빈 방이다. 꽤 정교해 보이고 플래시까지 구비된 카메라가 세팅되어 있다.

소머즈 경사가 촬영실에서 나가고 친절해 보이는 여성 사진사만 남는다.

옷을 벗어주시겠어요? 멍 자국이 어떻게 되었는지 좀 볼까요?

옷을 벗었더니 시커먼 멍들이 예쁘장하기도 하다. 노랗게 뜬 피부 위 보라색과 파란색 멍들. 지난번보다 무시무시해 보이면서 이제는 씻을 수 없는 폭력의 증거로 보이는 그 자국들.

이쪽 방향을 보고 서 보시겠어요? 그다음은 저쪽으로요.

찰칵찰칵찰칵.

이제 사진은 그만 찍었으면, 하고 그녀는 생각한다. 제발, 투명인간이라도 되고 싶다.

다시 옷을 입어도 된다고 한다. 잘하셨어요, 아주 잘 해내셨습니다. 몸조심하시고요.

그녀는 다시 경찰차에 탄다. 소머즈 경사가 수다를 떨고 호세는 어색하게 입을 다물고 있다. 호세는 경찰서에 올 때 정장 재킷에 넥타이까지 갖춰야 한다고 생각했나 보다. 그건 어쨌거나 상관없지만 호세가 무슨 말이라도 했으면 싶다. 아무 말이나 해서 이 대화에 끼어들어 줬으면 좋겠다.

소머즈는 최소한 도움이 되는 조언들을 줄줄이 해주긴 했다. 병원에는 가보셨습니까? 성병 필수 검사는 하셨나요? 아직 하지 않으셨다면 헤이븐*에 전화를 하세요. 성폭력 피해자를 위한 원스톱 치료 센터예요.

네, 오늘 아침에 헤이븐에 메시지를 남겼는데 아직 답이 없었어요.

분명 다시 전화가 올 겁니다. PEP 처방은 받으셨어요?

필런 박사가 그날 밤 PEP에 대해 말해줬던 게 기억난다. HIV 감염을 예방하는 데 무척 효과적이지만 감염원 노출 후 72시간 이내에 시행해야 한다고 했다. 그 뒤로 시간이 얼마나 흘렀지?

---

* 헤이븐(The Haven): 2000년 이후부터 영국 전역에 설치된 성폭력 피해자 쉼터로, 사후 치료, 조언, 상담 등 피해자를 위한 포괄적인 형태의 건강 서비스를 제공.

그녀는 손목시계를 보며 사건 이후로 몇 시간이 흘렀는지 계산해보려고 하지만 요 며칠 사이에 암산이 힘들어졌다. 다시 공황이 찾아온다.

경찰관에게 묻는다. 그 PEP는 어떻게 받을 수 있나요?

아, 그건 헤이븐에 가면 도움을 받을 수 있어요.

알겠어요. 72시간이라면 얼마 안 남았네요.

스트레스가 하나 더해진다.

전 세계에 전염병이 퍼져서 온 세상 사람들이 감염되는 내용을 다룬 영화 속에서처럼 시계바늘이 거꾸로 돌아가는 상상을 한다. 만약 HIV에 감염되었으면 어떡하지? 나를 강간한 그 어린애가 영원한 선물을 남긴 거면 어떡하나?

소머즈 경사가 두 사람을 경찰차에서 내려주자 그녀는 필런 박사가 병원 검진 때 보여주라며 자필로 써준 메모가 생각난다.

'이 환자는 성폭력 피해자로, 법의학 검사를 실시했습니다. PEP를 비롯한 성병 검사 및 조치를 부탁드립니다.'

토요일 밤 로열 빅토리아 병원에 갔을 때 왜 이 메모를 잊고 있었을까? 아니면 오늘 아침 성건강 클리닉에 갔을 때는? 이렇게 중요한 메모를 어떻게 깜박 잊을 수가 있지?

어쩌면 난 미쳐가고 있는지도 몰라. 뇌에 커다란 구멍이 생겨서 기본적인 지식부터 아주 중요한 정보까지 빠져나가고 있는 것 같다. 걱정이 된다. 나 자신을 믿지 못한다면 대체 누굴 의지할 수 있단 말인가.

아빠의 주먹이 처음으로 날아와 맞은 곳은 턱이다. 각오했던 만큼 아프지는 않았다. 아빠가 늙긴 늙었나보다.

하지만 오래된 익숙한 아픔은 여전하다. 아픔에 머리가 띵하다. 안녕, 오랜만이야, 고통아.

픽! 한 방 더 제대로 날아온다. 옆머리를 강타하는 라이트 훅이다.

제대로 한 방 날리셨네요, 아빠.

마음의 소리가 들리는 것만 같다.

'조니, 이렇게 등신처럼 쓰러져 있을래?'

하지만 아무것도 할 수 없다. 이번에는 아빠의 주먹을 피할 도리가 없다.

이제는 배를 맞을 차례다. 아빠, 이제 배 한 대 때리고 끝내세요. 이제 아빠의 주먹이 어떤 순서로 날아올지 쉽게 예측할 수 있는 지경에 다다랐다. 자, 여기예요.

하지만 아빠는 거기서 멈춘다. 겁쟁이.

아빠가 무릎에 손을 짚고 몸을 굽히며 가쁜 숨을 고른다.

여기서 끝인가?

바닥에 쓰러져 있던 그가 몸을 뻗어 아빠의 가슴팍을 걷어찬다.

아빠가 그를 쳐다본다. 내가 잘 아는 아빠다. 아빠가 그를 똑바로 보고 어깨를 펴며 주먹을 앞으로 뻗는 준비 자세를 취한다. 그래, 악명 높은 믹 스위니와는 상대가 안 된다. 쾅! 바로 그곳, 그가 예상한 배 한가운데로 주먹이 날아온다.

그는 바닥에 납작하게 뻗어버린다. 아빠가 그의 사타구니 바로 위에 발을 올린다.

"이 자식아, 이대로 밟아버릴 수가 있어."

그는 그 말에 웃음을 터뜨린다. 씨발, 웃으니까 갈비뼈가 욱신거린다.

아빠는 웃지 않는다.

"이 새끼야, 뭐가 우습냐?"

맘대로 하세요. 그냥 불알을 밟아 터뜨려 버리시든지요. 앞으로 스위니 가문의 대를 잇진 못하겠네요. 죄송해요, 여기서 끝이라서. 아들의 불알을 터뜨린 대가라고 생각하세요. 웃음이 비명처럼 비죽 흘러나온다.

아빠가 다시 한번 그의 옆구리를 걷어찬다.

"입 닥쳐, 등신 새끼야. 웃을 일이 뭐가 있어?"

하지만 웃기잖아요, 좆나 웃긴 일 아니에요?

아빠가 몸을 숙이더니 손으로 그의 입을 막아버린다.

"닥쳐, 안 그러면 내 손으로 경찰에 넘길 줄 알아."

그제야 그는 입을 다문다.

잠시 두 사람 다 말이 없다. 아빠가 팔을 이리저리 뻗으며 스트레칭을 한 뒤 추레한 소파에 걸터앉아 그를 빤히 쳐다본다.

그는 팔꿈치에 지탱해 몸을 일으킨 뒤 아파서 찡그린 얼굴로 주변을 둘러본다. 아빠가 선택한 장소가 참 볼 만하다. 두 사람이 있는 곳은 그가 거의 모르는 동네의 우중충한 차고 안이다. 경유 냄새 때문에 구역질이 난다. 아빠가 고철을 긁어모아 보관하는 데가 여기인가 보다.

그는 일어나려고 하다가 아픔 때문에 다시 바닥으로 무너진다. 아빠가 그의 팔을 끌어당겨 억지로 일으키더니 소파 위에 내동댕이친 다음 그 옆에 앉는다.

"도대체 왜 그런 짓을 했니?"

아빠가 묻는다.

"뭘요?"

아빠가 주먹으로 그의 얼굴 왼편을 한 대 친다.

"잡아뗼 생각 마라, 이 새끼야. 왜 그 여자한테 그 짓을 했냐고."

그는 웃음을 터뜨리고 싶다.

"여자가 혼자 돌아다니고 있었으니까요."

"아, 그게 다냐? 이유가 그뿐이야?"

그는 어깨를 으쓱한다.

아빠가 말을 잇는다.

"법정에 서면 그런 이유로는 빠져나갈 수 없을 거다."

"내가 왜 법정에 가요?"

"넌 경찰에 가게 될 거다."

그렇게 말하는 아빠는 평소처럼 우락부락하게 화를 내는 게 아니라 말투가 칼로 베듯 차갑고 침착하다.

그는 다시 웃음을 터뜨린다.

"제가 빌어먹을 짭새한테 왜 가요?"

이번에는 아빠가 그의 머리를 들이받는다. 꽝! 이마와 이마가 맞부딪친다. 그다음엔 다시 입이 틀어 막힌다.

"내 말 똑똑히 들어. 자수해라. 그밖엔 방법이 없어. 내 말 똑똑히 들었지? 벌써 몇 사람이 제보를 했는지 사람들이 우리를 찾는다."

그는 몸을 비틀어 아빠의 손아귀를 빠져나온다.

"농담이죠? 누가 제보를 해요?"

"농담 아니다, 조니. 여기는 웨스트 벨파스트야. 경찰들만 난리를 치는 게 아니야. 몇 년이나 이런 난리를 겪고도 버퍼들이 모른 척할 줄 알았어?"

그는 입가를 만져본다. 이가 하나 흔들리는 것 같지만 턱 전체가 붓고 감각이 없어서 그나마도 확실치 않다. 손가락이 피와 침으로 범벅이 된다.

"강간은 중범죄다. 엄마가 알게 되면 기분이 어떻겠니?"

"언제부터 엄마 신경 썼다고요? 맨날 때리기만 했으면서."

머리로 주먹이 또다시 날아왔지만 그는 이번엔 맞을 줄 알고 있었다.

"아빠가 원하는 건 그거예요? 자수하라고요? 알겠어요. 잘난 경찰관 씨, 절 잡아가세요. 유랑민 아이들은 전부 인간 쓰레기니까요."

"네놈 덕분에 이미 다들 그렇게 생각하게 됐다. 뉴스라도 한 번 봐라."

"좆대로들 하라지."

그는 입안에 고인 피를 퉤 뱉어낸다. 콘크리트 바닥에 검붉은 핏자국이 남는다.

두 사람은 또 잠시 침묵한다.

"진짜 네 짓이냐?"

아빠가 묻는다.

"제가 그 여자랑 재미 좀 봤죠."

이제는 차라리 하지 말 걸 그랬다는 생각이 든다. 이미 그 기억에서 전율은 사라지고 없다.

"내가 묻는 건 그게 아니잖아."

아빠가 말한다.

"그 여자를 강간했냐?"

그는 어깨를 으쓱한다.

"그게 뭐가 달라요? 섹스를 했고 여자는 좋아하는 거 같았는데."

아빠가 그를 뚫어지게 쳐다본다.

"경찰들 말로는 여자 몸에 멍이 많이 들었다던데."

"거칠게 하는 걸 좋아하던데요."

잠깐이지만 아빠가 다시 그를 때릴 것만 같다. 그런데 아빠는 때리지 않는다.

"만약 정말로 그 여자가 원해서 한 일이라면 너도 빠져나갈 구석이 있겠지. 자수해라. 그래야 무죄로 보일 거야."

"당연히 여자가 원했다니까요!"

"네가 무슨 카사노바라도 된다는 소리냐?"

이번에는 아빠가 웃을 차례다.

"아무한테도 말 안 하겠다고 그랬어요."

"정말이냐?"

아빠가 그에게 의아하다는 듯 한쪽 눈썹을 들어 보인다.

"앞으로는 여자를 좀 더 제대로 다루는 방법을 배워야겠다."

지금 이 순간 그는 아빠를 세상 그 누구보다도 증오한다. 아빠가 여기, 이 더러운 소파 위 내 옆에 앉은 채로 급사라도 했으면 좋겠다.

하지만 아빠는 죽지도 않고 자리에서 일어서더니 그를 본다. 아까와 마찬가지로 설교하는 듯한 말투다.

"강간을 하면 형을 몇 년 살게 되는지는 알고 있니?"

"모르죠. 한 2, 3년?"

아빠가 콧방귀를 뀐다.

"10년까지도 간다, 조니. 더 길 수도 있고. 넌 이제 열다섯 살인데 어른이 되고 나서야 감방에서 나올 거다."

10년이라고? 그게 말이 되나? 뱃속이 뒤틀리는 것 같아서 그가 소파에서 뛰어내려 아빠를 꽉 붙든다.

"헛소리 마요, 아빠. 난 감옥 안 가요. 내가 뭘 잘못했다고!"

아빠가 그의 양어깨를 꽉 붙잡고 벽에 밀어붙인다.

"벨파스트에 사는 사람 전부가 네가 잘못했다고 생각한다. 그러니까 변명을 제대로 해보라고."

10년이라니. 철창 속에 갇혀서 10년? 그 짓은 못 하겠다. 차라리 죽는 게 낫지.

그는 울기 시작한다. 이게 현실일까? 그는 엄마가 울던 것처럼, 클레어와 어린 여동생이 울던 것처럼, 그가 따먹었던 멍청한 어린 여자애들과 똑같이 눈물과 콧물로 범벅이 되어 운다. 울면 안 된다. 그 여자들처럼 굴면 안 된다.

아빠가 그의 뺨을 세게 갈긴다.

"질질 짜지 말고 제대로 변명해봐."

설명할 게 뭐가 있나?

"그러니까요, 저는 약에 취해 있었거든요. 정신이 없었고 아무 잘못도 안 했어요. 주변에는 아무도 없었고 우리를 본 사람도 없었어요."

"여자를 때렸냐?"

"네, 당연하죠. 조금밖에 안 때렸지만."

10년. 평생이나 마찬가지인 기간이다.

"아빠, 도와주세요."

아빠는 생각 중이다. 아빠는 생각하는 데는 재능이 없었지만 아빠가 느릿느릿 녹슨 머리를 굴리고 있다는 것만은 확실히 알겠다. 빙글빙글빙글. 아빠, 도와줘요. 절 여기서 빼내줘요.

"게리가 그러는데요, 국경을 넘어가래요. 엄마한테 가서 엄마 집에 숨어 있으래요. 아니면 골웨이에 있는 고모네 집이오."

아빠, 날 실망시키지 마요.

"국경 넘는 것만 도와주면 앞으로는 절대 신경 쓸 일 없게 할게요. 착하게 살고, 알아서 살게요."

하지만 아빠는 고개를 젓는다. 그를 놓고 이제 다 끝났다는 듯 두 손을 들어올린다.

"안 된다, 조니. 이제는 충분해. 자수해라."

충격이다. 그 악명 높은 아빠가 나를 짭새에게 넘기려고 하다니.

그 순간 그는 제정신을 놓아버린다. 비명을 지르고 고함을 지르고 울분을 터뜨리며 주먹으로, 손톱으로, 이로, 손에 잡히는 모든 것을 던지고 부수고 발로 찬다. 그러다 아빠의 손길이 다시 한번 느껴진다. 이번에는 때리는 대신 그를 붙잡아 바닥에 내리누른다. 아빠의 손아귀를 벗어나려고 버둥거리지만 아빠는 다시 한번 그의 머리에 박치기를 하고 사타구니를 걷어차더니 코끝에 녹슨 철제 패널이 닿을락말락할 정도로 벽에 밀어붙인다.

아빠의 팔꿈치가 그의 등을 파고들고, 멍청한 굵은 목소리가 귓속을 파고든다.

"잘 들어, 조니. 이제는 너무 늦었어. 다 네가 자초한 일이다. 이제 그 결과는 네가 받아들여야지."

"마이클 형은 어딨어요? 형은 어딨냐고요!"

형이라면 아빠처럼 나를 경찰에 넘기진 않을 거야.

"빌어먹을 형 타령은 그만해라. 이건 네 문제야. 도망가면 의심을 받는다. 자수하면 조금은 더 나은 기회가 생겨."

"난 잘못한 거 없다니까요."

아빠가 그를 빙글 돌려세운 뒤 그를 빤히 쳐다본다.

"확실하냐?"

"네."

"그럼 경찰에 가서 그렇게 말해라. 그 사람들도 그렇게 생각하는지 보게."

아빠가 돌아서더니 차고 저편으로 걸어가 버린다.

눈물이 뺨으로 흘러내리는 감촉이 느껴진다. 악취 나는 차고를 뛰쳐나가 갈 수 있는 곳까지 달려가고 싶다. 하지만 너무 피곤하다. 너무 지쳤다. 게다가 아빠가 때린 갈비뼈도, 머리도, 다리도 아프다. 이제 할 수 있는 일은 벽에서 스르륵 미끄러져 내려와 바닥으로 무너져버리는 것뿐이다. 지쳐 나가떨어진 그는 울면서 양팔로 얼굴을 감싼다. 잠들고 싶은 마음이 간절하다.

*

월요일 오후, 그녀는 컴퓨터 앞에 앉아 있다. 끝없는 회색 호수 위를 노도 없이 떠도는 것처럼, 평범한 삶에서 자꾸만 더 멀어지는 것처럼 정처 없는 기분이다. 온통 회색으로 드넓게 펼쳐진 잠잠한 호수뿐, 아무도 보이지 않는 것처럼.

나탈리아는 회사에서 돌아오지 않았고 호세는 잠시 외출했다. 두 사람 모두 지금의 상황에 충격을 크게 받은 것 같았지만, 그녀가 할 수 있는 게 뭐가 있는가? 이미 당한 성폭행을 없었던 것으로 할 수는 없다. 문밖을 나설 때마다 그녀는 마치 모든 것이 평소와 같은 것처럼 행동한다. 최소한 이 아파트 안에서는 그런 척할 필요가 없다. 이대로 회색 호수의 수면 위로 몸을 뻗고 둥둥 떠다닐 뿐.

이 아파트가 자랑하는 전면 창에서 템스강이 내다보인다. 강물이 가져다주는 평화로운 감각, 이 호사를 위해 세 사람은 기꺼이 돈을 지불했다. 이 순간 그녀는 지난 이틀간을 버티는 데 도움을 준 모든 사소한 일과 마찬가지로 이 전망이 참 고맙다. 경찰관의 친절, 의지할 수 있는 친구, 이해심 많은 상사들만큼.

셋이 함께 쓰는 작업 테이블에서 그녀는 건성으로 업무 이메일을 확인한다. 평소와 마찬가지로 이메일이 잔뜩 쌓여 있는데 지금의 정신 상태로는 TV 배급 계약의 세부 사항들을 논의할 수 없다는 생각이 든다.

그녀는 배급사의 연락 담당자에게 답장을 쓰기 시작한다.

조프에게.

죄송하지만 지난 주말에 제가 폭행과 강간을 당했습니다.

이 문제는 당분간 저의 동료 베카와 논의하시길 부탁드립니다.

전송 버튼을 누른 다음 조금 더 부드러운 표현으로 쓸 걸 그랬나 하고 생각한다. 하지만 왜 그래야 하나? 이것이 진실이다. 사고가 일어난 것이 아니다. 누가 그녀를 강간한 것이다.

이제 이메일 확인이 끝났다. 머리만 더 아플 뿐이다.

바바라와 북아일랜드 경찰이 언론사에서 이 사건을 취재해 갔다는 얘기를 했다. 그래서 그녀는 후회할 줄 알면서도 호기심 때문에 구글에 검색을 해본다. '성폭행' '글렌' '웨스트 벨파스트.'

BBC 뉴스, 벨파스트 텔레그래프, 아이리시 뉴스, UTV, 로이터.

기사가 너무 많아서 깜짝 놀란다.

웨스트 벨파스트에서 중국인 관광객 강간당하다

공원에서 외국인 여성이 성폭행당해

중국인 학생 성폭행 사건

이런 헤드라인을 읽는 내내 그녀는 어안이 벙벙해서 무감각해질 지경이다. 중국인 관광객? 미디어에서 나를 이렇게 묘사하고 있단 말이야?

경찰은 토요일 오후 웨스트 벨파스트의 글렌 포레스트 파크에서 한 중국인 관광객을 강간한 용의자인 십대 소년의 행방을 파악 중이다…

내가 중국인이라는 사실이 뭐 그렇게 중요한 문제인가?

BBC 웹사이트에 공원 입구 사진이 올라와 있다. 하이킹을 시작하려고 정문으로 들어서던 순간, 환한 오후의 햇살에 반짝이던 그 공원 입구를 떠올리자 욕지기가 찌르르 하고 밀려 올라온다.

다른 웹사이트에는 숲에 들어갈 수 없도록 둘러친, 눈에 익은 노란색 폴리스 라인 사진이 있다. 다시금 욕지기가 치밀어 올라서 그녀는 페이지를 닫아버린다.

하지만 이상하게도 자꾸만 호기심이 생긴다. 뇌의 어디선가 더 많은 사실을 삼키고, 더 많은 통계와 뉴스 기사를 받아들이고 싶어 한다.

서로 무관한 일련의 폭력 사건들이 일어나면서 웨스트 벨파스트는 지난 주말 유례없을 만큼 사건사고의 연속이었습니다. 글렌 포레스트 파크에서 한 외국인 여성이 십대 소년에게 숲으로 끌려들어가 강간당했습니다. 아르도인 로드에서는 자동차 추격과 총격전을 벌인 세 남성이 검거되었습니다. 크럼린에서는 강도 미수 사건이 일어났는데 이 과정에서 한 남성이 칼에 찔린 자상을 입기도 했습니다.

내가 벨파스트에 간 것 자체가 제정신인 일이 아니었던 것 같다.

UTV 기사를 읽다가 그녀는 불편한 기사를 발견한다.

정확히 4년 전 오늘은 글렌 포레스트 파크 인근 지역에서 16세 조세핀 맥크로리의 시신이 발견된 날이었습니다. 맥크로리는 밤늦게

외출한 이후 실종되었고 시신은 이틀 후 발견되었습니다. 성폭행을 당했고 사인은 심각한 두부 외상이었습니다.

목이 꽉 멘다.

울 수 있었다면 울었을 것이다. 그러나 눈물이 다 말라 나오지 않는다.

전혀 상관없는 다른 사건이지만, 그녀가 강간당한 장소에서 멀지 않은 곳에 한 소녀의 시신이 인정사정없이 버려졌다고 생각하면… 몸이 땅바닥에 짓눌리고, 머리카락은 흙투성이가 되고, 진흙과 돌이 아물지 않은 상처를 찔러댔을 것이다.

그녀는 몸을 떨었다. 이상하게도 멍들고 강간당한 그 여성의 영혼과 교감한다는 느낌이 들었다. 조세핀 맥크로리의 영혼에게 무슨 말이라도 할 수 있다면 나는 뭐라고 할까? 왜 너는 죽었고, 나는 살아 있느냐는 말? 왜 너를 강간한 사람은 널 죽였고, 나를 강간한 사람은 그러지 않았느냐는 말? 물론 지금 그녀가 질질 끌고 다니는 감정 없는 존재를 삶이라고 불러도 되는지 모르겠지만 말이다.

라디오 얼스터 웹사이트에 들어가니 그날 아침 뉴스에서 그녀의 강간 사건에 대한 보도가 나왔다는 사실을 알 수 있었다. 링크를 클릭하니 벨파스트 억양이 쏟아진다.

"…지난 주말 글렌 포레스트 파크에서 한 여성 관광객이 강간당하는 충격적인 사건이 일어났지요."

"네, 믿기지 않네요. 끔찍해요. 정말 끔찍한 일입니다."

"그렇습니다. 아시다시피 글렌 포레스트 파크에서 범죄 사건이 일어난 것이 처음은 아닙니다…"

그들은 조세핀 맥크로리를 언급한 다음 인근 지역에 거주하는 청취자들의 전화를 받아 사건에 대한 의견을 듣는다.

전화를 걸어온 남성 청취자의 목소리가 노기에 차 있다.

"그 공원은 싹 뜯어고쳐야 합니다! 어린 놈팡이들이 밤낮으로 돌아다니면서 맥주를 마시고 약이나 하는 곳이지요. 이런 일이 언젠가는 일어날 줄 알았단 말입니다."

라디오 진행자의 목소리가 엄숙해진다.

"이번에는 아주 특별한 분과 전화 연결을 해볼 텐데요. 조세핀 맥크로리의 어머니 앤 맥크로리 씨와 대화를 나누어 보겠습니다. 물론 따님을 잃고 얼마나 괴로우셨을지 저희로서는 상상하기도 어렵지만, 혹시 주말에 일어난 관광객 폭행 사건에 대해 어떻게 생각하시는지 말씀해주실 수 있으시겠습니까?"

잠시 침묵이 흐르더니 목을 고르는 소리가 들린다. 그녀는 긴장한 채로 전화선을 타고 들려오는 가냘픈 목소리에 귀를 기울인다. 너무 일찍 주름투성이가 된 얼굴을 하고 두 손으로 찻잔을 감싸고 있는 여자를 상상한다. 알아듣기 어려울 정도로 억센, 노동계급의 억양을 띤 목소리로 천천히 중얼거린다.

"그냥… 충격적이네요. 너무나도 충격적이에요. 예전의 기억이 생생하게 떠오르는…"

라디오 진행자가 공감한다는 식의 멘트를 던지자 앤 맥크로리는 딸을 잃었던 사건을 짧게 설명한다. 맥크로리는 그날 어디로 간다는 얘기 없이 외출했다. 공원 근처로 간다는 말도 없었다. 그러니까 아마 범인이 그녀를 나중에 그곳으로 데리고 간 것 같다. 맥크로리 생각을 안 한 날이 단 하루도 없었다. 범인은 잡히지 않았다.

"그럼, 이번 사건에 관해 어떻게 생각하십니까?"

앤 맥크로리는 한숨을 쉰다.

"그 어린 중국 소녀가 너무나도 안타깝습니다. 벨파스트의 이런

면을 보게 해서 정말 유감입니다. 불쌍한 아이의 인생을 망친 셈이니까요."

그 말을 듣는 순간 그녀는 멈칫한다. 앤 맥크로리의 동정심 어린 말을 들으며 기분이 나아져야 마땅할 텐데도, 이 사람은 그녀를 모른다는 생각이 든다.

어린 중국 소녀라니. 그 말을 들으니 비웃고 싶다.

뉴스를 듣고 사람들은 다들 그런 모습을 상상하는 걸까? 중국인 억양이 역력한 어눌한 영어를, 진흙 속에 몸을 웅크린 무력한 어린 소녀를?

어떻게 감히 내 인생이 망했다는 말을 입에 올릴 수 있나? 마음속에서 소리 없는 분노가 조용히 솟구친다.

앤 맥크로리와의 통화가 끝나자 라디오 진행자는 또 한 명의 특별 게스트를 소개한다. 벨파스트 시장 조지 파워스다. 파워스는 정치인답게 자신감이 묻어 있는 매끄러운 말투를 쓴다. 차분한 통제력을 발휘해 진실을 얄팍하게 한 겹 덮어버리는 말투다.

"우리는 벨파스트의 범죄율을 낮추고자 무척 노력을 기울이고 있습니다. 지난 수년간 큰 진전이 있었습니다만 이번과 같은 불행한 사고가 때때로 일어나곤 합니다."

라디오 진행자가 그에게 까다로운 질문을 몇 가지 던진다. 선거철이 다가오는데, 범인의 정체는 오리무중입니다. 벨파스트의 거리는 얼마나 안전하다고 볼 수 있을까요?

조지 파워스는 아까보다 한층 더 매끄러운 말투로 그 질문을 넘긴다.

"벨파스트는 여전히 안전한 도시입니다. 북아일랜드 경찰이 제 몫을 다한다면…"

"혹시 그 어린 소녀에 대한 소식은 있습니까? 괜찮은가요?"

"소식통으로부터 그녀가 고향으로 돌아가서 회복 중이라는 소식을 입수했습니다. 피해자와 접촉을 시도했지만 오늘 늦게야 연락이 가능할 것 같습니다."

내가 어디에 있는지 알기는 하고 하는 소리일까?

그녀는 라디오 스트리밍을 종료한다. 분명 벨파스트 시장은 그녀를 안심시키기 위해 어떤 노력도 하지 않을 것이다. 그런데 공영방송에서 젠체하며 그런 소리를 한다.

라디오 얼스터 웹사이트에서 나와 창밖, 물결치는 템스강의 수면을 내다본다. 그녀가 처해 있는 역경을 가지고 뉴스 헤드라인이며 라디오 인터뷰를 만들어내고 있는 벨파스트 사람들은 그녀가 런던에 있는 자기 집에서 이야기를 모두 듣고 있다는 사실을 상상이나 할까?

아니면 그들의 마음속에서 그녀는 익명의 얼굴 하나에 불과할까? 이제는 통계로만 존재하는 중국인 여성. 정체성도 개성도 없는 '성폭행 피해자'라는 선입견을 투사하는 텅 빈 배.

그러나 아이러니컬하게도 그녀는 요 며칠간 그렇게 텅 빈 배가 되어버린 기분이다. 영혼도 본질도 없이 비어버린 것 같다. 어쩌면 이 회색 호수에 영원히 떠 있을지도 모르겠다. 다시는 제자리로 돌아가 정박하지 못할지도 모르겠다.

*

그날 느지막이 눈을 떴을 때 그가 있는 곳은 이제 차고가 아니었다. 고맙네. 경유 냄새가 질식할 것처럼 풍겨왔다. 어쩌면 그래서 정신을 잃은 건지도 모르겠다.

그는 알 수 없는 헛간의 조잡한 접이식 침상에 누워 있었다. 집 뒤에 헐값을 들여 증축한 듯한 헛간이다. 로리 삼촌 집이구나.

비가 오는지 머리 위의 유리에 빗방울이 쏟아지고 있다. 회색빛 햇살. 온몸이 고통으로 쑤셔온다.

눈앞에 차 한 잔을 들고 로리 삼촌이 서 있다.

"일어났니?"

삼촌이 묻는다.

"아빠는요?"

"나갔다. 일자리를 알아보러 다니거든. 그동안 네가 여기서 잠시 쉬는 게 좋겠다고 생각했나 보더라."

씨발, 웃기지 마세요, 아빠. 머리뼈가 쑤셔서 그는 베개에 다시 머리를 눕힌 뒤 천장을 두드리는 빗방울을 올려다본다.

"깊은 물에 빠진 것 같구나, 애야."

참 똑똑하시네요, 삼촌.

로리 삼촌이 다 식은 차가 담긴 잔을 내밀자 그는 차를 꿀꺽꿀꺽 마신다. 바깥에서 어린애들이 떠드는 소리가 들리고, 저녁식사를 준비하는 것 같은 냄새도 난다. 뱃속이 또다시 뒤틀리기 시작한다.

"뭐 좀 먹을래?"

잠시 후 테레사 고모가 김이 무럭무럭 나는 음식이 든 그릇을 가져와 로리 삼촌에게 준다. 고모에게 무슨 말이라도 건네야 하나 생각했지만, 눈이 마주치자 고모는 그를 매섭게 노려보더니 다시 집 안으로 들어가 버린다.

따뜻한 환영은 이것으로 끝인가 보다.

상관없다. 그는 뜨거운 스튜를 델 새도 없을 정도로 허겁지겁 먹어댄다. 테레사 고모 따위 꺼져버리라지. 로리 삼촌은 영국으로 떠난 아들이며 곧 결혼할 어린 제이니에 대한 지루해 빠진 얘기를 웅얼거리고 있다.

그는 스튜를 다 먹고 숟가락까지 싹싹 핥았다.

"마이클 형이 어디 있는지 아세요?"

로리 삼촌이 중얼거리던 걸 멈췄다.

"네 형은 항상 찾기가 힘들지."

"거야 그렇죠."

"그런데 우리가 수소문해서 찾았다. 네 형도 지금 어떤 상황인지 안다. 자수하기 전에 네가 자길 만나고 싶어 한다는 것도 알아."

그 말을 듣자 다시금 뱃속이 뒤틀리기 시작한다.

자수를 한다고. 그럼 다 정해졌다는 소리야?

로리 삼촌이 뜨거운 물에 샤워를 하라며 수건을 가져오겠다면서 밖으로 나간다.

그는 침상 위에 바보처럼 앉아 있고 빗방울은 뚝뚝 떨어진다. 개한 마리가 코를 킁킁거리며 방 안으로 들어온다. 으르렁거리지도 않고, 물지도 않고, 코만 킁킁거리며 주둥이를 그에게 비벼 댄다.

손을 뻗어 개를 쓰다듬는다. 개는 도망가지 않는다. 한참 뒤 개가 자세를 낮추고 그의 무릎에 머리를 올려놓는다.

얼굴에 슬며시 웃음이 떠오른다. 세상에 단 하나, 나한테 친절한 존재가 있다. 그가 무슨 짓을 저지르든 신경 쓰지 않는 존재가 있다.

*

월요일 아침, 그녀는 다시 언니에게 전화를 한다. 세레나 언니는

다니고 있는 로펌에 이야기해 며칠간 휴가를 받았다고 한다. 샌프란시스코에서 출발하는 비행기 요금이 깜짝 놀랄 정도로 저렴해서 목요일 아침 런던에 도착하는 비행편을 예약했단다. 그럼 되겠니? 언니는 화요일까지 같이 있을 수 있다고 한다.

아마 괜찮을 것이다. 병원 예약, 경찰과의 전화 통화 말고는 딱히 일정이 있는 것도 아니니까.

다이어리의 페이지를 넘겨본다. 예전에는 다이어리 없이는 아무것도 할 수 없었다. 그녀는 한 주가 한 눈에 보이는 A5 사이즈의 하드커버 다이어리를 일 년에 한 권씩 꼼꼼하게 썼다. 해외여행은 몇 주 전부터 대문자로 표시해두었다. 파리, 베를린. 그녀는 지난 주말 날짜에 그려놓은 네모 칸을 본다. 벨파스트. 그리고 일요일 밤, 시사회.

모든 게 계획대로 되지는 않는 모양이다.

다음 페이지들을 넘겨보니 연필로 미리 적어놓은 약속이며 영화 상영 일정들이 있다. 누군가의 생일, 또 다른 누군가의 약혼식. 어떤 사람과의 점심식사. 또 다른 사람과의 커피 약속.

그녀는 펜을 찾아서 앞으로 몇 주에 해당하는 페이지에 사선을 커다랗게 그어버린다. 일정들? 없었던 걸로 하자.

평행우주에서는 강간당하지 않은 그녀가 이 모든 일정을 수행하고 있을 것이다. 야심차고, 사교적이고, 한때는 그녀에게도 있었던 에너지를 뿜으며 앞으로 나아가고 있을 것이다.

하지만 현실에서 그녀의 삶은 이제 텅 빈 책이다.

지금부터 그녀의 삶은 이 아파트 안에 갇힐 거다. 식료품이나 병원 진료를 위해 아주 가끔 소심하게 바깥세상으로 나갈 때만 제외하면. 고작 며칠 만에 바쁜 전문직종의 삶에서 사회적 은둔자의 삶으로. 사람이 얼마나 빠른 속도로 변할 수 있는지 놀랍기만 하다.

친구들에게 무슨 일이 일어났는지 알려야 한다고 생각한다. 사람들을 피할 다른 평계를 만들 이유가 없다. 삶이 이렇게 급격히 형태를 바꾼다면 주변 사람들도 마땅히 알아야 한다.

그녀는 지메일 계정에 접속해서 편지 쓰기 버튼을 클릭한다.

친구들에게,

나쁜 소식을 알리게 되어서 유감인데, 지난 주말 내게 아주 심각한 일이 일어났어. 한낮에 웨스트 벨파스트에 있는 공원을 산책하다가 모르는 사람이 뒤를 쫓아와서 나를 폭행하고 강간했어.

글 쓰는 데 어려움을 겪은 적이 한 번도 없었기에 마치 몹시도 이성적인 받아쓰기 기계라도 몸속에 있는 것처럼 글이 술술 나온다. 그래, 사랑하는 친구들아, 지금부터 내 이야기를 해줄게… 극적이거나 지나치게 감정적으로 이야기하진 않을게.

그녀에게 중요한 것은 직설적인 화법으로 사실 그대로를 전달하면서, 도움이나 지지는 감사히 받아들이겠다는 암시를 하는 것이다. 바닥이 보이지 않을 정도로 깊은 협곡의 가장자리에 서 있는데, 오로지 친구들의 도움으로만 이 협곡을 건너갈 수 있을 것만 같은 기분이다.

그래서 그녀는 솔직하면서도 진지한 어조로 몇 단락의 편지를 쓴다. 자, 이제 누구에게 보내야 할까.

몇몇의 이름은 어렵잖게 떠오른다. 대학 시절 가장 친했던 친구들, 런던에서 가까이 지내는 친구들. 그런데 그 밖에는?

그녀는 천천히 연락처 목록을 훑어보며 스무 명을 추려낸다. 런던에 사는 친구들도 있고, 뉴욕, 샌프란시스코, 시카고에 사는 친구들도 있다. 물론 바바라도, 세레나 언니도. 멜리사, 젠, 지금 같이 사는 하우스메이트들과 아직도 친하게 지내는 예전 하우스메이트들, 대학 시절 남자친구. 솔직해질 수 있는, 나약한 모습을 보일 수 있는 스무 명.

나약하다. 그녀가 스스로에 대해 갖게 된 새로운 느낌이다.

작성한 이메일을 한 번 더 훑어보고 전송 버튼을 누른다.

끝났다. 편지는 내 손을 떠났다. 무를 수 없는 일이 됐다. 컴퓨터를 끄고 다이어리를 한 번 더 살펴본다. 가까운 미래엔 아무 일도 없다. 그다음엔 약간 있다.

잘 시간이다. 오늘 밤 과연 잠들 수 있을지가 궁금하다.

*

화요일, 그는 케보와 마틴과 함께 텔레비전을 보는 것 말고는 온종일 아무것도 하지 않는다. 로리 삼촌의 집에서 나갈 수 없어서다.

그렇군요, 아빠. 짭새에게 날 넘기기 전에 아빠한테 맞아서 생긴 멍이 빠질 시간은 있어야겠죠. 안 그러면 짭새들이 아빠가 가정 폭력범이라고 생각할 테니까.

텔레비전에는 새집을 사려는 사람들과 그들에게 집을 구경시켜주는 영감탱이들이 나온다.

"음, 이 아파트는 현대적이면서도 전망이 좋아요… 요즘 벨파스트에서 뜨는 지역인 타이타닉 쿼터 근처 아닙니까… 5년만 지나면 땅값이 하늘 높은 줄 모르고 치솟을 겁니다."

평생 동안 저축해서 하는 일이 고작 자기를 가둘 벽 네 개를 사는 일이라니. 저 사람들이 돌았나 싶다.

점심때가 되자 BBC 뉴스가 나온다. 새빨간 배경막 앞에서 면상을 한 대 갈겨버리고 싶은 뉴스캐스터들이 쾌활한 말투로 떠들어댄다. 그다음에, 바로 그 순간… 그에 관한 뉴스가 나온다.

"토요일 글렌 포레스트 파크에서 미국인 관광객을 폭행한 것으로 추정되는 강간 혐의자를 경찰은 오늘로 4일째 수색 중입니다."

화면에 글렌 포레스트 파크가 등장한다. 숲과 들판을 잇는 바로 그 지점을 표시해둔 노란색 폴리스 라인도 보인다. 개들이 냄새를 맡으며 돌아다니고 있다.

더 열심히 킁킁거려 보라고, 개들아.

카메라만 옆으로 돌리면 화면에 캐러밴이 등장할 것이다. 그의 집. 아빠와 마이클 형과 함께 살던 캐러밴을 생각하니 낯선 느낌이 울컥 올라온다. 다시는 거기로 돌아갈 수 없겠지. 예전처럼은 말이다. 허공에 대고 오줌을 갈기면서 온 세상을 훤히 내려다보던 시간도 사라질 것이다. 이제는 테레사 고모의 진절머리나는 집 안에 없는 사람처럼 얌전히 숨어 지내는 신세니까.

"몇몇 목격자를 찾았고 그들의 진술을 들어 북아일랜드 경찰은 용의자를 식별했으며 그의 행방을 추적하고 있는 중이라고 합니다."

케보가 그를 쳐다보는 기색이 느껴지지만 그는 입을 꽉 다물고 앞으로의 일을 생각하지 않으려 애쓴다. 경찰에 가서 자수한 다음에 어떤 일이 벌어질지 생각하고 싶지 않다. 또 다른 지붕, 더 많은 벽, 철문이 굳게 닫히는 금속성 소음.

안 된다, 씨발. 그는 몸을 부르르 떨며 멍든 곳을 벅벅 긁는다.

이건 또 뭐지? 빌어먹을 게리 애덤스가 화면에 등장해서 카메라를 보고 뭐라고 말한다.

"벨파스트의 우리 지역에서 일어난 비극적인 폭력 사건이 너무나 슬프고 충격적입니다. 어떤 여성도 그런 폭행을 당해서는 안 되고, 특히나 우리 지역을 찾은 외국인이라면 더욱이 그렇습니다. 지지하는 의미로 우리는 이번 주말 글렌 포레스트 파크에서 촛불집회를 열고자 합니다. 이번 주 토요일 오후 2시, 이렇게 어려운 시기에 정의를 위해 싸우는 피해자에 대한 연대를 보여줍시다."

무슨 저런 헛소리를 지껄이고 있담.

케보는 한쪽 눈썹을 움찔하면서 아무 말도 하지 않는다. 게리 애덤스, 저건 너무 심하다.

"씨발, 게리 애덤스는 항상 아무데서나 입을 놀리고 다닌단 말이야."

그는 텔레비전을 끄고 리모컨을 소파 위에 집어던진다.

촛불이니 집회 같은 게 그 여자에게 가당키나 한가. 몸이 달아서 어쩔 줄 모르던 주제에.

'걱정 마, 아무한테도 말 안 할게.'

거짓말쟁이.

나를 위한 촛불집회는 어디 있단 말인가.

사람들은 내가 산 채로 꼬챙이에 꿴 모습을 보고 싶어 하는 게 분명하다. 다 꺼져버려라.

그는 케보를 방 안에 남겨둔 채로 집 밖 헛간으로 돌아간다. 개는 어디 갔지? 개가 있다면 앉아서 털투성이 배를 쓰다듬어 주었을 텐데. 하지만 마틴이 산책을 시키겠다며 개를 데리고 나가버렸기 때문에 돌아올 때까지 기다리는 수밖에 없었다.

빌어먹을 개새끼조차 밖에 나간다. 개새끼조차도 말이다.

*

헤이븐에서는 전화가 오지 않았다. 화요일 오후 1시가 되자 그녀는 불안해지기 시작한다. 사건 후부터 72시간을 계산하면, 사건이 언제였지? 토요일 2시, 그러면 오늘 오후 2시까지다.

그녀는 계속 헤이븐에서 전화가 오기를 기다리지만, 전화는 오지 않는다.

3시가 되자 그녀는 이제 이 문제는 자신의 손에 달렸다는 사실을 깨닫는다. 72시간이라는 데드라인이 얼마나 공고한 것일까? 75시간 내에 PEP를 투약한다면 HIV 감염 방지 효과가 분명 어느 정도는 있을 거다. 그렇겠지?

이런 일들에 대해서는 전혀 아는 바가 없고 물어볼 사람도 없다. 어제 갔던 성건강 클리닉에 전화를 했지만, 클리닉 직원들은 PEP에 대해서는 잘 모르는 것 같았다. 기다리라고 하더니 계속 다른 사람에게 전화를 돌리는 바람에 그녀는 토요일에 성폭행을 당했고 어제 클리닉에 방문했지만 PEP에 대해 묻는 걸 잊었다는 말을 세 번이나 했다. 약 처방이 가능한가요?

결국 마지막으로 전화를 받은 직원이 PEP는 이 클리닉에서는 처방하지 않지만 다른 곳에서는 가능할 거라고 이야기한다. 아마 세인트 토마스 병원에 있는 릴리 클리닉에서 처방해줄 거라고 한다. 그녀는 다시 묻는다. 릴리 클리닉 전화번호를 아세요?

모른다고 한다.

그녀는 온라인으로 성건강 클리닉에 관한 정보를 찾는다. 성소수자 커뮤니티를 위한 클리닉도 있고, 예약 없이 방문할 수 있는 곳도 있고, 남성 환자만 받는 곳도 있다.

274

성폭행 피해자가 방문할 곳을 아무리 찾아봐도 검색 결과는 헤이
븐뿐이다. 하지만 헤이븐에 아무리 전화를 걸어도 음성 사서함이 받
는다.

두통이 밀려들기 시작한다.

한편으로는 부질없이 시간에 쫓기며 온라인을 검색하길 그만두
고 다시 이불 속으로 들어가 눕고 싶다. 운명의 여신이 무엇을 가져
다주건 그냥 받아들이고 싶은 심정이다. 그 아이가 HIV 보균자라면
어쩔 수 없지.

하지만 이런 무력감조차도 잠깐의 환상에 불과하다. 그녀는 자신
이 그리 쉽게 포기하지 않을 것임을 마음 한구석에서 믿고 있다.

다시 한번 전화를 걸고, 또 한 번 자신이 처한 상황을 설명하자, 드
디어 릴리 클리닉과 연락이 닿았다.

맞아요. 간호사가 말한다. PEP 처방을 합니다만, 오늘의 진료는
곧 끝나요.

언제까지인가요?

4시 30분까지 오시면 오늘 PEP 처방을 받으실 수 있어요.

손목시계를 본다. 4시 5분, 클리닉은 워털루에 있는데 여기는 복
스홀이다. 할 수 있다. 버스정류장에 가서, 버스가 빨리 오기를 기도
하면 된다.

그녀는 급히 청바지와 셔츠를 입고 스웨터를 덧입는다.

집 밖으로 나가는 순간 익숙한 욕지기가 훅 밀려온다. 안전한 집
을 떠나서 사방이 뚫린 바깥으로 나간다는 두려움. 드넓은 하늘이
그녀를 삼켜버릴 것만 같다. 사방에 공기도 빛도 너무 많아서 나약
해진 기분이다. 노출된 기분이다. 뭔가 잘못될 것만 같다.

일단 병원에 가자. 일단 병원에 가자. 병원에 가기만 하면 숨을 쉴

수 있을 거야.

릴리 클리닉에 도착했더니 간호사는 약속을 지켰다. 단 10분의 대기시간 끝에 그녀는 검사실로 안내받아 자신에게 일어난 사건을 설명할 수 있었다.

또 한 번 검사대에 누워서 두 다리를 지지대에 올렸다. 토요일 이후로 몸속에 검경을 밀어 넣는 게 벌써 세 번째다.

진료가 끝나고 드디어 처방전을 받았다. 커다란 PEP 알약 병, 로페라마이드 한 병, 부작용 방지를 위한 돔페리돈.

지금 그녀는 거실에 앉아 PEP 알약을 바라보고 있다. 지금까지 먹어본 어떤 알약보다도 큰 복숭아색 알약이다.

손바닥에 한 알 올려놓고 빤히 바라본다. 이게 목구멍으로 넘어가긴 할까?

하지만 시간을 더 낭비할 수 없다. 사건 이후 76시간이 지났다. 지금 PEP를 먹지 않으면 너무 늦을지도 모른다.

그녀는 물을 머금고 알약을 삼켜 본다.

반사적으로 구역질이 나온다. 약이 너무 커서 뱉을 뻔한다.

다시 한번 도전한다. 또 구역질이 나온다.

그다음에도, 또.

네 번째 시도에서야 약이 넘어가지만 약이 식도에 걸려 내려가지 않는 것 같다. 물을 한 모금 더 꿀꺽 마신다. 목을 주물러 본다. 그 아이가 손가락으로 졸랐던 바로 그 자리다. 목은 이상하리만큼 부드럽고, 알약이 힘겹게 겨우 넘어간다.

어쨌든 약을 삼켰다. 몸속으로 들어갔다. PEP는 제대로 작용할 것이다.

276

그녀는 신경을 다른 데 쏟아보려고 잡지를 한 권 들어 아무렇게나 넘겨본다.

채 20분도 지나기 전에 부작용이 찾아온다. 갑자기 구역질이 밀려오는 바람에 그녀는 욕실로 달려가서 바닥에 무릎을 꿇고 변기 위에 입을 벌린 채 침이 입안에 고이기를 기다린다.

지금 토해버리면 기껏 먹은 약이 소용이 없다. 그래서 그녀는 제발 토하지 않기만을 빈다. 약은 정확히 12시간마다 먹게 되어 있었다. 4주간, 하루에 두 알씩. 그런데 이렇게 약을 먹을 때마다 토할 것 같아 변기로 달려가게 된다면… 견딜 수 없을 것 같다.

하지만 달리 무슨 수가 있나? 강간범에게 HIV를 옮지 않으려면 치러야 하는 값이다.

파우스트의 계약이다. 토기가 밀려와 울렁거리는 속을 안고 변기에 고인 잔잔한 물을 노려보고 있자니 서늘하게 체념이 밀려오면서 그 사실을 깨닫게 된다.

*

아빠가 들어올 때 그는 여전히 텔레비전 앞이다. 이번에는 웬일인지 취하지 않은 상태다. 아빠는 쇼핑백을 잔뜩 들고 들어온다. 빌어먹을 크리스마스라도 되나?

어제 두들겨 맞고 나서 처음 보는 아빠의 모습이다. 둘은 한참 서로를 빤히 바라보았지만 아빠가 먼저 눈을 돌린다.

"로리, 신세 진 게 미안해서 주는 거야."

아빠가 쇼핑백을 건네자 로리 삼촌이 안을 들여다본다.

"세상에, 믹. 가게 하나를 통째로 사기라도 했어?"

아빠가 어깨를 으쓱한다.

"어차피 오늘이 마지막이야."

두 사람 모두 그를 향해 돌아선다.

"조니, 어, 우리가 널 위한 작은 파티를 하나 준비했다."

감방에 들어가는 기념으로? 마음 참 넓으시네요.

로리 삼촌과 아빠 둘 다 그에게 다가와 껴안더니 등을 두드린다.

"파티는 내일 저녁이야. 게리와 네 친구들 전부 초대했다. 너에게
제대로 된 송별식을 해주고 싶어서."

"마이클 형은요?"

그가 묻는다.

아빠와 삼촌이 눈빛을 교환한다. 아빠가 고개를 끄덕인다.

"마이클도 올 거야. 그건 보장하지."

"일단은 쉬어라."

아빠가 그의 어깨에 손을 올려놓고 말한다.

"따뜻하고 편하게 있어라. 그러니까 집 안에서."

다시 분노가 밀려와서 그가 아빠의 손을 쳐낸다.

"뭐, 그럼 짭새들한테 여기로 와서 날 잡아가라고 한 거예요?"

아빠가 문득 차가워진 눈빛으로 그를 본다. 로리 삼촌의 얼굴에서
도 멍청한 웃음기가 가시고 없다.

"경찰한테는 아무 말도 안 했다, 조니. 지금은 좀 진정해라."

그는 아빠에게 증오로 이글거리는 눈빛을 쏘아 보낸 뒤 맥주병을
들고 다시 소파에 몸을 묻는다.

*

이메일을 보낸 순간부터 답장이 쏟아져 들어오기 시작한다. 몇 통은 받자마자 써 보낸 답장으로 여자친구들이 충격과 위로를, 종종 강간범에 대한 분노를 담아 보낸 것이었다. 나머지는 한층 침착한 어조의 답장이다.

혹시 필요한 게 있으면… 뭐라고 말을 하면 좋을지 모르지만…

진부한 말일지라도 그녀는 그 말들이 진심이라는 걸 안다. 사람들이 기댈 수 있는 게 그 진부함밖에는 없는 순간도 있다.

그 주에는 친구들이 응원의 의미로 각자 자신이 만들 수 있는 최고의 요리를 해서 갖다주었다. 꿀을 발라 구운 연어 스테이크. 후추를 넣고 볶은 닭고기. 알리오 올리오 소스에 버무린 시금치 파스타.

외출은 할 수 없었다. 레스토랑에 간다는 생각만 해도, 은 식기가 부딪치는 소리가 나고 모르는 사람들이 지나다니며 모르는 남자들의 시선을 받는… 그런 생각만으로도 그녀는 치를 떨며 자기 안에 틀어박혔다. 왜 바깥에 나가야 하지? 싫어. 그냥 집에만 있을래. 안전한 전면 창 뒤에서 잠옷 차림으로 소파에 누운 채 새벽하늘에 동이 터서 아침이 오고 점점 어두워져 밤이 오는 모습을 보자.

친구들이 찾아와 함께 있어주는 것은 고맙지만, 친구가 올 때마다 얼마 없는 에너지가 동나는 것이 느껴진다. 친구들이 찾아와서 요리를 해주고 안부를 물어주고, 무엇보다도 어떻게 된 일인지 묻는다. 아는 사람이었어? 근처에 아무도 없었어? 범인을 잡을 수 있을까?

자동운항장치를 달고 있는 것처럼, 자동응답기라도 된 것처럼, 그녀는 의무감 때문에 그들의 호기심을 충족시켜 준다.

"공원을 산책하는 중이었는데 그 아이가 다가오더니 나에게 말을 걸었어…"

친구들의 표정을 본다. 그 아이를 역겨워하는 얼굴을 본다. 하지만 그녀는 어떻게 된 일인지 물어오는 친구들에게 진실을 포장하지 않기로 결심했다. 일어난 일은 일어난 일이다. 여성들은 강간을 당한다. 친구들도 마찬가지다.

무엇보다 중요한 것은 그녀가 울지 않는다는 것이다. 그녀는 전혀 울지 않는다.

눈물을 흘리면 정보를 전달할 때 방해가 될 뿐이다. 이제 똑같은 이야기를 하도 여러 번 반복했기 때문에 생생한 감정은 사라진 지 오래다. 자동응답기를 틀면 된다.

친구들은 분명 그녀가 눈물을 흘리지 않는 걸 의아하게 생각하겠지. 이렇게 끔찍한 이야기를 그저 사실을 전달하는 어조로 이야기한다는 사실에.

하지만 그들은 그녀가 일주일 전 자신들이 알던 그녀와 얼마나 달라졌는지 모를 것이다. 그들은 그녀를 보고, 그녀의 목소리를 듣는다. 하지만 진짜 비비안은 며칠 전에 사라졌다. 그녀가 언제 돌아올지, 그녀는 알 수 없다.

*

그는 감옥 생활이 어떨지 상상해본다. 마이클 형에게 들은 바로는 그렇게까지 나쁘지 않았다. 몇 명은 개새끼지만 괜찮은 녀석도 있다고 했다. 식사는 최악이지만 배곯을 일은 없다고 했다. 그를 건드리는 변태도 있겠지만 흠씬 두들겨 패주면 된다고 했다.

하지만 폐쇄된 곳에 갇혀 있게 되다니. 일거수일투족을 교도관이 감시하는 조그만 방. 신선한 공기도 없고 하늘도 보이지 않는 곳. 한 번도 그런 곳을 상상해본 적이 없었다. 지금까지는.

이제는 바깥을 돌아다닐 수도 없고 사람들을 훔쳐볼 수도 없고 사라질 수도 없다.

매일 매 시간 사람들이 이래라저래라 시켜댈 것이다.

기분 나쁜 것은 그 부분이다. 고정되는 것. 한자리에 박혀 있는 것. 다른 사람들과 마찬가지가 된다는 것 말이다.

*

수요일 아침, 그녀는 출근한다. 집을 떠날 때마다 밀려드는 광장 공포증 증상을 애써 모른 척한다.

마음속에서 팽팽한 줄다리기가 이어지고 있다는 사실이 생생하다. 예전의 그녀가 아직도 자신의 삶을 돌려받으려고 줄을 잡고 안간힘을 쓰고 있다.

하루를 허투루 쓰면 안 돼! 일을 해! 답장을 써야 할 이메일이 너무 많아!

정상적인 생활을 되찾자고 그녀는 생각한다. 일단 시도해보자.

그녀는 지하철을 타고 올드 스트리트로 가서 늘 가던 길대로 칙칙한 타일이 붙은 터널을 지나 거리로 나간다. 유령이 되어서 예전의 삶으로 돌아간다면 꼭 이럴 것만 같다.

직장 동료들은 그녀가 출근할 줄 예상 못 했다는 투다. 이제 그녀는 자신을 보고 뭐라고 말해야 할지 모르는 사람들에게 익숙해 있다. 상사인 에리카는 자리에 없었다.

"비비안, 왔어?"

사이먼이 적당히 울적한 표정으로 인사한다.

그녀가 들어서자 베카가 자리에서 일어선다.

"좀 어때?"

그녀는 어깨를 으쓱한다.

"어, 괜찮아."

거짓말이다.

거짓말인가? 겪은 일을 감안하면, 그녀는 아주 괜찮다. 안전하다. 잠을 잘 수도 있고 친구들이 찾아와 요리를 해줄 수 있는 멋진 집도 있다. 의료적인 조치도 받고 있고, 경찰은 그녀의 사건을 계속 수사하고 있다. 상황이 더 나쁠 수도 있었다.

미국에서 온 인턴 메이지도 그날 사무실에 있었다. 둥근 얼굴에 열정적인 메이지는 런던에서 교환학기를 보내며 일주일에 두 번 영화사에 출근하는 19세 대학생이다. 그녀를 만나서 기쁘면서도 놀란 표정이다.

"오셨네요. 벨파스트 여행은 어떠셨어요?"

메이지에게는 아무도 그 소식을 안 전했나보다.

그녀는 주위를 둘러본다. 사이먼과 베카는 고개를 숙인 채 키보드 위로 몸을 수그리고 일하는 중이다. 그녀는 소식을 전해주기 위해 메이지를 회의실로 데리고 들어간다.

"베카나 사이먼이 나한테 무슨 일이 있었는지 설명 안 해줬어?"

그녀가 묻는다.

"못 들었는데요."

그렇게 대답하는 메이지의 눈이 점점 커진다.

"저기… 괜찮으세요?"

"아니, 사실 안 괜찮아."

그렇게 그녀는 또다시 자신에게 일어난 일을 설명한다. 상세한 묘사는 빼고. 대학생 나이에만 가질 수 있는 메이지의 순진함에 구멍을 뚫는 것 같아 마음이 안 좋다. 그러나 메이지의 얼굴에 충격이 번지자 뜻밖에도 목이 꽉 잠기더니 급기야는 왼쪽 눈에서 눈물이 흘러내려 얼른 훔쳐낸다.

친구들에게 이야기할 때는 울지 않았는데, 회사 인턴에게 이야기하면서는 참지 못했다. 그런 스스로가 화가 나고 창피하다.

메이지가 그녀를 안아준다.

"혹시 제가 도와드릴 일은 없어요?"

없다. 그냥, 아무것도 없다.

그녀는 컴퓨터 앞에 앉아 이메일을 확인하는 중이다.

"자기에게 일어난 일에 대해 그렇게 명시적으로 알릴 필요는 없어."

에리카가 그렇게 말했었다. 배급사에 보낸 이메일이 실수라는 것을 깨달은 뒤 그녀는 아무 말 없이 모든 일을 베카에게 곧장 넘겼다.

예기치 못한 상황 때문에 당분간 출근하지 않게 되었습니다. 그러므로 해당 건과 그 밖의 건에 대해서는 (이 메일에 참조된) 제 동료 베카에게 연락 부탁드립니다.

업무상의 언어라는 것은 이다지도 가볍게 재난의 표면을 스쳐갈 뿐이다.

그녀는 컨트롤 C를 눌러 방금 쓴 통상적인 문구를 복사한 다음 다른 이메일에 전부 복사해 붙여 넣는다.

어쩐지 해방되는 듯한 느낌이 든다. 이 모든 이메일에서 놓여나는 것이다. 지금까지 책임에 그녀를 묶어 놓았던 줄을 잘라버리고 마침

내 벗어나서, 풀어헤쳐진 채, 혼자가 되는 것.

*

그날 밤은 다들 진탕 마셨다. 그러니까 그의 송별회가 있었던 밤 말이다. 라거 맥주 캔이며 위스키가 서로의 손에 건네졌다. 누군가 나가서 커다란 햄까지 사와 다들 칼로 썰어먹는다. 어린애들은 크리스마스라도 되는 줄 알고 뛰어다닌다. 개도 돌아다니며 짖어대고 그의 손바닥에 코를 비빈다.

게리도, 도널도, 케보도, 마틴도 얼굴이 벌게져서 즐거워한다. 로리 삼촌은 거지 같은 농담을 하고 껄껄 웃으며 아무 어깨나 팡팡 친다. 아빠는 휴대용 술병에 든 위스키를 꿀꺽 마셔대며 방 안을 돌아다니면서 사람들을 고갯짓으로 소개한다.

하지만 아빠는 그에게는 다가오지도 않는다.

그는 아빠에게서 눈을 떼지 않은 채로 손을 뻗어 새 맥주 캔을 집는다.

"조니."

게리와 도널이 옆에 와 있었다.

"좀 어때?"

게리가 묻는다. 도널은 평소처럼 말이 없고, 굵은 목에서 커다란 목울대만 위아래로 움직인다.

그가 웃음을 터뜨린다.

"그딴 쓰레기 같은 질문은 왜 해, 게리? 내일 감방에 들어갈 건데 내 기분이 어떨 거 같아?"

게리가 그의 눈앞으로 다가오더니 쌓여 있는 맥주 캔들을 쳐다본다.

"그래도 다들 애썼잖아. 너에게 근사한 송별회도 치러주고."

"아, 바로 그거지. 날 보내버리겠다는 거잖아. 조니는 앞으로 평생을 철장 속에서 보내게 될 거란다. 그러니 다 함께 축배를 들자! 이런 속셈 아니냐고."

몇 사람이 이쪽을 쳐다보지만 상관없다.

"그러니까 건배나 하자고!"

그가 고함을 지른다.

아빠가 다가온다. 그래, 딱 걸렸어요, 아빠. 아빠가 평소처럼 술병든 팔을 치켜든다.

"맞는 말이다, 조니. 널 위해 건배하자."

그러더니 아빠가 패디 위스키 병을 들고 다니며 방 안에 있는 모든 사람의 잔에, 샷 글라스에, 플라스틱 컵에 위스키를 채워준다.

아빠는 그의 손에도 억지로 잔을 들려준다.

"아들아, 너도 한잔해라."

그는 대답하지 않고 아빠를 되쏘아본다.

"자, 이제…"

아빠가 의자 위에 올라서며 입을 연다.

"믹, 의자에서 내려와."

로리 삼촌이 아빠의 어깨를 툭툭 치지만 아빠는 삼촌을 밀쳐낸다.

"아니, 아니. 이건 내 아들을 위한 건배잖아. 높은 곳에서 한마디 남기고 싶어."

아빠는 의자 위에서 조금 비틀거리면서도 간신히 꼿꼿이 선다. 그는 여전히 분노와 수치심을 담은 눈길로 아빠를 쏘아보고 있다.

"15년 전, 우리 아들 조니가 태어났을 때, 난 내 아내 브리지에게 이렇게 말했었지… 자, 싸움꾼이 태어났다고. 이렇게 밝고 싸움을 잘하는 꼬맹이는 처음이었지."

아, 제발 닥쳐요 아빠. 그 의자를 발로 차버리기 전에.

"스위니 가문 특유의 호전적인 정신을 가진 꼬마였단 말이야."

사람들이 웃는다.

그래, 웃으면서 나를 감방에 보내겠다 이거지. 쓰레기들.

"이제 우리 조니는 다 컸어. 그리고 앞으로 이 아이의 삶이 어디로 흘러갈지는 모르지만, 우리는…"

아빠가 말을 잠시 멈추더니 목을 고른다.

"우리는 이 아이가 영원히 우리 가족이라는 걸 잊지 않을 거야. 이 아이는 영원한 스위니 가문이다."

사람들이 중얼거린다.

"건배."

"그리고 이 아이에게 어떤 일이 일어나건 간에… 우리는 영원히 조니를 사랑할 거야."

모두 고개를 끄덕인다. 그는 아빠를 향해 눈을 가늘게 뜬다. 저런 헛소리에 속을까 보냐.

"자, 그럼 우리 조니를 위해 건배하세."

아빠가 술병을 치켜들자 모두가 허공에 자기 잔을 들어올린다.

"조니의 앞날에 행운이 깃들기를."

"조니의 앞날에 행운이 깃들기를."

다들 말을 받는다.

큰 소리로 환호가 터지더니 누군가는 그의 등을 두드리고 누군가는 그를 끌어안는다. 송별회가 절정에 달한 듯 다들 목소리가 커지고 웃음소리도 커졌지만, 아빠의 비열하고 비틀린 말이 그를 꿰뚫는 것 같다.

그래요, 아빠. 어제는 나를 죽도록 두들겨 패더니 다음 날에는 마치 세상에서 제일 좋은 아빠처럼 나를 위해 건배하네요.

게리와 도널이 그를 향해 고개를 끄덕인다.

"멋진 건배사였어. 정말로."

그는 아빠가 멋진 사람이라도 되는 양 지껄이는 게리와 도널도 두들겨 패고 싶다.

"마이클 형은?"

그가 묻자 둘 다 입을 다문다.

둘은 서로를 쳐다보며 어깨만 으쓱한다.

"오늘 아침에 통화했어."

게리가 말했다.

"오늘 밤에 올 거라고 했어."

그는 손에 들고 있던 잔을 벽에 던져 깬다. 그 소리에 모두가 입을 다문다. 부서진 유리조각과 위스키가 바닥에 흩뿌려진다. 테레사 고모가 참으로 즐거워할 일이다.

"조니."

로리 삼촌이 나서지만 그가 꺼지라는 듯 손을 흔든다.

"감옥 가기 전에 형 얼굴도 못 본다는 거죠?"

"조니."

아빠가 말한다. 아빠의 목소리는 조금 전의 낯간지러운 말투는 간데없이 다시 날카롭다. 이게 진짜 아빠다. 본래의 모습으로 돌아오기까지 그리 오래 걸리지 않을 줄 알고 있었다.

"아빠가 오지 말라고 했어요?"

"그런 게 아니다, 조니."

아빠가 한 팔을 뻗는다.

"마이클이 오고 말고는 마이클의 선택이다."

"하지만 나한테는 선택의 여지도 없잖아요?"

"단 한 번이라도 마음 놓고 즐길 수는 없겠니?"

아빠가 그의 양어깨를 붙잡지만 그는 몸을 비틀어 아빠의 손아귀에서 빠져나온다.

"절 감방에 쑤셔 넣기 전에 말이죠?"

어디 해보자. 아빠를 시험해보자고. 믹 스위니가 감히 이렇게 안락한 파티에서 자기 아들을 두들겨 팰까?

"왜 이래요, 아빠. 솔직해지라고요. 저를 눈앞에서 치워버리고 싶었잖아요? 이제는 제가 감옥에 가게 되어 속이 후련하시겠네요."

"그런 소리 하지 마라, 조니."

"뭐, 제가 감방으로 들어가는 뒷모습을 보면서 아주 신이 나시겠네요."

그가 모두를 향해 돌아선다.

"로리 삼촌, 이 조그맣고 완벽한 집에서 제가 어서 나가면 좋겠죠?"

"조니, 말조심해라."

아빠가 다시 한번 그의 어깨에 손을 올리려 한다.

"술을 너무 마신 거 아니냐?"

"아빠가 그런 말을 하니까 재밌네요."

아빠가 물러선다. 드디어 아빠의 얼굴이 서서히 어두워지는 게 보인다. 자, 조금만 더 자극해보자.

"오늘 밤이 네가 여기서 보내는 마지막 밤만 아니었어도…"

아빠가 경고의 말투로 내뱉는다.

"아니었으면, 뭐요? 여태 그랬던 것처럼 얼굴에 주먹이라도 날리시려고?"

그가 아빠에게 성큼 다가서며 가슴을 밀친다.

게리가 둘 사이를 막아서려 하지만 소용없다.

"그래요, 아빠. 어서 본성을 드러내라고요. 악명 높은 믹 스위니!"

그가 아빠의 얼굴에 대고 고래고래 소리를 지른다.

"경고한다."

경고 좋아하네. 이미 그러기엔 너무 늦었다.

"엄마가 집 나간 것도 당연해요. 쓰레기 같은 인간이니까. 우리 모두의 인생을 지옥으로 처넣었잖아요."

아빠가 그의 뺨을 세게 때린다. 믹 스위니의 유명한 라이트 훅이 아니다. 여자의 뺨을 때릴 때처럼 짝 하고 큰 소리가 난다.

그는 이글거리는 분노를 느끼며 잠깐 그 자리에 가만히 서 있는다.

개가 달려들어 입질을 하자 아빠가 개를 걷어차 버린다. 그가 그대로 아빠에게 덤벼들자 게리며 로리 삼촌이며 방 안에 있던 사람들의 절반이 둘을 떼어놓으려고 고함을 지르며 달려든다. 수많은 팔이 그를 뒤에서 붙드는 바람에 아빠에게 닿을 수가 없다. 아빠가 분노를 터뜨리는 순간 공기를 가르며 날카로운 휘파람 소리가 들린다. 귀에 익은 휘파람이다.

그가 돌아선다. 마이클 형이 방 저편에 씩 웃음을 띠고 서 있다.

"형!"

그가 고함을 지른다. 갑자기 모두가 그를 놓아주는 바람에 그는 형을 향해 달려간다.

"나 없이도 다들 진탕 놀았나봐."

마이클 형이 말하자 방 안에 있던 사람들이 한숨 돌린 듯 웃음을 터뜨린다.

"네 얘기 많이 들었다. 토요일에 큰 사고를 친 모양인데."

마이클 형과 그가 웃음을 터뜨리자 곧 게리와 도널이 합류하고, 로리 삼촌과 사촌들이 그들을 둘러싼다.

"마이클, 네가 와서 반갑구나. 네가 오지 않을까봐 얼마나 걱정했다고."

그 말을 듣자 마이클 형은 더 크게 웃는다.

"제가요? 안 온다고요? 제 동생의 송별회인데 무슨 일이 있어도 와야죠."

마이클 형이 그를 와락 끌어안자 형의 어깨 너머로 방 저편에 혼자 서 있는 아빠의 모습이 보인다. 아빠가 그를 똑바로 바라보더니, 술병을 들어 한 모금 마시고 시선을 돌려버린다.

세 시간 뒤, 그는 헛간에서 마이클 형과 둘이 남은 맥주를 홀짝이는 중이다.

아빠는 소파에서 곯아떨어졌고, 로리 삼촌과 사촌들은 잠자리에 들었다. 게리와 도널은 바와 클럽을 찾아 떠났다. 마이클 형은 그들에게 나중에 또 보자고 인사했다.

"하지만 오늘 밤은 우리 조니랑 해야 할 얘기가 많아서 말이야."

그 말을 들으며 그는 자랑스러운 미소를 짓는다.

이미 그는 마이클 형에게 그 사건에 대해 처음부터 끝까지, 기억나는 모든 사소한 것까지 다 들려준 뒤다. 씨발, 마이클 형 말고는 지금까지 아무도 어떻게 된 일이냐고 묻지도 않았다.

마이클 형은 그의 말을 유심히 듣는다. 그를 자랑스러워하는지 부끄러워하는지 알 수가 없다. 이야기가 끝나자 마이클 형은 아무 말 없이 고개만 끄덕인다.

"그래서?"

그가 마이클 형에게 묻는다.

짧은 침묵. 다음 순간 마이클 형이 익숙하게 씩 웃는다.

"네가 말해봐. 감옥 가고 싶어?"

"씨발, 그럴 리가 없잖아."

도대체 이게 질문이라고 하는 걸까?

"하지만 아빠가 선택의 여지를 안 줬어, 나보고 감옥에 가래."

"아빠 따위 신경 쓰지 마. 외국 여자랑 떡칠 나이면 스스로 선택할 수 있는 어른이잖아."

그는 그 말이 마음에 든다. 두 사람 사이에서 잠시 더 시간이 흐른다.

"넌 어떻게 하고 싶은데?"

그가 웃는다.

"내가 어떻게 하고 싶으냐고? 도망가고 싶지."

"그럼 그렇게 해."

마이클 형이 말한다.

"뭐, 지금?"

소파에 누워서 코를 고는 아빠는, 로리 삼촌은, 다른 녀석들은, 나를 찾는 경찰들은 어쩌고…

"첫차를 타고 더블린으로 가. 정오도 안 되어서 도착할걸. 클레어한테 가면 도와줄 거야. 어쨌든 일단 더블린으로 가서 숨어버려."

흥분감이 온몸에 두근두근 퍼진다. 그냥 도망치라니. 벨파스트, 유랑민과 유랑민들이 사는 조그만 캐러밴을 벗어난다니. 나 그리고 더블린의 기분 좋은 소음만 있는 곳으로. 나에게 고함을 지르는 어른도 없는 곳으로. 내 앞날에 행운이 깃들 수 있을까?

마이클 형이 웃는다.

"나쁜 생각은 아니지? 네 인생은 네 거잖아."

"돈은 어떡해?"

그가 묻는다.

마이클 형이 청바지 주머니를 뒤지더니 5파운드 동전 하나와 20유로 지폐를 꺼낸다. 그다음에는 운동화를 벗더니 그 안에서 20유로를 한 장 더 꺼낸다.

"일단은 이걸로 시작해."

"형이 최고야."

"내 사랑하는 동생이 감방에서 썩는 꼴을 어떻게 보냐? 나머지 놈들은 전부 경찰이나 겁내는 쫄보들이라고. 특히 아빠."

둘은 소파에 늘어져 코를 시끄럽게 골아대는 아빠를 쳐다본다.

"루저 같으니."

마이클 형이 말한다.

"우리와 아빠의 차이점은 그거야. 불쌍한 아빠는 지금까지 엄마하고만 떡쳐 봤을 거다."

그가 지폐를 집어넣는 동안 잠시 침묵이 흐른다. 마이클 형이 여자 얘기는 그만했으면 좋겠다. 결국 잘못된 선택이었으니까. 좀 더 만만한 상대를 택했어야 하는데, 물론 그때는 알 도리가 없었다.

"그러니까 만약 짭새들한테 잡히면…"

마이클 형이 입을 연다.

조언이라면 신물이 나지만 마이클 형의 말이라면 언제나 들을 가치가 있다.

"잡히면 뭐라고 할래?"

"내가… 혼란스러웠다고."

"혼란스러웠다고?"

"응, 나는 내가 무슨 짓을 하는지 몰랐어."

"약기운 때문에?"

"응, 그럴 수도 있어. 하지만 그 여자가 아무한테도 얘기 안 한다고 했어. 자기도 하고 싶다고 했어."

마이클 형이 웃는다.

"정말 그렇게 말한 거야?"

그가 어깨를 으쓱한다.

"알 게 뭐야."

"똘똘한 자식. 어차피 그 사람들은 몰라. 결국 네가 한 말이 이길 걸. 여자들은 결국 아무 말도 안 하거든."

"그래도 그 여자는 말을 했잖아."

마이클 형이 그의 어깨를 두드린다.

"그냥 둘이서 같이 재미를 봤고, 여자가 처음에는 원했는데 나중에 마음이 변해서 신고한 거라고 해. 원래 늘 그렇잖아."

"그 말을 믿을까?"

"믿든 말든 무슨 상관이겠어. 넌 그 말을 믿냐?"

그는 아무 말도 하지 않는다. 여자는 환한 태양 아래서 도와달라고 비명을 질렀고, 그의 손이 졸랐던 목덜미의 부드러운 감촉도 떠오른다. 그 여자는 다른 여자들보다 훨씬 더 거세게 저항했다.

마이클 형이 그의 얼굴을 빤히 쳐다보는 게 느껴진다.

"너도 그 말을 믿어야 통해. 조니, 넌 잘생겼잖아. 그 여자는 나이도 많았고 혼자 돌아다니고 있었어. 조용한 데서 네가 찾아오길 기다리고 있었던 거지."

그는 고개를 끄덕인다. 이제부터 그렇게 믿어야 한다.

"씨발년, 고마운 줄 모르고 신고를 해."

"맞아. 정착민 여자들은 다 그런 식이야. 우리랑 거칠게 한바탕 하고 싶어 하다가도 시간이 지나면 부끄러워한다니까. 마치 우리가 부끄러운 존재라도 된 것처럼 말이야."

"씨발년들."

그도 그렇게 말한다. 이제 됐다. 결심은 끝났다.

"경찰은 '합의에 따른' 성관계라는 말을 좋아해."

마이클 형이 덧붙인다.

"'강간'이라는 말은 아예 입에 담지도 마. 그 말을 뱉는 순간 넌 범죄자가 되는 거야."

합의에 따른. 기억하자.

"자, 이제 짐 싸고 눈 좀 붙여. 짐은 간단하게 갈아입을 옷 한 벌만 챙겨. 남의 눈에 띄어서 좋을 건 없어."

어차피 가진 것도 그뿐이다. 갈아입을 옷 한 벌, 핸드폰, 할아버지가 남긴 반지. 돈, 아이팟이면 된다.

"몇 시간 있다 깨워줄게. 날이 밝기 전에 떠나야 해."

창밖을 내다본다. 아직 깜깜하다. 아빠가 시끄럽게 코를 골고 경찰이 나를 찾아 들쑤셔대는 동안 이 집구석에서 몇 시간만 더 버티면 떠날 수 있다. 그거면 된다.

*

하우스메이트 호세와 나탈리아가 온종일 발끝으로 살금살금 다닌다.

혹시 사다줄 것이 있는지 묻기에 그녀는 이런저런 식료품이나 사다 달라고 부탁한다. 오렌지 주스, 요거트, 바나나. 두 사람은 그녀의 친구들이 찾아와서 요리를 해주는 것도, 언니가 며칠간 묵고 가는 것도 다 괜찮다고 한다.

밤에 그녀가 거실에서 자는 것도 괜찮다고 한다.

집으로 돌아온 뒤 그녀는 한 번도 자기 방에서 잔 적이 없다. 너무 좁고 답답했다. 문이 닫히고 벽이 조여 들어오는 것만 같다. 뜬눈으로 밤을 지새우면 질식해서 죽을 것 같다.

템스강을 따라 따뜻한 도시의 불빛이 흐르는 거실에 있으면 적어도 여기서 벗어날 수 있다는 가능성이 느껴지기는 한다. 바깥에는 세상이 펼쳐져 있다. 비록 그녀가 이제는 그 세상의 일부가 아닐지라도. 그녀는 나탈리아의 에어 매트리스를 강물이 내려다보이는 거실 창가에 가져다놓고 이불 속에 몸을 묻고 잠들려고 애쓴다.

하지만 그녀는 항상 잠들지 못한다.

그녀는 고질적인 불면증을 앓게 됐다. 불면은 그녀가 꿈꾸지 못하게 막아주는 유일한 방법이다. 깨어 있을 때 그녀 안에 웅크리고 있던 이미지는 밤이면 더 흉흉한 모습으로 형태를 바꾼다. 나무 사이로 보이던 환한 들판. 언덕을 오르던 하얀 점퍼를 입은 사람의 기척. 누군가 뒤를 따라오고 있다는 느낌.

이 흐름이 끝나지 않는 고리처럼 그녀의 마음속에서 반복해 재생된다. 그녀는 잠들지 않으려 애쓰는 것 말고는 이 흐름을 막을 도리가 없다.

회색빛 새벽이나 한밤중이면 그녀는 템스강이 내려다보이는 창 옆에 놓인 매트리스 위에서 자꾸만 잠을 설칠 것이다. 매트리스가 구멍 뗏목처럼, 그녀가 오늘 하루 또 어떤 일이 일어나게 될지도 모르는 채 회색의 잔잔한 수면을 떠도는 것처럼 보일 것이다.

어린 시절이었다면 그녀는 뗏목에 실려 낯선 물가를 떠도는 모험을 한껏 즐겼으리라. 어른이 된 지금, 이 일은 시작조차 하고 싶지 않았던 여행처럼 느껴진다.

*

"조니, 일어날 시간이야."

동트기 전, 마이클 형이 어둠 속에서 그의 몸을 살살 흔들며 속삭인다.

그는 신음하며 뭔가 말하려 하지만 마이클 형이 그의 입을 손으로 막는다. 조용히 하라는 듯 그를 향해 눈을 부릅뜬다. 그제야 그는 정신을 번쩍 차린다. 마이클 형이 입 모양으로 '아빠'라고 말하자 둘 다 소파 쪽을 본다.

아빠는 이제 아까처럼 정신을 완전히 잃은 상태가 아니었다. 언제 깨어나도 이상하지 않을 기세로 몸을 이리저리 뒤척이고 있는 중이다.

일요일 아침 그가 캐러밴에서 짐을 싸온 작고 허름한 더플백이 바닥에 놓여 있다. 마이클 형이 가방을 집어 들더니 신발과 재킷을 챙기라는 시늉을 한다.

손에 신발을 들고 그는 형을 따라 발끝으로 문 쪽으로 걸어간다. 소파 발치를 지나다 그는 잠깐 걸음을 멈추고 아빠를 쳐다본다. 위험하다는 걸 안다. 지금 빨리 떠나야 한다. 하지만 입을 헤벌리고 주름진 눈을 꼭 감은, 점점 빠지는 회색 머리의 아빠를 바라보고 있으니 어떤 감정이 느껴지는 것도 같다. 어쩌면 이 쓸모없는 노인네를 마지막으로 보는 것일지도 모른다. 아빠에게 미안하다는 생각까지 들려고 한다. 숙취 속에서 깨어난 아빠가 아들을 제 손으로 경찰에 넘기려던 계획이 틀어져버린 걸 안다면. 그때 아빠는 어떤 표정을 지을까. 얼마나 화가 나 있을까.

그 생각을 하자 미소가 지어진다. 그런데 마치 그 미소에 대답이라도 하듯 아빠가 고개를 젖힌다.

마이클 형이 그의 손을 붙잡고 머리로 문 쪽을 가리킨다.

그래, 그래. 알아. 딱 한 번만 아빠를 보고, 이제 떠날 거야.

그때 어둠 속에서 탁탁 소리가 나더니 개가 이쪽으로 다가와 그에게 코를 문지른다. 지금은 안 되는데.

내가 떠나는 걸 개도 아는 걸까. 개가 낑낑대며 그의 손에 코를 문고 쿵쿵거리는 걸 느끼면서 그는 그런 생각을 한다. 개는 꼬리를 마구 흔들며 놀아달라는 눈빛으로 그를 쳐다본다.

가만있어, 개야. 조용히 해.

그는 무릎을 꿇고 개의 주둥이를 부드럽게 쓰다듬는다.

착하지. 짖어서 온 집안사람을 다 깨우지 않을 거지?

그 순간 아빠가 잠꼬대인지 무슨 말을 웅얼거리는 바람에 둘은 동시에 소파 위를 쳐다본다. 아빠는 돌아눕더니 다시금 코를 골기 시작한다.

그는 개를 쓰다듬는다. 결국 개가 등을 웅크리고 바닥에 앉았지만 꼬리 흔들기는 멈추지 않는다. 그가 몸을 앞으로 기울이며 개의 커다란 눈을 들여다본다.

마이클 형이 미친 사람을 보듯 그를 쳐다보더니 다시 어깨를 두드리며 빨리 가자고 재촉한다.

그는 자리에서 일어선다.

개도 따라 일어서려고 하지만 그가 앉으라는 손짓을 한다. 개가 짖어버린다면 문밖으로 뛰쳐나가야 할 것이다. 하지만 개는 목으로 가늘게 낑낑거리는 소리만 내면서 가만히, 슬프고 안타까운 눈길로 그를 쳐다볼 뿐이다.

그는 조용히 뒷걸음질 치며 개를 바라본다. 한 걸음, 또 한 걸음. 마이클 형이 열린 문을 잡고 서 있다. 그는 뒷걸음질로 문밖, 차가운 밤공기 속으로 나간다.

잠깐 둘은 입김을 호호 불면서 가만히 서서 속으로 개가 짖지 않기만을 빈다. 개는 아마 문 안쪽에서 순종하는 자세로 앉아 기다리고 있겠지. 찌르르한 슬픔이 느껴지는 바람에 그는 개를 데리고 갈 수 있으면 좋겠다고 생각한다. 하지만 지금은 안 된다.

마이클 형이 그를 쳐다보며 고개를 끄덕인다. 둘은 여전히 곤히 잠들어 있는 집을 뒤로하고 곧바로 동이 트기 전 어둠 속으로 성큼성큼 걸어간다. 공기는 차고 날카롭다. 완전히 잠이 깬 그는 어서 떠나고 싶어 몸이 근질거린다.

버스정류장까지만 가자. 그리고 떠나는 거야.

유로파 버스 센터는 벨파스트 한가운데 있다. 이 시간이면 관광객이며 출장 온 사업가들이 푹신한 침대에 누워 곤히 잠들어 있을 유로파 호텔 바로 옆이다.

둘이 도착했을 때 버스 센터는 무덤처럼 묵묵히 닫혀 있다. 온통 셔터가 굳게 내려져 있고 거리를 비질하는 청소부 하나 없다.

마이클 형이 안내판을 읽는다.

"더블린으로 가는 첫차는 6시인가 봐."

그는 벽시계를 본다. 아직 한 시간이 남았다.

한 노숙자가 벤치에서 자고 있다. 마이클 형은 그쪽으로 가지 않으려고 방향을 튼다.

"저 새끼 근처에 얼쩡거리면 안 돼. 아침이 오면 경비가 와서 깨울 텐데 그때 모습을 들키면 곤란하니까."

둘은 길모퉁이에 쭈그리고 앉는다. 입김이 호호 나오자 그는 몸을 떤다.

"너 먹으라고 챙겨왔어."

마이클 형이 키친타월로 싼 꾸러미를 건넨다. 어젯밤에 먹고 남은 햄 한 덩어리를 빵조각 사이에 끼운 것이었다.

"이게 내가 챙겨올 수 있는 최선이었다."

"끝내주는데."

그는 샌드위치를 한두 입 베어 먹다, 혹시 나중을 위해 남겨두어야 하는 걸까, 하고 생각한다.

둘은 마주보고 자리한 벤치를 하나씩 차지하고 앉는다. 차가운 금속 감촉이 청바지를 뚫고 들어온다.

"엄마의 더블린 집 주소 알지?"

마이클 형이 묻는다.

"트라힌 클론스 테라스."

"클론스 테라스 56번지. 잘 기억했어? 번지수까지 정확하게 알아야 해."

"클론스 테라스 56번지, 클론스 테라스 56번지."

그는 주소를 입속으로 여러 번 되풀이한다.

"더블린에 도착하면 일단 엄마 집을 어떻게 찾아가야 하는지를 알아봐. 엄마와 클레어가 널 돌봐줄 거야."

그랬으면 좋겠다.

"엄마도 알고 있을까?"

그가 묻는다.

"글쎄."

마이클 형이 말한다.

"엄마랑 아빠는 이제 말도 안 섞잖아. 내 생각엔 군이 엄마한테까지 말하지는 않았을 것 같은데. 엄마가 아빠한테 바가지 긁을 구실밖에 더 되겠어?"

둘은 서로 마주보며 씩 웃는다.

"하지만 소문은 빨리 퍼지니까, 어쩌면 엄마는 벌써 알지도 몰라. 어쩌면 그럴 수도 있단 소리야."

그렇게 생각하면 영 별로다. 묵주를 들고 기도하는 엄마가 그가 무슨 짓을 했는지 알게 된다니. 솔직히 내 알 바인가 싶으면서도 엄마가 나를 위해 기도하고 또 기도할 걸 생각하면…

천주의 성모 마리아님, 우리 죄인을 위해 빌어주시옵소서…

그는 콧방귀를 뀐다. 애초에 내가 이 기도문을 알고 있는 것조차 어이가 없다.

"왜 그래?"

마이클 형이 묻는다.

"아무것도 아냐. 그냥 엄마가 날 위해 마리아님을 몇 번이나 찾아댈지 상상해봤어."

"아, 오전 내내 빌어대겠군."

"그렇지, 클레어랑 브리짓한테도 기도하라고 시킬 거고."

둘은 웃음을 터뜨린다. 여자 셋이 무릎을 꿇고 미소 띤 성모상을 올려다보며 중얼거리고 있는 꼴이라니!

강간범이 된 아들을 위해 기도할 때는 마리아님을 몇 번이나 불러야 할까.

아니야. 강간범이라는 단어는 마음에 안 든다. 이 단어를 쓰는 순간 바로 유죄가 된다고 한다.

그는 마이클 형을 향해 돌아선다.

"몇 시야?"

5시 15분. 아직 날이 밝기 전이다. 저쪽 벤치에 누워 있는 노숙자는 미동도 없고, 역은 쥐 죽은 듯 고요하다. 아빠는 아직 로리 삼촌네 집에서 자고 있을까. 그는 첫차가 출발하기를 기다린다.

6시가 되기 직전, 골든 익스프레스 1X 버스가 더블린으로 출발할 준비를 한다. 시동을 켜더니 아침 공기 속에 치익 하는 소리를 뿜자 잠이 덜 깬 승객들이 대도시로 내려가려고 주섬주섬 모인다. 흑인 한 명, 중국인 두 명, 나머지는 다 평범한 사람들이다. 다 늙은 할머니도 있다.

마이클 형이 어서 타라고 그를 밀어 넣는다. 사람들에게 얼굴을 보이지 않는 게 좋다는 것이다.

"잘 가. 더블린에 도착하거든 연락해."

그는 고개를 끄덕인다. 엄마나 클레어한테 부탁하면 될 것이다.

"아빠 걱정은 하지 마."

마이클 형이 덧붙인다.

"아빠는 내가 잘 달래볼 테니까."

둘은 잠시 걸음을 멈추고, 마이클 형이 마지막으로 그를 한 번 안아준다.

"이리 와, 멍청아. 잘 지내야 된다. 남의 눈에 띄지 않게 어둠 속에 잘 숨어 있으면 아무도 널 못 찾을 거야."

뭐라고 대답하고 싶지만 목이 메어온다. 마이클 형 앞에서 어린애처럼 흐느끼는 모습을 보여주고 싶지 않다.

"알았어."

그는 결국 그렇게만 답한다.

"스위니 가문의 자랑스러운 아들이 되어야 한다."

마이클 형이 그에게 이마를 대더니 등을 한 대 때리고 작별 인사를 한다.

그는 야구 모자를 눌러쓰고 버스를 향해 간다. 돌아서서 마이클 형을 보지도 않는다. 차표를 사는 줄에서 그의 순서는 두 번째다. 앞에는 흑인 남자가 서 있다.

고개를 푹 수그린 채 버스 안으로 들어간다.

"더블린까지 한 사람이오."

그가 버스 기사에게 말한다.

"더블린 도심 아니면 더블린 공항?"

버스 기사가 물었지만 그의 옷차림이며 꾀죄죄한 가방을 훑어본 것만으로도 답을 알았단 표정이다.

네, 해가 쨍쨍한 하늘을 날아 따뜻한 이비자 섬 해변으로 가진 않을 거예요. 전 그런 사람이 아니거든요. 다 쓰러져가는 우중충한 더블린으로 갈 겁니다. 트라힌 클론스 테라스 56번지로요.

그는 버스 뒤쪽, 창가 좌석을 택한다. 몸을 수그리고는 있지만 버스의 출입문은 맨 앞에 하나뿐인데 너무 뒷좌석에 앉은 게 마음에 걸린다. 하지만 두세 시간만 있으면 국경을 넘어 자유로워질 것이다.

중국인 남자 둘이 차에 타는 것을 보자 그는 모자챙을 내려 얼굴을 숨긴다. 내가 그 중국 여자한테 그런 짓을 했으니 중국인들은 날 미워할 것이다. 하지만 그들은 그를 모른다. 길에서 만나는 여느 남자애 사이에서 그를 구분해내지 못할 것이다.

그래. 그냥 군중 속으로 녹아들어 사라지면 되는 거다.

버스 기사가 문밖으로 몸을 내밀어 아직 타지 않은 승객이 있는지 확인한다.

근처를 어슬렁거리는 마이클 형밖에 없다. 출발해. 빨리 출발이나 하라고.

문이 닫히고 버스가 후진하며 우중충한 차고를 빠져나온다.

버스가 방향을 바꾸는 순간 언뜻 마이클 형이 보이고, 둘은 세로로 물얼룩이 진 유리창 너머로 서로에게 손을 흔든다. 마이클 형이 그를 향해 고개를 끄덕이더니 씩 웃는다.

그는 좌석에 깊이 몸을 묻은 채 버스가 움직이며 창밖으로 유로파 호텔을 비롯한 벨파스트의 오래된 회색 건물들이 뒤로 물러나는 풍경을 본다.

*

목요일 아침, 드디어 헤이븐에서 전화가 걸려온다.

"선생님께 그런 사건이 일어났다니 정말 안타깝습니다. 극복하기가 정말 힘드실 텐데요, 저희가 어떻게 도와드리면 좋을까요?"

그녀는 할 말이 없다. 직원이 지나치게 에두르는 영국식 표현을 쓰는 건지도 모르지만, 성폭행 피해자에게 어떤 조치를 취해야 하는지 알아야 하는 게 이 사람들 아닌가? 이 사람들이 전문가 아닌가?

직원은 헤이븐 측에서는 보통 사건 신고를 받는 즉시 법의학 서비스와 의료 지원을 제공한다고 설명한다. 그러나 사파이어 유닛과 연락을 취해보니 그녀가 이미 벨파스트에서 필요한 의료 조치를 취했음을 알게 되었다고 한다.

마치 그녀를 도와줄 마음이 없다는 소리로 들린다.

"그럼, 저에게 해줄 일이 아무것도 없다는 말씀이세요?"

"지금 이 단계에서는 없습니다. 피해자들을 위한 상담 세션은 제공해드리고 있어요."

그녀는 화가 나서 직원에게 PEP에 대한 이야기를 쏟아붙인다.

"사건 이후 72시간 동안 그쪽에서 연락이 없었기 때문에 PEP 처방받는 방법을 직접 알아봐야 했어요."

"아, PEP 처방을 받으셔서 다행이에요."

"제가 월요일에 남긴 메시지 못 받으셨나요?"

어째서 다시 전화를 주는 데 이렇게 오래 걸렸느냐고 묻고 싶다.

"헤이븐의 일손이 부족해서 오늘 아침에야 메시지를 들을 수 있었습니다."

말도 안 되는 변명이지만 그녀는 그냥 넘어가기로 한다. 모든 싸움에 다 덤벼들 만한 에너지가 없다. 그녀는 상담 서비스에 대해 묻는다.

무료로 8회의 상담을 제공한다고 한다. 원한다면 오늘 오후부터도 시작할 수 있다고 한다.

그녀는 엘렌이라는 상담사와 오후 3시로 약속을 잡는다. 전화 통화는 거기서 끝난다.

손목시계를 들여다본다. 언니가 몇 시간 뒤면 도착할 것이다.

소파에 앉아 있으니 최소한 분노라는 감정은 느껴진다는 걸 깨닫는다. 잘된 일이다. 나의 감정이 완전히 죽어버린 것은 아니라는 뜻이니까.

　세레나 언니는 예전에도 히스로 공항에서 그녀의 집까지 와본 적이 있지만, 그녀는 어제 다시 한번 오는 길을 이메일로 보내주었다.

　그녀는 사실 세레나 언니가 얼마나 힘들게 여기까지 왔는지 알고 있다. 이스턴 캘리포니아에서 차로 일곱 시간을 운전해 샌프란시스코 국제공항에 도착한 뒤 다시 런던으로 열한 시간 동안 비행기를 타고 와야 한다.

　그다음엔 이민국을 통과하고 짐을 찾아서 복스홀까지 한 시간 동안 지하철을 타야 한다. 쉽게 생각할 여행이 아닌 것이다.

　12시 30분이 조금 넘은 시각 인터컴이 울린다.

　3분 뒤, 그녀는 현관문을 열고 철테 안경에 머리는 포니테일로 묶은 채 배낭과 수트케이스를 들고 나타난 세레나 언니를 맞이한다. 세레나 언니는 서른네 살인데도 학생이나 다를 바 없는 매력 없는 외모다.

　두 사람은 짧게 포옹한다. 그녀의 가족은 포옹을 즐겨 하는 편이 아니었기 때문이다. 그녀는 세레나 언니를 데리고 복도를 지나 부엌으로 들어간다.

　"좀 어때?"

　세레나 언니가 묻는다. 언니의 말투에는 평소와는 달리 걱정이 묻어 있다.

　그녀는 어깨를 으쓱해 보인 뒤 차를 끓이려고 전기 주전자를 켠다.

　"상상하는 대로지 뭐."

　세레나 언니는 여전히 서 있는 채로 배낭에서 종이가 가득 들어 있는 플라스틱 파일을 꺼내더니 그녀에게 건네준다.

"자, 내가 프린트해왔어."

그녀는 인쇄물을 넘겨본다. RASASC, 성폭행 위기지원 센터, 사마리탄스, 범죄 피해자를 위한 상담 전화번호 여러 개.

"링크도 이메일로 보냈어."

그녀는 고개를 끄덕인다. 이 중 몇 군데는 인터넷으로 접속해보았지만, 전화를 걸어 (또 한 번) 무슨 일이 일어났는지를 (모르는 사람에게) 설명한다는 것이 내키지 않았다. 에너지가 많이 필요한 일인데 지금은 소파에서 일어날 에너지조차 없어서였다.

"응, 나도 봤어."

"전화해봤니?"

"아직."

"내가 전화해줄까?"

"그래도 되고."

그녀는 그 정도로 대답을 끝낸다. 사실 진짜 하고 싶은 일은 얼 그레이 차를 마시고 다시 이불 속으로 들어가는 것뿐이다.

세상아, 그냥 사라져줘. 우리 조금 휴식 시간을 갖자.

세레나 언니는 아직도 자리에 서서 조금 혼란스럽다는 듯한 표정을 하고 있다.

"그럼, 오늘 해야 할 일은 뭐니?"

계획? 스케줄? 아, 맞아. 나에게도 하루의 일정을 계획하던 시절이 있었지.

"헤이븐이라는 곳에서 오후 3시에 상담이 잡혀 있어. 지금까지 쭉 미뤄졌었거든. 뭐, 언니가 원한다면 같이 하이드파크 산책이라도 해도 되고."

"내가 해줄 일은 없니?"

"그냥… 나랑 같이 다녀주면 돼. 요즘 혼자 있기가 좀 힘들어서."

세레나 언니는 고개를 끄덕인다. 그녀 스스로도 이상한 고백이라고 생각한다.

그래, 나 좀 이상하지? 언니 동생은 이제 이상한 사람이 됐어.

물이 다 끓어서 전기 주전자가 꺼진다.

"차 마실래?"

*

버스를 탄 지 한 시간째, 버스는 똑같이 생긴 동네들을 들어갔다 나왔다 한다. 번화가, 교회, 우체국, 술집—이른 시간이라 모두 닫혀 있다.

그중에는 유니언 잭으로 도배를 하다시피 한 동네도 있다. 말 그대로 동네에 있는 모든 가로등과 깃대에 유니언 잭이 걸려 있다.

영국인이라는 자부심이 넘쳐서 좋겠네. 하지만 솔직히 다를 게 뭐 있단 말인가. 여왕이 나에게 해준 거라도 있나? 그러니까 우리 얼굴 앞에서 그딴 깃발 휘날리지 않으면 좋겠다.

아니다. 그는 벨파스트를 떠나서 기분이 좋다. 더블린에서 더 잘 지낼 수 있을 것이다. 수많은 사람 사이에 섞여 하나도 중요하지 않은 파비 소년으로 살아갈 수 있을 것이다.

버스는 조금 큰 동네로 들어선 뒤 강가에 새로 지어 번쩍이는 버스 터미널 앞에 정차한다.

버스가 정차장에 서고 시동이 꺼진다.

"뉴리입니다."

버스 기사가 소리를 지른다.

"공화국으로 가기 전 마지막 정차입니다. 십 분 뒤 출발합니다."

버스 기사는 담배를 한 대 피우러 나간다.

담배를 피우고 싶어서 미칠 것 같다. 뭔가 마음을 진정할 게 있어야 한다. 고개를 숙여 보니 무릎을 미친 듯 떨고 있다. 안 돼, 지금은 가만히 있어야 한다. 조금만 기다리면 국경을 넘을 수 있다.

그는 좌석에 몸을 더 깊이 묻고 눈을 감는다.

잠시 잠이 들었던 것 같은데, 버스는 여전히 정차해 있고 사람들이 차 앞쪽에서 차표를 사고 있다. 온 동네 사람이 다 타려는 것 같다.

어서 차표를 다 팔고 떠났으면 좋겠다.

지금까지 질리게 들은 곡이 아닌 다른 곡을 찾으려고 아이팟을 만지작거리다가 다리를 건너 이쪽으로 똑바로 달려오는 차를 알아차린다.

이 버스를 꼭 잡아야 한다고 절박하게 달리고 있는 것처럼 속도가 빠르다.

마지막 두 사람이 버스 계단을 올라와 차표를 사려는 참이지만, 지금 당장 차 문이 닫혔으면 좋겠다.

그 더러운 푸른 차가 어쩐지 눈에 익다.

바로 그 순간 그는 깨닫는다. 로리 삼촌의 차다.

나를 여기까지 쫓아왔구나. 로리 삼촌 혼자만 온 것은 아닐 것이다. 분명 아빠도 타고 있겠지.

몸속이 다 녹아버리는 것만 같다. 제발 여기서 빠져나가고 싶다.

미쳐버릴 것 같은 심정으로 주변을 둘러보지만 버스 앞문 말고 다른 출구는 없다. 창문이 너무 작아서 빠져나갈 수도 없다.

앞에서는 버스 기사가 마지막으로 남은 차표를 팔고 있다.

빨리 이 문 닫고 시동 켜라고!

지금이라도 달려가서 버스 기사에게 빌고 싶은 심정이지만 안 된다. 고개를 숙이고 그늘에 있어야 한다.

그는 다시 창밖을 바라본다. 푸른 차가 멈추고 문이 열린다. 역시나 아빠가 타고 있다. 아빠는 차에서 내리자마자 버스로 달려온다. 로리 삼촌도 아빠 뒤에서 따라 뛴다.

그는 좌석 위에 납작하게 드러눕는다. 지금이라도 버스가 출발하길. 기사가 아무것도 모르길. 하지만 고함 소리, 문이 다시 열리는 소리가 난다.

아빠의 목소리가 들린다. 버퍼들 앞에서 가식을 떨 때 쓰는 미안해 죽겠다는 목소리다.

"…아들을 찾고 있습니다."

아빠가 말하는 소리가 들린다.

"…또 집을 뛰쳐나갔거든요. 아직 어려서…"

아, 제발 꺼지라고요, 아빠.

그는 좌석에 거의 눕다시피 한 채로 버스 바닥을 눈으로 훑는다. 바닥으로 내려가서 좌석 밑에 숨으면 못 찾지 않을까.

아빠는 아직도 우물쭈물 말을 늘어놓고 있다.

"잠깐이면 됩니다…"

발자국이 통로를 따라 걸어오면서 자리마다 멈추는 소리가 들린다.

"죄송합니다. 아들을 찾아야 해서요."

버스 바닥은 차갑고 토사물 냄새가 나며 좌석 밑바닥은 다 터져 있다.

"빨리빨리 해요."

버스 기사가 소리를 지른다.

"운행 스케줄에 맞춰야 한다니까요."

돌아서서 내리세요, 아빠. 여기엔 제가 없어요.

하지만 아빠의 부츠가 점점 가까이 다가오는 것이 보인다. 점점 가까워져서 이제는 바로 앞좌석 앞에 선다.

전 여기 없어요. 전 투명인간이에요.

그 순간 획 소리와 함께 아빠가 그의 멱살을 잡고 끌어낸다. 그대로 좌석에 밀어붙여진 채, 그를 꿰뚫어보는 조용한 분노로 가득한 아빠의 눈과 마주친다.

"시도는 좋았다, 조니."

＊

그녀는 언니와 함께 캠버웰의 킹스 컬리지 병원 근처에 있는 헤이븐의 조그만 대기실에 앉아 있다. 헤이븐이 위치한 건물은 비뚤어져 제대로 열리지도 닫히지도 않는 문이 달린 코티지식 건물이었다.

벽은 연한 분홍색이고 가구에는 특색이 없다. 그녀는 모르는 사람들이 너덜너덜해질 정도로 넘겨본 6개월 전 여성잡지를 노려보고 있다. 그 사람들은 아마 그녀보다 먼저 이곳에 찾아와 초조하게 상담을 기다리던 강간 피해자 아니면 그 동행이었을 것이다.

"비비안 탠 씨?"

고개를 들자 곱슬곱슬한 회색 머리에 온몸에서 피로한 기색이 묻어나는 키 작은 중년 여성이 서 있다.

"제가 엘렌입니다."

활기라고는 느껴지지 않는 사람이다. 상담을 시작하기도 전에 상담사가 피곤해 보이면 대체 무슨 희망을 가질 수 있을까. 그래도 그녀는 엘렌을 따라 천장이 낮은 복도를 걸어 텅 빈 작은 방으로 들어간다.

문이 닫히자 방 안에서 엄청나게 큰 소리로 째깍거리는 시계소리가 난다. 째깍째깍째깍. 여기선 단숨에 나이를 먹어버릴 것 같다. 벽에는 꽃병이 그려진 액자 말고는 아무것도 걸려 있지 않다. 창에는 버티컬 블라인드가 달려서 해가 잘 드는 잘 꾸며진 정원 풍경을 세로로 분할하고 있다.

"앉으세요."

두 사람 사이의 테이블에 티슈 상자가 놓여 있다.

엘렌이 노트와 펜을 손에 들고 있다. 얼굴에는 여전히 웃음기가 없다.

한 시간 동안 엘렌은 얼마나 많은 걸 적어 내려갈까?

"자, 비비안. 어떤 일이 있었는지 얘기해주세요."

또다시 그 이야기를 처음부터 끝까지 해야 한다는 게 내키지 않아 그녀는 눈썹을 움찔거린다.

그러나 시계바늘이 째깍거리는 소리를 듣자 그녀는 이 작은 방 안에서 앞으로 60분간 어쨌든 버텨야 한다는 사실을 깨닫는다. 미뤄서 될 일이 아니다.

그녀가 입을 연다.

"그러니까, 지난주에 벨파스트에 갔었는데요…"

*

　머리끝까지 화가 난 아빠와 함께 다시 벨파스트로 돌아가는 길. 운전석에 앉은 로리 삼촌은 마치 자신은 아무것도 안 들린다는 듯이 커다란 머리를 주억거리고 있지만, 그는 삼촌이 내내 귀를 기울이고 있다는 걸 안다. 분명 자기 자식들이 믹 스위니의 쓸모없는 두 아들보다 훨씬 낫다고 생각하고 있겠지.

　좆 까세요, 로리 삼촌.

　아빠는 내내 그의 뒷목을 바이스로 물리듯 꽉 쥐고 있다.

　"이거 좀 놔줘요, 아빠."

　그가 버둥거린다.

　"도망 안 가요."

　"이젠 못 믿겠다, 조니."

　아빠는 이쪽으로는 눈길도 주지 않고 창밖만 쳐다본다.

　"간밤에 널 위해 송별회까지 열어줬는데 그 보답이 이거냐."

　바깥으로는 아까 봤던 오래된 동네들이며 언덕이 거꾸로 지나간다. 마침내 아빠의 손이 느슨해지지만 손은 여전히 거기에 있다. 앞으로도 거기에 있을 것이다.

　"경찰이 너에게 수갑을 채울 거다. 너한테 뭘 읽어줄 거야."

　윌로필드 경찰서 앞 길가에 차를 세우는 동안 아빠가 말한다. 차문은 잠겨 있다.

　"아무 말도 하지 말고, 고개만 끄덕이고 이해했다고 말해라. 나도 옆에 있겠지만, 경찰이 뭐라고 묻든 대답하지 마라. 절대 싸우지 말고."

창밖으로 경찰들이 경찰차와 경찰서 사이를 오가는 모습이 보인다. 그중 한두 명은 그들이 탄 차 쪽에 눈길을 주기도 한다.

"그다음엔 국선변호사를 부르라고 할 거다. 아마 국선변호사가 도와줄 테니까, 그 사람이 올 때까지는 공원에서 만난 여자에 대해 한마디도 하지 마라. 알아들었냐?"

그는 고개를 돌려 아빠를 쳐다본다. 고개를 끄덕인다.

"경고한다, 조니. 이건 아주 중요한 일이야. 앞으로 네가 어떻게 될지가 여기서 결정된다고."

앞으로 내가 어떻게 될지 신경이나 써요, 아빠?

"알겠어요, 아빠. 이해했어요. 이제 됐어요?"

"그래, 이제 가자."

로리 삼촌이 어색하게 한 팔을 뻗는다.

"몸 조심해라, 조니. 나오거든 영국에 데려가서 네 사촌들을 만나게 해주마."

영국에서 캐러밴을 놓고 살아가는 수만 명의 사촌들에게 그는 관심이 좆도 없다. 지금 그가 신경 쓰는 사람은 단 한 명뿐이다.

"들어가기 전에 마이클 형한테 전화 한 통 할 수 있을까요?"

아빠가 이상한 눈길로 그를 바라본다.

그러나 다음 순간 아빠는 평소의 믹 스위니로 돌아와 핸드폰을 꺼내 버튼을 누른 뒤 그에게 건네준다.

발신음이 울린다.

제발, 받아, 받아, 형.

뭐라고 하지? 형, 결국 아빠한테 붙잡혀버렸어. 그래도 내가 감옥에 들어가면 어떻게 해야 할지 좀 알려줘…

아빠는 고개를 돌린다. 관자놀이의 혈관이 꿈틀대는 게 보인다.

하지만 전화는 연결될 기미가 없다.

아빠가 거는 전화라서 안 받는 걸 거야.

속에서 뭔가 구겨지는 것만 같다. 그는 아무 말 없이 아빠에게 전화기를 돌려준다.

"그럼 이만 가보자."

아빠가 그렇게 말한 뒤 차문을 연다.

그는 차에서 내려 아빠와 함께 길가에 서서 경찰서를 바라본다. 거대한 바리케이드가 사방에 쳐져 있고 그 위에는 철조망이 둘러쳐져 있다.

어둑어둑해진 하늘에서 비가 떨어지기 시작한다. 크고 무거운 빗방울이 그의 뒷목에 툭 떨어진다. 콘크리트 계단은 경찰서 입구로 이어진다. 경찰서 안으로 들어가는 것 말고는 어떤 길도 없다.

*

"상담사가 그러더라. '우리가 하는 일은 당신의 감정을 털어놓을 수 있는 공간을 열어주는 거예요'라고."

세레나 언니가 픽 비웃는다.

"뜻이나 알고 하는 말인가."

"내 말이. 감정을 털어놓고 싶으면 친구들한테 얘기하지, 알지도 못하는 어색한 사람에게 얘기할 리가 없잖아."

"음, 뭐 갈수록 나아질지도 몰라."

"어쩌면 그럴지도."

하지만 진짜로 그렇게 생각하지는 않았다.

둘은 하이드파크의 낮은 언덕 아래, 부드럽게 움푹 꺼진 자리에 앉아 있다. 날은 아직 쌀쌀하지만 풀무더기 사이에 시들어가는 수선화 군락이 점점이 자리 잡고 있다. 그녀는 나무그늘 바로 앞에 재킷을 펼쳐 깔고 앉았다. 둥글게 파인 흙 위, 푸른 잔디가 펼쳐진 곳에서 얼굴에 햇볕을 받고 있으니 둘은 어쩐지 보호받고 있는 것처럼 보인다.

그녀는 눈을 감고 햇살을 흠뻑 받으며 보이지 않는 어딘가 먼 곳에서 개가 짖는 소리와 지나가는 사람들이 떠드는 소리를 듣는다.

"괜찮아?"

잠시 침묵이 흐른 뒤 세레나 언니가 입을 연다.

"별로."

그녀는 손바닥으로 잔디의 윗면을 쓸어낸다.

"여기 올 때 엄마 아빠한테는 뭐라고 했어?"

"아무 말도 안 했어. 다른 데로 출장을 간다고 했지. 뉴욕이라고 했을걸."

"정말 똑똑하다."

일주일 넘게 엄마와 통화를 안 했다는 생각이 그제야 든다. 이 사건에 대한 이야기를 생략한 채로 엄마랑 대화를 주고받는 건 감히 상상조차 안 된다.

"엄마가 내 얘긴 안 해?"

그녀가 묻는다.

"했어. 네가 출장 다녀와서 너무 바쁘다고. 시간 날 때 전화할 거라고 했지."

좀 다른 의미지만 그 말은 거짓 하나 없는 진실이다.

"나중에 얘기해야 하면 그냥 짧게 말하고 넘어가. 별일 아니라는 투로."

세레나 언니가 말한다.

"그런데 웬만하면 엄마와 아빠는 모르는 게 좋겠어."

왜냐고 물을 필요조차 없다. 그녀도 그렇게 생각하니까. 그녀는 풀잎을 똑똑 꺾어서 둥글게 뭉치기 시작한다.

"그냥… 엄마 아빠가 충격을 받을 것 같아서. 충격으로 어쩔 줄 모르실걸. 내가 변호사니까 나한테 매달리겠지만, 나도 어떻게 해야 할지 모르겠는걸."

"분명 뉴저지로 돌아오라고 하실걸."

"그러고 싶어?"

"장난해?"

잠깐이지만 그녀는 교외에 있는 작은 방, 그녀가 기를 쓰고 탈출하려던 그 방으로 돌아가는 상상을 한다. 거기서 대체 뭘 하겠는가. 이제 웨지우드에는 친구도 없고, 일할 것도 없다. 차도 없다. 싸워대는 부모님과 함께 살면서 부모님의 세탁소에서 똑같은 오래된 손님들을 친절한 척 상대하는 일이나 하겠지. 여행을 해본 적도, 교외의 막다른 골목을 벗어나본 적도 없는 이웃들 말이다.

아니, 부모님 집으로 돌아가는 것만은 절대 안 된다. 차라리 여기 런던에서 혼자 처리하는 것이 낫다. 간소한 살림으로 두 하우스메이트와 살면서, 템스강이 내다보이는 에어 매트리스 위에서 자는 싱글의 삶이 낫다. 그게 그녀에게는 집이라고 할 만한 곳이다.

둘은 부모님이 어떻게 반응할지에 대해선 굳이 이야기하지 않는다. 엄마는 순식간에 울음을 터뜨리고 찢어지는 목소리로 이렇게 말할 것이다.

몸조심하라고 했지! 혼자서 하이킹 같은 걸 가는 게 아니야!

그리고 아빠. 아빠는 화가 나서 그냥 묵묵히 혼자 동떨어져 있다가 나중에 딸들을 무모하고 독립적으로 키웠다면서 엄마를 닦달해 댈 것이다.

"그래, 걱정하지 마."

그녀가 세레나 언니에게 말한다.

"엄마 아빠한텐 말 안 할게."

사실 애초에 질문할 거리조차 아니었다.

태양이 구름에 가려지자 추워졌다. 그녀는 몸을 떨며 재킷을 도로 입는다.

이렇게 크고 중요한 사건을 비밀로 한다는 사실에 어쩐지 죄책감 이 느껴진다. 어린아이가 부모에게 거짓말을 하는 것만 같다. 어차 피 성인이 된 그녀의 삶에 대해 부모는 거의 모른다. 거기에 한 가지 더 없는다 해도 별일 없으리라.

*

경찰서 책상 뒤 벽에는 그를 그린 몽타주가 붙어 있다. 별로 닮진 않았다. 머리 모양과 주근깨는 비슷했지만 눈은 마치 그가 평생을 정신병원에서 썩었다면 가질 만한 눈빛이다.

14~18세가량 되는 청소년.

강간 용의자로 수배 중.

그는 그 그림을 가리키며 '그림을 되게 못 그렸네요' 하고 싶다.

하지만 말은 아빠가 하고 있고 경찰들은 심각하다는 듯 고개를 주 억거린다. 마이클 형이 처음으로 잡혀서 엄마와 킬케니 경찰서에 갔 을 때랑 비슷하다. 그때 경찰들은 두 사람이 쓰레기나 되는 듯이 쳐 다봤다. 지금은 아빠한테 똑같은 눈길을 보내고 있다.

"네 이름이 조니냐?"

뚱뚱한 경찰이 묻는다.

그는 고개를 끄덕인다.

"그래, 자수한 건 다행이다. 내가 전화를 몇 통 거는 동안 잠깐 네가 있을 방을 둘러보고 있으렴."

아빠가 그를 쳐다본다.

"자, 따라와."

경찰이 말한다. 이중 턱이 꿈틀대고 있다. 경찰은 문을 열더니 그가 개처럼 따라 들어오길 기다린다.

다시 한번 아빠를 쳐다본다.

"여기 있을 테니까 들어가렴, 조니."

그는 아무것도 없는 좁아터진 방 안으로 걸음을 내딛는다. 등 뒤에서 짤깍 하고 문 잠기는 소리가 난다.

"4월 12일 토요일 오후, 웨스트 벨파스트에 위치한 글렌 포레스트 파크에 있었니?"

그에게 이 질문을 하는 담당 수사관은 이름이 모리슨이라고 했다. 정장 차림의 젊은 사람으로 딱히 짭새처럼 생기지도 않았다.

그는 곧바로 대답하지 않지만 돌아온 아빠가 그의 옆에 앉아서 사나운 눈으로 쳐다보고 있다.

"네."

"그리고 공원에 혼자 있던 비비안 탠이라는 여성을 만났니?"

그게 그 여자 이름인가? 처음 듣는 이름이다. 망할 년이 이름까지 거짓말을 했군.

"여자를 만났어요. 이름은 말을 안 해줬어요."

"하지만 공원에 혼자 있던 미국인 여성과 대화를 나눈 것은 사실이니?"

"네."

"그리고 네가 왜 그 여성과 관련된 사건에 질문을 받고 있는지 이해하고 있니?"

대체 이게 무슨 뜻이지? 짭새의 입에서 한 번에 너무 많은 말이 나온다.

"경찰이 절 찾고 있다는 건 아는데요."

짭새가 고개를 끄덕인다.

"그럼 됐다, 조니."

*

그날 밤 그녀는 저녁식사에 초대받아 간다. 스테판이 코벤트가든에 있는 아파트에 그녀와 세레나 언니, 그의 또 다른 친구 마그다를 초대했던 것이다.

체코 출신의 신경질적이고 깡마른, 모든 일에 걱정을 놓지 않는 것처럼 보이는 마그다는 예전에도 만난 적 있는 사이다. 오늘 마그다는 얼마 전 실패로 돌아간 연애에 대해 투덜거리는 중이다.

"심지어 전화도 다시 걸지 않고 다시는 연락할 필요가 없다고, 이걸로 우리 사이가 끝이라고 멋대로 결정해버렸어."

그녀는 그 말을 들으면서 먹지도 않은 양고기의 연골과 지방 사이를 포크로 이리저리 쑤시며 조용히 가지고 노는 중이다.

세레나 언니도 별로 말이 없다.

"뭐, 그냥 잊어버려."

스테판이 말한다.

"하지만 언제까지 그냥 참기만 해야 하는 거야?"

마그다가 묻는다.

예전의 그녀라면 그 말에 맞장구를 치고 이야기에 끼어들었을 것이다. 그러나 지금은 마그다가 어떻게 자기 생각에만 빠져 있는지 놀라울 뿐이다.

그녀는 입을 다물고 있다. 로즈마리를 곁들인 구운 감자를 썰어서 씹고 삼킨다.

그때 핸드폰이 울린다.

"미안."

그녀는 핸드폰을 찾아 가방을 뒤적인다.

발신자 표시가 되지 않은 번호였다. 분명 경찰에서 온 전화라는 걸 알기에 이제는 익숙해진 욕지기가 올라온다. 경찰에서 전화가 올 때마다 발신자 표시가 없었다.

"여보세요?"

"안녕하세요, 비비안. 북아일랜드 경찰의 토마스 모리슨 경위입니다. 지금 통화 가능하신가요?"

주위를 둘러본다.

"잠시만요."

그녀는 복도로 나가 벽에 걸린 프랜시스 베이컨의 「머리 IV」라는 제목의 그림 복제본이 담긴 액자 앞에 선다.

"네, 통화할 수 있어요."

"좋은 소식이 있습니다."

모리슨 경위는 애써 밝은 목소리로 말한다.

경찰이 전해주는 좋은 소식이라, 아이러니가 아닐 수 없다.

"무슨 소식이죠?"

"용의자를 잡았습니다. 체포했고요."

욕지기가 다른 것으로 변한다. 음울하고 희미한 안도감이 중세 그로테스크풍의 그림처럼 슬며시 미소를 지어오는 것 같다.

"정말요?"

"네, 그렇습니다. 이제 편안하게 쉬십시오. 아직 진술을 마치지 않은 상태이지만 일단 찾았다는 사실을 알려드리고 싶었습니다."

"고맙습니다."

토마스 모리슨 경위는 그 밖에 몇 가지 소식을 더 알려주었다. 동네 사람들이 그녀를 위해 마련한 촛불집회가 토요일에 공원에서 열릴 거라는 것이다. 그러니까 벨파스트 사람들은 그녀를 생각하고 있고, 용의자를 잡았다는 사실에 모두 안도하고 있다는 것이다.

하지만 모든 것이 초현실적으로 느껴진다. 저주받은 전쟁처럼 느껴지는 이 모든 고통 속에서 용의자를 잡았다는 건 아주 작은 승리에 불과하다. 이제 어떻게 해야 할까? 신이 나서 방으로 달려간 다음 기쁨에 펄쩍펄쩍 뛰면서 좋은 소식을 알려야 하나?

게다가 촛불집회라니… 전혀 모르는 사람들이 그녀를 위해 기도한다고 해서 그녀에게 좋을 건 또 뭔가? 이런 건 조금도 원하지 않는다. 하나도 기쁘지 않다. 고맙지도 않다. 미소조차 나오지 않는다.

그녀는 복도에서 잠시 머뭇거리며 서 있는다. 거실에서 시시한 대화가 웅얼웅얼 들려온다. 프랜시스 베이컨의 자화상을 덮은 유리에 그녀의 연약한 윤곽이 비친다. 그림은 눈이 없이 쩍 벌린 굶주린 입만 있는 얼굴로 머리는 희박한 공기 속으로 사라지고 있다.

그녀는 그림을 빤히 쳐다본다. 자신의 얼굴도 사라지면 좋겠다고 생각한다.

*

수갑을 보는 순간 그는 토할 것 같다.

뭐라도 하자. 여기서 나가야 돼. 이 방을 뛰쳐나가서 밖으로 나가 달려가 버리자. 길을 달려가 어디로든 가버리자.

하지만 아빠가 바로 옆에 서 있다. 그는 자신이 도망칠 수도 토할 수도 없다는 걸 안다. 시키는 대로 하는 수밖에 없다.

그는 겁쟁이처럼 두 손을 내민다.

서늘하고 단단한 수갑이 손목에 찰칵 채워진다. 쇠가 손목을 긁는다.

"존 마이클 스위니, 당신을 올해 4월 12일 비비안 탠을 폭행하고 강간한 혐의로 체포한다. 당신은 묵비권을 행사할 수 있으나 법정에서 심문을 받을 때 묵비권을 행사하면 당신에게 불리한 작용을 할 수 있다. 당신이 하는 모든 진술은 증거로 채택될 수 있다. 이해했는가?"

아니, 잘 이해가 안 되지만 상관없다. 어차피 신경도 안 쓸 거잖아.

다시금 새까만 발톱이 온 마음을 들쑤시기 시작해서 숨을 쉴 수가 없다. 생각을 할 수도 말을 할 수도 없다. 그냥 그대로 이 작고 헐벗은 방 안에서 갈기갈기 찢기는 수밖에.

제3장

당신이 무슨 말을 할지 안다. 사람은 때로 이런 일을 저지르기 마련이라고. 그게 언제인지, 어느 날인지, 어떤 여자인지, 그 여자에게 무슨 일을 할지는 모르지만, 그런 일을 저지르다 어느 날 대가를 치르게 되고, 그때 너는 후회하게 될 거라고.

나는 그 짓을 후회하나? 후회라는 단어는 사람들이 밖에서부터 내 머릿속에 망치로 때려 넣으려는 그런 단어다. 내가 팅커라고, 내가 하찮은 먼지라고, 자기 자신을 미워하게 하는 또 하나의 술수다. 문제는 나에게 후회라는 말은 아무 의미가 없다는 것이다.

그들은 자꾸 묻는다. '그 여자에게 한 짓을 후회하는가?' 그럼 다른 여자들은? 내가 훔친 지갑이나 핸드폰, 그런 것들에 대해서도 후회해야 하나? 그럼 내 인생을 통째로 후회해야 하나? 그런데 내가 어째서 내 인생이 어떤 건지도 모르고 별반 관심도 없는 사람들을 위해서 후회해야 하는가? 내 인생이 그 사람들 중 누군가의 인생에 끼어들기 전까지는 아무도 내 인생에 관심이 없다.

그러나 내가 그 여자와 그 짓을 하지 않았다면, 그 여자가 경찰한테 아무 말도 하지 않았다면, 내 인생엔 아무 문제가 없었을 것이다. 어둠 속을 혼자 돌아다니는 보잘것없는 파비 소년에게 누구도 주의를 기울이지 않았을 것이다.

그래, 이제 와서 생각해보면 다른 여자를 고르는 게 나았을 것 같다. 좀 더 어린 여자. 입을 함부로 놀리지 않는 여자. 다른 녀석들은 절대 잡히지도 않고 원하는 대로 자유롭게 돌아다닌다. 하지만 나는? 단 한 번의 잘못된 선택으로 인생이 망해버렸다.

물론 내 인생은 시작부터 망해 있었다. 그러니까 자, 여기 존재하지 않는 척해버리자.

사실 난 여기 없는 거나 마찬가지다. 또 다른 여자가 나타나서 내가 자기에게 무슨 짓을 했다고 질질 짜지 않는 한. 그러면 경찰은 아마 나를 교정할 수 있을 거라고 생각할 거다. 하지만 나는 언제나 이 자리에 있었다. 다만 그들이 나를 보려 하지 않았을 뿐이다.

*

그녀는 이제 자신에게 무슨 일이 일어났는지를 들을 때 사람들이 짓는 표정에도 익숙해졌다. 이 이야기를 잘, 안전하게 하는 데도 익숙해졌다. 왜냐하면 사람들은 그가 그녀에게 취하게 만든 온갖 체위를 정말로는 알고 싶어 하지 않기 때문이다. 이런 얘기는 남들에게 말하기에는 너무나 사적인 얘기다.

하지만 이렇게 검열한 이후의 이야기조차 그들은 들으면서 얼굴을 찌푸린다.

사람들에게 이 사건의 불쾌한 세부사항을 일일이 이야기해 보았자 아무 의미가 없다. 그 사건은 오직 나 혼자서 감당할 몫이다. 경찰 또는 심리치료사만 알면 되는 이야기다.

하지만 친구들은… 조금 이상한 말이지만 그들을 보호하고 싶다. 그렇지 않으면 그들이 너무 충격을 받아서 그들의 안전한 중산층 생활이 산산이 부서져버릴 테니까.

그러나 내가 감당하는 진실은 이와는 다르다. 모든 것이 변해버렸다.

그래서 그녀는 친구들에게 안전한 버전의 이야기만 해준다. 그중 누군가가 더 자세히 이야기해 달라고 한다면 의무감 때문에 이야기해줄 수는 있다. 다른 친구들은 말한다.

"말하기 싫으면 안 해도 괜찮아."

그게 질문을 안 할 핑계라도 되는 것처럼.

하지만 어째서 내가 그 이야기를 하고 싶지 않겠는가? 그 토요일날 나에게 일어난 엄청나게 큰 사건을 어떻게 무시할 수 있겠는가?

그건 어마어마한 거짓말일 것이다.

벗어던질 수 없는 기만이다.

*

"조니, 한 단계씩 천천히 이야기해보자. 토요일에 어디에서 뭘하고 있었는지부터 얘기해다오. 그날 아침부터 이야기를 시작해볼까?"

그는 지난번과 똑같은 작은 방에 앉아 있다. 지금은 자신에게 질문을 던지는 모리슨 경위와 또 다른 경찰 한 명 그리고 로리 삼촌까지 함께 있어서 더 좁아터진 것처럼 느껴진다는 점이 다르다. 이번에는 아빠가 나랑 너무 가까운 사이라며 못 들어오게 했다. 그래서 로리 삼촌이 오게 된 거다. 삼촌 옆에는 맥루언이라는 국선변호사가 앉아 있다. 철테 안경에 회색 정장에 번쩍거리는 시계까지 찬 맥루언 변호사를 만약 길에서 혼자 마주쳤다면 그 사람의 지갑을 노렸을 것 같다.

327

지금 맥루언 변호사는 내 편이다. 그가 말한다.

"난 너를 도와주러 온 거다. 징역을 오래 살지 않도록 최선의 합의점을 찾을 거야. 그러려면 나에게 협조해서 네가 아는 걸 전부 말해줘야 해."

그는 그 말대로 했다. 이야기를 프릴과 리본으로 장식해서 처음부터 끝까지 다 말해주었다. 그리고 지금은 맥루언 변호사가 이 이야기를 모리슨 경위에게 그대로 전해주는 중이다.

모리슨 경위는 상당히 젊다. 갈색 정장, 둥근 얼굴. 텔레비전 광고에 나오는 멍청해 보이는 아빠처럼 생겼지만, 지금은 사무적인 얼굴로 그에게 질문을 하고 있고, 다른 경찰들은 그 말을 전부 받아 적는 중이다. 녹음기를 틀어놨는데도 말이다. 모리슨 경위는 때때로 뭔가 끄적거리지만 뭐라고 썼는지는 잘 모르겠다. 스위니 가문은 똑똑함과는 거리가 멀다.

철로 된 테이블 위에 물이 한 컵 놓여 있지만 물을 마시고 싶으면 누군가에게 컵을 입에 대 달라고 해서 꿀꺽꿀꺽 마셔야 한다. 끝내주네.

"천천히 해도 된다."

모리슨 경위가 말한다.

"시간이 필요하면 충분히 생각해라."

"그날 아침 캐러밴에서 눈을 떴어요."

"그 캐러밴은 어떤 캐러밴이지?"

제기랄, 오래 걸리겠는걸.

예기치 못하게 다른 이야기들이 그녀를 찾아온다. 시간이 조금 지나자 예전만큼 예기치 못한 일은 아니게 된다. 이런 일이 얼마나 자주 일어나는지, 사람의 인생이 얼마나 자주 성폭행으로 망가지는지. 이런 사실을 그녀는 처음으로 알게 된다.

친구의 친구.

이모.

언니.

학교 친구.

한 여자는 친구와 캠핑 중이었다고 한다. 캠핑장에 있는 화장실에 갔는데 남자 둘이 숨어서 기다리고 있었다고 했다. 바로 그 자리에서 성폭행을 당했다고 한다.

또 어떤 여자는 개인적인 휴가를 내어 NGO 활동으로 엘살바도르에 봉사활동을 하러 갔다고 한다. 마지막 날 혼자 바에 갔는데 갑자기 테이블에 누군가가 맥주 두 잔을 놓았다고 한다. 다음 날 아침 깨어나니 낯선 방의 더러운 매트리스 위였다고 한다. 아래가 아파왔기에 성폭행을 당했다는 사실을 알았는데도, 그녀는 어서 호텔로 돌아가 비행기를 타고 집으로, 안전한 곳으로 가고 싶은 생각뿐이었다고 한다. 게다가 엘살바도르 경찰은 어차피 범인을 잡지도 못할 것이라고 했다는 것이다. 성폭행은 늘상 일어난다. 뉴스거리도 되지 못한다.

파티에 갔다가 술에 너무 취한 여자를 집까지 데려다준 남자친구는 집 안에 들어서자마자 그녀를 성폭행했다. 그리고 새벽 4시에 반쯤 벌거벗은 채 충격에 사로잡혀 있는 그녀를 소파에 버려두고 가버렸다. 아침이 되자 경찰에 신고했지만 경찰들이 집 안을 샅샅이 뒤지며 그녀의 속옷 하나하나까지 뒤지는 걸 참을 수가 없었다고 한다. 사건이 일어난 직후에 또다시 너무 심한 폭력을 당하는 기분이었다고 한다.

폭력 다음에 또 다른 폭력이 뒤따른다. 지난 몇 주간 그녀가 알게 된 것은 여기까지다.

*

텔레비전에서 보는 것만큼 신나지는 않네.

텔레비전에 나오는 범죄자는 온몸이 문신투성이에 머리는 빡빡 민 강인한 남자로 테이블을 뒤엎어버리고 형사와 칼싸움을 벌인다. 하지만 여기서는 사람들이 전부 그를 둘러싸고 앉아서 살면서 들은 가장 따분한 질문들에 대답을 할 때까지 기다린다.

"네가 아버지와 형과 함께 사는 캐러밴은 어디에 있지?"

"저기, 글렌 바로 위 길가에 있어요. 폭포가 내려다보이는 곳이오."

"좋아, 조니."

모리슨 경위가 펜으로 끄적거리며 무언가를 쓴다.

"그날 아침 일어난 것은 몇 시경이었지?"

그는 어깨를 으쓱한다. 집에는 시계가 없고 그에게는 손목시계가 없다.

"대략적으로 추정한다면?"

시간 같은 것에 누가 신경을 쓴다고.

"그냥 일어났는데요."

"그때가… 9시쯤이었니? 아니면 11시쯤이었니? 떠올려봐라, 조니."

"몰라요. 저는 시계 안 봐요."

경찰이 말을 멈추더니 목을 고르고 맥루언 변호사를 쳐다본다.

"저희 의뢰인이 기억하지 못하는 사실에 대해 시간을 특정하라고 채근하는 건 공정치 못한 것 같습니다."

"알겠습니다."

모리슨 경위가 대답한다.

"자, 정오 전이었을까, 후였을까?"

"아마 전일걸요."

공기가 오전처럼 느껴졌던 것 같다.

"일어난 뒤에는 무엇을 했지?"

"캐러밴 근처를 잠시 돌아다녔어요."

"누군가와 대화를 나누었니?"

"아뇨. 아빠랑 형은 집에 없었어요."

"그럼 두 사람은 어디에 있었니?"

헛웃음이 나와서 웃어버리려고 했지만 맥루언 변호사가 싸늘한 표정으로 저지한다.

"아빠는 아마 일자리를 구하러 갔을 거예요. 형은… 모르겠어요."

"두 사람이 집에 없어서, 캐러밴에 너 혼자 있었다, 맞니?"

"네."

"그럼 체류지의 다른 사람들과 이야기를 나눈 사실은?"

"옆집에 노라 캘러헌이라는 아줌마가 살아요. 어린 아들도 있고요. 잠시 같이 있었고, 같이 음식도 먹었어요."

"그분이 너에게 식사를 차려주었니?"

"네, 맞아요."

"평소에도 자주 식사를 차려주시니?"

그는 또 한 번 어깨를 으쓱한다.

"네, 가끔요. 아빠가 집에 없고 집에 먹을 게 없을 때면요."

"그분과 대화를 나누었니?"

"그냥 이런저런 얘기요. 기억은 안 나요."

"기억을 떠올려볼 수 있겠니?"

"아니요, 기억 안 나요. 그냥… 아빠가 어딨는지, 마이클 형은 어딨
는지, 아줌마 남편이 어떻게 지내는지 그런 얘기요."

또다시 침묵. 모리슨 경위가 목을 큼큼 고른다.

"좋아. 그럼 그날 아침 깨어났을 때 기분은 어땠지?"

"배가 고팠어요."

"좋아, 그 외에는?"

말을 멈추고 맥루언 변호사를 바라보니 고개를 끄덕인다. 이미 맥
루언 변호사에게 했던 얘기다. 말해도 된다는 표시다.

"저는… 약기운이 여전히 있었어요."

"약기운이라고?"

모리슨 경위가 아주 중요한 정보라는 듯 고개를 쳐든다.

"전날 밤 약을 복용했니?"

"네."

다른 경찰들이 신의 음성이라도 들은 듯 열심히 받아 적고 있고
모리슨 경위는 고개만 끄덕인다.

"어떤 약을 먹었니."

"그냥 엑스터시 같은 거요."

"마약? 얼마나 먹었니?"

"모르겠어요. 두 알, 세 알일 수도 있고요."

"그 밖에 다른 것은?"

"도프도 좀 했죠. 친구들이랑 같이 피웠어요."

"도프라는 건 마리화나라는 뜻이지?"

아, 진짜 어디까지 하나하나 알려줘야 하는 걸까?

"조니, 대답해라."

맥루언 변호사가 말한다. 제기랄.

"네, 경위님. 마리화나 얘기예요."

"얼마나 많이 피웠지?"

"모르겠어요. 두 대를 가지고 셋이서 나눠 피웠어요."

"그렇다면 토요일 아침에 깨어났을 때 여전히 마약의 영향을 받고 있었다는 거지?"

"뭐, 그렇다고 할 수 있겠네요."

"약기운이 정확히 어땠는지 묘사할 수 있겠니?"

"아마 머리가 아팠던 것 같아요. 또 술 취했을 때처럼 온 세상이 꼼짝하지 않았고요. 어질어질해서 기억이 제대로 돌아오지 않고요."

아무 기억도 안 난다고 하면 이 거지 같은 질문을 멈출지도 모른다.

"조니, 얘기해줘서 고맙구나. 하지만 나는 너에게 최선을 다해서 기억을 떠올려달라고 요청할 거야. 너는 아주 심각한 범죄를 저질러서 구속되어 있다. 살인을 제외하면 가장 심각한 중범죄야. 그렇기에 네가 기억나는 걸 최대한 많이 말할수록 너에게 도움이 된다. 그래야 네가 이 범죄를 저지르지 않았다는 걸 우리에게 확신시켜줄 수 있는 거야. 이해하니?"

"네, 저희 의뢰인은 완전히 이해하고 있습니다."

고맙네요, 맥루언 아저씨. 제가 멍청이라도 된 듯이 대신 대답해 주셔서.

"자, 그럼 노라 캘러헌과 식사를 마친 후에는 무엇을 했지?"

"체류지를 조금 더 돌아다녔어요."

"무엇을 했지?"

"모르겠어요. 그냥… 별거 안 했어요. 거기선 할 일이 별로 없었거 든요. 친구에게 전화할까 생각했어요."

"하지만 전화를 안 걸었다?"

"그러니까 아마 전화를 했는데 안 받은 거 같아요."

"그 친구들은 금요일 밤에 만났던 그 친구들인가?"

"맞아요. 게리와 도널이오."

모리슨 경위가 두 사람의 정확한 이름을 묻더니 받아 적는다.

"그럼, 친구들이 전화를 받지 않자 무엇을 했지?"

"모르겠어요. 아마 글렌에 가서 공원을 돌아다니자고 생각한 것 같아요."

"공원에 도착한 것은 몇 시지?"

"모르겠어요, 오후예요. 말씀드렸듯이 전 시계가 없거든요."

"그래, 그렇구나, 조니. 그러면 어째서 공원에 가겠다고 생각 했지?"

"공원에 가면 사람들이 많고 볼 것이 있으니까요."

"그럼 그곳에 갔을 때 무엇을 보았니?"

"뭐, 그냥 평범한 사람들이오. 무슨 말인지 아시죠? 개를 데리고 다니는 사람들, 산책 나온 사람들, 뭐 그런 걸 봤어요."

"그중 누군가와 대화를 했니?"

"아니요. 아무와도 이야기 안 했어요."

"그 여성만 제외하고?"

"아, 맞아요. 그 여자만 빼고."

*

미국에 있는 친구들이 선물을 보내온다.

첫 번째 선물은 멜리사에게서 온 것이다. 상자 덮개를 열자 젤리 봉지들, 프레첼, 라벤더 향이 나는 입욕제와 마카로니 치즈 상자들, 조그만 돼지 인형이 들어 있었다.

그녀의 삶에 끼어드는 미국 중산층의 위로. 그것들은 미국 우편 서비스를 이용해 여기까지 실려 왔다.

다른 선물들도 도착했다. 유기농 비누, 고상한 디자인의 문구류, 비니 베이비.* 전부 마음이 담긴 손 글씨 엽서와 함께 왔다.

"무슨 일이 일어났는지 듣고 정말 너무나 안타까웠어…"

사랑과 우정이 담긴 이 자잘한 장신구들을 그녀는 침대 협탁 위에, 창틀을 따라 늘어놓는다.

4주가 지나자 이제는 거실에 에어 매트리스를 놓고 자지 않아도 될 만큼의 용기가 생긴다. 그녀는 다시 자기 방으로 돌아와서 문을 닫고 매일 밤 네 개의 벽 사이에 틀어박힌다. 다음 날 아침 5시 30분에 해가 뜨기까지 여덟 시간만 버티면 된다고 스스로를 달랜다. 알 수 없는 어둠이 창을 내리누르고 새까만 바다를 가로지르는 작은 등대처럼 도시의 불빛이 새어 들어오는 밤은 단 여덟 시간이면 끝이

---

* 비니 베이비(Beanie Baby): 속을 콩으로 채운 동물 인형.

난다고.

그녀에게 하루를 어떻게 보내느냐고 묻는다면 아마 대답할 수 없을 것이다.

10시나 11시까지 잠을 잔다. 일어난 다음에는 방금 꾼 꿈을 자세히 기록하고, 뭘 좀 먹고, PEP 알약을 힘겹게 삼키고, 그다음에는… 온종일 집 안에 갇혀서 그녀는 뭘 하는 걸까?

몇 주 전이었다면 그녀는 혼자 집 안에서 몇 시간만 보내도 금세 지루해졌을 것이다. 그러나 이제 그녀의 시간은 다른 규모로 흘러간다. 시간이란 활동으로 가득 채워지거나 생산적으로 보낼 수 있는 어떤 것이 아니다. 이제는 그녀에게 시간이란 아무것도 아닌 것, 지루하게 이어지는 날들과 주들, 이름 붙일 수 없는, 기쁨 하나 없는 여생을 의미할 뿐이다.

그것이 그녀의 미래다. 현재다. 그녀의 과거는 이제 그녀의 것이 아니다. 그 과거는 또 다른 비비안의 것이다.

*

"탠 씨를 본 것은 언제지?"

"몰라요. 그냥 돌아다니다가 대화를 하게 됐어요."

"누가 대화를 시작했지? 너? 아니면 상대방?"

잠깐, 이건 생각을 좀 하고 답해야겠다.

그가 무슨 말을 내뱉기도 전에 맥루언 변호사가 선수를 친다.

"되풀이해 말씀드립니다만 제 의뢰인은 당시 약에 취해 있는 상태로 그런 세부 사항까지는 기억하지 못할 수 있습니다."

"네, 알겠습니다."

"정말 기억이 안 나요."

"무슨 얘기를 했지? 둘 중 한 사람이 상대에게 질문을 했나?"

"그랬을지도 몰라요. 그 여자가 먼저 질문한 거 같네요. 길을 물어본 거 같아요. 지도책을 들고 있는데 길을 잃었다 그랬나."

진실을 살짝만 뒤틀자. 어차피 아무도 모를 테고, 상대가 길을 물었다는 게 좀 더 말이 되잖아. 관광객이니까 뻔하지.

"구체적으로 무엇을 물었지?"

"어, 그러니까 등산로를 따라가려는데 자기가 맞게 가고 있느냐고 물었죠."

"그럼 상대방이 먼저 말을 걸었다?"

"네, 맞아요."

"그래서 넌 뭐라고 말했지?"

"그냥 제대로 가고 있다고 말했어요. 언덕을 오르고 싶다고 했고, 그래서 제가 이 근방을 잘 안다고 대답했어요."

"그럼 그때 거기서 어떤 일이 일어났니?"

"음, 그래서 그 여자가 그랬어요. '정말 이 근방을 잘 아니?' 저랑 계속 대화를 나누고 싶은 거 같았어요. 그런 거 있잖아요."

생각보다 쉽게 풀리는걸. 나의 매력을 흘려보자. 마이클 형은 내가 한 말이 그 여자가 한 말만큼 실감나게 들릴 거라고 했다. 그러니까 그걸 진짜로 만들어보자. 그걸 사실이라고 믿고, 진심으로 믿어보자.

모리슨 경위가 고개를 끄덕인다.

"그래, 계속 얘기해봐라."

"그래서 저도 계속 얘기했어요. 이 지역에 관한 얘기였어요."

"그럼 왜 이야기를 계속했지?"

"딱히 할 일도 없는데다가 여자가 저를 유혹하는 것 같았거든요. 약간 비아워*였어요."

모리슨 경위가 한쪽 눈썹을 치켜든다.

"비아워?"

"예쁘게 생긴 여자들 있잖아요."

"그러면 너는 상대에게 매력을 느꼈고, 두 사람 사이가 원활하게 흘러간다는 느낌을 받았다는 말이지?"

"네, 맞아요. 그랬어요."

*

무슨 일이 있었는지 듣고 너무나 안타까웠어.

친구에게 이메일이 왔다. 제미마였다. 몇 년 전 TV 프로젝트를 함께하다 친해진 멀대같이 키가 크고 깡마르면서 똑똑한 영국인 친구다. 딱히 서로 공통점이 많았던 건 아니지만 어쩌다 보니 그때부터 계속 연락을 주고받는 사이가 되었다.

제미마는 소호에서 자신이 마련하는 술 모임에 그녀를 초대했다.

그녀는 다른 사람에게와 마찬가지로 자기가 처한 상황을 털어놓는 답장을 이메일로 보냈다. 사실 요즘 딱히 사람들과 어울릴 기분이 아니야. 왜냐하면 나에게 이런 일이 일어났어…

제미마에게서 신경 써서 작성한 것 같은 두 문단짜리 답장이 왔다.

---

* 비아워(beour): 예쁜 여자를 뜻하는 아일랜드 속어.

내 친구 애나벨을 만나보는 게 어때? 몇 년 전 직장 동료에게 성폭행을 당했어. 너에게 그 경험을 이야기해도 된다고 허락하더라.

애나벨은 법적 절차를 밟지 않기로 결정했다고 한다. 가해자는 돈이 많고 연줄도 있는 집안의 사람이라 이길 가능성이 없어 보였다고 한다. 결국 직장을 그만두었고, 회복하는 데 상당한 시간이 걸렸다고 한다.

하지만 애나벨은 지금 행복한 결혼생활을 하고 있고 아이도 있어. 너에게 알려주고 싶었어. 모두 잊고 앞으로 나아가고 너의 일상을 되찾을 수 있다는 것 말이야.

마음 한구석에서는 그녀도 애나벨의 이야기에 용기가 생겼다. 그러니까 완전히 희망이 없는 게 아니라는, 잘될 수도 있다는 거다. 이런 일이 일어난 다음에도 인생이 더 나아질 수 있다.

하지만 어떻게 해야 그렇게 되는지 알 수가 없다. 인생이 나아지는 그 시점으로 빨리 감기를 하고 싶다. 하지만 여기에는 나를 이끌어줄 어떠한 과정도 존재하지 않는다. 여기서부터는 즉흥적으로, 맹목적으로 혼자 해나가야 하는 것이다.

그녀는 애나벨에게 연락하지 않는다. 왠지 너무 부담스럽다. 게다가 대체 뭐라고 이메일을 보낸단 말인가?

제미마가 알려주어서 연락드려요. 저는 최근에 성폭행을 당한 제미마의 친구입니다.

그다음에는 또 뭐라고 해야 한단 말인가?

*

"그럼 어째서 상대 여성이 너를 유혹한다거나, 대화를 계속하고

자 한다고 느꼈지?"

　여기서 뒤로 등을 기대고 씩 웃자. 음, 너무 과장하면 안 될 것 같다. 그래도 그 순간을 이렇게 기억해보자. 나를 유혹하려는 여자를 만난 첫 몇 분 동안. 환한 미소, 여지를 주는 듯한 눈빛, 머리카락의 움직임, 웃을 때 흔들리는 두 가슴.

　"음, 그 여자가 웃었어요. 저한테 계속 말을 걸었고요."

　"그럼 둘이서 어떤 이야기를 했지?"

　"많은 얘기요."

　"예를 들면?"

　"자기 얘기, 자기 인생에 대한 얘기를 했고, 전 우리 가족 얘기도 좀 했어요. 그런데 잘 기억은 안 나요. 그날 하루가 통째로 흐릿해요."

　"상대가 한 말 중에 구체적으로 기억나는 게 있니? 어디에 사는지, 직업이 무엇인지, 벨파스트에는 여행을 온 것인지 등등?"

　"아, 벨파스트에는 여행을 왔다고 했어요."

　"왜 여행을 왔는지도 말했니?"

　"잘 기억이 안 나요."

　"공원에서 이야기한 시간은 대략 얼마나 되지?"

　"시계가 없어서 모르겠어요."

　"추측이라도 해본다면?"

　"삼십 분 정도? 한참 동안 얘기했어요."

　"두 사람이 이야기하는 것을 본 다른 사람도 공원에 있었을까?"

　"아, 맞아요. 사람이 아주 많았어요."

　"특별히 기억나는 사람은?"

　"딱히 열심히 관찰하고 있진 않아서요."

"기억나는 사람이 없다는 소리니?"

"네, 그냥 그 여자한테만 관심이 있었어요."

*

천천히 그녀의 일상이 새로 만들어지기 시작한다. 최소한의 일정이라고 할 만한 것들이 생겨서 그녀의 텅 빈 존재를 지탱해주는 것만 같다.

목요일, 캠버웰의 헤이븐에서 아무짝에도 쓸모없는 상담을 받는다. 화요일 오후. 버스를 타고 원즈워스에 가서 회사에서 비용을 대주는 개인 상담을 받는다. 상담이 끝나면 용기를 내서 바로 옆에 있는 공원을 조금 걷다가, 다시 버스를 타고 복스홀로 돌아온다.

그 사이에 그녀는 모든 책임을 벗어던지고 창밖을 바라보거나 소파에 누워 있다.

그리고 피아노가 있다.

그녀는 다시 피아노를 치기 시작했다. 1월에 자신을 위한 선물이라는 핑계로 400파운드나 주고 큰맘 먹고 구입한 디지털 피아노는 몇 주나 잊힌 채 말없이 놓여 있었다. 그러나 하우스메이트들이 모두 출근한 어느 날 오후 그녀는 피아노 덮개를 열고 전원을 켠 다음 앞에 앉아 연주를 시작한다.

한 음 또 한 음. 10년 동안 한 번도 연주하지 않았던 곡을 쳐본다.

그러자 음악이 흘러나오기 시작한다. 마치 단 한 번도 그녀를 떠난 적 없다는 듯.

클래식, 블루스 그리고 피아노를 살 때 딸려온 『피아노 명곡집 50선』 안에는 어린 시절 익숙하게 연주한 모든 곡이 다 들어 있다.

바흐의 미뉴에트, 모차르트의 론도, 베토벤의 소나타. 몇몇 곡은 손에 설었지만 조금 연습하니 열세 살의 그녀가 된 것처럼 연주할 수 있었다. 지금은 좀 더 절제력 있는 연주를 할 수 있다는 점만이 다르다.

피아노곡집을 넘겨보니 드뷔시의 「달빛」이 나온다. 어린 시절 배운 적 없는 곡이지만, 이제는 시간이 무한정 있다. 게다가 생각만큼 어렵지도 않다. 그녀는 한 음 한 음, 오선지 위에 복잡하게 그려진 올림표와 내림표를 이어간다. 하나의 화음이 다음 화음으로 녹아 들어가는 데 귀를 기울인다.

그다음으로 그녀는 베토벤의 소나타 「비창」 2악장으로 넘어간다. 지금까지 수도 없이 들었다. 뉴저지 처치홀에서 콘서트를 열었던 피아니스트가 이 곡을 연주했었다. 그때 열정적이면서도 가슴 저릿하게 쏟아져 나오던 음들이 기억난다. 이 곡을 연주할 수 있게 된다면 내 삶이 완전한 낭비는 아닐 것 같다.

며칠 후 그녀는 「비창」 2악장의 첫 페이지와 다음 페이지의 절반을 연주할 수 있게 되었다.

이렇게 조금씩 나아지고 있다.

이제는 한때 자신이 살아가던 삶을 빼앗긴 비참한 패배자처럼 느껴지지 않는다. 무슨 일이 일어나더라도 그녀에게는 이 음악이 있으니까. 그녀에게는 이 음악이 있다.

*

"그래서 두 사람은 20분, 말하자면 30분 정도 이야기를 나눴다, 그다음에는 어떻게 됐지?"

이제부터 상상력을 발휘할 때다. 이미 처음부터 끝까지 생각해둔 얘기다. 맥루언 변호사에게도 한 번 써먹은 이 이야기를 이제 경찰에게 그대로 말하면 된다.

"음, 우리는 그냥 계속 이야기를 하면서 걸었어요."

"글렌을 올라 체류지 쪽으로 갔다는 말이지?"

"네, 글렌을 올라갔어요. 그 여자가 가고 싶다는 방향으로요. 제가 이 동네에 산다고 했거든요. 그랬더니 그 여자가 혹시 자기랑 같이 걸어갈 수 있냐고, 그러니까 자기 가이드를 해줄 수 있겠느냐고 물었어요."

"그건 상대가 먼저 물었니 아니면 네가 먼저 제안했니?"

"둘 다 맞는 것 같은데요."

모리슨 경위는 대답이 마음에 들지 않는다는 뜻으로 언짢다는 듯 입술을 비튼다.

"그 여자가 물어본 것 같기도 해요. 맞아요. 그 여자는 이 지역을 잘 모른다고 했어요. 그런데 전 잘 아니까 동행이 필요하다고 했어요."

"상대가 네게 그렇게 말했다고?"

"음, 그래서 저랑 같이 가자고 했어요. 맞아요."

"좋아, 그러면 그 얘기를 한 건 언제지? 그때 공원의 어느 위치에 있었지?"

"거기가, 음…"

젠장, 질문이 너무 많다.

"머리 위로 길이 지나가는 데 근처요."

"글렌 로드 말이지?"

"네, 글렌 로드요. 글렌 로드 밑으로 통과해서 반대편으로 가면 사람이 별로 없거든요. 그리고 거기 도착해서 그 여자가 진짜로, 그러니까, 웃으면서 저한테 같이 가자고 한 거예요."

"그때 넌 무슨 생각을 했지?"

"그냥 뭐, 이 여자가 나에게 열을 올리고 있다고 생각했죠."

"그게 무슨 뜻이지?"

"아, 그러니까 그 여자가 저랑 한 번 하고 싶은 생각이 있을 거라고 생각했어요. 안 그러면 왜 같이 가자고 했겠어요?"

"하지만 그때까지는 섹스에 관한 대화를 나눈 것은 아니다?"

"네, 맞아요. 그냥 이야기만 했어요."

"그러면 그 시점부터는 무슨 일이 일어났지?"

"어, 계속 이야기를 했어요. 개울이 나왔는데 그 여자가 어떻게 건너야 하는지 모르는 것 같아서 제가 알려줬죠."

"그러면 둘이 글렌 로드 아래로 건너간 이후로 둘을 본 사람은 아무도 없었니?"

생각하자, 생각, 생각. 누가 있었던가?

"기억이 잘 안 나요. 한 명 있었나 아니면 없었던가 그래요."

"그럼 그 한 사람이 어떻게 생겼는지 인상착의가 기억나니?"

"아뇨, 아까 얘기했잖아요. 저는 그냥 여자랑 대화를 하는 것밖에 머리에 없었어요."

"그 사람이 남자였는지 여자였는지 기억나니?"

아마 여자는 아니었을 것이다. 여자였으면 기억에 남았을 테니까. 어쨌든 그는 고개를 저었다.

모리슨 경위가 고개를 끄덕이더니 잠시 뭔가를 더 썼다. 맥루언 변호사가 헛기침을 한다.

"그러면 개울을 건너는 법을 알려준 뒤에는 어디로 갔지?"

"어, 그때부터 같이 걷기로 했거든요."

"얼마나 더 같이 가기로 했지?"

"그런 얘기는 안 했어요. 하지만 여자가 저랑 어딘가로 같이 가고 싶어 한다는 건 알았어요."

"어떻게 알았지?"

"웃고, 유혹하고. 여자들이 하는 거 있잖아요."

"유혹이라는 말은 무엇을 뜻하지?"

"그냥 어…"

상상하자. 그 여자를 상상해보자. 그 여자라면 뭐라고 말했을까? 어떤 행동을 했을까?

"음, 손을 저한테 올렸어요… 어깨에다가요. 그다음에는 저한테 몸을 기대더니 살짝 웃었어요."

"그랬다고? 어디서 그랬지?"

"개울을 건너는 걸 도와준 바로 다음이었어요. 제가 도와줘서 고맙다는 듯이 그랬어요."

"그 밖에는?"

"그리고 여자가… 개울을 건널 때 신발과 양말을 벗어서 저한테 다리를 보여줬어요. 사실 꼭 벗을 필요는 없었거든요. 제가 징검돌을 밟고 건너면 된다고 알려줬는데도 일부러 다리를 보여주려고 벗은 거예요."

"벗었다니, 얼마나 벗었다는 거지?"

"신발이랑 양말만요. 그래도 음, 다리를 가리거나 하지 않았어요. 저한테 봐달라고 하는 거였어요."

"그다음에는 다시 신발과 양말을 신었나?"

"네, 개울을 건너고 나서 다시 신었지만, 그때 저한테 몸을 기댔어요."

모리슨 경위가 눈썹을 온통 찌푸린 채 멈춘다. 다른 경찰들도 한참 쓰던 것을 멈추고 손을 털어낸다.

"그다음엔?"

"그때부터 같이 걸어갔어요. 그리고 여자를 데리고 비탈을 올라갔죠."

"길을 알려준 거였나?"

"아, 맞아요. 여자가 정말 고맙다고 했어요. 제가 없었다면 비탈을 올라가지 못했을걸요. 하지만 제가 길을 알려줬어요."

*

친구 캐롤린이 그녀에게 일어난 사건을 전해 듣고 전화를 했다.

"지금 집이야?"

캐롤린이 뜻밖의 긴박감이 담긴 목소리로 물었다.

"내가 지금 갈게. 내가 가야겠어."

그리고 90분이 지난 지금 캐롤린은 그녀의 집 거실에 있다. 둘은 소파에 앉아 허브티를 마시는 중이다.

"아직까지 생각이 정리가 잘 안 되네."

캐롤린이 말한다.

"이런 일이 일어나서 정말 안타깝다."

그녀는 어깨를 으쓱한다.

"뭐, 이제 와서 내가 어떻게 할 수 있는 일도 아니고."

"그러니까…"

캐롤린이 입을 열었다가 말을 멈추더니 창밖의 템스강으로 눈길을 돌린다.

"저기, 있잖아. 나도 그런 일을 겪었어."

그녀는 깜짝 놀라 고개를 들지만 캐롤린은 그녀 쪽을 보고 있지 않다. 캐롤린을 안 지 3년이 지났지만 처음 듣는 얘기다.

"어떤 일이었어?"

마음에서 알 수 없는 보호본능이 고개를 쳐든다. 조용한 분노다.

"어릴 때였어, 그러니까 열아홉 살 때. 워싱턴 DC에서 여름 인턴십을 하고 있었어. 같은 의원 밑에서 인턴을 하는 애들 여럿이 가까이에 살았어. 여름이면 워싱턴 DC에 어린 대학생들이 엄청나게 몰려드는 거 알지?"

그녀는 약간 미소를 띤다. 대학교 여름방학 동안 열심히 인턴십을 하던 시절은 마치 전생의 얘기 같다.

"그중에서 한 남자애랑 자주 어울렸어. 물론 우리는 철저히 플라토닉한 사이였어. 최소한 나는 그를 다른 식으로 생각한 적이 없었지. 그러다 어느 날 밤, 우리는 같이 마리화나를 피웠고 그때 나는 조금 취해 있었어. 정확히 어떤 식으로 일이 일어난 건지는 모르겠어. 분명 우리는 내 방에서 웃으면서 마리화나를 피우고 있었는데 다음 순간 그 남자가 나를 몸으로 짓누르고 있었어.

섹스가 끝나고 나는 이렇게 생각했어. '난 동의한 적이 없어.' 하지만 나중에는 그 일을 아무렇지 않게 받아들이기 위해 내가 동의했다고 생각하려고 애썼어. 캘리포니아에 남자친구가 있는데도 말이야."

캐롤린은 여전히 템스강을 바라보고 있고 늦은 오후의 햇살이 그녀의 볼록 솟은 광대뼈 위를 비춘다.

"여름방학은 아직 남았고 나는 살아야 하잖아. 나는 내가 그 남자애랑 사귀는 사이라고 애써 생각했어. 매일 같이 일하는 사이잖아. 그리고 항상 같이 다니는 무리도 있었고."

캐롤린의 초록색 눈이 수치심으로 가득하다.

그녀는 캐롤린을 바라본다. 아마 그녀가 자신의 이야기를 할 때 친구들이 그녀를 바라보는 것과 같은 표정이었을 것이다. 충격으로 크게 뜬 눈. 동정심과 분노가 범벅된 표정. 캐롤린은 망설이지 않고 이야기를 이어간다.

"그리고 그는 여름 내내 나를 찾아와서 섹스를 했고 나는 가만히 있었어. 그 일을 멈추려고 하지 않았어. 왜 아무것도 안 했는지 모르겠어. 분란을 일으키기 싫었던 것 같기도 해, 이상하게 들리겠지만…"

캐롤린이 말끝을 흐리며 이야기를 마치는 순간 문득 캐롤린이 평소보다 훨씬 더 자신감 없어 보인다. 캐롤린 샌더슨. 중서부에 사는 귀족적인 금발 가족의 활달하고 아름다운 셋째 딸. 아버지도 할아버지도 영향력 있는 사업가며 남자 사촌들은 떠오르는 정치인이다. 어쩌면 그런 가문 출신이라는 점 때문에 캐롤린이 자신에게 일어난 사건의 진실을 용납하기 더욱 어려웠을는지 모른다.

"가장 최악이었던 건 여름방학이 끝날 때 그 남자애가 나한테 작별 키스를 하면서 '연락하고 지내자. 앞으로 어떤 일이 있을지 모르잖아' 했던 거야. 그래서 나는…"

캐롤린은 얼굴을 찌푸리며 목 멘 소리로 말을 잇는다.

"나는 다시는 연락하지 말라고 했어. 어떻게 감히 내게 연락한다는 말을 할 수가 있지?"

캐롤린의 목소리에 역겨움이 묻어나서 그녀는 오래전의 캐롤린이 화가 나서 이름 모를 그 남자에게 삿대질하는 모습을 그려볼 수

있었다. 그녀의 흠 잡을 데 없는 예의범절이라는 얄팍한 껍데기가
한순간 부서졌을 것이다.

"아무한테도 얘기하지 못했어."

캐롤린은 한층 차분해진 목소리로 다시 입을 연다.

"혼자만의 비밀로 간직했어. 바람을 피웠다는 생각을 하면서도
남자친구와도 계속 만났어. 그러다가 2년 뒤에 터져버린 거야. 너무
나 심각한 우울증을 겪었고, 죽고 싶다는 생각이 들어서… 그때부터
심리치료를 받기 시작했어."

"심리치료사가 뭐래?"

"좋은 사람, 아주 좋은 사람이었어. 그 사람은 나한테 그건 내 잘
못이 아니라고, 데릭을 두고 바람을 피운 것도 아니라고. 하지만 기
분이 좀 나아지려면 그에게 이야기를 해야 한다고 하더라."

"그래서 했어?"

남자친구에게 그런 이야기를 한다는 생각에 그녀가 헛구역질이
날 정도다.

캐롤린은 고개를 끄덕이며 차를 한 모금 마신다.

"데릭은 정말 훌륭하게 받아들여줬어. 정말 너무나 사랑스럽게
나를 지지해줬어. 하지만 지금 생각하면 나에게 일어난 일을 털어놓
을 마음이 든 이상 진정한 치유를 위해 좀 더 시간이 필요했던 것 같
아. 우리 둘에게 타이밍이 안 좋았던 거지. 데릭은 지금 자기랑 정말
잘 맞는 여자랑 결혼했어."

"그래서 영국으로 오게 된 거야?"

"그럴지도 몰라. 도망치고 싶었어. 그 후로 워싱턴 DC든 국회의
사당이든 쳐다보기도 싫었어. 최악인 건 내가 정치에 대한 마음을
접자 우리 아빠와 삼촌이 너무 실망했었단 거야. 두 분은 내가 워싱

턴 DC에서 일하는 걸 너무 좋아했고 내가 그곳에서 일할 수 있도록 전심전력을 다하고 싶어 하셨거든."

"그래서 뭐라고 했어?"

"그냥, 인턴을 해보니까 나랑 잘 안 맞는 것 같다고 했지."

둘은 오후가 되어 회색으로 변한 템스강을 함께 내려다본다.

캐롤린의 얼굴에서 슬픔과 후회가 고스란히 읽힌다.

"하지만 살다 보면 그런 일도 있는 것 같아."

우리의 삶의 형태. 때로 알지도 못하는 사람, 앞으로도 영영 알고 싶지 않은 사람의 손이 그 형태를 빚어버리기도 한다.

캐롤린이 급히 고개를 돌리더니 흐느끼기 시작한다.

"정말 미안해. 널 위로해주러 온 거였는데 내가…"

그녀는 친구의 고통에 공감하며 캐롤린을 바라보지만 이제 흘릴 눈물이 더는 남아 있지 않다.

벨파스트에서 돌아온 뒤로 눈물이 바싹 말라버릴 정도로 울었던 것이다.

*

"좋아, 비탈 끝까지 올라간 다음에는 무슨 일이 일어났지?"

"음, 되게 좋았어요. 경치도 멋있고 우리 둘뿐이었으니까요."

"무슨 뜻이지?"

"여자는 비탈을 올라오느라 숨을 헉헉대고 있었어요. 저도 그랬고요. 그래서 우리는 서로에게 기대서 숨을 골랐죠. 여자가 저를 보고 웃었고, 그래서 저는 때가 왔다는 걸 알았죠."

"때가 왔다니, 무슨 뜻이지?"

"그러니까, 그 여자가 절 원한다고요."

"원한다는 건 상대가 너와 뭔가 하길 원했다는 뜻인가?"

제기랄, 망할 놈의 짭새들.

"네, 맞아요. 그 여자는 저랑 한바탕 하고 싶어 했어요."

"그건 무슨 뜻이지?"

"아시잖아요, 키스 같은 거."

모리슨 경위가 한숨을 쉰다.

"이봐, 조니. 네가 그 여성에게 한 일을 이야기할 땐 구체적인 용어를 사용해야 한단다. 키스뿐이었니?"

"음, 처음에는 그랬어요. 키스를 했죠. 하지만 여자가 저한테 덤벼들더라고요."

"키스는 누가 먼저 시작했지? 상대가? 네가?"

"둘 다였어요. 둘 다 원했어요."

"여자가 덤벼들었다는 말은 무슨 뜻이지?"

"여자가 혀를 제 입안에 깊숙이 밀어 넣고 저도 똑같이 하게 했어요."

"당시에 둘은 서 있었나? 비탈을 올라간 그 지점에서?"

"네, 거기서부터 키스하기 시작했어요."

"키스가 다였나?"

"뭐, 손으로 더듬고 그러기도 했어요."

"누가?"

"둘 다요."

그는 아무것도 안 듣고 있는 척 벽만 쳐다보고 있는 로리 삼촌을 힐끗 본다.

"그럼 키스할 때 네 손은 어디에 있었지?"

"처음에는 그냥 키스였어요. 그러다가 그 여자가 몰입하기 시작하면서 몸이 좀 가까워졌어요. 그래서 여자가 손을 제 등에 올리고 바짝 끌어당기더라고요. 그리고 저는 그 여자의 등을 만지다가 그다음에는 엉덩이를 만졌어요. 그다음에는 손으로 거기… 가슴을 더듬었고요."

"그러면 키스할 때 네 손은 상대의 엉덩이와 가슴을 만지고 있었다?"

"맞아요."

"그런데 상대는 가만히 있었고?"

"네, 그래요. 여자가 하지 말라는 말은 안 했어요. 그냥 제가 만지는 대로 가만히 있었어요."

"그러면 그동안 여자는 어디를 만지고 있었지?"

이 새로운 버전의 이야기를 하자니 흥분되어 발기할 지경이다. 거의 사실에 가깝지 않나? 그리고 아무도 없는 숲 한가운데서 여자랑 그런 짓을 하면서 흥분하지 않는 남자가 세상에 어디 있나?

"제 등이랑 목을 만졌어요. 그다음에는 손을 아래로 미끄러뜨려서 제 엉덩이를 쥐었고요."

"좋아."

"그리고… 그리고, 제 거기를 만지던데요."

"여자가 너의 성기를 만졌나?"

"네, 청바지 위로요. 잠깐이었지만 여자가 저를, 그러니까 그걸 원한다는 걸 그때 알게 됐어요."

"그다음에는 어떻게 되었지?"

"음, 그다음에는 갑자기 여자가 멈춰서 키스를 그만했어요."

"왜 그랬을까?"

"왜냐하면 우위를 점하고 싶어서였겠죠. 서로 키스하고 더듬고 하던 중에 여자가 갑자기 달아나더니 길을 따라 뛰어가면서 절 돌아보며 웃었어요. 따라오라는 거였죠."

"따라오라는 의미라는 걸 어떻게 알았지?"

"표정을 보면 알죠. 돌아보더니 웃으면서 '나 잡아봐라'라는 식이었다니까요?"

"좋아. 여자가 실제로 '나 잡아봐라'라는 말을 했나?"

그래, 안 될 게 뭐지? 그냥 했던 걸로 치자.

"네, 그랬던 것 같아요. '나 잡아봐라' 그렇게 말했어요."

*

이제 잠조차도 믿을 수 없게 됐다. 따뜻한 포옹으로 그녀를 반기는 법이 없어졌다. 다가오는 척하다가 떠나버리며 그녀를 가지고 놀았다.

꿈은 늘 깨어나기 전 5분 동안 찾아왔다. 요즈음의 둔탁한 회색빛 생활보다 더 진짜처럼 느껴지는 정신없이 생생한 꿈이다.

한 번은 대학교 파티에 갔다가 침실 안에 숨으려는 꿈을 꾼다. 그러나 잠긴 문밖에서 요란하고 허세 부리는 듯한 남학생 한 무리가 잠긴 문을 흔들어댄다. 풋볼 선수들이며 남학생 클럽에 소속된 학생들은 방 안에 들어서자마자 그녀를 윤간할 것이다.

그녀가 할 수 있는 일은 숨어서 없는 척하는 것뿐이다. 그들이 이미 그녀가 방 안에 있다는 걸 알고 있는데도. 그들은 문을 부수려고 한다. 빠져나갈 곳은 없다. 방 안에는 창문도, 맞서 싸울 무기도 없다. 그들이 방 안으로 들어오는 건 시간문제다.

잠에서 깨자 침대 옆 커튼을 뚫고 햇살이 쏟아지고 있다. 꿈에서 깼는데도 피할 수 없는 상황을 두려워하던 심장이 계속 뛴다. 방 안은 환하고 하우스메이트들은 출근했고 그녀는 집 안에 혼자다.

*

"그럼 그 '나 잡아봐라'라는 말을 너는 어떻게 받아들였니?"

그는 바보처럼 경찰을 바라본다.

"당연히 제가 가서 그녀를 잡고 바로 그 자리에서 한바탕 하자는 뜻으로 받아들였는데요."

"상대가 정확히 너와 섹스하고 싶다고 말한 적이 있나?"

그는 코웃음을 친다.

"아뇨, 여자들은 그런 말 안 하죠. 그냥 킬킬거리고 미소를 짓는데 그게 하고 싶다는 뜻이잖아요."

모리슨 경위가 맥루언 변호사를 바라보지만 변호사는 아무 대답도 하지 않는다. 모리슨 경위가 뭐라고 공책에 쓴다.

"그럼 당시에 너는 기분이 어땠지?"

"꼴렸어요. 무슨 뜻인지 알죠? 섹시한 여자가 막 덤벼드는데다가 지금 바로 여기서 하고 싶어 하는 게 분명했으니까요."

"그래서 상대와 섹스를 하고 싶었나?"

"네, 당연히 그랬죠."

"그러면 그… 추격전은 얼마나 지속되었지?"

"별로 안 걸렸어요. 그러니까 그 길이 조금 이어지다가 체류지로 연결되거든요. 그러니까 그전에 끝났죠."

"체류지에 도착하기 전이었다?"

"네, 맞아요. 그전에 여자를 붙잡아야 숲에서 나가기 전에 그걸 할 수 있으니까요."

"왜 그랬지?"

"어, 뭐 사생활이니까요. 그런 짓을 사람들이 다 보는 뻥 뚫린 곳에서 하고 싶진 않잖아요?"

"그러면 숲 한가운데서 섹스를 하는 게 불편할 거라는 생각은 안 들었나?"

"저기요, 여자가 완전 밝혔다니까요. 그게 중요한 거예요. 추잡하고 야생적으로 하고 싶어 했어요."

"상대가 네게 그렇게 말했나?"

"어, 그런 말을 할 필요가 아예 없었어요. 여자를 쫓아가서 돌려세운 다음 우리는 다시 키스하기 시작했어요. 그러자 여자가 제 옷을 벗기기 시작했어요. 그러니까 여자가 그 정도로 덤비면 제가 장소를 가릴 때가 아니잖아요. 무슨 말인지 알겠죠?"

"그러면 이 시점에 너는 체류지에서 멀지 않은 곳에 있었는데, 네가 사는 캐러밴으로 불러서 섹스를 하겠다는 생각은 들지 않았나?"

"나 원 참, 캐러밴 안은 지저분하단 말이에요. 숲은 경치도 좋고 나무도 있고 그러니까 훨씬 로맨틱하죠."

"로맨틱하다고?"

"네, 로맨틱하죠."

모리슨 경위가 입술을 우스꽝스럽게 오므린다.

"게다가 우리 파비들은 모르는 여자를 캐러밴으로 데려가지 않아요. 형이랑 아빠랑 같이 사니까요. 전 아직 어리니까 가족이 좋아할 리 없죠."

"좋아. 그러면 너는 사생활이기 때문에… 숲에서 하기를 원했다는 거지. 그리고 상대가 네 옷을 벗겼다고 했는데, 정확히 어떤 옷이었지?"

젠장, 이런 것까지 하나하나 알려줘야 하나.

"제가 입은 청바지부터 벗겼어요. 손을 제 바지 앞섶에 댔으니 의도는 분명했죠."

"좋아, 그때 기분이 어땠지?"

"그때쯤에는 완전 꼴렸죠. 발기한 채였고 여자가 뭘 원하든지 저도 똑같이 할 생각이었어요."

"그래서 상대는 뭘 원했지?"

"그 여자는 모든 걸 다 원했어요. 상상할 수 있는 온갖 체위, 그중엔 제가 모르는 체위도 있었어요. 전 아직 어리잖아요. 아무튼 우리는 전부 다 했어요."

"그런데 상대가 그런 체위를 원한다는 걸 어떻게 알았지?"

"그건 여자가 이 체위를 요구하고 또 다른 체위를 요구했으니까요. 몸이 아주 달아 있었어요."

"그 밖에는 또 무슨 말을 했지?"

또 무슨 말… 뭐가 더 있었지? 그 여자는 분명 무슨 말을 했다. 한가운데서. 나무들 사이, 진흙탕 사이, 몸싸움을 하는 사이에. 갑자기 기억이 난다.

"여자가 그러던데요. '밤새도록 해도 모자라겠는걸.' 여자가 그렇게 말했어요."

그 말에 모리슨 경위는 마치 귀에 익은 말이라는 듯 반응한다. 경위의 눈빛이 분명 변했는데, 다음 순간 그 눈빛을 거두어가 버린다.

"여자가 그 말을 했나?"

"네, 확실해요. '밤새도록 해도 모자라겠는걸'이라고요."

자신에게 씩 한 번 웃어주고 싶다. 바로 그거야. 이 말 한마디로 다 끝났다.

*

6월, 그녀는 범인을 식별하기 위해 서더크 경찰서에 출두한다. 모리슨 경위가 여기까지 온 것은 아니지만 그가 범인 식별을 위한 복수 영상 면접*이 있을 것이라고 설명해주었다. 경찰은 법의학 검사 때 그녀의 몸에서 찾아낸 유전자 증거와 경찰 기록에 있는 한 사람의 DNA가 부분적으로 일치했다는 것이었다. 친척일지도 모릅니다. 형일 수도 있고요. 만약 그녀가 영상 면접에서 가해자를 식별할 수 있다면 모든 확인이 완료되는 셈이라고 한다. 당연히 그게 결정적인 증거는 아니겠지만 경찰의 주장을 더욱 타당하게 해줄 거라고 한다.

경찰서에는 친구 모니카와 같이 갔지만 둘 다 잔뜩 긴장했다. 모니카는 무슨 말을 해야 할지 몰라 대기실에 말없이 앉아 있고 그녀의 마음에는 불안감이 스멀스멀 자라난다. 다시 눈물이 고였다가 눈에서 조용히 흘러내린다. 그녀는 눈가를 훔쳐내며 눈물을 흘리지 않은 척한다.

"마실 것 좀 드릴까요?"

안내직원이 묻는다. 그녀는 다이어트 콜라를 부탁한 뒤 캔에 든 콜라를 홀짝이며 아까부터 만지작거리던 회색 스카프의 술을 꼬아

* 복수 영상 면접(Identification parade): 영국 경찰의 범인 식별 절차에서 사용하는 용어로 목격자가 범인을 식별할 때 용의자 1명과 용의자를 닮은 8명을 동시 또는 순차적으로 제시해 목격자에게 범인을 지목하게 하는 방법이다. 이는 제시방식(영상, 대면)과 무관하게 '복수 면접'으로 번역하지만 이 글에서는 이해를 돕기 위해 '복수 영상 면접'으로 쓰기로 한다.

댄다.

모리슨 경위는 그 소년이 아일랜드의 특수한 공동체 소속이라고 했다. 아일랜드 유랑민. 여느 아일랜드인과 생김새는 다름이 없지만 살아가는 방식도, 그들을 대하는 방식도 다르다고 했다. 때로 그들이 두드러질 때가 있다고 경위는 말했다. 그게 무슨 뜻인지 알 수 없다. 오늘 그녀가 보게 될 스크린에서 두드러진다는 뜻일까. 하지만 강간범은 강간범이다. 그가 어디 출신이건 간에 못 알아볼 리가 없다.

드디어 방 안으로 혼자 들어가라는 안내를 받는다.

매부리코를 가진 친절한 말투의 경찰관이 대본을 읽는다.

"지금부터 스크린에 여러 사람의 얼굴이 차례로 나타날 것이며 그중 한 얼굴은 용의자의 것으로… 얼굴은 순차적으로 두 번씩 보여드릴 것이며, 마지막에 용의자를 지목하면 됩니다. 정확히 이해하셨습니까?"

그녀는 고개를 끄덕인다. 경찰관이 DVD를 넣자 그녀는 작은 TV 스크린을 쳐다본다.

뱃속에서 욕지기가 인다. 그의 얼굴을 보면 분명히 토할 것이다. 벌써 목이 게워낼 준비를 하는 게 느껴진다.

얼굴이 담긴 영상일 뿐이다. 몇 주 전에 찍은 영상이다. 그 아이가 실제로 여기에 있는 것이 아니다.

"준비되셨습니까?"

경찰관이 묻자 그녀는 고개를 끄덕인다.

영상은 아마추어 느낌이 물씬 난다. 만약 이런 맥락에서 볼 게 아니라면 좀 웃겼을 것 같다. 얼굴 하나가 나타난다. 14세 정도 된 소년이 카메라를 똑바로 쳐다보고 있다. 그가 아닌 게 분명한데 소년은 마치 그녀를 똑바로 바라보고 있는 것처럼 카메라를 응시한다. 얼굴에 주근깨가 있지만 머리색이 너무 옅다.

5초가 지나자 '2'라는 숫자가 스크린에 나타나더니 다음 얼굴이 나온다. 전혀 아니다. 머리색도 눈동자 색도 너무 짙다.

갑자기 그녀는 두려움에 휩싸인다. 만약 그 애를 못 알아보면 어쩌지?

아까부터 일던 욕지기에 새로운 의심이 합쳐지자 속이 두 배로 울렁거린다. 손바닥에 땀이 배어나기 시작해 그녀는 차가운 콜라 캔을 꼭 쥔다. 초조하게 금속 캔을 우그렸다 다시 펴기를 반복한다. 우그렸다가, 폈다가, 우그렸다가, 폈다가.

3번, 그다음은 4번.

그러나 5번이 나타나는 순간 그녀는 너무나 분명하게 그 얼굴을 알아본다. 다른 아이들보다 훨씬 매서운 그 얼음처럼 파란 눈. 다른 아이들은 복수 영상 면접을 위해 경찰이 고용한 연기자일 뿐이다. 그러나 이 아이는… 이 아이는 진짜 범죄자다.

그녀는 본능적으로 시선을 돌린다. 이렇게 쉽게 알아보았다는 데 안도감이 드는 한편으로 그 아이를 계속 보고 싶지 않다. 그러나 영상에서는 열 명의 얼굴이 더 나오고, 그다음에 처음부터 다시 한번 반복된다. 두 번째로 얼굴이 나올 때 그녀는 그의 얼굴이 스크린에 등장하는 내내 기를 쓰고 그를 노려본다. 무언가 단단한 것이 그녀의 안에서 굳어지는 것 같다. 완강한 분노가 차갑고 딱딱한 돌처럼 뭉쳐진다.

그다. 나를 강간한 그 아이다. 이제 그를 감옥에 보내자.

경찰관이 TV를 끄더니 그녀를 바라본다.

"올해 4월 12일에 당신에게 성폭행을 가한 사람이 이 중 누구인지 식별할 수 있으시겠습니까?"

그녀는 목을 고른 뒤 낮고 쉰 목소리로 망설임 없이 대답한다.

"5번이에요."

콜라 캔을 조금 더 세게 움켜쥐자 금속이 손가락 아래에서 살짝 우그러지는 게 느껴진다.

잠시 후 그녀는 경찰서 옆 스타벅스에 모니카와 함께 앉아 두유 카푸치노를 홀짝이고 있다.

"어땠어?"

모니카가 물었을 때 그녀는 그저 괜찮았다고 했다. 기묘하고 지독했지만 결국은 괜찮았다.

그녀는 불편한 침묵 속에서 별 생각 없이 새 핸드폰의 화면을 아래로 쓸어내리며 메시지를 확인한다. 6개월짜리 안식휴가를 받아 남자친구와 말라위로 선교여행을 떠난 친구 젠이 보낸 이메일이 와 있었다.

우리 약혼했어! 빅토리아 폭포에 갔던 날 밤에 다니엘이 프러포즈했어. 그날 아침엔 초경량비행기를 탔는데 위에서 내려다본 정글은 놀랍도록 아름다웠어…

축하한다는 답장을 쓰면서 그녀는 두 사람이 약혼했다는 소식에 기뻐해야 한다는 사실을 안다. 실제로 기쁘기는 했다. 이성적이고 표면적인 층위에서는. 그러나 그 층위 아래에는 이 소식을 듣고 더욱 아래로 침잠하는 그녀의 또 다른 모습이 있다. 가장 친한 친구와 멀어진다는 느낌. 둘의 존재는 행복의 비행기에 실려 앞으로 나아가고 그녀의 존재는 저 아래 흙무더기와 절망 속에서 좌초하고 있다는 기분이었다.

"커피 한 잔 더 마실래?"

모니카가 묻는다.

그녀는 고개를 젓는다.

"아니, 집에 가야겠어. 오늘 밤에 줄리아의 신부 파티가 있어서."

"비브, 괜찮겠니?"

그 말에 그녀는 어깨를 으쓱한다.

"뭐, 괜찮을 거야."

그러나 집으로 가는 버스에 타자 온몸이 떨린다. 손의 떨림이 멈추지 않아 다른 승객들의 눈에 띌까봐 두 손을 엉덩이 아래 깔고 앉는다. 대체 뭐가 문제지? 범인 식별은 끝났다. 그 아이를 찾아냈다. 그 아이의 얼굴을 보고도 살아남았다. 아니면 신부 파티 때문일까? 내 삶이 무너지고 있는 와중에 외출 준비를 마치고 바깥세상을 마주해야 해서, 친구를 위해 애써 발랄하고 기분 좋은 척해야 해서?

그녀는 자신에게 할 수 있다고 되뇐다. 고작 몇 시간 사람들과 어울리는 것뿐이야.

못 해, 하고 어떤 목소리가 답한다. 난 할 수 없어.

집으로 돌아온 그녀는 거실에 있는 이케아 테이블에 무너지듯 엎드려 흐느낀다.

검은 원피스를 입어야 한다. 하이힐을 신어야 한다. 방금 정신적으로 무너졌던 걸 들키지 않도록 화장을 해야 한다.

하지만 아직은 안 된다. 준비가 안 됐다. 지금 당장 할 수 있는 일은 우는 것밖에 없는 것 같다.

*

"사정은 했나?"

씨발, 이건 곤란한 질문이다. 했다고 말하고 싶지만, 이미 확인했겠지? 그딴 걸 알아내는 검사도 했을 것이다.

"어, 아니요. 안 했어요."

"사정하지 않았다고?"

그래, 못 했다. 뭘 군이 자꾸 들먹이시나.

"네, 이유는 모르지만 안 됐어요. 아마 숲 한가운데서 벌인 일이니만큼 당황스러워서 그랬던 것 같아요. 얘기했다시피 전 아직 어리니까요."

"하지만 조금 전에는 숲에서 섹스를 하는 게 괜찮았다고 했잖니?"

"뭐, 그건 그 여자가 덤벼들었으니까 그런 거였어요. 하지만 막상 시작하고 나서 온갖 체위를 다 하게 되니까 좀 겁이 났어요. 누가 지나가다가 볼 수도 있잖아요? 그래서 그렇게까지 즐기지는 못했어요."

"그러면 상대 여성은? 행위가 일어나는 동안 상대 여성은 어땠지?"

"좋아하는 것 같던데요. 자꾸 더 해달라고 엉겨 붙고요."

그는 모리슨 경위를 보며 씩 웃는다. 모리슨 경위는 그저 그를 쳐다볼 뿐이다.

"그럼, 겁이 났을 때 넌 어떻게 했지?"

"그만하자고 했어요. 집에 가든지, 어디 딴 데로 가자고요."

"그때 상대 여성은 뭐라고 했지?"

"아무 말도 안 하던데요. 그래서 그만해도 된다는 뜻이라고 생각했어요."

"그다음엔 무슨 일이 있었지?"

"어, 끝나고 나서 조금 더 이야기를 했어요."

"계속 거기 머물렀나 아니면 상대가 부탁한 대로 산책에 동행했나?"

"음, 알고 보니 여자는 진짜로 저와 같이 걷고 싶었던 건 아니었어요. 그저, 그러니까… 섹스를 하자는 뜻이었죠."

"좋아, 그러면 너는 그 사실을 어떻게 알게 되었지?"

"어, 섹스가 끝나고 나자 여자가 이제부터는 혼자서 걷겠다고 했어요."

"그때 너는 어떤 기분이 들었지?"

"뭐, 상관없었어요. 어차피 섹스는 했으니까요."

"그다음에 상대에겐 그 이상 관심을 두지 않았다?"

그는 모리슨 경위를 바라본다. 이건 무슨 뜻으로 묻는 걸까?

"관심 없었어요. 섹스는 좋았지만, 저는 제 갈 길을 가야죠."

"그러면 그 이후 다시 만날 약속을 잡거나 연락처를 교환하는 일은?"

"안 했어요."

"그러면 성관계를 끝낸 다음 무슨 얘기를 했지?"

"그냥 이런저런 얘기요. 제가 아마에 갈 거란 얘기, 더블린에 간다는 얘기 같은 거요."

"상대가 자기 자신에 대한 이야기를 한 게 있나?"

"아뇨, 안 한 것 같아요. 기억이 나지 않아요. 뭐, 제가 말재주가 있거나 이야기를 잘하는 편은 아니잖아요."

모리슨 경위는 그를 믿지 않는다는 듯 쳐다본다.

"잠깐만요, 그 여자가 했던 말 중에 기억나는 게 하나 있어요."

"그래? 뭐지?"

"'걱정 마, 아무한테도 말 안 할게'라고 했어요. 웃기지만 그 여자가 그렇게 말했다고요."

자, 이제 다들 할 말 없겠지.

모리슨 경위는 그 말을 듣자 무언가를 공책에 적어내리더니 그를 빤히 쳐다본다.

"너는 그 말을 무슨 의미로 받아들였지?"

"그냥 말 그대로요. 아무한테도 말 안 하겠구나."

"하지만 상대가 왜 그런 말을 했을까?"

"아마도 고상한 미국 여자들은 자기가 이런 일을 통해서 쾌감을 느낀다는 걸 밝히고 싶지 않아서가 아닐까요? 공원에서 어린 소년이랑 섹스를 한다거나 하는 일이오."

"그 말을 들었을 때 너는 어떻게 반응했지?"

"뭐, 그쪽이 더 낫겠다고 생각했어요. 아빠나 다른 사람들이 저랑 그 여자 일을 알게 되는 건 싫었거든요."

그는 옆에 앉은 로리 삼촌을 슬쩍 본다. 삼촌은 지금까지 한마디도 안 했다. 테이블만 쳐다보고 있었다.

"하지만 결국 알게 됐잖니."

그는 고개를 끄덕인다.

"그렇겠죠. 지금은 알게 됐네요."

"그럼 지금은 그때 그 여자가 한 말에 대해 어떻게 생각하니?"

"음, 그냥…"

그는 말꼬리를 흐린다. 이 일에 대해 수도 없이 생각해봤다. 그 여자를 생각할 때 가장 약이 오르는 부분이다. 대체 왜 그 말을 했지?

그 순간 다시 검은 발톱이 속을 파고들어 찢어놓는다.

그 여자는 그때부터 다 말할 작정이었던 것이다.

그 쌍년이 처음부터 다 계획한 것이다. 아무렇지도 않게 거짓말을 지껄이고 뛰어가서 경찰부터 불렀다. 처음부터 그럴 셈이었던 거다.

모리슨 경위는 그의 표정을 읽으려는 것처럼 그의 얼굴을 빤히 쳐다보고 있다. 그러니까 제발 진정하고 자연스럽게 행동하자.

그가 헛기침을 해 목청을 가다듬는다.

"조니? 방금 뭐라고 대답하려고 했지?"

"아, 아니에요. 그냥… 죄송한데 질문이 뭐였죠?"

"아무한테도 말하지 않겠다던 그 말에 대해 지금은 어떻게 생각하느냐고 물었다."

"좀 실망스러워요. 전 우리 사이에 뭔가 있다고 생각했단 말이죠. 그런데 그 자리를 떠나자마자 사람들한테 다 말했잖아요."

"그럼 그 일이 상대 여성과 너 둘 사이의 비밀이라고 생각했다는 말이지?"

"맞아요. 그런데 여자가 마음이 변했나보죠."

"왜 그랬을까?"

"나중에 자기가 저랑 한 일이 부끄러웠든지 아니면 친구한테 들켰든지 그랬겠죠?"

모리슨 경위는 내내 그랬던 것처럼 얼굴을 찌푸리고 고개만 끄덕일 뿐 아무 말도 하지 않았다.

"그런데 그때는 섹스가 막 끝난 직후였으니까 아무한테도 말하지 않겠다고 한 거겠죠."

*

"그럼 그 자식은 어떻게 되는 거야?"

아프리카에서 안식휴가를 끝내고 돌아온 젠이 손가락에 낀 약혼반지를 빛내며 묻는다.

친구들은 다들 그렇게 물어본다. 모두가 이름조차 모르는 그 역겨운 자식을 똑같은 잣대로 경멸한다. 친구들에게 그는 만화책에 나오는 악당이나 다를 바 없으리라.

하지만 이제 그녀는 그의 이름을 안다. 그를 체포한 지 몇 달이 지났을 때 모리슨 경위가 윗부분에 북아일랜드 경찰이름이 인쇄된 종이에 몇 문장을 쓴 편지를 우편으로 보냈던 것이다. 가해 용의자는 현재 구류 중이지만 어린 나이를 감안해 이름은 기밀에 부쳐지게 된다고 했다. 그의 이름은 존 마이클 스위니라고 했다.

아일랜드의 여느 남자 이름이나 마찬가지로 별 특징이 없는 이 이름은 그 자체로는 그녀에게 아무 의미도 없다. 그러나 그 이름이 그 아이가 폭행 전이나 폭행 이후 그녀가 길가에 앉아 있을 때 말해준 이름들이 아니라는 건 확실하다.

"감옥에 갔어?"

또 다른 친구가 묻는다.

사람들이 내비치는 감정은 다양한 형태를 띤다.

그 자식이 감옥에서 평생 썩었으면 좋겠다. 그 새끼가 감옥에서 열 번도 넘게 강간당하길 빈다.

비록 두 번째 말은 주로 남자인 친구들의 입에서 나오는 경향이 있었지만 말이다.

그녀는 어깨만 으쓱한다. 그녀는 그의 운명에는 아무런 관심이 없다. 그녀에게 스며들어 있는 정의감 때문에 그가 응분의 대가를 치러야 한다고 생각하는 한편으로, 그를 향한 분노를 느끼는 데 에너지를 낭비할 가치가 없다. 에너지는 아직도 그녀에게 귀하고도 아까운 것이다. 노여움은 지나치게 파괴적인 것, 고단한 것이다.

그녀는 친구들이 분노를 떠안도록, 사법체계가 제 몫을 다하도록 내버려둔다.

"재판 때까진 감옥에 있는 거지?"

친구들은 묻는다.

'재판'이라는 말은 새로운 욕지기를 불러일으킨다.

"상황에 따라 다르겠지."

그녀는 그렇게 대답한다.

"보석신청을 계속하겠지만 경찰이 보기엔 받아들일 가능성이 적대."

"재판은 언젠데?"

그녀는 그 물음에도 어깨만 으쓱한다. 그 문제에 대해선 생각조차 하고 싶지 않았다.

"내년 초쯤일걸. 아직 거기까지밖에 정해진 게 없어."

그때까지 어떻게 버틸지가 막막하다. 지금과 그 피할 수 없는 날짜 사이의 무의미한 나날들을 어떻게 보낼지.

그러나 이제는 이것이 그녀의 인생이다. 그녀가 기대할 수 있는 유일한 것은 바로 그녀가 가장 두려워하는 것이 되었다.

*

"하나만 더 물어보자, 조니. 탠 씨의 신체에는 상당히 많은 멍과 긁힌 자국이 있었어. 이에 대해 아는 바가 있나?"

"아, 그건요."

이쯤에서 기억난다는 듯이 씩 웃자.

"네, 뭐, 아까 얘기한 것처럼 그 여자는 거칠게 하는 걸 좋아했거든요. 그러니까, 뭐, 부드러운 섹스였다고 할 수는 없네요."

"그러면 그 멍은 모두 성관계 도중에 생긴 것인가?"

"네, 맞아요. 얘기했지만 땅바닥에서 했거든요. 돌도 있고, 여자가 온갖 체위를 다 요구했고요."

진실을 말하고 있다는 양 경찰의 눈을 똑바로 바라보자. 내 이야기는 그 여자의 이야기나 마찬가지로 완벽하니까.

"그러면 네가 한 특정한 행위 중 상대의 몸에 상처를 남겼을지도 모르는 일이 기억나니?"

"아니요… 딱히 기억나는 건 없어요. 굉장히 거친 섹스였거든요."

모리슨 경위가 헛기침을 한다.

"좋아, 조니. 오늘은 여기까지면 충분한 것 같다."

*

그해 10월, 서른 살이 되는 생일날 아침 그녀는 브라이튼에 있다. 젠과 약혼자 다니엘의 초대로 주말을 브라이튼에서 보내게 되었고, 전날 밤에는 함께 커리를 먹고 와인을 몇 병 마셨다. 때때로 그녀는 친구들과 알딸딸하게 취하고 그 자리를 즐기는 척하면서 예전의 비비안 행세를 할 수 있다. 그러나 이렇게 진이 빠지는 가면놀이를 하고 나면 그 뒤로 며칠 동안 힘이 하나도 없다.

그날 아침 젠과 다니엘은 출근을 했다. 그래서 그녀는 런던으로 돌아가는 기차를 타기 전 브라이튼을 혼자 돌아다녀보기로 한다.

갈매기들이 외로이 울부짖으며 머리 위를 떠도는 텅 빈 거리를 정처 없이 걷는다. 그러다 보니 어느새 가족이며 부부들이 반짝이는 바다 풍경을 감상하며 거니는 바닷가 산책로가 나타난다. 브라이튼 피어라는 커다란 구조물이 바다를 향해 대범하게 뻗어 있는 곳이다.

그녀는 브라이튼 피어의 대담무쌍한 직선이며 멀찍이 바다 위에 놓인 휘황찬란한 놀이기구들을 경외의 눈으로 바라본다.

조심스레 널빤지 위를 디디며 선착장으로 나아가는데 발밑에서 철썩이는 차가운 물이 눈에 들어온다. 비수기인데다 월요일 오후인데도 발을 디딜 때마다 덜덜 흔들리는 선착장의 널빤지 위를 걷는 사람이 상당히 많다. 아이들은 꺅 소리를 지르며 서로를 쫓아다니고 근처에서 파는 솜사탕이며 팝콘 냄새가 물씬 난다. 문득 여덟 살 때의 여름이 생각난다. 사우스저지 와일드우드로 간만의 가족여행을 갔을 때다. 저녁이면 그녀는 가족과 함께 바닷가 산책로에서 불쑥 튀어나온 다섯 개의 선착장으로 갔다. 선착장마다 놀이기구가 하나씩 있었다. 회전목마와 범퍼 카. 거대하게 우뚝 솟은 관람차. 롤러코스터가 비명을 지르는 탑승객들을 싣고 쏜살같이 지나갈 때마다 선착장이 흔들렸다. 그 시절 그녀는 나무 널빤지 아래에서 바다가 출렁이고 있는데도 빙글빙글 도는 롤러코스터며 관람차를 떠받칠 수 있는 선착장의 엄청나게 거대한 구조물이 놀랍기만 했다. 발밑에서 밀물과 썰물이 오갔다.

그런데 지금 브라이튼 피어에 선 채, 낡아 녹이 슨 철근에 그물이 엉겨 붙어 있는 선착장 발치에서 초록 바닷물이 철썩거리며 부딪쳐 포말을 일으키는 모습을 바라보고 있는 그녀는 오로지 두려움과 불안감밖에는 느낄 수 없다.

주변을 돌아다니는 가족들은 발밑을 거칠게 휩싸고 도는 차가운 바닷물 같은 건 모른다는 듯 환한 햇살만 흠뻑 들이마시고 있다. 그녀는 이제는 익숙해진 욕지기를 억누른다. 이렇게 멀리 나왔으니 바닷물은 빠지면 죽을 만큼 깊을 것이다. 그런데 이 성난 물에서 그녀를 갈라놓는 건 가느다란 널빤지 하나뿐이다.

난간 사이로 비집고 나가서 손을 놓으면 다 끝난다. 물에 떨어지자마자 온몸의 감각이 사라질 것이다. 이 모든 악몽도 외로움도 영원히 사라질 것이다.

차가운 물. 그리고 다 끝날 거야.

그녀는 난간을 붙잡고 몸을 가눈다. 오늘은 안 된다, 내 생일이니까. 공황 때문에 숨이 받아진다. 안전해지려면 지금 당장 뭍으로 돌아가야 한다는 걸 안다. 선착장이 언제라도 무너질 수 있는데 저 사람들은 어째서 깔깔 웃으며 아무렇지도 않을 수가 있을까. 나는 이런 생각들에 홀린 채 여기서 뭘 하고 있는 걸까.

그녀는 손을 번갈아가며 난간을 잡고 천천히 뭍으로 돌아간다. 땅에 발을 딛는 순간에야 숨쉬기가 좀 편해진다. 이제 그녀는 색색의 놀이기구를 올려다보며 경외심과 찬탄으로 차오르던 순진한 여덟 살 아이가 아니다. 사람은 늙는다. 서른이 된다. 두려움이 무엇인지 알게 된다.

몇 시간 뒤 그녀는 런던행 열차 안에 있다. 어스름해지는 바깥에서 들판이 뒤로 훅훅 지나쳐간다. 잠시 그녀는 저무는 해가 저녁 구름 사이로 사나운 붉은빛을 내뿜는 모습을 바라본다. 그러나 늦가을의 낮은 하늘이 추위와 눈으로 채워질 앞으로의 나날들을 예고하고 있다.

비가 오기 시작한다. 하늘이 금세 회색으로 변하고 또 깜깜한 밤이 되면서 폭우가 유리창을 세차게 두드린다. 그녀는 피곤하다. 어서 집으로 돌아가 히터를 켜고 싶다. 다음 순간 그녀는 핸드폰에 부재중 수신 전화가 있다는 걸 알아차린다.

음성 메시지를 들어보니 모리슨 경위가 다음 몇 달간의 그녀의 일정이 어떤지를 묻고 있다. 3월 첫 주를 이야기한다. 재판이 그때 열린다는 뜻일까. 지금까지 재판이란 추상적인 개념에 불과했지만 날짜가 정해지자 이제 구체적인 실체로 느껴진다. 별안간 불안감과 무력감이 다시금 밀려들어오는 바람에 저녁 빗속에서 덜컹거리는 열차에 앉아 그녀는 울기 시작한다.

그녀는 다른 승객들에게 보이지 않으려 두 손으로 얼굴을 가리고 조용히 흐느낀다. 억울하다. 이 외로움도, 끝없는 두려움도, 추위도, 곧 다가올 재판도. 단 한 번이라도 고통과 고립감에서 벗어나고 싶다. 조금이라도 희망을 느껴보고 싶다.

열차는 개트윅을 향해, 이스트 크로이든을 향해, 클래펌 정션을 향해 달려간다. 조금만 더 가면 집이라고 그녀는 스스로 자신을 달랜다. 잠에 빠질 수 있는 소파가 있고, 몸을 숨길 수 있는 이불이 있다. 그러면서 그녀는 창 너머 비 오는 밤 풍경을 내다본다.

제4장

비행기에서 내리는 순간 그녀는 벨파스트에서 똥 냄새가 난다고 생각한다. 벨파스트 국제공항 활주로로 이어지는 계단 꼭대기에 서서 나지막한 푸른 들판을 바라보는 순간 지독한 소똥 냄새가 코를 찌른다.

뒤에 서 있던 젠이 그녀의 팔꿈치에 손을 댄다.

"괜찮아?"

그녀는 고개를 끄덕이며 잠깐 눈을 감는다.

이른 3월, 그녀는 돌아왔다. 다시는 돌아오고 싶지 않았던 그곳으로.

숨을 들이쉬며 똥 냄새를 있는 그대로 받아들인다. 그다음에는 눈을 뜨고 수화물을 들고 계단을 내려온다.

*

"존 마이클 스위니, 기립하여 당신에게 제기된 혐의 내용을 경청해주시기 바랍니다."

법정 안은 더럽게 춥다.

어차피 지금까지 가본 법정은 모조리 더럽게 추웠다. 유리로 된 패널*, 딱딱한 플라스틱 의자, 마치 중요한 일이라도 된다는 듯 나를 빤히 쳐다보는 사람들.

그는 일어선다. 이제 판사 앞에 서는 일도 익숙하다. 지난 몇 달간 볼거리라도 된 기분으로 피고석에 섰다가 또 다른 공판의 피고인으로 서는 일을 되풀이했다. 보석신청을 했지만 그가 너무 '위험하다'는 소리를 들었다. 맥루언 변호사는 이게 '절차의 일부'라고 했다. 수갑을 차고 법정 안으로 들어와 유리 패널 속에 처넣어지는 것 말이다.

처음에는 판사가 하는 말을 하나도 알아들을 수 없었지만 이제는 좀 감이 잡힌다. 솔직히 말하면 외국어 같다. 판사와 법정변호사들—가발 쓴 사람들**—이 알 수 없는 소리를 하면 나머지는 전부 말 같지도 않은 소리를 들어줘야 하는 거다.

지금까지는 사람이 별로 없었다. 그런데 지금, 오늘 아침에는 법정 안이 바글바글하고 좌석이 전부 차 있다. 이 사람들은 도대체 다 누구지? 수첩과 펜을 든 사람들도 있고, 나이든 부부들도 있다. 여자들도 좀 있다.

그럴싸한 여자를 본 게 정말 얼마만의 일인가. 아까부터 그는 젊은 여자들의 뒤통수와 물결치는 긴 머리를 눈여겨보고 있었다. 거의 발기할 지경이었지만 법정에서는 곤란하다.

맥루언 변호사가 오늘 법정엔 사람이 꽤 많을 거라고 미리 경고했었다. 기자도 올 거라고 했다. 하지만 이렇게까지 많을 줄은 몰랐다. 내가 아주 유명인사가 됐나보다.

* 영국 법정에서는 피고석이 유리 패널로 에워싸여 있다.
** 영국 법정에서 법정변호사는 검사, 변호사를 통칭하는 직함으로 판사와 마찬가지로 가발을 착용한다.

아빠가 구부정한 자세로 앉아 있는 모습이 보인다. 그 옆에는 마이클 형이 앉아 있다. 게리는 그가 체포당한 이후로 싹 사라져버렸지만 로리 삼촌은 자리에 있다. 케보와 덩치만 큰 돌대가리 도널도 있다. 이쯤이면 흥행이 나쁘지 않은 셈이다.

서기가 그에게 일어서라고 한다.

"존 마이클 스위니, 당신은 지금 세 가지 혐의로 기소되었습니다."

맥루언 변호사가 오늘 아침에 설명해주었다.

"원고, 그러니까 네가 만났던 그 여자가 오늘 법정에 출석하기로 했다."

맥루언 변호사는 지금까지 몇 주 동안이나 여자가 오지 않을 수도 있다는 얘기를 했었다. 너무 겁이 나거나 벨파스트까지 오기가 너무 어려울 수도 있다나.

그래서 만약 여자가 나오지 않는다면 사건은 기각된다. 그러니까 원고도 없고, 강간사건도 없고, 그에게는 좋은 날이 열릴 거라는 소리였다. 말 그대로 피고석에서 자유의 몸으로 걸어 나올 수가 있다.

"그 여자가 나오려나?"

예전에는 아빠도 그렇게 물었다. 솔직히 런던이든 미국이든 고상해 빠진 자기 집에서 안 나오기를 바랐다.

하지만 마음 한구석에는 그도 그 여자가 발을 뺄 사람은 아니라는 걸 알고 있었던 것 같다. 거짓말을 주워섬긴 간사한 년이 나타나지 않을 리가 없다. 살기가 등등해서 여기까지 왔겠지.

"질을 통한 성폭행 혐의에 대해 어떻게 답변하시겠습니까?"

그는 눈앞의 허공을 똑바로 바라본다.

"무죄를 주장합니다."

맥루언 변호사가 해댔던 설교가 떠오른다.

"조니, 재판이 이어지다가 마지막에 유죄 판결을 받는 것보다 네가 유죄를 주장하는 쪽이 더 낮은 형을 받게 될 거라는 점을 명심해라. 이해했니?"

네, 그러시겠지. 변호인은 내가 유죄라고 생각하는 게 분명하다. 나와 다른 유랑민들도 말이다.

"항문을 통한 성폭행 혐의에 대해 어떻게 답변하시겠습니까?"

"무죄를 주장합니다."

자신이 '항문으로 하고 싶어!'라고 외쳤던 게 기억난다. 여자도 그걸 원했다.

"폭행 혐의에 대해 어떻게 답변하시겠습니까?"

이건 쉽다.

"무죄를 주장합니다."

때릴 필요가 없었다. 여자가 원했으니까. 그 멍 자국은 전부 거칠게 섹스하느라 생긴 것들이다.

"피고는 앉으십시오."

앉는다. 눈을 내리깐다. 아무와도 눈을 마주치지 말자. 법정 안의 모든 눈이 그를 향해 있다는 걸 안다. 모두 자신을 재단하고 혐오하는 눈길일 것이다. 더러운 사기꾼들. 나를 영원히 철창 안에 가둬놓을 셈이다.

그러나 인정하기 싫지만 그가 두려워하는 단 하나의 눈빛이 있다.

지금은 이 자리에 없는 그 눈빛.

*

그녀는 원고를 위해 마련된 방에 소심하고 불편하게 앉아 있다.

원고complainant, 재판에서 그녀에게 공식적으로 붙여진 이름이다. 피해자가 아니다. 항의complain하는 사람. 회색 펜슬 스커트, 짙은 보라색 블라우스에 검은 에나멜 하이힐까지 갖춘 비즈니스 정장을 입은 것은 간만의 일이다. 치마의 허리 부분도, 신발의 가죽 테두리도 전부 그녀를 날카롭게 조여드는 것 같다.

브라가 평소보다 더 꽉 죄는 기분이라 숨을 쉬기가 어렵다.

창문 없는 방 안에서 그녀는 가져온 『가디언』지를 내려다본다. 하지만 집중을 하려 해도 아무런 소용이 없다. 마음은 이리저리 떠돌다 자꾸만 복도 저편, 또 하나의 특색 없는 문 안쪽에서 일어나고 있을 일에 붙박인다.

"괜찮아? 뭐 마실 것 좀 갖다줄까?"

옆자리에 조용히 앉아 있던 젠이 묻는다.

"괜찮아."

그녀는 고개를 젓는다. 그런데도 젠은 고개를 돌리지 않고 그녀를 바라본다.

"알았어. 녹차로 부탁해."

맞은편에 앉아 있는 에리카가 때때로 이쪽을 곁눈질하는 게 느껴진다. 젠은 일어나서 주전자가 있는 쪽으로 간다.

어젯밤 그들은 가게 문이 닫히기 전에 시내에 있는 테스코를 찾아 한 주간의 생필품을 샀다. 두유, 녹차 한 상자, 진통제. 그녀는 칙칙하고 특색 없는 방 안의 분위기를 누그러뜨리려고 멜리사가 선물로 보내준 유리단지에 담긴 라벤더 향초를 가져왔다.

"혹시 성냥 있어? 초에 불을 붙이고 싶어서."

젠이 고개를 끄덕이더니 피해자 지원팀의 자원봉사자에게 다가간다. 자원봉사자는 점잖고 머리가 벗어져 가는 중년 남성으로 이름은 피터라고 했다.

그녀는 다시 『가디언』지의 라이프스타일 페이지를 본다.

피부 관리를 위한 열두 가지 팁!

동일임금, 아직 먼 일일까?

얼굴을 찌푸리며 신문을 덮어버린다.

몇 달이나 마음속에 자리 잡고 있던 불안이라는 단단한 돌이 이제는 더 커졌다. 움직일 때마다 그 무게가 그녀를 내리누른다.

그녀는 지질학에서 일어나는 과정들을 생각한다. 무기물이 수백 년에 걸쳐 나무를 서서히 석화시킨다. 수액에 빠져 죽어가는 곤충은 호박이 되어 굳는다. 그와 같은 과정이 지금의 그녀를 만들었다. 불안이 소금에 절이듯이 그녀에게 스며들었다.

아주 깊은 곳에서 그녀의 심장은 아직도 뛰고 있다. 수액에 빠진 뒤 파리는 얼마나 오래 살아 있을까? 삶이 끝나기까지, 심장이 마지막으로 박동하기 전까지 얼마만큼의 시간을 보내야 할까?

그녀는 마지막 숨을 몰아쉬기 직전의 파리가 된 것만 같다.

그녀는 몸을 꼼짝할 수 없는데도 오로지 이곳을 박차고 나가기만을 바란다. 복도를 뛰어가 건물 밖, 상쾌하고 아릴 정도로 시린 공기 속으로 달려 나가고 싶다. 사법제도에, 법복을 입은 법정변호사들에게, 이 모든 일의 시발점이 된 그 새끼에게 엿을 먹이고 싶다.

어서 끝내고 싶다. 삶의 다음 장으로 넘어가고 싶다.

그러나 그녀는 그 소년에게 엿을 먹일 수 있는 유일한 방법이 이곳에서 대기하다 증언하는 것뿐임을 안다.

그러니까 가만히 앉아 기다리자. 불안이 나를 질식시키고 생명을 빼앗아버리도록 내버려두자. 빠져나갈 길은 이게 전부인 것 같다.

*

피고석에 앉아 있으니 좀이 쑤셔 죽겠는데 커다란 숫자가 적힌 벽시계를 보니 아직 채 한 시간도 지나지 않았다. 그는 아빠가 사준 단추 달린 흰 셔츠와 말쑥한 회색 바지 차림이다. 기다리고 또 기다린다.

그런데 보아하니 뭔가 시작되려는 것 같다. 배심원단이 구석에 있는 문으로 들어오더니 두 줄로 앉는다.

자리에 앉은 배심원들은 다들 기분나쁜 눈빛으로 그를 쏘아본다. 그는 배심원들을 한 사람 한 사람 훑어본다. 모두 12명. 당연하겠지만 전부 버퍼들이다. 유랑민을 배심원단에 넣을 일은 앞으로도 영원히 없을 테니까.

여자가 일곱 명, 남자가 다섯 명이다. 그중 젊은 여자는 두 명인데 둘 중 하나는 예쁘장하다. 할머니가 두 명, 남은 세 명의 여자는 중년으로 보인다. 할머니들은 머리가 세고 등이 굽었는데 한 명은 안경까지 썼고 둘 다 생김새는 끔찍하다. 젊은 여자들은 이쪽을 볼 때마다 겁에 질린 것 같은 표정이다. 남자 중 한 사람은 젊고 위아래 모두 트레이닝복 차림에 목에는 체인을 걸고 있다. 저 사람이라면 말이 좀 통할 것 같다. 다른 한 남자는 머리가 벗어진 순한 인상이고, 머리가 센 남자가 두 명 있다. 그중 한 명은 셔츠를 빼입었고 다른 한 명은 점퍼를 걸친 터프해 보이는 인상이다. 그런데 마지막 한 명의 남자는 파키다. 도대체 어느 편의 손을 들어줄지 감도 안 잡힌다.

이 사람들이 내 운명을 결정지을 배심원단이라는 말이지.

솔직히 나를 향한 사랑이 끓어오르는 것 같은 느낌을 주지는 않는 조합이다.

맥루언 변호사는 재판이 일주일 넘게 이어질지도 모른다고 했다. 그만큼 오래 버틸 수 있을까? 차라리 다들 자기 일 말고는 신경 쓰지 않는 감방으로 돌아가고 싶은 심정이다. 여기서는 다들 내커 소년에게 범죄자의 딱지를 붙여주지 못해 안달을 낸다. 그를 본보기로 삼으려는 것이다.

좋아. 보여주면 된다. 싸워보지도 않고 질 생각은 없다. 스위니 집안의 아들이니까.

*

"비비안."

모리슨 경위가 말한다.

"검사들께서 하실 말씀이 있다고 합니다."

허공을 쳐다보던 그녀가 고개를 들자 풍성한 법복 차림의 법정변호사들이 들어온다. 윌리엄 오리어리 검사는 키가 훤칠하고 은빛으로 센 머리에 위풍당당한 인상이고, 갈색 단발머리를 한 제럴딘 시몬스 검사는 약간은 더 다가가기 쉬운 따뜻한 인상이다.

"좋은 아침입니다."

두 사람은 법원 안에서는 유명인사라는 듯 방 안을 둘러보며 미소를 짓는다.

"안녕하세요, 비비안."

적극적인 자신감을 뿜어내며 인사를 건네는 두 사람의 북아일랜드 억양은 교육과 발성 훈련의 힘으로 말끔하게 다듬어져 있다.

"기분은 좀 어떠세요?"

악수를 나눈다. 직접 만나는 것은 처음이다. 2주 전, 모리슨 경위를 몇 달이나 채근한 끝에 그녀는 검사들과의 화상회의를 통해 지난 몇 달간 궁금했던 것들을 질문했던 것이다. 네, 언론에 공개됩니다. 네, 스크린 뒤에서 증언해도 됩니다. 하지만 그들은 그러지 않는 게 좋다고 조언했었다.

"이쪽은 런던에서 저와 함께 온 친구들이에요."

비비안은 젠과 에리카를 소개한다. 검사들이 인사의 표시로 미소를 짓는다.

법원을 어떻게 찾아왔는지, 비행은, 또 호텔은 어땠는지 하는 가벼운 잡담이 이어진다. 물론 전혀 관심이 없다는 건 안다.

그다음에 검사들은 지금 법정 안에서 일어나고 있는 진행 상황을 설명해준다.

"피고는 세 가지 혐의 모두 무죄를 주장했습니다. 각각 질을 통한 강간, 항문을 통한 강간, 폭행 혐의입니다."

검사들은 마치 오늘의 특별 메뉴를 읊는 양 사무적인 방식으로 그 단어들을 나열한다. 감정이 실리지 않은 용어로 그녀의 경험이 발설되는 것을 듣자 초현실적이라는 기분이 든다.

"저희는 마지막 순간에 그가 유죄를 시인하길 바라고 있었습니다. 비비안 탠 씨가 법원에 출석하셨기 때문이죠."

그녀는 고개를 끄덕인다. 전에는 재판에 출석하지 않고 포기해버리는 성폭행 피해자도 있다는 사실에 충격을 받았었다. 하지만 오늘 아침이 되자 그녀도 그 마음이 이해가 되었다.

오리어리 검사가 말을 잇는다.

"그런데 그는 여전히 무죄를 주장하고 있습니다. 게임에 참여할 의사가 없다는 소리죠."

시몬스 검사는 배심원단이 입장하고 있으며, 이후 오리어리 검사가 개회를 선언할 거라고 알려준다. 점심시간 이후 비비안이 이 기소의 주요 증인으로서 증언을 하러 들어갈 거라고 한다.

"재판은 상당히 직설적으로 진행될 겁니다."

오리어리 검사가 말한다.

"물론 증인석에 서기 전에 저희와 다시 한번 만나실 겁니다. 제가 묻는 질문에 대답을 하시면 되고, 최선을 다해 진실하고 유익한 증언을 해주시면 됩니다. 아주 단순한 일입니다."

단순하다고?

단순하다는 말이 이토록 무섭고 어려운 의미였나?

이제 진짜 재판이구나. 그녀는 닫힌 문 뒤에서 그녀를 기다리는 법정으로 들어가는 자신의 모습을 상상해본다. 모든 사람이 성폭행 피해자인 그녀를 주시할 것이다. 그중에는 그 아이도 있을 것이다.

"지난번 논의했던 것처럼."

오리어리 검사가 말을 잇는다.

"특별한 조치를 취하지 않을 것이기에 법정 안의 사람들에게 모습을 그대로 드러내시게 될 겁니다. 그리고 그 모습이 긍정적으로 비칠 겁니다."

황당할 노릇이지만 무슨 뜻으로 하는 말인지는 알겠다. 사람들 앞에 숨김없이 모습을 드러내고 앉아서 자신의 이야기를 하는 성폭행 피해자는 숨길 것이 없는 성폭행 피해자다.

"잘 해내실 거예요."

시몬스 검사가 말한다.

"평소처럼 행동하시면 됩니다. 너무 초조해하시지는 말고요. 저희가 함께 있을 겁니다."

하지만 제가 울음을 터뜨리길 바라시겠죠.

대놓고 그렇게 말하지는 않았지만 검사들은 그러길 바란다는 기색을 내비치고 있다. 그녀가 증인석 위, 모두의 앞에서 감정적으로 무너지기를 바라는 것이다. 스트레스를 견디기 힘들 것이고, 그 아이를 계속 바라보는 것도 견디기 힘들 테니까. 바로 그때 그녀가 눈물을 쏟으며 흐느끼면 배심원들도 참관인들도 모두 그녀가 얼마나 심각한 트라우마에 시달리고 있는지 제대로 알게 될 것이다. 궁극적으로는 동정표를 이끌어내자는 것이다.

그런데 어차피 사람들이 법정에서 보고 싶어 하는 건 이런 게 아닐까. 사람들이 재판을 참관하러 온 이유도, 기자들이 재판 내용을 수첩에 받아쓰는 이유도, 전부 성폭행 사건에서 일어나는 자극적인 호소 때문이 아닌가. 눈물을 흘리는 성폭행 피해자와 양심의 가책조차 없는 성폭행 가해자. 두 사람의 육체 사이에서 오고간 충격적인 일들이 낱낱이 밝혀지는 자리.

그녀는 엄지손톱이 검지에 파고들도록 꾹 누른다. 아팠으면 해서, 그 무엇이라도, 차라리 고통이라도 느끼고 싶어서다.

"그럼, 질문이 있나요, 비비안 씨?"

"네."

마음 한구석이 시달리고 있는 와중에도 그녀는 놀라우리만큼 가다듬은 목소리로 대답한다. 그녀는 자신이 참석할 수 없는 재판 앞부분을 젠과 에리카가 참관할 수 있느냐고 묻는다. 모리슨 경위가 자리를 마련해보겠다고 대답한다.

"그럼 참관인석에 사람이 많다는 뜻인가요? 법정에 사람이 얼마나 있죠?"

시몬스 검사가 주저하며 대답한다.

"세간의 이목을 끄는 사건임을 감안하면…"

"기자들이 많이 왔나요?"

"걱정할 것 없습니다."

오리어리 검사가 말한다.

"기자가 있든 없든, 눈앞에 아무도 없다는 듯 최선을 다해 대답하시면 됩니다."

말이 되는 소리냐며 웃음을 터뜨리고 싶을 정도다.

*

판사—이름은 하슬럼 판사라고 했다—가 매서운 눈으로 그를 쳐다보고 배심원들은 마치 자신들에게 삶과 죽음이 달렸다는 양 판사가 하는 말 한마디 한마디에 귀를 기울인다. 판사는 계속해서 배심원의 의무, 면밀히 경청할 것, 모든 세부사항을 충실히 이해할 것, 합리적 의혹을 거쳐 진실이라 믿는 것을 밝힐 것 등을 읊어댄다. 아마 판사는 똑같은 말을 예전부터 수백 번 되풀이했을 것이다. 오랜 세월 동안 저 자리에 앉아서 말이다. 판사는 나이가 엄청나게 많고 피부는 주름으로 쭈글쭈글하며 바보 같은 가발 아래의 머리는 하얗게 세었다. 사건을 맡을 때마다 배심원단에게 똑같은 말을 해야 했겠지. 저런 일을 하고 싶은 사람이 세상에 누가 있을까. 내가 판사라면 지루해서 죽었을 것 같다.

판사의 말이 끝나자 맥루언 변호사가 미리 주의를 주었던 키 큰 회색 머리 검사가 자리에서 일어선다.

'저쪽은 너를 공격할 거야. 그게 그 사람 일이니까.'

그러니까 저 사람 입에서 나오는 말은 전부 똥 같은 소리다. 듣기에는 그럴싸하지만 어쨌든 똥 같은 소리다.

"배심원 여러분."

검사가 입을 연다.

"저는 바로 이곳 웨스트 벨파스트에서 지난 4월 어느 오후에 일어난 충격적이며 잔혹한 사건에 대해 이야기하기 위해 이 자리에 나왔습니다. 당시 신문에 실렸던 이 사건은 너무나 충격적이었기에 여러분 중에서도 기억하시는 분이 많을 겁니다. 그러나 여러분이 지금까지 들었던 이야기들은 잠시 잊으시고 앞으로 며칠간 여러분 앞에 제시되는 증거에만 집중해주시기를 부탁드립니다."

제기랄, 저 사람이 주절거리는 소리를 앞으로 며칠씩이나 더 들어야 한단 말이야?

"여러분이 앞으로 듣게 될 이야기는 더욱더 충격적일 것입니다. 검찰 측은 이 범죄를 지금 이곳 피고석에 앉아 있는 '저' 어린 소년이 저질렀다고 주장하기 때문입니다. 피고인의 이름은 존 마이클 스위니입니다."

당연한 일이지만 그 순간 배심원들의 눈길이 내게 마구 쏟아진다. 마치 좀 전까지는 안 봤다는 듯이 말이다.

하지만 맥루언 변호사가 이미 예상하고 설명해준 일이다. 그 여자에게 반대심문을 할 때까지 모든 것이 그에게 불리한 방향으로 전개될 거라고 했다.

인정하기는 싫지만 심장 박동이 급속도로 빨라진다.

"이 사건의 피해자는 잠시 후에 만나보게 될 한 젊은 여성입니다. 그 여성은 미국인으로 이름은 비비안 탠이며, 런던에 거주하며 일하고 있습니다. 범행 당시 그녀는 29세였습니다. 슬프게도 이 여성이 처한 상황은 아이러니가 아닐 수 없습니다. 북아일랜드 평화협정 10주년을 기념하는 권위 있는 행사에 초대받아 벨파스트에 방문 중이었기 때문입니다. 북아일랜드의 평화를 기념하기 위해 초대를 받아 벨파스트를 찾아온 이 여성의 방문은 폭력으로 끝을 맺었습니다. 또한 수년 전 비비안은 젊은 엘리트 미국인들을 선발해 아일랜드 유학 장학금을 지원하는 조지 미첼 스콜라로 선정된 적이 있습니다. 이 장학 제도는 아일랜드와 미국 간의 상호 이해를 고취하기 위해 설립된 것으로…"

흠, 새로운 소식이다. 그 여자가 이런 사람인 줄 몰랐는걸. 이렇게 대단한 사실들에 대해 맥루언 변호사는 한마디도 해주지 않았었다.

아빠와 나머지 친구들이 서로 시선을 주고받으며 그를 슬쩍 넘겨다본다.

그런데 그게 뭐 어떻단 소린가. 여자가 잘나빠진 건 알겠지만 고상한 여자들도 진흙탕을 뒹굴며 멍 자국을 흠씬 남기는 원초적인 섹스를 좋아할 수 있잖은가. 자꾸만 속으로 그렇게 생각하지만 내내 그의 심장 박동은 내달리고 그는 사라져버리고 싶다. 모두가 들여다보는 이 작고 투명한 상자 속만 아니라면 어디라도 좋다.

*

"변호사는 괜찮았어요?"

젠과 에리카가 다시 방으로 돌아오자 그녀가 묻는다.

"잘 했어. 배심원단에게 증언하기 위해 여기 돌아오는 일이 네게 얼마나 힘든 일인지 분명히 일깨워주었어."

그 말을 듣는데 어쩐지 더 뻣뻣하게 긴장하게 된다. 배심원단 여러분, 일어서서 이 어리고 용감한 성폭행 피해자를 두 눈으로 똑똑히 보십시오.

"그 아이는? 거기 있었어요?"

당연히 그녀도 그가 법정 안에 있다는 사실을 알고 있다.

"정말 어리던데."

에리카가 말한다.

"그렇게 어린애가 그런 짓을 하다니 정말 끔찍하다. 우리 딸보다도 더 어려."

"그럼 사람들이 그 아이가 이런 범죄를 저질렀다는 사실을 안 믿을 거라는 뜻인가요?"

친구들이 신중히 말을 고르는 게 느껴진다.

"그 아이가 좋은 인상을 주고 있다고는 말하기 어려워."

젠의 설명이다.

"어쨌든 사람들이 다들 네가 무슨 증언을 할지, 그 아이는 무슨 말을 할지 들으려고 기다리고 있는 것 같아."

그녀는 고개를 끄덕인다. 무슨 말인지 알아들었다. 그러니까 대중 앞에서 이야기할 때는 하버드 출신이라거나 미디어 업계 종사자라는 점이 그녀에게 우월한 위치를 부여할 것이다. 최소한 이 문제에 한해서 그녀는 상대적으로 자신감이 있다.

"걱정 마, 잘할 거야."

에리카가 미소를 지으며 그녀의 손을 꼭 잡는다.

다들 그렇게 말하는데 그녀는 잘할 거란 확신이 없다.

"밖에서 점심 사줄까?"

에리카가 묻는다.

하지만 욕지기가 여전히 가라앉지 않았고 바깥에 나가고 싶은 마음도 없다. 바깥에 누가 있을 줄 알고? 기자들과 재판 참관인들은 물론 그 아이의 친척들이 있을지도 모른다. 사람들은 나를 보고 옆 사람을 쿡쿡 찌르면서 입 모양으로 '저 사람이 성폭행 피해자야' 하겠지.

아니, 차라리 이 조그만 방 안에 혼자 있는 게 낫겠다. 라벤더 향초가 타오르고 바깥이 보이는 창문이 있는 이 방 안에. 지금은 온 세상에서 몸을 숨기고 싶다. 보이지 않는 사람이 되고 싶다.

*

점심시간이다. 그는 또 다른 비좁은 독방 안에 들어가서 두꺼운 종이식판에 담긴 전자레인지로 데운 파스타 따위를 먹는다. 교도관들은 그에게 웃어주지 않는다. 차가운 눈초리로 그를 보더니 음식 위에 덮인 비닐을 벗기고 독방 안으로 밀어 넣는다.

그리고 바보같이 그는 뜨거운 음식에 혀를 덴다. 뜨거워서 호호거리며 열을 식히면서 김이 나는 파스타를 씹는 그를 교도관들이 마치 그가 응당 당해야 할 일이라는 듯 쳐다본다.

식사를 끝내고 나자 앉아서 벽을 쳐다보는 것 말고는 할 일이 없다.

"마음 강하게 먹어라."

판사가 법정을 떠나자마자 아빠가 피고석의 유리 패널에 난 구멍에 대고 해준 말이다.

로리 삼촌과 도널은 긴 말은 하지 않았지만 고개를 힘주어 끄덕여주었다.

그리고 마이클 형… 마이클 형은 다른 사람들이 다녀갈 때까지 기다렸다가 유리에 이마를 기대고 입을 열었다.

"저 자식들이 하는 말에 신경 쓰지 마. 무슨 일이 일어났는지 넌 알잖아. 기다렸다가 나중에 다 말해버려."

그 말이 지금 머릿속을 울린다. 텅 빈 좁아터진 독방 안에서.

기다렸다가 나중에 다 말해버리라고.

*

"배심원 여러분, 지금까지 범죄의 개요를 말씀드렸습니다만, 곧 그날에 있었다고 주장되는 폭행에 연루된 당사자 탠 씨의 이야기를 듣게 되실 겁니다. 미리 양해의 말씀을 드립니다만, 사건의 세부적인 내용은 참혹하고도 상당히 불쾌하게 느껴지실지 모릅니다. 그러나 탠 씨가 이야기를 시작하면 여러분은 탠 씨와 같은 젊은 고학력 전문직 여성이 어떻게 예기치 못한 난폭한 성폭행의 피해자가 되었는지 알게 되실 겁니다."

오리어리 검사는 거기에서 말을 멈추고 물을 조금 마신다. 저 머저리들을 보라. 다들 검사의 입에서 나오는 말이 무슨 복음이라도 된다는 듯 한마디 한마디에 열렬히 귀를 기울인다. 심지어 아빠와 마이클 형조차도 그 말에 넋이 나간 듯 귀를 기울인다. 엄마가 안 온 게 얼마나 다행인지 모른다. 엄마는 이 모든 사태에 대해 무슨 생각을 할지 감도 안 잡힌다.

그는 고개를 숙이고 아직도 따끔거리는 혀에 신경을 기울인 채 침을 꿀꺽 삼킨다. 검사의 말을 막고 싶지만 입에서 술술 쏟아져 나오는 저 말에서 도망칠 도리가 없다.

"그럼 탠 씨의 증언에 최선을 다해 귀를 기울여주십시오. 탠 씨가 진실을 말하는지 아닌지를 판단하는 것은 여러분에게 달려 있지만, 오늘 이 자리에 나오기까지 탠 씨가 겪었을 길고 괴로운 시간을 감안하여 주시기를 부탁드리는 바입니다. 이런 일을 겪어야 했던 여성이라면 자신을 향해 순전한 범죄 행위가 있었던 이 도시로 돌아오는 것 자체가 고통스럽고 괴로웠으리라는 점도 고려하여 주십시오."

봐라. 첫날부터 이미 날 범죄자로 낙인찍고 있다.

"본 법정에서는 첫 번째 증인 비비안 탠 씨를 소환하는 바입니다."

*

모리슨 경위가 그녀와 동행해 사방이 현대적으로 번들거리고 벨파스트 항구와 그 너머에서 낮아지는 구름 아래로 회색과 녹색으로 솟아 있는 언덕이 보이는 널따란 창이 달린 복도를 걷는다.

또각또각또각. 하이힐 굽이 타일에 부딪친다. 마치 누군가 다른 사람이 그녀의 구두를 신고 법정 8호실로 걸어가는 것만 같은 기분이 든다.

복도에서 어슬렁대는 몇 사람은 분명 다른 사건을 참관하러 왔을 테지만 그녀가 지나가자 쳐다본다. 그녀는 못 본 척 그들을 지나친다.

"괜찮으십니까?"

법정으로 들어가기 직전에 모리슨 경위가 묻는다.

그녀는 걸음을 멈추고 모리슨 경위의 얼굴을 바라본다. 못하겠다고 말하고 싶다. 여기가 아니라 어디든 안전한 곳, 아주 먼 곳에 있었으면 좋겠다.

그러나 그녀는 그렇게 말하는 대신 심호흡을 한 뒤 고개를 끄덕인다.

"네, 지금은 이게 최선이에요."

"잘 해내실 겁니다."

모리슨 경위가 회색기가 도는 푸른 눈으로 그녀의 눈을 빤히 바라보면서 팔꿈치를 살짝 건드린다.

"지금까지 수많은 피해자를 보았습니다. 다른 사람들이 할 수 있다면, 탠 씨도 할 수 있어요."

예상 밖의 친절함에 갑자기 눈물이 고인다. 그러나 그녀는 마음을 굳게 먹고 오른손 주먹을 꼭 쥐고 솟아오르는 욕지기를 밀어낸다. 지난 4월부터 쭉 기다리고 기다렸던 바로 그 순간이다.

"들어가시겠습니까?"

정리가 묻는다.

"네."

그녀는 최대한 딱딱하고 사무적인 태도를 유지하려 애쓰며 고개를 끄덕인다.

정리가 문을 열고 들어가자 그녀가 뒤따라 들어간다. 그녀가 들어가는 순간 법정 안의 에너지가 부산스러워지며 다들 이쪽으로 고개를 돌리는 게 느껴지지만 그녀는 증인석만 똑바로 바라본다.

주변을 둘러보지 않는다. 그를 찾아보지도 않는다. 얼굴을 보지 않아도 그가 이 법정 안에서 그녀를 쳐다보고 있다는 걸 안다.

*

법정 안의 모든 사람이 문 쪽으로 고개를 돌린다.

문이 열리고 늙은 서기가 들어오더니 그 여자가 나타난다. 그 여자다. 이름이 무엇인지, 얼마나 대단한 직업을 가지고 좋은 학교를 나왔는지는 상관없다. 그 여자가 확실하다. 그때와 똑같은 길고 검은 머리와 검은 눈. 조그맣고 날씬한 체구에서 뿜어 나오는, 허튼짓 따위는 하지 않을 것처럼 분명하고 거만한 저 태도까지도.

바로 저 여자다. 물론 여자가 걸친 모든 게 그때와는 다르다. 날렵해 보이는 정장 차림에 고급스러운 구두를 딸깍거리고 있다. 텔레비전에 나오는 미국 변호사 같은 모습이지 혼자 글렌을 돌아다닐 법한 사람이 아니다.

여자의 모습을 보자 그는 외면하고 싶다. 맞아, 저 여자다.

뱃속에 든 파스타가 목으로 도로 올라와서 금방이라도 게워낼 것 같다. 마이클 형이 눈썹을 불쑥 치켜드는 게 보인다. 놀란 것 같은 표정이다. 뭐가 놀랍다는 거지? 여자가 고상하게 생겨서? 어른이라서? 저런 타입의 여자라서?

다른 사람들은 모두 그 여자를 쳐다보고 있다. 그 여자가 증인석으로 가서 선서하는 모습을 본다.

배심원단에 있던 파키가 그녀를 보다가 그에게로 시선을 옮기다 실수로 그와 눈이 마주쳤다.

그래, 그래. 저 사람들이 무슨 생각을 하는지 잘 알겠다. 두 사람. 예쁜 상류층 여자와 저 소년. 그게 가능한 일인가? 저 둘이? 숲속에서?

그는 그들의 얼굴만 봐도 그들이 어림도 없다고 생각한다는 사실을 알 수 있다.

*

단호한 얼굴로 입을 꼭 다물었다. 어떤 표정을 지어야 하나? 사람들은 법정 안으로 들어오는 성폭행 피해자에게 어떤 표정을 기대

할까? 겁에 질린 표정? 복수심에 불타는 표정? 아니면 그 중간쯤 어딘가?

너무나 많은 사람, 얼굴, 눈. 거의 다 모르는 사람들인데 모두 그녀를 쳐다보고 있다. 하지만 저 중에 최소한 에리카와 젠 둘이 앉아 있다는 점이 안심된다. 또 모리스 경위도 있겠지.

법정 한가운데 있는 반들거리는 유리벽이 눈에 띈다. 그 뒤에 한 사람이 있다. 하지만 그녀는 그쪽을 쳐다보지 않는다. 그 사람이 누군지 이미 안다. 그거면 충분하다.

선서를 하기 위한 성경을 받아서 서기의 말을 따라한다.

"이 법정에서의 증언 내용은 진실이며, 온전한 진실이며, 오로지 진실임을 선서합니다."

그녀는 자리에 앉는다. 하이힐 안에 갇힌 두 발은 디딜 바닥이 생기자 조금 편안해진다. 보라색 블라우스의 매듭을 신경 써서 일부러 느슨하게 묶어두었는데도 목이 조인다.

오리어리 검사가 자리에서 일어나자 그녀는 그의 얼굴을 바라보며 우스꽝스러운 가발과 거만한 태도 가운데서 익숙함을 찾아본다.

"법정을 향해 성명을 말씀해주시겠습니까?"

"제 이름은 비비안 미셸 탠입니다."

몇 달간 그녀는 법정에서 입을 열 때 아무 말도 나오지 않는 상상을 했다. 목소리가 아예 나오지 않고 숨을 몰아쉬며 쌕쌕거리는 목쉰 소리만 토해낼 것 같았다. 그러나 자신의 낮고 익숙한 목소리가 귀에 들리자 안심한다. 그 목소리는 마치 자신의 목소리가 아닌 것만 같다. 마치 그녀의 정신 속 어떤 기계적인 부분이 저절로 말을 하고 있는 것 같다.

"거주지가 어디입니까, 탠 씨?"

"영국 런던입니다."

그다음으로 오리어리 검사는 그녀의 나이와 사건이 일어난 시점에서 그녀의 직업이 무엇이었는지를 물었고 그녀는 수월하게 대답했다.

"억양이 눈에 띄는데, 런던 태생은 아니시지요?"

"네, 저는 미국 출신입니다. 7년 전 직장 때문에 런던으로 이주했습니다."

"좋습니다."

오리어리 검사는 뜸을 들이며 배심원단을 빙 둘러보더니 '보시다시피, 완벽하게 훌륭한 여성입니다' 하듯 고개를 주억거린다.

"가능하시다면 지난해 4월 12일 어떤 이유로 벨파스트에 계셨는지 말씀해주시겠습니까?"

그녀는 잠시 그대로 숨을 들이마신다.

처음으로 판사를 바라본다. 눈이 마주치는 순간 판사는 잠깐이지만 마치 자신을 똑바로 바라보는 그녀의 시선이 놀랍다는 듯한 기색을 보인다. 다음 순간 판사의 눈빛이 살짝 누그러진다.

"제가 벨파스트에 온 것은 행사에 참석하기 위해서였습니다…"

그녀는 자신이 참석했던 행사에 대해 간단히 설명한다. 북아일랜드 평화협정 10주년 기념행사였는데… 조지 미첼 스콜라로서 초청되었다는 정도의 이야기다.

"그러면 그 장학금에는 어떻게 선정되셨습니까?"

"지원 절차가 있습니다."

그녀가 답변을 시작한다.

내가 하버드 출신이라는 말을 했나? 그럼 너무 교만해 보일까? 그러나 그녀는 말을 계속하기로 한다. 어차피 모두 다 진실이니까.

"지원을 하면 최종 후보들이 면접을 보게 됩니다. 저는 학부과정을 다녔던 하버드 재학 중 마지막 학기에 지원했습니다."

"미국의 하버드 대학을 말씀하시는 겁니까?"

"네."

"하버드에서는 무엇을 전공하셨습니까?"

"켈트 전설과 신화를 전공했습니다. 그러니까 주로 아일랜드와 스코틀랜드의 전설을 공부했습니다."

그녀는 이 대답을 하면 낄낄거리는 웃음 같은 반응이 뒤따를 것으로 예상한다. 살면서 늘 그랬다. 하지만 다행히 아무 소리도 들리지 않는다. 그런데 한편으로는 자신이 바깥 소리가 하나도 들리지 않는 밀봉된 병 안에 들어 있는 신기한 별종이고 사람들이 구경을 하고 있는 것처럼 느껴지기도 한다.

"그러면 아일랜드에서 장학생으로서는 무슨 공부를 하셨지요?"

이때 판사가 제지한다.

"오리어리 검사, 사건에 관련된 이야기로 화제를 전환하는 것이 어떻겠습니까?"

"네, 알겠습니다. 존경하는 재판장님. 저는 다만 탠 씨가 아일랜드와 깊은 인연이 있다는 점과 왜 사건 시점에 벨파스트에 머물렀는지에 관한 맥락을 설명하고자 한 것입니다."

오리어리 검사가 아까 했던 말이 생각난다. 때때로 배심원단을 훑어보아야 한다는 얘기였다.

그녀는 맞은편에서 그녀를 열심히 쳐다보고 있는 열두 개의 얼굴을 애써 훑어본다. 그중에 아시아인도 있다는 사실에 그녀는 놀란다. 게다가 남자보다 여자가 많다. 좋은 관행이다.

마음을 느긋하게 가지고, 크고 분명한 목소리로, 눈을 마주보자.

그러면서도 성폭력 피해자인 이상 지나치게 침착해 보이지는 않아야 한다.

"탠 씨, 지금부터 사건 당일에 대한 여러 가지 질문을 할 것입니다. 힘드시겠지만 시간을 충분히 가지고 가능한 한 진실하고 상세하게 답변해주십시오. 괜찮으시겠습니까?"

당연히 전혀 괜찮지 않다.

그럼에도 그녀는 고개를 끄덕인다.

"네."

그녀는 그렇게 대답한 뒤 오리어리 검사를 본다.

이제부터 시작이다.

*

하버드라니 이건 무슨 소리지? 하버드라는 곳에 대해 한두 번 들어본 적은 있다. 저 여자가 거기 다녔다고? 또 정치인들이 참석하는 대단한 행사며 평화협정 따위는 다 뭐지? 저들이 하는 말을 완전히 알아들을 수는 없지만, 어쨌든 저런 여자가 뭣 하러 혼자 공원을 돌아다니고 있었느냔 말이다.

그는 스스로에게 일깨워준다. 저 여자가 항상 저렇게 미끈하고 잘 빼입은 모습은 아니다. 그는 저 여자가 가슴을 드러내놓고 바닥에 누워 진흙과 멍투성이가 된 모습을 봤다.

저 여자의 값비싼 블라우스를 찢어내고 그 안에 들어 있는 진짜 모습을 사람들에게 보여주고 싶다. 그녀를 발가벗기고 법정 안에서 그 짓을 하고 또 하고 싶다. 저 쌍년에게 대가를 치르게 하고 싶다.

이제 여자는 공원에서 일어난 일에 대해 이야기하기 시작한다. 미국식 억양을 실은 낮은 목소리로 글렌을 걸어올라간 이야기를 한다. 가는 길에 본 사람들, 그리고 그.

"그를 보자마자 그가 입고 있는 복장 때문에 이상하다고 생각했습니다. 공원을 산책할 때 입을 옷이 아니라 밤에 외출할 때 입을 만한 옷이었기 때문입니다."

여자는 그의 흰 점퍼, 청바지, 신발까지 묘사한다. 어처구니가 없다. 기억력도 좋다. 같은 질문을 받았을 때 그는 자신이 찢어낸 브라 말고는 그녀의 옷차림을 전혀 기억하지 못했다.

"그에게는 이상한 구석이 있었습니다. 혼란에 빠진 것 같기도 하고, 그저 정신이 나간 것 같기도 했습니다."

닥쳐. 정신이 나갔다니 저 여자가 나에게 할 소린가?

"저는 그의 말을 잘 이해할 수 없었습니다. 어떤 질문에도 정확한 답을 하지 않았으며 대화를 나누고 있는 동안에도 여러 번 말을 바꾸었습니다."

여자는 글렌 로드 아래로 지나가며 친구에게 전화를 해야 했다는 이야기를 한다. 그다음에는 개울을 건너려 했다. 저 여자의 입에서 그런 얘기가 나오니까 기묘했다. 게다가 자신의 이야기와 사뭇 다른 이야기로 느껴진다. 증인석에 서서 모든 이야기를 설명하는 그녀가 너무나 차분해 보이는 바람에 불안감이 스멀스멀 밀려온다.

"그 시점에 당신은 그 소년에 대해 어떻게 생각했습니까?"

"처음에는 이상하다고, 그리고 짜증난다고 생각했습니다."

그는 주먹을 꾹 움켜쥔다.

"하지만 그 시점에서 저는 조금 겁을 먹기 시작했던 것 같습니다. 왜 제 주변을 얼쩡거리는지 모르겠다고 생각했습니다."

멍청한 년. 혼자서 공원을 돌아다니는 여자에게 당연한 일인 것을. 너, 그리고 네가 나왔다는 대단한 학교와 읽고 있던 책들은 아무 도움이 안 됐나 보지?

*

그녀는 아직까지는 자제심을 유지하고 있다. 공황을 물리치려고 애쓰는 와중에도 진술은 수월히 입밖으로 나온다. 오리어리 검사가 던지는 질문 하나 하나가 가느다란 구명줄처럼 다가오고 그녀는 그 줄을 한 손 한 손 번갈아 잡으며 컴컴한 어둠 속을 나아간다.

"산비탈을 다 올랐을 때 무엇이 보였습니까?"

그녀는 잠시 눈을 감고 머릿속에서 그때로 돌아가 본다. 가쁜 숨을 고르면서 시시각각 변화하는 햇살 속에 펼쳐진 벨파스트의 풍경을 바라보았고, 지금 생각하면 말도 안 되는 해방감을 느끼던 순간.

"피고가 보였습니까?"

"아니요, 보이지 않았습니다. 그를 따돌렸다고 생각했기에 안심했습니다."

"왜 안심했지요?"

"저는… 그가 저에게 무엇을 바라는지는 확실치 않았지만 주변을 맴도는 게 불편하게 느껴졌습니다. 그래서 그가 보이지 않자 안심했습니다."

"증인은 혼자 산책을 하고자 했지요?"

"네, 맞습니다."

침묵이 흐른다. 그녀는 앞으로 시작될 이야기를 예상하며 심호흡을 한다.

"그럼, 탠 씨. 그다음에 어떤 일이 일어났는지 이야기해주십시오."

"그래서 저는."

머릿속에 오솔길이 떠오르자 그녀의 목소리가 떨린다. 판사는 그녀의 목소리가 떨린다는 것을 알아차린다. 배심원들도 이를 알아차린 게 느껴진다.

숨이 가빠오고 목이 막힌다.

오리어리 검사가 그녀를 향해 고개를 끄덕이지만 전적으로 공감하고 있다기보다는 애매모호하게 아량 있는 삼촌 같은 태도다. 자, 이제 한 번 해볼까요?

나무들이 머리 위를 가리고 있다. 협곡의 가장자리다.

"그래서 저는 잠시나마 그가 가버렸다고 생각했습니다. 경치가 좋았고, 눈앞에 등산로가 펼쳐져 있어 그날 처음으로 저는 오롯이 즐거워했습니다. 그 소년에게서도, 도시에서도 벗어나서 혼자 하이킹을 즐길 수 있다고 생각했습니다."

"그다음에는요?"

"그다음에는 걸으면서 주변 풍경을 음미했습니다. 조금 들떠 있었고요. 그런데 그때 비탈을 내려다보자 그가 보였습니다."

"피고를 보았단 말입니까?"

"그의 하얀색 점퍼가 보였습니다. 나무 틈에서 대조되는 흰색이 틀림없이 그였습니다. 그는 저를 따라 비탈을 올랐지만 저를 향해 올라오는 동안 몸을 숨기려는 것 같았습니다."

그 순간 느꼈던 공포감이 다시금 기억에서 불려나와 그녀를 사로잡는다. 눈앞이 흐려지는 바람에 그녀는 남몰래 그녀가 앉아 있는 의자 쿠션을 붙들고 몸을 단단히 추스른다.

"그리고 피고를 보았을 때 무슨 생각을 하셨습니까?"

"그제야 상황 파악을 했습니다. 그가 저를 뒤쫓고 있다는 생각이 들었습니다.”

“그래서 어떻게 하셨습니까?”

“최대한 그에게서 멀리 떨어지고 싶었습니다. 그래서 저는 뛰기 시작했습니다…”

그녀는 넓은 공간을 향해 달려갔지만 도착하고 보니 아무것도 없고 사람도 없는 황무지밖에 없었다고 설명한다. 그가 나무 뒤에서 나타나자 그의 장난질에 짜증이 난 그녀가 그와 정면으로 맞섰다는 것도 설명한다.

“그래서 한 번 더 앤더슨스타운으로 가는 길을 설명해주셨군요?”

“네, 그랬습니다. 그때까지만 해도 저는 그게 장난이라고 생각했습니다.”

“‘장난’이라니 무슨 뜻입니까?”

“정말 앤더슨스타운에 가려다가 길을 잃은 거였다면 제가 알려준 방향으로 이미 가고 없어야 할 것이었습니다. 그래서 그가 원하는 게 따로 있다는 생각이 들어 겁이 났고, 차라리 정면 승부를 하자고 생각했습니다.”

“그래서 어떻게 하셨습니까?”

“저는 길을 한 번 더 알려준 다음 ‘내가 이미 앤더슨스타운에 가는 길을 알려줬잖아. 무슨 수작이야?’ 하고 물었습니다.”

“그렇게 말할 때 어떤 기분이었습니까?”

“당연히 무서웠습니다. 하지만 무슨 게임을 하는 수작인지 모르겠지만 저는 이미 진력이 나 있었습니다. 그가 원하는 스코어가 무엇인지 알고 싶었을 뿐이었습니다.”

그녀는 자신이 미국식 속어를 쓰고 있다는 사실을 의식했다. ‘스코어’ ‘게임’ 같은 말들을 벨파스트의 배심원들이 어떻게 받아들일지 알 수 없다.

"그러자 그는 무엇이라고 대답했습니까?"

침묵. 숨 쉬는 걸 잊지 말자. 지금까지 한 이야기는 단순히 공원을 산책하다가 모르는 소년에게 뒤를 밟힌 이야기일 뿐 끔찍한 이야기는 아니었다. 그러나 다음 말을 내뱉는 순간 모든 건 달라진다.

그날 오후 느꼈던 욕지기가 홍수처럼 그녀에게 몰려든다. 그 말, 그가 뱉은 말과 함께 그날의 사건이 다시금 시작될 것이다. 이번에는 지켜보는 관객들도 있을 것이다.

그녀는 마음을 추스른다. 말하자. 저 사람들을 나의 여정에 억지로 끌어들이자.

"그는 '바깥에서 섹스하는 거 좋아해?'라고 말했습니다."

이제는 차마 배심원단을 바라볼 수가 없다. 수치심이 너무 강렬하게 밀려와서다.

*

'바깥에서 섹스하는 거 좋아해?'

완전히 잊고 있었다. 길을 잃었다는 수작이 통하지 않자 그 말을 했었다. 아이디어가 다 떨어졌는데 지금이 아니면 안 될 것 같아서였다.

그가 그렇게 묻자 여자는 지금의 모습 그대로 거만하기 짝이 없는 태도로 싫다고 했다. 그리고 바로 그 순간 그가 분노했던 것이다.

그날 오후 햇살이 내리쬐는 들판에서 벌어진 몸싸움 그리고 기묘한 교착 상태.

"그다음에는 어떻게 되었습니까?"

"그다음은, 정확히는 모르겠습니다. 미끄러지거나 넘어진 것인지, 그가 저를 넘어뜨린 것인지 확실치는 않습니다. 다음 순간 저는 바닥에 넘어져 있었습니다."

"그러면 증인은 바닥에 있었습니까?"

"네, 바닥에 넘어져서 저와 바닥 사이에 배낭이 끼어 있는, 거의 눕다시피 앉은 자세가 되었습니다… 그리고 그가 제 위로 올라와서… 그는… 그는…"

숨이 멎는다. 귓가에 와글와글 소리가 들리고 심장이 통제할 수 없이 뛰고 있다.

모두 그녀를 바라보고 있다. 아까부터 쭉 바라보고 있었지만 이제는 그 눈빛이 아까보다 더 강렬해진 것 같다. 판사, 배심원단, 일반참관자, 유리벽 뒤의 형체 모두가 그녀에게 집중하고 있다.

겨우 목소리가 돌아온다.

"그리고 그는 이런 말을 외쳤습니다. '쌍년, 닥쳐, 입만 열면 목을 따버리고 머리를 깨버릴 거야.' 그러면서 돌을 집어 들고 저를 치겠다고 위협했습니다."

그의 분노를 그녀의 입으로 전달하면서 그의 목소리에 에너지를 쏟는다는 게 초현실적으로 느껴진다.

"그 밖에 그는 어떻게 했습니까?"

"저는 그에게서 빠져나가려고 몸부림쳤습니다. 바닥에서 일어나려고 했지만 그가 힘으로 막았습니다. 그가… 그가 제 머리를 주먹으로 때렸고 너무나 아팠습니다. 또 제 왼손 손가락 두 개를 뒤로 꺾었습니다. 그리고 그가… 그가…"

여기서 그녀는 참을 수 없어 말을 멈춘다. 흐느낌이 되어 목 안에 꽉 막혀 나오지 않는 말들을 꺼내려고 애쓴다. 눈에 눈물이 차오르는 게 느껴지지만 억지로 참는다. 배심원단 앞에서 감정을 무너뜨리는 일은 얼마나 수치스러운가.

하지만 다음 순간 그녀는 그들이 정말로 보고 싶어 하는 모습이 바로 이것이라는 데 생각이 미친다. 울음을 터뜨린 성폭행 피해자.

그래서 그녀는 그렇게 하기로 한다. 억지로 참지 않기로 한다.

"그가 저의 목을 조르기 시작했습니다. 두 손으로 목을 졸랐고 저는 숨을 쉴 수가 없었습니다."

눈물이 쏟아져 나오며 빰을 타고 흘러내리지만 신경 쓰지 않는다. 성폭행을 당한 피해자가 얼마나 끔찍한 모습인지 똑똑히 보여주겠다.

상담 치료를 받을 때마다 그녀는 이 부분에서 감정이 무너져 내리곤 했다. 몇 주 연속으로 그린 박사를 찾아가서 성폭행당한 이야기를 몇 번이나 쏟아내야 했다. 집으로 돌아가서 당신의 이야기를 녹음한 라인를 듣고 '가장 고통스러운 순간'이 무엇인지 찾아보십시오. 어떤 부분이 가장 괴롭습니까?

그가 제 목을 졸랐던 순간이오.

어째서 그 순간이 가장 괴롭지요?

죽을 것 같다는 생각이 들어서요.

하지만 죽지 않았잖아요. 아직도 살아 있잖아요.

네, 맞아요. 저는 아직도 살아 있어요.

이 순간, 모든 사람의 시선을 받는 법정 안에 앉아서 매 순간 악몽과 수치심을 느끼는 바로 이것이 내 삶이다.

그리고 아직 살아 있기에, 반드시 그가 가야 할 곳 감옥으로 보내줄 작정이다.

"탠 씨."

이번에는 판사가 말한다.

"탠 씨, 괜찮으십니까?"

고개를 들어 판사를 보지만 무슨 대답을 해야 할지 알 수 없다.

"10분간 휴식시간을 가질까요?"

"아니요."

그녀는 낮고 쉰 목소리로 간신히 대답한다.

"정말 괜찮으시겠습니까?"

"네."

"잠시 중단하셔도 괜찮습니다만…"

"아뇨. 쉬지 않겠습니다. 이야기를 끝내고 싶습니다."

*

오호라, 이것 보라지. 증인석에서 불쌍한 여자가 눈이 빠져라 울어대는 걸 보니까 다들 동정심이 몰려오는 게 틀림없다. 법정 안의 모두가 넋이 나간 듯 그 광경에 몰입하고 있다. 하지만 여자들은 다 그렇다. 할 말이 없으면 항상 눈물로 해결하려고 한다.

여자들은 그게 문제다. 저런 여자들은 혼자 돌아다니면 안 되지. 나 같은 종자들이 어슬렁대는 동네는 알아서 피해야지.

하지만 아빠와 마이클 형마저도 저 여자가 하는 말을 귀 기울여

듣고 있다.

딱 한 번 아빠는 여자에게서 시선을 떼고 그의 방향으로 눈길을 돌렸다.

화난 눈빛은 아니었지만 상냥한 눈빛도 아니었다. '대체 무슨 생각으로 그런 짓을 한 거냐'라고 말하는 듯한 눈빛이다.

*

이제 이 이야기에서 가장 힘든 부분을 이야기할 차례다. 한 번 무너졌으니 실제 성폭행 장면으로 넘어가자.

"말하자면 저항을 그만둔 뒤에는 무슨 일이 벌어졌습니까?"

"저는 그가 저의⋯ 아래를 핥게 하고 싶지 않았습니다⋯ 왜냐하면 한 번 저의 속옷을 벗기고 나면 그것으로 끝나지 않을 거라고 생각했기 때문입니다."

법정 안이 수치심으로 웅성거리는 게 느껴진다.

"그래서⋯ 저는⋯ 협상을 해보자고 생각했습니다. 제가 그에게 오럴 섹스를 해주겠다고 제안했습니다. 그렇게 오럴 섹스로 끝내 주고 나면 원하는 것을 얻은 이상 위험한 상황에서 빠져나갈 수 있을 거라고 생각했습니다."

"'끝낸다'는 말은 무엇을 의미합니까?"

오리어리 검사가 더 상세한 진술을 유도한다.

"사정하게 한다는 뜻입니다. 오르가슴을 느끼도록요."

오리어리 검사가 고개를 끄덕인다.

그녀는 욕지기를 조금이라도 누그러뜨리기 위해 애써 심호흡을 한다. 이 자리에 얼마나 더 오래 있어야 할까? 아마 몇 시간은 더 걸릴 것이다. 천천히 하자. 가장 수치스러운 세부적인 사항 하나 하나에 이르기까지 저들이 낱낱이 듣게 하자. 내가 느꼈던 수치심을 그들에게도 고스란히 전해주자.

"그다음에는 어떤 일이 일어났습니까?"

오럴 섹스가 성공적이지 못했음을 설명한다. 머릿속에서는 입안을 불쾌하게 찌르던 그의 성기가 떠오른다. 저기, 고작 몇 미터 떨어진 유리벽 뒤에 앉아 있는 저 아이의 성기. 생각만 해도 신물이 올라올 것 같지만 그녀는 애써 구역질을 삼킨다.

"그다음에는 어떤 일이 일어났습니까?"

오리어리 검사의 질문 공세는 수그러들 줄 모른다.

그 아이가 요구한 첫 번째 체위, 두 번째 체위, 또 다음 체위. 어린아이 같은 괴상한 요구들을 설명한다.

섹스 체위가 나열되자 법정 안의 모든 사람이 당황해하지만 오리어리 검사는 임상적인 정확성을 가지고 상세하게 묻는다. 그녀는 이것이 그의 역할임을 안다. 그런데도 그녀의 마음속 한편에서는 그녀를 이렇게 무자비한 굴욕 속에 묶어둔 그에게 강렬한 분노가 끓어오르기 시작한다.

"자, 다시 정리하자면 그럼 폭행을 하는 과정에 구강, 질, 항문에 대한 삽입이 이루어졌던 것입니까?"

"그러면 그가 강요한 체위는 모두 몇 가지입니까?"

그녀는 지난 몇 달간 체위의 가짓수를 몇 번이나 세고 체위의 종류를 기억에 새기기 위해 막대기 같은 사람 형상으로 그려보기까지 했다. 하지만 지금 이 순간 그녀는 다른 사람들이 못 보게 손을 숨기고 몰래 체위의 숫자를 손가락으로 헤아리고 있다.

"최소 다섯 가지 아니면 여섯 가지일 수도 있습니다."

"다양한 체위를 요구하는 것 외에 피고가 폭행 도중에 다른 말을 하기도 했습니까?"

"어느 순간 그가…"

가장 수치스러운 일을 말하자니 말끝이 흐려졌지만 그래도 말해야 한다. 그녀의 주장에 도움이 될 것이다.

"어느 순간 그가 '중국인의 탱탱한 보지'라고 말했습니다."

재판정 안의 모든 사람이 한꺼번에 치를 떠는 것도 같다. 역겨움과 동정심이 어우러진 넌더리다. 아니면 대부분 백인인 이 얼굴들은 어쩌면 이런 인종차별적인 모욕을 거의 이해하지 못하고 그저 완강한 얼굴로 그녀를 쳐다보고 있는 것일는지 모른다.

"그 모든 일련의 사건을 당하면서 기분이 어떠셨습니까?"

"당연히 무서웠습니다. 저는 살아남기 위해서 무엇이건 해야 하는 상황이었습니다. 즉 그의 비위를 맞추었다는 말입니다. 원하는 대로 해주면 해치지 않을 거라는 생각이 들었습니다."

그녀는 이제 자신이 은밀하게 사용한 속임수, 그녀가 흥분했다고 느끼게 하기 위해 취했던 태도를 이야기할 때가 왔다는 것을 깨닫는다. 실제로는 흥분을 느끼지 않았는데도 그런 척했던 것 말이다. 배심원들은 이 사실을 물고 늘어질 것이다. 그녀가 순수하고 무력한 성폭행 피해자가 아니라 의식적으로 음모를 꾸미고 살아남기 위해 가식을 떨었던 여성이 되는 순간이다.

"그를 띄워주어야겠다고 생각했습니다. 이 어린 소년이 자기가 가진 뒤틀린 성적 환상을 실현하고자 한다면 그 환상에 장단을 맞춰줘야 제가 저항한다는 사실을 눈치 채지 못할 것 같았습니다."

오리어리 검사가 고개를 끄덕인다.

"그렇게 해야 한다는 느낌이 들었군요."

"네, 살아남기 위해서 할 수 있었던 최선의 행동이었다고 생각합니다. 그를 성적으로 칭찬해주면 육체적 폭력을 행사하지 않을 것 같았습니다."

배심원들이 이 말을 납득할지는 모르겠지만 그것이 진실이다.

"그래서 어느 시점에서 저는… '밤새도록 해도 모자라겠는걸'이라고 말했습니다."

그 순간 그녀는 배심원단의 태도가 바뀌는 것을 눈치 챈다. 순수한 성폭행 피해자는 그런 말을 하지 않는다. 뻔뻔하고 빈틈없는 여자들만 그런 말을 한다.

하지만 오리어리 검사와 시몬스 검사는 기억나는 것을 최대한 많이 말하라고 했다. 더 자세히 말할수록 좋다고 했다.

그렇지만 혹시 이 말을 한 게 실수는 아니었을까?

*

그는 이 모든 진술을 듣는 동안 유리에 이마를 댄 채 엉덩이를 들고 있었다. 그때마다 교도관이 그에게 제자리에 착석하라고 말한다.

여자가 말하는 것들이 솔직히 기억에 없다. 말을 지어내고 있는 것인가?

어차피 상관없다. 중요한 건 배심원들이 저 여자의 말을 믿느냐 아니냐다. 지금 배심원들의 표정은 뭔가 믿을 수 없는 부분을 찾아 냈다는 듯한 표정이다. 여자가 '밤새도록 해도 모자라겠는걸'이라는 말을 하자 여자 배심원들의 표정이 좋지 않아 보인다.

맞아, 그 말을 했었지. 그도 기억이 난다.

그리고 여자가 체위가 대여섯 가지였다고 했을 때 남자 배심원들은 눈썹을 치켜든다.

집에 있는 마누라들은 그런 걸 안 해준다는 뜻이겠지?

당연하지, 이건 섹스할 때 흔히 하는 일이 아니니까.

*

오리어리 검사가 그녀의 진술을 폭행 이후로 이끈다. 성폭행이 끝
난 뒤 그 소년과 그녀 사이에서 오갔던 이상하고 한심한 대화. 그녀
가 그곳에서 빠져나와 바바라에게 전화를 걸고 경찰이 오기를 기다
렸던 장면까지.

그녀는 기진맥진한 상태이지만 오리어리 검사는 그녀가 그날 입
었던 옷을 증거품으로 제시해 책상 위에 올려놓는다. 증거물 번호
TM 8-13. 그녀가 입었던 푸른색 하이킹 셔츠. 찢어진 검은색 브라.
진흙 묻은 팬티. 보기만 해도 토할 것 같다. 죽은 사람에게서 오래전
에 벗겨낸 옷가지 같다. 하지만 그녀는 네, 작년 4월 12일에 제가 입
었던 옷이 맞습니다, 하고 고개를 끄덕인다.

오리어리 검사는 더 아프고 예리한 질문으로 그녀를 괴롭힌다. 피
고는 증인에게 어떠한 신체적 가해를 했습니까? 그와 성관계를 하
고 싶지 않다는 의사를 분명히 표현했습니까?

"네, 여러 번 말했습니다. 폭력적인 행위를 시작하기 전 그가 밖에
서 하는 섹스를 좋아하냐고 물었을 때 싫다고 했고, 나중에 그에게
서 빠져나가려고 할 때 도와달라는 비명을 질렀습니다. 그리고 그에
게 오럴 섹스를 해주겠다고 할 때도 밝혔습니다."

자, 어때요, 오리어리 검사님?

오리어리 검사의 눈이 얼핏 반짝이는 것 같다. 마치 '잘했습니다'

411

하는 것 같다.

"이제 더 이상 남은 질문은 없는 것 같습니다, 존경하는 재판장님."

오리어리 검사는 판사를 향해 고개 숙여 인사를 하고 자리에 앉는다. 키가 훤칠하고 법복을 걸친 그가 데스크 뒤에 앉는 모습이 보인다.

법정에 침묵이 감돈다.

하슬럼 판사가 입을 연다.

"감사합니다, 탠 씨. 어려운 일이었음을 십분 이해합니다. 그리고 긴 진술을 하느라 많이 피로하실 것도 알겠습니다. 증언을 위해 먼 곳까지 와주셔서 충실한 증언을 해주신 점에 감사드리는 바입니다."

그 몇 마디 안 되는 말에 예상치 못하게 눈물이 차오른다.

눈물을 보고 판사는 깜짝 놀란 것 같았지만 그래도 아버지 같은 친절한 목소리로 말을 잇는다.

"아시다시피 아직은 끝난 게 아닙니다. 피고 측에서도 질의를 하는 순서가 있기 때문입니다. 하지만 오늘은 여기서 휴정하는 게 어떻겠습니까? 돌아가서 푹 쉬시고 내일 아침 일찍 다시 시작합시다."

그녀는 고개를 끄덕이며 뺨에 흘러내린 눈물을 닦는다.

"그래요, 존경하는 재판장님."

그리고 방금 한 말이 상황에 어울리지 않는다는 생각에 그녀는 급히 "알겠습니다" 하고 고쳐 말한다.

*

판사와 배심원단 모두 퇴정하고 나자 그는 한숨을 돌린다. 아빠와 마이클 형이 유리 너머로 다가온다.

"걱정하지 마."

마이클 형이 말한다.

"내일 우리 쪽 변호사가 아주 본때를 보여줄걸."

잠시 후 그와 아빠, 맥루언과 킬리건 변호사가 또 하나의 조그만 방 안에 모인다. 내일 그녀에게 할 질문이 있는지, 그녀가 빠뜨린 사실이 있는지를 묻는다.

그러나 문제는 여자가 그보다 기억력이 좋다는 것이다. 모든 일이 그에게는 흐릿하다. 기억나는 거라곤 나무, 진흙, 비명, 보지뿐이다. 심지어 여자는 자기가 '밤새도록 해도 모자라겠는걸' 했던 것까지 입에 담았다. 심지어 그 얘기까지 했다.

맥루언 변호사가 안경을 벗고 눈을 비빈다.

"무죄를 주장하기로 한 이상, 사건에 대한 너의 주장이 마음속에서 탄탄하게 정립되어 있어야 한다는 사실을 잊지 마라. 네 이야기가 그녀의 이야기와 어떻게 다른지를 보여줘야 한다."

"전에 말한 거랑 똑같은데요. 한 번 더 얘기해드릴까요?"

킬리건 변호사가 고개를 젓는다.

"아니, 그건 아니다. 하지만 내가 내일 원고 측 진술에 반박하는 것과 똑같은 방식으로 그쪽에서도 너의 증언을 반박할 거라는 점을 생각해라. 이해했니?"

그는 고개를 끄덕인다. 그리고 맥루언 변호사는 그와 아빠 사이의 빈 공간을 쳐다본다.

"그러니 마음의 준비를 하고 있으렴. 네 버전의 이야기를 속속들이 알고 있어야 한다."

킬리건 변호사가 은밀해 보이는 미소를 살짝 띤다.

*

그녀는 곧바로 호텔로 돌아가 침대에 눕는다. 재판 증인으로 소환
되어 DC에서 온 바바라가 몇 시간 뒤에 그녀와 함께 저녁식사를 하
기로 했다. 젠과 에리카는 호텔 바에 갔다. 몇 군데 전화를 걸고 칵테
일을 마시고 오늘 법정에서 받은 스트레스를 풀기 위해.

하지만 그녀는 절대 그곳에 갈 수가 없다. 바에 가득한 사람들의
말소리와 잔을 부딪치는 소리를 생각만 해도 괴롭다. 아니, 나는 방
안에서 이불을 덮고 사람들이 없는 곳에 있을래.

커튼을 치고 향초를 켜고 TV를 켠 뒤 아무렇게나 이런저런 채널
을 넘겨보다가 다시 꺼버린다. 도로 침대에 눕는다. 머릿속이 아무
생각 없이 텅 비어 있다.

뜨거운 물에 목욕하고 싶은 생각이 들지만 먼저 핸드폰 메시지부
터 확인한다.

세레나 언니가 보낸 메시지다.

*첫날은 어땠니? 네 생각 많이 하고 있어. 이야기하고 싶으면 알려
줘. ♡♡♡*

스테판도 메시지를 보냈다.

*그 빌어먹을 새끼 아직 감옥 안 갔어? 내가 가서 흠씬 패버리고
싶지만 훌륭하게 증언해서 이겨내라. 사랑해. 필요한 거 있으면 전
화해.*

몇 달간 만나지 못한 캐롤린에게서도 연락이 왔다.

첫날 많이 힘들었지? 잘 해냈길 바라. ♡

좀 있다 답장해야지. 지금은 힘이 없다.

바닥과 선반에 꽃바구니와 꽃다발이 가득하다. 어젯밤에도 많았

는데 법정에 가 있는 동안 몇 개가 더 도착했다.

멜리사는 보라색 튤립과 하얀 백합이 어우러진 우아한 꽃다발을 보냈다. 자그마한 봉투에서 카드를 꺼내 읽는다.

사랑하는 비비안, 네가 얼마나 강한지 정말 감탄하고 있어. 내 마음이 너와 함께한다는 걸, 널 위해 기도하고 있다는 걸 알아주길 바라. 곧 보자.

다른 카드도 열어본다.

비비안, 지금 네가 얼마나 힘들지 감히 상상할 수도 없지만 내가 늘 네 곁에서 함께한다는 걸 잊지 마. 힘과 응원과 사랑을 보낸다.

비비안, 널 괴롭히는 사람이 있으면 내가 다 복수해줄게. 같이 가지 못해 미안하지만 법이 심판해줄 거야. ♡♡

이 모든 메시지는 저마다의 방식으로 뜻밖의 위로를 가져다준다.

늘 함께 있던 친구들이지만 그들의 사랑이 사물과 말로 분명히 드러나 있는 걸 보니 이렇게 약해진 마음으로는 도저히 견딜 수가 없다.

오늘 들어 열다섯 번째로 그녀는 또 감정적으로 무너져 버린다. 더는 흘릴 눈물이 없는 줄 알았는데 말라버린 강바닥에서 물이 솟아오르는 것처럼 익숙한 눈물이 흘러내린다. 처음에는 조용한 눈물로 시작했지만 꽃과 멋진 벽지와 푹신한 쿠션으로 둘러싸인 혼자만의 호텔 방 안에 있자니 마음 놓고 큰 소리로 흐느낄 수 있다.

그녀는 운다. 온몸을 부르르 떨어대며 운다. 그녀는 침대 옆면에 기댄 채 바닥에 앉아 몸을 숙이고 마음껏 눈물을 흘린다.

꽃바구니, 꺼진 텔레비전, 닫힌 커튼이 조용히 그 모습을 지켜본다. 24시간 뒤에는 다 끝날 거야. 증언이 전부 끝나 있을 거야.

하지만 그때가 되어도 끝나지 않는다는 것을 그녀는 안다. 아마

며칠만, 몇 주만 있으면 가장 끔찍한 그 순간이 다가올 것이다. 최종
판결 말이다.

*

그날 밤 감옥 안에서 그는 말이 거의 없다.

수갑을 찬 채 장갑차 안에 쑤셔 박혀서 돌아오고 나니 아무도 쳐
다보지 않는 이곳으로 돌아온 게 반갑기만 하다. 여기선 그냥 여럿
중 한 사람일 뿐이다.

그는 침대에 누워 천장을 쳐다본다. 지금 그 여자한테 손댈 수 있
다면 무슨 짓을 할까? 그 목을 꽉 조른 채 머리를 콘크리트 벽에 피
떡이 될 때까지, 여자의 울음소리가 멎을 때까지 짓찧어댈 것이다.
그러면 그년도 정신을 차리겠지.

하지만 지금은 그 여자에게 손 하나 댈 수 없다. 그 여자는 좋은 옷
으로 쫙 빼입고 있다. 내일 또 그 여자가 배심원 앞에서 질질 짜는
모습을 유리 패널 안, 그 다른 세상 같은 곳에 처박힌 채로 봐야 할
거다.

*

"좋은 아침입니다, 탠 씨."

하슬럼 판사가 말한다. 재판 이틀째인 오늘 판사는 더 밝아 보인
다. 그녀는 그게 감사해서 함께 웃고 싶은 기분이다. 하지만 다음 순
간, 반대심문이 있을 오늘 자신이 웃는 게 얼마나 부적절한 일인지
깨닫는다.

그녀는 판사를 향해 공손하게 고개만 끄덕인다.

"어제 푹 쉬셨길 바랍니다. 오늘 이틀째도 함께 해주셔서 감사드리고요."

마치 이상한 가발을 쓰고 무대에서 자신을 맞이하는 고리타분한 아침 토크쇼 진행자를 떠올리게 하는 말투다. 편안한 소파 대신 증인석이 있다는 점이 다르지만 재미난 일이 일어나길 바라며 열심히 집중하는 관객석이 있다는 점은 다를 바 없다.

어젯밤 쇼는 만족스러웠을까. 오늘은 더 힘든 시간이 이어질 것이다.

오늘 그녀는 정강이까지 내려오는 회청색 니트 원피스에 무릎까지 올라오는 검은 부츠를 신었다. 어차피 증인석에 앉으면 발이 안 보인다는 걸 알게 된 이상 하이힐을 신어 발을 괴롭힐 필요는 없었다. 이 부츠를 신으니 더 안정감이 느껴진다. 전투를 시작할 준비를 갖춘 것만 같은 밀리터리 부츠다. 그리고 재판 이틀째, 그녀 역시 싸울 준비가 되어 있다.

유리벽 너머의 형체는 여전히 흐릿하다. 이번에도 그쪽을 똑바로 쳐다보거나 얼굴을 돌리지는 않는다. 그렇게 해봤자 눈앞의 일에 집중하기 어려울 뿐이다.

배심원들은 세심하게 계획하여 집중하는 분위기다. 어제 그녀는 그들을 자기편으로 만들지 못했다. 아니면 어제는 성공했더라도 오늘의 반대심문으로 모두 원점으로 되돌아가게 될지 모른다.

그러나 지금은 피고 측 칙선변호사* 킬리건이 맥루언 변호사 옆에

* 칙선변호사(Queen's Counsel: QC): 영국에서 최고 등급의 법정변호사.

앉아 있다. 킬리건 변호사는 보통 체구의 남성으로 오리어리 검사보다 키는 작지만 배는 더 나왔다. 변호사가 쓰는 하얀 가발 밑으로 벗어져 가는 회색 곱슬머리 몇 가닥이 나와 있다. 철테 안경을 낀 그의 눈과 잠깐 우연히 마주친다.

바로 이 사람이구나. 내 이야기를 갈기갈기 찢어내기로 한 사람이.

대체 이런 일을 자진해서 직업으로 할 사람이 대체 누가 있을까. 양심이 있는 사람이라면 그럴 수 없다.

정신 바짝 차려야 한다. 그를 향한 증오심을 내비치면 안 된다.

킬리건 변호사가 일어서서 헛기침을 하더니 다시 그녀와 눈을 맞춘다. 차갑고 철두철미한 눈빛에 그녀는 최대한 감정을 배제한 눈빛으로 맞선다.

"자, 탠 씨."

그의 목소리는 거들먹거리는 것처럼 들릴 만큼 차분하다. 얼굴에 교활한 미소가 스친다.

"그럼 시작해볼까요."

*

재판 이틀째, 제기랄, 오늘은 보러 온 사람이 더 많다. 다들 휘둥그레진 눈으로 여자를 쳐다보다가, 다시 고개를 돌려 그를 쳐다본다.

그래, 입을 딱 벌리든지 눈을 크게 뜨든지 멋대로들 쳐다봐라.

오늘은 우리의 킬리건 변호사가 저 여자의 이야기를 갈가리 찢어버릴 것이다. 대체 그가 어떤 식으로 임할지는 알 수 없다. 내 운명이 우스운 가발을 쓴 아무도 모르는 사람 손에 달려 있다고 상상해봐라.

아무튼 팝콘을 준비하자. 재밌는 쇼가 될 것 같다.

"탠 씨."

킬리건 변호사가 입을 연다.

"본인에 대해, 특히 4월 12일 사건이 있기 전의 배경에 대해 조금 더 이야기해주실 수 있겠습니까? 특히 홀로 여행하는 경험에 대해 듣고 싶습니다. 혼자 여행을 떠나는 일이 잦으십니까?"

"꽤 자주 다니는 편이에요."

"일 년에 몇 번 여행을 다니십니까?"

그녀는 잠시 생각한다.

"비즈니스 목적의 출장 말씀이십니까 아니면 휴가 여행 말씀이십니까?"

"둘 다 말씀해주십시오."

"합쳐서 일 년에 여덟 번에서 열 번가량인 것 같습니다."

"혼자서 말입니까?"

"대부분은 혼자입니다. 몇 번은 일 목적이고, 몇 번은 휴가입니다."

"그러면 몇 세부터 혼자 여행을 다니셨습니까?"

"열여덟 살 때부터인 것 같습니다."

"현재 나이가 어떻게 된다고 하셨지요?"

"서른 살입니다."

"그러니까 12년간 혼자 여행을 다니셨군요. 일 년에 여덟 번에서 열 번가량…"

여자가 킬리건 변호사의 말을 끊는다.

"매년 여덟 번에서 열 번은 아닙니다. 최근의 여행 횟수를 말씀드린 겁니다."

"그래요, 알았습니다. 어쨌든 증인께서는 혼자 하는 여행 경험이 풍부합니다. 맞습니까?"

"그런 것 같습니다."

"으흠."

킬리건 변호사가 배심원석을 둘러본다.

"그리고 등산, 말씀하신 표현대로라면 하이킹 말입니다. 그것도 많이 하십니까?"

"많이는 아닙니다. 하지만 혼자서 하이킹을 몇 번 한 적은 있습니다."

킬리건 변호사는 뜸을 한참 들인다. 더 큰 팝콘을 준비해도 되겠는걸. 하루 종일 걸릴지도 모르니까.

*

왜 하이킹과 여행 경험을 물어보지? 뭘 생각하는 걸까?

그녀는 경계를 늦추지 않고 질문에 대답하고 있지만 차분한 가면 뒤에서 만약의 가능성들 때문에 심장이 쿵쾅거린다.

"혼자 하이킹을 한 곳은 어디어디입니까?"

"독일, 프랑스, 아일랜드의 다른 지역, 웨일스입니다."

진정하자. 그냥 여행 경험을 묻는 것뿐이야…

그래, 하지만 어떻게든 내 진술을 뒤엎으려고 하는 걸 거다.

그녀는 킬리건 변호사를 빤히 쳐다본다. 넘겨짚지 말자. 질문에 있는 그대로 대답하자.

"그러면 왜 혼자 여행하는 것을 좋아하시는지 여쭤봐도 되겠습니까? 무슨 위험한 일이 일어날까 두렵진 않으십니까?"

"벨파스트에서 일어난 사건 이후로는 두렵습니다. 하지만 그 전까지는 혼자 야외 활동하는 걸 좋아했습니다. 뭔가… 신선한 기분이 들어서요."

"혼자 여행할 때 신선한 일이 많이 일어나나요?"

"네, 새로운 공간과 문화를 경험하고 새로운 사람들을 알게 되니까요."

킬리건 변호사가 그 답변을 물고 늘어진다.

"아, 새로운 사람들을 만난다는 말씀이시지요. 그런데… 혼자 여행하는 젊은 여성이시니만큼… 남성들을 많이 만나겠군요."

"여성을 만나는 만큼 남성도 만납니다."

"어쨌든 혼자 여행하면서 남성을 만나기도 하지요. 맞습니까?"

"그러지 않는다는 건 불가능합니다. 남성은 인류의 50퍼센트니까요."

법정 안에 잔잔한 파문이 인다. 사람들이 그녀의 말에 유머가 섞여 있다고 받아들인 것 같다.

오리어리 검사와 시몬스 검사가 그녀에게 경고의 눈빛을 보내자 그녀는 곧바로 그 의미를 이해한다.

사람들은 냉소적인 유머를 구사하는 성폭행 피해자를 좋아하지 않는다.

킬리건 변호사는 말만 바꾸어 또다시 질문한다.

"제가 여쭤본 것은, 여행하다가 남성을 만나 로맨틱한 만남을 해보신 적이 있느냐는 겁니다."

그녀는 '로맨틱한 만남'이라는 말이 무엇인지 정의해보라고 말하고 싶지만, 지나치게 까다로운 사람으로 보이고 싶지는 않다.

"때로 그런 일이 있습니다."

"그러면 혼자 여행하는 동안 남성과의 로맨틱한 만남에서 스릴을 추구한다는 말씀이십니까?"

그녀는 그 질문이 또는 그 질문이 함축하고 있는 의미가 마음에 들지 않는다. 완전히 솔직해지자면 그렇다고 대답해야 한다. 하지만 그렇게 말하면 그녀의 진술이 힘을 잃게 된다. 그래서 그녀는 신중히 말을 고른다.

"제가 여행하는 이유는 그런 것이 아닙니다. 저는 공간과 문화에 흠뻑 젖어들려고 혼자 여행하는 것이지 남성을 만나기 위해 여행하는 것이 아닙니다."

킬리건 변호사가 아랫사람을 대하는 양 한숨을 쉰다.

"탠 씨, 제 질문은 그것이 아닙니다. 혼자 여행하는 동안 남성을 만날 때 스릴을 추구하시지 않습니까? 네 또는 아니요로 대답하십시오."

"그렇지 않습니다."

그녀는 거짓말을 한다.

"스릴이 있을 수는 있지만 그런 일은 거의 일어나지 않습니다."

"하지만 스릴이 있군요. 스릴이 있어요."

킬리건 변호사가 작은 승리를 기뻐하듯 흐뭇해한다.

'하지만 그렇다고 곧바로 섹스를 하지 않는데요'라고 그녀는 말하고 싶다.

"그러면 이론적으로 증인은 혼자 여행하는 도중 육체적으로 끌리는 남성을 만난다면 그와 로맨틱한 관계를 맺는 데 이의가 없다는 말이십니까?"

그 말을 듣자 그녀의 눈이 커졌다. 시몬스 검사도 귀를 쫑긋 세우는 게 느껴진다.

"죄송하지만 저에게 지금 이론적인 질문을 하셔도 됩니까? 저는 성폭행과 관련한 질문에만 답변하겠습니다."

"탠 씨, 이 질문은 탠 씨가 제기한 성폭행 혐의와 밀접한 관련이 있습니다."

그러나 판사가 킬리건 변호사의 말을 끊는다.

"변호인은 증인에게 이 사건과 관련한 필수적이고 사실에 기반을 둔 질문만을 하시기 바랍니다."

킬리건 변호사가 헛기침을 하더니 다시 입을 연다.

"그렇다면 증인은 혼자 여행하다가 만난 남성과의 로맨틱한 만남에서 스릴을 추구한다고 인정하셨습니다. 그리고 피고를 만나기 전에도 이런 종류의 로맨틱한 관계에 연루된 적이 있지요. 맞습니까?"

사실 관계를 확실히 할 때가 되었다.

"혼자서 여행한 그 모든 시간 동안 저는 한 번도 단순히 남성을 만나서 몇 시간 만에 섹스를 한 적이 없습니다. 키스를 할 수는 있겠지만 만나자마자 실제 성관계를 가진 사실은 없습니다."

독일로 떠났던 첫 배낭여행은 물론 그 이후의 모든 여행을 통틀어서 항상 그랬다.

"탠 씨, 저는 다만 네 또는 아니요라는 답변을 원합니다."

그녀는 당당하게 킬리건 변호사를 쳐다본다.

"그러면 이 사건이 일어난 날로 돌아가 봅시다. 증인은 하이킹을 떠날 준비를 마쳤습니다. 설명하셨다시피 증인은 며칠간 만찬이며 칵테일파티 등으로 바쁜 나날을 보냈고, 토요일 아침, 역시 증인이 직접 묘사하였듯이, 탈출구를 찾고 있었습니다. 맞습니까?"

"네, 맞습니다."

"그리고 증인은 긴장을 풀고 조금 무모해지고 싶어 했습니다. 그렇다면 한 번도 가보지 않은 공원에 하이킹을 가는 것만큼 좋은 방법은 없겠지요? 이른바 알 수 없는 것이 주는 스릴입니다. 그리고 이제 증인은 모르는 사람들에게 둘러싸인 채로 약간의 기운을 분출하려 합니다. 그래서 지나가는 사람들에게 인사를 건넵니다. 증인은 개방적인 성격이기 때문입니다. 맞습니까?"

"제가 지나가는 사람들에게 인사를 건네는 건 모두가 친절하기 때문에…"

"네 아니요로만 대답하십시오, 탠 씨. 증인은 만나는 사람들에게 친절하게 대했습니까?"

"네, 그런 것 같습니다. 그들에게 인사를 건넸습니다."

"그렇게 우연히 마주친 이 소년은 증인을 더 알고 싶어 했습니다. 맞습니까?"

"네, 마주쳤습니다. 그게 변호사님의 질문이 맞다면요."

"증인의 진술에 따르면 그는 증인에게 길을 물었습니다. 그리고 증인은 성심성의껏 그를 도왔습니다. 맞습니까?"

"저는 최대한 도와주려고…"

"네 아니요로 대답하십시오, 탠 씨."

"아닙니다. 저는 성심성의껏 그를 돕고자 하지 않았습니다. 길을 묻기에 알려주려 했을 뿐입니다. 다른 누구였어도 마찬가지였을 겁니다."

그녀는 자신의 목소리에 방어적인 태도가 묻어나오는 것을 의식한다.

"탠 씨, 또 다른 가정을 해보겠습니다. 증인은 우연히 마주친 이 소년과 대화할 의지가 있었습니다. 실제로 평소보다 조금 대담한 상태에서 지난 며칠간 바쁜 일정을 보내면서 쌓인 스트레스를 풀고 싶었습니다. 실제로는 이 소년을 만나서 반가웠고 앞으로 어떻게 될지 궁금했습니다. 맞습니까?"

"아닙니다. 저는 하이킹을 계속하고 싶었습니다."

"아, 처음에는 그렇게 생각했지만 상황이 바뀌었겠지요. 탠 씨, 저는 이렇게 가정해보겠습니다. 증인에게는 거친 본성이 있습니다. 매우 세련되고 프로페셔널한 태도 이면에는 사실 스스로를 해방시키려는 욕구가 있는 겁니다. 때로는 잘생긴 젊은 남성을 만나 아무런 책임도 구속도 없이 몸을 내맡기고 싶을 때가 있습니다."

그 순간 그녀는 킬리건 변호사를 혐오하기 시작한다. 그녀는 변호사가 지금 당장 죽어서 아무 말도 못 하기를 기원하며 경멸의 시선을 쏘아 보낸다. 어떻게 보면, 그래, 그녀에게는 세계를 탐험하며 잘생긴 젊은 남성을 만나, 몸을 내맡기고 싶을 때가 있다.

하지만 킬리건 씨, 피고가 잘생긴 젊은 남성이 아니라는 점을 잊고 계시는 것 같네요.

문제는 킬리건 변호사가 그녀에게 배심원들 앞에서 그 말을 할 기회를 주지 않는다는 것이다.

*

개소리들이 오가고 있다. 킬리건 변호사가 열심히 말하면 여자가 대답한다. 거침없는 여자다. 지금 생각해보니 그날도 그랬다. 그를 똑바로 쳐다보며 낮은 목소리로 허튼소리는 말라는 듯 행동했다.

지금 저 여자의 태도가 그렇다. 좋은 옷을 입고 멀쩡하게 앉아 있다. 사람들은 몸을 기울여가면서까지 듣고 있다. 다들 싸움을 좋아하니까. 여자가 이렇게 받아치는 게 놀라운 모양이다. 조그맣고 수

줍음 많은 중국 여자한테서 뭘 기대한 거야?

재미있기는 하지만 사람들 앞에서 그런 식으로 말을 해서 얻을 게 무엇인지 모르겠다. 그러니까 그에겐 잘된 일이다. 계속 이야기하다 보면 배심원들의 호감을 잃을 거다, 쌍년.

그런 건 그 잘난 학교에서 가르쳐주는 게 아닌가보다.

*

킬리건 변호사가 지옥 불에 타 죽었으면 좋겠다. 하지만 그녀는 성폭행 피해자가 분노를 표출하면 보기 좋지 않다는 사실을 마음에 새긴다. 차분하려고 애쓴다. 감정이 휘몰아쳐 어느 방향으로 가버릴지 모른다.

"그렇게 증인은 걸으면서 스위니 씨와 10~20여 분간 대화를 나누었습니다. 그런데 대화가 계속 이어지길 바라지 않았다면 증인이 무슨 조치를 취할 수도 있었을 텐데요."

"저는 막돼먹은 사람처럼 보이고 싶지 않았습니다."

"막돼먹었다고요, 탠 씨? 안전을 정말로 걱정하고 있었다면 막돼먹어 보이는 걸 신경 쓸 만한 여성처럼 보이지는 않는데요."

그녀는 차가운 표정으로 킬리건 변호사를 쳐다본다.

"당시에는 안전을 걱정하지 않았습니다. 그때는 단순히 말을 걸었을 뿐이고…"

킬리건 변호사가 또 그녀의 말을 끊는다.

"제 추측은 이렇습니다, 탠 씨. 사실 탠 씨는 이 소년과의 대화를 멈출 생각이 없었습니다. 앞으로 무슨 일이 일어날지 궁금했기 때문입니다."

"아니요, 사실이 아닙니다. 저는 핑계를 대기 위해 친구에게 전화를 걸었습니다."

"걸었지만 받지 않았지요. 증인은 한 친구에게 전화를 걸었고, 신호가 잡히지 않았다고 주장했습니다. 하지만 한 번 더 시도해보거나 조금 더 걸어가서 신호를 잡을 수도 있었습니다. 맞습니까?"

"그럴 수도 있었겠지만 저는 하이킹을 계속하고 싶었고…"

"네 아니요로만 대답하십시오. 전화 연결을 위해 더 열심히 노력해볼 수도 있었습니다. 맞습니까?"

"네, 그럴 수 있었을 것입니다. 하지만…"

"사실 정말로 원했다면 전화 통화를 시도한 직후 스위니 씨가 주변에 없고 증인이 글렌 로드 옆에 서 있었던 그 순간 하이킹을 그만둘 수 있었습니다. 안전을 걱정했다면 차가 많은 쪽으로 돌아가서 다시 시내로 갈 수 있었을 겁니다. 당신을 아무도 없는 공원에 있도록 강요한 사람은 아무도 없습니다. 그런데 왜 하이킹을 계속하셨습니까?"

그녀가 지난 열 달간 스스로에게 끊임없이 물었던 질문이다. 그러나 같은 질문이 법정에서 피고 측 변호사의 입에서, 그녀의 무고함에 반론을 제기하기 위해 나오는 걸 들으니 진실을 이렇게 가혹하게 비틀어도 되나 싶다.

분노를 드러내면 부정적으로 보일까봐 그녀는 천천히 입을 연다.

"제가 하이킹을 계속한 것은 제가 이곳까지 온 목적이 하이킹이었기 때문입니다. 가이드북에 소개된 이 등산로를 하이킹하기 위해 벨파스트에 오면서 특별히 하이킹 신발과 가이드북도 챙겼습니다. 그리고 성가신 어린아이가 저에게 말을 건다는 이유로 하이킹을 그만둘 생각은 없었습니다. 당시에는 이렇게 어린 소년이 그런 범죄를 저지를 수 있다는 생각을 전혀 하지 못했기 때문입니다."

그녀는 배심원석을 보며 말을 잇는다.

"그렇습니다. 거기서 하이킹을 그만둘 수도 있었습니다. 그리고 이제 와서 생각하면 당연히 그러는 게 좋았을 것입니다. 그러나 불행히도 저는 하이킹을 계속했고 그 결과 지금 저를 성폭행한 사람 앞에서 진술을 하게 되었습니다."

이제는 킬리건 변호사도 입을 다물겠지.

킬리건 변호사는 그저 눈썹만 치켜들더니 배심원단을 바라본다.

"네, 이것이 증인의 대답입니다."

거들먹거리며 젠체하는 목소리를 듣자 그녀는 두꺼운 법전으로 그의 머리를 후려치고 싶은 마음이 든다.

킬리건 변호사가 헛기침을 한다.

"탠 씨, 이미 20분간이나 피고와 대화를 나눈 이후인데도 하이킹을 멈추지 않은 이유를 '분명하게' 설명해주셔서 고맙습니다. 그러면 두 번째로 스위니 씨가 증인에게 접근한 시점, 증인이 개울을 건너던 순간으로 넘어가보겠습니다."

질문은 계속된다. 똑같은 주장, 똑같은 질문이 조금 다른 각도에서 그녀에게 빗발친다. 개울에서 두 번째로 그를 마주쳤을 때 그녀는 왜 자리를 떠나지 않았는가? 그녀는 주변에 아무도 없었고 둘만 있어서 어디로 가든 그가 따라붙을 수 있었기 때문이라고 대답한다. 그녀는 그에게 분명 혼자 가고 싶다고 강조했었다.

"현명한 말씀이었습니다, 탠 씨. 하지만 저는 탠 씨가 이 젊은이를 유혹한 것이 아닌가 생각합니다. 증인은 그의 눈길이 다리를 훑는 것을 알아차렸다고 언급했습니다. 그런데 그가 징검다리를 건너가는 다른 길을 알려주었는데도 신발과 양말을 벗은 것은 증인 본인의 선택이 아니었습니까? 의도적으로 그에게 다리를 노출한 것이 아닙니까? 상대가 증인에게 관심을 보이는 젊은 남성이라는 것을 알았고, 어디까지 갈 수 있는지 보여주고자 한 것이 아닙니까?"

법정이 술렁인다. 그 말에 동의하는 건지 반대하는 건지 반응의 방향을 알 수 없지만, 그녀는 킬리건 변호사에게서 눈을 떼지 않고 천천히 고개를 젓는다.

"방금 하신 말씀은 제가 살면서 들은 이야기 중 가장 터무니없는 말씀입니다. 이미 설명 드렸듯 저는 신발과 양말이 젖을까봐 벗었습니다. 그리고 저는 이 소년을 유혹할 생각이 추호도 없었습니다. 다시 한번 말씀드리지만 저는 제 나이의 절반쯤 되는 소년에게 전혀 관심이 없습니다."

킬리건 변호사가 그 말을 듣고 비열한 미소를 짓는다.

"탠 씨, 이렇게 공적인 장소에서 본인의 명예를 영리하게 보호하시는 것 같습니다. 저는 그날 오후 당신의 실제 의도가 무엇이었는지를 꿰뚫고자 합니다. 여기에 십대다운 호기심에 가득한 순진해 보이는 어린 소년이 있습니다. 숲에 두 사람만 있었을 당시 당연히 여러 가지 가능성이 머릿속에 떠올랐을 겁니다. 당신처럼 매력적이고, 여행 경험이 풍부한 여성이라면 말입니다."

"그런 가능성은 전혀 떠올리지 않았습니다. 저는 단지 하이킹을 하고 싶었습니다. 혼자서요."

하슬럼 판사가 몸을 앞으로 기울이며 말한다.

"다시 한번 말합니다. 킬리건 씨, 이 젊은 여성에게 하려는 주장을 질문 형식으로 해주시길 바랍니다."

이 젊은 여성. 매력적이고, 여행 경험이 풍부한 여성.

이런 종류의 피상적인 수식어들이 언제나 그녀에게 따라붙는다.

"제 생각은 이렇습니다, 탠 씨."

킬리건 변호사가 말한다.

"증인은 겉으로는 번듯하고 성공한 모습을 보여주는 데 일가견이 있습니다. 어쩌면 하버드라든지, 자주 찾으시는 유명 행사들에서 배운 태도인지도 모르지요. 하지만 그 속에는 탈출구를 바라는 무모한 욕망이 있습니다. 스릴이라고 할 수도 있겠지요. 혼자 낯선 장소를 여행하고 새로운 남성들, 심지어 어린 소년들까지도 만나고자 하는 욕망 말입니다. 그리고 이런 만남이 스위니 씨와의 경우처럼 계획대로 실행되지 않았을 때 이 일을 공론화하고 상대 남성을 성폭행 혐의로 고발하는 것은 당신에게 너무나 쉬운 일일 것입니다."

킬리건 변호사가 그녀를 향해 득의양양하게 웃어 보이는 순간 그녀는 지금 자신이 화를 내건, 강하게 주장하건, 조곤조곤 반박하건 어떻게 반응하더라도 저 사람은 그녀에게 잘못이 있는 것처럼 내세울 수 있음을 알아차린다. 싸워도 아무 의미가 없다. 그럼에도 그녀는 노력한다.

그녀는 마이크를 향해 몸을 기울인다.

"킬리건 씨, 방금 하신 말이 질문이라고 생각하십니까? 방금 하신 말은 진실과는 전혀 관련이 없습니다."

반대심문이 고통스럽게 계속된다. 그의 질문이 성폭행, 실제 성폭행 장면에 다다르자 숨이 다시 가빠온다. 심장이 더 빠르게 뛰고 머리는 어질어질해지기 시작한다. 킬리건 변호사가 그녀의 고통을 즐기는 것처럼 질문을 질질 끌면서 그 아이가 그녀에게 하게 했던 추악한 행위들을 다시 한번 물을 때는 마음을 가다듬으려고 손톱이 손바닥에 파고들도록 꾹 누른다.

"증인은 다섯 가지 또는 여섯 가지 체위를 언급했습니다."

킬리건 변호사가 조롱조로 웃음을 짓는다.

"상당히 많은 숫자인데, 그 사이에 저항하지 않았습니까?"

하지만 그녀가 이미 설명한 내용이다. 그가 얼마나 난폭할 수 있는지를 알았기에, 그가 원하는 대로 해주는 게 더 안전할 것 같았다고.

"이해가 되지 않습니다."

킬리건 변호사는 전혀 모른다는 양 고개를 젓는다.

"증인의 진술에 따르면 증인은 이 소년이 다양한 체위로 증인과 성관계를 할 수 있도록 허락했습니다. 그에게는 총이 없었고, 칼을 가지고 있었다는 증거도 없습니다. 이때 그는 증인을 더는 구타하지 않았고 특별히 난폭하지도 않았습니다. 왜 그가 그렇게 할 수 있도록 두었습니까? 당신은 그가 당신과 다양한 체위로 성관계를 할 수 있도록 놔두기로 결정한 것이 아닙니까? 사실상 합의한 것이 아닙니까? 증인은 목숨을 잃을까봐 두려웠다고 주장하고 있지만 그 순간에 그가 당신을 위협하기 위해 정확히 어떤 행동을 했습니까? 저는 이렇게 가정합니다. 증인은 실제로는 섹스를 즐기고 있었습니다. 왜냐하면 먼저 시작한 것이 증인이기 때문입니다. '밤새도록 해도 모자라겠는걸.' 성폭행당하는 중에 이렇게 말하는 사람이 어디 있을까요?"

킬리건 변호사의 말이 비 오듯 쏟아진다. 변호사의 조소어린 말들 앞에서 아무리 자신의 상황을 설명하려 애써도 그는 자꾸만 이야기를 이쪽으로, 저쪽으로 끌고 간다. 너무나 역겨워서 차라리 자신의 입을 다물어 버리고 그의 심문을 중단시키고 싶다. 하지만 그녀는 최선을 다해 답변한다.

"킬리건 씨, 다시 한번 말씀드리겠습니다. 저는 사건이 일어나는 동안 수많은 부상을 입었습니다. 만약 피고가 원하는 대로 따라주지 않는다면 더 심각한 상해를 입을지 몰라 두려웠습니다."

"증인과 같이 독립적이고 여행 경험이 풍부한 전문직 여성이 어떻게 자신보다 훨씬 더 어린 소년이 다섯 가지 내지 여섯 가지의 다양한 체위로 합의 없는 성관계를 하도록 내버려둘 수 있었는지 이해할 수 없습니다."

죽을까봐 겁이 났으니까, 하고 소리를 지르고 싶다. 그러나 그녀는 자리에 가만히 앉아 있다.

"이해할 수 없다니 안타깝습니다, 킬리건 씨. 그러나 킬리건 씨는 본인이 죽을지도 모른다는 순전한 공포에 사로잡히는 위치에 있어본 적이 없는 것 같습니다."

하슬럼 판사가 끼어든다.

"다시 한번 주지시켜 드립니다만 지금은 원고와 피고 측 변호사가 논쟁을 주고받는 시간이 아닙니다. 킬리건 씨, 탠 씨에게 할 질문이 더 있습니까?"

당연히 킬리건 변호사는 할 말이 남았다. 성폭행이 끝나고 옷을 입은 뒤 왜 그녀는 자리를 떠나지 않고 머물렀는가? 도망칠 수 있는 기회가 생겼는데 왜 그러지 않았는가?

"피고에게 등을 보이고 싶지 않아서입니다. 그가 무슨 짓을 할지 몰라 겁이 났습니다."

아닙니다. 증인은 그 소년에게 계속 말을 걸기 위해, 아무 일도 없었고 모든 일이 정상이라는 걸 확신시키고 싶어서였습니다. 사실 그때는 그가 하나도 무섭지 않았던 것입니다.

아닙니다. 그가 모든 것이 정상이라고 생각하기를, 그래서 내가 그를 신고하지 않을 거라고 생각하길 바라서였습니다.

했던 말을 자꾸만 번복하시는군요, 탠 씨. 지금 우리에게 기만적인 것처럼 그 소년을 기만했던 것 아닙니까?

저는 그저 살아남고 싶었어요.

우리에게 당신이 통제력이 강한 여성이 아니라 성폭행 피해자라고 믿기 좋은 최선의 상황을 만들고자 하는 것처럼 말입니까?

그녀는 고개를 저으며 킬리건 변호사를 똑바로 쳐다본다.

"완전히 틀린 말입니다. 킬리건 씨의 가정은 모욕적이고 모두 틀렸습니다."

배심원 중 몇 명도 고개를 저었지만 그것이 그녀의 말에 동의해서인지, 그녀가 거짓말을 한다고 생각해서인지는 알 수 없다. 이 반대심문의 전 과정이 필요 이상으로 길게 끄는 자학 코미디처럼 느껴진다. 이런 질문을 얼마다 더 오래 견뎌야 할까?

모든 비난이, 모든 암시가 그녀가 뒤집어쓴 보호 가죽을 꿰뚫고 피부 아래로 꾸물꾸물 들어와서 기생충처럼 번식하는 것만 같다.

킬리건 변호사는 다음 날, 그녀가 런던으로 돌아가는 비행기를 탄 것에 대해 질문한다. 영화 시사회라고요? 성폭행을 당했다고 주장한 다음 날 유명인사들이 참석하는 화려한 파티에 갔단 말입니까? 그는 심지어 레드카펫에서 찍힌 그녀의 사진도 제출한다. 그날 저녁 사진기자가 찍은 것이다. 하슬럼 판사는 증거 제출을 기각하지만 너무 늦었다—킬리건 변호사가 이미 사진에 대해 모두 설명한 것이다. 탠 씨는 사진 속에서 화려한 드레스를 입고 웃고 있다. 옆에는 잘생긴 파트너도 함께 있었다. 바로 전날 트라우마를 남긴 폭행의 피해자로 보이지 않는다.

그 말을 들으며 그녀는 이를 꽉 깨문다. 그들은 그녀가 그 행사에 참석하기가 얼마나 힘들었는지 전혀 모른다. 하지만 설명할 기회를 주지 않는다.

"탠 씨, 저는 그날 증인이 공원에서 피고와 이야기를 나누는 순간부터 자신이 무엇을 하는지 알고 있었다고 생각합니다. 어린 스위니 씨를 성적인 행위로 이끈 것은 증인이었습니다. 그리고 일이 생각대로 되지 않자, 즉 그가 성행위에 몰입해서 멍과 상처를 남기게 되자, 증인은 자신이 시작한 만남을 후회하게 되었던 것입니다. 피고는 증인에게 소리를 지르지도, 증인의 의사에 반해 행동하지도 않았습니다. 따라서 스위니 씨의 주장이 시작되면 이 성적인 행위에서 증인의 유혹에 따른 것은 오히려 피고인이라는 것을 알게 될 겁니다."

그녀는 슬픈 눈으로 킬리건 변호사를 바라보며 말한다.

"전혀 틀린 주장입니다."

"곧 확인할 수 있을 겁니다, 탠 씨."

킬리건 변호사가 대답한 뒤 하슬럼 판사에게로 돌아선다.

"더 할 질문은 없습니다, 존경하는 재판장님."

킬리건 변호사가 자리에 앉자 법정 안의 사람들이 안도하는 모습이 뚜렷하게 느껴진다. 그녀는 배심원단을, 참관석을, 기자들을 둘러본다. 그녀는 이 재판이 검투사들의 경기라도 되는 양 보러온 그 모든 사람을 미워하고 있다는 것을 서서히 알아차린다.

그들에게는 이 사건이 유희거리일 것이다.

하지만 나는 이 사건을 겪어내야 하는 당사자다.

점심시간. 그녀는 원고를 위해 마련된 방에 앉아 라벤더 향초를 피운 뒤 감자와 파가 든 수프를 조용히 떠먹는다.

바바라와 에리카가 그녀 주변을 맴돈다.

"나 어땠어?"

그녀는 아무런 감정 없는 목소리로 묻는다.

친구들은 그녀의 어깨에 다정하게 손을 얹고 머리를 쓰다듬어
준다.

정말 잘했어.

놀라울 정도였어.

네가 이런 일을 겪어야 하다니 정말 너무 안타까웠어.

하지만 킬리건 변호사의 무의미한 말조차도 어떻게든 뚫었던 그
녀의 보호막을 친구들의 다정한 말들은 뚫지 못한다.

오리어리 검사와 시몬스 검사가 방으로 들어오더니 법복을 휘날
리며 그녀에게 다가온다.

"잘하셨습니다. 킬리건 변호사는 제가 생각한 것보다 지독한 사
람이더군요. 하지만 탠 씨는 시종일관 품위를 유지하면서 그의 주장
에 대한 신빙성을 확실히 실추시키셨습니다."

품위라.

"제가 울었어야 했던 거지요?"

시몬스 검사가 진부한 말을 덧붙인다. 했어야 하는 일은 없어요.
자연스럽게 반응하시면 됩니다.

이 모든 상황에 자연스러운 게 어디 있나요? 그녀는 그렇게 말하
고 싶다.

오리어리 검사가 헛기침을 하더니 다음 단계를 설명하기 시작
한다.

"이제 점심식사를 하신 다음에 제가 몇 가지 질문을 드릴 겁니다.
반대심문 이후 탠 씨의 진술을 재정립하기 위해서입니다. 그다음에
는 자유롭게 귀가하셔도 됩니다."

그러나 그녀는 재판이 계속되는 한 자유로울 수 없다는 것을, 어쩌면 다시는 자유로울 수 없으리라는 사실을 안다.

언젠가는 아마 혼자 들판을 걸어 다닐 수 있겠지. 환히 펼쳐진 한낮의 하늘 아래에서 너른 들판을 걸을 수 있을 것이다. 드러누워 등 아래 풀의 감촉을, 얼굴에 내리쬐는 햇볕을 느끼며 눈을 감고 완전한 충족감을 느낄 수도 있으리라. 그때는 어떠한 위험도 느끼지 않을 것이다.

그때가 되어야 그녀는 마침내 자유로울 수 있을 것이다.

다시 법정 8호실에 들어간다. 킬리건 변호사가 쳐놓은 분탕을 오리어리 검사가 수습할 것이다.

어쩌면 이것도 쇼의 일부분일지 모르지만 지금은 오리어리 검사가 그녀에게 걱정스런 눈길을 던지며 마치 테이블에 카드를 한 장씩 내려놓듯 한마디 한마디 질문을 던진다. 뒤집는 카드마다 그녀에게 유리한 것임을 둘 다 알고 있다.

"탠 씨, 킬리건 씨가 합의하고 있던 바에 대해 한 번 더 확인하겠습니다. 지금까지 여행을 다니면서 나이가 아주 어린 남성을 만나 성적 관계를 한 적이 있습니까?"

"아니요. 그런 적은 한 번도 없습니다."

"상대가 난폭해지자 탠 씨가 가지고 있던 주된 생각, 즉 이 폭행에서 살아남아야겠다는 생각을 어떻게 실현하고자 하셨습니까? 이 때문에 폭행 과정에서 특정한 언행을 한 것이 맞습니까?"

그 질문에 수월히 답하면서 그녀는 자신감과 존엄함이 서서히 회복되는 것을 느낀다.

"그리고 지난 4월의 사건 이후 어떤 기분으로 지내셨습니까?"

"괴로웠습니다. 외상 후 스트레스장애 진단을 받았습니다. 그 사건이 자꾸만 생생히 떠오르며 광장 공포증이 생겼습니다. 항상 불안하고 토할 것 같습니다. 예전의 제 자신은 사라지고 껍데기만 남은 것 같다는 기분이 듭니다. 사건 이전의 자신으로 돌아갈 수 있다는 생각이 들지 않습니다."

오리어리 검사는 그녀의 마지막 발언이 장중한 종소리처럼 울려 퍼질 수 있도록 잠시 시간을 둔 다음 배심원석으로 돌아서 그들을 바라본다.

"감사합니다, 탠 씨. 이 이상의 질문은 없습니다, 존경하는 재판장님."

안도감과 초현실적인 현기증이 쏟아지지만 그녀는 그 감정들을 숨기고 배심원석을 눈으로 훑는다. 그들이 공감하는지를 확인하고 싶다. 어쩌면 배심원들 중 젊은 여성들, 중년 여성들, 인도 남자의 눈빛에서 공감을 읽을 수 있는 것 같다. 아니면 전부 착각일는지 모른다.

바바라, 에리카, 젠은 그녀에게 자랑스러운 미소를 보낸다. 모리슨 경위도 마찬가지다.

그 미소에 용기를 얻은 그녀는 법정 안을 좀 더 둘러본다. 피고석 가까운 참관인석에 긴장한 표정으로 앉아 있는 두 남자가 보인다. 그 아이의 아버지나 형인 것 같다.

그다음에 그녀는 유리 패널 안을 똑바로 바라본다.

그가 거기서 고개를 숙이고 앉아 있다. 적갈색 머리카락과 창백할 정도로 새하얀 피부를 그녀는 한눈에 알아본다.

그녀는 그가 처한 상황을 냉정하게 재어본다. 그는 상자 속에 있다. 보안요원이 그를 둘러싸고 있다. 그는 그녀에게 아무런 짓도 할 수 없다. 그와 그녀 사이에는 법정경찰과 기자들, 판사와 여러 명의 법정변호사가 방 안을 가득 메우고 있다.

똑같은 두 사람, 그러나 다른 무대에 있다.

그 순간 그가 시선을 들어 그녀를 쏘아본다.

잠깐 몸이 부르르 떨리지만 다른 사람들의 눈에 띌 정도로 움칠하진 않는다. 그녀는 시선을 피하지 않는다. 그 차갑고 뻔뻔한 눈빛을 그녀는 그대로 돌려준다. 익숙한, 얼음처럼 푸른 두 눈을 그녀의 시선이 꿰뚫는다. 법정 안의 다른 사람들이 둘 사이에 오가는 눈빛을 알아차리더라도 상관없다.

*

저 여자가 나를 이렇게 똑바로 쳐다볼 줄은 몰랐다. 저 여자가 뭐에 씌었나?

마치 날 죽일 것 같은 눈빛이다.

저 여자처럼 마음 약한 사람이 어차피 나에게 무슨 짓을 할 수 있는 것도 아니지만, 어쨌든, 마음에 걸린다.

킬리건 변호사는 결국 저 여자를 무너뜨리지 못했다.

여자는 부드럽게 순항해 지금 목적지에 다다라 나를 저런 눈빛으로 쳐다보고 있다.

씨발년, 법정 안의 씹새끼들. 하지만 나는 기회를 잡을 것이다. 본때를 보여줄 것이다.

법정에서 나오자 벨파스트의 거리는 똑같다. 똑같은 회색 하늘과 회색 건물들, 웃음기 없는 얼굴로 거리를 걸어 다니는 사람들.

젠이 그녀를 데리고 호텔로 가고 있다. 아마 그녀가 왜 말이 없는지 궁금해하는 것도 같다. 하지만 오늘 있었던 재판에 기진맥진해 생각이 하나도 떠오르지 않는다. 그저 깜깜한 방 안 침대에 아무 감정 없이 무기력하게 누워 있고 싶을 뿐이다.

내일 오리어리 검사는 쇼를 계속할 것이다. 더 많은 증인이 출석할 것이다. 바바라, 모리슨 경위, 필런 박사, 공원에서 그와 그녀를 목격한 사람들까지. 원고인 그녀의 존재가 증언에 영향을 미칠 수 있기 때문에 그녀는 내일 법정에 출석할 수 없다. 피고는 참석할 수 있는데도 말이다. 그러나 젠과 바바라가 그녀의 눈과 귀가 되어 그 자리에 있을 것이다.

어쨌거나 가장 힘든 시간은 끝났다는 것만 알겠다.

그녀는 지평선 끝자락, 항구의 맞은편에 띠를 두르고 모여 있는 언덕들을 바라본다. 납작한 먹구름들이 언덕 위에 낮게 걸려 있다.

이 모든 일이 영화라면, 영화 속에서는 먹구름을 뚫고 가느다란 한 줄기 빛이 새어 들어오는 장면이 이어질 것이다. 모든 것이 다 잘 될 거라고, 내일은 또 다른 날이 될 거라고, 영화 속에서 관객들에게 설명하는 밝은 빛일 것이다.

젠과 나란히 걷는 내내 그녀는 구름 뒤에서 한 줄기 빛이 새어 들어오길 바라면서 뚫어지게 바라본다.

그러나 빛은 없다.

그날 저녁 갑자기 엄마가 전화했다. 전화벨이 울릴 때 그녀는 조도를 어둑어둑하게 맞춰놓은 호텔 방 침대에 누워 있었다. 엄마가 장거리 전화를 거는 건 흔치 않은 일이다.

그녀는 엄마에게 북아일랜드에서 촬영하는 TV시리즈 미팅이 있어 벨파스트로 출장을 왔다고 말한다. 다음 주에도 미팅이 있어 여기 있을 것이다. 자신이 하는 거짓말들이 목에 턱 박힐 것만 같다.

"벨파스트 날씨는 어떠냐?"

"런던이랑 비슷한데 조금 추워요. 어둡고 흐리고, 아일랜드가 다 그렇죠."

적어도 이건 거짓말은 아니다.

"벨파스트는 안전하니?"

엄마가 묻는다.

"그 동네는 항상 분쟁이 일어나잖아."

"아, 그럼요. 안전하죠."

그렇게 대답한 순간 그녀는 자신의 말에 얼마나 우스꽝스러운 아이러니가 묻어 있는지 깨닫는다.

"정치적인 분쟁은 한참 전에 끝났어요."

그녀가 덧붙인다.

"왜, 작년에도 평화협정 기념행사 때문에 여기 온 적 있잖아요."

대체 왜 그런 말까지 했을까? 자신의 말에 묻어 있는 아이러니가 소름끼칠 정도로 우습다.

두 사람은 좀 더 이야기를 나누고 엄마는 서던 캘리포니아에서 일어나는 생활에 대해 줄줄 늘어놓는다.

"노인센터에 새로운 강좌가 생겼단다. 줌바라는 건데, 뭔지 아니?"

그래, 줌바 댄스에 대해 들어본 적 있다.

"이틀 전에 너무 끔찍한 악몽을 꾼 거 있지."

엄마가 말한다.

그 순간 뒷목에 소름이 돋는다.

"왜요? 무슨 꿈이었는데요?"

"어릴 적 타이완에 살던 집에 있는 꿈을 꿨단다. 할머니랑 같이 침대에서 자던 어린 시절이었지."

그녀는 호텔 침대 이불 속으로 좀 더 파고든다. 엄마의 말에 기분 나쁜 감각이 스멀스멀 기어든다.

"그런데 꿈에서는 할머니가 없었단다. 잠에서 깨니 혼자였는데, 어떤 남자가 방에 들어오더니… 나를… 폭행했단다."

"뭐라고요?"

"나를 폭행했어. 너무나 끔찍했다."

그녀는 일어나 앉는다. 엄마는 '성폭행'이라고 말하지 않았지만 행간 사이에서 말뜻이 분명히 느껴진다. 실재하지 않는, 꿈에서 본 이미지만으로도 그녀는 서늘해진다. 아무리 꿈이라 해도 엄마가 그런 끔찍한 일을 겪다니.

"아는 사람이었어요? 누군지 알아봤어요?"

"아니, 모르는 사람이었어. 하지만 너무 끔찍해서 아직까지 잊히지가 않는구나. 대체 왜 그런 꿈을 꿨을까?"

바로 그 순간, 한 번도 생각해본 적 없었던, 엄마에게 그 이야기를 털어놓고 싶은 생각이 든다. 자신에게 일어난 일을 이야기하고 싶다.

하지만 그녀는 감히 그 사건을 입 밖에 낼 수 없다. 그 말이 미칠 엄청난 파장을 생각해보라. 엄마는 꿈에서 그런 일을 겪은 것만으로도 트라우마를 겪고 있다. 그런데 사건을 알게 되면 어떻게 될까.

그녀는 애써 힘주어 말한다.

"잘 모르겠어요."

거짓말이다.

"엄마가 그런 꿈을 꾸다니 속상하네요. 그래도 그냥… 꿈이잖아요."

*

주말에는 감옥에 갇혀 있다. 마치 탈출한 것 같다. 사람들이 쳐다보는 조그만 유리 패널에 앉아 있던 나날, 매일매일 혀를 데어가며 전자레인지로 조리한 맛없는 파스타를 먹던 나날에 비하면.

이봐, 조니, 넌 법정의 유명인 아니냐?

뭐라고?

그 여자 이야기 좀 해봐.

그는 그 말을 모두 무시한다. 일주일 전만 해도 재판을 기다렸다. 이 감옥을 탈출하고 싶었던 것이다.

그런데 지금은 차라리 감옥에 있는 게 낫다는 생각이 든다. 아무 데도 안 가고 이 안에 안전하게 있고 싶다.

*

다음 주 화요일. 킬리건 변호사는 그가 증인석에 서게 될 거라고 알려준다. 그러니까 준비해라. 이야기를 처음부터 끝까지 속속들이 이해해야 한다.

그놈의 이야기 타령. 그는 몇 달 동안이나 그 이야기를 샅샅이 생각하고 파고들었다.

그러니까 이제 버퍼들 앞에서 모든 걸 까발릴 때가 온 것이다.

킬리건 변호사가 반대심문을 펼친 날 이후로 그 여자는 나오지 않았지만, 나중에 다시 올 거라는 얘기를 들었다.

"그 여자는 걱정하지 마라."

맥루언 변호사가 말했다.

"너 자신에게만 집중해라. 네가 사람들에게 어떻게 보일까 하는 것 말이다. 질문에 답할 때는 변호사와 판사를 바라봐라. 고개를 숙이거나 시선을 피하면 수상해보일 것이다."

당연하지, 벌써 날 수상하게 여기고 있지 않나.

쇼를 준비하면서 법정에 나갈 때 입는 셔츠를 입는다. 셔츠의 단추를 꿰기도 싫고, 뻣뻣한 신발에 발을 꿰기도 싫다. 하지만 거울을 보면 딴사람 같은 건 인정해야겠다. 머리는 옆으로 빗어 넘겼다. 이대로 펍에 들어가서 파인트 한 잔 주문하고 버퍼들이랑 이야기를 나눠도 되겠다.

깨끗한 옷을 입고 법정에 출두하자 그는 자신을 바라보는 이렇게 많은 눈빛과 마주친 적이 없다. 다들 눈을 크게 뜨고 그를 바라본다. 저기 봐, 살아 있는 진짜 강간범이야.

심장이 미친 듯이 뛰어서 속으로 진정해, 조용히 해, 이건 아무것도 아니야, 하고 읊조린다.

그러나 판사의 얼굴에는 웃음기가 없다. 법정변호사들도, 법정에 있는 그 누구도 웃고 있지 않다.

아빠와 마이클 형을 찾으려고 참관인석을 둘러본다. 사람들 속에 최소한 익숙한 얼굴 둘은 있으니까. 눈이 마주치자 아빠는 고개를 한 번 끄덕이고 형은 윙크를 해준다.

하지만 그들 뒤, 단 한 열 떨어진 자리에, 그녀가 보인다.

그 여자다. 또다시 TV에 나오는 변호사 차림으로 고상한 외국인 같아 보이는 두 여자와 함께 앉아 있다. 입은 단단히 다문 상태다. 그녀는 머뭇거리지 않고 그를 똑바로 쳐다본다. 지난주 법정에서 나가기 전 그에게 보였던 눈빛이다.

젠장, 저 여자 때문에 너무 불안하다. 그는 시선을 피하고 그녀가 이 자리에 없다고 생각하기로 한다.

킬리건 변호사가 헛기침을 한 다음 그에게 질문한다.

"배심원들을 향해 성명을 말씀해주시겠습니까?"

쉬운 질문이다.

그는 입을 연다.

"존 마이클 스위니입니다."

그래, 이게 바로 나다.

*

버튼이 달린 셔츠를 입고 정장 바지를 입은 그 아이는 이 자리와 어울리지 않는다. 그 모습이 그녀를 괴롭힌다. 그녀의 머릿속 그 아이의 모습은 언제나 새하얀 점퍼에 청바지 차림이다. 그런데 법정에서 어른처럼 성숙해 보이려는 시도는 애처로울 뿐이다.

아직도 이해할 수가 없다. 내가 저런 아이에게 성폭행을 당했다고? 어떻게 내가 그런 일이 일어나게 내버려둘 수가 있었지?

젠이 몸을 돌려 이쪽을 바라보는 게 느껴진다.

괜찮아?

이제는 너무 많이 들어서 말할 필요도 없는 그 질문.

그녀는 젠에게 고개를 끄덕인다.

괜찮아.

그러고는 다시 몰려오는 역겨운 감정과 싸우며 그 아이를 쳐다본다.

적어도 나는 진실만을 말했다. 그 아이는 어떻게 대처할까?

*

"4월 12일 오후에 무슨 일이 일어났는지 순서대로 말해주십시오."

그는 자기를 빤히 쳐다보는 그녀의 시선에서 빠져나가고 싶다. 진짜 사건을 아는 저 여자의 눈에서부터. 하지만 아빠와 마이클 형이 이 부분에서 지나치게 서두르지 말라고 했다.

그는 킬리건 변호사의 질문에 하나씩 대답하기 시작한다. 하지만 감옥 안에서 그렇게 연습했는데도, 사람들이 빤히 보고 있으니까 잘 안 된다.

그래도 연습한 대로 해봐야지.

"여자를 봤을 때 예쁘다고 생각했어요. 하지만 여자가 먼저 접근했습니다. 길을 잃어버렸다고, 길을 알려달라고 했습니다. 행동거지를 보았을 때 여자가 관심이 있다는걸… 그러니까… 저를 더 알고 싶어 한다는 걸 느낄 수 있었습니다. 여자가 신발과 양말을 벗고 저에게 다리를 보여줬습니다. 꼭 신발을 벗을 필요가 없었는데도 저에게 보란 듯이 벗었습니다. 저는 그게 무슨 의미인지 알아차렸습니다…"

말이 두서없이 한꺼번에 나오기 시작한다.

여자가 앞줄에 앉아서 의기양양한 눈빛을 던지고 있지만 않았어도 더 수월했을 텐데. 하지만 여자의 눈길은 붙박인 채 움직이지 않는다. 그가 그쪽을 쳐다보고 있지 않을 때조차도 그녀가 이쪽을 빤히 노려보고 있다는 게 느껴진다.

*

다른 사람의 이야기를 듣는 것만으로도 이렇게 화가 날 수 있을 거라고는 상상도 못 했다. 그러나 일어나서 고함을 지를 수는 없다. 그녀는 끓어오르는 분노를 누르고 침착하게 마음을 다스리려 애쓴다.

그는 온갖 자잘한 세부 사항들을 들며 자신의 죄가 아니라 그녀가 이 일을 시작했다는 점에 초점을 돌리려 한다. 숨 쉬기가 힘들어져 손톱을 손바닥에 대고 꾹 눌렀더니 살갗에 짙은 초승달 무늬 손톱 자국이 난다.

그 순간 그녀는 이 모든 사법체계가 얼마나 우스운지 생각한다. 혼자 걷다가 그에게 그런 행위를 당한 건 그녀다. 그런데 거의 일 년을 기다려 모르는 사람들로 가득 찬 법정 안에 앉아서 수치스러운 진실을 털어놓고, 자신에게 추악한 유혹녀 이미지를 덧씌우는 추잡하기 짝이 없는 변호사들 앞에 섰다가 이번에는 저 아이가 나에 대한 쓰레기 같은 이야기를 꾸며내는 걸 들어줘야 하다니.

정의를 구현하기 위해서 이런 일에 의존해야 하는가?

눈물이 고여서 눈앞이 흐려지고 생각이 길어질수록 손바닥을 찌르는 손톱의 힘이 더 강해진다.

눈물이 넘쳐흐른다.

울고 싶은 만큼 울자. 이 눈물은 진실을 말하는 눈물이니까.

*

제기랄, 여자가 또 운다. 엄마보다 더 심하군.

문득 킬케니 경찰서에 서서 마이클 형 때문에 울던 엄마가 떠오른다. 여자들은 그저 우는 것 말고는 아무것도 할 줄 모른다.

동정심을 유발하려고 우는 것이다. 봐, 배심원들이 모조리 저 여자를 쳐다보는데 이건 좀 억울한 것 같다. 지금은 내 차례라고! 이제 내 이야기를 들으란 말이다. 날 봐라, 이 씨발 새끼들아.

진짜 이상한 일은, 그 여자가 그 와중에도 나를 쳐다본다는 것이다. 수치심에 시선을 떨구지도 않고, 눈물을 흘리면서도 나를 빤히 바라보고 있다.

그는 시선을 돌려버린다.

킬리건 변호사에게 집중하자.

"스위니 씨, 다시 한번 확인하겠습니다. 상대 여성과 성적 접촉을 하는 도중에 폭력을 행사한 사실이 있습니까?"

"아니요, 없습니다."

"여성이 피고에 대한 공포를 표현한 적이 있습니까? 또는 성관계 의사가 없음을 밝힌 적이 있습니까?"

"아니요, 무척 좋아했습니다. 저에게 계속 친근하게 굴었습니다."

"그러면 피고는 경찰 수배를 당했을 때 무척 놀랐겠군요."

"네. 상대는 섹스를 원했기 때문에 저는 무척 놀랐습니다. 저는 잘못한 게 없으니까요."

"감사합니다, 스위니 씨. 지금은 이 이상의 질문은 없지만, 아마 오리어리 검사는 질문이 남아 있을 것입니다. 그러니 증인석에 머물러 주십시오."

이제 그가 원치 않던 순간이 왔다.

오리어리 검사가 헛기침을 한다.

이제 어려운 질문이 쏟아지겠지. 얼굴에 한 줄기 땀이 흘러내리는 게 느껴진다. 검사의 눈을 똑바로 쳐다보자.

난 질문이 무섭지 않아.

"스위니 씨. 탠 씨를 만나기 전날 밤 친구들을 만나서 마리화나를 피웠다고 진술하신 바 있습니다."

"네, 그랬습니다."

"친구들과 자주 마리화나나 그 밖의 약물을 복용합니까?"

성폭행에 대한 재판이기는 하지만 배심원들은 약쟁이라면 무조건 싫어하겠지. 그러니까 이 질문에는 거짓말을 하자.

"가끔만 합니다."

"그러면 배심원들에게 피고가 유희 삼아 새로운 여성을 만나서 성행위를 한 일이 얼마나 자주 있는지 말씀해주실 수 있겠습니까?"

"어… 그것도 가끔 있는 일입니다."

"그러면 확실하게 하기 위해서, 지금까지 살면서 만난 적 없는 새로운 여성들이라는 거죠? 과거에 피고는 여성들을 만나 대화를 나눈 다음 몇 시간 또는 몇 분 만에 성행위를 한 일이 가끔 있었습니까?"

"네."

법정 안이 웅성거리지만 신경 쓰지 말자. 마음껏 비웃으라지.

"탠 씨를 만나기 전에 이 같은 일을 몇 번 했는지 추측할 수 있겠습니까?"

뭐라고 대답하는 게 유리할까? 잘 모르겠다.

"아마 네다섯 번 정도?"

"네다섯 번이라."

오리어리 검사가 고개를 끄덕인다.

"자, 피고인은 15세인데…"

킬리건 변호사가 자리에서 일어선다.

"존경하는 재판장님. 이 질문이 해당 사건과 무슨 관련성이 있는지 모르겠습니다."

오리어리 검사는 멈추지 않고 말을 잇는다.

"존경하는 재판장님. 피고 측 변호사는 탠 씨에게 혼자 여행하는 동안 과거에 있었던 일들에 대해 질문했습니다. 그렇기에 피고에게도 유사한 질문을 하는 것이 공정하다고 생각합니다."

늙어빠진 판사가 괜찮다고 한다.

그는 의자 밑에서 손가락 관절을 꺾어 우두둑 소리를 낸다.

"지금까지 만나서 성행위를 한 네 명 또는 다섯 명의 여성은 어디에서 만났습니까?"

여기서는 머리를 좀 굴려야 한다. 그래도 어쨌든 무슨 대답이라도 하자.

"어, 모두 다른 장소였습니다. 나이트클럽이나 파티에서도 만나고."

"대낮에 야외 공원에서 만난 적도 있습니까?"

제기랄, 뭐라고 대답하지?

"어, 아니요. 그런 적 없습니다."

"그러면 탠 씨와 있었던 일은 아주 드문 경험이었을 겁니다. 맞습니까?"

"네, 지금까지 했던 일과는 달랐습니다."

"좋습니다. 그리고 탠 씨가 피고보다 나이가 많다는 것을 피고는 곧장 눈치 챘을 것입니다. 그러면 예전에 만났던 네 명 또는 다섯 명의 여성도 피고보다 상당히 나이가 많았습니까?"

머리를 굴려보자…

"네, 대부분 그랬습니다. 네, 저보다는 나이가 조금 많았습니다."

"그러면 과거에 연상의 여성들을 만났을 때도 똑같았습니까? 성관계를 시작한 것은 그 여성들입니까 아니면 피고 본인입니까?"

"어, 둘 다입니다. 제가 먼저 말을 건 다음에 분위기가 좋아지면 자연스럽게 다음 단계로 넘어가지요."

"그럴 때 누가 성적 접촉을 먼저 제안합니까? 피고입니까, 여성입니까?"

"여자들이 그럴 때도 있고 제가 그럴 때도 있습니다."

킬리건 변호사가 헛기침 같은 걸 한다.

"그럼 다른 여성들의 경우 그 이후 연락을 주고받습니까?"

"아뇨, 그런 건 아니에요. 그냥 잠깐 재미 보려고 하는 거예요."

오리어리 검사가 고개를 끄덕인다.

"재미라."

그는 그렇게 말하더니 법정 안을 둘러본다.

"그럼, 그 이후 상대 여성의 이름을 기억 못 하는 것으로 받아들여도 되겠습니까?"

아, 사실 이름은 기억난다. 더블린 외곽에서 그가 처음으로 섹스했던, 친구 집 파티에 갔다가 집으로 걸어가던 깡마른 여자애의 이름은 새라였다. 하지만 그 이름을 여기서 말하지는 않을 것이다.

"기억나지 않습니다."

킬리건 변호사가 다시 입을 연다.

"존경하는 재판장님, 검사의 질문은…"

"좋습니다, 좋아요."

오리어리 검사가 양손을 들어올린다.

"다음 질문으로 넘어가겠습니다. 피고의 답변을 믿어봅시다. 15세라는 어린 나이에 피고는 이미 신원이 파악되지 않은 네다섯 명의 연상의 여성과 성경험을 했습니다. 그렇다면 탠 씨를 만났을 때도 익숙한 상황이라고 여겼습니까? 연상의 여성을 만나서, 앞으로 어떻게 될지 몸을 맡기는?"

"네, 그런 것 같아요. 물론 공원에서 해본 적은 없습니다."

"그러면 대낮에 공원에서 처음 보는 여성이랑 성관계를 갖는 사실에 대해 두려움은 없었습니까?"

"음, 남들에게 들킬까봐 약간 무서웠습니다."

오리어리 검사가 웃는다.

"절묘한 표현입니다, 스위니 씨. 자, 현실에서는 합의한 섹스도 아니고, 탠 씨는 이를 시작한 적이 없습니다. 피고는 탠 씨에게 행위를 강요했으며, 남들에게 들킬까봐 겁이 났습니다. 피고가 범죄를 저지르고 있다는 사실을 알았기 때문입니다. 피고는 실제로는 성폭행을 저질렀습니다. 맞습니까?"

"아닙니다."

"탠 씨의 주장을 뒷받침할 총 39개의 상처가 있습니다. 배심원 여러분, 제가 들고 있는 것은 증거물 TM-3호인 필런 박사의 보고서입니다. 지금 앞에 놓여 있는 책자에서 보실 수 있습니다."

"그 여자가 야생적인 섹스를 원했는데…"

"스위니 씨, 그 말이 얼마나 우스꽝스럽게 들리는지 본인은 모르시는 것 같습니다. 자, 피고는 지금 탠 씨가 '야생적인' 섹스를 원했다고 주장하고 있습니다. 그녀가 자신의 나이의 절반밖에 안 되는 소년과 대낮에 야외에서 진흙투성이 바닥을 구르기를 원했고 그 과정에서 생겨난 39개의 상처 역시 섹스의 일부이기에 상관하지 않았다는 주장입니다. 맞습니까?"

"네, 맞아요."

"스위니 씨. 그건 전혀 말이 안 되는 소리입니다. 탠 씨가 한 말을 피고도 들었을 것입니다. 사고 이후 탠 씨가 얼마나 큰 트라우마를 겪었는지 증인들이 증언했고, 사진으로 그녀의 몸에 생긴 상처라는 증거가 남았고, 재판 과정 내내 사건에 대한 그녀의 진술이 일관적이고 논리적이었는데 우리가 피고의 주장을 어떻게 믿겠습니까?"

"거짓말을 한 것입니다."

"스위니 씨, 질문을 하나 하겠습니다."

경찰이나 선생들이 말할 때와 똑같은 딱딱한 말투다. 그는 이를 악문다.

"탠 씨가 '야생적인' 섹스를 원했다는 것이 무슨 의미인지 풀어 설명해주시겠습니까? 탠 씨가 성관계를 원했다는 것을 어떻게 아셨습니까? 피고가 스스로 주장한 것처럼 경험이 풍부하다면, 상대 여성이 피고와 섹스를 원한다는 것을 드러내는 신호가 무엇인지 우리에게 알려주시겠습니까?"

"그걸 말하라고요?"

"그렇습니다. 좀 더 구체적으로 말해주십시오. 탠 씨가 성관계 의사가 있다는 것을 드러내기 위해 당신에게 했던 행동을 알려주십시오."

오리어리 검사는 지금 그에게 창피를 주고 있다. 사람만 없다면 박치기라도 해버리고 싶다.

"어, 상대방이 저에게 다가왔습니다. 생글생글 웃었습니다."

"스위니 씨, 여성이라면 누구나 웃을 수 있지만 그것이 성관계를 하고 싶다는 의미는 아닙니다."

"그건 처음을 얘기한 거였고요. 그다음엔…"

빨리 머리를 굴리자. 처음에 짭새들한테 다 한 얘기잖아. 똑같은 얘기를 한 번 더 하면 된다.

그런데 버퍼들이 다들 이쪽을 빤히 쳐다보고 있고, 검사가 채근해 대고, 그 여자가 앞줄에 앉아서 눈물을 줄줄 흘리면서 엉망이 된 얼굴로 자신을 노려보고 있으니 머릿속이 하얗게 텅 빈다.

"이미 경찰한테 다 이야기했습니다."

"네, 일부는 경찰 진술에 들어 있다는 점을 알 수 있습니다. 그러나 지금 제가 요청하는 것은 진실을 말하기로 선서한 이상 배심원들 앞에서 그 이야기를 다시 한번, 가능하면 더 자세하게 해주기를 바라는 바입니다. 탠 씨가 피고와 섹스를 하고 싶다는 인상을 주기 위해 했던 행동을 우리에게 설명해주십시오."

토하고 싶다. 그러나 마이클 형을 쳐다보자 형이 고개를 한 번 끄덕여주는 모습이 보인다.

저 여자의 주장에 나의 주장으로 맞서야 한다.

"아까 말한 것처럼, 처음에는 저를 보고 생글생글 웃어대는 것으로 시작했어요. 길을 물어본 건 상대방입니다. 여자가 먼저 말을 걸면 그건 저한테 관심이 있다는 뜻인데, 상대가 계속 말을 걸었습니다. 그러다가 글렌에서 사람이 아무도 없는 구역에 다다랐고, 그때까지도 상대는 저와 단둘이 그곳에 있다는 사실에 크게 신경 쓰지 않았습니다. 저와 함께 있고 싶지 않았다면 그냥 가버렸을 것입니다."

그는 이야기를 이어간다. 여자가 다리를 보여줬다고, 같이 걷자고 했다고.

"흥미롭군요. 탠 씨의 말과는 완전히 다릅니다. 탠 씨는 피고가 그녀에게 동행할 것을 요청했다고 했지만 그녀는 혼자 걷고 싶다고 대답했습니다."

"어, 저는 진실을 말하고 있어요. 정말입니다."

"그리고 그다음은 무엇입니까? 같이 걸어가자고 하는 것과 섹스를 하자고 하는 것은 엄연히 다른 문제인데요."

제기랄, 검사는 말을 빙빙 꼰다. 짭새들이 했던 것과 같은 질문이지만 오리어리 검사는 마치 배심원들 앞에서 코미디라도 보여주는 것 같이 근사하게 표현한다.

"상대가 '너와 섹스하고 싶어'라고 특정지어 말했습니까?"

"아니요, 아시잖아요. 여자들은 그런 말을 안 해요. 그냥 행동으로 보여줍니다. 저에게 키스를 하고, 만지고, 옷을 벗겼습니다."

경찰 앞에서 이 이야기를 할 때는 좀 즐겁기까지 했다. 하지만 사람들이 온통 쳐다보고 있는데 이 말을 하자니 그리 재미있지는 않다. 그래도 그는 말을 계속한다.

"제가 '설마 여기서 하자고요? 이 숲속에서?'라고 물었던 것 같습니다."

"스위니 씨, 다시 한번 확인하겠습니다. 피고는 상대에게 '설마 여기서 하자고요? 이 숲속에서?'라고 특정지어 말했습니까?"

"그래요."

"그러자 상대의 대답은 무엇이었습니까?"

"대답은 하지 않고 웃으면서 키스를 계속했습니다."

오리어리 검사가 고개를 끄덕인다.

"흥미로운 사실입니다. 이는 경찰 진술에는 없는 부분이기 때문입니다."

제기랄, 나도 모르게 휩쓸려서 그런 말을 해버렸다.

"그때는 기억나지 않았습니다."

"스위니 씨, 이렇게 중요한 사항을 그날 모리슨 경위에게는 말하지 않았습니다. 왜 그랬습니까?"

"어, 방금 말한 것처럼 그때는 잊어버렸습니다. 상대와 그 일을 했을 때 저는 약기운에 취해 있었고 모든 게 기억나지 않습니다."

"기억이 안 난다니, 정말 편리한 답변입니다."

오리어리 검사가 말을 멈추더니 들고 있는 서류를 내려다본다. 그다음에는 옷을 벗은 부분에 대해 묻는다. 솔직히 말해서 현실 세상에서 누가 그런 걸 기억한담? 섹스를 할 때 누가 언제 옷을 벗었는지 신경 쓰는 사람은 아무도 없다.

"그러니까… 어, 우리는 서 있는 자세로 키스하면서 서로의 몸을 더듬고 있었습니다. 그때 제가 '진짜 여기서 할 거예요?'라고 묻자 여자는 아무 말도 안 했지만 계속 키스하며 제 옷을 벗겼기 때문에 여자도 원한다는 걸 알았습니다."

"당시에 피고는 어떤 기분이었습니까? 무슨 생각을 하고 있었습니까?"

"그냥, 어, 들킬까봐 겁이 났습니다. 하지만 이게 이 여자가 바라는 거라면, 뭐 아무래도 좋지 않나 그런 생각이 들었습니다."

킬리건 변호사가 경고하는 듯한 눈빛을 보냈다. 너무 멀리까지 갔나 보다.

이제 오리어리 검사는 두 사람이 어째서 땅바닥에 누웠는지를 묻는다. 포르노를 보면 가정주부가 배관공의 손을 잡고 거실에 들어가서 소파에 누운 뒤 그를 끌어당긴다. 그런 거다. 여자가 한 일은 그런 것이다. 여자가 누워서 그를 끌어당겼다.

"그러면 상대가 서 있다가 그대로 뒤로 누웠단 말입니까? 진흙으로 뒤덮인 바닥에?"

"네, 그랬던 것 같습니다."

"그러면 상대가 피고를 가까이 끌어당겼을 때 피고는 어떤 자세를 취했습니까?"

"저는 여자의 몸 위에 엎드린 자세였습니다."

"어느 방향으로 엎드렸지요? 반대 방향을 보았습니까 아니면 마주보았습니까?"

섹스를 한 번도 안 해본 놈인가?

"당연히 마주본 자세였고 그대로 키스를 더 했습니다."

"그다음에는?"

"그다음에는 옷을 마저 벗고 바로… 시작했습니다."

"'옷을 마저 벗었'다'는 것은 모든 옷가지를 완전히 벗었다는 것입니까?"

"아니요, 전부 다 벗진 않고 조금만 벗었습니다."

"그러면 '조금만'이 어느 정도인지 말씀해주시겠습니까? 옷을 완전히 벗고 나체가 된 사실이 있습니까? 신발과 양말까지 벗었습니까?"

"아, 젠장, 그런 건 기억 안 나요!"

그는 화가 나서 고함을 지른다.

"저는 약에 취해 있었고 뭘 입고 있었는지 따위는 전혀 신경 안 썼어요!"

씨발, 고함을 지르지 말걸 그랬다. 킬리건 변호사가 충격을 받은 듯한 표정으로 그를 쳐다본다. 배심원들도 마찬가지다.

검사는 싱글싱글 웃는 표정이다.

"그렇군요. 그렇다면 피고는 옷을 벗은 사실에 대해 전혀 기억나지 않는 것 같습니다. 그러면 차근차근 이야기해봅시다. 셔츠를 벗은 사실이 있습니까?"

"아닌 것 같습니다. 아닙니다."

"아까는 원고가 피고의 옷을 벗겼다고 했는데, 그것은 셔츠가 아니었습니까?"

"아닙니다. 손으로 제 바지를 만진 겁니다."

"그러면 실제로 피고의 옷을 벗긴 것은 아니군요? 두 사람이 서서 키스할 때는 말입니다."

"아닙니다."

"자, 그러면 배심원들을 위해 정리하자면, 피고는 기존의 진술을 번복했습니다. 아까 피고는 두 사람이 서서 키스하는 동안 여자가 자신의 옷을 벗었다고 진술했습니다. 그런데 지금은 바닥에 누울 때까지 옷을 벗은 사실이 없었다고 진술하고 있습니다."

그래, 씨발 뒈져라.

"그러면 피고의 셔츠, 원고를 비롯한 다른 목격자들이 묘사한 흰색 점퍼를 원고가 벗긴 사실은 없었습니까?"

"안 벗겼던 것 같습니다."

"성행위 도중 바지를 벗었습니까?"

"네."

"그 외에 또 벗은 옷이 있습니까?"

"팬티요."

당연하잖아.

"그러면 그 팬티는 누구의 손으로 벗었습니까?"

"둘 다요. 처음부터 여자가 제 바지에 손을 가져갔습니다. 그다음에 바닥에 누웠을 때 여자가 저를 만지고 키스를 하면서 바지를 벗기려고 해서 저도 도왔습니다."

"그러면 누가 속옷을 벗겼습니까?"

"둘 다요. 둘 다 함께 벗겼습니다."

"신발과 양말은요?"

"저기요, 전 신발이건 양말이건 기억이 안 나요. 머릿속이 다른 생각으로 꽉 차 있었단 말이에요."

"그럼 기억을 떠올리려고 노력해주십시오. 맨발이 바닥에 닿은 기억이 있습니까?"

그가 폭발하기 직전에 킬리건 변호사가 입을 연다.

"존경하는 재판장님, 친애하는 검사께서는 제 의뢰인이 기억하지 못하는 사실을 기억해내라고 강요하고 있습니다."

"오리어리 검사…"

"괜찮습니다. 알겠습니다. 그러면 스위니 씨는 이런 사항들을 기억 못 하는 것으로 알겠습니다. 바지를 벗었고, 속옷도 벗었습니다. 점퍼는 그대로 입고 있는 채였고, 아마도, 아마도 신발과 양말도 신고 있는 것 같았지만 기억은 나지 않습니다. 그렇다면 탠 씨의 경우는 어땠습니까? 분명 탠 씨의 몸에서 옷을 입지 않고 있었던 부분이 기억나실 겁니다. 그러면 탠 씨가 입었던 옷가지 중 벗겨진 것은 어떤 것이었습니까?"

"음, 팬티를 벗었고, 바지도 벗었습니다."

"그러면, 그것은 누구의 손으로 벗은 것입니까?"

"같이 했습니다."

"상체는 어떻습니까? 기억이 납니까?"

당연히 기억나지. 두 개의 가슴과 갈색 유두가 기억난다.

"네, 상의를 벗었습니다. 브라도요."

"브라에 대해 더 자세히 말씀해주시겠습니까?"

"그것은…"

대체 무슨 색이었더라? 기억났다.

"검은색이었습니다."

"그리고?"

"또 뭔가요?"

오리어리 검사의 얼굴을 정통으로 한 방 때리고 싶은 생각밖에 들지 않는다.

"알았어요. 그래요. 제가 그 빌어먹을 브라를 찢어서 벗겼습니다. 네, 제가 그랬어요. 저 여자가 말한 것처럼요. 이제 만족해요?"

오리어리 검사가 웃는다.

"스위니 씨, 욕설을 하면 법정모독죄에 해당됩니다. 자, 그러면 최소한 이 부분에서는 피고와 탠 씨의 주장이 맞아떨어집니다. 그런데 스위니 씨, 왜 브라를 찢었습니까?"

"왜냐하면 둘 다 달아올라 있었기 때문입니다. 느낌이 왔기 때문에 그냥 찢고 싶었습니다. 원래 그런 것 아닙니까?"

"그렇다면 그 시점에 충동적으로 그렇게 했다는 뜻입니까?"

"그래요."

"그렇다면 상대는 브라를 찢기를 원했습니까? 그녀가 브라를 찢어달라고 했습니까?"

"당연히 아닙니다. 그런 말은 하지 않았고, 제가 그냥 찢었습니다. 때로 그런 일도 있잖아요."

빌어먹을 오리어리 검사는 아직도 웃고 있다.

"좋습니다, 그럼… 피고는 상대의 브라를 찢었지만, 피고의 진술에 따르면 상대는 개의치 않는 것 같았습니다. 두 사람은 진흙 속에서 성관계를 가졌습니다. 피고는 점퍼를 입고 하의만 벗은 상태였고, 상대는… 상대는 옷을 어디까지 벗고 있었습니까?"

"저기요, 기억이 잘 안 납니다. 그런데 다 벗었던 것 같습니다."

"그러면 상대는 완전한 나체였습니까?"

"거의 그랬던 것 같습니다. 모르겠습니다."

"그러면 피고가 브라를 찢었을 때 상대는 셔츠를 벗고 있었습니까?"

"네, 셔츠는 벗겨진 상태였습니다."

오리어리 검사가 고개를 끄덕인다.

"스위니 씨, 여기서 또 두 사람의 진술이 엇갈립니다. 두 사람 모두 브라를 찢었다는 점에서는 진술이 같지만, 스위니 씨는 탠 씨가 성관계 도중에 그녀가 입고 있던 푸른색 하이킹 셔츠를 벗었다고 했습니다. 그러나 탠 씨의 진술에 따르면 피고가 브라를 찢었지만 푸른색 셔츠는 폭행 과정에서 여전히 입고 있는 상태였다고 했습니다."

"셔츠를 안 벗었는데 무슨 수로 브라를 찢지요?"

설명해보시지.

"탠 씨가 옷을 갈아입기 전 법의학 검사 도중 찍은 사진이 있습니다."

오리어리 검사가 배심원석을 향해 돌아선다.

"증거물 TM-5호, 사건 직후 북아일랜드 경찰 성폭행 특별부서 케어센터에서 찍은 탠 씨의 사진을 참조하시기 바랍니다."

배심원들이 책자를 뒤지고 있고 오리어리 검사는 그에게 사진까지 건네준다.

사진. 사진 속의 여자다. 솔직히 말하면 많이 다치고 상태가 안 좋아 보인다. 서서 앞을 똑바로 바라보고 있다. 속옷에 맨발 차림이다. 가운데가 찢겨 실 한 가닥으로 연결되어 있지만 이상하게 생긴 갈색 유두를 가리고 있는 브라가 축 늘어져 있다.

"이게 왜요? 나중에 셔츠를 다시 입었을 수도 있잖아요?"

"그 말이 맞습니다. 하지만 검사 결과 탠 씨의 몸에 남은 긁힌 자국과 흙은 모두 그녀의 하반신에서만 발견되었습니다. 어깨, 팔 윗부분, 가슴 윗부분은 깨끗하고 긁힌 자국이 없었습니다. 배심원 여러분, 증거물 TM-3호인 검사의가 작성한 상세 보고서를 참조하시기 바랍니다. 필런 박사가 탠 씨의 몸에 남은 긁힌 자국, 멍, 상처를 구체적으로 나열해놓았습니다."

그는 아무 말 없이 오리어리 검사를 바라본다.

"그녀가 뒤로 누웠고, 다양한 체위를 구사했으며, 피고가 표현한 대로 '야생적으로' 성관계를 했으며, 셔츠를 벗은 상태였다면, 등 위쪽과 어깨에도 하반신과 마찬가지로 흙이나 긁힌 상처가 남았을 것입니다. 맞습니까?"

"모르겠어요. 전 전문가가 아닙니다."

"음, 저는 피고가 셔츠를 벗은 사실에 대해서 거짓말을 한다고 추정합니다. 탠 씨의 이야기도, 증거물도, 완전히 반대로 나타났기 때문입니다."

"상대가 저보다 기억을 잘하는 것을 어쩌란 말입니까?"

"상대가 기억을 더 잘하는 것은 상대가 진실을 말하고 있기 때문입니다. 피고는 우리가 그 애처로운 거짓말을 믿기를 간절히 바라며 거짓을 꾸며내고 있습니다."

그래, 늘 그렇듯 거짓말을 하는 건 우리 팅커들이라고 생각하겠지. 증인석을 박차고 나가고 싶지만 다리에 힘을 주고 침을 꿀꺽 삼킨다.

오리어리 검사는 만족한 기색이다. 그다음에는 뜸을 들이며 판사와 배심원들을 둘러본 다음 다시 그에게로 눈길을 돌린다. 씨발, 이 피고석에서 당장이라도 뛰쳐나가고 싶다.

"질문 몇 가지만 더 하겠습니다, 스위니 씨. 피고는 약에 취해서 기억력이 흐려졌다고 반복적으로 설명했습니다. 맞습니까?"

"맞습니다."

"그러면 약이 판단력을 흐리게 했을 가능성은 없습니까? 약의 효과 때문에 탠 씨의 행동을 오해했을 가능성은 없습니까?"

무슨 질문인지 잘 이해가 안 된다. 그냥 대놓고 물어봐주면 안 될까?

"무슨 뜻이지요?"

"실제로 탠 씨는 섹스를 원하지 않았는데 피고는 약에 취했기 때문에 탠 씨가 섹스를 원한다고 믿었을 가능성이 있느냐고 물었습니다. 피고는 자신의 주장대로, 탠 씨가 피고에게 보인 신호와 행동에 따르면 그녀가 피고와 섹스를 원하고 있었다고 백 퍼센트 확신하십니까?"

그래도 이해가 잘 안 간다. 왠지 중요한 질문인 것 같은 느낌은 든다. 만약 그렇다고 답하면 내가 잘못한 게 아니라 약 때문이라고 주장할 수도 있을 것 같다. 그런데 말을 너무 휘황찬란하게 하는 바람에 좀 헷갈린다.

"스위니 씨, 우리는 대답을 기다리고 있습니다."

오리어리 검사가 의기양양해 하는 게 느껴진다. 그 순간 그는 이제 아무 상관없다는 생각이 든다. 번지르르한 말로 대답할 수 없는 질문들을 그에게 마구 던져대는 게 싫어졌다.

"아뇨."

그가 말을 뱉는다.

"저기요, 전 바보가 아니에요. 학교는 안 다녔지만 여자가 섹스를 원한다는 건 잘 압니다. 저 여자도 원했어요."

오리어리 검사의 얼굴에 서서히 미소가 퍼지고, 그다음에는 의미심장해 보이는 미소를 배심원들에게 던진다. 다시 입을 연 그의 목소리는 크고 우렁차다.

"그래요, 스위니 씨. 저, 그리고 여기 있는 다른 분들의 생각에는 탠 씨가 섹스를 원하지 않았던 것 같습니다. 그러니까 스위니 씨의 배움에는 잘못된 점이 있어 보이는군요."

그는 거기에서 말을 멈추더니 판사를 바라본다.

"이제 질문은 없습니다, 존경하는 재판장님."

*

친구들은 전부 '비비안 돌보기' 중이다. 이름을 그렇게 붙여 보았다. 그녀를 조심스럽게 대하고, 법정 안에서 혼자 있지 않도록 신경 쓰는 것. 이번 주만 해도 몇 번이나 욕지기가 밀려와서 번질거리는 복도를 달려가 화장실로 뛰어갔다.

화장실 바닥 타일은 차갑다. 칸막이 바깥에서 젠인지 바바라인지의 목소리가 들린다.

"괜찮아? 혹시 필요한 거 없어?"

화장실 안을 지나치는 다른 여자들이 던지는 동정의 눈길.

자꾸 구역질이 난다는 것은 수치스럽지만 분노 때문에 수치심을 잊는다. 그 아이의 목을 반으로 분질러 버리고 싶은 충동이 밀려온다. 이것은 새로운 느낌이다. 어쩐지 힘이 솟는 것 같기도 하다. 무감각하게 혼자만의 세계에 틀어박혀 보내던 지난 몇 달간 거의 느끼지 못한 기분이다. 사건 이후 친구들과 이야기할 때 그 아이를 흠씬 두들겨 패고 싶다거나 감옥에서 썩게 하고 싶다고 말한 사람은 항상 친구들이었다. 그녀는 분노조차 느낄 수 없는 곳에 가 있었다. 아무것도 움직이지 않고 물결조차 일지 않는 잔잔한 회색 호수에서 그녀는 11개월이나 살았던 것이다.

그런데 이제야 두 발이 땅에 닿은 기분이다. 분노라는 감정이 돌아왔다. 이 분노는 오로지 그 아이를 향한 것만이 아니었다. 사법제도 자체가 잘못되어 있다.

재판 첫날 그녀는 그 아이의 가족으로 보이는 사람들을 자세히 관찰했다. 검은 머리에 어깨가 구부정한 중년 남자는 아버지인 것 같았다. 거의 항상 그 자리에 있었다. 그 아이와 똑같이 생겼지만 몇 살 더 많아 보이는 젊은 남자도 있었다. 창백한 얼굴에 푸른 눈, 머리는 그 아이보다 좀 더 짙은 갈색이다. 하얀 목에 금색 체인을 두르고 있었고, 거만하고 교활해 보이는 분위기를 풍겼다.

아마 형일 거야, 하고 그녀는 생각했다. 경찰 데이터베이스에 형제의 DNA가 있었는데 그녀의 몸에서 검출된 DNA와 부분적으로 일치한다고 하지 않았나?

그녀는 형으로 보이는 남자가 그 아이에게 보내는 시선을 보았다. 그는 때때로 그 아이에게 윙크를 보내고, 인정한다는 듯 고개를 끄덕이고, 음흉한 눈길로 법정 안의 여자들을 쳐다보고, 배심원들을 샅샅이 살펴보았다.

한 번은 그를 바라보다가 그 아이의 아버지와 눈이 마주친 적이 있다. 생각보다 한참 눈을 맞추고 있다가 그 아이의 아버지가 시선을 돌렸다. 그녀는 시선을 돌리지 않았다. 그의 눈 속에서 무엇을 읽었는지는 모르겠다. 미안함일까 죄책감일까 아니면 혐오감일까. 그 뒤로 그가 이쪽으로 절대 눈길을 주지 않았기에 다시 눈이 마주치는 일은 없었다.

그 아이의 형으로 보이는 사람과는 눈이 마주친 적이 없다. 마치 그녀가 존재하지 않는 것처럼 굴었다.

때로 법정에 꾸준히, 자주 나타나는 게 그녀에게 유리한지 불리한지 궁금할 때가 있다. 검사들은 피해자는 대체로 증언을 할 때와 최종 판결을 들을 때만 출석한다고 했다. 그중에는 아예 판결을 들으러 오지 않는 사람들도 있다고 했다.

너무 심각하게 생각하는 것인지도 모르지만, 사람들은 그녀가 어떤 모습을 보이길 바라는 걸까. 그녀는 라디오에서 이야기하던 것 같은 겁먹은 중국 소녀가 아니다.

아니다. 그녀는 거침없이 굴 것이다. 혼자 하이킹을 하던 시절처럼 재판에 임할 것이다. 오르막길이 나와도, 길이 없어져도 당황하거나 낙담하지 않고.

그것이 지금의 그녀를 설명하는 말이다. 거침없는 사람. 한 가지를, 오로지 한 가지를 갈구하는 사람.

"스위니 씨의 최종 판결에 관한 모든 참고인은 8호실 법정으로 와 주십시오."

스피커에서 그 말을 듣자마자 속에서부터 참을 수 없는 욕지기가 밀려 올라온다.

그녀는 증인 대기실에 앉아 토마스 하디의 시집을 읽으면서 시 속의 고요한 시골 정경이 재판의 스트레스를 막아주기를 바란다. 하지만 그녀의 머릿속은 온통 열두 명의 배심원이 무슨 이야기를 하고 있을까 하는 것뿐이다.

책을 덮는다.

"배심원이 결정을 한 것 같습니다."

모리슨 경위가 억지로 유쾌한 듯한 목소리로 말하더니 자리에서 일어난다.

부탁하지 않았는데도 젠과 바바라가 다가오더니 양쪽에서 그녀의 팔을 부축하며 걷는다. 며칠 전에는 걸어갈 때조차 다른 사람에게 의지해야 하는 이런 일이 애처롭다고 생각했다. 하지만 지금은 친구들 없이는 법정에 들어갈 엄두가 나지 않는다는 데 생각이 이르렀다.

"행운을 빕니다."

그들이 피해자 지원센터의 자원봉사자 피터 앞을 지나칠 때 그가 말한다. 그다음에는 불안하게 웃어 보인다.

"고마워요."

그녀가 나직하게 대답한다.

증인실 문턱에 다다랐을 때 그녀는 심장 박동이 목까지 차오르는 걸 느끼며 잠시 눈을 감는다.

지난 몇 달간, 만약 무죄 판결이 내려진다면 어떻게 반응해야 할지 한 번도 생각해보지 않았다.

왜냐하면 그녀에게 그런 가능성은 존재하지도 않았기 때문이다.

*

좁아터진 감옥 안에 있는 그도 방송을 듣는다.

"스위니 씨의 최종 판결에 대한 모든 참고인은 8호실 법정으로 와주십시오."

드디어 그 시간이 와버렸다. 이 방송을 아침 내내, 어제 내내 들었다. 이 사건 저 사건, 그러나 지금까지는 그의 사건에 대한 방송은 없었다.

그는 자신이 반대심문을 망쳤다는 걸 안다. 교활한 오리어리 검사가 그에게 악감정을 품고 온갖 번지르르한 질문을 던져 그에게 말실수를 하게 유도했다.

그러니까 그냥 평범하게 질문했다면 훨씬 쉬웠을 것이다. 경찰이 더 나았다. 그 사람들은 단순하게 말했다. 하지만 빌어먹을 법정변호사들과 판사. 무슨 말을 하는지조차 알아들을 수가 없다. 온갖 거지 같은 말을 쏟아 붓는 바람에 도대체 무슨 소린지 알아먹을 수가 없다. 그 사람들은 전부 그가 모르는 외국어라도 쓰는 것 같다. 그런데 그 사람들이 그의 운명을 결정짓게 된다니.

8호실 법정으로 들어오라는 방송을 들었을 때 그는 태어나서 가장 심한 불안에 떤다. 버퍼들의 물건을 훔쳐 도망칠 때도 이렇지는 않았다. 그때는 모든 게 현실적이었다. 가방이 있다. 훔친다. 잡히거나 잡히지 않거나 둘 중 하나다.

하지만 이 재판은 다르다. 방 안에 앉아서, 가발을 쓴 사람들이 중얼거리는 소리를 듣다가, 알아들을 수 없는 질문에 대답하고, 그 끝에 그 사람들이 몇 년간 나를 감옥에 가둘지 자유롭게 풀어줄지를 정한다.

이렇게 그의 평생이 몇 분 안에 결정된다. 전혀 모르는 사람들의 손으로.

경찰이 문을 철컹거리며 따고 들어온다.

"네 순서가 된 것 같군."

별로 나이가 많아 보이진 않는다. 마이클 형이랑 비슷하다. 푸른 눈, 금발. 우유광고에 나오는 사람 같다. 혹시 그의 배를 발로 걷어차고 무릎으로 얼굴을 올려 찍은 다음 복도를 달려 도망갈 수 있을지 생각한다.

하지만 다섯 명의 다른 교도관이 순식간에 나타나 그를 붙잡을 거라는 걸 안다. 게다가 복도 끝의 문에는 빗장이 걸려 있고 그 앞에는 경비원이 서 있다.

그럴 가치는 없다.

여기서 빠져나갈 방법은 없다.

*

그녀가 들어서자 작게 소란이 인다. 참관인석이 꽉 차서 법정 안에 자리가 없다.

정리가 평소보다 조금 더 크게 씩 웃어 보인다. 마치 오늘은 지금까지의 날들과는 다르다는 걸 확인해주는 것 같다.

그녀를 위해 맨 앞줄 세 자리가 마련되어 있다. 걸어가는 내내 사람들이 그녀를 향해 고개를 돌리며 쳐다보고 있다는 것을 안다.

법정 안의 공기가 부자연스러울 정도로 무겁다. 아무도 입을 열지 않는다.

그녀는 그 아이를 쳐다보지 않고 피고석을 지나간다. 그 아이의 아버지와 형도 쳐다보지 않고 지나간다. 자리에 앉은 다음 그녀는 앞을 바라보다가 젠이 움칠하는 걸 느끼고야 고개를 숙인다. 젠의 손을 너무 꽉 잡아서 젠의 손톱이 벌겋게 달아올라 있었다.

'미안.'

그녀는 입 모양으로 말하고 손을 느슨하게 풀었지만 놓지는 않는다.

바바라가 다른 한쪽 손을 잡는 순간 그녀는 수개월 전, 그녀가 법의학 검사를 받기 위해 다리를 벌리고 검경이 몸속으로 들어오는 걸 겁내고 있을 때 바바라가 했던 말이 떠오른다.

온 힘을 다해 꽉 잡아도 좋아.

이 재판 과정 속에서 그녀는 산 채로 껍질이 벗겨지는 기분을 얼마나 더 느끼게 될까. 정의를 구하는 모든 발걸음마다 그녀는 한 겹 또 한 겹 벗겨진다. 그녀가 완전히 사라져버릴 때까지. 그러나 사람들은 여전히 그녀가 어떻게 반응할지를 궁금해 하며 지켜보고 있다.

"모두 자리에서 일어나주십시오."

엄숙한 표정으로 서기가 선언하자 모두 부산하게 자리에서 일어나고 하슬럼 판사가 들어온다.

오늘 아침에는 판사까지도 평소보다 더 격식 있게 행동한다. 그는 법정 안과 참관인석을 둘러보고, 시선을 피고석에, 다시 그녀에게, 마지막으로 법정변호사에게 돌린다. 오리어리 검사와 시몬스 검사가 판사를 바라보고, 킬리건 변호사와 피고 측 국선변호사가 반대편에 서 있다. 꼼짝도 않는 네 개의 머리 위에 어색하게 얹힌 네 개의 하얀 가발.

"배심원들이 입장할 준비가 되었습니까?"

판사가 서기에게 묻고 정리가 문을 연다.

배심원들이 들어온다. 어제 오랫동안, 최소 세 시간 동안 숙려했고, 오늘 오전에도 한 시간 정도 논의했다고 한다. 좋은 소식이 아닐 것 같다.

배심원들이 자리를 찾아 얌전히 앉는다.

하슬럼 판사가 자애로워 보이는 미소를 띠면서 마이크를 향해 몸을 기울인다.

"이제 배심원 여러분, 이 사건의 판결은 전원 동의여야 한다는 사실을 한 번 더 주지시켜 드리겠습니다. 배심장, 배심원의 결정은 전원 일치했습니까?"

배심원 중 두 번째로 나이가 많아 보이는, 관자놀이께가 희끗희끗하게 센 남자인 배심장이 고개를 끄덕인다.

"그러면 진행해보겠습니다."

서기가 말한다.

"피고 존 마이클 스위니는 기립해주시겠습니까?"

그가 일어서는 모습을 보려고 모두 고개를 돌리느라 웅성임이 인다. 젠과 바바라도 그쪽을 돌아본다. 그러나 그녀는 똑바로 앞만 바라본다.

초현실적이게도, 약간 아이러니하게도, 어쩐지 그가 그날 오후 그녀의 뒤를 밟던 것처럼 다시금 그녀를 따라오는 것만 같은 기분이 든다. 글렌을 올라, 비탈을 올라, 숲이 들판과 만나는 그곳으로 향하는 그녀를 따르는 그.

앞만 보자. 돌아보지 말자.

"배심장은 기립해주시겠습니까?"

배심장이 일어서더니 군인처럼 두 손을 앞으로 모으고 오른손으로 왼쪽 손목을 잡는다. 군인이었을까? 그게 좋은 일인지 아닌지 모르겠다.

"우선 저의 첫 번째 질문에 네 아니요로 대답해주시겠습니까?"

배심장이 고개를 끄덕인다.

"배심원들은 이 기소에 대해 전원 일치로 판결에 도달했습니까?"

"네."

그녀는 배심장에게서 눈길을 돌려 법정 한가운데, 판사가 앉아 있는 자리 아래 아무것도 없는 나무 패널을 바라본다. 진실의 순간, 그녀는 도무지 누군가를 바라볼 수가 없다. 나무밖에는.

"이 기소의 첫 번째 혐의인 질을 통한 성폭행에 대해 피고 존 마이클 스위니는 유죄입니까, 무죄입니까?"

그 순간 젠과 바바라가 동시에 그녀의 손을 꼭 잡는다.

*

서기가 일어나라고 했을 때 그는 도저히 일어설 수가 없다.

도망쳐서 어디로 숨든지 아니면 의자 밑에 고개라도 처박고 싶다. 하지만 갈 곳이 없다. 게다가 서기도, 판사도, 배심원도, 이 안에서 그를 지키고 선 보안요원들까지 전부 그가 일어서기를 기다리고 있다. 이렇게 많은 사람이 모두 그를 빤히 바라보고 있다.

일어서, 이 쓰레기 새끼야.

유리 패널 밖에서 아빠가 무슨 생각을 하고 있는지 환히 알겠다. 그를 두들겨 패고 나서 아빠가 했던 바로 그 말일 것이다.

다리가 액체가 된 것마냥 흐물흐물하다. 오줌, 똥, 토가 한꺼번에 나올 것 같다.

일어서, 이 쓰레기 새끼야.

그 순간 여자의 뒤통수가 보인다. 이유는 모르지만 이쪽을 보고 있지 않다. 이번에는 그 여자가 소름끼치는 시선을 보이지 않는다. 그는 윤기가 반질반질한 여자의 뒤통수를 보면서 마치 그 눈빛에 지탱해 몸을 일으키듯 자리에서 일어난다.

돌아보지 마라, 제발 돌아보지 마. 만약 지금처럼 나를 안 보고 있다면 자리에서 일어날 수 있을 것 같다.

그는 자리에서 일어나서 앞을 본다.

"이 기소의 첫 번째 혐의인 질을 통한 성폭행에 대해 피고 존 마이클 스위니는 유죄입니까, 무죄입니까?"

배심장이 망설임 없이 큰 소리로 답한다.

"유죄입니다."

나머지 말들은 거의 들리지 않는다. 사람들이 하는 소리가 귀에 닿지 않는다. 마치 그는 물속에 있고 온 세상은 물 밖에 있어서 아무것도 손에 잡히지 않는 것 같다.

판사가 말을 잇고 모든 사람이 그를 쳐다본다. 아빠는 부끄러워하는 것처럼 고개를 푹 숙인다.

유죄.

유죄. 유죄. 유죄.

이제 법정에 있는 사람 중 몇 명은 미소까지 짓는다. 저 팅커 녀석에게 응분의 대가야, 라는 말 같은 걸 서로 속삭이지만 판사의 말은 멈추지 않는다.

"착석해주십시오."

보안요원 중 한 사람이 그에게 말한다.

그는 자리에 앉는다.

바로 다음 순간 판사가 법정을 나가는 바람에 모든 사람이 자리에서 일어선다.

그러나 일어서 있건 앉아 있건 무슨 상관인가. 그는 여전히 물에 빠진 채 공기를 갈구하고 있지만 다시는 수면 위로 떠오를 수 없다는 것을 이제는 안다.

*

그 말을 듣는 순간 그녀는 눈을 꼭 감는다.

마치 일 년 동안의 가뭄이 해갈되며 불안감, 욕지기, 두려움이 씻겨나가는 것처럼 안도감이 홍수처럼 밀려온다.

항문을 통한 성폭행과 폭행이라는 나머지 혐의가 나열되고, 같은 말이 두 번 더 반복되는 소리가 들린다. 전부 유죄다.

젠과 바바라가 그녀를 꼭 끌어안고 축하한다고 중얼거린다. 젠의 얼굴에 눈물이 흘러내리고 바바라의 눈도 눈물로 반짝인다. 그녀는 눈물이 솟구치려 하지만 애써 억누른다. 아직은 안 돼. 지금은 안된다.

모리슨 경위가 만면에 웃음을 담고 그녀를 돌아본다. 저 눈도 촉촉하게 젖어 있는 건 내 상상일까? 시몬스 검사도 미소를 짓고, 오리어리 검사까지도 미소를 지으며 고개를 끄덕인다.

하슬럼 판사가 말을 잇는다.

"스위니 씨에 대한 형 선고는 앞으로 몇 주 뒤에 내려질 것이고 그 동안은 구류 상태로 적절한 시설로 옮겨질 것입니다. 앞으로 몇 년 간 자신이 저지른 범죄사실을 돌아보고 형기를 거치며 스스로 교정에 힘쓰기를 바랍니다."

판사는 이제 그녀를 향해 돌아선다. 그의 말투가 미안해하는 것처럼 달라진다.

"탠 씨, 시간을 내어 협조해주셔서 감사합니다. 놀라울 정도로 훌륭한 원고, 아니, 피해자라고 말씀드려야 할까요. 이번 판결이 고통스러운 사건을 당한 탠 씨의 치유 과정에 긍정적인 작용을 할 수 있기를 바랍니다. 이번 재판이 탠 씨에게 좋은 경험은 아니었겠지만, 이 재판은 사법제도가 제 기능을 하기 위해 꼭 필요한 절차였습니다. 법원과 사법부의 모든 사람을 대신하여, 이번 판결이 지난해 벨파스트를 방문하셨을 때 겪은 불의의 사건을 어느 정도 보상받을 수 있기를 바랍니다."

그녀는 판사를 향해 고개를 끄덕이며 이 판사를 보는 것도 이것으로 마지막이 될 거라고 생각한다.

판사에게 고맙다고 말하고 싶지만, 말할 기회가 없다. 판사의 말이 끝났으므로. 이 사건도 끝났으므로.

*

"꼴좋네."

한 사람이 지나가는 그에게 내뱉는다. 다른 사람들도 자기들끼리 중얼거리며 그에게 기분 나쁜 눈빛을 보낸다.

기자들이 그에게 말을 걸려고 하지만 아빠가 다 쫓아버린다. 어차피 기자들은 전부 그 여자를 따라간다.

그 여자. 당연히 다들 그 여자한테만 관심이 있다.

그 여자가, 그 쌍년이 이겼다. 그런데 나는 감옥에서 몇 년이나 썩어야 하나?

"안됐다."

마이클 형이 고개를 내두른다.

"애초에 시작부터 너한테 불공평한 재판이었어. 항소할 수 있을 거야."

"형이야 쉽게 말하지. 형은 제일 오래 감옥에 있었던 게 얼마나 돼? 6개월?"

아빠가 그를 심각하고 울적한 눈빛으로 쳐다보지만 때릴 것 같지는 않다.

"안됐구나, 조니."

아빠가 겨우 입을 연다.

"운이 안 좋았어."

운이 안 좋다고? 애초에 경찰에 넘긴 게 아빠 아니었나? 아빠만 아니었어도 도망칠 수 있었다. 국경을 넘어 더블린으로 갔다면 보통 사람처럼 자유롭게 살고 있었을 것이다. 아니면 더 멀리 갈 수도 있었겠지. 프랑스나 스페인이나, 아무튼 따뜻한 곳으로. 마요르카섬은 어떨까.

"곧 면회 오겠다."

아빠가 말한다.

"최대한 빨리 올게. 가능하면 엄마도 데려오고."

그런데 가장 최악의 일이 그 순간 일어난다. 헛소리나 해대는 아빠나 마이클 형이 아니라, 그 여자 때문이다. 그 여자. 언뜻 그녀가 돌아서는 모습이 보인다. 그는 자신도 모르게 그쪽으로 고개를 돌려 버린다.

그 여자가 그를 똑바로 보고 있다. 아주 짧은 순간이다. 아무도 그 시선을 눈치 채지 못한다. 그러나 그 여자의 눈이 빛나고 있다. 강렬한 눈빛. 일 년 전이었다면, 아니 술집에서였다면, 저 눈빛이 섹시하다고 생각하고 그쪽으로 갔을 것 같다.

하지만 지금 그 눈빛은 다른 말을 하고 있다.

봤어? 내가 이겼어.

*

마지막으로 그에게 한 번 눈길을 주고, 이제 다 끝났다. 그 아이도 끝났다. 내 삶에서 사라질 것이다. 다시는 그 아이 생각은 하지 않아도 될 것이다.

하지만 법정 밖으로 나가면 무엇이 기다리고 있을지 알고 있다. 벌써 기자들이 주변으로 몰리는 바람에, 그녀는 밖에 나가서 말하겠다고 한다.

심호흡을 하자. 언론과 마주할 시간이다.

법정 밖에 나오자 영화에서처럼 기자들 한 무리가 그녀의 얼굴 앞에 마이크를 들이댄다. 신문 기자들도 있다. 그들은 예의바르게 한 사람씩 다가온다. 주로 젊은 여자로, 수첩에 메모를 하면서 녹음기를 들이민다.

탠 씨, 물론 언론에서는 익명성을 지켜드릴 것입니다…

탠 씨, 판결에 대해서 어떻게 생각하십니까?

가해자는 몇 년 형을 받게 될 거라고 생각하십니까?

지금 제일 먼저 하시고 싶은 일은 무엇입니까?

이 판결이 탠 씨의 치유에 도움이 될까요?

자신의 입에서 나온 대답이 너무나 무난하고 피상적이라 스스로도 놀랄 지경이다.

"세 건의 혐의 모두 유죄 판결을 받았다는 게 당연히 기쁘고⋯ 재판 과정이 고통스러웠지만⋯ 끝나서 마음이 놓입니다."

진부하지 않은 어떤 답변을 할 수 있을까? 도대체 어떤 말로 그녀가 방금까지 겪은 일들을 담아낼 수 있을까? 재판 자체뿐 아니라 그 외로움, 두려움, 자아가 작게 축소되는 것만 같은 감각을. 판결이 내려진 지금까지도 그녀는 자신의 삶이 마법처럼 예전으로 돌아가지 않을 거라는 걸 안다.

그녀는 그런 말은 하지 않는다. 기자들은 그 정도의 깊이 있는 답변을 원하는 게 아니다. 그저 오늘 저녁 마감 시간 전까지 인터뷰를 따고 싶은 것뿐이다. 피로가 몰려오지만 그녀는 의무감에서 답변을 마친다.

돌아서서 젠과 바바라에게 기대어 걷는데 뒤에서 기자가 마지막 질문을 외친다.

"탠 씨, 이런 일이 일어났는데도 언젠가 벨파스트로 돌아오실 계획이 있습니까?"

생각지도 못한 질문이다.

"음⋯ 어려운 질문이네요. 그렇게 먼 미래는 생각해보지 않았습니다."

이해하겠다는 듯한 웃음이 터지지만, 기자들은 다음 말을 기다리며 움직이지 않는다.

"만약 무죄 판결이 났다면 다시는 돌아올 생각이 없었을 겁니다.

하지만 지금은, 최소한 언젠가는 다시 올지도 모른다는 희망이 생기네요."

그녀가 지친 듯한 미소를 살짝 짓자 기자들이 그녀에게 고개를 끄덕여 인사한다. 다시 돌아서서 걷는 그녀의 부츠 발소리가 복도에 울려 퍼진다.

제5장

처음 남자가 말을 걸었을 때 그녀는 그 말을 흘려듣는다.

그녀는 세상을 등진 듯 서서 새파란 지중해를 바라보고 있는 중이고 남자의 말소리는 바람과 파도에 잡아먹힌다.

크로아티아 말인 것 같은 목소리를 얼핏 듣고 그제야 뒤를 돌아본다. 남자는 그녀와 엇비슷한 나이로 그녀와 적당한 거리를 두고 서 있다. 남자는 깜짝 놀랄 만큼 잘생겼다. 검은 머리, 푸른 눈, 뚜렷한 턱선. 주변에 아무도 없으니 그녀에게 말을 걸고 있는 게 맞는 것 같다.

남자가 다시 입을 연다. 이번엔 크로아티아 억양이 강한 영어다.

"안녕하세요, 괜찮으세요?"

"아, 음…"

"죄송해요. 놀라게 할 생각은 없었습니다만."

남자가 사과의 뜻인 듯 팔을 내밀어 보인다.

"괜찮아요. 경치를 감상하는 중이었어요."

그녀의 뒤로 펼쳐진 짙푸른 바다가 발아래 절벽에 철썩철썩 부딪치고 있다.

"친구들과 같이 있다가 당신이 혼자 있는 걸 봤는데… 혹시 저희랑 같이 술 한 잔 하시겠어요?"

"친구들이오?"

뜻밖의 초대에 깜짝 놀라 주위를 둘러보지만 바다를 면한 깎아지른 듯한 절벽 위에 다른 사람은 아무도 없다. 늦은 오후다. 주민들이 바닷가 산책로에서 지는 해를 감상하기엔 너무 이른 시각. 지중해의 태양이 바다를 둘러싼 절벽에 빛을 쏘아대고 있다.

"아, 안 보일 거예요. 그래도 근처에 있어요. 숨겨진 클럽하우스에 있죠."

남자가 오른쪽 길 저편을 가리킨다. 그 순간 불안감에 뒷목에 소름이 돋는다.

"와서 보시겠어요?"

남자가 자신이 가리킨 방향으로 몇 발짝 뗀다. 그녀는 거리를 유지한 채 몇 발짝 따라가며 속으로 필요한 순간이 오면 언제든 도망칠 수 있다고 스스로를 안심시킨다. 다시 등 뒤를 돌아본다. 사방이 뻥 뚫린, 아무도 없는 공간.

사흘 전 그녀는 벨파스트에서 있었던 그 아이의 선고 공판에 다녀왔다. 재판이 끝난 지 6주 뒤, 마지막으로 또 한 번 법정을 찾아가 피고석의 그 아이에게서 고작 몇 미터 떨어진 자리에 앉아 지난번과는 다른 판사가 그에게 10년 형을 선고하는 모습을 지켜보았다.

다음 날 그녀는 웹서핑을 하다가 비행기 티켓을 사기로 한다. 스플릿으로 가는 편도 티켓과 엿새 뒤 두브로브니크에서 귀국하는 티켓. 사건 이후 처음으로 혼자 새로운 나라를 여행하게 된다. 그렇게 하는 게 맞는 것 같았다.

그 아이는 10년 형을 받았다. 할 일을 끝냈다. 이제 휴식을 시작해야 한다.

런던의 끝없는 회색 하늘, 유리창 안에 갇혀서 세계를 바라보게 만들던 아파트의 창 너머에서 벗어나야 한다. 모르는 사람들의 피곤한 얼굴, 서로 눈을 맞추지 않는 사람들로 가득한 도시, 끝없이 반복되는 똑같은 날들.

그래서 오늘 아침 그녀는 크로아티아의 가장 오래된 도시 스플릿에 도착했다. 숙소도 미리 예약하지 않았다. 하지만 공항 버스에서 내리는 순간 지중해의 태양이 눈부시게 내리쬐고 있었고 노인들이 관광객 주변에 모여 빈 방이 있다고 적힌 표지판을 들고 있는 모습이 보였다. 15분 뒤 그녀는 한 노부부가 사는 아파트 2층의 방 하나를 빌렸다. 이틀 머무는 데 35쿠나를 내기로 협상한 뒤 방 열쇠를 주머니에 넣고 도시의 오래된 유적을 찾아 떠났다.

여행할 수 있는 힘이 돌아오고 있었다. 지난날 그녀가 가졌던 감각. 낯선 도시를 만났을 때 느끼는, 잊고 있었던 스릴이.

내일은 트로기르에 갈 것이고, 모레는 페리를 타고 두브로브니크에 갈 것이다. 거기서 보스니아나 몬테네그로에 당일치기 여행을 다녀올 수도 있을 것이다.

그런데 지금은 절벽을 향해 이어진 오르막길을 걸으며 그녀가 잘 따라오고 있는지 고개를 돌려 확인하는 잘생긴 남자 앞에서 망설이고 있다.

혼자 있을 때 친절해 보이는 모르는 남자가 다가온다. 이때 어떻게 반응할 것인가?

적성검사 문제 같다. 반드시 던져질 줄 알고 있으면서도 어떻게 대답하면 좋은지 알 수 없는 문제. 그녀는 일 년 넘게 답변을 망설였다. 아무도 믿지 않고 경계하며 집 안에 스스로 고립되어 지냈다. 가벼운 배낭과 가이드북 하나만 들고 새로운 장소로 간다는 기쁨에 들떠 비행기에 오르던 예전의 비비안이 아니었다.

오늘, 그녀는 안전한 거리를 확보하면서 그 남자를 따라가 보기로 결심한다. 길은 바위투성이 곳으로 이어지고 몇 미터 아래에서 지중해의 파도가 부서지고 있다.

곶 너머에서 길은 평평한 테라스 형태의 모래톱으로 이어진다. 그 주변을 바위가 감싸 작은 동굴을 이룬다. 남자가 걸음을 멈춘 동굴 속에는 음식이 잔뜩 놓인 테이블이 놓여 있고 다섯 명의 남자가 테이블 주위에 의자를 놓고 앉아 있다. 나이 대는 다양한데 대부분 머리가 센 중년이다.

남자들이 웃으면서 그녀에게 손을 흔든다.

"여기에서 혼자 서 있는 모습이 보이더라고요."

남자는 그녀가 아까 바다를 바라보며 서 있던 방향을 가리킨다.

"마실 거나 음식을 권해도 좋겠다는 생각이 들어서요."

남자들이 고개를 끄덕이고, 그녀는 테이블을 바라본다. 집에서 요리한 고기 요리와 생선 요리, 구운 야채 요리, 파스타처럼 생긴 음식이 놓여 있다. 또 한 남자가 잔과 와인 한 병을 들고 동굴 입구로 들어온다.

"이쪽은 드라고라고 합니다. 이 와인은 드라고의 사촌이 직접 생산한 거고요."

처음에 만났던 남자가 말한다.

와인을 잔에 따르고 그녀도 한 잔 받는다.

"즈비예리."

그녀가 잔을 들며 크로아티아어로 건배를 하자 남자들이 깊은 인상을 받은 것 같다.

"즈비예리."

남자들도 대답한다.

건배, 인생은 아름다워.

그녀는 와인에 살짝 입술을 가져다 댄다.

"이 생선은 오늘 아침에 우리가 직접 잡은 겁니다. 드셔보시겠어요?"

또 다른 남자가 테이블에 놓인 접시를 가리킨다.

"이건 토끼 고기예요. 달마티아에선 흔히 먹는 음식이죠."

"여기가 클럽하우스예요?"

눈앞에 놓인 만찬이 믿기지가 않는다. 동굴을 둘러싼 절벽 사면을, 반짝이는 바다를 바라본다.

"정말 너무 멋져요."

남자들이 자랑스럽다는 듯 웃는다. 그중 영어를 제일 잘하는 것 같은 맨 처음 만난 남자가 그녀에게 설명한다.

"일요일 오후면 가족에게서 벗어나 여기로 모인답니다. 고기도 잡고, 요리도 해서 먹지요. 재밌어요."

"여행을 오셨으니까 이 동네 음식도 드셔보셔야죠."

그들이 의자를 하나 마련한 뒤 접시와 식기를 놓아준다. 일 년 전부터 쭉 느껴오던 익숙한 긴장감은 여전하다. 하지만 태양의 따뜻한 열기와 눈부신 빛에 누그러지기 시작하는 것도 같다.

"시간은 괜찮으신가요?"

맨 처음 만난 남자가 묻는다.

"참, 저는 토모입니다."

그가 가슴에 손을 대고 자기를 소개한다. 손가락에 결혼반지를 끼고 있다. 왠지 안심이 된다.

"저는 비비안이에요."

그녀는 살짝 웃은 뒤 고개를 끄덕이는 남자들을 바라본다. 그다음에 그녀는 자리에 앉는다. 의자의 금속 다리가 바위에 긁히는 소리가 나고, 지중해의 태양이 그녀의 등 위로 따뜻하게 쏟아진다.

*

"조니, 면회 왔다."

교도관 엘리엇이 창문을 통해 외치는 바람에 그는 누워 있던 침대에서 몸을 일으킨다. 지난 몇 시간 동안 지루해 죽는 줄 알았다.

"네?"

마이클 형이나 케보면 좋겠지만 아빠일 것 같다. 눈을 데굴데굴 굴린다. 또 시작이겠군.

그런데 교도관이 빙글빙글 웃는 게 평소와는 뭔가 다르다.

"운이 좋네. 여자야. 예쁘장하게 생겼던데?"

여자라고? 아는 여자가 없는데. 이웃에 살던 노라 캘러헌 아줌마인가…

"애도 데리고 왔어요?"

"애가 있을 만한 나이는 아니던데. 뭐, 너랑 어울리는 여자는 아니긴 했지만."

그러고 보니 노라 아줌마도 그가 그 여자에게 무슨 짓을 했는지 알게 된 순간부터 그를 혐오하기 시작했다. 지난 몇 년간 그가 본 여자라고는 다른 녀석들을 면회 온 여자들이 전부다.

"놀랐냐? 우리도 놀랐다. 세상에 너 같은 변태 새끼를 보러 오는 여자가 있다니."

그는 엘리엇을 향해 얼굴을 찌푸린다. 옛날부터 그는 엘리엇이 싫었다.

엘리엇은 웃으면서 감옥 문을 연다.

"강간범이 앞장서시지."

면회실에 들어섰을 때 그는 여자애를 알아보지 못한다. 곱슬곱슬한 갈색 머리에 고개를 숙이고 있어서 얼굴은 안 보인다. 깡마른 몸매에 벨트가 달린 예쁜 코트를 입었다.

조그만 테이블 앞으로 가서 헛기침을 한다. 대체 누구지?

"조니 오빠!"

여자애가 고개를 들더니 외친다. 일어나서 환한 미소를 짓다가 그가 반응이 없자 미소가 서서히 작아지더니 수줍게 웃는다.

주근깨투성이 얼굴, 그와 똑같은 푸른 눈.

"클레어? 어떻게 여기까지 왔어?"

여동생을 알아보고 그가 미소를 짓는다. 드디어 가식을 떨 필요없는 새로운 사람이 나타났군.

클레어의 목소리가 많이 변했다. 다 큰 여자 같다.

"오빠 보러 왔지. 와, 많이 변했다. 키도 많이 컸고!"

"너도 마찬가지야."

"정말 오랜만이야."

당연하지. 마지막으로 봤을 때 클레어가 아홉 살이었나? 열 살?

"지금 몇 살이야?"

"열다섯 살."

클레어가 씩 웃는다. 믿기지 않는다. 내 여동생이 예쁘장한 여자가 되고 있다. 내 친구들이 바에서 꼬셔보려고 수작을 거는 그런 여자가.

"오빠는 지금 열일곱 살이지?"

그는 고개를 끄덕인다. 감옥에서 맞은 열일곱 살 생일은 끔찍했다. 마이클 형과 아빠와 친구들이 케이크를 가져왔고, 교도관이 지켜보고 있는 면회실에서 나누어 먹었다. 마실 것도 없었다. 선물로 마약 조금이랑 포르노 잡지를 받았는데 나중에 다른 놈들이 잡지를 훔쳐가 버려서 심심할 때 볼 수도 없었다.

"벨파스트에는 혼자 왔어?"

그가 묻는다.

"미쳤어? 엄마가 날 혼자 보내줄 리가 없잖아. 조시라는 친구랑 폴린이라는 그 애 이모랑 같이 왔어. 며칠밖에 못 있어. 벨파스트 많이 변했더라."

"그렇겠지."

감옥에 있는 내가 무슨 수로 알겠냐.

둘은 이야기를 나눈다. 다 자란 여동생이랑 대화를 하니 기분이 정말 이상하다. 울기만 하고, 형과 내가 아기를 돌보라고 집에 내버려두고 나가면 징징거리던 꼬맹이랑 같은 인물이라는 게 믿기지 않는다. 어려운 말을 쓴다. 학교에서 배운 말 같다.

"브리짓은? 션은?"

"잘 지내. 되게 많이 컸어. 브리짓은 열한 살, 션은 아홉 살이야."

그 둘이 제대로 된 말 한마디 할 줄도 모르던 시절이 마지막이었는데. 기저귀를 차고 기어 다닐 때였다.

"어…, 엄마는? 잘 지내셔?"

클레어의 얼굴에 당황한 듯한 표정이 스쳐 지나간다.

대답이 뭐라도 상관은 없다. 그동안 엄마 생각은 안 하려고, 엄마가 내 소식을 듣고 무슨 반응을 했을지 생각 안 하려고 애썼다. 엄마는 한 번도 면회를 온 적이 없었다.

클레어가 시선을 이리저리 돌린다.

"엄마는, 음… 사랑한다고 전해달래. 열심히 일하면서 우리 셋을 돌보고 계셔."

"일한다고? 밖에서?"

생각지도 못한 일이라 깜짝 놀란다.

"응, 엄마는 탁아소에서 일하면서 다른 집 아기들을 돌보셔. 좋은 일자리야. 보수도 후하게 주고. 브리짓과 션도 거기서 지낼 수 있어."

"언제부터 일했어? 버퍼 아이들을 돌본단 말이야?"

"벌써 몇 년 됐어."

아빠도 이 소식을 아는지 궁금하다.

"아빠랑 마이클 형도 만나기로 했어?"

클레어는 말문이 막힌 듯하다.

"음, 그럴 수도 있고."

"그럴 수도 있다니, 벨파스트까지 와서 아빠도 안 만나고 가려고 했어?"

클레어는 목소리를 높이기라도 할 것처럼 얼굴을 찌푸린다.

"아빠랑 연락 잘 안 되는 거 알잖아. 아빠도 그렇고, 마이클 오빠도 그렇고. 전화를 걸면 그중 절반은 안 받아."

"그래, 그렇겠지."

"게다가…"

술을 마시고 때리기도 했었지. 그러고 보면 클레어한테는 아빠에 대한 좋은 기억이 없을 것 같다.

"오빠 보러 왔는걸. 오빠는 요즘 어디 안 돌아다니고 한군데 가만히 있잖아, 그치?"

"야, 닥쳐!"

그가 킬킬 웃자 클레어도 웃음을 터뜨린다. 하얀 이를 드러내고 코를 찡그린다. 클레어가 이렇게 웃는 모습을 예전에는 한 번도 못 본 것 같다.

어느새 그도 웃고 있다. 이렇게 웃은 게 얼마만인지 모르겠다.

클레어가 이것저것 묻고, 감옥에서 지내는 생활은 어떤지도 물어본다.

버퍼가 많지만 파비들이 있어도 그와는 잘 어울리지 않는다. 스위니 집 애들이라면 이를 가는 놈들이 있어서 그를 괴롭히려고 벼르고 있다. 그래도 이 얘기는 클레어에게 안 한다.

"감옥에 친구는 있어?"

"음, 조금."

그가 왜 여기 오게 됐는지 소문이 퍼졌다. 그 유명한 강간범. 중국계 미국인 여성을 성폭행한 놈이라고. 그 뒤로는 아무도 그와 친해지고 싶어 하지 않는다. 기회만 생기면 그를 두들겨 패거나 더 심한 짓까지 하려 하지만 다행히 교도관이 지켜보고 있다.

"감옥에선 뭐 하면서?"

그는 어깨를 으쓱한다.

"지루해. 빨래하고, 잡다한 일 같은 거. 운이 좋으면 나무나 쇠를 깎아서 뭘 만들 수 있는 작업장에 보내주기도 해. 공부도 시켜."

"공부? 오빠가?"

클레어가 또 웃음을 터뜨릴 것 같은 얼굴이다.

"수학이나 읽기, 쓰기 같은 거 배워?"

"응."

"오빠 글자 읽을 줄 알아?"

클레어는 웃는다.

"엄마한테 얘기해드려야겠다. 뭘 읽는데?"

어깨를 으쓱한다.

"몰라, 그냥 애들 책 좀 읽어."

"어떤 거? 『해리 포터』 읽어?"

그는 그 말에 질색한다.

"아니, 그건 어린애들이나 보는 책이고."

"오빠한텐 너무 쉽나보다, 그치?"

"아니, 음…"

솔직히 말하면 아직 『해리 포터』는 못 읽는다.

"마법사 따위 나오는 책에는 관심 없어서."

"그럼 어떤 책 읽어?"

"만화책 같은 거."

만화책이랑 포르노 잡지. 그 두 가지가 없다면 감옥에서 도저히 버틸 수 없을 거다.

클레어는 고개를 끄덕이더니 다 안다는 듯 그에게 눈을 흘긴다.

"너야말로 학교 다니는 것 같은데? 뭐야, 엄마가 너 매일 학교 보내?"

"응, 몇 년 됐어. 월요일부터 금요일까지 학교에 가."

그가 몸서리를 친다.

"진짜 싫겠다."

"아냐, 나 학교 좋아."

이제 그가 웃을 차례다.

"설마."

"진짜야! 숙제가 좀 힘들지만 학교 다니는 게 좋아. 이제 엄마한테 우편물이 오면 내가 읽어드려. 나중에 졸업장도 딸 거야."

"졸업장이라니! 설마, 농담이지?"

클레어가 낄낄 웃는다.

"진심이야. 몇 년만 더 다니면 딸 수 있어."

"도저히 못 믿겠는걸."

클레어를 향해 고개를 절레절레 저으면서도 그는 웃고 있다.

"그럼 그 학교는 버퍼 학교야, 유랑민 학교야?"

"유랑민들이 주로 다니는데 버퍼도 있어. 걔들도 괜찮아. 우리한테 꽤 잘해줘."

그가 고개를 젓는다.

"엄마는 일을 하고, 넌 졸업장을 따러 유랑민 학교에 다닌다고? 더블린에서 무슨 일이 일어나고 있는 건지 모르겠다."

"더블린 좋아."

클레어가 어깨를 으쓱한다.

"새집으로 이사도 했어."

"지난번 집보다 커?"

"응, 게다가 더 살기 좋은 동네야. 졸업장을 따면 좋겠지만, 다들 나한테 빨리 결혼하라고 할걸."

"뭐야, 너 남자친구 있냐?"

이건 좀 별론데. 꼬맹이 여동생 옆에 호시탐탐 기회를 노리는 놈이 붙어 있다고 생각하면 말이다.

"아냐, 없어."

클레어는 얼굴을 붉힌다.

"아직 없어. 근데 이모랑 삼촌들이 벌써부터 결혼 얘기로 난리야. 괜찮은 남자를 찾으라느니… 진짜 귀찮아."

그러면서 클레어는 눈을 굴린다.

둘은 한참 동안 말이 없다. 클레어는 주위의 다른 녀석들이 조그만 테이블 앞에 앉아 엄마나 아내를 만나 이야기에 정신이 팔린 모습을 둘러본다.

"찾아오는 데 어렵진 않았어?"

그가 묻는다.

"아니, 조시네 이모가 태워다주셨어. 폴린 아줌마는, 음… 사실 밖에서 기다리고 계셔…"

"아, 그럼…"

"그래서 이만 가봐야 해."

"아, 그래. 그래야지."

이렇게 금방 가버릴 줄이야. 좀 더 있어줬으면 좋겠는데, 뭐라고 하면 좋을지 모르겠다.

"어, 그럼 주소가 있으니까 혹시 쓰고 싶으면 편지 보내도 돼."

"내가 보내면 읽을 수 있어?"

클레어가 묻는다.

"노력해볼게."

그가 씩 웃는다.

"이 안에 있으면 공부할 시간이 넘치게 많거든."

"알았어. 지켜볼게. 어려운 단어는 편지에 안 쓸게. 쉬운 편지부터 시작해야겠다."

"뭐래."

클레어가 자리에서 일어나자 그도 일어선다. 어린 여동생이 다 자라서 이렇게 말도 받아치는 모습이 이상하지만 기분 좋기도 하다.

그때 클레어의 표정이 복잡해진다.

"오빠, 그땐 어땠어?"

그 순간 새까만 발톱이 다시 속을 쥐어뜯는 것 같다. 최악의 상황일 때마다 다시 돌아오는 오래된 친구 말이다.

"뭐가?"

"그, 음, 재판 말이야."

"아, 그거."

그는 어깨를 으쓱한다.

"완전 별로였지. 이해가 안 되는 질문을 엄청나게 많이 하고, 사람들이 다 쳐다봤어. 정말 싫었어."

"힘들었어?"

처음 듣는 질문이다. 아빠와 마이클 형은 어깨를 으쓱하며 투덜거리기만 했다. 변호사 몇 명이 물어보긴 했는데 아무리 봐도 진심은 아니었다.

"어… 쉽진 않았어. 그 사람들이 하는 말을 절반도 못 알아들은 것 같아."

클레어는 질문이 더 남은 것 같은 얼굴이었지만, 그는 동생이 더는 아무것도 묻지 않아 마음이 놓인다.

"참, 깜박할 뻔했는데, 우리가 오빠 주려고 케이크를 만들었어. 그런데 가지고 들어오면 안 된다고 하더라고. 그래서…"

클레어가 목에 걸고 있던 목걸이를 만지작거리더니 하트 모양 로켓을 열어 안에서 뭔가를 꺼낸다. 색색의 작은 종잇조각이 로켓에 딱 맞는 하트 모양으로 오려져 있다. 클레어는 손톱 끝으로 종이를 꺼낸다. 클레어, 엄마 그리고 아마 브리짓과 션일 것 같은 애들이 함께 찍은 사진이다. 햇빛 속에서 웃으면서 서로 어깨동무를 하고 있다.

"이건, 음, 알지?"

그는 얼굴을 찌푸린다. 눈물을 보이는 게 싫어서다. 그런데 어쩐지 목이 꽉 멘다. 이 조그만 하트 안에는 그와 아빠와 마이클 형이 들어갈 자리가 없다. 벌써 꽉 차버린 것이다. 그는 차마 입을 열지 못한다.

"자, 오빠 가져. 나중에 내 건 학교에서 다시 프린터로 뽑으면 돼."

그가 고개를 젓는데도 클레어는 계속 우긴다.

"교도관한테 전해달라고 할게. 오빠 거야. 진짜로."

테이블 너머로 클레어를 바라보지만 목이 메어서 말을 할 수가 없다.

사진을 주머니에 쑤셔 넣고 다시 감방으로 돌아오는 길, 교도관 엘리엇이 웃음을 흘리면서 다가온다.

"여자친구라도 생긴 거야?"

"여동생인데요."

그는 항의하듯 말한다.

"진짜? 그럼 좋지. 내가 신나게 따먹으면 되겠다. 네 여동생이니까 아마 좋아할걸?"

그는 대답하지 않는다. 엘리엇을 한 번 노려본 뒤 그대로 발걸음을 옮긴다.

*

"그러면 모즐리 병원에서의 상담 치료는 오늘로 끝입니다."

그린 박사는 웃으며 그렇게 말한다. 박사는 앙증맞은 포니테일 머리를 하고 있고 창밖의 런던은 황갈색의 청명한 가을로 익어가고 있다. 사건 이후 거의 일 년 반이 지났다.

"대부분 마지막 시간에는 지난 열네 번의 세션을 진행하며 얼마나 진전이 있었는지 돌아보면서 앞으로의 회복을 위한 다음 단계들을 생각해봅니다. 괜찮죠, 비비안?"

조금 무섭다. 지난 한 해, 그린 박사와의 면담은 구명줄 같았다. 그녀의 삶이 끝없는 회색 호수 위를 정처 없이 떠돌고, 친구들은 그녀를 어떻게 대하면 좋을지 망설였다. 하던 일까지 그만둔 그녀는 그린 박사만이 그녀를 안심시켜주었고 지금 그녀가 빠져 있는 이상하고 목적 없는 상태를 이해하면서 앞으로 어떻게 나아가야 할지를 알려주었다. 그린 박사를 더 자주 만나고 싶었지만 국립보건서비스에서 할당해준 인지행동 치료 세션은 15회가 다였다.

"요즘은 기분이 어때요?"

"좀 나아졌어요."

고개를 돌려 코르크보드에 붙어 있는 외로운 종려나무 엽서를 보자 마음이 다시 편해졌다. 이번에는 주변에 그린 박사가 키우는 고양이들 사진도 붙어 있다.

"그러니까 외상 후 스트레스장애 증상은 거의 사라진 것 같아요… 이제는 광장공포증 증상도 없고요. 공황장애도 사라졌어요. 하지만 전 아직도…"

그녀는 잠시 말을 멈춘다.

"많이 우울해요. 오도 가도 못하는 기분이에요."

그린 박사가 고개를 끄덕인다.

"그럼, 여기서 어떻게 빠져나갈지 생각해봅시다. 그 사건에 대해 여러 번 되풀이해 이야기하라고 했던 것 기억나세요?"

당연히 기억난다. 매주 그 사건을 최대한 상세하게 순서대로 되풀이해 이야기해야 했다. 녹음해서 듣고, '가장 고통스러웠던 순간'을 찾으라고 했다. 그러는 내내 욕지기가 치밀었고, 그냥 침대에 공처럼 둥글게 웅크린 채 이런 일이 일어났다는 사실 자체를 잊으려 애썼다.

"그리고 인지행동 치료를 통해 그 순간 비비안이 느꼈던 가장 힘들었던 감정을 직면하라고 했던 게 기억나세요?"

내가 목이 졸렸던 순간…

"그 순간 어떤 기분이 들었지요?"

그 아이의 손가락이 내 목에 파고들어 숨을 쉴 수 없었던 기억.

"죽을 것 같았어요."

"죽는 게 왜 싫었어요?"

전에도 했던 얘기지만 했던 얘기를 되풀이하는 건 마음을 안정시키는 의식이자 목사가 하나뿐인 신도와 주고받는 익숙한 문답 같은 거다.

"살지 못할까봐서요."

"살지 못한다는 것은 어떤 의미일까요?"

"제가… 아직도 가보고 싶은 나라가 많은데 앞으로는 그러지 못하게 된다는 거요."

"그리고?"

"제가 원하는 직업을 가질 수 없다는 거요."

"그리고?"

"앞으로 다시는 사랑에 빠질 수 없다는 거요."

"그리고?"

"가족을 만들지도, 아이를 낳지도 못하리라는 거요."

그린 박사가 고개를 끄덕인다.

"하지만 죽지 않고 살아 있잖아요. 하고 싶은 일을 할 기회는 아직도 있어요. 여행을 하고, 다시 일을 시작해서 직업을 갖고, 누군가를 만나고, 그러다 보면 가족도 만들 수 있겠죠."

그러나 그린 박사의 그 말은 그녀가 처한 구체적인 현실에서 동떨어진 추상적인 진실처럼 들린다.

그린 박사는 좁은 진료실 안에 걸린 화이트보드 쪽으로 가더니 푸른색 마커로 글씨를 쓴다.

여행. 직업. 연애. 가족.

이 단어들은 화이트보드 왼편에 세로로 착착 나열되어 있다. 단어들의 오른쪽은 여전히 텅 빈, 앞으로 채워나가야 할 공간이다.

인생의 목표가 마치 초등학교 암기 과제처럼 삭막하게 나열된 모습을 보니 몸서리가 쳐진다.

"그럼 이제부터⋯ 한 걸음씩 앞으로 나아가는 방법을 생각해봅시다. 비비안이 아직도 할 수 있는 일들을 다시 해내기 위해 아주 작은 걸음이라도 내디뎌봐야 하지 않을까요?"

너무 어렵고 외로운 일같이 느껴진다. 예전의 비비안이라면 곧장 해결책을 찾아서 해낼 수 있는 일이었을 것이다. 하지만 지금은 예전의 삶이 가졌던 가능성들이 너무 커다란 과제처럼 느껴져 겁이 난다. 쓸모없는 사람이 된 것만 같은 익숙한 기분이 들어 눈물을 애써 참는다.

"저는⋯ 어디서부터 시작해야 할지 모르겠어요."

그린 박사가 이야기를 이어나간다.

"먼저 여행. 다시 여행을 시작하려면 어떻게 해야 할까요? 어쩌면 벌써 시작한 것 아닐까요?"

크로아티아 여행을 다녀왔다. 생각보다 수월하게 지나갔다. 남자들과 대화를 했는데 아무 일도 일어나지 않았다. 그녀는 무사했다.

"그럼… 또 여행을 갈 수 있을 것 같은 생각이 드세요?"

"가고 싶어요."

그녀는 그린 박사와 함께 다음 여행에 관해 이야기한다. 친구와 함께 가도 좋을 것이다. 유럽으로 가는 저가 항공편을 찾기는 그리 어렵지 않을 것이다. 짧은 주말여행이라도 좋지… 잠깐이지만, 예전에 가졌던 흥분감에 다시 불이 붙고, 어디선가 끼익 소리를 내며 열린 문의 작은 틈새로 한 줄기 빛이 새어 들어오는 것만 같은 느낌이 든다. 다음 순간 익숙한 공포가 돌아오고 문이 탁 닫힌다. 그녀는 다시금 어둠 속으로 돌아왔지만, 예전의 감각을 잠시라도 떠올리기는 했다.

"직업은요?"

한층 더 어려운 문제다. 프로듀서 일에는 에너지가 많이 필요한데, 지금의 그녀는 너무나 작아서, 결국 올드 스트리트에 있는 직장으로 되돌아가지 못했다. 지난해 그녀는 에리카의 회사를 그만두었고 올해 그 회사는 매각되었다. 업무가 통합되고 일도 늘어났을 것이다. 다시 돌아가려고 애써볼 힘은 없다. 세상을 향해 내가 엄청난 아이디어와 진취적인 마음으로 가득한 사람이라고 증명할 힘이 없다. 사실 지금의 그녀는 그렇지 못하다. 지금 당장은.

그녀는 그린 박사를 향해 어깨를 으쓱해 보인다.

"원래 직업은 그만두었고, 머릿속으로는 다시 영화계로 돌아가고 싶은 생각이 들지만, 언제쯤 돌아갈 준비가 될지 모르겠어요. 직업을 어떻게 찾아야 할지도 모르겠고요."

"경제적인 어려움은 없으신가요?"

"실업급여를 받고 있어서 도움이 돼요."

하지만 예전에 비해 소비를 극도로 줄였는데도 런던의 높은 생활비를 감당할 수가 없다. 요즘은 저축을 허물어 지내고 있다.

"그 사건 때문에 정부 보조금을 신청할 수 있다고는 들었는데, 몇 년이나 걸린다고 하더라고요."

부모님에게 손을 벌릴 수는 없다. 부모님은 아직까지 사건에 대해 모른다. 게다가 부모님에게 경제적 도움을 받는 건 그녀가 생각하고 싶지도 않은 선택지다. 돈이 문제가 아니라 내가 쓸모 있는 사람, 생산적인 사람, 무언가를 잘 하는 사람이라고 느끼는 게 더 중요하다. 세상을 목적 없이 떠돌아다니는 상처투성이 난파선이 아닌.

"그러면 직업을 되찾기 위한 첫걸음으로 구직활동을 시작해보는 건 어떨까요?"

서류의 빈칸을 채워 넣어야 하겠지.

"그게 좋긴 한데…"

구직활동에 필요한 노력들, 거절당할 때의 기분에 대해 생각한다. 게다가 예술계에서는 구직활동을 그런 식으로 하지 않는다. 사람이 필요할 땐 구인공고가 아니라 입에서 입으로 정보를 전한다. 일 년간 일을 하지 않았더니 완전히 업계의 외부인이 되어버린 기분이다.

그녀는 이런 상황을 그린 박사에게 설명한다.

"그럼, 갖고 싶은 직업에 대해 생각해보는 건 어떨까요?"

하지만 일어나지도 않을 일에 대한 환상으로 스스로 자신을 괴롭혀서 뭐가 좋을까? 그녀는 흥미진진한 직업 때문에 살아 숨 쉬던 예전의 비비안으로 돌아갈 수가 없다. 그것만은 분명하다.

그린 박사는 화이트보드에 '어떤 직업이 있는지 생각해보기'라고 쓴다.

"그리고 마지막으로, 연애에 대해 생각해봅시다."

그린 박사가 마커로 화이트보드를 톡톡 두드린다.

"가족이라는 주제도 연관이 있으니 같이 생각해봐도 좋을 것 같아요. 앞으로 누굴 만날 생각을 하면 어떤 기분이 드세요?"

그녀는 낙담한 듯 으음 하고 신음한다.

"기분이 별론데요."

"왜 그럴까요?"

"데이트 하고 싶은 기분이 안 들어요."

"왜일까요?"

그녀는 한숨을 쉬면서 머릿속의 생각을 말로 정리하려 애쓴다.

"물론 그 아이는 보통 남자들과 많이 다른, 보통 사람의 범주를 벗어난 경우였지만… 섹스라든지, 남자들이 섹스를 원한다는 사실 자체가, 저는, 그냥, 잘 모르겠어요. 다시 그런 걸 고민하고 싶지 않아요."

"곧바로 섹스 문제부터 고민할 필요는 없어요. 누군가와 커피를 한 잔 하는 것부터 시작할 수도 있죠."

맞아요, 하지만 결국 끝은 뻔하죠. 섹스를 하게 될지도 모른다는 예감. 이성애자 남성과의 모든 소통 과정에 끼어드는 암묵적인 일. 커피만 마신다고 해도 마찬가지다.

그런 박사가 말을 잇는다.

"이렇게 생각해봅시다. 만약 언젠가 연애를 원한다면 결국 미래에 최소한 한 사람과는 데이트를 해야 할 거예요. 그렇죠?"

반박할 수 없는 논리다. 그녀는 웃는다.

"그렇죠."

"그럼 이렇게 해볼까요? 친구들과 함께 솔로 파티에 가는 거예요. 꼭 뭘 기대하지 않더라도, 그 공간에 있으면서 어떤 기분이 드는지를 생각해봅시다."

그녀는 고개를 끄덕인다. 여전히 섹스에 대해 생각하면 욕지기가 치밀지만 노력해볼 수는 있다.

그린 박사는 화이트보드에 적힌 '연애' 옆에 '친구들과의 솔로 파티'라고 적는다.

박사가 마커를 내려놓자 두 사람은 화이트보드를 쳐다본다.

"자, 여기 적어놓은 단계 중에 다음 주에 실천해볼 만한 게 있을까요?"

화이트보드에 적힌 글씨가 다시는 바꿀 수 없는 확정적인 목표들처럼 느껴진다. 그녀의 삶을 재건하기 위한 3단계 매뉴얼. 마음 한구석으로는 계획이 다 무슨 소용인가 하는 생각이 든다. 계획을 세우는 건 쉽지만, 모르는 사람이 내 삶에 끼어들어 고작 몇 분 만에 내 세계를 온통 망가뜨리는 일을 예견할 수는 없다. 그러면서도 낙관적이고, 성취를 좋아하며, 어쩌면 예전 비비안의 유령일지도 모르는 그녀의 마음속 또 다른 한구석은 화이트보드에 적힌 글씨를 보면서 할 수 있다고 생각한다.

그럼에도 슬픔과 불안감은 여전하다.

그린 박사가 따뜻한 눈길로 그녀를 바라본다.

"힘들어 보이겠지만, 지난 일 년간 얼마나 큰 진전이 있었는지 떠올리며 스스로를 자랑스러워해 보세요. 정말 열심히 노력했잖아요. 자기 안에 틀어박혀 있던 상태에서 벗어나려고 애썼으니까. 조금만 더 노력해 나아가면 전부 할 수 있을 거예요."

*

지난 몇 년은 다 똑같았다. 그러니까… 개입 치료 말이다. 상담사와 둘이 한 방에 앉아 있는 거. 또 다른 녀석들과 함께 상담사와 한 방에 앉아 있는 거. 그리고 계속 말을 하는 거.

말을 한다고 뭐가 나아지나?

우선 네가 어째서 이곳에 오게 되었는지부터 생각해보자.

네가 교도소에 오게 된 그 행동이 무엇인지 이해해야 해. 그 행동이 타인의 삶에 어떤 영향을 끼쳤는지 말이다.

조니, 우리는 네게 진전이 있는지를 확인하고 싶구나.

진전이란 머리 위에 걸려 있는 만화 포스터에 나오는 계단이다. 색깔이 칠해진 계단은 수용, 후회, 이해, 변화, 개선이라는 순서로 이어진다.

전부 헛소리 같지만 어째서 저렇게 해야 하는지는 알겠다. 새로 시작해야 하는 것이다. 새로 시작하고 싶다. 새로 시작한다는 건 여기서 나간다는 소리니까.

처음에는 치료가 정말 싫었다.

그는 이야기를 한다. 이곳에 있는 사람들에게 이야기하는 버전이다. 그렇게 자세히 캐묻진 않아서 다행이다. 그냥 공원에서 섹스를 하고 여자가 떠났는데 온 마을이 다 성폭행이라고 요란을 떨었다는 얘기다.

다른 녀석들에게도 자기 나름대로의 이야기가 있다. 그 이야기들을 질릴 정도로 들었다. 전부 여자 문제다. 패디의 이야기에 나오는 여자는 패디와 사귀다가 말다가 했다. 술을 마시고 싸우다가 패디는 화가 났고 여자에게 본때를 보여주고 싶었다. 그다음으로 기억나는 건 이틀 뒤 체포된 거라고 했다. 여자한테는 아직도 멍 자국이 있다고 한다.

댄의 이야기에 나오는 여자는 열세 살인가 열네 살인가 하는 어린

애다. 조카의 친구였다. 자기를 보고 픽픽 웃어댔다고 한다. 나이치곤 예뻤다고 했다. 여자도 원하는 거 같아서 방으로 데려갔다. 그 짓을 하는 동안 별로 불평하지 않았다고 했다. 그런데 결국 댄도 체포됐다고 한다.

폴은 조용한 편이었다. 폴은 바에서 여러 명의 여자를 만났다. 여자들이 마시는 술에 뭘 타면 일이 더 쉬워졌다고 했다. 아침에 일어나면 여자들은 아무것도 기억하지 못했다. 폴은 여자들의 옷을 다시 입혀놓았기 때문에 그들은 아무것도 의심하지 않았다고 했다. 그러다 한두 명에게만 그렇게 치밀하지 못했다고 했다. 그래서 폴이 지금 여기 있는 것이다.

이 중 누구도 감옥에 오고 싶어 하지 않았다. 다들 이 치료도 싫어했지만 상담사들은 개의치 않고 밀어붙인다. 자꾸 이야기를 시킨다. 이 이야기, 저 이야기, 여자 이야기.

상담 치료를 이끄는 두 상담사는 그래도 꽤 괜찮은 사람들이다. 하지만 입을 열지 않는다면 아무도 벽에 붙은 저 포스터에 나오는 다음 단계로 넘어갈 수 없을 거란 점에서는 늘 단호하게 굴었다.

"네가 그런 행동을 한 다음 그 여자가 어떤 기분이었을지 생각해본 적 있니?"

샘이라는 상담사가 그에게 묻자 다른 아이들도 그를 쳐다본다.

"그게 무슨 소리예요?"

"네가 그 여자라고 상상해보자. 그 여자의 처지에서 생각해보자. 너는 벨파스트에 여행와서 어느 아름다운 토요일 오후를 혼자 즐기려고 공원을 걷고 있었어. 그러다가 어린 소년을 만났지. 꼭 너 같은 소년 말이야."

"제가 그 여자인데 제가 또 어떻게 어린 소년이에요?"

패디와 댄이 코웃음을 친다. 사실 웃기려고 한 소리다.

"똑똑하구나, 조니. 무슨 뜻인지 알잖아."

"모르겠는데요."

"지금 하는 이야기는 치료에서 무엇보다도 중요한 부분이야. 힘들겠지. 또 이런 방식으로 생각하고 싶지 않겠지만 노력하면 좋겠다. 눈을 감고 네가 그 여자라고 상상해보렴."

그는 투덜거리면서도 눈을 감는다. 그 봄날 오후, 글렌에 내리쬐던 햇살과 그림자를 생각한다. 이번에는 약기운에 취해 있지 않다는 점이 다르다.

샘이 말을 잇는다. 그의 이야기를 속속들이 아는 걸 보니 어디 적어놓기라도 했나보다.

"자, 그 아이가 너에게 입을 다물라고 소리를 지르고, 섹스를 하고 싶다고 하면서 때리니까 어떤 기분이 드니?"

"두들겨 패주고 싶은데요."

"아니야, 조니. 지금 너는 네가 아니라 그 여자잖아. 살면서 아무도 때려본 적 없는 사람이란 말이다."

상상도 안 된다. 누구한테 맞았으면 당장 되받아쳐야지.

"말이 안 되잖아요. 내가 누구라도 당연히 때렸을 것 같은데요."

"살면서 한 번도 사람을 때려본 적 없다고 상상해보자. 너는 아주 다른 삶을 살았어. 낯선 도시에 혼자 있고, 그 아이가 섹스를 하자고 위협하고 있어서 너무 무서워."

그래도 이해가 안 된다. 그는 어깨를 으쓱한다.

"전 안 무서운데요."

샘이 한숨을 쉰다. 기분이 좋아 보이지 않는다. 그도 마찬가지다.

그냥 여기를 나가서 이 거지 같은 질문들에서 벗어나고 싶다.

"다른 방식으로 해보자. 너한테 어떤 사람이 다가와서 길을 물었어. 너는 그 사람을 믿지. 위험해 보이지도 않고…"

"전 아무도 안 믿었을 거예요!"

그가 고함을 지른다.

"그건 그 여자 잘못이라고요! 사람을 믿으면 안 되죠! 우리 같은 사람들 근처로도 오지 말고, 혼자 돌아다니지도 말았어야죠! 여자가 원했다니까요?"

"아니야, 조니. 아니다."

샘이 날카로운 목소리로 말하며 화난 얼굴로 그를 바라본다. 괜찮은 사람인 척하는 걸 그만뒀나보다.

"그렇게 생각하면 안 돼. 상대방이 원했다고 멋대로 짐작하면 안 돼. 알지도 못하는 사람이잖아. 그런 식으로 남의 인생에 끼어들면 안 되는 거야."

아, 근데 다른 사람들은 내 인생에 멋대로 끼어들어도 되고요?

하지만 그 생각을 입 밖에 내지는 않고 샘을 노려보기만 한다.

"그 여자는 널 자극하지 않았어. 위협하지도 않았고, 못되게 굴지도 않았어. 그런데 네가 그런 행동을 그 여자에게 할 권리는 없지. 여자는 원치 않는다는 의사 표현을 확실히 했어."

"그럼 권리가 중요하다는 얘기죠?"

"아니, 다른 사람을 존중하는 게 중요하다는 얘기다. 너에게 아무런 나쁜 짓도 하지 않은 사람들 말이다."

"그럼 다른 사람들은… 절 존중하긴 해요?"

그는 웃음을 터뜨린다.

"전 그렇게 생각하지 않는데요. 사람들은 저를 매 순간 미워하고 있어요. 질 나쁜 팅커 녀석이라고 생각한단 말이에요."

"그렇지 않아, 조니."

샘이 고개를 젓는다.

"우리는 너에 대해 그렇게 생각 안 한다. 우리는 널 도와주려고 하는 거야."

샘이 다른 아이들을 둘러본다.

"우리가 여기 온 건 조니를 도와주기 위해서지? 너희들 모두를 도와주려는 것과 마찬가지로 말이야."

패디, 댄, 폴이 그를 쳐다보면서 뭐라고 말해야 할지 망설이는 듯 입을 연다.

"네, 맞아요."

폴이 말하자 패디와 댄도 고개를 끄덕인다.

"그렇죠."

"맞아요."

다 개소리다.

"도움 따윈 필요 없어요!"

그는 손을 휘휘 젓는다.

"도움 따윈 하나도 필요 없다고요."

"조니, 세상은 혼자 사는 게 아니야. 때로는 다른 사람의 도움이 필요해."

"웃기지 마세요. 아무것도 모르잖아요."

샘은 상처받은 표정이다.

"조니, 나는 이 일을 몇 년이나 했지만…"

"그럼 딴 놈들한테 가서 도와주세요. 솔직히 우리 아빠는 이런 일을 안 겪어도 되잖아요? 마이클 형도 마찬가지고요. 왜 하필 나에요? 다른 놈들은 더 나쁜 짓을 하고도 그냥 살잖아요."

"다른 사람들도 조만간 대가를 치를 거야. 그건 확실하다. 조니, 이
것만큼은 내 말을 믿으렴."

하지만 그는 전혀 샘의 말을 믿지 않는다.

그는 고개를 세차게 흔들며 샘을 노려본다. 이 멍청한 헛짓거리는
오늘로 끝낼 것이다. 그는 자리에서 일어나 문 쪽으로 걸어가지만,
문밖에서 교도관이 창문으로 그를 빤히 바라보고 있는 바람에 어쩔
수 없이 걸음을 멈춘다.

이 사람들은 전부 눈이 멀어버린 것 같다. 모든 게 공정하다고, 모
든 게 결국에는 밝혀질 거라고, 모두가 대가를 치를 거라고 생각한
다. 열심히 살고 다른 사람들에게 잘해주면 내 인생도 좋아질 거라
고 한다. 쾌활하고 친절한 얼굴로 자꾸만 저 계단을 가리킨다.

웃기고들 있네.

뭘 안다고.

"조니, 글쓰기 실력은 발전하고 있니? 데이비가 그러는데 네가 글
을 참 잘 쓰고 똑똑하다더라. 이제는 문장도 잘 쓴다지?"

"잘 하고 있는 것 같아요."

오늘은 그 말고도 몇 명 더 있다. 해리, 시아란. 바보 멍청이들이
다. 그는 최소한 그들보다는 낫다.

"그럼 오늘은 이야기 말고 새로운 걸 좀 해볼까?"

이야기를 안 한다니, 그건 좋은걸.

"뭘 할 건데요?"

샘이 그의 옆 책상 앞에 앉는다. 양다리를 벌리고 의자에 거꾸로
걸터앉아서 그에게 바짝 다가온다.

그는 뒤로 물러난다. 나한테 접근할 수작은 아니겠지. 이 안에는 나한테 접근하려는 변태 새끼들이 한둘이 아니다.

"오늘은 이야기 말고 편지를 한 번 써볼까?"

뭐, 기쁨의 함성이라도 질러야 하나? 그는 샘을 빤히 쳐다본다.

"잘 안 될지도 모르지만 일단 한 번 해보자. 그런데 이 편지는 어떤 특정한 사람한테 쓰는 거야."

"무슨 편지요?"

"걱정하지 마라. 실제로 보낼 편지는 아니니까. 그래도 네가 공원에서 만났던 그 여자에게 편지를 한 번 써보자. 네가 여기 오게 된 잘못을 저질렀던 그 여자 말이야."

이건 또 무슨 개소리야.

"왜요?"

"말했지만, 이 편지를 그 여자가 실제로 읽는 건 아니야. 네가 그 편지를 보내고 싶다면 또 모르지만. 하지만 네가 그 사건에 대해 어떻게 생각하는지를 편지에 한 번 적어보자."

"실제로 읽지도 않을 편지를 뭐 하러 써요?"

샘이 한숨을 쉰다.

"조니, 이것은 네가 저지른 행동에 대한 너의 감정을 표현하는 수단이란다. 화가 나면 화가 난다고 쓰면 돼. 죄책감을 느꼈다면 그렇게 쓰고."

"아직도 왜 그래야 하는지 이해가 안 되는데요."

"있잖아, 그 편지를 쓴다는 건 큰 성취란다. 공부에 대해서도 그렇고, 너 자신에게도 그렇고. 편지를 쓴다면 데이비와 내가 상을 주지. 그 상으로 새 비디오게임을 사거나, 네 방에 DVD 플레이어를 놓을 수도 있지 않겠니?"

그는 잘 생각해본다. 똑같은 게임만 해서 질리긴 했다.

"그 여자가 실제로 읽는 건 아니죠?"

"그렇지. 나, 데이비, 네 담당 경찰관 코너만 읽을 거야."

세 명도 너무 많지만 뭐 어때, 상관없다. 어차피 이 빌어먹을 교도소 안에서 달라질 건 없다.

그는 고개를 끄덕인다.

"알았어요."

"잘됐구나, 조니. 잘하고 있어. 그러면 연필과 종이를 가져다주마."

샘이 일어나면서 그의 어깨를 툭 친다. 그는 움찔하며 등을 움츠린다. 그 여자에게 편지를 쓴다고? 그다음에는 아예 케이크를 만들어주라고 하겠군.

여자에게,

하지만 곧바로 샘이 저지한다.

"아니야, 조니. 상대방의 진짜 이름을 써야지. 이름이 기억나니?"

"네."

"그럼 이름을 쓰려무나."

그는 여전히 연필만 붙잡은 채 꿈쩍도 하지 않는다.

"그 여자 이름이 뭐지, 조니?"

"이름이 아마… 비비안이오."

이름은 당연히 기억한다. 이상한 이름이었으니까. 그런 이름은 처음 본다. 좀 촌스럽고, 영국식인 것도 같다. 요즘 세상에 누가 애 이름을 비비안이라고 짓나?

"쓸 줄은 아니?"

"V…"

샘이 그에게 말을 걸 때 늘 짓는 표정대로 눈을 크게 뜨고 그를 쳐다보고 있다.

"비브, 그러니까, V… I… V…"

샘이 고개를 끄덕인다.

"잘했어. 맞아."

"비비안… V-I-V… E?"

샘이 고개를 젓는다.

"'이안'이라는 남자 이름이랑 똑같단다… 비브-이안."

"V-I-V… I-A-N?"

샘이 환하게 웃는다.

"잘했어. 바로 그거야! 자, 이제 써보자."

인정하긴 싫지만 철자를 알아내자 좀 자랑스럽다.

그는 종이에 연필을 가져가 이름을 대문자로 쓴다.

비비안에게,

이 여자 이름을 제대로 쓴 걸로 자랑스러워하다니. 세상에, 마이클 형이 알면 뭐라고 하겠어. 이번 주 내가 감옥에서 보낸 웃기지도 않는 시간 중에서도 하이라이트라고 할 수 있다.

하지만 어차피 마이클 형은 모를 거다. 아무도 모를 거다. 이 편지는 세상에서 딱 세 사람만 읽을 거니까. 그렇게 생각하면서 그는 연필로 책상을 톡톡 친다.

비비안에게,

편지를 쓰라고 해서 씁니다. 무슨 말을 해야 할지 모르겠어요.

그런 짓을 않햇어야 하는 것 같아요. 그런 짓을 해서 저는 감옥에 잇습니다. 지금 벌써 3년 거이 4년째에요. 여기가 실지만 그래도 괜찬아요. 밖같으로 나가고 싶어요.

내가 그 짓을 햇을 때, 나는 치해 잇엇어요. 마약에요. 당신이 얘쁘다고 생각햇어요. 가끔 포르노에서 봣던 여자 처럼요. 그래서 그런 생각을 한 거에요. 또 당신이 나를 알고 시퍼한다고 생각햇어요. 나를 알고 시퍼하는 사람들은 별로 업어요. 당신이 나한테 친절하게 말을 걸어서 나는 그 짓을 하고 시펏어요.

때리지 말 걸 그랬어요. 그런데 나는 사람을 잘 때려요. 가끔 때려서 해결하려고 해요. 사람들이 나한테 괴물 같다고 할 때도 잇는데, 그냥 어쩌다 보니 그렇게 됫어요.

지금 당신이 어디 잇는지는 모르겟지만 아마 감옥에 잇는 나보다는 낳겟죠. 잘 지내고 잇엇으면 좋겟어요. 내가 한 짓 때문에 상처를 마니 밧앗다고 들엇어요. 그래서 미안해요. 그런데 감옥에 잇으니까 빨리 밖같 으로 나가고 시퍼요.

법정에서 나를 보는 눈을 봣어요. 당신은 아마 내가 실을 거에요. 하지만 당신이 이겨서 나는 감옥에 왓어요. 그런 짓을 해서 미안합니다.

안녕히 계세요.

조니가.

그 일이 끝나고 둘 다 진흙투성이가 되어 등산로 옆에 앉아 있을 때가 이제야 기억난다. 그때 그는 여자에게 미안하다고 했었다. 자신도 모르게 나온 말이었다. 그런데 이제는 미안한 기분이 든다. 감옥에서 4년을 보내자 미안한 마음이 생겼다.

그는 종이를 반으로 접어서 샘에게 준다. 샘은 그를 바라보더니 종이를 펼쳐서 조금 떨어진 책상에 앉아 읽기 시작한다.

생각을 하면서 글을 썼더니 머리가 엄청 아프다.

계단 따위.

*

심사가 다가오고 있다. 마이클 형이 몇 달 전부터 조언을 해주었다. 보호관찰 여부를 결정하는 심사에서 무슨 말을 해야 하는지 같은 것들 말이다.

"그 사람들이 듣고 싶어 하는 말을 해야 해. 그 말을 하지 않으면 내보내주지 않을걸."

그래, 그러니까 판에 박힌 이런 말을 하라는 거다.

피해자에게 미안함을 느낍니다. 제가 무엇을 잘못했는지 깨닫고 죄책감을 느낍니다…

제가 잘못했다는 걸 알겠습니다.

비웃음이 절로 나온다. 대체 누가 이런 식으로 말을 해?

이렇게 말하면 나도 안 믿을 것 같다.

그래서 그는 연습을 했다. 밤마다 감방 안을 이리저리 걸어 다니며 해야 할 말을 웅얼거렸다.

감옥에서 5년을 보낸 지금 감옥에 오지 않았으면 좋았을 것이라는 생각이 들지만 저는 감옥에 와야만 했습니다. 왜냐하면 감옥에 오지 않았다면 예전처럼 싸우고, 마약을 하고, 모르는 사람이라는 이유로 사람들에게 폭력을 행사했을 것이기 때문입니다.

"연습한 티가 안 나게 해야 해."

마이클 형이 경고했었다.

"진심인 것처럼 말해야 해."

그런데 진심인가?

음, 그렇다. 그런 짓을 해서 감옥에 오지 말 걸 그랬다. 그렇게 똑똑한 여자를 고르지 말 걸 그랬다. 그 여자를 놓아주지 말 걸 그랬다. 만약 지금 그가 똑같은 공원에 가서 똑같은 여자 아니면 그 여자와 비슷한 다른 여자를 만난다면… 그는 똑같은 행동을 할까? 잘 모르겠다. 최소한 지금은 그런 일을 하다가 잡히면 어떻게 되는지 안다.

그래서 오늘 아침 교도관 엘리엇이 감방 문을 열었을 때 그는 어른스러워 보이는 흰색 셔츠를 입고 있었다. 이번 공판을 위해서 옷을 차려입어도 된다고 했던 것이다. 코너가 감방으로 오더니 그를 보고 웃으며 고개를 저었다. 남자 대 남자로서 진지하게 말이다.

"조니, 오늘 다들 깜짝 놀라겠는걸? 바로 그거야."

그는 침대 위에 놓여 있는 클레어가 보낸 엽서에 한 번 더 눈길을 준다. 언덕 위에 나무와 작은 집 하나를 만화체로 그린 밝은색 커다란 카드다.

조니 오빠, 우리 가족 모두 행운을 빌어. 잘 해내서 곧 볼 수 있을

거라고 생각해. 사랑해.

보내는 사람 난에 이름이 모두 적혀 있다. 클레어, 브리짓, 션, 그리고 마지막에 (클레어의 글씨로) 휘갈겨 쓴 엄마.

지난주에는 엄마랑 통화도 했다. 이상한 통화였다. 서로 별말 못 했다. 엄마의 목소리가 예전과는 달랐다. 더 밝아진 것 같다.

"조니, 감옥에서 나오게 되면 네가 정말 자랑스러울 것 같다."

엄마가 그런 말을 했다. 몇 년 만에 처음 듣는 엄마 목소리다.

"더블린으로 와서 우리 집에서 지내렴. 마음에 들 거야. 잠시 벨파스트를 떠나 있는 게 좋겠어. 요즘 더블린에는 유랑민에 대한 정책이 많이 좋아졌단다."

그는 코너와 엘리엇을 따라 복도를 걷는 내내 그 생각을 해본다.

더블린으로 간다. 벨파스트를 떠난다.

걷는 내내 코너가 무슨 말을 하지만 귀에 잘 들어오지 않는다.

"네가 개입 치료 과정에서 했던 일들을 꼭 이야기해야 한다. 샘이 너에게 진전이 있다고 했던 것 말이다. 물론 나도 이야기할 거지만 네가 직접 말하는 게 더 나아."

하지만 아빠, 그 아빠까지도 이번 심사에 대해 할 이야기가 있었다.

"망쳐버리지 마라."

그게 아빠의 조언이었다.

"네가 나오면 우리가 뒤를 봐주마. 네가 살 집도 구해놓았다. 마이클이나 케보와 함께 살아도 되고. 다른 유랑민의 집인데 우리한테 빌려준단다."

그것도 한 번 생각해본다. 캐러밴에서 살지 않는 것. 바람이 불면 벽에서 소리가 나고 발전기를 켜기 위해 추운 바깥으로 걸어 나가야 하는 일도 없을 것이다. 언덕이며 폭포가 발밑에 펼쳐진 벨파스트의 풍경도, 아무도 나에게 간섭하지 않던 생활도.

그 대신 집 안에서 사는 것. 네 개의 벽, 계단, 버퍼 이웃들. 다들 내 일에 간섭해대겠지. 그게 좋을는지 잘 모르겠다.

이제 그들은 복도 끝에 도착했다. 코너가 밋밋하게 생긴 문에 노크를 하더니 그를 돌아보며 눈을 한 번 찡긋한다. 코너는 강아지처럼 신이 나 있다. 손을 비벼대면서 그에게 먼저 들어가라는 몸짓을 한다. 그는 요란하게 지껄여 대는 코너와 조용히 뒤를 따라오는 엘리엇과 함께 문 안으로 들어선다.

방 안에는 긴 테이블이 하나 있고 그 뒤에 세 사람이 앉아 있다. 전부 늙었고 심각한 표정이다.

"존 마이클 스위니, 맞습니까?"

모르는 남자가 묻는다.

"네, 맞습니다."

코너가 말한 대로 가만히 서서 그들의 눈을 똑바로 바라본다.

테이블 위에 서류가 놓여 있다. 파일이 잔뜩 쌓여 있고, 세 사람 앞에 똑같이 생긴 파일이 하나씩 펼쳐져 있다.

"스위니 씨, 착석하십시오."

*

사건이 일어난 지 4년 뒤, 그녀는 오만에서 혼자 하이킹을 하고 있다. 골짜기. 어둠 속이다. 계획한 바는 아니지만 그녀는 언젠가 다시 하이킹을 시작하게 될 줄 알고 있었다. 지난 몇 년간 하이킹을 하겠다는 익숙한 충동은 두려움의 구름에 가려져 잠들어 있었는데, 결국 언어조차 알아들을 수 없는 낯선 나라에서 그녀는 몇 년 만에 처음으로 혼자 하는 하이킹을 시도해본 것이다.

서른세 살의 그녀가 홀로 이 골짜기까지 온 것은 감지할 수 없을 정도로 사소한 선택들이 연쇄적으로 일어났기 때문이다. 그녀는 런던을 떠나고 싶었다. 구직은 지원하는 족족 실패했고, 그녀의 삶이 정체되어 있는 동안 친구들은 모두 어른의 삶으로 떠나버렸다. 백수 상태로 몇 년을 지내다가 두바이 영화제에서 계약직으로 일하게 됐다. 그래서 영화제가 끝난 지금 두바이의 현란하고 인공적인 고층 건물들을 벗어나 오만으로 온 것이다. 아라비아 반도의 북쪽 해안가 마을인 이곳 무트라에서는 모스크에서 기도 소리가 새어나오고 나무가 없는 낮은 언덕이 구불구불 이어져 바다로 뻗어나간다. 가이드북에서는 이 언덕들을 통과해 와디 반 칼리드Wadi Bani Khalid를 걷는 2킬로미터의 쉬운 하이킹 코스를 추천한다. 출발 지점은 어느 외딴 마을 안쪽의 가파른 돌계단이다.

오후 5시, 그녀는 이 계단 밑에서 위를 올려다보고 있었다. 바위 언덕을 올라 산등성이에 난 좁은 길로 향하는 계단이 그녀에게 따라오라고 유혹하지만, 예전에 있었던 상황과 너무 비슷하다는 불길한 예감이 사라지지 않는다. 똑같은 토요일 오후, 똑같이 가이드북에서 추천한 하이킹 코스.

늦은 오후 이 시간이 되도록 망설였다. 지금 해가 지기 시작하니 하이킹을 끝내기 전에 어두워질 것만 같다.

계단 위까지만 올라가서 경치만 보고 내려와도 되지 않을까.

그렇게 그녀는 나무 하나 없는 언덕을 오르기 시작했고 절벽 꼭대기에 다다랐을 때는 심장이 뛰고 있었다. 한쪽으로는 어마어마하게 멋진 풍경이 내려다보인다. 무스카트의 요새들이 푸른 바다를 배경으로 저녁 햇살 속에서 하얗게 빛나고 있었다. 그 아래에는 해안도로를 타고 차들이 꼬리에 꼬리를 물고 지나가고 있었으며 방금 떠나온 마을에서 아기 우는 소리까지 선명히 들렸다.

그냥 여기에 머물러 있다가 다시 계단을 내려갈 수도 있었지만, 너무 늦었다. 흥분감과 호기심에 압도되었다. 만약 4년 전, 예전의 비비안이라면 어떻게 했을까? 예전의 비비안이었다면 여기서 멈추지 않았을 것이다.

그렇게 그녀는 저물어가는 햇살 속에서 산등성이 너머로 열심히 걸음을 옮겼다.

단 30분이 지났을 뿐인데 사위가 깜깜해졌다. 적도 부근에서는 해가 빨리 진다는 걸 잊고 있었다. 게다가 등산로가 어디까지 이어질는지도 잘 모르겠다. 산등성이 이쪽에서 보이는 골짜기는 황폐하고 돌투성이라서 마치 원시의 땅처럼 보이고 돌에서는 아직도 낮의 열기가 뿜어져 나온다. 산마루 너머의 세상에서 완전히 동떨어진 것만 같은 이곳에 있자니 어쩐지 편안한 기분이 든다.

런던에서 18개월 동안 만났던, 최근에 예기치 못하게, 고통스럽게 헤어진 남자친구에 대한 생각이 아직도 마음을 괴롭힌다. 연애는 행복했지만 상대가 이해하지 못하는 지점이 언제나 있었다. 오래되지 않은 과거에 뚫린 공백에 대해 그녀는 남자친구에게 설명했고, 그는 그 일을 완전히 이해해주려 하지 않았다. 그리고 두 사람이 헤어질 때 했던 대화는 그녀가 숨기고 있었던 두려움을 확인시켜 주었다.

"그건 그렇고, 웬만한 남자들은 성폭행 피해자랑 사귀는 게 마음이 편치는 않을걸."

그게 그의 작별 인사였다.

그녀는 그 고통을 묻어버리고자 여기에 왔다. 이곳 오만에서 그녀는 암벽 위에 하이킹 코스를 표시한 노란색과 흰색의 표지들을 따라 울면서 걸어가고 있다. 하지만 가면 갈수록 더 깜깜해져서 길이 잘 보이지 않는다. 아무도 없는 골짜기를 걷고 있는 동안 언덕에서 햇빛이 서서히 사그라진다. 저녁이 깊어질수록 아드레날린이 날뛰기 시작한다. 두려워할 것이 없다고 그녀는 애써 생각한다. 지금까지 그녀가 살면서 생긴 문제들은 전부 다른 사람이 일으킨 것인데 여기는 지금 아무도 없다. 누가 있다 한들 어두워서 그녀가 보이지 않을 것이다.

그 대화는 잊자. 런던도 잊자. 그냥 이 풍경 속에 나를 맡기자.

골짜기가 다른 골짜기로 이어지더니 등산로가 사라진다. 바위와 바싹 마른 덤불을 헤치고 눈앞에 웅크린 폐허의 잔해들을 넘어간다. 어딘가에 분명 길이 있을 텐데 보이지가 않는다. 공황 속에서 손전등을 꺼내려고 하지만 이미 눈이 어둠에 적응했는지 서서히 검은색과 회색 속에서 형체들이 떠오르기 시작한다. 지금 손전등을 켜면 오히려 밤눈을 해칠 것이다.

동쪽 하늘에 달이 떠올랐다. 반달이 나무와 바위와 땅을 구분할 수 있을 정도의 빛을 뿌리고 있다. 그때 새로운 생각이 든다. 처음 하이킹 코스에 올랐을 때 했던 것보다 더 흥미진진한 생각이다. 오로지 달빛에만 의지해 어둠 속에서 하이킹을 끝낸다면?

이렇게 대담한 생각에 문득 흥분이 밀려온다. 앞으로 오만에서 달빛 속 하이킹을 할 기회가 또 있을까. 아마도 없겠지. 혹시 모르니 손전등은 가지고 있어야겠지만, 한 번 도전해보자.

천천히 그녀는 나무와 바위에 표시된 흰색 표지와 다음 표지를 연결하며 걷는다. 그렇지만 바위가 길을 온통 막고 있는 바람에 걸음은 느려진다. 아까보다 더 빨리 심장이 뛰지만 익숙한 불안감이 다시 찾아오기 시작한다.

괜찮아. 불안해하지 말자. 난 안전해. 무서워할 이유가 없어.

심장이 여전히 미친 듯이 뛰어서 금방이라도 울음을 터뜨릴 것 같다.

정신 차려. 당황하지 말자.

그녀는 다시금 밀려오는 쓸모없는 사람이 된 것만 같은 기분을 억누르며 바위 위에 걸터앉는다. 손전등을 켜서 자신을 안심시키고 싶다. 하지만 그건 두려움에 굴복하는 행동, 포기하는 행동이다.

그 순간 침묵을 깨고 소리가 들린다.

멀리서 들리는 소리의 정체는 금방 알 수 있었다. 가까운 모스크에서 들려오는 기도 소리다. 그 순간 그리 멀지 않은 곳에 기도하는 신자들이 있다는 생각에 안도감이 찾아온다. 모르는 사람들, 완전히 낯선 사람들이지만, 그래도 그들은 인간이다. 혼자가 아닌 것이다. 그 사람들이 이 언덕 바로 너머에 있을 것이다.

그러니까 이 길의 끝에 닿기만 한다면 괜찮을 거야. 이 기도 소리를 따라가자. 만약 이 모든 게 영화라면, 이 장면이 얼마나 진부해보일까 하는 생각이 든다. 길을 잃은 여행자가 도시의 소리를 듣고 무릎을 꿇는 장면…

그 순간 뜻밖에도 한층 더 현실적인 생각이 번뜩 든다. 재판을 처음부터 끝까지 이겨냈다면 이 하이킹도 끝낼 수 있으리라는 생각이다.

그 이후로 수년 동안 그녀는 벨파스트 법정에서 보낸 2주에 대해 생각하지 않으려 애썼다. 그때를 생각할 때마다 욕지기와 역겨움이 밀려왔기 때문이다. 하지만 지금 그 기억은 그녀에게 새로운 사실을 일깨워준다. 그 재판을 이겨냈는데 고작 오만에 있는 어느 골짜기에서 두려움에 굴복할 수는 없다.

그녀는 바위에서 일어난다. 자신감이 다시 돌아온다. 다음 표지에 집중하자.

보이는 것에만 시선을 두자. 결국은 길을 찾아낼 수 있을 것이다.

표지를 한두 번 잘못 보고 가파른 급경사를 향하기도 한다. 실수로 물웅덩이를 밟기도 한다. 하지만 그녀는 어둠 속을 더듬으며 골짜기의 바닥을 조심조심 40~50분가량 더 걷는다. 골짜기 양쪽에 솟은 언덕이 더 높아지고 아드레날린이 계속해서 온몸을 뒤덮는다. 그러다 골짜기의 바닥이 널찍한 자갈길로 이어지자 그녀는 이제 끝이라고 생각한다. 곧 출구가 나올 것이다.

그러나 골짜기는 커다란 벽으로 완전히 막혀 있다. 물이 넘치지 않게 만든 댐이었던 것이다. 그녀는 다시금 절망에 사로잡힌다. 포기하고 싶은 심정으로 그녀는 왔던 길을 돌아서며 어둠 속에서 표지를 찾는다. 분명 다른 길이 있을 거야.

그녀는 머리 위 비탈을 향해 고개를 내밀며 길을 찾는다. 그리고… 길이 있었다. 언덕 위에 빈터가 하나 있고 눈으로 따라가 보니 지그재그를 그리며 위쪽으로 향하는 길이 있다.

그녀는 언덕을 기어오른다. 손발을 사용해 한 걸음 한 걸음 번갈아 올라가다 보니 산마루에 다다를 즈음에는 숨이 가빠온다.

만약 이 산마루 너머에도 깜깜하고 텅 빈 골짜기뿐이라면 견딜 수 없을 것 같아서 그녀는 바위틈에서 잠깐 망설이며 마음의 준비를 한다.

너머를 보자. 이제부터는 망설이며 늦추지 말자.

그 순간 눈앞에 도시의 푸른 불빛이 나타난다. 무트라가 보인다.

깜깜한 해안선을 따라 펼쳐진 코르니쉬 해안의 반짝이는 불빛이 보인다. 이 언덕 아래, 금세 다다를 수 있는 곳에 도시가 있다.

안도감이 물밀 듯 밀려온다.

이제 조금만 더 가면 된다.

그녀는 산등성이를 넘어 내리막에 있는 들판을 가로지른다. 절반쯤 지나와서야 그녀는 지금 자신이 공동묘지를 지나고 있다는 사실을 깨닫는다. 돌로 된 무슬림 묘비들이 그녀 주변에 드문드문 놓여 있는 것을 보고 그녀는 자신이 밟고 온 무덤에 묻힌 영혼에게 속으로 사과를 한다. 하지만 이조차도 지금까지 지나온 텅 빈 야생의 공간에 비한다면 문명의 흔적이기에 반가울 따름이다.

들판 아래까지 내려온 그녀는 녹슨 문을 밀고 뒤를 돌아본다. 산등성이까지 묘지가 쭉 이어져 있지만 그 너머엔 아무것도 없다. 방금 그녀가 지나온 깜깜한 골짜기의 흔적은 어디에도 없다. 만약 그곳에서 무슨 일이 일어났다 한들 그녀가 그곳에 발이 묶여 있는 줄 아무도 몰랐을 것이다. 그 생각에 몸을 부르르 떨면서도 그녀는 승리감을 만끽하며 마을을 향한다.

곧 흙길이 포장된 돌길로 바뀐다. 불이 켜진 집들, 열린 대문 안으로 어린아이가 빗자루를 들고 고양이를 쫓고 있다. 두 노인이 길가에 의자를 놓고 앉아 미스바하* 구슬을 매만지다 지나가는 그녀를 보고 고개를 까닥인다. 마을 뒤편, 언덕 위 공동묘지에서 갑자기 나타난 그녀를 보고 이상하다 생각했을지도 모르지만 아무 말도 하지 않는다.

---

* 미스바하(misbah): 이슬람교에서 사용하는 기도를 돕는 묵주.

한 블록쯤 더 가자 마을 한가운데, 와디 반 칼리드라고 적힌 표지판이 나타난다. 다시 그녀는 관광객들이 서로 팔짱을 끼고 기분 좋게 돌아다니고 동네 주민들이 무리지어 대화를 나누는 코르니쉬 해변으로 돌아온다. 삼십 분 전만 해도 살아남기 위해 분투하고 있었는데 이곳에선 모두 아무렇지 않게 각자 할 일을 하고 있다는 사실이 믿기지 않는다. 세상은 방금 그녀가 겪은 일에 대해 아무도 모른다. 누군가에게 이 이야기를 해준다 한들 사람들은 그녀가 어둠 속에서 골짜기를 헤매고 있을 때 어떤 기분이었는지 영영 모를 것이다.

그녀는 시계를 본다. 6시 45분. 가이드북이 대략적으로 제시한 하이킹 시간과 딱 맞물린다. 이제부터 무얼 하면서 이 밤을 보낼까. 잘 모르겠다. 하지만 살아 있는 사람들 틈으로 돌아온 것이 한없이 기쁘다. 어두운 골짜기에서 느낀 절망적인 두려움을 뚫고 여기, 사람들 틈으로 돌아왔다는 것이. 그러니까 이제부터 남은 저녁 시간은 선물인 셈이다. 앞으로 다가올 모든 저녁들도 마찬가지다.

에필로그

"그럼 비비안 씨, 존 스위니가 현재 행방불명이라는 사실을 알고 가장 처음 한 생각은 무엇이었나요?"

솔직히 말하면 그 소식을 처음 들은 건 방금, 라디오 인터뷰 직전이었다. 싱가포르에 출장을 와 있는 중에 '기자'에게서 자신을 성폭행한 사람이 자취를 감추었다는 사실을 전해들은 것이다. 그녀는 자신조차 설명하기 힘든 이유로 전화 인터뷰에 응했다.

지금 그녀는 호텔 방에 혼자 앉아서 지난 몇 년간 떠올리지 않으려 애썼던 그 사람에 대해 벨파스트의 라디오 진행자와 대화를 나누고 있다.

존 스위니는 보호관찰 기간 중 도망쳤다.

심장 박동이 빨라지고 욕지기가 되돌아왔다. 이미 5년이 지났는데도 그 폭행의 기억이 자신을 지배한다고 생각하자 화가 난다. 지구 반대편에서 그가 저지른 행동이 아직까지 이런 영향을 미친다. 상담 치료를 여러 번 받고 다른 대륙으로 거취를 옮기고 새로운 직업에 흠뻑 빠져 있는데도 그녀의 신체와 본능적인 반응이 여전히 그녀를 배반한다.

이 말을 라디오 진행자에게 하지는 않는다.

"음, 분명한 건 당국이 그 사람의 행적을 찾지 못하고 있다는 게 충격적이에요. 사법제도가 존재하는 데는 이유가 있을 텐데도 그 사람이 행방불명됐다면 사법제도가 제대로 작동하고 있지 않다는 의미인 것 같습니다."

이 말은 지나치게 이성적이고 지적인 답변으로 느껴질까.

"맞습니다. 그런데 비비안 씨를 성폭행한 범인이 어딘가를 쏘다니고 있다는 걸 알게 되니 기분이 어떠세요? 두려우신가요?"

"저는 지금 그곳에서 아주 멀리 떨어진 곳에서 살면서 일하고 있습니다. 신체적인 위협을 느끼지는 않아요. 그러나 그 사람이 갱생에 성공하지 못해서 다른 여성들이 위험에 처할 수 있다고 생각하면 마음이 좋지 않네요."

"그렇지요. 하지만 그 사람은 열다섯 살 때 가장 최악의 범죄를 당신에게 저질렀잖아요. 전혀 모르는 사람이 당신을 숲으로 끌고 가서 때리고 성폭행하지 않았나요? 무섭지 않으세요?"

그래요. 저도 그 사람이 저한테 어떤 일을 했는지 잘 알아요, 하고 라디오 진행자에게 말하고 싶다. 기억을 되살려줘서 고맙네요.

"분노라는 말로 표현하는 게 적절한지는 잘 모르겠네요. 분노는 상당히 파괴적인 감정이거든요."

그녀가 대답한다.

"그 점에 대해서 말인데요, 감옥에서 갱생 과정 동안 그 사람은 자신이 괴물이었다고 털어놓았다고 합니다. 어떻게 생각하세요? 비비안 씨도 그 사람이 괴물이라고 생각하십니까?"

"저기, 저는 그 사람을 거의 몰라요. 그 사람과 접촉한 건 고작 삼십 분가량이었기 때문에 저는 이 점에 관해 이야기할 처지가 아닌 것 같습니다. 네, 그 사람이 저한테 괴물 같은 짓을 한 건 사실입니다. 그렇지만 제가 잘 알지도 못하는 사람을 괴물이라고 부르고 싶지는 않아요."

짧은 사이, 진행자가 그녀의 답변에 좀 실망한 것 같다.

"하지만 비비안, 그 아이는 아주 위험한 존재인데 지금 거리를 활보하고 있잖아요. 아일랜드 여성들의 안전을 걱정해야 하지 않을까요?"

마치 오래된 친구라도 되는 듯이 이름을 부르는 게 짜증난다.

"음, 그런 식으로 공포심을 자극하기는 좀 망설여지네요. 따지고 보면 세상에 있는 성폭행범 중 붙잡혀서 형을 선고받은 사람도 있지만 잡히지 않은 사람도 많습니다. 그러니까 아일랜드에 있는 성범죄자는 그 사람 혼자가 아니라는 얘기입니다."

"비비안, 자신에게 그렇게 끔찍한 짓을 한 사람에게 굉장히 관대하시네요. 사건 이후로 어떻게 지내셨습니까? 어떻게 이겨내셨죠?"

"그 뒤로 5년이 넘는 시간이 지났어요. 물론 그동안 제 삶을 되찾기 위해 정말 많은 노력을 했습니다. 결국 직장을 구해 유럽을 떠났지요. 그래서 이제 저는 그 사건을 과거에 남겨두고 떠나왔다고 생각합니다. 한편으로 그 사건은 영원히 제 일부를 이룰 것이지만요."

"네, 그렇게 말씀하시니 듣기 좋네요, 비비안. 정말 용기를 주는 말씀이에요. 그 사건을 돌아보면 어떤 기분이 드십니까?"

"어느 정도는, 앞으로도 영영 그 사건을 떠올릴 때마다 슬플 것 같습니다. 그 사건, 그 재판과 관련해 큰 스트레스와 불안감을 경험했으니까요. 지금 그때를 떠올리면… 마치… 환상통幻像痛 같은 스트레스를 아직도 느낍니다."

"그럼 비비안, 존 스위니에게 선고된 형이 충분하다고 생각하세요? 10년형을 선고받았지만 5년 만에 가석방되었습니다."

모리슨 경위가 설명해주었고, 그 뒤로도 여러 종류의 피해자 정보 제도가 알려준 내용이다. 범죄자들은 형기를 완전히 채우지 않고 주로 그 절반만 형을 산다고 한다. 원래 그런 식이라고 한다.

"법원 판결이 적합한 형을 선고했는데도 형기를 전부 채우지 않았다는 것은 공정치 못하게 느껴지는 것이 사실입니다. 그러니까 그 사람이 저지른 범죄가 저에게 미친 영향을 생각하면, 그러니까… 지난 5년간 제가 완전히 회복되었다고 말할 수는 없습니다. 그 사람이 달아난 이상 5년은 가해자가 갱생하기에도 충분한 시간이 아니었던 것 같습니다."

"그런데 비비안, 불과 몇 달 전 웨스트 벨파스트에 소재한 존 스위니의 자택 앞에서 그의 정체를 알게 된 동네 주민의 항의 시위가 빗발쳤다는 사실을 알고 계셨습니까?"

이것 역시 새로운 사실이다. 마치 허를 찔린 듯한 기분이다.

"음, 사실은 모르고 있었습니다."

"그가 유죄 판결을 받은 성폭행범이라는 사실을 알게 되자 백 명이 넘는 주민이 웨스트 벨파스트에 있는 그의 집 앞에서 대대적으로 항의 시위를 벌였습니다. 사전에 그 사실에 대한 고지를 받았어야 한다고 주장하면서 말입니다. 당신은 이 사실에 대해 어떻게 생각하시는지 궁금합니다. 성범죄자가 거주지를 옮길 때 그 지역 주민들이 고지받을 의무가 있다고 생각하십니까?"

지금까지 단 한 번도 깊이 생각해보지 않은 질문이다. 그런데 이 질문에 대한 답을 생방송 라디오에서 하게 됐다.

"저는, 음… 까다로운 상황이라는 생각이 드네요. 한편으로는 범죄자의 갱생이 가능하기에 마지막 기회를 주어야 한다고 생각합니다. 다른 한편으로는 한 동네에서 성범죄자와 함께 살아가야 하는 것을 걱정하는 주민들의 마음도 이해가 가고요."

"하지만 동네 주민들의 처지에서는 순진한 어린아이들을 유죄 판결받은 범죄자의 집 앞 거리에서 뛰놀게 두는 것 아니겠습니까?"

아이들이라고 다 순진하지는 않다. 그렇게 생각하니 진저리가 쳐진다. 순진한 것과는 거리가 먼 열다섯 살짜리 소년들도 있지 않나.

"네, 주민들이 걱정하는 바는 이해가 갑니다. 하지만 다시 한번 강조하고 싶은 건, 세상에는 잘 알려지고 유죄 판결을 받은 범죄자가 있는 한편으로 아직 정체가 드러나지 않은 범죄자가 훨씬 많다는 점입니다. 한 개인을 향해 항의를 퍼부을 수는 있겠지만 범죄사실이 밝혀지지 않은 채 살아가는 다른 범죄자들도 존재합니다. 그렇기에 성범죄가 일어나는 즉시 신고하는 것이 중요합니다."

"지금 이 방송을 듣고 계실지도 모르는 피해자들에게 한마디 해주시겠습니까?"

"그럼요. 혼자 마음에 담아두지 마세요. 그런 커다란 짐을 스스로에게 지우는 건 감정적으로 악영향을 끼칩니다. 그러니까 다른 사람들에게 말하세요. 그 상대가 성폭행 신고전화를 받는 모르는 사람이라도 좋습니다. 당신이 겪은 일을 신고해야 그 사람이 다른 범죄를 저지르지 못하도록 경찰이 막을 수가 있습니다."

연습한 말처럼 들릴 거라는 걸 안다. 하지만… 이것이 진실이다. 사건 이후 그녀의 이야기에 스며들던 다른 사람들의 이야기들. 그 이야기들이 차곡차곡 쌓이기 시작했다. 그 이야기들은 끝나지 않았다.

"시간을 내어 인터뷰에 응해주셔서 정말 고맙습니다, 비비안. 대화할 수 있어서 정말 반가웠고, 곧 존 스위니가 체포되기를 진심으로 바랍니다."

"감사합니다. 저도 그러기를 바랍니다."

그렇게 인터뷰가 끝났다. 라디오는 다음 뉴스로 넘어가고 전화가 끊긴다. 그녀는 창가, 연자주색 커버를 씌운 소파에 가만히 앉아 있다. 이제 무엇을 해야 할지 잘 모르겠다. 아일랜드 어디선가 모르는 사람들이 라디오에 귀를 기울이며 그녀 자신이 성폭행당한 일과 회복해가는 이야기를 털어놓는 걸 듣고 있을 텐데, 여기, 정감이라고는 없는 5성급 호텔방 안에 있는 그녀는 이야기할 상대가 아무도 없다. 그녀는 창 쪽으로 걸어가서 유리창에 기대 바깥으로 펼쳐져 있는, 항구 위로 냉담한 고층 빌딩들이 쭉 늘어서 만든 초현대적인 윤곽선을 바라본다.

저 멀리 비가 오고 모래먼지투성이가 된 세상 어딘가를 그가 돌아다니고 있다. 그녀에게 아무런 영향을 미치지 못할 정도로 먼 곳이다. 그렇다고 해도 그녀는 이 사실에 영향을 받는다.

그는 도망치고 있다. 그녀와 마찬가지로.

전화기를 집어 들면서 이렇게 갑자기 전화를 해도 될 상대가 누가 있는지 생각해본다. 부모님은 아직 아무것도 모른다. 두바이의 친구들도 모른다. 런던의 친구들은 자신의 삶을 살아가느라 바쁠 것이다. 그녀는 아무도 알고 싶어 하지 않는 한 사람에 대한 사소한 최신 뉴스를 군이 그들에게 이야기하고 싶지 않다.

'혼자 마음에 담아두지 마세요'라고 그녀는 라디오에서 말했다. 그런데도 지금 그녀는 스스로 자신의 충고를 무시하고 있다.

우리가 살아가는 삶은 모든 사람이 분주하게 돌아다니며 성공적인 모습을 보이려고 기를 쓰고 과거에 있었던 어두운 챕터들을 애써 숨기려 한다. 그러나 그 챕터들이 모두 모이면 책이 되고, 도서관 하나를 가득 메운다. 제 나름의 이야기를 가진 모든 사람은 여전히 뇌리에서 떠나지 않는 어떤 곳을 잊으려 애쓴다.

싱가포르의 빌딩 숲을 등지면서 그녀는 창밖의 세계와 아주 다른 어떤 장소를 생각한다. 비행기에서 내리자마자 소똥 냄새가 코를 찔렀던 도시, 거대한 덩치로 웅크리고 있던 시청 옆을 지나 격자무늬를 이루며 조성된 거리를 걸어 멀찍이 언덕과 항구가 내다보이는 래건사이드 법원으로 들어갔던 그 도시.

벨파스트 서부에 조그만 공원이 하나 있다. 가느다란 강을 끼고 푸른 들판이 펼쳐져 있고, 구불구불 언덕을 향해 이어지는 개울 위로 나무들이 잎을 드리운 곳. 그 어딘가의 덤불 속에 물병이 하나 떨어져 있다.

한때 다른 삶에서 그녀가 알았던 장소다. 언젠가 그녀가 변하지 않은 또 다른 비비안이던 시절에, 그러다 어느 오후라는 짧은 시간 속에서 돌이킬 수 없는 변화를 겪었고, 이제는, 아마도, 어느 정도는 다시 예전의 비비안으로 돌아온 것도 같다. 그녀는 생물학 수업 시간에 본 염색체처럼 분열되었다가 다시금 한 사람으로 합쳐지는 두 명의 비비안을 생각해본다.

그것이 지금의 내 모습이다. 앞으로의 내 모습, 언제나 그래 왔던 내 모습이다.

감사의 말

이 소설에 대한 아이디어가 처음 떠오른 것은 나에게 사건이 일어난 지 몇 주 후였지만, 이 책이 실제로 쓰이기까지 9년간의 기나긴 회복의 시간과 힘겨운 노력이 필요했다. 폰타스 에이전시, 특히 마리아 카도나, 안나 솔러-폰트의 끝없는 지지와 동기 부여가 없었다면 이 책을 쓰지 못했을 것이다. 나의 재능을 믿어준 제시카 크레이그에게 무척 감사한다.

『다크 챕터』에 노력과 믿음을 기울여준 레전드 프레스의 편집자 로렌 파슨스, 폴리스 북스의 편집자 제이슨 핀터, 노르스테츠의 구닐라 손델, 하퍼 콜린스 홀랜드의 리잔 마테이선에게도 감사드린다.

『다크 챕터』는 골드스미스 재학 중 쓰기 시작했으며 로스 바버, 레이첼 자이페르트, 모라 둘리, 블레이크 모리슨에게서 소중한 통찰력을 얻었다. 골드스미스의 다른 학생들이 보내준 우정과 피드백에도 감사를 보내며, 글쓰기에 진지하게 임하도록 동기를 부여해준 버나딘 에바리스토에게도 감사드린다.

이 소설에 상을 주신 리터러리 컨설턴시의 프리 리드 스킴Free Read Scheme, 범죄소설가협회, SI 리즈 문학상에도 감사드린다. 소설의 마지막 단계를 가능하게 해준 런던정치경제대학교의 미디어 커뮤니케이션 경제사회연구위원회에도 감사드린다.

미국-아일랜드 연대의 트리나 바고, 메리 루 하트먼은 성폭행 사건 이후 단기적·장기적으로 나에게 정서적으로나 실제적으로 무한한 지지를 보내준 내 인생의 '바바라'다.

벨파스트에서는 나의 경험에서도, 이 책을 쓰는 동안에도 많은 친구와 지지자의 도움을 받았다. 가장 먼저 북아일랜드 경찰의 제럴딘 매카티어, 모니카 맥윌리엄스, 스튜어트 그리핀은 성폭행 사건 후 첫날부터 가장 중요한 역할을 해주었다. 캐런 스미스(원래의 성은 이글슨), 패트리샤 베언 박사, 피오눌라 오코너, 북아일랜드 피해자 지원 센터, 제니퍼 맥캔, 에일린 찬후, 마리아 케이힐이 보내준 친절과 지지에 감사한다. 연구에 도움을 준 북아일랜드 검찰청 재키 베이츠개스턴 교수, 매어리드 래버리, 사이먼 젠킨스, 북아일랜드 보호관찰위원회, 북아일랜드 성폭력 위탁센터의 캐럴 카슨, 리암 모리슨, 캐런 더글러스에게도 감사드린다. 벨파스트 외부에서 나의 연구는 다이앤 챈, 린 타운슬리, 블랙프라이어 법원의 여러분, 니엄 레드몬드, 캐서린 젠트, 톰 투잇, 존 맥케일, 새러 레이프시거, 니나 버로위즈 박사에게 많은 도움을 얻었다.

안 무니아 토버, 파비포인트, 트래블러 무브먼트를 통해 독특한 아일랜드 유랑민 문화에 대해 많은 것을 알게 되었다. 오늘날까지도 유랑민 사회는 잘못된 인식을 겪고 있으며 (내 실제 경험에 영감을 받아 쓴) 이 소설에서 유랑민 사회 전체를 일반화하거나 비방하려는 의도는 전혀 없음을 밝힌다.

성폭행 이후 훌륭한 친구들의 지지가 없었다면 내 삶을 재건할 수 없었을 것이다. 이 감사의 말에서는 몇 명의 이름만 밝히도록 한다. 앤 바워스, 르네 바우제거, 애니 고완로크, 캐서린 호겔, 엘리자베스 프라스코이어, 사우콕 추 티암포, 제시카 몬탈보, 알린 디암코 보텔로, 마거릿 포스터. 또 리버사이드 메디컬 센터의 제니퍼 와일드 박사, 줄리 포크너에게 감사드린다.

내가 치유되는 데 크고 작은 도움을 주고 여전히 나를 지지하고 믿어주는 사람이 많다.

이 책의 초고를 읽어준 제시카 그레그슨, 마티 라임바크, 섀런 잭슨, 시언 키어니, 켈다 크로포드맥케인, 팸 드라이넌에게 감사드린다.

가족이 되어준 현재 나의 하우스메이트 애너 코바츠, 존 디월드, 존 커티스 그리고 예전의 하우스메이트들에게 고맙다.

그러나 나에게는 그보다 더 큰 가족이 있다. 바로 클리어 라인스 페스티벌, 온 로드 미디어의 친구들, 그리고 생존자와 그 지지자라는 더 큰 공동체다. 여러분이 아니었다면 이 책을 쓸 수 없었을 것이다.

마지막으로, 에멀린 언니, 아빠, 그리고 나에게 책을 읽고, 글을 쓰고, 호기심과 연민을 잃지 않고 세상을 살아가도록 해준 엄마가 없었다면 나는 지금의 내가 되지 못했을 것이다. 모든 것에 대해 감사드린다.

용감함이 가닿기를

• 옮긴이의 말

세계의 여성들이 자신이 속한 각계각층의 성폭력을 고발하는 '미투운동'#metoo으로 들끓는 시점에 위니 리의 『다크 챕터』를 한국 사회에 소개하게 된 건 마침 시기가 맞아떨어졌다기보다는 운명적인 일이다. 모든 여성들은 성폭력에 노출되어 있다. 이미 성폭력을 당한 여성과 피한 여성이 있고 성폭력에 노출되고 있는 여성이 있다. 성폭력 이후의 삶을 추스르느라 고통받는 여성과 가까스로 한순간을 마무리하고 다음 단계의 삶으로 나아간 여성이 있다. 성폭력 때문에 이후의 삶이 사라져버린 여성도 있다.

저자 위니 리의 말대로 성폭력이 존재하지 않는 국가도 문화권도 없다. 모든 집단 내에서, 권력을 가진 사람에게서, 아는 사람에게서, 아니면 모르는 사람에게서 성폭력을 당할 수 있다. 성폭력은 일어나고 있고 앞으로도 일어날 수 있다. 『다크 챕터』의 출간을 통해서건, SNS를 뒤덮은 해시태그의 형식으로건, 여성들의 삶에 함부로 끼어드는 이런 폭력의 경험은 그러나 언젠가는 결국 드러날 운명이다.

번역을 시작한 지 5년을 꽉 채운 지금 『다크 챕터』를 번역하게 된 것은 나에게도 큰 의미가 있다. 2018년 지금 한국 사회에서도 미투운동을 통해 성폭력의 경험들이 공유되고 있지만, 그보다 먼저 2016년 SNS에서 공유된 '#○○_내_성폭력' 해시태그 운동을 통해 성폭력에 대한 말하기와 고발이 시작되었다.

주로 예술계 내에서 일어난 성폭력 경험을 공론화하던 이 해시태그에 대해서는 나도 할 말이 있었다. 나는 '#문단_내_성폭력'이라는 해시태그에 참여하면서 나의 경험을 공유하고 비슷한 경험을 가진 친구들을 만났다. 몇 편의 글을 써서 기고하기도 했고, 때로는 움직이기도 했다.

성폭력 이후의, 그리고 고백과 고발 이후의 삶에 대해 고민하기 시작한 것은 그 시점이다. 성폭력 경험을 용기내서 발설한 여성들은 이후의 성폭력 피해자를 향한 여러 가지 공격적인 편견, 가해자로 지목된 사람에게서 보복성 고소 위협이 뒤따랐다. 삶을 다시 재건하기 위한 의료조치를 포함한 여러 차례 치료세션을 받아야 하는 것도 이에 따른 경제적 어려움도 모두 피해자의 몫이었다. 용기를 내는 것도 피해자의 몫이었다. 피해를 감당하는 것도 피해자의 몫이라는 사실이 가장 이상하고 슬펐다.

나는 '이후의 삶'을 어떻게 재구축할 수 있을까, 그것을 고민하던 시점에 『다크 챕터』를 번역할 기회가 나에게 주어졌다. 기쁘면서도 안타깝지만 의연한 마음으로 받아들였다. 나의 개인적인 경험이 사회적 문제의 일부가 되었다가, 마침내 나의 직업인 번역과 만나는 지점이 『다크 챕터』라고 생각했다. 이 작업이 내 '이후의 삶'의 계기가 되길 바라는 마음으로 번역을 진행했다.

『다크 챕터』는 생존자의 이야기다. 이전의 나와 이후의 나를 완전히 다른 사람으로 만들어버리는 고통스러운 사건을 마침내 살아남아 이 경험을 책으로 쓴 사람의 이야기다. 번역을 하는 내내 나와 친구들을 생각했다. 이 작품의 용감함이 더 많은 친구들에게 가닿기를 빈다. 더 많은 사람들이 입을 열고, 그것이 우리의 삶을 바꾸기를 바란다.

소설 속에서는 부분적으로나마 정의가 구현된다. 그러나 우리의 실제 삶에서는 법이 언제나 피해자의 손을 들어주지는 않는다. 번역을 하면서 소설 속의 법적 절차들을 한국 실정과 비교해보았다. 성폭력 피해자의 법리적 대처를 돕는 단체 셰도우핀즈의 독립출판물 『SP-01: 비평적 개인을 위한 젠더 폭력 범죄 대응 안내서』(2016)와 성폭력 피해자를 위한 개인 연대자 '마녀'(트위터 @C_F_diablesse)님의 연대 사례에서 많은 도움과 조언을 얻었다. 위의 두 자료는 『다크 챕터』의 한국 독자이자 피해자들 가운데 법의 도움을 받으려 하는 이들에게도 필요할 것 같아 옮긴이 후기를 빌려 소개한다.

이름을 밝힐 수 없는 용감한 친구들과 조언자들에게 감사드린다. 언제나 그렇듯 내가 작업한 이 소설도 누군가의 삶을 나아지게 하는 데 한몫을 하길 바라는 마음이다. '어두운 챕터'를 나름대로 지나고 있는 친구들이 『다크 챕터』의 비비안과 작가 위니 리의 이야기를 자신의 이야기라고 생각하고 다음 챕터를 향할 수 있기를 소망한다.

우리의 입에서 나온 이야기는 책이 되고, 이 책이 모여 경험의 도서관을 이룰 것이다. 이 책들이 가까운 미래에 우리의 삶을 더 나아지게 할 수 있기를 바란다.

좋은 책을 번역할 기회를 주시고 바쁜 일정 속에서 번역의 모자란 점을 꼼꼼히 짚어주시며 책을 함께 완성한 한길사 여러분에게 감사드린다.

2018년 2월 26일
송섬별

위니 리 Winnie M Li

작가이자 영화 제작자로 영국, 싱가포르, 두바이 등에서 활발하게 활동했다. 하버드 대학에서 민속학과 신화학을 전공하고 런던골드스미스 대학에서 문예창작학을 공부했다. 현재 런던정치경제대학에서 커뮤니케이션&미디어 박사과정을 밟으면서 성폭력에 대한 공개적 담론과 소셜미디어(SNS)의 역할 및 영향을 연구 중이다. 성폭력 피해자들을 대변하는 클리어 라인스 페스티벌 (Clear Lines Festival)의 공동설립자이자 아트 디렉터로 활동하고 있다. 예술과 토론을 통해서 성폭력에 대한 사회적 경각심을 일깨우는 활동을 펼치는 단체로 2015년과 2017년에 영국에서 행사를 개최하여 큰 호응을 얻었다. 자신의 성폭행 경험에 바탕을 둔 첫 장편소설『다크 챕터』(Dark Chapter)는 가디언이 '2017년 독자가 뽑은 최고의 소설'로 선정됐다. 랑콤은 위니 리를 '세계에서 가장 영향력 있는 40인의 여성'으로 선정했다. 현재 런던에 거주하면서 여전히 여행을 즐긴다.

송섬별

영문학을 공부했고, 번역을 하지 않는 시간에는 글을 쓰고 책을 읽는다. 나 그리고 다른 사람을 더 잘 이해하는 데 도움이 되는 책들을 옮기려 한다. 지금까지 옮긴 책들로는 성소수자 당사자가 살아가는 방식을 이야기하는『애너벨』『너를 비밀로』『자, 살자』, 자본주의적 절망의 시대에서 겪는 심리적 고통을 이야기하는『죽음의 스펙터클』, 근사한 스파이와 형사들이 등장하는 '폴리팩스 부인' 시리즈와 '형사 베니' 시리즈가 있다. 현재 서울에 살면서 가끔 여행을 즐긴다.

다크 챕터

지은이 위니 리
옮긴이 송섬별
펴낸이 김언호

펴낸곳 (주)도서출판 한길사
등록 1976년 12월 24일 제74호
주소 10881 경기도 파주시 광인사길 37
홈페이지 www.hangilsa.co.kr
전자우편 hangilsa@hangilsa.co.kr
전화 031-955-2000~3 **팩스** 031-955-2005

부사장 박관순 **총괄이사** 김서영 **관리이사** 곽명호
영업이사 이경호 **경영이사** 김관영
편집 백은숙 노유연 김지연 김광연 이경진 김대일 김지수
마케팅 양아람 **관리** 이중환 문주상 이희문 김선희 원선아
디자인 창포 031-955-9933
CTP출력 블루 **인쇄** 오색프린팅 **제본** 대흥제책

제1판 제1쇄 2018년 3월 5일
제1판 제2쇄 2018년 3월 31일

값 15,500원
ISBN 978-89-356-7050-5 03840

• 잘못 만들어진 책은 구입하신 서점에서 바꿔드립니다.
• 이 도서의 국립중앙도서관 출판시도서목록(CIP)은 서지정보유통지원시스템 홈페이지(seoji.nl.go.kr)와
  국가자료공동목록시스템(www.nl.go.kr/kolisnet)에서 이용하실 수 있습니다.
  (CIP제어번호: CIP2018005009)